藝術文獻集成

黎簡集

上

〔清〕黎簡

浙江人民美術出版社

圖書在版編目(CIP)數據

黎簡集/(清)黎簡著;閆興潘,葉子卿整理.—杭州:浙江人民美術出版社,2019.12
(藝術文獻集成)
ISBN 978-7-5340-7507-0

Ⅰ.①黎… Ⅱ.①黎… ②閆… ③葉… Ⅲ.①古典詩歌-詩集-中國-清代 Ⅳ.①I222.749

中國版本圖書館CIP數據核字(2019)第152776號

黎簡集

〔清〕黎 簡 著
閆興潘 葉子卿 整理

責任編輯 霍西勝 張金輝 羅仕通
責任校對 余雅汝 於國娟
裝幀設計 劉昌鳳
責任印製 陳柏榮

出版發行 浙江人民美術出版社
(浙江省杭州市體育場路347號)
網 址 http://mss.zjcb.com
經 銷 全國各地新華書店
製 版 浙江時代出版服務有限公司
印 刷 三河市元興印務有限公司
版 次 2019年12月第1版·第1次印刷
開 本 880mm×1230mm 1/32
印 張 31.625
字 數 500千字
書 號 ISBN 978-7-5340-7507-0
定 價 198.00圓(全二册)

黎簡像（選自《清代學者象傳》）

《大烏峰圖》（香港中文大學文物館藏）

《竹石圖》（香港中文大學文物館藏）

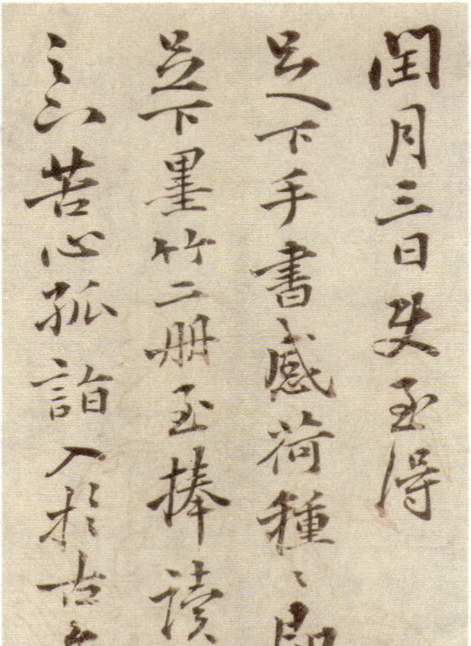

《行草書札》之一（廣州藝術博物院藏）

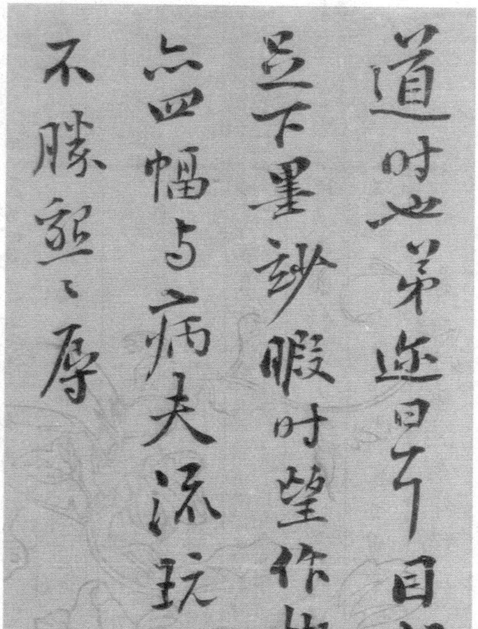

《行草書札》之二（廣州藝術博物院藏）

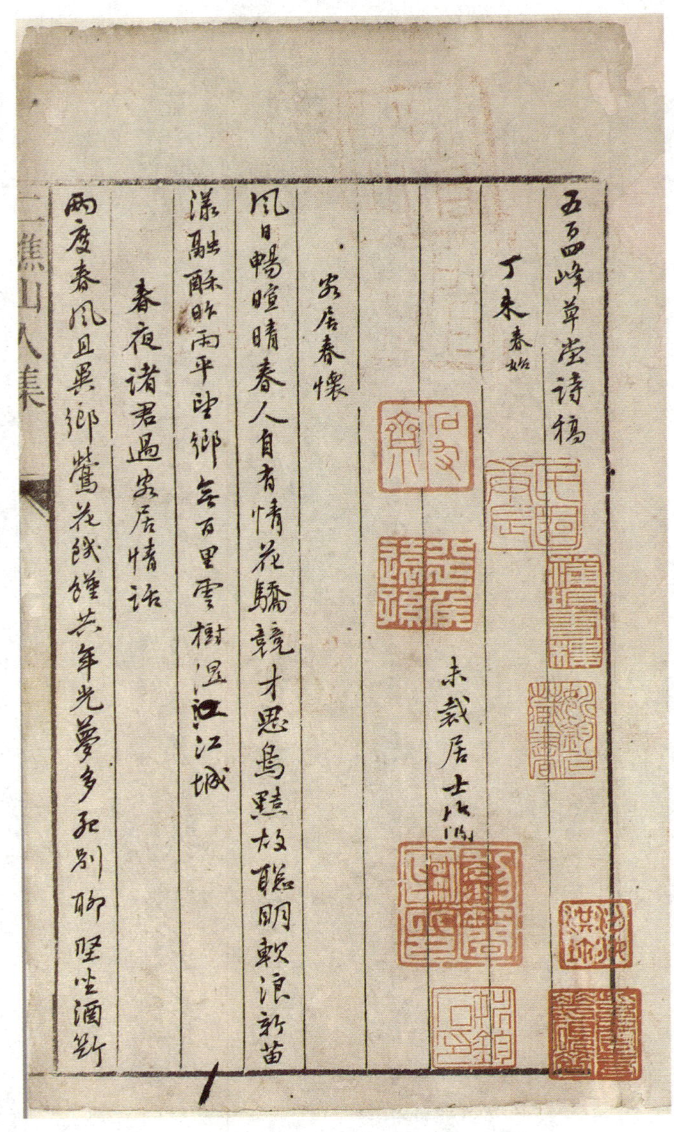

《五百四峰草堂詩稿》書影

點校説明

近人梁啟超於《清代學術概論》中評價有清一代詩歌云：「吴偉業之靡曼，王士禛之脆薄，號爲開國宗匠。乾隆全盛時，所謂袁（枚）、蔣（士銓）、趙（翼）三大家者，臭腐殆不可向邇。諸經師及諸古文家，集中多亦有詩，則極拙劣之砌韻文耳。嘉、道間，龔自珍、王曇、舒位，號稱新體，則粗獷淺薄。咸、同後，競宗宋詩，只益生硬，更無餘味。其稍可觀者，反在生長僻壤之黎簡、鄭珍輩，而中原更無聞焉。」雖難稱持平之論，然黎簡之地位可見一斑。

黎簡（一七四七—一七九九），字簡民，一字未裁，號石鼎、二樵、百花村夫子等，廣東順德人。少而慧悟，十歲即能賦詩屬文。稍長，博綜群書，肆力問學。乾隆四十三年（一七七八），以《擬昌黎石鼎聯句》詩見賞於李調元，得補弟子員。乾隆五十三年（一七八九），選爲拔貢。將赴應試，適丁外艱。服闋後，又得氣虚疾，因是益淡然於仕進，輾轉於廣州、順德之間以終。生平事蹟見黄丹書《明經二樵黎君行狀》及蘇文擢《黎二樵先生年譜》等。

黎簡在詩、書、畫、印等方面皆有所造詣，有「四絶」之目。在詩歌方面，黎氏從杜甫、李賀、黄庭堅等名家入手，所作諸詩多鑱刻奇警，時發前人所未發。如《田中歌》云：「飢鷹叫風野日白，田鼠倉皇亂阡陌。田頭背立泣寡妻，拾穟盈筐人奪得。自言一日勞，可得三日食。十日刈穫了，可儲一月積。今年三日皆空還，明日重來復何益。出門時，兒已飢。入門時，兒拽衣。娘得穀，换米歸。兒食粥，娘啖糜。娘空還，兒哭啼。兒勿啼，娘心悲。向屋後，望菜畦。天寒雨瘦菜不肥，籬疏畏逐强鄰雞。閉門抱兒勸兒睡，明日娘有飯，娘自有較計。北風入夜吹破屋，上有明月照人哭。人哭不聞聲，但聞兒寒就娘聲瑟縮。」全詩描寫盛世之下孤兒寡母的遭遇，淒苦情境直指人心。尤其是其中「天寒雨瘦菜不肥，籬疏畏逐强鄰雞」等數句，雖字字皆人所能識，却藴悲憤於遣詞造語間，讀之恍如目前，令人鼻酸。故凌揚藻在《國朝嶺海詩鈔》中稱此詩「義則變雅，音則樂府，滿紙皆愁慘之聲」，可謂的評。

除了此類描寫民間疾苦的詩作之外，黎氏詩作中還有大量描寫風物人情、親朋故舊交情以及題跋書畫創作的作品，描寫風物人情如《寫景》《鐵壚頂》《歌節》及《放鴿引》等，親朋故舊交情如《亡妹生日》《穉女芸生兩歲耳今年正月廿四日母方咽湯藥歎無下藥物芸密取卓上錢過橋買棗而進心哀憐之今四月內子病書至憶而作詩》及《述哀一百韻》等，題跋書畫賞鑒、創作如《畫山水歌寄何勤良》《溪山無盡圖》及《林良畫獨鶴圖歌》等，多可頌之作。

至於黎簡之文章，據文獻記載曾結集爲《五百四峰堂文鈔》，惜未見傳世。但僅從所見的一些題跋文字來看，其文筆也雅潔可觀。以《華首臺小記》爲例，此篇爲題紀游畫作的文字，中云「自香積沿覓得徑，爲合掌巖。巖南側，落爲洗衲石。石固坦坦，飛泉照人。於是同二同游臥石上，時青天空寥，白雲未急，幽鳥一聲，山翠已落」，清寒瑩澈，頗得柳宗元丰神。

詩文而外，黎簡的書畫成就，亦頗得時人及後世青眼：「篆隸真草，得漢晋人之髓。山水直造元四家堂奧。每至郡城，以金幣求書畫者坌集，然君顧自矜重，意不合，或揮斥不顧，以是人稍目爲狂。然得君片紙者，無不珍爲奇寶。」（黄丹書《明經二樵黎君行狀》）而少時即好範銅爲印，至長不移，曾一月間仿古銅印三十鈕，詩人張葯房作詩歎之。其妻梁雪病逝，作「長毋相忘」印繫臂以殉。葉銘《廣印人傳》稱其所作印「厚樸古拙，最得神味」。

總之，黎氏誠如《國朝先正事略》所云「生平擅詩書畫三絶。其詩由山谷入杜，而取鍊於大謝，取勁於昌黎，取幽於長吉，取豔於玉溪，取僻於閬仙，取瘦於東野，錘鑿鍛鍊，自成一家言。書得晋人意。畫直造元四家堂奥」，是清代中期一位值得充分研究的重要人物。

黎簡生前曾删定其詩歌，編爲《五百四峰堂詩鈔》二十五卷，嘉慶元年（一七九六）由衆香亭刊印。此本收詩起於乾隆三十六年（一七七一），止於乾隆六十年（一七九五），收詩近兩千首。嗣後，此本又有同治間南海陳氏刊本及光緒間黎氏教忠堂刊本等。另外，黎氏尚有《五百四峰堂續集》一書傳世。據書前温所言：「曩在友人許見其手稿。嘉慶元年、二年詩凡二卷，篇首有『二樵山人手存』六字。逡録一過，置篋衍中。恐日久散佚，兹付剞劂，以續前編。」

除上述刊行本外，黎簡尚有稿本數種流傳於世：其一，即爲上文所述及的《五百四峰草堂詩稿》，加拿大英屬哥倫比亞大學亞洲圖書館藏。此稿共計三册，卷首有「黎簡之印」「黎簡信印」及「簡民」等印記。與刊本《五百四峰堂詩鈔》比校可知，此本當爲刊本所據底本之一。其二，爲上海圖書館所藏《黎二樵未刻稿》，《清代詩文集彙編》曾據以影印。此本雖題云「未刻」，實多已收入刊本《五百四峰堂詩鈔》中，未刻者僅數首而已。其三，爲中國科學院圖書館所藏《黎二樵馮魚山先生墨寶合册》，收有黎簡及馮敏昌二人詩作。

此次出版，《五百四峰堂詩鈔》部分以《續修四庫全書》所影衆香亭刊本爲底本，標點整理；同時參校同治間刊本、光緒間刊本，因諸本異同多爲傳刻中出現的形近而訛，故徑改而未出校勘記。《五百四峰堂續集》部分則以微尚齋所刊本，標點整理。鑒於黎氏尚有不少稿本、題畫詩流傳於世，對於研究黎氏詩文頗具價值，故整理過程中又從加拿大英屬哥倫比亞大學圖書館藏《五百四峰草堂詩稿》、上海圖書館藏《黎二樵未刻稿》、蘇文擢編《黎簡先生年譜》、廣東省博物館等編《黎簡謝蘭生書畫》、梁基永編《黎簡》及葉恭綽《全清詞鈔》等文獻資料中，輯録上述刊本所無的詩歌、文章及詞作等，成《集外詩文輯佚》一卷。

同時，爲便於讀者進一步了解和研讀黎簡其人及其作品，我們還特别編製了附録，共計包括《芙蓉亭樂府梗概》《傳記資料彙編》及《相關評論選輯》三部分。需要説明的是，黎簡早年曾撰寫《芙蓉亭樂府》一種，《五百四峰堂詩鈔》卷十五《度曲》題下小注云：「聽婁五唱《芙蓉亭》，淒然有詠。」詩内復云「自言自聽皆吾妄，鬼録何書許認真」，蓋其中寄託早年情事。然此書無刊本，僅存鈔本數種傳世，頗爲罕見。故本次整理《黎簡集》，僅據《黎簡先生年譜》迻録其梗概，編爲附録。全稿整理，則尚俟異日。

在本書整理過程中，蒙浙江古籍出版社李林先生、浙江人民美術出版社張金輝先生提供諸多資料，在此謹申謝忱。另外，出版過程中參考了周錫馥《黎簡詩選》、馬以君《黎二樵詩集》及梁守中《五百四峰堂詩鈔》等文獻，特此説明。年來冗務繁複，致整理工作時斷時續，加之囿於學識聞見，書中疏失在所難免，尚祈方家賜教。

丙申年歲杪，點校者於安陽師範學院

目録

五百四峰堂詩鈔卷三

五百四峰堂詩鈔卷四

五百四峰堂詩鈔卷五

五百四峰堂詩鈔卷六

五百四峰堂詩鈔卷七

五百四峰堂詩鈔卷八

五百四峰堂詩鈔卷九

五百四峰堂詩鈔卷十

五百四峰堂詩鈔卷十一

五百四峰堂詩鈔卷十三

五百四峰堂詩鈔卷十四

五百四峰堂詩鈔卷十五

五百四峰堂詩鈔卷十六

五百四峰堂詩鈔卷十七

五百四峰堂詩鈔卷十八

五百四峰堂詩鈔卷十九

五百四峰堂詩鈔卷二十

五百四峰堂詩鈔卷二十一

五百四峰堂詩鈔卷二十二

五百四峰堂詩鈔卷二十三

五百四峰堂詩鈔卷二十四上

五百四峰堂詩鈔卷二十四下

五百四峰堂詩鈔卷二十五

五百四峰堂續集

五百四峰堂續集卷上

集外詩文輯佚

集外詩文輯佚卷上

集外詩文輯佚卷下

附録

五百四峰堂詩鈔

五百四峰堂詩鈔自敘

簡自齠齓，先君子即教之爲詩，既得其意而喜爲之。其閒存而慚、慚而焚者屢矣。既又復存，存又復慚。於二十餘年中，若有未可盡焚者。自乾隆辛卯至於乙卯，所得詩分廿五卷，梓之。少而壯，其漸以老，可概其心力之利鈍也，體格之仍變也。詩人之殊途，醫門之多病也。藥之雖偏疢乎近之者，又其性也。且彼風氣者，方置吾於其樞，吾不能撓其柄也。昔所非而今是，今所是而後非，吾烏乎知其鵠之正也哉！

嘉慶元年丙辰九日，黎簡自敘。

五百四峰堂詩鈔卷一

辛卯年

入羚羊峽寄閨人

清江連白沙，秋晝如月色。蒼然暮帆影，涼風轉秋碧。舟行入青山，山青立天石。峽雨去却來，山飈順還逆。哀狖遞雲屏，清切不可極。違峽已十里，隱耳淒不息。端州萬家夢，上有孤月白。是時水村夜，知復當窗織。星露江上草，草根蟲唧唧。唧唧復唧唧，吾聞汝歎息。歎息不能夢，有身無羽翼。

藤　縣

水石無小大，其勢皆向人。視我如相矛，割水成翻雲。石齒篙脱齧，船頭渦又歎。是時十月交，北風吹客魂。長年甯哀彘，水刃血手龜。行役即屬汝，而不嗟苦辛。奈何遠遊子，坐失山水真。城廓蒼翠冷，夕照炊煙温。藤縣百餘家，秖似山上邨。訟庭積山葉，可供官爨薪。或云昔南征，亦有從役民。至今山上田，穭種無人芸。勞生有身世，去去勿復論。

鐵壚頂

絶壁小鐵圍，壁根窈虛牝。奔流趨叢壑，水石鬬古忿。上流穿石鼻，盤絞鐵牛紖。抱舷趯短篙，入水揠横軫。舟住石飲鏑，舟去石囓臏。頗怪東逝舸，捩舵亟風隼。笑指我西去，動若蟲蝡蝡。風日彼流利，波濤此安穩。知一不知二，齊末爲循本。他日東曰歸，西顧悲往蹇。

白馬角

嚴冬上白馬，白馬未云惡。水淺衆石出，山陡一股落。憶昔五六月，西潦奮虛壑。長河怒一折，赤浪攢萬岳。渦盤大江迴，芥擲巨艘弱。是爲西江隘，漲甚須守泊。下莫倚勁櫓，上難挽長索。氣殺至白石，聲慼已丹竹。淺視鐵鑪頂，猛逾火煙角。

鼓湧灘是灘又名瘂灘，舟師云吆喝則盤渦起。

舟人輕風波，至此慘不語。脉脉奔長江，畏色自太古。上舟鈍若石，下舟猛於弩。盤渦入地叫，聲過十里許。北風吹木葉，神氣棲破宇。孤猨鳴空山，漠漠日色苦。西江三百灘，是已一二數。昔覩李尚書，鑿徑濟行旅。慘淡石見血，無乃蛟龍怒。惜哉水不尺，勞深力無補。我生固習坎，何如此深阻。危襟坐如夷，洞然見肝腑。

龍門灘

西江幾千里，有力使倒流。獰石張厥角，直欲礪我舟。竹纜如枯藤，梟梟山上頭。失勢倘一落，萬鈞亦浮漚。潯州兩江水，其北導柳州。上逼銅鼓灘，下握相思洲。龍門在其中，神物居其幽。往往一夕泊，曉不辨馬牛。龍堂洞壑夜，猺天雲雨秋。緊予屢經歷，不爲風波愁。肅然慎前途，毋爲二人憂。

横石磯

進舟香江驛，戒程横石磯。横石雖不險，入險已自兹。細波沙上明，小旗風前吹。四山湧層碧，低昂赴江涯。仰眎東下舟，生死不可知。自爲西去人，進止恒懷疑。懷疑問津吏，津吏前致詞。郎今從此去，世途盡如斯。郎顧前所歷，已過皆平夷。拜手謝津吏，看山信篙師。

秀才灘

秀才何姓名，失生此潺湲。但傳古秀才，遂以名其灘。日落野水黑，英魂愁枯山。紙錢濕寒灰，弔君波濤閒。嗟予挾文卷，悲吟走西蠻。幸不與君伍，何時全生還。君豈忘垂堂，予亦思漸磬。性命懸舟人，莫能自求安。雖非長沙淚，動傷遊子顔。

火煙角阻風登岸遭田父有不速之款興在邂逅情見乎詞

白雲長在山，野老不出門。遊子苦舟坐，登岸抒勞煩。既岸見我舟，已匿蒼厓根。俯視江飛波，欲濕相風竿。聞雞討幽徑，手足行嫛婗。不敢仰奔峭，步躡藤蘿繁。空翠石屢變，深林天易昏。出林始亭午，逢人方定魂。其地屬邕州，彼此通語言。欣然呼童穉，蓬蒿開竹軒。野色滿須眉，禮疏情自存。慰留具雞黍，頃復出兒孫。年深無來客，愈敬遊人尊。歡言雜歎息，其事難細論。桑樹日色黄，相送踰數盤。丁寧能再來，餘年問寒温。臨歧默回首，暮雲入空村。山水長若斯，照人情素敦。

飛龍灘

舟下青山根，亂石忽横截。發櫓飛渡江，急若物下跌。耳聞人吆號，目送山倏忽。森獰灘心石，日色炙頑鐵。失手過遲速，拄架不得脱。或昂首握吭，或翹尾若齾。或中砥若擔，負重舟兩折。或爲馬脱韁，或爲蜂纏鷸。彼落時數厄，予上日屢欹。兩舷聲絶天，百指手濯血。北風吹枯山，忽覺冬景熱。日落出叢石，始見茅屋列。結構依崩崖，山市静不聒。摞杙去岸遠，庶與虎豹絶。驚魂命孿酒，襟色照露月。

邕州

屼屼荒城晝角哀，滔滔急水白沙頹。不勝今昔親垂老，如此風煙我再來。幾箇遊人非斷梗，是何名岳入邊垓。故鄉倘有羅浮月，可許幽輝滿鏡臺。

望仙坡最高樓

在眼山川故國情，崑崙寒翠古邕城。短長道路供離别，少壯交游半死生。雲色黄茅秋瘴盡，沙光碧玉暮江清。平安郡邑南征後，偶問途人不説兵。

有歎 邕州八月之漲

水出萬山鳴，天低一掌平。盤渦翻大樹，缺岸陷孤城。覓屋餘墟社，逢人問死生。武溪深不測，辛苦憶南征。

放歌四章

白雲在天兮安所歸，海水流兮無盡期，予行邁兮勞苦飢。風蕭蕭兮臨浩波，撫時逝兮聊獨歌。悵離居兮芳草殘，芙蓉盡兮江水寒。春有蘭兮秋有菊，道路遠兮心不遷。心不遷兮怨有之，思不極兮猶可言。

隔千里兮共朝昏，同辛苦兮不能聞。雁南飛兮復北飛，北風滿天兮載鳴且飢。非夫君兮不能怨，怨不敢兮聊復思。

我衣新兮不忍著，我衣故兮不忍却。我身勞兮我親知，我心傷兮猿夜嘑。車入淵兮舟上山，我能行兮非其任。揚素袂兮激哀歌，淚潺湲兮匪自今。

同行路兮命如何，君安車兮予蹇駝，駝苦路長兮人苦事已多。迴吾駕兮曰歸只，大江滔滔兮不知生死。予離憂兮亦已早，霜先秋兮謝予芳草。天有日月兮地有道途，道途之人兮相代老。

五百四峰堂詩鈔卷二

壬辰年

送別

草長蕩春愁，春江水急流。桃花兩岸雨，天末一歸舟。同日遠爲客，當筵難重留。崑崙他夜月，相望各回頭。

客樓

天地兹樓迥，風波客子心。瘴江千里黑，邊角五更深。身穩幾無夢，年荒欲廢吟。家山與窮塞，相寄食難音。

城上

遥遥千里草，忽向客愁生。青碧照平楚，蒼茫臨古城。山光抱水際，雨勢走江聲。報是它鄉暮，衣風切骨驚。

與潘振之藝兼寄潘絜如絜

倦鳥無聲倦客聲，離思苦調與君聽。飢寒乞食輕千里，憂患成書負六經。别惜張翰吴菜美，來過宋玉楚山青。舊遊新鬼雞壇地，古石今雲馬退亭。

歌節

春衣白袷騎青驄，淺淺平蕪淡淡風。蠟髻蠻姬鬭歌處，四山純碧木棉紅。江頭楊柳風亂吹，薔蘼欲開桃已飛。清明節近關山遠，夢在杜鵑聲裏歸。

瀟瀟江上雨

瀟瀟江上雨，日夜送殘春。草緑清明節，家無祭掃人。古今爲客地，多少負恩身。淚寄西來水，迢遥東去津。

涵碧亭雨中作

雲自水際起，雨從潭上來。滄江走白日，丹壁動春雷。撫逝覽餘景，浩然登此臺。艱難依骨肉，遊賞易生哀。

武緣縣齋二首

虚堂吾獨宿，空翠入墻頭。似我花村夜，滿衾松月秋。酒歡悲醒客，夢斷續離愁。欲曉聞山雨，榕根漲不流。

日落上南城，城陰山半明。雨餘荒草熱，嵐盡極天清。厲鬼呵鋤藥，神巫號替生。身心無病病，忠信重行行。

高峰隘

高峰雙壁路，一綫裊懸空。馬竭嘶雲表，人來出石中。田青四月雨，武緣四月始種，與他處異。天黑八蠻風。莫自悲行役，春天攪斷蓬。

南霧

南霧萬物濕，西雲千丈高。此身有大藥，無病取微勞。識路非老馬，歸心歌大刀。江流日以急，書札限風濤。

送莊念真

泗城歲時暄，十日八日霧。南風古墻汗，物氣蒸敗絮。其氣能病人，其病輒寒怖。或爲熱狂囈，目與山鬼遇。其巫遂曰神，其神以巫附。朋上聲肯舞鼓節，窈眇銜面具。一家遘兹疴，百家戒而懼。黄昏閉門睡，鳥鼠皆鬼趣。吹角叫山月，肅肅夜天素。君行西更深，慎矣自愛護。與君俱風塵，塵中送君去。雨濕客子衣，風吹江上樹。樹葉四時緑，不分冬與春。遊子終歲行，不辨富與貧。富人雖有貲，貧士亦有身。

艾而張

艾而張羅，雉少羅多。雉無善飛，人無善機。出門四顧，曰往中止。我無良馬，覆我方軌。一雉之出，百人所喜。

題驛垣

落日馬嘶遠，此行誰可親。孤栖蠻僕劣，飢餓野蔬真。古戍啄獨鳥，終途無一人。題詩與來者，留取淚沾巾。

五百四峰堂詩鈔卷三

癸巳年

人日送客

殊方亦人日，是日送行人。帆色雨中去，天涯心所親。緑波憶南浦，芳樹在東鄰。桃李窺臣意，而非宋玉春。

春寒

盲風伏雨罨邊城，城下波濤氣不平。一枕春寒閣鄉夢，千家人語入江聲。沾衾搖落關楊柳，破被尋常得弟兄。仰愧營巢老烏鵲，拮据身爲護雛輕。

邕州城樓

歸心東與急流争，又見飛帆西去程。知有年華在前路，可教人事但長征。雲移日影流山色，風挾江濤入雨聲。此是吾鄉好時節，水村茅屋罷春畊。

閏月上巳

還逐前期客，新流接舊觴。忽驚别已久，坐厭歲何長。天有一餘積，人增百事忙。春風卅日過，回首亦茫茫。

出北郭至望仙坡

北郭風花遠，野香空處飛。偶然入小雨，不覺濕春衣。久客足遥望，古臺横落暉。臺高一峰頂，人立四山圍。

野　碧

野碧春天合，天青野色高。吾今適莽蒼，力足翔蓬蒿。已覺此身遠，亦憐歸雁勞。驚弦滿關塞，孤影墮江濤。

復題望仙坡

野色江光澒洞浮，春波春草接汀洲。四天風雨趨平楚，一郡雲山共此樓。陰景似吹三里霧，邊寒猶襲七斤裘。桃花作飯梨花酒，白骨青山未首邱。是多客寄之柩。

大排三十八韻

大排蠻俗翔，新客怪舊事。終歲心所忺，是處節亦異。且從邕州春，薄載猺婦例。草長二月望，山坐兩行沸。其男老無鬚，厥稱父不字。其子某，則呼其父爲父某。父，碧愲切。撴骭裁短服，裹腰竟長帶。被好雜健少，宜笑奏醜媚。其婦秃花袖，厥首屼巘髻。插髮後象梳，飛鬢前雁翅。窄衣藷苓紅，頳頰檳榔醉。其女過十五，是日從偶對。袙腹僅隱乳，垂髫長逾鼻。出門逢郎哥，迎面叫嚦妹。唉唉女歌發，窈窈男謳會。風遠聲斷續，野闊聽茫昧。騰喧春雲熱，炙汗晴雨膩。遣句狎乃接，抒情捷爲貴。稱調淒以愉，考意冶而嬖。知誠和逾促，信好眸故背。詞竭互自私，言交始通饋。朝暾墟填集，夕日山憔悴。同人各有偶，納子遂把臂。黑黑松柏深，奔奔巖穴配。或敦新知樂，或從去年契。鰥雄避木葉，棄雌竄荒蔚。或矜自特衆，方鑿納圓枘。及暮從母歸，要使狂者愧。或矢死靡他，彼婦得我壻。薄怒遣汝還，甘爲寡歡睡。或以媸見却，或以老致退。或爲衆所屬，專匹令女畏。或爲瓜已及，防彼傷我蔕。紛紛逐狐狸，靡靡笑鄭衛。與君久處此，觀風紀其地。所見恐約畧，於聞半失墜。兹篇歸故鄉，用以咤吾輩。飫腹當青蔬，豐筵屏銀膾。瑣瑣大排詩，詹詹小言罪。

袙腹，見《晉書・齊王冏傳》。

藥山詩呈雷文熾先生

叢標掩天黑，洶湧晚雲外。離立八十里，馬鳴已驚悸。見山日一昨，入谷景向未。石門取微徑，木葉塞天地。徑盡一潭落，水破兩崖對。霧雲霾潭面，雷霆鑽地肺。藤猨詫生人，哀鳴炯相視。碧眼豎老鬍，捷足掉長臂。仰已塞太虛，俛恐陷大隊。前臨匪是處，後顧怵非類。虞獵猺絕跡，抨彈鳥不避。側睨彼嘯鬼，顫肉我縮蝟。兩奴棄我去，我馬亦自退。橫途出松箐，濕血濾衣袂。㦕悷忿生性，䖏䰜曳死彘。幽憂勉與喜，我命實相寄。耽奇壯有悔，慟哭茲匪義。下嶺投孤邨，籬落森自衛。主人笑險語，山月照清睡。安身倚牀席，惡境魘夢寐。夫子謝安石，試語神已會。躡屐闞雁宕，此勝庶可繼。先生去有禦，小子遊可再。磨崖鐫堅頑，有作亘深邃。青冥千尋梯，白髮徑丈字。

雷公巖

昨行藥山道，今過雷公巖。崩雷裂陡壁，呀石摇巉巉。彳亍抱曲角，勾芒持客衫。目眩鳥叫魂，汗沸馬脱銜。日車頹空磐，雨氣隨叢杉。黑雲下塞淵，輥輥如積黬。失足落萬丈，鬼國衆妖饞。秃樹縵古蘿，毛髮青髟髟。終歲幾客過，不蹶山神監。毒茅得虎矢，銛勁交槍欃。迴視滃夕瘴，其氣成朱藍。在心湧爲瘧，出口窒屢緘。今夕何處夢，願作東海帆。

得秦述堯岳州書

巴陵殘雪見春還，南國鶯花幾日閒。水落九江開楚澤，眼明寸碧是君山。波濤作夢猶空墮，身世浮舟得少閑。纔發來書即去客，誰家明月照荆蠻。

畫　鷹 別東道主人，主人請題詩示客。

老樹秋落日，古墻風滿原。蒼然眉睫動，誰以羽毛論。有想終能去，無群亦忘尊。他時燕雀上，酸目見飛翻。

長吁篇四章

長吁復長吁，怨深情有餘。有餘不可道，積愛成至愚。河水日日流，中有一雙魚。跳擲同一波，依泳同一蒲。聞彼東適海，唧我西歸書。願子開素書，讀之勿相思。相思令人老，慎保春陽時。

春陽感人心，有如桃與李。春風亦無言，敷華共欣喜。搖落安所嗟，相對有終始。明鏡不照心，海水不知深。風波無處所，大江生繡衾。一夕數嗔愛，百年寧易任。子歌白頭吟，我彈緑綺琴。兩心自可保，安用相審音。

音促調苦悲，悲調揚遠風。風吹天上雲，又捲地下蓬。飛蓬語高雲，與子別音容。何意此須臾，乃得相遭逢。常恐迴飈歘，遺我在野中。落身非故土，何以得追從。高下固有命，勢懸思可通。願子爲霖雨，時澤我故叢。

故叢誠足念，有鳥恒獨棲。天寒木葉落，以翼覆其兒。飛雄忽歸來，啁啾前相持。一身去四海，所逃皆險機。幸保羽翼存，安望中不飢。誠念爾飢寒，庶歸甘共之。若問此何鳥，此鳥不易知。但見五文羽，立此孤桐枝。

應試了還村莊作

過江鐘叩曉雲高，萬事人閒一事勞。殘月蒼涼照顔色，扁舟掀揭任波濤。潮生昨夜聽雞語，風獵平沙落雁毛。也媿卿卿不相問，年年親爲拂塵袍。

擬古意

盜泉必不苦，道渴思飲之。未飲尚自思，已飲不復知。同行十餘人，一人寧渴死。其人未有病，病坐衆人指。竹生性本直，曲之生不得。靭麻語弱蓬，惜汝無寸力。劣馬不畏鞭，畏路長而弦。安得星墮天，來下填盜泉。

五百四峰堂詩鈔卷四

甲午年

桃花

青山照碧水，忽見桃花紅。媚以東南日，韻之明庶風。佳人倚修竹，翠鳥啄金蟲。幽豔神仙窟，吾鄉東海中。

豔陽怨

閒關百鳥喧，人出豔陽天。弱影垂楊動，柔風翠帶懸。春愁昨夢後，春怨看花前。蕩子應相憶，窗桃似去年。

春郊

桃花藉芳草，白馬出花嘶。初鳥聲猶澀，春人年并齊。含思各深淺，同里異東西。相見不相問，青山畏日低。

景風四章

翕翕景風，言披我襟。庭柯即静，交鳴春禽。日暮動酌，勝理難尋。白雲自來，海水亦深。

翕翕景風，吹萬斯悦。時物與人，愛此嘉節。朱暉在天，緑華明潔。情以和守，理以近洩。

翕翕景風，有懷在人。在人爲欣，於物爲春。宜語宜默，斯夕斯晨。事諧静見，情同氣均。

翕翕景風，言翕于郊。青原百里，以佚以姚。目與物遇，賞與天遥。和平在懷，莫匪春朝。

寄梁東麓紹儲明府夔州安置

死去知何恨，生還亦此心。路隨年有限，罪與病俱深。遠目惟看鳥，幽思勿倚琴。難逢蜀中客，不惜越人吟。

落日

落日望河關，滄江出遠山。雲平大澤暗，風息暮潮還。勢闊高臺小，天遥勸客閑。却思茅店粥，下馬乞峒蠻。

浪淘沙詞

横江風緊浪淘沙，江上征人可憶家。粵女無端亦眉皺，恨人何事到天涯。

暮歸

碧水青山一日程，橫江津吏問揚舲。人家柳岸看微火，草閣花檐帶小星。不稼殊慚鄭生谷，著書將搆子雲亭。濁醪大好宜清夜，虛白滿堂吟紙屏。

喜雨

東山倦葵扇，南海買鮫綃。明水堪作珮，香蕙可圍腰。迴翔染寶粟，矮墮墜雲翹。平池數竿竹，深堂一葉蕉。衣聞秦女卷，山是楚人燒。雲崩半空石，江飛萬馬濤。翠檐寒玉直，清水滑珠跳。沫魚蔭荷净，林鳥望天遥。解渴詢司馬，停音顧小喬。上樓花覆額，搴簾雲入袍。始知湖外緑，涼氣一峰高。

飲酒四章

顧彼庭樹，生意有餘。欣欣無言，我懷與俱。春蔬滿畦，照人素裾。性靜思動，遂命我壺。悠悠其雨，故人不來。簷花垂户，窺我春杯。穉子牽肘，不知而猜。笑與一盞，膝前自頹。馬卿始貧，亦媚其婦。予拉荆妻，薄與飲酒。言笑自佳，不覺其久。何爲若斯，互慰勤苦。青青者葵，言茂我園。我剪爾葉，無傷爾根。人物得所，我與汝安。我不棄汝，貴賤情存。

秋　望

極天惟海水，水上白雲飛。雲净見山色，山寒宜夕暉。徘徊晚禽影，映帶遠人歸。不盡滄溟意，仙舟與我違。

同友人近村看梅

北風作層寒，雲海凍欲冱。漠漠一鳥遠，寂寂衆芳暮。涼波響清冰，遠屋映幽路。衣香出郫人，眼明横水渡。主者不爲客，芳尊自成趣。花深思重裘，香重霏薄霧。心清得無邪，詩好偶一句。江天萬里静，罨山西日下。微吟若隱怨，小折送歸去。迴首江上月，吹作一片素。

煎　藥

煎藥我生能，静如煨芋僧。香雲松葉竈，青雪竹房燈。病久輕生死，醫來協減增。聰明卿返照，心跡玉壺冰。

五百四峰堂詩鈔卷五

乙未年

和陶二首

僕不喜爲和韻詩，今春覽東坡和陶之作，欣然作二首。

飛鳥始美舉，其心懷好休。孰是無退地，而能縱前遊。微風送高影，逸羽隨雲流。上下雖已殊，安能笑河鷗。緊予倦遊子，夙志在山邱。思遠命弗諧，行迂身寡儔。物有匪意得，世無如願酬。低徊格茲理，寧復自昧不。嗟彼恒憂人，亦自不見憂。長途覆短軌，臨盡有遺求。

何人不畏死，無死不貴生。何人不欲貴，無賤不貴名。智者用以愚，達者蔽其明。予也誠不才，十年逐塵聲。嗜欲苟昏人，安復計遠齡。能靜擠弗顛，過養扶亦傾。物有秋不殺，亦有春不榮。性命符自然，古人得其情。所以御輕風，神仙王方平。

寄陳湘舟禶芳二首

阿容三五好歌喉，一曲黄河眉黛愁。南人得識邊情苦，爲汝歌成字字秋。妓阿容善歌，陳教歌《黄河遠上》一首。

衰柳寒雲官渡頭，風波失所荻花秋。時逐妓後。寒條夜夜啼烏月，許照犫山病玉樓。陳三新得妓李玉樓，善病。

巫山高

巫山高以陰，寒景若死灰。千年妖蟲臨高臺，愁雲怨雨習習來。長狐嘯血成碧苔，一絲冷夢尋不回。柳枝啼煙秋滿眼，楚風吹魂不得斷。陰蘿緑帳凍絶塵，雲旗影直湘天晚。巫山高，湘水深。神仙已葬還有心，白日冥冥猿夜吟。

贈某翁翁，酒人，亦喜爲詩。

城西小兒齊拍手，笑指此翁醉行走。一年不見幾回醉，一醉便自卯至酉。閉門讀書五十年，十日八日無酒錢。魚山山人亦好事，每日挈壺來打門。淺酌喁喁道幽素，遊絲落花春日暮。忽悲忽喜懷抱開，起見海上風雲來。秖得尊前態如許，安知户外翻雲雨。深杯且送百年春，一室何妨八風舞。山人今日重披裘，湤滯京華兩度秋。近來酒醒燈前淚，幾頁遺編哭玉洲。張瑞夫，藥房之弟。

孤雲

孤雲與我性，淡宕含清暉。長路幾時了，名山待汝歸。抱琴帶月立，送鶴横秋飛。静極古潭水，去留無是非。

梁文登丈送柚子

野亭烏桕邊，其上有寒蟬。衫浄照秋水，雲閑多暮天。葉飛江口樹，人上渡頭船。近説邨齋外，霜林橘柚懸。

空村

空村收稻了，杯酒勞吾勤。暇日無知友，相思生暮雲。隔花人共語，招手鳥成群。獨醉吾廬下，無機物亦欣。

獨立

獨立心轉哀，涼風西景頹。水從今日去，山識古人來。老木寒蟬急，長空一鳥迴。暮雲無意緒，天地信悠哉。

小園

水影動深樹，山光窺短墻。秋村黃葉瓦，一半入斜陽。幽竹如人静，寒花爲我芳。小園宜小立，新月似新霜。

讀曲歌二首

雄兔逐雌兔，一步一相顧。佳人不肯來，浪打横江渡。

皓腕紅雪香，親約玉條脱。此物不足貴，貴其無斷絶。

二月二十九日題

東風留得幾分寒，散入江鄉山水閒。柳絮學飛纔點水，木棉落盡好看山。舞隨蝴蝶嬌孩轉，行帶蜻蜓病婦閑。二十九年迴首了，一般春日去闌珊。

柳波秋柳和黄蘗樵鯤

春江打兩槳，言是盧家婦。河南指妾家，鸚鵡藏深柳。柳態本因枝，年哀誰無思。柳絲遮玉貌，愁殺道旁兒。道旁春水曲，畫舸明春旭。梳頭太鬈鬆，半挽春煙緑。春煙吹不去，人影在輕紗。香風摇碧柳，一點是桃花。桃花逐流水，蕩漾何時止。可憐一夜秋，明月寒波底。寒波浩浩流，人散木蘭舟。何處非長夜，何人不識愁。愁人扳柳枝，惆悵夜深時。西風不懷舊，猶使夜烏啼。

楊柳枝詞

横江渡口雨霏霏，盡日楊花不肯飛。風吹多少愁多少，夜夜江波人未歸。春風時候不登臺，今日明窗試小開。一行煙柳隔江碧，遥逐莫愁船尾來。

順德縣城還村居作

寒松帶天色，空翠落帆前。我友返迴渚，孤城生暮煙。風捎鷹翅側，山缺日輪圓。接櫂勞漁父，深花送淺船。

龍　潭

友人梁秀才公普既逝，予爲繪《五龍潭聽瀑小影》，授其家人。

蒼厓趨雲頽，深地夾壁出。不知太古雨，乃在化大室。懸河三千丈，晴昊冷白日。一落直不動，二岳勢已溢。隱雷入地肺，伏溜迸石骨。當心臥長橋，炯眼界古鐵。尋流十餘里，復見跑泉窟。初如真珠簾，倒卷上五尺。中央競鐘鼓，餘隙走瑟瑟。陵臨俯層顛，磓石探其穴。堂然下虛鳴，叩鉢響旋輟。潭潭黑凛人，冽冽寒豎髮。雖無含沙蜮，恐動乖龍蟄。勿持青銅盂，學擺蒼鷹血。澗下五色石，偃壓不可拔。淺波漾鱗甲，赤脚踏其脊。潛虯兩篆盤，有羅浮二秦書，高七八尺。舒鳥一亭翼。坐指峰頂流，萬里去不息。亭爲楊制軍搆。昔與梁信陵，欲就此卜宅。未能偕妻孥，尚待長松柏。淒涼八年後，斯人就窀穸。山川不待人，吾欲罪鬼伯。寫影不巾冠，鬚髮得樸拙。予生遂孤往，十年事當畢。斯人永千秋，突兀動高壁。此詩用韻頗濫，嘗欲改之，藥房云蘇黃法也，聊聽之。

寄黃藥樵

牆頭暮鴉飛不起，鴉背松聲冷於水。如山北風壓破屋，拍枕太江浮兩耳。窗竹偃蹇欲折檽，急雨落瓦寒有稜。飢鶻噍噍狀嘯鬼，紙窗琅琅如裂冰。風頭愈大雨點重，松子踰時尚跳動。燈危在壁寒不明，心戰如波静還湧。我憶滇山西遠征，冰天苦月寒峥嶸。兩奴争被静一闃，獨馬戀人悲自鳴。身勞歸惜妻孥苦，裘敝倏驚年歲更。煌煌肥馬從朋友，站站飛鳶閲死生。生還喜爾情過絶，以病示人無病骨。明日梳頭視青鏡，今夕苦吟得白髪。莫思廣厦庇衆寒，少陵詩翁古迂拙。

詠古八首

天地萬物，何無始終。元理所載，有來無窮。予少既壯，茫然莫從。譬彼白雲，隨兹長風。誰使其往，孰窺其踪。

鬼谷何人，時卑道高。一士獨暇，天下皆勞。屈子既放，國人悠悠。匪斯人憂，其誰之憂。達哉曼倩，孰知其心。亦仕亦隱，不浮不沉。

子房少年，深静暢識。神遠赤松，心折黄石。脱其不遇，寧没此人。辟穀空山，千歲爲春。世人望我，我方閉門。薜蘿幽深，外有白雲。

偶彼粲者，予爲相如。不殺君子，我非左儒。其事異致，其人在予。惟彼二子，相去實遠。予望厥事，杳乎在眼。

伐木若廢，朋友道缺。况迺生死，義有弗竭。予念死友，冥冥泉路。我思古人，久約不負。千秋延陵，慨我尼父。特筆書曰，季子之墓。

大道可負，何畏乞食。卓哉陶潛，沉機養直。達人處世，不外畊織。叔夜煉形，而以形解。孫登明照，其言尚在。後來菊花，何人復采。

冰能作山，高於岱恒。陰雲幕景，其勢鋒稜。朱雲諤諤，鹿折其角。朱虛耕田，非種無年。孤不失和，衆乃受困。絲亂不治，治以是刃。

清宵悠悠，撫我鳴琴。孰聽其曲，自惜其心。蘭之猗猗，媚其幽姿。君子之守，曷其傷爲。伯牙絶絃，無復新知。千秋之後，寧無子期。

横江詞

横江渡頭江水藍，東風旗影落澄潭。人生莫作横江吏，日日江頭數别帆。

南湖曲

片雲飛出小湖東，浪打紅篛雨打篷。深花淺水船顛倒，受盡南湖一夜風。

荆州歌送客

鷓鴣聲裏夢黄陵，眇莽南浮記得曾。獨憶劉郎古臺上，西風吹草晚呼鷹。

五百四峰堂詩鈔卷六

丙申年

三十

年年未三十，三十忽然來。細雨愁春日，飛花停酒杯。艱危疑造命，微賤益增才。前古多賢達，今人亦草萊。

溪上

溪上晚風静，影邊春日殘。獨花如有怨，止水尚增寒。物理閑中遠，吾生懶後安。回頭想身事，真覺路行難。

聽吴客作吴歌二首

千里東風長緑蕪，江南春似廣州無。一般冷雨蕭蕭夜，不獨傷心爲鷓鴣。

吴女吴聲作短謳，水風荷葉送歸舟。一時悵望無尋處，月照松陵江水流。

柳絮詞

夢斷秦娥近十年，别時種柳瘴江邊。前年我渡邕州水，柳也飛花打我船。

陳湘舟約過李氏融冰室

東家燕子飛西家，不啄東風楊白花。應有佳人囑燕子，恐渠流蕩到天涯。

徐天池怪石松樹歌

元冥一角塞雷雨，虚壁動盪風吹衫。怪君終歲坐陰磴，不許白日窺元談。高摩神霄出盤屈，窅刮鬼窟搜嵚嵌。天池丈人未飲酒，真氣索索如蠹蠶。灑然一醉眼屼峠，撒手絶壑笑掀髯。大呼外垂數分足，呼得矯矯龍移潭。鐵嶂泐裂無留行，上逼真宰翔帝驂。騰踔欲上不可上，其尾掉脱厥首銜。裴旻仰天劍墮面，白霓千尺投空函。天低地昂向落日，魯韓之戰方癡酣。天池有筆力如此，樵也有臂猶能擔。我有古紙闊三丈，亦有筆似木柄劖。直須面壁掃一幅，是真畫也無多慚。爲添一箇百歲僧，趺坐樹下如瞿曇。憶昔邕州逢石人，石人天台僧。鸛頹壑壑眶巖巖。神光睒瞯照夢寐，欲寫我見此老堪。大阿羅漢得此老，肉眼亦不夫夫凡。自言秦皇避雨處，老木奇鬼毛彡彡。天門半夜嘯風雨，山岳震動滃雲嵐。老僧好奇此三宿，百怪攝我吾能戡。銅青鐵黑樹欲死，不死亦有化者監。行將金庭石橋南，訪此髡者之窮庵。風濤翻江冷灌頂，不聽以耳冥而參。

雨夜柬張明經葯房錦芳

百尺樓頭六十日，館陳氏百尺樓。五十日雨眠思家。故人善藥我善病，今歲見春誰見花。深惜越鳥能擇木，未還邵園長種瓜。人生稱志良不易，愧爾看雲東海涯。

「看雲眠高齋」，葯房句。

張藥房贈硯

他日人間西北路，可教兹石得平分。吟鞍北上融燕雪，行篋西征宿瘴雲。未學難投仲升筆，既遷防似宋人斤。傷離臥病年年事，豈有名山與此君。

五羊苦熱

水氣難通市，山陰不護城。晝長人氣短，堦闊日光平。紙墨消晨藥，煙嵐太世情。悠然暮歸鳥，不飽亦諧聲。

刀　歌

粤西得刀鐵，雲南治刀裝。廣東買鮫胎，鍛者閩兒良。邕州王郎昔所贈，謂我深入宜提防。貂尾大帽峻耳馬，送我曰之黔貴陽。是時行者在道旁，視我氣色飛邊霜。黔山濛濛四時雨，雲氣竟月蒙衣裳。深林絶谷黑路滑，伐木取道排樛芒。走匿已跼一脚鬼，叫嘯曾肉雙女狼。醜苗自恃好身手，大環漆鞘三尺强。蠻奴赤眼肉魄礧，使與一試逞所長。陰風冷漂兩雪練，白日緊繞雙虹梁。刀色抱人不見人，人乃聲出刀中央。千匝不放一喝止，既止眼眩猶飛揚。拱手作禮俯首視，視彼刀刃成鋸鋩。凌朝打門語詰曲，牛肉白酒慚跪將。自從護身還故鄉，不以凶器驚殊方。幾年魂夢妥古屋，一隙風雨懸高墻。幽燈睒睒試拂拭，腥蘚古血交蒼黄。搗巢已絶金川羌，山東獻俘繫名王。武庫青紫岆其光，龍虎夜氣成吉祥。東流湯湯粤海水，蛟龍中怒風濤狂。沉之千年無再揚，神物自合山澤藏，我去采藥騎仙羊。

秋寄

向曉秋雲飛，雲飛人欲歸。黄葉夜來下，青山行處非。新寒警薄袖，小怨託鳴機。莫以風塵色，能污蘿薜衣。

五百四峰堂詩鈔卷七

丁酉年

人日

殘冬迺還里，幾日感增年。近喜將迎少，真能飲讀便。過江微雨闊，壓屋濕花懸。宜春索沽酒，尚有典裘錢。

八日寄葯房

入春八日劇無事，便欲寄詩慵未題。定憶南樵李居士，梅花晴雪到江西。

詠柳

春人最少年，行旁緑楊邊。已見能爲態，如何不可憐。寒疑濕墮髻，長或掠斜肩。樓閣相思色，吹花攪暮天。

春望寄藥房

日落桃李樹，天高花轉明。春潮競風起，寒浪接雲平。及雨孤帆重，投林一鳥輕。思君入遥夜，蕭颯逼秋清。

村飲

村飲家家醵酒錢，竹枝籬外野棠邊。穀絲久倍尋常價，父老休談少壯年。細雨人歸芳草晚，東風牛藉落花眠。秧苗已長桑芽短，忙甚春分寒食天。

風夜

一夜東風急，飛花人不知。閉門春自去，啼月鳥生疑。殘檠夢頻斷，破衾寒可支。明朝釣香水，桃浪皺蒓絲。

夜歸

俛首出花林，花深談亦深。護鐙防舊蘚，避葉妥新禽。良夜成長日，餘歡續短吟。凌晨去鄉井，賸有故山心。

村亭

高柳擁村亭，春山柳外青。新鶯邀我坐，此曲與誰評。水近兼花去，天遥接草冥。何人候横渡，招手立沙汀。

江皋寄葯房

江皋春正波，落日下長坡。避影鳥啣草，櫂花人渡河。雲陰低樹重，雨氣入山多。明旦理煙艇，言尋張志和。

夜　酌

餘花裊幽風，病香暗無影。寒空破纖月，怨禽齊作警。離心對愁杯，安得不獨醒。綠苔入户濕，涼露在眸冷。春去如雲飛，一夜人閒静。

欲　雨

海上風雲色，春天不得高。波聲入雲闊，鳥翼側風勞。寒接殘年近，陰排淑景牢。名花爲人惜，何處最蕭騷。

寄蘇秀才其詹膺瑞

君愛西山月，天風一笛高。秋聲叫河漢，南國立波濤。漂泊文章賤，存亡意誼牢。惜哉胡豸浦，吾輩失風騷。

雞鳴行

雄雞膊膊屋角鳴，東方熠熠大星明。萬物不勞天下静，征夫獨起懷遠程。征夫一身無弟兄，長路無窮窮一生。可憐客子不解怨，怨在婦人機上聲。君不見朝雲隨風自奄忽，從離故山無歸日。

喜雨寄葯房

矮屋雨絶好，薄衾眠亦宜。葉高到瓦重，晴久下簷遲。上已衣青草，春風水碧絲。斜川景新淑，遲汝和陶詩。

與黃秀才虚舟丹書

二月清和淺作秋，暝風重爲病夫留。碧桐影下勞煎藥，紅燭花邊自擁裘。入畫山川如寫夢，對君吟詠自忘愁。深知愛我西征草，更勸南浮續昔遊。壬辰有《南浮草》一卷，失之。

又與虚舟

兩年一月作離群，殘臘初春再訪君。風壯城飛萬松雨，萬松嶺。晝寒簷落五山雲。已成鷗鷺頻來往，欲以丹青佐見聞。愛爾雅言無孟浪，不言時亦溢幽芬。

種竹已長作長句寄張葯房

南風昨夜吹屋角，始覺蕭蕭涼有聲。去年五月無處立，赫赫赤日行中庭。是時與君居府城，君家天井接簷楹。墻根約畧有數箇，不得過人頭上青。今年園翁遺十莖，逾月迸筍已怒生。海風吹雲四天闊，海月挂在長條明。山人詩骨如竹清，不著點墨知畫情。夜潮入籬三寸平，倒影入水深亭亭，孤雲自來枝上行。今君苦熱應未睡，安得來步藻荇横。朝來忽復作小雨，呼兒開軒眠獨聽。中林幽幽人語絶，但聞深碧棋子鳴。

秋江行寫别贈張秀才藥洲曰瑶

八月涼風素波起，歸心夜滿秋江水。江上離筵耐堅坐，筵上哀絲澀柔指。炎方暮節江蒸青，畫船暖燭玻瓈明。美人長歎起勸酒，廣袖押花條脱聲。酒行按歌淒以清，江山夜色遥含情。朝來人寂江水闊，上有曉雲行不停。兹來七旬住山城，朋輩不放一日醒。綺叢自有文字飲，淺櫂兼修鷗鷺盟。就中惜别不忍别，城東明星海西月。已傷哀樂向來多，且信風流一時歇。君不見廣州城下南北河，垂楊今較古來多。西風時候猶情態，一路送迎無奈何。

别席

水光山暗月平沙，船尾東望生曙霞。坐殘竟夕離筵酒，歸卧清秋遶屋花。

感秋

楊柳灣頭人已稀，南湖舟子送行歸。秋風又到芙蕖葉，照見江天鴻雁飛。

范寬畫山水歌

古壁崿落險欲摧，一展范寬山水生驚猜。斑斑裂絹作墨色，石角漬上紅莓苔。一松軸末勢横出，氣態直上枝垂迴。一松鱗爪上搏攫，意欲絶地揚鬐顋。根虚似有化跡伏，葉黑豈無靈雨霾。松中泉飛雲横走，石梁冠松連兩厓。梁頭二童子，挈榼瑣碎羅山杯。梁腰一仙人，曳袖邋遢行澗雷。梁盡一落欹石臺，臺有三叟旁仙孩。目光所到如有語，謂何夷猶行不來。背列數株樹，一葉不著成秋柴。中林幽風静不見，但見仙者襟微開。樹背平圓一坡起，寒綠細草齊如裁。坡側雙峰削玉立，顛重於趾危不頹。峰坳秋林對冥密，林杪遠插三蓬萊，自此心去無垠垓。覽竟再拜重流涕，古本幸不罹塵灰。流傳幾經好事者，去年故人懸小齋。華屋山邱故人死，此畫出門無復回。嗚呼，眼無常物豈常主，缾罄自覺恥及罍，我遐獨暇哀人哀。

梧桐以下三首還村莊作

不覺新陰已覆墻，梧桐初解媚秋堂。主人却向人池館，坐得楊枝幾尺長。

藤花

廣州花時過未曾，夜夜素馨穿作鐙。别席扇香今夜在，月籬風架墜秋藤。

竹

始愛梧桐成長大，不勝寒綠又疏黃。西風却戀山窗竹，小有秋聲入夜涼。

江上

江上日不雨，秋高勞我心。沙鹹潊更白，雲燥晝逾陰。田食南歸薄，家書西夢深。何人好遊宴，淒絶管絃音。

秋夜

秋客苦長夜，生平倶夜長。别離無近遠，時節即風霜。月落啣江小，山枯抱郭涼。菊花吾負汝，村舍半籬黄。

郭外

晚秋出郭外，久立入斜陽。地迴風雲急，年饑氣象黄。詩人采苦柏，吾道愧空囊。昨夢開桑落，山妻話草堂。

夜過謝守戎蓋臣藹衙齋

不覺隨明月，還來入緑楊。聽詩憐部曲，把酒即笙簧。衙齋面珠江佳麗地。箭響海天肅，馬嘶莎露光。約君攜仗去，秋色踏青蒼。

落　葉

秋懷感風雲，林木生衆號。衰黄起中野，颯上懸波濤。既無根株力，嗟爾所歷高。天清浩蒼茫，大江急滔滔。於何爲終極，莫得就近郊。萌春一何静，隕秋何太勞。兹理誠足憂，窮士當有操。

五百四峰堂詩鈔卷八

戊戌年

增城縣渡江中道至資福寺以下皆補作遊羅浮時詩

涉江蹇中洲，迴睞城頭山。落日白沙闊，送行人已還。登麓亟趁途，僕夫隨後喧。西嶺阻昃景，迺云日過殘。矯足陵危压，枉步阻岐瀾。松枝俯掠地，石容奮干天。望林意思止，聞鐘飢欲湌。山僧不識人，杖藤來啟關。夜久山風多，靜對無復言。

花手寺一宿贈志師

志師老好奇，深目顴見骨。自言獨拄杖，五去觀日出。青囊裹松子，一去往一月。久吸東海霞，金光入毛髮。延我松下石，索我騁畫筆。高望雲中山，奇怪窮我術。乃爲作平遠，自願避屼崒。遂爾破酒戒，高眠共禪室。朝來別堂上，雲氣濕古佛。

清流石橋橋上試茶

入山心自平，望山心乃奇。鐵橋古仙人，招手天風吹。山深日易暮，怪予行步遲。石梁架奔流，石莎碧如絲。匪惟試甘冷，亦與僕從宜。嗟予歸逾年，始與神山期。太息泉出山，茫茫無還時。謝爾去人閒，與爾從此辭。

華首臺後至洗衲石并小記

華首臺之路四五里，不見天日，葉翠滿衣，拂之不去。觀雨花橋之水，若積山怪雲，至臺臺平，至堂堂折。自香積厨沿覓得逕，爲合掌巖。巖左側落爲洗衲石，石故坦坦，飛泉照人。於是與同遊二子臥石上，時青天空寥，白雲未急，幽鳥一聲，山翠已落。

登頓倚靈跡，隱見覩神搆。陰窈風雷蓄，陽林笙竽奏。鐵石積古寒，玉條媚今秀。造物視詎給，化跡信不謬。虚堂清鰥睡，夜點誤崖溜。瀹茗持露重，披衣擁雲皺。紀辭待後感，燭壁惑前鏤。凌晨續奇步，竟日索異覯。冥冥煙蘿嘯，至人詎能遘。

東坡亭寫東坡於亭壁

我尋東坡亭，實欲尋東坡。伊人棄予去，斯亭爲誰過。石泉自昔在，風葉經年多。白日素壁冷，懷望山之阿。面墻奮我袖，落筆垂迴波。生氣颯風吹，雲光下岷峨。長姬立朝雲，昭質結怨蛾。空山夜松聲，月暗來斷歌。風雨有圮塌，魂影依藤蘿。

白鶴觀登五龍潭上玉女峰

遵水出觀側，攀石上亭脚。坐疑潛龍怒，水勢憤逆落。空潭貯元雲，深光入青嶽。山半偪取徑，古篆壁對削。横行跨潭顛，長橋臥大壑。日色耀積鐵，俯視眼火鑠。土人曰下鐵橋。行經一橋盡，仰觀孤峰弱。娟娟杳離立，娜娜態欲却。登陟緣右袂，息憇臨髻角。始驚飛雲高，猶似地下度。已見東逝川，一綫裊空廓。

沖虛觀至朱明洞并小記

仙人已遠，山水在兹。興至慨深，信疑交立。自沖虛觀入朱明洞，地深天高，石危人小，萬樹負勢，泉灑中林，蓋太古以來日色未展也。力厭藤葛，迺至於此，見其巨石横下，上有古屋，於是登之。言通小有之天，未縋仇池之穴，斯則遐想神踪，徒存靈搆者耳。登臨既倦，勝賞彌欣。既丹竈之可窺，何羽化之莫繼？山中古泉若可汲引，松梢白雲與人去留。

吾翁慕真侣，全家多道氣。賣藥蜀楚閒，求書吴越地。寄書還赤明，遂欲闢靈異。高蹈攜子孫，啟讀瓊笈秘。葛令爾何人，胡必同其世。小子獨往願，亦有偕隱志。山妻伯鸞女，自結青荷帶。勸築五畝宅，多供數畦菜。不知麻姑田，何時入官税。

水簾洞

千百石疊迸，匯此一簾水。清寒先迎人，去此尚一里。懸雪薄不破，奮雷伏難起。静極入山客，雲水勞未已。想見洪荒來，坌湧遂至此。崖藤老盡力，石樹涷半死。棉裘凛稜鐵，骨戰及吾齒。投暄出陽阿，回顏有生理。

黄龍觀尋陳琴知不得并小序

陳琴知，吾邑人也。淹通誕傲，所之輒窮。妻氏中逝，又無子女，迺自棲元道山，親友莫踪。枯隱兹觀，經術遂廢。雲蘿既深，日月自遠。姓名已更，形貌亦閟。空山漫漫，滋我太息。

杳彼無名人，避人有人存。孰令窮至此，迺竟成爾尊。自云長生樂，而與長滅倫。琴知不歸山，將爲適誰門。擁書死人閒，無處容爾魂。昔日腰下劍，蒼龍倘防身。山中有魑魅，畏爾不敢瞋。去去吾汝辭，千秋闕斯人。

延祥寺至寶積寺

泉壑投延祥，松麓上寶積。俯窺無底雲，却立千丈壁。東峰忽深黑，雷霆迸虛石。雨來挾飛瀑，聲與萬松敵。長雲過人頂，急步脱我屐。山寺已閉門，叩關者何客。回顧所來處，漫漫不能識。老僧呼洗足，雛禿抱衣炙。旋尋池洗藥，復究泉卓錫。

雨一首

嶺南四月稻花時，日赤雲光白雨宜。小動風雷入今夕，數憐桐竹決歸期。隔旬家食知無計，十載游踪憶補詩。屢枉故人相問札，也勝閑話自翻披。

抒憂三十八韻

憂來不能抒，密雲共沉結。羌無西南風，爲破海上月。廣州入初夏，時日但坐閱。昔予萬里外，自恐家食缺。今爲故鄉客，亦報糧屢絶。貧士愧傭保，遠近事一轍。蒼茫登北城，田風長苗悦。遠膝蠕而動，來人更相迭。人人負囊槖，官糶久未輟。豈無詩書士，入此貧者列。予欲叢其中，朋輩笑我拙。寧無斗升儲，及爾妻子活。長歌動粤市，筆巧言迺吶。君去勿復道，余自匪賢哲。畏人如鷓鴣，懷芳感鶗鴂。斯歎太倉鼠，郢待豐亭鼈。閑居指懸椎，悶處口銜碣。典衣謀客飡，搜篋兹乏竭。僮僕私自喃，我任其蹇劣。年荒我當困，我愚彼當猾。妻孥且寬顔，况彼蟻附羯。西蠻比年凶，米價近稍埒。哀我短命妹，遺孤正淒孑。不及食新麥，長恨積古血。生不見汝死，老親臨汝穴。今年挈甥還，遠與墳土别。新鬼待寒食，不見紙錢爇。今夕千里淚，灑汝墳旱裂。悲風下寒雨，長天亘騷屑。粤城連北山，雲木隱嵽嵲。售地大石里，卜築面廣闊。移家雖城會，亦可避煩聒。養親數弓内，近市有甘潔。惟憂二人心，終爲逝者閉。床頭無黄金，人閒又炎節。忽忽恐愁風，瑶草亦易歇。中宵數搔首，平生恥捫舌。涸鮒需誰甦，囊錐幾時脱。

夜入粤山問郭山人病適

支床南郭仍聞籟，抱病東陵舊種瓜。徑曲爲依三畝水，燈光猶隔數層花。千年法物陳良藥，四月春衣去典家。緣是酒醒休料理，相過需酒爲君賒。

三　更

三更風雨急，波浪隔城聞。忽露粤臺月，復高滄海雲。鵑啼百家共，蟲語破垣分。落莫兼長影，殘膏厭獨焚。

别其詹

柳岸咿啞軋櫓鳴，蘭泉嗚咽出山清。弱帆恰穩支床卧，壯歲頻爲採藥行。竹筍糝羹家食好，藤花吹夢病詩成。今年君有西峰月，長爲何人發笛聲。

調張藥洲

藥洲居士但長齆，愁匪心腸病匪身。至竟廿年癡絶相，十分忙着與何人。

奉憐詩四首

江上深秋淺病粧，蘋風柳月一支床。渾脱弟子親盛藥，已是知名十二娘。

病欲依人瘦欲仙，一緺涼服緆霏煙。識渠都愛麻姑甲，不畏龍皮索索鞭。

拍拍風江蘆荻波，銅盤銀蠟促筵歌。大姨親送小姨嫁，春草明年人奈何。小姨多矣，然皆重許而遣輕别，阿憐殆非不智也。

不住東頭西子溪，出門笑向赤橋西。避他無病顰眉黛，爲汝渠争百病齊。是時憐遷所，住舟于柳絲書館之西。

寄周肅齋明府士孝

山人見周侯，數數藉手拜。周侯接狂簡，始亦縮舌怪。被褐布裹頭，不肯腰束帶。論詩不妄語，語輒水澆背。據席畫山水，慘澹出遠勢。一抹當事終，意去墨有界。物象寧止此，天水更無外。是於歷險後，精神入微會。方當心思發，迺免指爪械。迴睇數年作，堆垛等肉敗。玆焉得詩理，詩力掃瑣隘。周侯味清腴，動復致高大。今年春夏時，連月見稱快。叩門長鬚奴，飛牋妙無對。二子出拜我，靜氣溢風槩。熊耳雙峰標，含靈洩煙靄。往往於我詩，學爲狂奴態。壯夫挽天河，當自引別派。別來經秋風，夢寐兩人在。冷官值寒節，加衣自當愛。出門西向悲，身亦宇宙内。悠哉平生年，幸矣薄罰罪。萬里非一朝，何時返歸旆。江波增憂勞，南臥忍關塞。

撿亡友陳覲廷手札觀

簡昔居西巒，數與陳觀游。蒼蒼大野平，高臺浩然秋。客舍坐不厭，去住三載留。誓將爲兄弟，并舍居羅浮。慘慘予東還，握手當河洲。嗟哉大江水，作此無窮流。人生易終極，後會不可求。病札與我訣，病坐蒼梧舟。題濕已爲鬼，魂孤何處愁。生常辛苦年，死竟自去休。邊風吹帋籓，清波影悠悠。我病君鋤藥，長欃荒山陬。日暮泥足歸，寒鐙照床頭。君病我不知，呻吟寡無儔。無儔遂至死，已矣吾負羞。陰氣吹寒房，展篋涕兩眸。陳人剩新語，故交多舊邱。感此增忡懷，壯歲集百憂。

秋九月桂林少尹李南澗文藻**病腐脇書來與藥房石帆虛舟及余各求一輓詩又云他日語其死狀以救荒策陳於上官不得行其志鬱鬱以至此也繼又至一書僅辨三字餘燥滲斷續不復識矣聊作此詩而已**

夢寐三年交，西北萬里別。一官身將老，五斗腰懶折。經年無隻字，有字即永訣。丙申餞窮冬，凍淚結面雪。離舟各煙水，殊方協裘葛。兩枉大雅作，遠寄慰寒褐。之官思東遊，空囊净如抹。豎河奔蒼梧，況是生死穴。苦云今年饑，餓殍四覼列。病軀衝死氣，檢葬日不歇。千錢致斗米，官亦啖麵麧。上書策救荒，所學期一洩。方員有趄趞，肝腸坐幽鬱。淫毒積愷懷，疽背見肺窟。伏枕荒山中，待命幸痂結。右脇復生瘍，臂肉潰至骨。民痍病未蘇，吾瘻痛可割。呼兒俯就爺，背上作書札。首書竟死矣，三字讀千咽。次下不可識，語斷墨滲缺。先來一封書，書中願有乞。張黃與黎吕，各求輓歌一。續有最要事，託傳去聲陳氏節。自言未傳此，千古眼不閉。傷哉儒生心，炯若日月揭。往聞周侯窘，獨哭坐天末。每尋兄弟樂，口自生石碣。賈生厚天性，哀樂致殊絕。叔逝伯柴立，季怒伯止餟。悼亡兩佳人，璚樹餘短茁。李侯弟静叔，有文行而早逝，又兩喪家室，一兒一女俱幼穉。皇天豈無意，賢俊古顛蹶。神聖實忸怩，後士復何說。人情固歎喟，公衷洞慈達。轉爲掀髯吟，爽翠眉上發。拂亂溢方寸，困横忍豪髮。生名青雲器，死爲丹邱血。吾輩遺一信，彼土阻累月。不冀氣數外，但望旦夕活。庶幾黃泉底，交心得粗徹。轉惟我侯者，及時産邦傑。經書爲文章，忠義之所出。司命倘可告，兹厄或爾脱。實恐命至此，飲羽堅不拔。枯魚不望水，惟有久涸轍。昔年居廣州，往往生驟疾。醫和照五内，體胖致痰厥。忽然得清晏，走報誤倉猝。用是私或寬，而兹邈難決。山河亘紆遥，斯人亦慎密。北風吹寒景，獨立真寥闊。題詩留後時，委心任存殁。存爲再來人，殁爲哀辭述。

重寄陳徵士元則得十二韻兼寄何勤良文宰

漠漠水草冷，颼颼村葉黄。去年君是月，來話我秋堂。脱粟炊紅玉，飛蓬撮素霜。爲儒飢不死，玩世老彌狂。横術結鞋破，直躬寬褐方。瘦兼吾有病，吟詡汝無防。可買扁舟否，還親刈稻忙。天風動遲暮，海日遠蒼涼。放達憂衣食，身名計短長。懷思有篇什，交好外文章。佳札荼蘼露，寒煙橘柚鄉。諳詩聞女弟，小稿問何郎。陳素恭有《静齋小稿》。

寄仇匯洲巨川

妙絶賢東主，西樓在竹西。露螢花院照，風浪柳簷齊。天氣三分月，詩心萬仞磎。何人還勸駕，官札動幽棲。時將赴蔡氏幕。

五百四峰堂詩鈔卷九

己亥年

新　雷

遥識滄江外，殘宵立黑波。新雷動天地，春馭失羲和。村礮雲低瓦，花流雨送河。朝來看播穀，赤足也青蓑。

戲爲絶句八首

江雷故故破春眠，村口吹波到枕邊。雨裏題詩花裏夜，整拚陳思入新年。

試著儒衣青似葱，纚纚長帶裊春風。羅敷冷笑嘲夫壻，個是盈盈步府中。

剪紙斑斕獸樣鐙，蠟煙光曳小輪繩。費他閨性勞兒女，笑舞春墀唤不膺。

昔昔懷人夢南澗，遥遥度嶺似東坡。聞鐫海外流傳句，秪爲聞聲喚奈何。張粲夫近欲鐫南澗海外詩。

揭海波濤坐不濡，肉峰横錫衛天吴。髯公履險如羅漢，墓樹需懸渡海圖。南澗命工摹貫休所畫四羅漢，其一爲《渡海圖》。丙申冬别南澗於三水舟中，爲作《渡海小照》，未成。

江柳江花思妙年，大喬小喬俱水仙。桃花雨内春潭碧，授曲聰明小妹偏。謂謝蓋臣。

緑葉紅破碧桐樹，紫藤陰待青蓮花。中間合設維摩榻，禪臥春風病在家。

病思蒼茫懶意生，桃花燈影小詩成。阿芸不識春閨静，閣筆支持索抱聲。

寫景

春雲去地三四尺，雲頭深黑雲脚碧。煙綿芳草濕酣青，重染晴雲作天色。春江漠漠静如織，淺白分明見沙石。鯉魚飢吸不畏人，之折桃花作魚食。

春鳥

春鳥喜柔枝，枝摇定却飛。啣花鳴棄水，熟客鬬撞衣。翅挾晴雲熱，巢歸暮雨微。垂楊蔭江館，爲汝候柴扉。

雨中作寄吕秀才石帆堅

不辨松聲接海聲，晝雲陰傍瓦簷平。夢迷上巳渾風雨，節感中年憶死生。游戲郢人須宋匠，窮愁遷史信虞卿。柴桑夙志疏人事，計爲身謀早課畊。

落花

日暮鳥聲急，夜來飛暗花。可憐春夢裏，惟有月光斜。南浦草照水，東風入别家。秖應川岸路，芳意滿天涯。

别意

草草落花了，茫茫離思生。雨兼潮有信，春及客争程。涉世留儒術，將詩讓畫名。食貧還避謗，雲壑代深畊。

夜還

村舍泥花夕，夜還成早歸。野螢低照月，松露重驚衣。深巷聞寒狗，幽閨尚曉機。暗闌添細草，牛苦不能肥。

畫山水歌寄何勤良

病起臥過九十日，一日碧盡湖上山。東連大雁西大科，起伏汨没波濤閒。波濤西來山東走，氣與我筆争巑岏。我惟畫山不畫水，要使空處聞驚湍。濛濛蒼石海雨後，稍與日氣兼暄寒。寒暄蕩漾無處着，着爲孤柳枝上煙。就中小置篔簹亭，江山此亭真大觀。夜來青鐙野風急，風雨入我琴上弦。泠泠哀玉響笪屋，墨意静有琴聲存。數阜畢列高林端，脩松密如山蜿蜒。一重一掩斷以續，數入聲偃數仰危而安，斟酌遠勢須灑然。雲沙一畫態百千，爲屏爲障爲波瀾。安得湘帆轉岳色，山翠壓襟聞斷猿。斷猿不可聽，白雲如可攀。觀余畫者止於此，此外惟有詩句錯雜題青天。

春江漁父辭

木棉飛盡柳綿飛，漁父春江夜不歸。水暖萍香照新竹，鯡魚將到夏來肥。

寄羅海韜方

廿載離情内，貧交汝未歸。路於書更熟，吾倘夢相依。白髮新霜入，青山舊約違。石潭釣船月，來贈我容輝。石潭，海韜村居。

夜合花

夜合風情故異常，更無浩態有狂香。鴨頭力破重胎緑，魚子深團一撮黄。睡亦近人翻與坐，暗如觸處不宜光。關心碧玉瓜期及，冰簟銀床夜未央。

溪竹

傍石直宜瘦，窺泉青有光。無人愛疏影，明月夜波涼。脱節澣煙膩，前詩長字行。溪風動溪色，來拂讀書床。

春暮寄藎臣

柳暗愈深雲欲明，雲頭日暖木棉城。城高散指東西雨，雨歇疏聞下上鶯。花月春江淹斷夢，泥塗筋骨事深畊。何當與我揚旗宴，山海低昂風怒生。

寄謝少白都閫

龍門春動看潮來，鬱勃風雲挾暖雷。長劍短歌真將種，海聲旗影大行臺。夢殘漁艇遺詩卷，花絢仙城負酒杯。肯爲狂生引弓手，射魚吾欲到蓬萊。

撰母舅雷德威先生墓誌銘寄諸表兄

化宮靈雨藥山雲，松柏蕭蕭十載聞。遥惜達夫中好學，亦慚阿士繼能文。鍾離不得歸亡妹，栗里猶繁有嗣君。母舅女甥魂魄遠，陸途三日兩孤墳。

寄潘振之邕州

近夢蒼茫尚遠遊，佛桑花上萬山樓邕州客樓。士龍吴下惟宜笑，王豹河西莫善謳。五嶺壇臺詩有鬼，三江風浪石沉牛。饑年過去還思痛，青眼遥天汝白頭。

日日

日日江頭風水涼，暖隄蝴蝶逐衣香。今宵雨滿春江水，春去人閒碧渺茫。

江樓

江上樓臺最有風，無邊波浪上春空。楚雲吴樹詩情在，碧海虞泉雨氣通。死别病思千里外，故人貧見廿年中。茂陵他日尊詞客，杜曲微名付釣翁。

李南澗哀詞寄肅齋葯房石帆虛舟

三水離筵夜，千秋長別言。文章古憎命，天海闊招魂。遠死揮遲淚，餘生出故園。吁嗟寄朋友，蒼莽此乾坤。

寄潘茂才潮生　潘結昏陳氏女。女見鬻《漢書》，以金釵換之。未嫁而卒，潘感其事，爲繪圖，所買書今歸潘氏。

一軸金釵買史圖，讀時相伴夢時須。閑居白首應潘岳，風葉丹心有小姑。憶我苦吟成島瘦，避人尋畫逼倪迂。煩君是處真傾倒，好色憐才兩事俱。

問藥樵遺詩

頻年哀輓最傷心，死別流年日以深。桓鳥析群知善哭，巴猿刻意在哀吟。已將飢餓遺家事，未免朋儕負夙襟。直到畢生難塞責，不勝明義繫人琴。

海防十六韻

南勢地趨下，漫天波浪高。望洋開島嶼，亡命藪奸豪。併力萑苻溢，輕漂舴艋牢。竄惟同兔窟，令不響烏號。入市驚飛虎，跳厓疾俊猱。蒙頭尖帽小，以竹爲之。塗面短兵操。瀕海村無夢，防邊將甚勞。屢煩誅執法，容有網羅逃。傳首模糊血，離肢積漬膏。國人朝警殺，居處夜還搔。豈少尚方劍，宜銷渤海刀。寇恂時一借，吴隱望重遭。鼠輩僉無赦，官軍獲有褒。若斯寧費矢，應是不容舠。大吏尊廉潔，平民散鬱陶。滄溟亦過化，坐嘯静煙濤。

浴日亭觀雨

東南虚地勢，風力揭重溟。遠色斂低雨，萬濤趨一亭。奮雷山趾動，沉鼓水宫靈。幽怪宜兼夜，鹹潮看浴星。

先輩李明經麟書相過致其弟子顏秀才貽光斯緝手札

矯矯丈人行，曉村行步奔。維摩花作地，仲蔚草侵門。高弟應吾畏，先生以道尊。淺談餘夢寐，中夜大江翻。

寄題郭山人就樹堂

廣州園樹百千强，獨有山人就樹堂。語默自通花鳥性，清廉惟受水風涼。春山舊雨眠留畫，畸行新名瘦且狂。轉欲王荎染丹碧，寫余香國小村莊。

涼　風

晴光結煩熱，泊夜風泠泠。天氣一爲轉，物情良自寧。長波奏響雪，萬竹吟寒亭。恰當需時雨，高田百處青。

野水

漠漠野水白，菰蒲浮寸青。渡人尋港入，飢鶴守魚停。東海高雲重，西樵宿雨冥。會須增泛濫，波力拍郊扃。

欸乃曲

魚塘海上萬波紅，鐵礟磯頭日正東。逼直行船無轉折，西樵斜日打頭風。
水村汊港萬船行，直出魚塘會櫓聲。船頭抵波尾攪水，白浪滿江無寸平。

采蓮曲

江南女兒生有情，十五蓮歌花裏聲。水遠風吹斷還續，費人心力不分明。

落照

落日蟬噪急，豆棚生晚風。遠陰雛遶扇，餘景婦操紅。避暑糜長日，延宵話短釭。友朋書札在，存歿夢魂中。

偶　書

去歲晚禾熟，今年時雨調。含啼向故老，有命及新苗。漠漠善風遠，渾渾醎潦消。豐穰至頭白，天意厚漁樵。

晚食後溪上

風潮碧以涼，陂草閒波光。急鳥歸無影，高雲定不狂。昔勞甘晚食，齊物悔多方。此後年辰暇，償吾去日忙。

魚塘海櫂歌詞

魚塘海闊估船多，兩岸平田田外河。東南風起浪如馬，西北風來君奈何。

小姑三兩尚無郎，網得鮹魚尺半長。海上人稀好歸去，去時風雨大烏岡。陸秀夫嘗駐此，名大夫岡，俗呼爲大烏岡。

東南雲净月團圓，水枝花頭光滿船。横江獨樹嫁漁女，打鼓和歌來雁田。獨樹、水枝花、雁田，皆水驛名。

夏日江村

南風怒横波，沙崩松樹根。隔江食荔還，涼日落我門。清流入深巷，涎蝸緣短垣。稺子弄水食，减飯戲魚孫。俯見篬竹影，摇漾一禽喧。對溪波滿陂，水光群木繁。灑然扁舟興，遠不踰籬藩。垂釣不在得，得與幼稺言。明日飽汝腹，小烹媚盤飧。忽然東南雲，去盡月照村。

潮漲將赴五羊諸君之招

臥病聞潮濫，水聲喧我厨。巷深風送浪，渠滿鴨嗛魚。夢見揚帆闊，行當减藥初。形骸駭朋舊，惟此似相如。末句答札語。

阻張寄呂明經石帆

南漲天海豬，青者沙上村。出門一浩觀，風濤傷我魂。遥知城中居，外見大海翻。且欲吾安眠，無爲犯崩奔。雖自良會阻，近得結夢繁。我獨不暇寐，卧聽江聲掀。移船入近市，糴米濕我褌。露脚坐太息，泥雨須陽暾。晞我遠遊衣，來就契闊論。

三得顔貽光書速邀狂簡十六日當至五羊與肅齋葯房石颿蓋臣玠叔諸君數會面也闊别驚喜而有是詩

自於良會見離情，動有言辭歎死生。試驗變遷聊闊别，不勝魂夢散兹行。潮漫西郭船過市，雨入南風浪打城。君道野人來不易，廿年艱險足生平。

同范愚谷賢晚食後柳樹下已而張大谷紹藝亦至

海碧歛夕光，餘照在高柳。勞人對山川，何得幾攜手。曩別記此樹，落葉滿飲酒。今來道飢寒，涼重緑影厚。營營暫相值，似昔夢不久。忽來張公子，亦昔夢所有。我瘦見面稀，致爾驚咤口。安知我妻孥，習處互忘醜。自從去年饑，臥病心血歐。家食減藥錢，錢亦仗朋友。荆妻商藥價，臨炊歎升斗。忍使兩稺子，半飽號阿母。測其愛我意，不辨孰先後。已恐如淵明，乞食强自守。瑣瑣爲君語，若厲得無咎。即得去床褥，稍可事奔走。日入風吹波，青燈共虛牖。有愧兩故人，事業恐易朽。

七夕還村莊作

人間此傷別，予得偶然歸。星月柴關掩，釵鬟螢火飛。拙辭須倍乞，深露語相依。河漢盈盈水，含情搴臥幃。

風色一首

早起秋氣在，始知風色殊。露晞朝景弱，雨後濕雲枯。昨夢莽千里，初愁接大湖。勞生一何似，鴻雁爾長途。

居處近雙門鼓樓贈譙者

百年猶短夢，消爾幾鳴鉦。可歎人間夜，安眠亦遠行。白頭君坐得，滄海陸初成。今古無窮事，悠悠入此聲。

所居樓南窗

不識高城外，江聲幾許高。大風吹海氣，虛閣動秋濤。萬象夜生静，一身思獨勞。布帆無恙在，吾欲試輕舠。

秋熱不雨

高雲兀兀午天脚，江水抱日光競天。放舟中流碧不動，俯仰萬火刺眼𥆧。急雨一掃入城去，城中冪冪生炎煙。可憐修途不假蓋，人馬汗似牛涔泉。城南僦居窄於斗，爨火氣過食案前。屋後樹陰不到瓦，十日無一鳴風蟬。野人冷眼易觸熱，况乃熱勢煩相纏。江鄉水木別汝去，草堂植梧已如椽。荆妻拂石暮碧重，稺子弄花歌倒顛。忽倒竹簟壓花眠，呼不肯起體已寒。我有此樂安可捐，七十里耳去且便。田風吹衣水鳥叫，明日去櫂花裏船。

七月二十日廣州夜歸村莊

出城海光闊，月照海上山。仰天散煩吁，登舟向南還。平田吹蕭蕭，瑣碎金波瀾。曲折下江滸，景物點秋寒。迴視煙城深，人氣萬瓦漧。南窗昨夜夢，今在風蘋閒。微名集好惡，應接無樂顔。明鏡置冷壁，行坐何由安。長夜千古入，孰使予不閑。丈夫本忠信，動欲示膽肝。疑厭常人情，寄托志士難。疾憤謝虛譽，往事一掩關。鴟鴞知畏人，而獨戀飲餐。撓我高尚志，轉令智力殫。焉能死溝壑，身名後人歎。求世長抱怍，歸里聊爲歡。庶幾非齊人，蔬飯中情寬。歸風美拄席，入門更欲殘。秋機軋餘火，屋角落月圓。離情見面苦，軟語愁相看。

過周肅齋贈二子立規、立矩。

辭家出門去，出門還閉門。寂寞馬蹄裹，起臥羊城根。瓦鼠鬬我頂，時墮我脚跟。暑氣至半夜，尚似洪壚温。夢化萬里風，去冷熱者魂。周侯南州住，屋廬若窮村。休官寡趨謁，始知静者尊。置酒接深語，兩兒恭聽論。開書就杯側，瑣碎窮我言。詩家重理律，要在空籬藩。駿馬不違地，而使煙蹄翻。鈞天本神樂，亦勿宫商渾。余惟不羈束，坐令去日繁。走馬半天下，途窮返方轅。山海送日月，風俗同寒暄。忽忽成愚賤，愧子青霞軒。遂於朝夕内，看爾聲名騫。落落悲此人，身世容乾坤。

江雨

江上一角雨奔走，雨脚所到生層波。四方赤雲上萬丈，重不肯墜光峨峨。焉得孤舟入雨去，雨似銀竹如陰蘿。天工掀水大運掉，南箕簸揚風揭河。蒼茫一落直不動，忽爾斜若指日戈。黑雲下壓城東垣，昃景偏赭西城阿。城中炎涼半苦樂，何不疾送飛雲過。眼中百里鬱塞氣，倏然吹作風清和。是時我將歸櫂歌，未歸將奈此雨何。登城追涼越山晚，颯爽霜意飛青螺。

寄雷氏表兄山莊

達磉名山莊，達磉，猺言大石也。兩山之閒，大石横截，中有流水，故以名。石泉灑古翠。行人俯雲峺，千丈不到地。雲水兩衝撞，争上爲雨氣。盤盤赴山居，樓閣冠形勢。叢篁攢如峰，陰蘿下爲蓋。松枝直干石，乃復怒而避。諸奇競成易，衆響互相礙。孤亭斂暇物，寧心體變態。昔此依母舅，杖几熟陪侍。勝懷已飛騰，始十有六歲。伐竹兩峰抗，名堂八分字。予時爲雙峰草堂於屋後。屋後一徑直，天末萬象至。城中十餘夫，百里致書笥。悵矣書被灾，山翁亦仙逝。藥山松柏風，年深作哀吹。母舅葬藥山之麓。兹堂不十稔，楹檻就蕪廢。而翁所登頓，煙霄坐談藝。葺補不以我，庶纘往者志。白麑定有子，老鶴未損翅。魂夢十七載，宿宿入往事。山川數千里，夢遠恐失墜。倘來萬山樓，經過我亡妹。孤墳山路旁，爲我一弔祭。我甥爾族子，無使坐顛沛。我今坐拘束，今昔有難易。死爲不及訣，生爲遠抛置。嗚呼我陷缺，終身負情義。或能復重來，堂下理荒穢。亦爲修其墳，畚泥雜洏涕。

寄贈周青岑立矩

肅齋先生之仲子，年十四號青岑生。好奇生性過我癖，對坐置我五岳行。去秋從我借昌谷，滿城西風背人讀。詰朝新調驚阿兄，大野荒雲莽寒矚。阿兄華年始十六，士品詩情潤如玉，子乃神駿不羈束。周郎周郎吾見稀，父子秀立三峨嵋。惜哉會有萬里別，看汝無翼聲名飛。中原後會吾老矣，白髮青山予且歸。

予嘗作羅浮觀日圖贈周道士今日忽欲復作此圖寄何徵士勤良爲先作詩寄之

羅浮欲雨天突兀，暮雲晚山辨不得。不知一夜雲化水，洗出東南半天碧。二樵山父黄葛衣，踏曉獨開山上扉。夢然冥海萬里黑，中有滄涼紅百圍。赤明道士亦好奇，獨愛此景請畫之。畫之别我向南去，衡岳洞庭行挈隨。此人今已雲水杳，此景恐爲人世知。我亦出山忘誓辭，畫亦彷彿不可追。可憐牛馬走塵土，更復身心傷别離。何郎昔訪我，對我終日坐。歸去橘柚鄉，别我一載長。秋風幾日吹緑草，盡捲江聲入懷抱。心尚波濤定後驚，身向朋儕最先老。榮名願及饑時貴，絶技原非死前寶。昔寄畫一紙，畫山不畫水。見前詩。今乃更一端，畫水不畫山。要令碧海洶湧日，破爾粉壁青苔閒。於陵先生夢葵食，夢亦傷廉心不安。何如對此飽亦得，不飽可貧飽可還。苦心作詩乃無益，君不見杜陵野老不得食。

斜暉

斜暉在江上，忽上萬山東。又逼晴天赤，仍分遠水紅。鳥疑初落木，雲急更歸風。氣候吟邊改，衰燈百感中。

秋雨

秋雨空疏極，聲圓荷葉聞。光移罨山景，涼拂過枝雲。晚水魚登市，新風雁叫群。村人却無事，歡喜入秋分。

寄黄明經虚舟

好雨晚蕭蕭，秋眠病不驕。透涼舒氣血，清夢戀風潮。暫别頻親藥，當來爲折腰。相違方十日，真怪兩頤銷。

畫郭山人扇子詩

秋城黄葉邊，林日明溪船。歸客西風鬢，清波南雁天。野村寒見瓦，江路淡如煙。去去君休忘，朱衣釣石泉。

冶銅仿古私印破一月得三十顆夜夢李南澗來索觀甚稱美余曰人久云公死妄耶但笑而不答肅齋葯房同坐甫議爲銅印詩而覺

生死感不遠，此奇今未聞。秋風閉門夜，仙客渡江雲。水火非人巧，尊彝證古文。應同挂墓劍，不敢負徐君。

門外

門外白雲高，秋光入海濤。水涼天地闊，風晚鶚鵰號。世路從茲遠，吾生甘分勞。鷦鷯一枝足，病葉故騷騷。

遲暮

秋風動遲暮，九月越王臺。山赤斜陽早，天高大水開。愁兼雲色去，寒接雁聲來。歸矣憐芳草，蘭叢吾所栽。

江波

村舍江波内，江聲欲濕衾。夢歸寒節少，愁入落黄深。潮白全疑月，風疏不聚林。孤舟在籬下，鱸鱠故鄉心。

獨居行

木葉走瓦波走海，海飛枯沙雨鳴屋。秋聲壓空勢起伏，早風吹寒不可觸，觸之有似棘刺肉。裂衾莫得煖兩足，衆雛瑟澀如一束。朝來過午飯未熟，未飽不暖頓足哭。去履自趾凍至腹，阿母心傷瘦懷犢。沾盤踏餐與飽燠，據閾歌笑聲詰曲。吁嗟物性須求安，已生自易己養難。門前樹烏巢其閒，上有明月照獨樹。中有九子啼夜寒，我今欲出羽翼單。今年春和食屢絶，羊裘久爲典庫物。當座低頭見蕭瑟，出門仰首畏縮慄。悠哉宇宙何廣廣，獨居一士在草莽。

寒夜憶亡妹邕州

孤墳在天末，骨冷汝何知。有子辭多日，爲人好幾時。聰明應自悟，魂夢及吾疑。曩夜平生見，蒼茫無一詞。

野　堂

山海容歸興，波濤展野堂。潮增夜天白，樹合晚雲黄。殘芟騷人服，寒花飢客糧。頻年計衣食，無地話農桑。

田中歌

飢鷹叫風野日白，田鼠倉皇亂阡陌。田頭背立泣寡妻，拾穟盈筐人奪得。自言一日勞，可得三日食。十日刈穫了，可儲一月積。今年三日皆空還，明日重來復何益。出門時，兒已飢。入門時，兒拽衣。娘得穀，換米歸。兒食粥，娘啖糜。娘空還，兒哭啼。兒勿啼，娘心悲。向屋後，望菜畦。天寒雨瘦菜不肥，籬疏畏逐强鄰雞。閉門抱兒勸兒睡，明日娘有飯，娘自有較計。北風入夜吹破屋，上有明月照人哭。人哭不聞聲，但聞兒寒就娘聲瑟縮。

前輩陳秀才邕州還廣州别二十餘年寄書來促一見約以十一月初旬也

君從邕州來，田多土人少。傷心年倍豐，千里鬼不飽。前年旱死種，今年盡甦槁。中有同室魂，田頭哭秋早。生爲不及新，死爲不能保。野兕飫不食，蹂蹴任顛倒。君去受飢餓，生還迫垂老。秋風江聲窄，涸石長牙爪。尊嚴蛟龍宅，叫嘯豺狼道。三年炙暵日，磊若鐵頑矯。礪确灘勢大，陵轢客膽小。不歸身幸存，歸矣命草草。忍使百年人，疾付一過鳥。下來生涯寬，迴首死境了。夢中猶哀猑，魂冷江水曉。寄書問窮村，寒擁木棉襖。七年江海思，心戰波浪攪。高歌晏入市，糴米笑此獠。離衷積少壯，迂顔忘醜好。自枉昔寄書，詩格破冥窅。久別欣會合，變故愴懷抱。孤廬寡時務，聞見轉電掃。兹往不可違，此士實俊造上聲。庶盡八拜禮，欣捧廿年稿。北風鳳皇岡，揭海灑木杪。平時一煙艇，昂頭出漂渺。離憂彌䑼舸，往共析菫蓼。

江亭寄羅海韜

大江前横月色凍，今古蒼涼氣如夢。寒亭一夜波浪急，千里清光爲誰送。君昔失意方壯年，石潭秋風無釣船。石潭，海韜居處。白波紅樹使人惜，黑水黄茅空自憐。廿載悲歌走蠻道，半梳秋髮成詩老。枕邊鄉夢出三江，江聲雨聲共懷抱。眠時雨低眠不長，曉來路滑行復傷。傷心念我同遊子，遠別七年滄海旁。君今憶我舊多病，我昔比君今更狂。出門乞米入門笑，宅邊柳樹花如霜。風吹柳花雲撲香，東飛西飛不着地，落處還着我衣裳。

寄周肅齋

天寒出門歸，海日凍我廬。風吹我庭樹，蕭索一葉無。入門問飢寒，飽煖亦已粗。且言自君出，寂無故人書。憶我賢周侯，常遣長鬚奴。前年我病甚，致藥方法俱。去年飢住城，中柝私囊儲。今侯倘安勝，不見三月餘。嗟乎我周侯，僦舍羊城居。有官清且廉，去官貧以愚。昔年李南澗，之官桂林區。聞君南困窮，坐哭天西隅。此老辭我輩，歸骨青州墟。乾坤莽莽閒，去者不可呼。人事有變更，來日恐易疏。搔首觀浮雲，憂我交遊孤。蜀道入天盡，營魂不能踰。粵國入地深，迴首雲糢糊。相思競年命，離別在後途。復恐多病身，重物摧輕車。雞鳴披衣起，凝陰逼人膚。題此寄我侯，待旦增煩吁。

寄羅浮張煉師

山風吹雲雲出山，山中之水流人間。請君一試問雲水，茫茫天地何時還。十年夢繞叢桂寒，桂花夜飄吹古壇。雲旗影直山月午，月滿下似團蒲圓。團蒲飛入碧潭去，潭底黄龍窠屈盤。老師不動觀物變，雲起神淵雨霏面。已知靈怪在轉睫，且隔風波不相見。我向人間閲生死，君從世外呼雷電。我之魂魄君招之，與君蓬萊尋舊師。汗漫一去海塵飛，雄虹在手星帖衣，玉繩五色驅青獅。青獅峰，沖虚觀門外。

戲寄謝劍池三首

大海東風走逆濤，河南河北柳枝高。兩邊樓閣波心艇，暮雨朝雲何太勞。

晚雲狼藉過江飛，帶得秋陰急雨歸。夜來潭下見山月，與爾泠開江上扉。

雞鴨滘頭雞鴨群，花船槳急各飛分。櫂過珠海猶含露，散與珠娘化作雲。

江村二絶句

庭梧落葉盡，高枝指寥郭。晚飯看行雲，倒景無處着。

沙晚蒲蕭蕭，水急風汃湃。江上千里雲，低壓胡雁背。

窮愁

窮愁著書懶，何事送虞卿。天意存微賤，心機破死生。依人忘暖席，乞食入寒城。未敢敦奇服，仍防有污名。

不出

不出似寒雀，故林猶可歸。風霜衆雛醒，天地一枝微。身逐名難及，貧傾智盡非。深憂漸平聲淺悟，吾倘入於機。

村晚

村晚樹蕭疏，斜陽滿井廬。舊寒豐白蜆，新霧賣嘉魚。遊倦詩名寢，憂深物理虛。荆妻糜藥餌，不暇賦閑居。嘉魚食霧而出，小而豐，肉色微黑而口下垂。漁人得之，價三倍。

婦病閒謝何徵君方藥

十年生趣在，聞切數勞君。病久身如葉，房暄藥駐雲。休農聊免饁，能織亦防勤。歲晚蕭無物，私心愧所欣。

閑居

閑居頻計食，卒歲歎無衣。六候常占夢，三年未假飛。榮衰住花國，得失足漁磯。病甚宋華子，坐忘無悟機。

過江訪友人論詩有作

七十二峰倒江水，俯見峰尖插天底。一舟天上櫂海松，迴合三萬寒虬龍。野人不渡江，數月思慮平。江閒奇變忽萬種，中有静者行不驚。君家堂前凍波白，奮濤壓瓦響松柏。空堂寒坐衣刺肌，轉愛園中小軒窄。促膝論詩變壯語，勃勃暖煙暄几席。詩家當代尊者誰，秋谷杰出新城危。死生且爾爲門户，甫白不聞相是非。身前之名尚按劍，身後之名無立錐。出門一哭入門笑，古人不達予何爲。浮雲不解争天飛，閉關老死無猜疑，虚空留與聲名歸。

獨夜

獨夜起闚江月寒，四山陰似夢中看。關河霜雪朋儕舊，溟渤魚龍窟宅寬。空有相思送遲暮，更無佳譽慭懷安。扁舟合試墻根竹，敢趁任公下釣竿。

和何友人洞庭湖寄懷

八年辭八桂，南夢憶南浮。落葉洞庭響，滿湖衡岳秋。予傷歲遲暮，君接古離憂。司馬吾何敢，多吟或白頭。

丸藥

江亭安病態，丸藥面寒川。消長看孱體，波濤感盛年。無生何計死，期道不言仙。南國春風近，流鶯選樹眠。

村夜寄其詹

孤舟歸荻浦，寒火見漁家。岸暗罾如樹，江明月似沙。薄衾疏夢緒，餘葉極年華。愛爾臨風笛，吹予藉地花。

趁墟

未能無世事，近亦趁墟晨。儉願求餘物，旁趨避後人。及時終一散，不約復相因。盈縮茲常理，優悠與衆親。

治生

治生貧不豫，寒至索衣裘。任達猶疑命，歌吟不飾愁。有來成一往，遺願寄千秋。風葉中宵落，門前大海流。

雞鳴

四壁動寒氣，語闌雞續鳴。萬家何處夢，孤火曙星明。夜遠愁眠短，心危大海驚。數番思起舞，瑟縮布衾輕。

復寄羅海韜邕州

在昔李南澗，邕州使賑饑。拜嘗饘粥飽，死滯女兒歸。此老君應識，之官世所稀。爲詢豐歲後，存者幾人肥。

五百四峰堂詩鈔卷十

庚子年

春思

村風拂香路，芳意與雲濃。柳弱春人帶，花填繡屧蹤。迴光媚波淺，深笑畫簾重。可費東南日，羅敷暖照胸。

細雨

淑風深送暖，春日淺含情。細雨光猶暗，孤花凍益明。林攢遠峰立，雲重暮沙平。村路香泥滑，煙簑試早畊。

未起

喚起故未起，曉禽鳴屋山。涉江歸夢遠，欹枕愧春閑。暖樹深窗色，幽花病婦顏。故人遊興好，書札動堅關。友人約遊羅浮。

春望寄郭山人

黯黯長江外，滔滔落日圓。高棉照芳草，青紫各黏天。詩思堤鶯後，春愁海燕前。郊民暇給否，花鳥故暄妍。郊民，樂郊自謂。

寄贈麥瑞石天植

瑞石山人詩立名，萬松聲洶著書亭。亭前松杪海水白，吟裏酒杯山影青。深判干時大潦倒，淺學觀化棲沉冥。呶呶狂醉吁可畏，高臥風花君勿聽。

春江吟

雲英著水絲交加，水暖浪香魚嚼花。春人意重丹槳弱，暗柳迷天還妾家。菱潭飛鷺破春碧，江日照寒晚風色。道傍但使愁煞人，不使嬌名與人識。菖蒲新芽五寸長，日夕水邊抽斷腸。

亡妹生日

死後尚生辰，生辰哭死人。死長生趣短，生近死年新。邊塚鄰飢鬼，南魂眷老親。滄江斷雲下，揮淚雨青春。妹死時值西粵大饑。

無筆歌戲張粲夫顔貽光

二樵先生坐抱厀，胸有好畫無好筆。篋中禿豪三萬竿，已向人閒散名物。去年秋風病花里，今年花殘未曾出。嚴冬典裘佐藥鼎，手指棘刺二百日。日來病去呼洗硯，擬賣溪山養清骨。窮居夙痼相如渴，干人私笑楊雄吃。童子反能譏主人，報有其三缺其一。海上青峰青欲飛，壓我簷端緑漂拂。江扉不掩海色寒，公然排闥來入室。時序易過興易盡，忍負湖山空突兀。幸留一枝絶柔小，頗貌春螺上初月。無憀修飾慰殘懶，勿笑戇妄惟我發。却惜往時空搦管，不曾黑紙已白髮。

病

相憐遂同病，同病更相憐。枕共花簷雨，房分藥鼎煙。苦心長短夜，瘦影十餘年。與爾除諸妄，清齋繡佛前。

憶郭山人

花笑重簷燕語雲，芳時長憶郭山人。碧畦賣菜門前雨，蒼壁垂藤瓦背春。孤榻衆香亭子夢，晴堦五色畫盂塵。年來痼癖應同病，滿貯煙巒不庇身。

草堂

茅堂不修飾，草草寄花里。陰湖上層雲，虛壁動積水。松棚礙諸峰，峰影直潭底。西樵忽破碎，風濤九江起。當籬故人舟，力疾揖而止。衣漬水雲白，櫂繡磵花紫。我身一塵小，我室一草靡。棲弱六合中，趣舍孰彼此。皇天何私心，於兹亦生死。豈無求安念，是宅終可喜。哀樂吾猶人，窮達本天理。

湘竹吟

昔泛湘舟弄寒玉，神娥亭亭萬波緑。九疑月壇夜肅肅，清猿一聲脱秋木。曉來神氣千里凝，飄風靈雨下洞庭。方墀移植宜我夢，夢中隱隱君山青。霜濤颯沓墻壁響，南到滄江猶怨聲。青春暮雲抽空碧，此夜湘陰波黑色。金支翠旗寒不光，戛露啼煙絶人跡。

不寐

不寐愁三夜，勞生底息機。風長雲亦厭，江闊月無依。緑鬢宜先路，青山誤早歸。吾衣與吾馬，京洛任輕肥。

廣州有傳予作古者及見吕石飄黄虚舟顔菊湖始驚喜尚在迺爲此詩

生死何輕重，而煩路上人。諸君皆不欲，一命尚宜貧。故國關山夢，經年藥餌身。定勞張孟輩，禮意重交親。

張葯房贈筆即作畫答之

不死友朋喜，此生貧病餘。作歌新有筆，爲客舊無魚。坐久傷心話，形疲試腕初。雲山與年壽，長在謂何如。

與黃虛舟

已恐士失志，永憂身後名。安知所流傳，得及吾再生。與子受天竄，遺形落南溟。苦樂雖異勢，相期如弟兄。顧我有吟作，散失爲殘星。才力百倍我，我長爾十齡。當及見我死，惜我書未成。護我囊中詩，若護膝下嬰。感此生死義，千秋涕縱橫。鬢絲日月改，心血波濤驚。愚賤三十餘，鄉夢東西征。長吁謝知己，實愧衣衿青。野人坐駕馭，轉被賢達輕。平昔擅圖畫，水墨無世情。豈知折腰具，師資玷關荆。今當破故懶，答子愛我誠。寧惟子孫保，庶兼山水盟。蹇抑多病軀，造化難與争。交心靡存歿，薄藝如生平。

春暮寄示閨人病中二首

別里仲春寒，思歸春已殘。落花虛月徑，飛夢近風瀾。病勉辭蔬食，憂聊倚藥丸。年來更輕別，拘束候當官。

寄書頻草率，同病兩支離。情語防人笑，微疴阻汝知。計疏無穩別，眠數足沉思。豈謂歸難得，歸難得自治。

近憂又寄

昔多高蹈志，奈是近憂人。小别如千里，無言况暮春。落花君病起，漫海客愁新。莫自勞清夢，江天風露晨。

清明廣州作

紙錢散野一何似，百里碧潭飛白鷳。隔世死生真别境，洽旬哀樂且人間。酒醒北郭風花路，夢斷西淋夜雨山。漠漠春潮亂帆影，粤兒十郡壓船還。

廣州僦居樓上作歌贈石帆虚舟兼懷周令北上

南風江雲洶雨色，千里亭亭入城黑。東邊一角日漏光，雨脚西走樓中央。陰晴滿目滯吾子，蟲臂鼠肝哀我死。已拋一世等一夢，那怪流言若流水。予以村居半年，不入州府，有傳予已死者。東風幾日吹墓紙，迴首荒山誰免此。遲速人命朝暮耳，爲君酒盡歌蒿里。春簷夜雨更鼓寒，百年幾得相團圞。他時白髮殘漏急，何有青春高閣閑。五丁昨夜開群山，時作《蜀棧圖》與石帆。何時還。西夢岷峨入天去，經過北海新題墓。李南澗。雲氣抱座衣裳單。好山惜是倦游得，故人去此詩處。東望滄江入地深，不見南樓賦詩處。南樓賦詩友朋缺，中原送人死生別。明朝北郭看上墳，眼中誰非離別人。

得内人病中書

夢魂四十夜，午睡且相尋。病久無驚狀，離多疲怨心。蕿苓寧造命，兒女未辭襟。惭坐南樓雨，終宵河水深。

穉女芸生兩歲耳今年正月廿四日母方咽湯藥歎無下藥物芸密取卓上錢過橋買棗而進心哀憐之今四月内子病書至憶而作詩

憐爾生貧家，出世不識驕。漫養遂言步，稍免瘦母勞。破笑已萬端，恒啼無幾朝。悄然蓬室居，暄和出蕭條。絶似阿姊時，剪紙紛紅飄。不知指弱細，屢自嗔剪刀。雖未成花蝶，名狀强自標。倒卷學問字，掩面將過腰。始投慈母懷，遂弄阿姊髫。慈母病撫汝，肉澀無脂膏。天真日漸露，亦頗固齒毛。汝母藥爲命，是藥參薑椒。支床停皺眉，淚下視飲瓢。汝時竟何思，心瞭舌未調。真愛不以態，直去如無聊。潛步三尺影，花塀紅翠交。出門濕衣露，匍匐上板橋。投錢致呼物，虎鞖泥已膠。四棗實兩掌，歸猶藥煙高。語娘一字棗，餘詞半咬咬。慈母極驚怪，相視旋悲惱。數問惟點頭，拽母雙手牢。阿耶至性淺，汝祖常波濤。何當及長大，禮訓熟使操。離家今月餘，書至增鬱陶。空囊忍未歸，實恐飢汝曹。别來於語言，明了差不淆。恃汝勝藥物，須姊教歌謡。或記我小詩，勿弄籬外潮。扶床戲娘側，勿增娘寂寥。

潖江舟中同呂石颿黄虚舟及其姪秀才曉徵玉霞

上下二十里，船壓雙塔影。暮潮翻孤光，赤浪火萬頃。千丈亘西雲，寸碧泛東嶺。夕陽竟天過，遠嶂走光炯。樹黑暗帆惑，海破隙月警。稍見檣杪明，旋動襟上冷。別久得長會，道合無逆領。水闊燈燄小，語壯人境静。渚禽露飛白，草蛩濕鳴醒。何當波羅亭，弄日暖樹頂。

萬里亭贈石颿番禺東圃江上新名亭。

萬里亭邊水，歸來萬里人。乾坤漸空闊，風浪幾交親。山劃東南綫，田多溟涬塵。積波虎頭砦，期與砥當津。

浴日亭

海曉雲壓水，上有山壓雲。晨飈轉欹帆，萬嶺懸空奔。夜約弄曙曦，睡起已半晨。孤峰抱萬木，昨葉媚古皴。暄色炙亭瓦，緑蘚含日痕。枉步就陰磴，免局虎豹蹲。連山湧蒼濤，西北赴海門。指顧不敢走，對立勒兩軍。東南剗之平，坦掌入絶根。地勢萬里上，蓄此一阜尊。他山互争雄，不得當要津。西眷疊後嶂，簷角日易昏。迴光蕩東溟，呼吸陰火焚。日出與日入，同奇乃殊聞。我來晚孤賞，庶與識者言。吕生古狂士，才力大負掀。題詩感神靈，雲旗颯風翻。鞺作銅鼓鳴，海山相鞳軒。倏與林巒辭，忽繼生死論。北海桐棺深，南海棗刻存。李南澗題廟云：「法物將軍鼓，鴻文刺史碑。」風雨蕪廊寒，恐有碑陰魂。

别虚舟二首

日照城門君出城，四更樓月澹新晴。滿城雲氣深談在，一夜風潮已暗生。

昨日椎碑浴日亭，掠簷斜照下東溟。禁他水上亭前白，别汝山來夢裏青。

贈張藥洲

會别三年内，升沉一歎中。有言無敘節，多病少遭逢。夜酒寒兼雨，晚花愁更風。悲歌不可得，亦未得虚空。

入門

熟知風波勞，久與貧賤適。艤籬葭蒲涼，迴首天海黑。幸收一帆弱，不與風雨敵。入門見藥煙，穉子静無色。病婦爲拂衣，塵厚無氣力。握手一長歎，使汝至此極。欲從病中説，病境如異域。倦視耐永望，瘦淚剩殘滴。桐花雜海雨，騷索入昏夕。四月漫北風，纖骨驚寒席。

雨

漠漠海上雨，愁坐兩汗漫。孤舟破晴波，昨日上村岸。故人送我時，水氣闊已散。波日摇城門，别袂水光爛。入舟未五里，黑嶂塞天半。遥知曾城深，高樓翳風幔。海遠指奔雨，八垠一帆轉。羃羃雲頭頹，灑灑日脚斷。我舟得平恬，方面周壯觀。不爾堂膠芥，遭此鬼拽鑽。入門免晞衣，忽淋兩昏旦。沉瞑擁寒衾，安識雲日晏。

夜話

月籬花影亂秋潮，兩度桐陰得此宵。久病傷心如隔世，淺寒驚骨似春朝。江天白露勞纖夢，洲渚青蘋送短橈。莫撿空囊吾道拙，明霞苦柏佐鐺瓢。

江上懷蘇其詹

日落江上山，積水生半陰。澹澹葭葦風，涼意迎沙禽。昨夢五山笛，雲氣孤城深。不見嘯泉子，惟聞天外音。

調呂石帆

呂生古之狂，天性貧者俠。安能賜生銅，助汝荷死鍤。爛漫糜日月，狂病摽花葉。十千市兒資，不抵一匙呷。百萬富人産，留與幾筋挾。雖奈藜藿命，不噤波濤頰。北城蒿閑地，東門火抄篋。戊戌介卿居東門而災。移家住南村，未得乞食業。猶謀折腰米，莫聽素心屧。昨於羊城中，久邀雞窗狎。小閣約爨煙，熱帳借風篴。悲歌雄一代，逆浪漲三峽。莊生鷩屠龍，韓子咤食蛤。或鏤豪瓏瓏，或擘山㠯業。幽篁鬼嘯雨，嚴陣犀漆甲。掌故剔薜榛，腕力使鳬鴨。已奇千篇傳，未率一韻押。深惜君半生，學究佛百刦。感恩分餘廩，青衿掣尊脇。知己於鴻文，白眼變和靨。借問士爲用，誠是心所洽。儻拾蓬閒螢，槩付夢中蝶。悠悠此身名，草草等漁獵。何以答真宰，未濟如病涉。宏達非一時，富貴無兩睫。虛舟容嵩衡，從彼量廣狹。

村望

蒼然萬木外，洶湧海雲高。澤雨傾天走，滄波竟地淘。茅茨孤艇弱，江樹仄帆牢。獨立生飛動，心兼物象勞。

五月八日村中作寄廣州二三友

晚飯過暑雨，月上猶江聲。涼色匝深樹，平林一邊明。光溪應宿鳥，暗岸增流螢。沙雲水氣白，蘚橋人跡青。近春答遠吠，熟途阻紆行。入巷梧影出，叩門機響停。中宵語勞役，寸光懸弱檠。復見萬木合，遥下千江鳴。卧惜久别花，重垂無力藤。破幃夢君子，大河喧壓城。

溪上摘荔子作一絶

青蟬急翼風，日夕荔枝紅。粤謡：「鴉蟬叫，荔枝熟。」照水千人指，殘陽一樹空。

羊額村夜遭黄虚舟次日兼寄銘南葭洲兩何君

又此勞生小暫停，况當如夢夜冥冥。繫舟水隔蒹葭白，照面燈連橘柚青。羊額，柚鄉也。東道窺園應有主，銘南作園。北郊偕隱與名亭。坐需澤國秦樓日，孤絶滄洲海客星。葭洲與其妻陳静齋移居村之北郊。

寄蘇嘯泉

山頭城影碧鑑水，湖中月色金榜山。嘯泉先生坐憶我，天水净照相思顔。魚塘海闊草堂小，横江風浪舟楫少。欲來不來病蹭蹬，長眠短眠夢顛倒。前年寄我作長句，我三四讀未了了。溟渤低昂萬頃雪，中有神龍飛夭矯。篇終何處着一想，水山海樹號悲鳥。知君於我眼肯青，使我於詩髮俱縞。胡生已死作者誰，君力許我誰與之。有生虛生我心悔，未死道死君涕垂。番禺吕生當世奇，三城哭我後有詩。昨同南樓一月雨，笑泣閒作無人知。半生看已富篇什，一信未抵紛讒疑。嗟予多病恐先汝，得二子者吾誰欺。會須身後付吾黨，不那別來成舊時。西山雲壑嘯泉南村樹石帆，夜色蒼蒼迴何處。忍約離憂與釣竿，一櫂青簑濕花露。

荔子再摘作

三日滿家食，望林紅更殷。物情憐盡取，天道計空還。香熟添蜂鳥，繁生益面顔。兒童恣手口，迴首慰饞頑。

三摘作

水碧不着眼，殘紅飢鳥餘。實繁從飽物，風落似跳魚。掉首群兒厭，驚心萬樹疏。浮生幾回食，所得半盈虚。

南海神廟懷亡友李南澗

海日入殿光瓏璁，翻波盪日飛赤虹。繞楹抱棟不得住，蛟螭四走光熊熊。衮衣流雲月滿容，心約一寸肅萬松。晦明雲霧寒歛面，如有神物循人踪。鈎瓕大叩鳴緑銅，十仞殿壁鞺鞳空。徘徊外視白一氣，海色直入陰晴中。寧知萬年黑波底，猶有法物羈求雄。雨簷風廊建文石，刺史一版墨蘚濃。昂藏古貌如老翁，其餘高卑若兒童。摩挲未有氈槌從，掌至汗石不可通。忽來感逝憂叢叢，大雲山人出山東。南來碑版搜搨盡，是地昔曾來此公。嗚呼遺墨近未脱，湘灘魂魄棲何峰。昔聞一鼓走滄海，滄海陵谷重相逢。焉能招魂致鬼友，起爾靈氣尋靈宫。文魚青虬足水國，霞衣霓裳朝海宗。髯乎揮手入浩蕩，神與遊戲於無窮。送之颯去遂千古，出入侍從雙虹龍。蓮花師子山色晚，頹景千里層波紅。翕然光斂水氣上，顧眎衣帶寒有風。兹遊忽感生死別，此生恐以多情終。

庚子生日

吾年三十四，半度客中春。倍得向來日，便爲中壽人。含情邈今古，受命足風塵。歌詠江聲裏，悠悠自苦辛。

檢李南澗手札

慰離方有問，長別豈宜看。祖道三留宿，餘生一换官。宦情丹壁上，病語白雲端。往日書迢遞，歸魂路更難。

喜仇上舍匯洲還自豫章蔡氏幕過問狂簡一見即歸勒竹村却寄

大江西來南叩關，耳猶白波身碧山。十年不見嶺外雪，今見於子鬢髯閒。故人有官子有命，前路得歸後得閑。東風梅花二月殘，待子不來來已酸。官人渴涎食梅子，憐其三年兩度寒。我送子行戊之臘，庚夏之杪子既還。城西東主竹西館，館柳似識離人顔。凝睇將逆若有語，謂我情富君情慳。憶昔十年各林臥，夜舟數下蘆花灣。江風山氣月照面，不上子屋子上船。秋衣裝綿堅坐得，耐可取琴爲子彈。是時未曾鬑鬑黑，今日忽覺差差斑。客腹謝餐五斗米，歸魂屢墮十八灘。自是高枕無不安，我尚破被懸波瀾。萬里生死夢百端，怖怪不已猶風湍。緑梧村日照早食，妻兒在廬鶩定看。

溪山無盡圖

山人無事胸兀嵂，大披濃抹溪山出。野草低偃天風高，下走長坡路迴屈。自時面壁已三日，兩峰忽上爭開張，缺者氣競完者長。盡令中幅剷障礙，直視已恐入大荒。萬里退勢孤亭當，此亭可以觀浴日，憶我與呂生吞若八九獅子洋。

至廣州遂不寐數夜矣

危心無適體，會處轉離思。來顧糧幾絶，眠稀夢不知。高城難早日，盈槖易新詩。歲歲驕賢婦，能禁好此奇。

七月日得家君子示

八口歸來路幾千，長途何地好林泉。滄江雨色雲低處，白髮天涯日暮船。殘卷似焦桐尾火，予家藏書於邕州被火。孤墳留哭象山鵑。謂亡妹。杜陵詩是吾家事，工墨頻儲本分錢。

調陳湘舟

不知今有陳湘舟，一日費爾幾掉頭。君知近有二樵子，一世人傳幾回死。惟君青眼見我生，讀詩首肯讓我名。高歌險語走萬里，山作其骨江作聲。美人空山怨幽草，細入於髮抽柔情。不能使世撓所好，亦不以我能撓卿。君家絶才棄依傍，柳綿愁人水蕩蕩。光風動日轉蘭蕙，仙客吹笙隔雲壤。君謂身名太鞅掌，我坐飢寒慚偃仰。看君微笑誰寄身，花裏維摩病無恙。

曉出村舟中作

懸山覆水不到水，水雲似海不似雲。一身自作海上客，此山離立雲中君。江雲漸高山漸小，初日平鋪萬波曉。須臾山在金碧中，全見山腰失山杪。八風忽展東南溟，天水光白山光青。張帆看山勢争轉，瘦約一束空亭亭。煙螺似我病婦態，相送遠近同含情。我於山水矜畫手，如此深隋畫未成。山阿片雲釀水氣，欲出未出遲不輕。秖應今夜客獨宿，始肯入城爲雨聲。

客心

客心勞似江上葉，日夕苦吟江上風。小作秋聲警炎熱，早知寒氣約虚空。飄零詩卷關天意，頹禿雲林廢鬼工。且放尊前鄭公醉，莫論身後曼卿窮。

與劉翼雲天鶴

莫愛樵夫嗜苦吟，詩名寧復與身心。夢魂長見前途險，江海無如去日深。似爾飛騰當入古，見余疏散不宜今。青楓别浦書三印，黄葉秋城歲一尋。

江上行

湖上秋光闊無着，約束結成明月團。莽然白波紅樹閒，爛漫灑爲千里寒。孤舟兩槳動夜色，波響似碎玻璃盤。鵜潭亂渡半滅火，雁背早警新涼天。歌人昔時妙管絃，人去田田荷葉殘。雲巒百點千點碧，沙渚兩抹三抹煙。故人柳絲書館前，白馬夜嗚月照川。一聲馬鳴志士老，胸中矻矻撐秋山。自將滿酌酹江水，我意欲道終長歎。人生多情足秋感，娟娟江月缺復圓，好月願勿傷心看。

漢騶氏鏡子歌爲葯房作

葯房好古南士無，中原歸載周秦書。校書不校漢魏後，買鏡乃買金石餘。腥苔深青土蝕死，古月斂質金聲枯。迴環未虧徑七寸，持照夢若層雲膚。得無中有古人影，隱隱不出或可呼。何如相背乃妙絕，非篆非隸周邊隅。其文曰騶氏作鏡，續三四語奇以迂。紐傍四置識形貌，云是吴越人物圖。吴王坐侍越二女，句踐離立如羈孤。不孤傍有范大夫，就中奮袖體格粗。特銘忠臣伍子胥，如此範式胡爲乎。我聞黄帝鏡十五，王母十二傳最初。西京柄鏡亦罕覯，東漢鐵錯製絶殊。君今此寶乃在世，窺作者意非區區。請君摩拭純銀塗，刮剔鉎澀開模糊。空堂晝晦雲壓廬，風雨颯颯百怪趨。剨然海月破壁出，如以定水懸空虛。波浪不動龍遺珠，峰巒乍入屋在湖。澄澄四楹肅物象，崿崿七尺軒眉鬚。君言堅綠不可殺，如此手澤光不汙。不見南人一丈鏡，玻璃似碑檀作趺。昨日高堂换新主，照見舊人行路衢。吁嗟嗜此余誠愚，漢家銅鼓沉水底，投以其類余恝如。年深恐化海中月，龍宫謂是真蟾蜍。海復爲陸歸農夫，農夫不識還棄諸。乃知奇物匪人得，鏡乎庶與造化俱。

居西郭石帆來問

天地莽莽閒，子以貧賤至。子而不過我，我亦續前睡。大江動微秋，五郡冷海氣。昨夜嚴城鐘，百里夢破碎。起視江上月，水色互天地。客孤夜寒闊，城高曙光大。君來已增感，雲露况陵厲。論詩遠千古，顧影愁一對。清時不能狂，坐困家室計。妻兒賊中來，細訴南村事。官舶如白衣，軍號無赤幟。是境蜂有毒，到處狗不吠。兹來就安食，始覺賢婦智。是時官兵圍番禺茭塘。余家半月别，昨日一書寄。妻病如秋柴，憐彼膝下穉。飢來自能食，破袷寒自衣。小女解勸娘，今年僅三歲。大女已十齡，藥苦慣嘗試。厨下小奴婢，瑣屑拂人意。勞勞兩窮措，靡靡萬俗累。今夜同被眠，魂夢無乃異。宵殘尚太息，明日身曷寘。出門秋空高，白日照行袂。行歌向風塵，浮雲與時逝。方舟横江波，鰕鮔恣游戲。滄海無巨魚，餌犗亦何冀。悠哉心如旌，日夕勞已瘁。

苦熱行

萬物不動日影直，直如火弩射透石。東南三日雨雲積，巉天拔海移不得。嗟爾風聲死無力，大壑水枯龍呀口，長林葉病烏蹋翼。白帝扶桑挾弓矢，九烏猖獗不能射。雲旗晝卷未肯開，萬里無陰閣秋色。熱河已恐浪沸火，陰山何時雪如席。客居所居江潦平，赤流不流無水聲。破幃夜夢林水闊，涼天在湖深且清，貝宫夫人居水晶。風裳水珮集湘女，珠飯玉酒頒瑶京。長松十萬青似城，盡作風勢波飛崩。玲瓏仰視鱗瓦屋，瓦上浪走沖沖冰。嗒爾不覺結九夏，泠然將以過一生。蜧虹百萬雷激碭，夢斷不暇作怊悵。退金進鼓恣戰攻，高壘深溝匝幃帳。咂膚一刺無不親，空空快劍無比倫。沉沉中夜自一摑，不快而辱生愁嗔。何況心血如煎焚，汗落枕氣蒸暗雲。嗚呼，何爲奔走一至此，此境豈可容卿身。君不見日來城上十丈塵，紅紫壓空成毒氛。歸哉水田風動蘋，入門暮潮生屋根。秋梧涼陰漾白石，樹下晚飯雞隨人。

病　馬

病馬老樹下，葉稀霜滿身。悲嘶寒入骨，餘力病無人。枯草空酬命，秋風遠起塵。猶能一瞋目，垂死見精神。

去　家

去家無百里，入夢有千端。身并妻兒瘦，秋先疾病寒。行踪持道在，詩草遲人彈。未自忘情得，憂心愧達觀。

與蓋臣夜話

柳枝星光天下白，芙蓉露重花上寒。一世幾秋秋幾夜，開門愁接海瀰漫。

雜憶絶句八首

夜香藤蔓上牆頭，蟻住濃黄蔟作毬。三載一回看汝得，淡風香語去年秋。

梧桐漧葉響玻瓈，黄落聲中有病妻。往日清陰敷晚食，嬌雛襟下走黄雞。

敗荷猶剩幾竿斜，不見人歸豈見花。泥下馬蹄禁冷著，小抽通榦護霜芽。

淮南仙種幽香桂，昌谷飢糧小甲蔬。幾日秋風詩思闊，竹窗誰爲護巴且。

餘地猶堪墾术田，一家香釀藥爐煙。荆妻多病於夫壻，屢懊村人寄藥錢。

阿瓊生小檢形骸，九歲鐫花自繡鞋。便拉阿芸教點字，不防慈母佛前齋。

日落城頭天半黄，平啣山缺下江光。秋空寒色起何處，滿地江湖抱柳堂。

歸思窮愁落葉邊，三秋一月五更眠。不知目痛難書字，夜夜題詩淚染箋。

柳　下

楊柳含情樹，情人況暮秋。江天最闊處，風露五更頭。地白人憐影，根虚浪拍舟。病蟬如病客，無語若無愁。

廣州歌

嫈煞阿儂將水稱，城南水重對河輕。一雙紅鯉吸人影，飲水自然人有情。俗傳城西南之水與對河水量而稱之，甕輕數兩云。

遶城駘蕩柳毿毿，映水女兒紅汗衫。向晚櫂花春浪輭，香雲先渡白鵝潭。

遠簇山光入水光，熱心禁得住清涼。方花訶子連珠結，緊抱心頭到死藏。

千株高柳礙斜陽，半海青陰半海黃。生小不經雞鴨滘，送行今出鳳凰岡。

有所思

時時有所思，吾自不能知。生性元幽怨，行吟即別離。情多心不受，病久影增疑。況是秋風夜，隨人著柳絲。

寄石帆

一臥柳絲書館上，病餘人物競秋容。潮聲鞺鞳官街鼓，身事分明海寺鐘。吟詠氣平心有悔，疏狂名闊貌爲恭。窮途潦草逢知己，幕下虚羅禮意慵。

秋雨柳絲書館作

書堂風檻大江横，江雨過江先有聲。雲深樹黑去如掃，枯瓦瞙篷來復驚。故園竹屋迸哀玉，故人板扉危夜櫱。冷肌白袷擁歸思，歸倚野橋秋水生。

雨夜起居石帆

秋聲塞東南，海氣黑漠漠。波力欲到天，其勢迺肯落。江雲壓孤篷，寒重夜火弱。濕葉成波瀾，疊洶拍屋脚。屋虚如輕舟，心驚坐漂泊。故園衆芳悴，大化厭已削。我亭瘦槎枒，葉厚重茅薄。介卿所戲廬，接武就山郭。山郭，郭山人自稱。是時粤山松，天恣厥磅礴。寢食於怒威，屋瓦恐揮霍。不暇夢我病，爾病睡不著。而我寄津館，有眠靡遺柝。多思反蒼黃，無事謝妄錯。智困生忍恝，吟切露愧怍。今夜海濱人，心耳互作惡。愁惟憶君詩，勞屢糜我藥。何當披衣來，義理雜譬謔。秋窗展江湖，萬象静可約。

短歌

悲風揭滄溟，萬物振動自苦勞。高臺亂蓬中，落日盪帖萬里濤。重雲壓雁背，飛鳴不得高。秋陰海上挾暮寒，蒼然下散於江郊。莽莽此天地，我於其中憂且牢。西景已汩汩，東流亦滔滔。孤心入萬象，我何懷兮歌且謠。

謝秀才雲隱殿揚致二樵山人書畫紙酬答二首

此技世所棄，此人君乃私。代爲家食計，特過草堂貲。與寫平生夢，兼鈔廿載詩。寂寥交誼在，時照雪霜姿。

便能來百番，未必遂千年。慘澹勞風雨，虛空助海天。病無心臏血，賣有藥還錢。自詡倪王筆，君堂得陗懸。

題寄

萬樹緑圍花，百花香繞家。葉稀草閣出，江急布帆斜。昨夢愁時入，殘機病裏賒。女兒清課熟，齋日供新茶。

渡江

城南燈火處，水黑萬星明。初月低沉槳，光雲薄照城。波寒醒酒氣，江闊殺秋聲。柳岸聞鉦歇，潮雞膊膊鳴。

望君答翼雲

望君江上秋，秋日下中洲。楊柳枝孤館，芙蓉花小樓。羈棲寒自警，煙水暮多愁。來是慰蕭索，不來誰蹇留。

獨客

雨欲過山鳴，先驅萬物聲。鷹高捎捲葉，海立動危城。日月糜前事，飢寒赴令名。秋思在簷溜，孤影對平生。

迴首

知爾西風裏，愁思下織機。愁時嬌女問，何日阿爺歸。積夢易爲病，浮踪難寄衣。新風吹桂樹，迴首晚香違。

雨晴

北風驅重雲，三日未肯息。南方虛空處，巉巖鐵圍塞。遂使江上波，飛過柳梢白。遥憐天邊樹，低合沙脚黑。獨傷風前心，阻絶歲陰客。豈無客中夢，臥厭簷下滴。今朝寒日出，凍影水氣積。蒼茫始欲上，慘淡如有惜。仰面不敢視，視之冷逾逼。況當病始愈，酸目風稜刺。昨日我寄書，雨大舟楫隔。少致朝昏需，路近乃遠極。不歸同苦寒，且憂不得食。人生有妻孥，仰給一人力。汝曹守飢寒，愧死難塞責。不如相見歡，甘心受交謫。自來知汝賢，未嘗慍朝夕。當我萬里別，坐汝三年厄。謂汝告艱難，而汝且慰藉。及乎勸游歸，冷厨好顏色。我貧汝習苦，使汝助纅織。家人衣被餘，猶可儲甑石。在我監汝勞，而病不汝借。翳予拙趨謁，朋友笑我直。先師有遺言，執鞭豈吾役。窮達生已然，勤惰貴自識。予生無怨婦，離合私順適。命也何可言，太空莽寥寂。

城南村居諸君夜集因道十六日葯房北行

寒晴人始出，久臥忽江天。風息村林淺，舟迎岸日圓。書堂五橋市，鄉夢百花煙。且復淹留妥，相思已六年。

衣是新風寄，人如舊雨來。來於三載後，酒缺一人陪。余前三年約與黄藥樵、劉翼雲同來，蹉跎幾年，而藥樵物故久矣。生死中年淚，江山倦客回。爲君拚小別，鄉信謾相催。是處好風物，我鄉何足誇。多君富文酒，同里隔桑麻。近問羅含宅，空孤楚畹花。是地與石潭羅海韜相近，海韜客邕州。還將石潭月，來繫鹿溪槎。鹿溪，村中地名。回首望江城，城寒聞暮鉦。紆煩故人語，爲送故人行。梅月花間屋，冰霜海内程。茫茫此天地，吾輩得離情。

素馨花詞二首

越女摘花肌抱雲，風吹不去化香塵。羅敷髻上三竿日，待與城中早起人。

越娘黄昏莫穿針，穿花作燈花不禁。花輕煙重一宵盡，孤負中閒明白心。

葯房舉孝廉矣瀕行贈之

北海孤墳惜南澗，西山羈宦憶東川謂周肅齋。一生一死中原闊，卧病傷離澤國偏。夢草池塘君獨往，春官桃李士三年。身心悲喜關榮落，舊雪新袍路八千。葯房上番與弟玉洲同北，今玉洲死已久，故有五句。

葯房北行因之寄黃上舍仲則景仁

壯歲常不飽，此生誰與狂。東南海雲中，茫然還故鄉。魚山昨南歸，憶我病在牀。紆迴寄君詩，三十殘三章。周令爲之帙，鈔者其兩郎。支牀一覽竟，天水生清光。化作海上峰，三十三劍鋩。吁維百年來，新城賸粃糠。遂使竈下姬，競爲時世粧。得此手巨刃，爲我摩天揚。君爲天上謠，笙鶴空翺翔。衆人仰而和，引聲絶其吭。庶幾聞鐘鼓，和聲奏陶唐。嗟予海隅士，三十猶面牆。讀書走八蠻，乞食歸五羊。貧賤好詠歌，蹤跡集謗傷。甘心守性命，竄之滄海旁。積書二萬卷，昔被大火殃。不得耳目新，陳笥腐我腸。鬱鬱欲有語，抱葉鳴寒螿。徒然住花村，食臥俱芬芳。居恒内揵扃，流言外飛搶。予死有哭者，不及殺我强。卑微一身小，喜怒人何常。子雲果自信，後世誠荒唐。得與君同時，又阻於遐荒。碎瑣爲君道，勞魂極周張。予生且芒刺，況君才莫當。願君絶塵步，風雲力高驤。世語不得交，人亦不可望。時時吹天花，飄墮空中香。願因西北風，吹落我衣裳。天末暮色動，浮浮氣蒼涼。落日照脩竹，美人思未央。

和答林處士見贈之作時同大通寺

海上晴天飢鳥飛，村中別櫂野人歸。雲潭煙渚霜鐘闊，竹月蕉風佛火微。和靖老年妻子好，維摩病榻夢魂違。非關龍性難馴極，自笑狂多道力稀。來詩有「龍性難馴匪一朝」之句。

大風城中還過大通寺夜讀華嚴經作示諸君子

風旗送客影颭航，搖動滿城之夕陽。江天小亭僧獨出，蕉竹舊檽吾小康。信手華嚴十住品，微痾居士四大床。萬象勞勞幾時静，我心孤月定中光。

懷張葯房呈翼雲三首

南澗東坡度嶺時，首春五日偶然期。試尋髯李相思處，曾招梅花南向枝。

林裏長江江上山，離人紓遶落黄閒。君知萬里三年路，一軸離愁共往還。贈行《秋林送别圖》。

遠接離心近接春，年光去較客程頻。劉生不許遥尋夢，纔自雞鳴唤醒人。

詠寒月

樓頭今夜月茫茫，天地勞人幾望鄉。後夜月遲歸櫂急，入門潮浸一籬霜。

别范上舍璧如瑛

暮節風霜逼，君能惜我寒。晚歸薪水短，兒未得親安。别日鄉心裏，危軀衆口端。無論路遐邇，亦有涕汍瀾。

示别翼雲

天遠愁還暮，江喧夜更風。夢於身去住，雲壓水虚空。兩月同高枕，殘年且别衷。我帆行可張，未是斷根蓬。

大寒節前二夜作

屢決歸期費幾旬，小除夜接大寒晨。從糜別日資吟夢，秖有高歌厭鬼神。妻念客遊操主禮，花先農事隔年春。還應小女增嬌慧，時唱新歌也背人。

録別張大谷十二月廿五日

柴煙糞火題詩處，去馬來牛作別時。爲設維摩花雨榻，無煩高適草堂貲。身先夢去惟應戀，客并春來不肯遲。知爾看花還惜別，短篷疏櫂費相思。張君爲設居停之所，頗整潔云。

五百四峰堂詩鈔卷十一

辛丑年

春夜

殘年卷殘帙，春日載春愁。餘雪響明竹，獨寒生敝裘。客貧兼病返，詩懶待花酬。只恐芳時急，勞心不暇搜。

别懷

條風蕩情樹，初景奏言禽。春嶼煙波暖，村花樓閣深。吟懷若怨女，别日對離琴。芳草空庭暮，歸人萬里心。

村晚

村晚青陽亂，春條弱受鴉。綠陰三里草，紅壓一層花。鯹碧魚苗水，香茸雀舌茶。未愁菲飲食，隨分課桑麻。

落花寄顏上舍秋田平

春庭風物對人静，時小動人惟落花。狼藉滿村誰料理，狐疑歸鳥竭菁華。百年萬事交遊倦，二月三旬坐臥奢。修竹名園顏子巷，故人臺苑付啼鴉。

寄石帆十八韻

貧與吟難免，名殊位絶卑。室同多病婦，君有負薪兒。南食添奇字，介卿爲《黿姑詩》。潮語「黿」，安岡切，水族也。非龍非介，故云。西齋愧特知。文章寸心内，盧駱衆人爲。庚子庚辰月，洪濤洪聖祠。燒天滄海日，赭地木棉枝。空闊横古今，滄桑入涕洏。蓮洋合塵變，花石作波吹。蓮花洋、花石塘皆其地也，今皆失。碑剥摩挲得，山存指顧疑。高亭一舉酒，浮梗又何時。乞食肩書出，儲錢買藥資。夢勞防作牧，客久憶烹雌。太白君前世，維摩我本師。勿忘秋被薄，來問故巢羈。初燕緋桃水，春雲弱柳旗。棘闈閒會面，花節再相思。會面愁於別，相思瘦似詩。題詩寄山館，山雨暮低眉。

三月初六日

三月初六日，雨晨寒復晴。落花秋意薄，新水病魂清。葉弱涎蝸妥，風捎乳燕驚。小詩春蘊藉，轉藥氣和平。田緑暄光膩，桑柔露色明。窺臨自爲笑，衣食有生成。

曉立

微雨過江亭，空江雨氣青。柳深樓角鋭，沙曉樹根冥。養疴眠傷別，憂農春早醒。蘋風動衣帶，流眄自郊坰。

暮立

雨重晴如霧，江深晚更寒。曉將昏作色，雲就樹爲團。漁爨蘆煙濕，鷗眠浪翅漧。物情時便息，吾道默相看。

絶句

春潮春草緑滿野，桃花李花明壓簷。高樓遠色冷於水，細雨斜風人下簾。

大夫岡懷石帆

大夫岡頭落日黄，海流東去作滄桑。我家一曲雁田滘，君近萬山獅子洋。塵埃風浪移今古，離合身名有短長。對此傷心兼望遠，雨簑煙艇夢蒼涼。

閑暇

瑣碎竹窗日，薄光桐徑陰。苔寒未宜簟，風軟尚驚襟。對鏡懷來世，飛花動往心。晝長簾影直，閑話與春深。

無語

無語宜春暮，含情持弱心。蘚濃寒露屧，花落漾風襟。别日多難惜，芳時短莫任。夕烏窺小立，爲噪雨痕深。

示内人歸寧

幾灣春浪軟，雙槳落花紅。衫薄剛支病，江深約有風。外孫猶少女，而父慕梁鴻。陌上花開急，歸防緩緩空。

内人歸省還

楊柳曉依依，桃花水滿陂。暖波恬戀影，香雨軟濛絲。白袷空江色，青雲重鬢垂。羅敷自今出，不使路人知。

來日書示

信宿汝歸寧，來朝我入城。近知數日别，急似晚春程。勿作大江夢，浩然春水聲。檢詩兼飲子，吟病可憐生。

石榴花歎

東村移歸石榴樹，三年花開人去家。今年花時不出户，滿意相待看萌芽。二月三月簷外花，紅紫代謝春驕奢。亭亭芳桂照緑簾，簾烘日赤暄蜀茶。海棠側蕾負重葉，夜合硬胎含素葩。瑣碎草木各自媚，此獨柔静無矜誇。去年爛漫纍枝弱，女童劇圍雙髻丫。春風手暖剪紅紙，小庭對落萬片霞。昨日微醉村酒歸，隔鄰一樹紅欹斜。軟風拂拂颭白袷，有似天女隨維摩。今汝不花吾奈何，元都桃花千樹多，劉郎不來多則那。數年手植不及眼，一春花事今有涯。明年此時我何處，縱汝未老人齒加。自傷兩眼厭榮落，金屏玉樹空繁華。今年花落坐百感，不見汝殘無汝嗟。吁乎造化戲人世，朝夕更變風吹波。至人瞑坐方寸定，萬物在外隨紛拏。

楊柳

春水可將迎，春深人有情。相思無處所，楊柳似生平。枝弱猶勝別，絲長更自生。低垂送行色，還作斷腸聲。

題內子禪病圖小影

孱軀縱長心，深汲繹短綆。流光導青春，芳懷坐交警。與子同今世，電掣火光猛。命瀕數死在，貌以憂生請。倚瘦勿窺鑑，增寒不臨井。自云聰明薄，上咒昧無等。女子本柔弱，根塵轉強梗。豈如君身骨，仙種發真省。簾波落桐陰，窗日碎光炯。傾花積殘露，燃柳引恬穎。微謔傳常情，忍笑洩俄頃。通神語先和，防禮襟再整。減頤若爲惜，約範已自領。淡然山林姿，昭質含至静。體安景與適，庭虚物皆屏。金仙上莊嚴，慈竹側幽冷。亭亭風露姿，寒意上鬢影。予惟病維摩，煉藥對石鼎。夙業以子故，安忍死割癭。他時兩縑卷，佳話溢五嶺。我不離眷屬，而得清浄境。倘嫌梵天俗，何必佛摩頂。

病　氣

未能遂無怒，病氣十二年。時時忤眠食，習苦成自然。我之於爲人，何知有所便。無樂不見苦，得過易爲安。身與命俱薄，生微情可憐。俯仰信大化，生死接踵閒。身名不相屬，何爲學神仙。形存寓諸戀，短愛受長捐。當前金玉姿，言語重邱山。血續存者淚，風滅逝者魂。嗟我病榻中，臥閲人鬼關。紛紛就冥路，昨日生猱奔。而我病夫子，衾枕託枯禪。

雨晴

雨色兼天曉，林容助日光。鷺飛新水闊，帆極宿雲長。待旦風雷内，多寒荻葦鄉。濕花流不了，紅弱亞籬墻。

聞石帆客游歸數於雲隱問狂簡消息

李白遊人閒，高攬碧海月。自無甫適輩，萬物一不屑。夫子戲萬象，排抉造化窟。天才駕風飈，百氏畏鞭撻。八駿於山川，乾坤納周折。使之旋蟻封，寧有死露骨。與子隔年歲，江湖闊兹别。故人各輕肥，裘馬出南粤。京國風塵中，夢寐兩懸絶。豈忘夙昔誼，不暇事毫札。飄零二狂士，到處觸炎熱。伊昔閉窮冬，各擁大布褐。生死守區區，微命兩旬雪。文章死則貴，身事生已拙。平生寡真侶，今雨更孤孑。去年迎妻兒，倉皇賊中脱。處置畧安飽，始得就去轍。回首深念我，别路慘不悦。臥病空江濱，江聲助寒節。不歸一身病，歸矣朝夕闕。自諒筋骨固，實謀妻孥活。謝君山林姿，刀箭日趨謁。退食猶披執，就我問飢渴。涕泣動中感，萬事腸一割。身卑骨肉賤，地僻起居歇。臥聞我顏子，踉蹌受顛蹶。往日此堂上，數子騁紙筆。高墻照冰霜，蓮燭映篇帙。幾年如一家，一別無幾日。雨散賓主情，他人入其室。摧眉負慚走，千秋愧明達。是時聞吾子，異縣坐幽咽。共思同學輩，秋街馬蹄疾。憂憤雖自形，羈縻義暫缺。於今各不見，相思迥天末。五羊三都富，游塵雨雲密。何知萬億內，獨爾坐蕭瑟。空村弛時歲，昨者偶然出。知子仍窮歸，於我故蘊結。惟當恣高歌，激割金石裂。榮衰與離合，往事悟一切。日夕山海陰，獨立搔短髮。浩蕩風雨勢，翻覆江海揭。虛堂寸火內，聲色外漫滅。

絶句四首

碧草如波點白鳥，鳥聲滿懷涼叫風。隔溪鳥去水花落，曉色清光微雨空。

雞鳴村靜雨轉細，萬種不思思晝眠。忍聞稺子蓋荷葉，籬內踏潮喧踏天。

晚爨出林煙氣清，風吹不去雨還生。門前瓜菜歸人渡，紅翠壓船波底明。

晝眠不厭江上雨，夜夢稍宜江上風。鮬魚酒近故人遠，穩睡瀟瀟斜打篷。

昔游近感六首

十年遠夢在邕州，馬退山前坡上樓。野照蒼茫闊風色，關雲盤鬱起邊愁。醉鄉日月淹秦觀，别路鶯花送杜秋。萬里死生俱寂寞，西征哀淚接南浮。陳觀號醉鄉。

拾遺才調出飄零，賈傅悲哀失老成。雲外六千金馬地，夢中七十木棉城。謀生行止皆離别，垂死知交倚弟兄。古處已亡吾尚在，後途何以許生平。

西北高樓山色中，六時遥碧畫眉供。去人玉淚山陰雪，别日楊花野渡風。只有啼鵑能勸客，不聞鳴鳥尚栽桐。百年甚遠宜安樂，長久相思待令終。

呼鷹臺上縱霜翎，九面秋光壓洞庭。楚澤風中掀地白，君山雲外切天青。能歌郢里餘鄒衍，鄒雪巢却辭襄陽府幕席，又考落桂林府諸生，有文名狂聲。賣卜荆門有管寧。管晏，賣卜能文。西去東游兩孤鶴，雪巢入黔，管晏入浙。中原南海少微星。

天下古文歸北海，李南澗。嶺南時雨號周公。周士孝肅齋，令新寧，將去官，旱祈雨而應，邑郡名士爲詩頌之，署曰「周公雨」。灌園地與林宗潔，郭樂郊。偕隱天憐呂範窮。呂介卿。珠海夜遺神蜯月，今年張粲夫落第。瀛壖秋壯石鯨風。馮敏昌居詞館。死生榮落皆離别，七載無心一塞翁。

何處河沙得衆香，吾鄉衣食盡芬芳。風波今昔生涯遠，冰雪聰明國士涼。吟詠太平惟景物，陶鎔天巧合倪王。一身凡百如殘夢，黯澹支離不再嘗。

雨熱一首示李郭呂謝諸君懷張葯房

南海瀕海居，一日十暘雨。雨從東南來，魚涎散飛鹵。驟響掃萬瓦，濃汗流四堵。高雲黑洶洶，盤空突餘怒。層隙漏赤日，血色沸濕土。盛熱如刺膚，狂顧無處所。揚蒲風交衢，騰氣煙霧户。懸識溟渤外，蛟蜃觸鼇柱。⿰魚旦鮪焦鹹沙，萬命一臭腐。想當中原内，南望氣鬱苦。寧知滄岸人，安生火中鼠。是時南歸客，北路萬里許。狰獰火山雲，岳色喝齊魯。不敢思長風，吹沙灼眉宇。况乃遠失志，中熱執猛炬。道聞甘肅疆，逆祲整王旅。邊鄙本雪窖，威變殷地鼓。炎風動龍蛇，驕陽助貔虎。一隅銷攝塵，四塞走雙羽。彼方挽天河，穆穆洗干櫓。歸軍歌風臺，習禮勞酒脯。如何下第者，病渴尚修阻。故鄉雖炎瘴，中道可容與。予衣如輕煙，泠然欲霞舉。赫赫萬象燥，肅肅一靜主。諸君列禦流，齒冷無熱語。惜彼冰雪肌，暫逐煙火侶。乃知炎涼區，亦在所自處。清波照城郭，碧幔展樓艫。方歌颯成秋，當伏不知暑。千頃潭上月，待人無今古。君乎早歸來，相期候風渚。

寄邕州祥上人

昔遊寶蓮寺，師也吟者侶。蒼茫野田盡，鐘磬出林莽。石橋架清流，萬木一束俯。莊嚴僅形似，石佛制絶古。尚疑生雲根，夜氣洩靈乳。寺僧不厭拙，愛客心所與。即無涉俗禮，又不作禪語。日昃野飯飽，歸路久延竚。峰巒疊遠大，陰晴入吞吐。茫然已昏黑，不得一把炬。平郊忽霶霶，叢徑安可取。指燈投孤廟，手足沾濕土。始知雨闊絶，百里匯一宇。雨脚與遊脚，歸此一處所。兹遊不終日，憂樂乃如許。屈指將廿年，人事詎堪數。予生少至壯，師行老猶苦。儒緇雖異流，根源豈分户。東西數千里，跡隔神不阻。肩懷各定默，身外盡雲雨。翻覆本世情，達者混而處。久冥一展矑，天青没纖羽。

寄馮編脩魚山敏昌奇人絶壁圖係以長句

牂牁西來勁箭直，廿年曾是牂牁客。信手時畫江上山，閉目可數水中石。君昔取道此南下，一月精眸養奇碧。山川窈窕詩鮮新，已入狂簡之墨跡。把君詩句按予畫，索驥人間數相值。及君飛騰上青天，中原山川助聲色。我獨出門北向笑，索米時人住南國。花田往歲攜我畫，此時應懸玉堂壁。西山隔城接突兀，飛入松嵐動朝夕。中有赭衣人不識，秋風釣絲滄江白。射濤挂席萬里心，天水無窮我機息。休文腰削畏攬帶，管寧貌野宜岸幘。赤明深洞病辟穀，雨花冥冥置床席。結喉頎顙一何似，寒巖死樹僧凍瘠。濕灰暖風吹或起，時復神崖劃開闢。惜無好奇列禦寇，看我垂足俯而射。有時天末還遠寄，與君發興滋筆力。有詩當復擲雲際，無句猶能坐相憶。相憶空山雨雪深，子桑病矣誰進食。

寄陳道士居羅浮

吴筠性高鯁，請隸道士籍。不死今猶生，萬慮死已寂。吾師出江左，俠骨冰雪白。避名投嶺南，苦貌鐵石黑。鍥瘦示不語，眉宇怪已極。時復見出語，當飯噴滿席。三年同道流，不見幾回食。食或盡盆盂，去臥峰頂石。一臥無了期，萬象入一息。釋道多怪行，高者泯其跡。矯異凡衆中，肉眼翻易識。高高飛雲顛，僅與天咫尺。漱濯滄海日，霞光滿靈液。守雌入寥天，支離遠全德。

村口沙田長句

清川蘆葦連天長，上有夕照渲微黄。幾時得暇展青眼，終歲極勞如緑楊。望遠傷離半生足，歸風暮雲千里涼。朝來扁舟駕山影，俯睎萬壑膠澄光。

温謇斯贈研歌

堅不必李廷珪墨，滑不必澄心堂紙。胸攢兀兀千丈山，袖攫盈盈一方水。水氣六月冰人睛，掬之欲漾皴未平。遲疑着墨尚可惜，安忍看其初琢成。交疏風掣芭蕉擘，急雲過雨几席明。漏簷日色透深紫，一掌天痕浮衆青。滿意矜能爲君畫，膩墨如膏碧相射。但伴青袍過此生，未許黄金議高價。大夫岡，青蘿峰，壓江山影西樵東。草堂竹門敞不隔，江波山氣遥争雄。盡能排闥萬象入，恐復搜牢餘技窮。不如養疴向禪榻，耳目無好煙雲空。邇來避暑大佛殿，行者逡巡爲扇扇，作書三日神態倦。今夕既雨行坐便，呼童重爲開此硯。題詩颯颯竹響深，竹外泠泠墮冰霰。

三　更

暮潮兼雨色，不得入城凉。秋意三更動，閑愁别夢荒。鼠飢窺暗火，蟲競逼虚堂。默默看銀浦，無波可有梁。

絕　句

門外溪光入碧桐，晚涼開卷教兒童。時時葉打行人着，不禁秋來屋後風。

夜過麥文池右民

今雨舊廬朝暮見，後時前事信疑聽。燈邊殘夢中年淚，門外銷魂萬里亭。傷別傷春髮争白，故山故友眼俱青。書生性命甘天竄，風絮何曾與暫停。萬里亭，文池番禺村居。

歸　思

秋海恣風濤，身心亦已勞。逾時碧梧落，今夕白雲高。病警先寒節，吟多厭素豪。抒憂何長物，歸篋得離騷。謝雲隱贈王逸《章句》古本。

昏鴉

昏鴉像遊子，晚色動歸心。謀食與人飽，託巢慚汝深。霜威先一葉，海氣暝孤林。共勉綢繆力，予維愁歲陰。

雨夜

客居無片葉，何處積秋聲。吼浪飛城入，懸河溢瓦鳴。眼於寒檠碧，影到古牆明。近與安期約，看山幾日晴。

憶昔行

憶昔黔山臥樵者，作詩鬼門弔人鮓。黄昏碧火行木客，陰洞雄狐拜金馬。荒山性命寄鬼神，藥囊苓朮揚灰塵。陳生床口來切病，巫角聲中聞死人。昨日相逢今日死，故鄉人作殊方鬼。半人半鬼憂懼中，白木欙柄青笻籠。出門撫頷涕淚語，入山刮面冰霜風。晚歸煉藥土竈爛，昨夜山雨飄濕炭。腰圓腹大操苦辛，熱囈狂嗔耐呼喚。同命上船始啖粥，回頭滯骨誰奠飯。吁嗟吾免後人哭，頃刻魂爲數君伴。牂牁水急東流深，白日清波千里心。秋風嬝嬝吹江水，別酒茫茫空古今。此生日月成今古，故鬼松杉妥風雨。千年馬鬣須貞石，一慟龍山餘濕土。土濕不澣秋草碧，秋陽照我心獨苦，青衿將穿髮堪數。

以硯贈郭廣文 濟川

平生兩遠跡，俱以倦遊還。匣此一片水，靜含千里山。憐君著書老，如我判身閑。薄重兼輕膩，深宜行篋間。

短句

七月星宿光，夜靜警秋氣。去年大江柳，吹葉滿天地。病客畏其影，海月無處避。今年健軀勞，心與衆芳瘁。歸帆轉青蘿，水色互空翠。送人入村扉，依依似相慰。

秋　風

秋風吹白蘋，江上獨離群。珠女水爲鏡，花船波漾雲。南來月自闊，夜警鶴虛聞。莫復當窗織，衣涼露氣紛。

獨夜陳硯有作

有癖已多累，不畏勞我軀。粲然第嘉名，坐若獺祭魚。水氣初凍結，細視中澄虛。着手如欲瀉，皴作波痕紆。平昔萬里遊，歸來心手迂。山川起病懶，突兀來座隅。粤人所愛石，往往與我殊。秋風篋團扇，什襲收璠璵。豈惟絶雲煙，久旱則恐枯。我若列嬪妾，眉黛各自姝。琢匣爲列屋，不使其閑居。執拂與秉燭，一一供吾需。好色至此極，生死誠區區。佳人守貞素，金夫曾不渝。

出郭呈李徵君正夫

一月始出郭，淡然秋色深。大江波更白，涼野日浮陰。勞苦竟何事，蒼茫無住心。西風燈火夜，非汝但孤吟。

往事

往事如昨夢，悲歡空自知。死遺生者恨，來以去時推。悔在吾猶諒，情多命不宜。秋風行坐有，元鬢汝何爲。

秋野

微陽下秋野，野氣動蒼黄。草闊漂涼碧，城高走末光。蟬瘖抱葉待，魚化入田翔。時運詩成了，東籬菊酒香。禾花鳥，海邊人八月時見細魚蔽水而至，一躍即群飛入田啄稻花。旬日之内，亦不復見。

鬱鬱

鬱鬱況秋節，茫茫空夜心。西風亂雲木，萬象勢浮沉。水闊身如泛，天涼夢不深。無衣默多警，即事漫難吟。

秋色

秋聲擾夜氣，秋色靜晨光。水漕浮涼大，山陰落影長。遠簷生曉白，深樹夾通黄。撫景俱堪畫，其如客思荒。

詠懷

到處有行跡，此人窮可知。寧忘愛性命，而此試安危。自養天地物，同塵貧賤時。飢鷹蹋翅内，容易辨雲泥。

秋歌

志士驚心視白日，夜聽秋城海聲溢。北風怒塞重闉堅，一夜奮雷伏不出。城頭木棉力有神，長枝大葉捎浮雲。朝來低瓦葉響息，寂寂百家秋助薪。客愁鬱結如藺絆，不及風天物蕭散。學廢心荒苦晝短，身勞夢瘁何時旦。故人遠客近復病，獨我離居歲云晏。溪山可賣吾亦歸，歸去闊絶開江扉。席前坦掌波濤入，事後過眼煙雲飛。煙雲飛盡空漠漠，先生畫筆静方落。不知何處臥遊人，堂上鋒稜出秋嶽。

歸里

半載長長去，今朝草草歸。入門剛晚食，開篋换秋衣。穉女解言夢，病妻猶上機。殘年守和樂，難得共寒飢。

惜家園松樹家人析爲薪

六松隔水見，朝昏有涼聲。窺我草堂東，花簷浮氣青。每每朝日出，金碧交我庭。枝疏鳥影滑，丸轉上下鳴。自從我南歸，護惜過十齡。先公手之澤，至今枝上平。我行屢回首，我還則相迎。今別半載歸，謂共寒歲情。有米薪易致，落葉不可勝。未聞儲升斗，坐使食不成。兹松本無欲，何怒於園丁。劚之即凈盡，一木空高撑。使我疑帆檣，曲岸隱巨舲。况乎持刀斤，緣險如猴鼪。危己以戕物，恐復爲物攖。命物互得失，多陷而少明。語人轉自默，命物何重輕。

花 籬

竹籬花月夜冥冥，去日前宵香滿庭。看得客花都盡了，天風留此小藤青。

寒夜課甥學憶四妹

天海交寒雲作團，風舟傍岸屢翻掀。蒼涼日色沉沙樹，悲壯江聲入水村。舊易牛衣仍長物，遠難雞子叫新魂。邕州俗以雞子置米上，懸紅布竹枝，禱於祠，以招魂。冰霜絶塞欺枯腊，寸草青青念報恩。

憶母舅山莊十六歲讀書於此，别二十年矣。

虎豹輪囷黑石叢，蘭泉兩牖腋飛虹。午移山鬼開銅鏡，夜禦熊人響鐵弓。雨外簷晴千嶂日，吟邊衣卷八方風。廿年矮屋滄江岸，已似舟居作釣翁。

寄羅海韜邕州

西風葭渚張蒲帆，愛詠嘉魚櫂石潭。石潭，其村居。花藥芳洲秋水外，芙蓉仙館暮邨南。花藥洲，相傳在城西。芙蓉，村名。蕉巾峒客青螺髻，竹袖蠻姬赤汗衫。穫時刻畫兩筒，以籠袖。異地遠艱人事惡，故鄉書費故人緘。

寄温中書步容汝适并索藥酒

滯跡枯風起濕灰，慚君年少掞天才。後園舊作銀床井，大婦新歸玉鏡臺。筵上肉聲高裂竹，雪中心火熱焚槐。惟應惜我長卿病，遣致瑶京瀣露杯。

於梅樹下作寄温中書

故人村静百花殘，秖有梅花相問寒。似此疏狂是真侣，比渠清貴豈麤官。坐須弘景三層閣，岸煞泉明十載冠。直得夫君照幽素，貧時歸去病時看。

纓珞樹下作

齊簷纓珞樹，汝亦柳絲絲。長大出頭地，阿那憐小時。剛柔天定命，松柏歲寒姿。此樹冬不改色。爲謝東風絮，休來附弱枝。

十月中旬蓟茶已開於花下作

預恐主人春作客，深紅硬緑小春看。入門自媚都如此，對酒當歌相耐寒。霜後園林三徑紫，風前枝葉寸心丹。未能槧判芳情了，遮莫將身與爾安。

寄陸徵君貫夫紹曾

白下煙波畫裏船，朱方梅雪夢中天。士龍實是鸞凰子，帝虎虛麋犬馬年。欵器周銘通款識，追魂唐版藉煤氈。何當遠道儲丹碧，風雨松陵對榻眠。

寄鮑青海

南雪小於雹，佛庵蕉竹聲。閣虛鐘自響，夢了火猶明。別思花鶩酒，寒威海照城。舊曾諳鮑叔，今復似虞卿。

齊書

貧士儲書籍，頗如公子荆。病軀多客旅，還似馬長卿。懶已題籤亂，勞於運甓輕。未須慚北阮，猶與暴南榮。

茶一首

野人甘木食，飲水亦儒生。方法須香婢，膏肓起睡卿。品佳甆較碧，風準火通明。豈爲治消渴，時堪代解醒。

寒江

寒江東浪逼西樵，蔽海來鴻逐怒潮。蟹舍水松低宛轉，蜆塘風荻偃飄蕭。倦遊長物歸長鋏，在野生涯託短謠。天末相思況遲暮，小山叢桂好須招。

寄石帆

山人幾夜夢寐静，曉江無風凍如鏡。西樵寒翠入九江，七十二峰懸筆正。江山如此無此客，來趁山陰暖乘興。還聞毘耶臥示疾，吾恐飢寒無暇病。一寒正愁十日雨，敝裘蹭蹬不掩脛。搵衣跣足出不得，坳堂實杯舟下碇。仰面空林高指天，兩禽一葉相争競。右捎左撥葉亦墮，背負青天棲轉定。人生拂亂有兹理，士節高堅見吾性。卅年即悟非材罪，百挫直可以氣勝。同學即今惟爾我，窮廬在昔有賢聖。務全吾足猶能補，憎兹多口焉用佞。後途何以語我來，前事已看成破甑。

腹痛

長吁暮南郭，減帶過東陽。一月亂腸胃，百年知短長。起居惟隱几，書卷併黏床。有愧何徵士，全家問藥方。

白　鳥

冥濛海雲黑，白鳥獨無歸。影畏清波凍，身兼片葉飛。江天容耿介，冰雪照寒飢。倘入南人貢，還應世所稀。

海　水

大水天寒曉吐雲，蔚如陰火澤中焚。神淵暖洩蛟龍氣，煙海遥呼雁鶩群。蒲席半生孤往願，蘆碕何處答歌聞。風波秪與勞人得，況是江湖雨雪紛。

東　望

水村東望闊，山影截江來。日耀青蘿嶂，雲膚白蜆堆。三忠臨海廟，九眼伏波臺。暮色疑風雨，潮音洩奮雷。白蜆堆，燒灰處。

望縣城寄潘上舍景最泰

眼寒極天水，高浪入諸峰。城白人煙淡，帆陰海氣濃。病猶身側望，藥待絹斜封。爲報思君久，關門欲禦冬。

風起

風起同雲黑，潮生下國涼。水村如泛海，南雪僅爲霜。鳥聚行人少，橋高立影長。敝裘慚野老，餘布木棉裝。

冬菘行

冬十二月朔二日，大風翻江木欲拔。客來叩門遺菘菜，北雪猶能照肌滑。初如苞筍蠢可嗤，細抽不盡心卷施。葉柔未緑尚塗粉，莖薄漸黄憐脱衣。北方佳人好心手，霜鱸作鱠銀鱗肥。此時斷菘不照眼，素盤薦饌冰琉璃。不禁饕餮思大嚼，恐與胡蝶俱雙飛。風沙遷地九千里，僅沁清齋太常齒。灌園直訝廉士妻，沸鐺幸遠貪泉水。故人李南澗，官厨亦骨董。食餅自號中原傖，買蔬且美端州種。南澗食菘於端州，有詩云「遷地弗能良，猶可壓南蔬」，又詩「我是中原食餅傖」。幾年歸骨古齊州，時食還當薦首邱。可知藜莧閉關客，勞甚南魂天盡頭。

出　門

一月粗還里，三冬獨出門。緼袍長掩脛，江路白銷魂。狎鷺頻依槳，飢鴉不離村。四郊春意動，芳草識王孫。

還廣州先寄石帆

稍別相疑病，還來互慰窮。前途一車鬼，後事兩山翁。白日照流水，青春歸朔風。可能家課了，梅雪郡門東。

客樓

竟夕江聲抱客樓，北風翻海大坤浮。殘年底急催元鬢，賤客禁寒負黑裘。隙月似人窺屋角，大旗如浪沸城頭。寄書秖道頻頻夢，三夜茶鐺護醒眸。

清江

清江清不極，泯泯肅心魂。日驗魚龍氣，苔行蚌蛤痕。層寒動城影，平碧混村原。垂釣吾將往，虛舟寄海門。

斷柳

江波照斷柳，不礙晚天青。此樹如含怨，有誰無故情。人間客路遠，別後秋風生。往日珠娘髻，今晨畏鏡明。

風歇

夜中風已歇，剩得片雲翔。月午懸鴉影，城寒定水光。人歸五更夢，花碎一村霜。早晚鄉帆急，煩君送客裝。

喜葯房還先寄此詩

去時雨雪病離群，病久歸遲起覓君。先得誦詩知水陸，即傳看畫感風雲。沙塵北轍勞南夢，雞黍登堂却上墳。謂青州李南澗。乞食入城容洗足，許談哀樂野人聞。

寄虛舟

花村吟夢感違離，澤國招尋憶曩時。山含海氣松杉濕，人定波光舴艋遲。尋常潮水分江路，五六詞人兩畫師。至今風雪猶輕出，往日潛夫挾纊隨。同舟梁石癡能畫。

十二月十二日題寄内子病中

年月争相暮，風雲不競愁。獨眠君受夢，同病我登樓。衣薄宜今歲，天晴似晚秋。歸應與春色，幾日到花洲。

別路無遠近，出門成越秦。情人長夢死，畸士例居貧。鬢影看書夜，庭花入鏡春。日來應減藥，風景況停匀。

馮魚山因葯房南歸致書

五月都門人去留，側身滄岸獨披裘。路經南北淹文翰，書併風霜下釣舟。五月二十二日出都，十二月十二日書至。白帽從教管寧着，蒼生宜付謝安憂。燕臺知有黄金在，敢按真圖進病騮。書云久託神交，所祈自寫小照寄來爲慰。

五百四峰堂詩鈔卷十二

壬寅年

婦病

春窗昨日晴，軟語品時榮。飲子今朝重，情人夙命輕。舌寒惟握手，魂弱戀呼卿。寸草燒痕死，東風吹得生。

雨

海雨白逾遠，碧山寒更明。春陰散花重，晴久聚雲輕。養疴知天氣，眈眠戀瓦聲。軟風簾影緑，幽草病魂清。

初　燕

初燕柳花飛，穿花對對歸。生疏驚社鼓，言語戀江扉。細識嬌孩面，歡撞病婦衣。主人多伏枕，不爾昧芳菲。

燕子入閨中作

女雛梳髻始分丫，燕子飛鳴故墮花。乍語鏡臺如問病，熟知人面作通家。書多礙屋春聲窄，簾直當門去勢斜。天地所居吾幾許，汝巢疣贅此何加。

雨　夜

脉脉夜來雨，及時如散金。獨明村檠小，釀凍水雲深。花驗流年跡，山招倦客心。朝來試春屐，行處問芳林。

春望

斜曛天水光，春望闊蒼蒼。草染煙波緑，雲烘草樹黄。遠愁海色盡，隻影柳陰長。萬象容吾暇，鶯花勞豔陽。

瓊女課金剛經贈内子

聰明憐弱女，持誦爲慈親。卿有福德性，佛矜危苦身。安能無老死，願欲久清貧。我自修儒術，如來不外人。

感詠

壯懷頻拂昔遊衣，海内行塵出篋飛。中歲漸多生死事，前途今恐友朋稀。傷離滿眼花俱淚，養疴同林鳥息機。遠枉都人怪奇跡，漁樵何夢上京畿。翁洗馬覃溪對張葯房言，僕曾入都中，一宿而去，都中故人轉相稱異。

杜　鵑

杜鵑何汝不自惜，在處悲鳴何處歸。風吹花片弱魂斷，月照紙錢低雪飛。天存微命哀以短，人到殘春眠亦稀。不如百鳥漫心性，向爾前頭毛羽肥。

春睡起

夢緒持春怨，香絲供病緣。袂寒風柳雨，簾暝水花煙。舊事成前悔，新知續去年。報看池上草，生意碧煙綿。

獨　坐

水光圜晝雨，花影亂春流。吟望閑過日，風雲低壓樓。斷山天切海，紆岸樹行舟。澤國生涯闊，身名約釣鈎。

村雨寄張上舍靈峰天秀

昨者別君還，濛濛雨滿城。今日坐憶君，村雨雲水平。陰氣千里來，不見兩脚行。渡江入村樹，颯颯寒有聲。灑我簷後桐，鏘作金玉鳴。中庭緑沈重，遍地花縱横。時方讀君詩，天然合琮琤。往往示得意，句非言所成。春寒耳目惡，心遠天海冥。簷花纍濃葉，暗若人影停。水氣上垢衣，帖肉苔蘚生。君於大城住，静懷閉神扃。長衢濺波浪，塵土膠冠纓。澣衣水無滓，始得着體輕。昔年仆土墻，艸生藝餘亭。愁霖臥白日，歸夢弄春汀。長空極露葦，弱竿釣風萍。今年頗家食，藏酒需花鶯。倘能過我里，風日正暄晴。香餌春潭鯿，寒食桃花鍚。

絶句三首

新闢南窗俯碧流，水紋皺日動簾鈎。丫鬟曉放呼名鴨，龍户晚歸浮鼻牛。

後簷風響落桐花，亂糝女雛雙髻丫。却取小篦梳掠盡，背人歡喜拗山茶。

弱女初能繡五文，天吴紫鳳細勾雲。從渠識字添閑事，又取爺書學八分。

服藥

服藥起居節，返神風日和。約腰中歲減，在眼落花多。遠道非騏驥，吾家故薜蘿。北書勞俊傑，南極問風波。

不眠

自愛清宵病不眠，桐陰雲氣養花天。繞廬春樹沉沉黑，莫放低枝與杜鵑。

溪月

病軀差覺夜來安，溪月金盤碧玉瀾。吸藻魚穿松影戲，覆簷花閃水光看。尋常泉石都宜畫，蕩漾清和大較寒。海外此邨邨此屋，登樓天地即瀰漫。

雨晴

雨晴花落客歸遠，藤晚花香桐月清。披襟溪上草細濕，映水竹稍雲獨行。滄海孤村三月闊，蘆沙千頃一舟横。鯿魚縮頸長腰米，不厭僻田吾所耕。

永寧李恭毅公湖奏所開府。

沙茭舊萑苻，新血污海陬。幾處大樹下，風雨飄髑髏。化爲鬼車鳥，灑血呼其儔。血冷哲人萎，歸骨雲海愁。英魂爲董狐，筆下録鬼囚。森森轉輪宫，由子持其頭。羅拜死灰色，入地冰霜秋。猶畏長城公，濃眉深炯眸。正氣齊東南，羅殍空山邱。盡瘁貽善寅，嘉名請邊籌。猛虎渡大河，馴雉棲中牟。兹民載寧一，於始孰此謀。孰謂公好殺，公也僑亮流。事長命已迫，跡在精尚留。請公迴靈飈，永寧無復憂。颯颯新旗旌，海風吹戍樓。

病可以硯謝何徵君

儒生苦心腸，此物能致病。昔時走山川，此物若爲命。始終實勞我，暴殄何究竟。以身與之較，動静安可競。我則譬爲墨，以媚石之性。寧知石愈好，於墨愈無賸。過春八十日，日日刻吟詠。鶯花本何機，而我陷其穽。石也應哂我，筆舌無乃佞。勉力事藥鐺，又恐滅炊甑。遣之近侍君，氣王君轉勝。黠奴得其主，一一坐呼應。異時我疾作，飲子煩重訂。石乎與爲功，於石亦殊幸。芳橘必南國，生物自有定。銘言久勿剷，碻碻余獨行。

臨溪小屋成詠

海潮入村水三折，水深花深地深極。故人村口隨香風，小艇衣裳濕春碧。松藤婀娜垂簷瓦，家家簾影波光直。落花萬點千鳥聲，静女無心感聲色。不知幽僻春狼戾，但與往來人歎息。臨溪小屋不獨我，到我人鷩照溪白。人似冰雪爲肌膚，屋壓水月上墻壁。畫家草木無俗筆，花里兒童有幽識。鵶鬟侍藥惱宵吟，雛女問字妨書織。不照梧桐穩鳥眠，時減盤餐與魚食。人閒此屋殊不異，盡如此屋是非熄。市無争利官無訟，民無知識帝無力。不知此屋芥滄海，水面何年結一席。幾時有人人至我，我後滄桑幾時易。無事且爲今日語，語罷閉門風竹寂。夢中花月二三更，海外波濤幾千尺。

復志丈室詩

昌黎賦復志，五箴備五覺。少學壯且爾，况乃少失學。目昧豹出霧，耳昧雉登木。不得見文采，亦未辨宫角。徒然好書史，如彼鼠嚙玉。哇吟巴里奏，兒鬩魯人較。無能振高蹈，猶欲被奇服。膠杯坐咫尺，飛語縱謡諑。世多求全毁，吾倘不遠復。誰能與安心，吾猶有尊足。溪築雜龍户，巢居愧鳥屋。小軒泛泛舟，常釣籊籊竹。夢母出孤村，飢復遣五嶽。胸拔萬仞山，氣洩千尺瀑。空虛感風雲，浩蕩赴心力。波濤杳始終，陰陽互興伏。臥爲宗生起，出勿阮公哭。青山照痗瘵，丹崖約麋鹿。苦蟲不避蓼，涎蝸不忘殼。

蜀人劉世儀淫詩爲吏目數十年往年曾令二子師事僕爲詩僕甚慚矣今不見且五年作詩覓便寄之

劉君善晦跡，佐吏山海涯。不欲貧累人，聊以官養詩。所之輒荒僻，窮老髮如絲。粗疏謁大吏，轉得優容之。奔走四十年，冷署生兩兒。兩兒過二十，氣穩心謙卑。音聲異其父，粵語到處宜。惜哉染薄俗，纖巧空腸飢。安敢輒師子，願與子同師。當時已盡言，今日當勿欺。嗟乎周資敬，八口留京畿。二子絶天慧，我畏非此誰。蜀川山水雄，揚馬豈莫窺。要於其根源，誠實爲之基。數子本秀發，何獨工言詞。他時馳姓名，今者滯别離。人間浩茫茫，蓬葉從風吹。自顧雖中年，多病早歲衰。旦夕望天海，海白天四垂。子於何處宿，夢我吾不知。萍梗儻復合，新學慰舊期。山迴薜蘿深，忽忘斯取斯。周資敬二子：立規，立矩。

巨雨飄我書籍作

昔我雙峰堂，十六歲，西粤舅氏山莊作。風襟動高闊。赤日漏雲脚，白雨轉天末。天末雨尺幅，日外山明滅。闊嫌山無盡，高識雨所出。今居滄海旁，屋矮千樹密。安知水村外，氣象海簸日。淺牖如船窗，水花穴墻窟。南風送急雨，箭弩直排闥。公然逼書床，亂濕我書帙。丈室何可避，閉户手足失。鑽隙成決渠，坐隅恐過膝。近思西淋山，雲海兩突兀。遠憶南海廟，煙嶂具紙筆。困坐病懷惡，行臥恒鬱鬱。孤舟展平川，安得縱超越。

玉荷包歌

玉荷包，南方茘子爾先熟。年年三月先櫻桃，纔過清明晚花節。昨夜猶餘杜鵑血，腥紅照眼無與比，赤水珍珠火齊熱。今年抱病緘脣舌，不知饞涎轆轤轉，轉嗔醫士心手拙。玉荷包，早來早去曾幾日，病裏看成過時物。

野步

濃陰初夏散，山水更清光。輕雲撒白雨，新潦似斜陽。村薄隨潮泛，松多蔽海涼。病久宜空闊，琴書任占床。

在野

志士恥在野，野人甘絶群。田園無餓相，天地自孤雲。蔬食時俱換，郊居政不聞。無能謝煩擾，花鳥故紛紛。

答同學問僕詩

簡也於爲詩，刻意軋新響。當其跨闊步，語亦頗倜儻。試復虚自舉，得失如指掌。霜警鐘候鳴，悲壯秋清爽。草暖蟲細吟，幽咽春駘蕩。勞或蠶抽心，輟食入羅網。静或女懷春，有怨言惝恍。以玆攖其生，作苦時技癢。一世取自畢，千秋敢延想。方寸抱冰雪，萬里在俯仰。吾希御風返，誰與恃源往。自非駿馬骨，焉得蒙上賞。倘誠虓虎姿，老死氣騰上。

月　步

月流動衣碎，人影入溪停。露静叢葦白，雨多空地青。光瀾聞水鳥，暗葉定風螢。不寐桐簷下，藤花夜氣冥。

溪晚偶書所見三絶句

海月入村少，海風來樹多。籬間是潮水，門外有漁歌。

鰕殼轉黑葉，蟹眼飣青皮。果生鼠牙澀，棄擲魚跳池。荔枝將紅，俗謂轉鰕殼色。龍眼尚小，俗謂之蟹眼。

水螢泊溪樹，照見一花青。那將千萬點，分抱萬花冥。

鮑青海致曹素功墨二枚二首

墨手代有傳，曹氏時下冠。方甄雖精奇，卅載無兩見。王友嘗貽我甄氏作雲林子書畫墨，又方氏九子墨，皆妙品，不多見。窗明碧天豁，水軟元冰泮。深青入春峰，沉深貯天漢。亭亭白雲静，暈暈黑雨散。硜甲切玉古，凝脂割雲嫩。相需畏相觸，若可劘我硯。萬象浮堅光，五岳隱方寸。

二墨銷厥一，小失而大在。遥於百年後，山川發精采。存亦漸蠶食，食既坐可待。夫豈無汝替，廛篚將百琲。諸姬避專房，無乃等女醢。心力并汝盡，好色生後悔。吾當學汝祖，兼愛憎好解。袖手且封篋，知止兩不殆。

西潦三首

螃蜞昔入屋，今已半上樹。新潦照夏雲，赤浪天海互。炎歊漲溟風，峥嶸變江路。水松蜿蜒短，沙鳥猶豫渡。汙槳紅青苔，點野黄白鷺。迴視來處村，一芥膠不去。登岸橋避人，無篷艇如瓠。村中潦漲，舟人登岸畀橋以入。門前松根穴，鼴鼠争隙住。

瘴海田不高，水高田可悲。刺舟行田上，禾尾倒插泥。潦至螺抱檖，潦消泥塞堤。五月不可潦，下旬收割時。三月四月交，薄潦田轉肥。天地之於人，厚薄各有宜。西鑾水不東，是使西人飢。西流不以候，亦令東人啼。所貴潦歸海，宜速無宜遲。抱檖之螺，其小如稗子，潦消不去，脱穀則仍入米内，飯食厭之。

浩浩揚黄泥，島嶼小過倍。迴波走西樵，不肯入於海。田崩不能築，滄桑豈遽改。中流渡死灰，誰是貴人在。側帆半入水，舟勢始一擺。吾知彼舟人，百命投一殆。神飛魚膨腹，佛救象徹底。侮水南人性，瀕死乃畏鬼。渡船百餘人，幾覆風，水既乃設醮以祭水云。

寄懷范璧如

新水一篙千點花，光雲白雨裂寒瓜。田閒笠屐還肩瓠，别後肝脾減渴茶。予前有渴茶病，君爲治之。桐樹烏生八九子，夜香藤蔓兩三家。於中夢我詩人屋，莫聽城西鉦柝譁。城中近設鉦柝守夜，舉城如沸。

答友書來所問

竊窺坡谷詩，次疊成固習。無聊尾一字，始得意思入。二賢散天花，香色隨手拾。而於通篇奇，或困一韻押。餘士蹈牙慧，不自計弗及。往往中道蹶，乃怨前走去聲急。門庭我熟道，且戒獵等級。途窮不自悔，有去均哭泣。所畏如放豚，哀鳴入其笠。果爾爲逐虎，猛氣出於柙。卿言亦佳甚，我自用我法。

省視舊詩多已失去詩不足惜也戲爲諧語一首

火急題詩草亂鈔，小詩容易細書勞。名知喻馬元非馬，心極搜牢倦補牢。多病愁聞嘔血已，寸長虛慕等身高。飢來更與農人笑，學士迴腸似桔槔。

夏夜溪步

瑣碎金流波，歷落松濾月。鳥驚出暗草，人行踏明雪。高橋若平臺，得地受空闊。山影半江止，帆勢一鳥疾。海光大浮天，詩緒細抽髮。境虛難住心，理適貴新説。半夜興獨往，萬物静一切。瀰漫人閒事，繼以夢顛蹶。散爲九煙荒，聚作一塵熱。歎息吾於中，栖栖幾時達。

潦退後村口亭子

冥冥青螺嶂，今朝洗碧玉。映水懸江天，萬象漭寒緑。接影高鳥墜，渟波過雲浴。行晴經名亭，止漲展周矚。百流奔虎門，天風挾而蓄。日盪魚龍高，甌覆山島縮。至今滄海水，一綫界渭濁。去隨暑雨脚，平露沙樹足。原田爲人憂，飢餒於我屬。柳風送餘病，松景澹新淑。回首生晚愁，雨氣積西北。日入雲頭明，雷電光閃倏。吾恐戕泂江，餘怒奮相續。誰當剷羚羊，疏鑿不得伏。

五月旦舟中觀雨

江鄉樹杪白，乃是海上雲。西樵水氣上黯慘，雲低山高凍不分。獨浮孤篷入江雨，水面看雨光沄沄。鏡平珠滑走不定，玲瓏跳擲萬顆勻。不暇給眼豈暇惜，何處陳跡何處新。就中無去亦無住，此外何人知有人。湛然已與天水静，不拒白鷺來相親。白鷺久狎棄人去，水田青光毛羽真。兩不相思各煙霧，爾我去來誰見聞。打篷聲好吾亦睡，夢中去射江濤神。

殘燈

四更雲外一星存，下有殘燈相對人。耿耿心孤此天地，勞勞光淡漸風塵。林寒尚黑留螢火，日氣潛紅收野燐。病婦機絲曉猶織，青氊心力愧卿貧。

暮蟬

送客歸路晚，暮蟬高叫風。柳梢餘日色，人影過橋東。獨立離愁闊，孤吟怨調同。近來疲兩耳，堂後有疏桐。

晚欲雨

晚飯蟬聲裏，昏燈水氣中。雲低還易雨，潮上輒生風。飛葉映江白，殘陽過瓦紅。無人與長夜，行坐警青銅。

不出

不出故人譏坐窮，粉蛾帖死在屏風。即爲塌翅林莽病，可惜飢鷹毛爪雄。前路甘辛失駈饜，萬事得失作雞蟲。恐是竊脂無飽命，未能高遠托冥鴻。竊脂，小鳥喜竊肉脂，竊食即死。

夜景

雞鳴樹底白，潮滿月摇風。不見螢抱葉，有時星度空。茫茫夜岑寂，細細水玲瓏。鳥影争枝墮，眼花兼落紅。

朝景

沙煙仍合樹，雲水未開山。宿鳥高晞日，勞人出掩關。露香田早熟，花重艇争還。來吾鄉買花者。緩急誰非事，窮經歲不閑。

懷居寄諸君子

狂簡三十年，昔者行萬里。一身爲孤舟，浩浩踏雲水。引領望前路，自分必勞死。今爲老青衿，居然村夫子。就地得破廬，亦云苟完矣。先人所創造，割裂爲生齒。中閨風雨中，僅足置床笫。外舍名丈室，約畧八尺耳。稍欲植桐竹，便已逼案几。寸心倘局脊，天地限方軌。亦知達人胸，鶵觳無礙理。於兹十餘歲，妻孥有歡喜。胡爲丈夫者，乃轉不如彼。客至如釣艇，垂釣可窗裏。客言何須廣，所貴善經紀。入夜鳥聚巢，少穉呶老耳。老人述哀樂，歎息夜分已。未能妥晨昏，有愧適甘旨。耿耿攖褊懷，鬱鬱實坐此。此篇寄朋輩，恐復咤知己。士而懷其居，不足以爲士。

家　事

女芸纔六歲，性喜讀爺書。膝便慈親問，頭從阿姊梳。卷旁嬌實果，課罷食求魚。此樂飢寒内，天真滿屋廬。

補題雲隱所藏予江鄉春色圖

松根走長坡，松陰覆蒼石。石傍濛濛水寒静，松後離離樹丹碧。江鄉春色初不見，見於横江平對面。炊煙出林白如練，白光三匝紅葉斷。上欲爲雲不到空，下未藏邨稍遮岸。屋後數疊山，低昂赭而平。盤盤蓄氣勢，結爲一石青。石高直礙江一畫，江上長松數千百。中間松斷青連綿，一寸隙走萬里船。風帆之杪又海水，水上山光净如洗。半露萬松顛，半在萬松裏。此中日落山幽幽，應有山人唤舟子，雲隱先生可歸矣。

月下戲詠

半歲海上月，雲水氣相裹。今夕視行影，始能辨人我。竹密團雲深，松瘦古髯墮。握方晰驚烏，波圓見落果。行久獨生寒，短草净可坐。地深天自高，月細玉一顆。微吟大塊内，抱泥鳴蜾蠃。

煉　藥

藥錢争及病時催，藥力難從病裏迴。欲避煩喧訪秋浦，謂存生氣上春臺。翻經舊習聞胎息，撥火新功悟刦灰。底是死生安樂處，維摩欹枕費人猜。

寄蘇其詹順德城中

萬松嶺上萬蟬鳴，愛爾書堂近太清。昨夢幽窗俯碧海，滿天寒浪小秋城。塵高不到題詩處，月落猶聞弄笛聲。一邑風流好賓主，獨吟知是兩含情。

緑苔

近知寡過無輕舉，已覺當門生緑苔。雲覆碧桐深與色，客矜朱履不曾來。潮平魚婢嗛嗛食，涎篆蝸牛廓廓開。早晚石床花雨地，爲予鍵户謝飛埃。

寄上元朱徵君照鄰

石城歸客愴南朝，不見秦淮舊板橋。白首新鶯春下淚，碧山殘月夜吹簫。吴趨歌者誰相識，楚些魂兮不待招。記否耆卿少年事，瘴天風雨柳飄蕭。朱善詞曲，予所譜曲嘗爲點定焉。

夜色獨步

四更天海静，月露闊難看。獨立人如夢，孤心影未安。岸陰漁板白，潮大水村寒。不寐吾無謂，徘徊輒夜闌。

吾鄉

日弄煙光上白沙，雨殷霞氣變青瓜。海鹹土黑宜群植，溪轉門開瞰萬花。五月蜆塘栽子母，晚潮龍户送魚鰕。吾鄉合有歲時記，未敢題詩忘物華。

腹痛

往年伏枕謝家池，是病經年續往時。飲子密參多病婦，醫門新下五靈芝。愁無措手憐分痛，日九迴腸悔作詩。有似故人知不食，更煩書札問周飢。

題畫

沉沉緑楊重欲滴，娟娟黄鳥急如織。高樓初日不刺人，小玉圍屏入山色。山光駘宕無着處，爲與春眉染輕碧。山中那得豔陽怨，佳人世外誰相識。罨罨春寒動修竹，翠袖静於垂帶直。瀟湘流水楚山晚，洞庭無波落日赤。天邊水盡大横出，雲耶沙耶切空白。恐是北渚到蒼梧，靈雨飄風忽陰黑。二妃不來古色涷，老狨臨江叫魂魄。不寫飛仙與奇士，弱女春心邈寥寂。我不知樵生何眼意，作此春愁贈古蹟。能令一切有情者，茫然三日悶寢食。

追和梁公普金花廟迎神歌二首

銀牓臨江照眼明，金花祠對廣州城。城南日暖羅敷思，廟口垂楊無限情。

袖中燈帶拜神回，剪綵爲燈四角，垂帶四幅爲裹，求子者私擷燈帶而歸，以爲兆也。船尾楊花渡海來。捉得楊花裹蓮子，穩抛密意索郎猜。

示別張靈峰并寄令姪孝廉秉五大福

考詩昨已千篇盡，靈峰前屬予選古岡諸君詩。乞食今爲五日留。我去急於雲渡海，君心遥及雨隨舟。石能飲羽真飛將，心有雕龍待隱侯。葵縣花村接風土，買魚甘竹順河流。吾邑於新會經甘竹灘爲最近。

往事

往事在來日，往來無住身。眼看逝者水，吾亦古之人。命豈名相倚，哀於樂更真。廿年天地内，刻意得傷神。

渡口

渡口横山影，歸人指夕陽。歛光帆不競，暮氣柳先涼。寸碧吟邊炯，長流世内忙。吾生行或止，壯悔囿錐囊。

畫二絶句

春江十里照桃花，花上停雲雲覆沙。村紅海碧過寒食，一月春陰我在家。

碧山雲熱炙春空，日到木棉紅處紅。竟日落花深一尺，石橋人影踏長虹。

早起書意

初日着林猶未紅，露晞如霧上空濛。低雲過水重含雨，晨鳥惜花緘叫風。買藥驚心錢有子，養痾中歲釣稱翁。休思十載交遊路，故鬼新知別夢中。

薯菜行

煮薯葉而食，呼薯菜云。

青桐枝濕赤米大，祟朝不熟熟已饐。銕鐺瘦煮瓦鐺載，二樵先生食薯菜。後園地磽草蘗黄，種樹不實枝葉長。老藤露日死纏石，初蔓梟風柔上牆。癡鬟十日九失水，貧食一摘三盈筐。女兒弱腹有難色，視我下箸隨飽嘗。齒牙大嚼聲喈喈，踏餐爛漫沾垢服。病婦相憐看藥椀，儒生薄相飫粱肉。白日鑑我苜蓿盤，阿爺生汝藜莧腹。汝曹未辨貧富身，自覺親前作人足。側聞甘肅誰氏敗，竇窖如山惜不得。我云耿介自疑信，貽汝榮華恐非福。他時爲汝曹滿儲十篋之山川，山不韞寶玉水不藏珠蠙。不能使汝飽欲死，又不使汝行乞他人憐。我今壯歲未衰憊，人生命無常。常願得親愛，汝曹努力且食菜。

和答葯房客舍見贈

未出賦懷居，既來還僦廬。行藏身不穩，好惡術仍疏。舊學似殘夢，故人如異書。風塵愧相見，一見一愁予。

寒夜書寄

有愧貧輕別，遥憐病重寒。藥無虚日寄，命免與春殘。今年春有「握手幾分手，他生入此生」之句。客帳波濤警，嚴更風雨闌。先題一行竹，歸路且平安。

連宵應夢見，幾日動歸情。佞佛惟緣我，凝神乃感卿。今年春病後，曾作《禪病圖》小影。內子嘗言，每夢我歸，無不協者。瓦風來大壑，波月湧寒城。自展行看子，愁鬟香霧横。

送别趙孝廉渭川希璜還惠州題碧嶂紅棉圖

病後殘年勞此身，秋還三度送夫君。蘿煙藥氣沾衣在，别浦寒城落日曛。繪事明春木棉樹，花期歸袖紫宫雲。中原他日思南臥，或有兹圖到見聞。近年四方之士來遊粤索予畫，予多以此圖貽之。三年以來，此圖度嶺幾數十本矣。

五百四峰堂詩鈔卷十三

癸卯年

和答王月坡臘月贈别之作

行吟落穆似殘醺，海氣低垂花上雲。臘盡後歸勝在客，元作有「作客羡君歸卒歲」之句。夢中先别作離群。舊年一日凡三接，古處於誰擬此君。萬里黔滇西向笑，五溪蠻酒佐香芹。

雲隱續致水僊花

無雨亦春陰，春華不可尋。年過旬日淺，花見兩情深。峰勢空青割，盆光水碧沈。關門夢香草，行坐楚江吟。

友人贈擘窠筆歌

昔年走雨上寶積寺名，在羅浮，雨勢東灑千丈壁。寺門迴瞰松上日，石色玲瓏冷光射。千年古蘚黏細雲，雲氣波折如古文。當前得句日月側，下欲濯筆滄溟濱。此時樵夫非世人，此筆尚爲麞鹿群。何日良工得狡兔，去歲郢人貽宋斤。雖有如椽何暇計，不見農夫歎懸耜。何如市上買雞毛，借米堪書數行字。筆乎惜汝不及時，何當攜汝中原馳。勞勞白首須我友，歲歲赤貧餘此錐。他時五岳訪樵子，蘿徑石門尋舊題。

元 夕

今年今夕月，始見即團圓。雲散輕含水，花多暖破煙。香絲繚鬢影，酒力懦琴絃。但是無風雨，春情百可憐。

寄葯房

爲語花村舊風土，春來花下醉無歸。東風拂面寒醒酒，半日吹花香滿衣。别可竹根愁獨酌，夜無江上夢相違。還能覓句看田種，暇更當窗聽織機。

出門

出門逢石尤，篷底臥蒙頭。夢闊不離水，身輕一化鷗。青空碧山石，斜照暮村樓。涉世猶芳潔，花香戀敝裘。

袁參軍升甫堂出其尊人遺照勸農圖囑題二首

郎官不愧陽春縣，共説陽春得再來。十邑平章勸農事，三時風雨大行臺。

水村山郭繞英靈，煙駟霓車下海溟。驅使和風挾甘雨，雨中魂立望禾亭。望禾亭，順德城外。

和趙渭川雲髻山

是何仙人弄煙鬟，髮鬗想爾城頭山。東坡雲中踏風雨，西湖水聲聞珮環。下來河沙挾天女，若近以遠何姍姍。不然陰陽豈好色，千丈雲絲梳不得。孤撐兩角與天通，下視惟應高一尺。老松倒下作態斜，或綴緑玉青蓮花。瑩然九萬滄海鏡，照見十二瑶姬釵。羅浮玉女似新寡，素首鬖髿編墮馬。寶簪滑碎落人間，猶見樵蘇拾得者。玉女峰，故有孤松横生其上，嫵媚欲絶。後有僧縊於此，衆遂去其松。惜予久愧東樵客，知君自比東方朔。好闞山窗媚細君，「我亦工媚内」，渭川句。日對盤龍學新緑。

升父諾予致人蓡詩以訂之

貧甚病亦甚，動欲求蓡苓。五藏所棲神，竊語笑且驚。此風不可長，是事恐易成。何來佳公子，使我居不寧。或亦有一道，其身如破城。異藥難再得，轉似不繼兵。又如養驕兒，餌之呼不膺。夜來方寸間，髣髴如有聽。作詩報公子，深類影答形。君能爲神釋，勿使炎涼爭。縱不飢餓死，何如安樂生。

暫歸邨莊示故人六君子

歸人夜繞燈燭光，古壁似冰人影長。赤貧小別當萬里，青春一身思故鄉。鶯鳴日出緑梧曉，燕啄花入春機忙。此來哀樂已破月，就中離合俱沾裳。青楓湛湛合江色，片雲小帆鷺一隻。離離浦草照眼青，脉脉雲山送人碧。仲由親老歸恐遲，梁鴻命勞閑不得。四海皆云有兄弟，六君誰可當松柏。予作《六君子圖》。鵶啼官樹曉出城，風江夜怒晨未平。城中舊雨至今雨，江上歸情滿別情。還家幾日吟兼夢，到眼片時陰復晴。陰晴變態勸君飲，十日我來君酒醒。

渡船

南人性狎水，往往談笑死。北人望帆仄，舌出收不得。君看廣州海上人往來，同時發櫓聲如雷。遠望不見人壓船，但見群龍以尾攪水滄江開。風起江中裂萬瓦，舟子魚嬉波上下。一角圓帆檣似弓，六轡繚絲船縱馬。地縮山飛轉眼空，猿鶴沙蟲辨誰者。年年海岸咒生經，馬頭淋血紅波腥。如何千丈魚塘海，猶有百年鼉鼓聲。吾鄉魚塘海，每年於四月八日後輒夜中聞划船鼓鉦聲，至五月止，近百年云。我生西方入南海，歷盡波濤幾千里。也自出門還入門，厭聞故鬼迎新鬼。

友人生日予以妻病歸邨莊寄壽

十日春波兩番船，柳花天色攪紅棉。鏡琴別緒傷徐淑，兒女詩情與茂先。近畏新知看舊淚，昨當低唱又離筵。還能生日轟騰飲，愁臥花邊夢酒邊。

送王明經竹坪朴還杭復北上

城北城南千古豪，一時韓孟屬吾曹。城北客舍與石帆、虛舟聯句。傷心別酒尋常飲，去國鄉音爾汝操。酒中各以土音。再話西齋元鬢改，竹坪前從錢辛楣學使南來兹十年。倘過南澗白楊高。竹坪曾與南澗爲賓主。人閒碧草春波處，此後年年魂夢勞。

代書

昨日出門時，見汝臥未起。今日寄書還，知汝病不死。奄息一寸心，情固不可恃。火則薪所窮，藥非命之止。四月海天闊，魂弱夢大水。寒房警波濤，虛壁惑心耳。柳絮空中命，自言見風喜。軒輊雲水内，欲住不得已。役形得藥錢，裹以書一紙。藥希調病終，書以慰生始。三日兩寄書，接續若啣尾。庶似鼎鐺側，相對談娓娓。自從别汝來，旦夕一何似。欹床爲鰥魚，展卷迷亥豕。勞甚不暇病，亦覺諸苦已。心知在家好，不及薄游美。歸趁半日程，不歸非千里。差勝對同病，憐惜互彼此。但令汝粗安，不敢復憶爾。巡簷勿仰面，仰面有梧子。持鏡猶悮影，試水尚澀指。外寄白苧衫，其薄明水似。花時猶清和，未可貼玉體。

示其詹在廣州

慰人三載别，忽爾比鄰居。日月虚謀食，身心問著書。風枝南越鳥，河水故鄉魚。江國圍天海，同歸認敝廬。

陳湘舟相過贈之

異命同情各互憐，萍踪人海又三年。離心顛倒真無夢，中歲聰明過半禪。楊柳西樓懷鬼曲，辭章南俗託神絃。婦人醇酒佳公子，生不荒淫死亦賢。湘舟語予已過中年，哀樂無心，壽命欲速，語足感也。

北風

四月北風西潦翻，如山赤浪滿城喧。家書中晷題猶濕，不到昏黄船到門。

别後

别後客庭庭草深，隔簾白雨過空陰。雲邊孤鳥帶行色，城上暮天冥去心。絶調征塵大道曲，持情芳桂小山吟。九州漠漠相思遠，海色煙光到夢衾。

嘲鼠

我之所僦廬，前客畏鬼乘夜逃。比及我至此，中夜躐蹋而吆號。伏枕屏息四體靜，揚沙撒泥衆物勞。乃知鼠黠作諸惡，客厨十日九齋禁，汝繁有徒不得以果腹，百技穿我屋。嗟爾前客子，應復與我貧，若此何適乎無鬼。

記四月一日風雨二絶句

移潭挾海風生翼，裂瓦渦沙雨似拳。甘灘舟落横江岸，龍尾鴨頭曾上天。甘竹灘下小舟，人方飲食，忽失栖匕，若病暈眩，即落横江沙田上，舟不壞。舟中人自云。

東塘飛水過西塘，西塘盡魚飛上桑。村口船篷如亂鳥，隔江飛落打禾場。

竟日巨雨作

十年舊雨獨南臥，自覺床頭今雨大。伏枕遍增生死哀，假蓋須難僕夫過。八門決竇如懸河，出城乏勢鳴盤渦。競起嗔雷動古屋，有似暗潮迎巨舸。窺簷秖疑空虚窄，溢井遠知湖海多。昔年六月竟夜雨，明日千家一抔土。地湧忽驚山下泉，是時北門粤山下地在在迸水。渠泛頃爲澤中鹵。遠聞人哭雜水聲，旋見民居編鬼簿。君不見東門大墳三丈高，流膏齗齶泥下撈。至今天闊雨雲黑，死人夜作生人號，黄泥白骨纏青蒿。

五日旅舍同顔貽光是日雨

南城划鼓上高旻，聲墮北城簷下聞。四海此時無止水，新詩今雨有停雲。季真詞賦操吴語，宋玉衣裳竟楚芬。酌酒呼兄吾約汝，茂陵他日託遺文。欲校繕予詩集。

懷周石農閎新興縣十六韻

出户獨蕭索，故人皆别離。騰身天地闊，長路歲年遲。花冷辭鄉劍，囊鍵脱穎錐。六經憂患内，五柳去來辭。爾且紅蓮幕，予惟白接羅。直宜分道走，安復逐人爲。雨熱催香稻，雲楨熟荔枝。賦糧官課早，徭樹俗情悲。一語千家福，群山五月時。火珠懸骨血，仙種絶鞭笞。以子詩書士，因論口腹私。徑蒙狂受灸，毋任病難醫。事或成轇轕，郎今判度支。取民誠有制，効命豈無知。屬土迂疏切，披衣晝夜思。美遊兼善政，阮瑀在南皮。

雨後

雨後葛衫單，燈邊吟影安。月光窺井少，雲氣羃城寒。稍待夢入室，自扶花壓欄。此時門外水，眠穩浪鷗瀱。

初度日謝石帆

直同三宿入生朝，兩得辭家不寂寥。僮僕夜聽文字飲，古今人在布衣交。溪門日入虛歸艇，花影年時佐酒瓢。轉愧春衫蒲澗詠，彩雲香雨夢魂勞。介卿生日，諸君飲蒲澗，予時在村莊。

落日

落日長塔影，海黃千丈陰。涼飛高柳外，碧掩一峰沈。別浦無多友，歸帆不競心。何須故鄉水，浩浩照離襟。

熱

日入物未寧，人氣烘瓦脊。高雲照西北，暍月帶餘赤。仰面星宿大，芒角如射力。天翳竟塞風，地汗莫展席。雲雷屯大荒，河漢極殘滴。此時白雲洞，迸水裂蒼壁。旦與藥洲論西樵白雲洞。回首讀書床，青濕凍蘚積。安能呼鷹臺，黯淡叫霜翮。清川湧空光，白草亂秋色。熱中匪常性，冷景未遽晝。默默理靜躁，煩渴外人得。

歸思

山川互主客，歸夢滿人間。夙昔徑寸地，風雲何日閑。鏡深松盡影，潮入水開闕。聞道何徵士，曾嘲買藥慳。何南洲熟知家人病，近聞皆無病，何君戲語云。

晚飯後六月七日作

晚視天高天井深，焉知雲影萬家陰。要看花事須爲夢，頻得鄉書笑抵金。墻角鬼彡蘿匝地，城頭烏尾月當心。欲抛詩卷論家計，已厭虚名尚苦吟。

寄升甫

愛爾思歸久已歸，雲樓書屋竹爲扉。路傍阮籍虚青眼，琴畔相如有緑衣。病驥囓芻甘下走，冥鴻戢翼倦南飛。嶺梅江荔移寒暑，裘葛黏軀意莫違。

昨夢李昌谷彈琴

年無幾夢十九惡，昨夜何人媚魂魄。長爪諸孫秀眉緑，圍玉神麐腰一束。嗚絃古寒動秋屋，隴山月黑叫孤鸜。昌谷雲深啼老竹，紅絲膹血彈澀吟。千年以還吾識音，車行确确雷碾心。行雲已去銀浦淺，出門獨愁碧海深。

還百花村莊避暑作

火山天脚上獰雲，風澗門前皴浪蘋。暫避畏途憐有此，莫持幽夢遠驕人。未能安石需葵扇，故許淵明落葛巾。欲剪五龍千尺雪，化宫靈雨赤霄塵。

村居懷石帆

雨色日光環海奔，陰晴來去數寒暄。古牆牡蠣藤蘿氣，江國雌霓睥睨昏。索米假休仍抱病，懸旌心事藉招魂。故交屈指惟君健，客邸何如仲蔚門。

初秋客思

已静離思入，蒼茫身世浮。雨雲同百里，河漢渺初秋。適土何非樂，登臺我獨愁。出門龍眼熟，落果打船頭。

客雨漫題

村居敞籬落，習識風雨性。天水萬里閒，雲日兩不定。雲來黑一掌，日脚斜掩映。寧知挾海走，水力已無賸。是得怒潮勢，上下呼吸應。急入一瞬轉，聲塞兩閒聽。遠翳掃空過，晚緑浮涼凈。居城眼目約，看雨天井正。惟於簷溜壯，比屋懸河迸。今晨解孤櫂，獨夜增百病。煎慮警故枕，畏影却明鏡。短睡夢江雲，雲低失蘿徑。

和石帆雨後步月至郭山人隱居夜飲食荔

滿城水氣三池月，門口有三池，得月頗佳。萬户涼眠二妙醒。北郭地宜高士號，南來山到此峰停。杯盤火棗仙人食，雲霧滄洲海客星。好約他宵儲潤筆，潛夫偕隱爲名亭。

雨歎

舊雨粉細新雨麤，三伏柴焚兩伏無。昨日雲海坐汗漫，匝月起臥神模糊。村溪沉沉樹木影，柴門雙雙鷗鳥呼。買舟出門百可惜，但可拓展米家圖。潮大五郡入圓鏡，天暗萬象投明湖。炊煙作雲雲作海，城頭一抹廿里餘。可憐啁啾城上烏，江海滿眼尾畢逋。何如我家窮簷雀，下飽一搶棲緑梧。一枝得借善人宅，群兒解護學語雛。我今人而鳥不如，摧喪意氣來僦廬。堂空鬼侮梁鬬鼠，霤滿水濁井生魚。故人别離四海内，此身繫置三城隅。鰥鰥千慮況短夜，垢衣黏蘚痒破膚。明當銀灣白練鋪，今夜雲外星羈孤。仙人相思短夢急，夢裏西風吹碧蕪。

四更

雨過見高城，城高落四更。江喧旗尾捲，星大葉梢明。有夢虚今夕，題詩壅故情。坐看天下白，勞者自爲生。

婦請以八分書心經係以十二韻

汝根本靜慧，而性善悲傷。近日梵修苦，此經金色光。生機諳死趣，疲藥切焚香。繞屋曇花白，雕檀佛面黄。奉持惟一往，壽命莫偏長。居士非新戒，家人秖俗裝。流連仍愛水，慘淡倚空王。裙布梁鴻女，儒風法喜郎。分書無上咒，合掌四知堂。卿受多心懺，斯爲却病方。他生天鼠婦，前世雪衣娘。爲我將詩獻，如來不笑狂。

殘月寄室人

潮大天清秋氣濃，聲浮南岸海幢鐘。勉抛殘月辭孤影，坐了名圖當宿春。病計蕿苓應曉織，貧嫌衿帶裹遊蹤。碧雲白露盈盈水，幾夜星前漫惱儂。

和藎臣種柳詞六首

種柳兩回仍一官，問官何者最堪憐。前番柳死徐娘在，幾度離人非少年。謂六娘奉憐也。

已覺今年三月時，緑波楊柳閒春旗。隔江一點陰山雪，白馬銀蹄草碧絲。

柳絲書館柳絲黃，往日情人臥病牀。庾信才思多感調，西風新曲舊東墻。予前《柳絲書館雜詩》云：「三年肯信盈盈眼，但有横波未有期。」

正月青條二月黃，人間三月柳俱長。柳花那似春雲熱，蘇小梳頭鏡拂霜。

廿年種柳古邕州，五載重來可繫舟。天末春風吹死別，倚欄飛絮入秦樓。

細柳營前楊柳青，白鵝潭外晚山冥。連雲十里題詩遍，争得揚州屬阮亭。

秋熱坐困王竹坪來話别北行且囑題予所贈南浦緑波圖

城頭下秋陽，但見千丈雲。赤光射城垣，赫若外大焚。正晝牛馬汗，裂地入日痕。何如此猰㺄，百獸下攫人。北風挾雨氣，恐是黑海翻。西南轟不動，轉助其高軒。人意待晚涼，乃悔思黄昏。立秋已十日，陽亢陰尚屯。出門過半月，睡惡夢不真。今日朝食午，食頃喜見君。别來有何語，憂病勝慮貧。纍纍走結癧，瓜蔓纏其筋。欲爲子涕泣，恐爾痛斷魂。見子作客苦，羡我養疴身。聚糧有餘錢，買藥歸近村。相憐能幾時，傷别在彌旬。展我贈離物，萬里從此分。東風起文波，南浦交緑蘋。頗冰就中熱，又愴未别神。孤雲此生闊，正坐茫無因。南來得長歎，復得行篋文。焉知渺人閒，兹去誰更親。况云道吴越，不復入爾門。自君之出矣，十年南海濱。今當枉北轍，速望返爾轅。喜爲入關雁，回頭誠苦辛。同途異生死，往往充見聞。去哉故人遠，舊客天涯新。願君早還鄉，久睽西湖春。花壓湖中天，淚蝕鏡上塵。

雨夜坐憶邕州亡妹

老竹支崖屋，齊簷瞰水雲。霤懸百尺落，江抱萬家聞。看雨他年切，操音久别分。一揮生日淚，不見死時墳。予以癸巳生朝別妹歸，妹尋卒。

邕州亭子邨下岸往時漲必崩今者人來説其崩狀

劃岸入海底，千尋洞冥冥。行人不敢視，稍近即欲傾。下有暗積風，倒捲眩人睛。眼花兩足弱，拔踵難退行。往時經南岸，下聽崩崖聲。去之過丈許，尚恐踏脚輕。此裂已十年，根虛上嶒竑。其下瀦回流，驕若哀龕鳴。今年西天黑，逾月東流頳。乃聞逼大漲，厥勢頹連城。高於一山劃，横障三江停。邕州三江合流。江神訴海若，奔走空百靈。日夕失拘攝，更恣怒不平。辛卯八月水，水落予西征。女墻可濯手，潦痕城上横。是時仰此壁，憂極壓我舲。至今近岸村，日夕危負荆。吁乎變易數，滄桑無定形。我生少至壯，所歷多改更。存亡厭哀樂，頗恝久客情。惟於夢寐内，夜長酣醉醒。伏枕召今昔，歌泣難可勝。常變齊一理，天地初無名。潭碑炙白日，安知非陸陵。

七月廿六日題

涼氣夜散漫，約之潛逼身。粗衣聊制病，中歲不如人。草淺蟲逾切，塵深月不真。少眠疏夢緒，轉得作書頻。

秋　氣

海國動秋氣，天風承早寒。人煙萬井熱，潛入鼓聲瀜。城影横江落，山光隔雨看。客心勞日夜，歸思托崇蘭。

仙湖客舍作歌贈袁孝廉睫巢法祖

仙湖古屋冷如此，七夕愁霖到月尾。決簷空倒三峽流，作字誰酬五升米。東海黑雲壓天起，中有蓮花半湖水。要將寸碧出西樵，欲擘浮山返東海。乾坤雷硠兩儀合，閉户先生睡而已。夢中何人誦我詩，使我好夢變憂悲。茶山山人坐大晝，日晡客飢眠不知。要我論詩讀吟卷，盛年哀樂人間滿。千篇揮筆準神搆，孤鶴摩空厲秋晚。頹廊水氣寒不開，波痕雲影連青苔。草元久矣厭秋室，賦詩幾得同吹臺。揚雄後身竟誰是，杜陵一官何有哉。當時二儒冷於水，安用千載聲如雷。我今爲君歌莫哀，君不見上蔡門富春渚。時來制作比周召，事往身名躡巢許。寂寞當年九千字，血食至今無一語。

與袁睫巢夜談

虛墻感秋柝，洞寂逼魂驚。殘月城頭入，兩人襟上明。萬家歸早夢，獨爾踏嚴更。客帳無多睡，來朝何處行。

八月十一日夜見月作寄諸子

病多醉少常風雨，身妥天晴仍霧雲。屈指一年惟此夕，當頭孤月與離群。魚龍夜警江湖闊，鴻雁秋迴關塞分。四海歸舟幾人在，三城哀角五更聞。

歸夢

秋悲先草木，歸夢屬江天。山白江摇月，沙微天抹煙。身浮積水闊，心沸大旗懸。遠近都爲客，風波似昔年。

從仙湖移居雙門樓下聽鼓漏作

古今一銅龍，費爾幾滴水。客愁均不眠，不若臥聽此。庶歛散漫心，亦警寂寞耳。今夕仙湖居，豈遽集故鬼。當時避窮儒，傳舍復還爾。夫豈真避我，無乃顧憐耳。平生持直惷，神鬼不吾恥。飢鼠尋空厨，不得見粒米。尋常已嗔厭，兹何供饞喙。鼠乎應同心，亟欲盡室徙。未能擇豪家，且復嚙殘紙。始感書生惠，籍以餓不死。城樹秋叫風，新寒陡筋髓。脱葉廣衢響，懸波大旗起。焉知海岸遠，雲日慘紅紫。四郊物狼藉，孤囊净如洗。還家未驟得，私意撫穉子。尚有未典衣，聊以暖孱體。計緩時序急，阿爺歸在邇。爲爾縫新衣，衣長去年矣。移床未妥帖，心緒曷寧止。明晨寄家書，今宵擁單被。

秋望東張大谷

天邊猶水色，海半起秋陰。闊盡風雲態，虚歸物象深。蒼頭知藥性，黄葉攬蓬心。别日趨寒節，淮南問桂林。

秋江櫂歌九月還村莊作

昨暮風吹北去帆，城頭旗帶裊河南。西淋十里三分舵，紅樹如花新婦潭。西淋山左折，下新婦潭。

蚤　舟

天黑海光深，俯窺星象森。溪迴照疏木，櫂影起棲禽。寒序無安物，勞生有賸心。守愚須早計，吾命巧難任。

十月五日題客館壁

入門舟夢眼模糊，出門入舟一睡，始醒已報入城。錯莫堂前三丈梧。今夜隔墻官樹影，一更新月四更烏。

留示内子絶句

十八年來藥鼎邊，中閒别汝漫三年。路長魂弱嫌成夢，纔離空幃浪捲天。

新寒寄示内子病中

雲覆嚴城江響沙，城頭飛葉亂飛鴉。飄零滿目淒霜景，哀樂中年荅歲華。歸時水縣號飢雁，臥對寒籬偃病花。未遂羅浮開藥市，暫將雞犬惱鄰家。

客館即事絶句二首

官樹棲烏啼夜闌，一聲裁落四城寒。今宵風雨争餘葉，細語啾啾更鼻酸。

南風入城波拍城，杉板三更賣酒鈴。杉板，粤中小舟名。滿天霧氣千家夢，獨倚女墻聞素磬。

悶雨絶句

馬蹄浩浩響衢波，歲暮事繁風雨多。五里花陰一篙水，幾年村口負煙簑。

高樹

日短北風勁，廣衢鳴落黄。城頭出高樹，天半得殘陽。氣入滄波大，陰先塔影長。爾材南服命，孤絶任蒼蒼。

詠簾

輕得却風色，重能延樹陰。日絲朝淺淡，燈穗夜深沉。憶我青桐苑，空堂緑綺琴。雨香聞過竹，波細動彌襟。

北風篇

北風欲使南海翻，萬怒一洩雙洞門。客居近雙門樓。簷端木葉烏鼠走，巷口朔漠雲沙昏。樵夫客帳夢水村，水面一點浮人煙。海勢吞沙浩無地，風力揭波聲塞天。萬物簸揚一室静，古佛跏趺居士病。龕火不摇凍似水，霜筠自戛清於磬。夜來知爾夢亦勞，魂弱不競江波高。嬌雛惡睡自呼被，遊子病軀誰贈袍。故人别盡滄江晚，但坐不歸傷别遠。南飛一聽鴻雁啼，北寒闊與江湖滿。明日空天秋照水，八尺蒲帆盡情展。尚有寒花村屋深，未覺疏籬酒杯淺。

題客居壁

庭東桂樹凍槎枒，月態風情迸客花。風月四更天萬里，壓襟横落一枝斜。

示汪徵君湖壖

古藤陰蔓海榴樹，時有小花沾客巾。不厭二三文字飲，細論過去老成人。北群市馬名留骨，南樹彈烏影悞身。此理淺推君勿躁，少安才氣在能貧。

五百四峰堂詩鈔卷十四

甲辰年

三日張廉甫澹泉及諸兄弟小飲復志丈室

昔時集爾梅花屋，十六年來兩度看。故宅故人俱草莽，往年與同學數輩過張廉甫宅，作《梅花詩》。生平生菜幾盤餐。鳧鷗受命風波急，鴻雁謀飢羽翼單。珍重酒邊兼去後，碧桃簷露警衣寒。

正月五日省視李南澗丙申十二月留別之作別後書至言正月五日度嶺

又是東坡度嶺期，忽開南澗别筵詩。故心桂管西流水，去路梅關北向枝。涕淚羊曇哀死友，老成庾信失吾師。小塘風雪同舟處，地久雲多柳不絲。

人日

年年人日倍懷人，未有濃眠過此辰。人事中年極哀樂，桃花行處着衣巾。歸來歲晚無多日，整頓風情判十旬。留客少開門一角，三分春色借村鄰。

人日寄石帆

正逢人日憶斯人，絶世文章絶世貧。今日士窮堪畏懼，同時吾病稱交親。盧王前後隨牛馬，嵇阮琴尊漫笑嗔。自有死生真氣在，千秋風義足比鄰。

春江吟

水西天落樹梢平，海國風煙坦掌生。遥知歸艇入邨口，秖見飛花聞櫓聲。雨釀濃青柳醉天，一彎愁黛暮山圓。船頭花影垂垂簇，親見飢魚嚼紫煙。

寄雲隱

病得家居出爲貧，見君翻憶往年春。向來哀樂增離夢，何處風波無故人。竈火女持經課熟，壚煙妻識藥方新。今年花事干誰事，花裏三旬雨兩旬。

小窗絶句

水漫寒陂草拭光，春愁浩浩赴人强。小窗雷雨墻根竹，着急蕉芽鬬筍長。

寒雨獨坐

柳上高樓天渺茫，岸低松杪走江光。春陰自入黄昏重，雨氣遥垂黯澹涼。鬢側藥煙妻久病，人閒花候我還鄉。會須判斷今年興，鶯燕關愁也不忙。

水仙十二韻

萬物静待始，此花寒故來。來遲遂成早，無伴已先回。闊絶鯤鵬窟，清寒水月栽。神仙居混沌，天地一胚胎。在昔瑶池宴，疑遺瀣露杯。自從歸澤國，何與上春臺。縹緲無真種，徘徊憶賦才。獻璫魚媵集，邀路海童開。質弱幾迷霧，波暄不坼雷。嫁郎宜白石，塗額是黄梅。叢薄難承夢，窗光只費猜。知君避名去，不作上林魁。

寄王平水〔淇〕**日者平水自五羊夜過村中訪予或謬答以他出遂歸故有是寄**

枉渚停帆踏軟沙，凍雲沉火隔繁花。繞林明月王恭氅，低草春風仲蔚家。支榻藥煙燒柹槲，壓舟松影夢蒹葭。十年一誤山陰櫂，歸路寒江幾倍賒。

雨中雜述寄城西諸君十絶句

江北江南煙柳絲，中間風浪盡情吹。誰禁有怨無言内，可更雲昏雨盎時。

水村雜花萬樹多，無有一點不隨波。流花自繞江亭脚，已去仍回奈汝何。

百里天陰切海平，低雲含水重難行。怪他夜雨翻盆勢，猶是春波拍岸聲。

燕雛輕出濕毛衣，凍立主人江上扉。穿花撲絮無人見，仰接青蟲識母歸。

狎鷗欺我太憨生，瞯瞯出波雙眼明。雲鴻似解歸飛苦，齊渡寒江顧影鳴。

獨鳥窺魚持弱枝，孤花和雨颭春漪。溪光窈裊高樓影，可要羅敷自得知。

漠漠平林雨似毛，春光人意總酕醄。蘆灣半角黃茅屋，一道炊煙十丈高。

木棉花重打叢祠，一隊神鴉正晝飢。齊下空庭啄榕子，屋山晴拔寄生枝。

橫江漁女緑筠籃，赤尾鯉魚紅汗衫。鯉魚自好春波惡，靈雨飄風新婦潭。粵中蜑人多着薯苓絳衣。

急槳春江打緑莎，往時擅煞越人歌。十年花藥洲邊客，一覺鳳凰岡下波。

戲嘲含笑

愁待花含笑，翻成笑不成。如何始開口，知有幾多情。

含笑答

不慳開露臉，爲是答横波。未慣愁人對，况兼風雨多。

晴復雨

近水人家瓦氣昏，垂江低雨傍沙邨。桄榔踠地啼飢鳥，蘆荻捎風觸怒豚。柳絮紙灰沉熟食，濕簑澣鷺動青原。中年日月跳丸彈，更與宜僚急手翻。

晚晴漫題四絶句

竹外沙光渲晚日，柳梢天色醒春愁。東風不借楊花力，纔過東墻幾日留。

紫霞西劃大横庚，濃抹西樵峰頂明。倒射江雲下東海，水光迴合動江城。

兩月春樓鎖夢雲，往時悲笑浩難分。傷心南浦今朝緑，故瑩清波送雁群。

江上春深鴻雁過，人間地久别離多。緑楊樹杪連天白，盡日煙帆續逝波。

題畫

兩道春洲隔水青，桃花萬樹日冥冥。紅衫碧草緑波底，上有浴鷗雙白翎。
春天似墨水如鏡，驚禽亂於空葉飄。約畧山川一千里，拳孿低蓋過村橋。

和張廉甫雨坐見贈且索近詩

病裏窮愁風雨時，沉花滯絮況離思。濫輸年命供諸妄，少諱飢寒悔作詩。積學
轉如容濩落，謀生何遽德支離。惟君健在牢憂患，少壯相看鬢欲絲。

春寒懷雲隱

三月北風如早寒，天清日凍似秋殘。即看魚婢迎春水，留得羊裘媚釣竿。楊柳
夢來官渡暗，木棉吟處雨雲漧。嫣紅慘緑誰家樹，不與樵夫上筆端。

寄石帆

春城花絮撲天地，石帆先生且須醉。年年三月與才人，行坐傷心雜離思。還鄉一別未十旬，怪爾兩年無數字。往時客舍共形影，不省飢寒到家事。衾枕同眠驚日久，妻兒見面如客至。猶憶前年大除近，重戀寒江小舟睡。千波窖穴枯柳根，孤燈播盪澣花穗。即憂歸路入新年，同作勞人負中歲。人間陵谷猶朝暮，爾我泥塗剩筋髓。詩歌一世驅鬼神，名字千秋屬兄弟。天教微命隨物化，吾以萬象爲兒戲。石帆先生歌此詩，且須復飲成然寐。

閏月上巳

昔時閏禊萬山樓，破例春光益別愁。兄妹十年生死闊，海天千里夢魂浮。只今曲水添新淚，似向桑田訪故流。且問佛前長病婦，可能一再祓除休。

述哀一百韻

甲辰四月廿一日，妻梁氏死矣。向來護病，繼以傷心，未嘗有詩。至今七月六日，感神仙夫婦之説，乃飲泣勉述此篇。情至無文，不知所云而已。

青龍在甲辰，夏四月廿一。買藥方入門，飯熟不暇喫。大女泣屋隅，小女啼繞
膝。老親堂上歎，相對視白髮。下呼厨中婢，掩面向曲突。仰首觀皇天，天陰雨霏
拂。病婦呼就幃，握手與郎別。自從數月來，心緒無賸説。目前即長路，安忍無一
訣。頻頻喚郎者，非是故瑣屑。自顧無幾時，中情甚飢渴。君今撫我體，四肢已殭
厥。凜若置大水，惟餘此心熱。頃刻不相語，誠恐冰到舌。天生薄命妾，姓梁名曰
雪。固當畏炎威，值此長夏節。生息雖漓薄，安敢昧清潔。憶從嫁郎始，恩愛膠投
漆。出入君懷中，自憐可憐絶。微軀本多病，葠苓借年月。自危情累人，因以身許
佛。拜賜禪病圖，覽鏡入毫末。中閨課齋期，幽心事經帙。自謂留此身，非敢取容
悦。幸依君子傍，永得奉巾櫛。漸知金經理，生死本一轍。自無諸惡緣，地獄何罪

孽。轉識安樂死，勝茲痾厄活。但感君故情，千秋亦難割。君昔萬里行，三載影孤孑。及乎遠遊歸，風波未嘗歇。妾爲雙輪轉，君爲長繩掣。牽絏十八年，今日合當輟。翁姑老年人，反見妾淹没。年衰不勝哀，哀時易成疾。上堂娱色笑，無以妾故奪。他人亦知孝，行當入吾室。兩女遺累君，是郎之骨血。女笑妾則笑，女瘦妾露骨。妾死女有母，女嫁妾則畢。妾有好男兒，聰明第三姪。可惜隔千里，母子在兩粤。婦請於家君，以兄第三子彪爲己子，方四歲，在邕州。生人不識鬼，音影無可察。及其長大時，如此義難闕。始與觀病圖，使彼思彷彿。不然少時見，習覩成故物。此婢無容色，亦可十應七。是妾手爪餘，一日斷一匹。買之五六年，漸得病體逸。留之事新人，或不致嫌嫉。知郎爲妾重，憂牢固難掇。不孝罪無後，旋應擇良吉。勉力爲姻昏，爲郎解沈鬱。妾復有所請，君恕無禮律。若在平昔時，此事未易達。可憐縱扶起，膝强痛難屈。妾聞世人語，君乃燕許筆。有福死夫前，此語俗不忽。況妾前世因，幸與郎固結。自思初作人，未曾離閨闥。中閒何言行，自愧説不出。又言婦人者，無事乃其質。況有賢丈夫，和聲滿琴瑟。但於凡百人，善惡有名實。婦人不自眩，自眩義已失。郎工書八分，文章自超迭。後日此抔土，煩君一方碣。千年百年後，有人臨我穴。椎碑驚我寢，亦受人拜謁。豹死留其皮，妾目亦已閉。至云岐軒理，固非藥餌缺。眼看郎玉體，爲妾瘦兀兀。盤渦沈巨舟，有力不可拔。妾自魂魄弱，莫葬山巘嶪。山頭多故鬼，新鬼畏迫軋。塋墳就近郊，莫使水沁洩。但須高數尺，俾妾望門閥。松柏三兩株，桐竹交相列。碧草魂往來，亦得蔭修密。魂寒就郎衣，魂飢就郎啜。縱無身口累，亦不相閒闊。今世且中逝，他生焉可必。倘化爲輕塵，願得上郎襪。倘化爲罔兩，就郎影邊滅。願爲中山兔，與郎作柔札。慎無犯教言，復不畏剛折。轟轟萬古名，妾亦倚擔揭。今爲秀才婦，雖未縻祿秩。異時營齋葬，恩義到泉窟。歸來定何年，今日是何日。記取死別時，風雨冥路滑。哀哉復哀哉，齒緊妾言訖。爾時尚握腕，冰氣透我徹。不知坐予處，安計擘之脫。家人拉我去，心死一寸鐵。不知兩穉女，呼娘叩頭裂。我欲竟此曲，此曲不可闋。我欲通乎命，吾不若是惄。死生日以遠，屈指七旬越。傷哉半生內，茲哀幾時述。

不眠八月三日

不眠復何夢，積望以成悲。握手斯須内，此生無此期。故人惟有老，新鬼尚應知。回首秋篁晚，歸魂凍袖垂。

秋風引寄二三故人時寓佛山鎮

去年春風暖如玉，白袷清波送越客。月坡。遠江隨柳入天青，天影還垂春酒緑。今年直是半年雨，春雨晴時已秋色。茫茫積水浮東南，中有樵夫出門哭。夢繞新墳桐竹嫩，月見古原霜露白。松鬣莎髯鬼大小，鵂叫蟲啼人闃寂。生前怯性常夢水，未肯江天試魂魄。亡婦生平自言常夢大水而畏。如今獨使野外居，蒼茫歸路何由識。往時清陰笑談處，上有出簷梧十尺。啼烏爲君秋不睡，天黑呼君到天赤。君須但記從此來，好逐秋風入靈席。靈前嬌女衣涼薄，席上衰燈火寒碧。屋邊葉響疑我歸，猶似當時深夜織。秋機不軋犬不吠，魂去風中曉無跡。我今客悶思今昔，别日淒涼最今夕。

一身死别生離内，此夕情人病人得。故交零落况殘序，寄子哀詩沾爾臆。詩成欠伸影在壁，亭亭脉脉逼人直。何須會面驚瘦極，已向空墻見衣窄。

寄袁升父先是升父復至廣州書來促書碑以漲阻今漲落升父已歸贛故有是寄

今年巨漲東南赤，茫茫西樵出寸碧。昨來欲哭試登高，始見江湖展天白。側身西望山塞眼，知汝南來淚在臆。往從十郡勸農處，五處城腰横潦跡。我時僅避數尺地，汝已能采徑丈石。張三未返我不來，十回勝事九可惜。峴潭水涸蛟鼉閉，華岳石震風雨蝕。君家故鬼我新鬼，兩事未成遺歎息。升父來請以八分爲尊人書墓表，予亦欲作亡婦碑，俱未就。自我出門動有礙，使汝還鄉黯無色。要知我眼淚未澣，亦恐能來書不得。秋天晶晶琉璃净，中年漠漠雲霧隔。詩成今夕猶自苦，手豈前時可人役。病馬應須復雄騁，冥鴻豈分長伏翼。他時章貢導中原，預向家山磨石壁。

甲辰八月十五夜與潘秀才席上作

昨夜屋山風雨鳴，穿窗裂紙作秋聲。臥尋斷夢身如醉，穩愛今宵月不明。海上忽開天萬頃，尊前堅坐露三更。深慚學道難雌守，膠芥坳堂過半生。

孤月當頭萬瓦瀜，一辭不發百蟲喧。銀雲玉露今何夕，凍蝶疏花秋故園。瘦約青衿憐對影，吟星元鬢坐招魂。君知破月無多睡，夢洩真聲哭未吞。

十六夜作別李孔昭

不喜秋聲畏月光，秋天連夜費更張。十四夜大風雨，十五夜月明。今宵暗雨隨風細，古屋青燈送影涼。身入中年辭美睡，鄰無高樹寫哀商。我琴君手殊憂樂，借爾中聲出玉房。時以琴借李君，李方新昏。

廣州秋晚見柳感詠

水國西風裏，秋光但水光。去年今日路，江口此垂楊。榮落看人急，枝條畏汝長。我生心已死，離別太尋常。

示　友

風揭滄江水撲城，木棉城上接江鳴。殘年賤子無家别，昨夢嬌雛哭母聲。管輅故交嗤白幘，徐陵夙慧厭青睛。鬢絲一夜三千丈，自向吟邊寸寸生。

石帆近遷居狀元橋予與袁睫巢十月十五夜誤尋於紅橋同睫巢作

萬家夢中月，月午寒城白。出門不識路，惟知向城北。松花鬼燈青，樹社神火碧。幽篁覆深井，地冷無人跡。中有星散居，元非仲翔宅。不知窮廬人，何處坐歎息。飄蓬及妻子，傳舍互主客。想當飢驅還，門巷猶未識。風林小軒外，落月對晚食。

附作　袁法祖

轉蓬君無定，曲巷我已遍。窮廬卧何處，使我不得見。竹屋熒青燈，林月明白練。可有素心人，新知慰貧賤。疏星動樹杪，寒風厲人面。屈指數歡會，不及人事變。此心自千古，獨居亦云善。

示袁睫巢

去年今夕露沾巾，官樹鄰園葉打人。去年居近官園。憂患以來生有命，飢寒争與病勞身。虚名城闕喧佻㒓，乞食文章辱鬼神。喜爾論詩還判夜，思家無夢已經旬。

咄咄兩賤士與石帆

咄咄兩賤士，前世爲駏蛩。子何於人間，故復逼煞儂。一見即欲哭，百慮莫解窮。老槐孕心火，崩山媾靈鐘。則知逐物化，不隔以氣通。自我嘅然哭，復躡莊生蹤。出門屢回首，墳側雙梧桐。梧桐初種時，病葉憔悴紅。臨當別之行，慘緑甦未濃。故人撫新物，新鬼愁弱叢。别來警落木，夢繞秋墳風。四郊白漠漠，魂影何所容。我哀爾甚憊，爲婦謀蕿茸。憶我十年來，減食儲藥籠。今頗謝兹苦，始見瘁汝躬。身勞室家樂，晏笑溢蓽蓬。此樂如隔世，我生難再逢。羡爾劇自傷，我實命不同。咄咄兩賤士，嘵嘵一羈雄。

送别袁睫巢歸東莞二首

清江始波白雲飛，雲鴻照江行子歸。語君昨夜還家夢，燈碧屋寒風動帷。

我坐不歸非路長，歸時無物遺靈床。楚些無靈新鬼怨，招魂須致女兒香。

趙渭川索觀予近詩一本遂携至燕作詩寄之

昔傳狂簡也能詩，蘇褐山肩或夢之。夢裏漁樵自南極，吟邊心事兩天涯。故鄉桐竹新魂魄，今雨歌謡古别離。未合卿雲景星下，來看白鳥鱖魚詞。周編修書倉數夢見予而爲菂房言之，菂房有句云：「或言夙昔夢見之，山肩雙聳衣穿肘。」

寒感

海色湧空寒，狂雲疊急湍。脩魚陰噀日，伏雨黑如磐。兒女爲人賤，慈嚴夢我安。憂慚身俯仰，事業歲催殘。

城上烏

高城夜霜啼病烏，病中南望聲嗚嗚。背負月光影墮地，影邊彈丸遺滿途。天寒日急何處穩，身驚命危不敢呼。可憐是烏出謀食，耶娘頭白不得哺。故巢昔寄十丈梧，下有一雙無母雛。自言當隨鳳凰食，梧桐無陰竹實枯。北風卷地百草死，蟲蟻奔竄無處無。不肯下來索一飽，彼亦微命較我愚。飢鷹滿眼憐我苦，特不食我我食渠。皇天予物本一體，無復靈蠢巨細殊。我當飢寒坐自得，俯仰骨肉予拮据。搶天控地誰告訴，肝腸一寸身區區。引吭卷舌皆我罪，逝將歸飛手足瘏。試立城頭望天海，一身蹭蹬雲模糊。邕邕南雁雌雄俱，過我語我傷我孤。前飛伯勞後鬼車，嗚呼奈汝城上烏。

代書示兩女

我道寄書回，恐汝見書哭。欲道不寄書，汝祖蒿遠目。我女汝勿哭，汝父哭已足。自從出門來，未得穩一宿。常思夢見汝，每苦睡不熟。又恐即夢見，淚在夢裏續。書此知我心，吾身此煢獨。

甲辰長至

年年長至人長病，長至今年無病人。兒女未知霜露色，里門初對竹梧新。日痕可減泉臺夜，魂氣潛歸梅樹春。往日藥錢惟買紙，紙錢多勝藁砧貧。

見佛桑花感詠

佛桑汝亦雪爲毬，天末看渠及廣州。似我歸根五羊郡，何人今夕萬山樓。中閨禮石猶重踝，入户曇花尚拂頭。舊恨新哀眼前淚，佛桑應合此生愁。

短歌行

歲華徂落心百憂，北風吹日西海頭。死人待欲夢相語，我自不睡魂魄阻。魂兮倘自鄉里來，應有淒涼告嬌女。他時緒夢爲耶説，斷腸更勝吾夢汝。嗚呼，三十八年年歲殘，今年實欲無心肝。

柳絲書館問謝藎臣病

不見絃聲落暮塵，入簾黄葉病將軍。琵琶弟子春風面，也似今來殷仲文。

五百四峰堂詩鈔卷十五

乙巳年

人日歎

去年人日光滿室，百枝燈迎藥師佛。今年獨坐迎佛處，一點青檠照人日。江雲黯慘村花晚，江雨霏微橋蘚滑。出門凍立叫新魂，魂氣疑從墳樹出。一時桐竹黑離合，摇動呼吟森倏忽。南風木葉水横波，春溪水深沉緑莎。往時千點桃花底，春影亭亭人渡河。河邊人去花復多，人生人日能幾何。行吟欲哭翻高歌，曲無人憐歌則那。黄泉白骨誰更惜，有情無情同一窠。新墳兀兀古墳塌，滿地陰風吹薜蘿。

溪後歎桃花

東風如絲水光懶，纔有桃花覺波軟。門前曲水作圜文，花去仍回誰領管。往時齋閣人扶病，小苑西窗春畹晚。簷端落日不射人，障眼霞光顔色暖。淚流似水看相續，人去如花呼不轉。攀枝歎息他家樹，花老無風去難綰。昔日看花一寸魂，水入滄江暮雲遠。

正月十七日題

還家漫兩旬，半月睡醺醺。死别來生夢，春愁低怨雲。雨光林拭葉，花重鳥并群。俯仰慚方寸，空拋物態欣。

漫成示友人

出門無日無春酒，獨往還成獨醒歸。生世虚聞醉中樂，鶯花并覺眼前非。持情忍淚猶防夢，無病勞親謾欲肥。剩有憂思付垂釣，青蘋風急屬簑衣。

示女

汝今身上衣，是母之所練。留貯深篋中，勿待衣破爛。恐汝眼下淚，無復手中綫。縞苧在母貴，紈繡倚人賤。父娶爲無後，母續恐有閒。他時鄰里人，冷眼窺我變。我生自此始，艱難坐恩怨。母也織素機，上有巢梁燕。昔時銜花飛，識我嬌女面。逐燕繞屋走，胡旋拾花片。眼花抱娘膝，驚哭墻壁轉去聲。阿母一破笑，春風滿庭院。燕燕倘懷人，莫立鏡臺畔。不見鏡中人，鏡中人不見。

晚照

雨後千家碧瓦煙，煙光渲日日絲寒。燕泥去地香逾重，鵶背晞風凍未澣。排闥柳花吹酒店，飛空山影壓漁竿。東皇解惜無多候，約束春陰劇不難。

張璞中與在邕州一別廿餘年鬢髮皆白矣佛山鎮偶值談二三日而歸惘然有作寄之

君歸二三月，春水雲中橈。紅棉夾青山，中有白髯飄。一去三十年，所得可償勞。請君一回首，天劃牂牁高。白骨架黝石，短魂汨長濤。君昔故心人，生死那得料。存或不得歸，十九變土苗。省君囊中詩，蠻語半已操。中閒三十載，別日與路遥。時於夢中見，驚作死後交。今嗟鬢鬚改，幸極筋肉牢。自君西去深，有弟瘞黃茅。黃茅作瘴時，滯骨痛腥臊。彼土厭新人，今君歸故巢。天末風雨黑，禮魂須大招。令弟死于西隆、凌雲之閒，能詩。陽春三月暮，花鶯媚江郊。物華且告退，老境難獨逃。攜手恐夢寐，仰首頻自搔。人行大道閒，日在高柳梢。

柳蘪蕪桂桃榆桐蘭蕙相思成篇

楊柳樓心新燕飛，蘪蕪山下故人非。生尋桂魄迷靈窟，剩囑桃根得嫁衣。榆樹曉星窺獨宿，桐花么鳳怨朝飢。盡芟蕙畝鋤蘭畹，淚雨相思種豆歸。

寄潘振之十韻 西樵人，賣藥邕州數十年。

邕管舊風俗，可曾今昔殊。耳風鳴鬼彈，眼火中猪都。十字當途草，蠱人多妖術，或結十字草於路，誤踐者輒得奇病，因以挾利也。單輪軟足鼙。俗多病酒疾足。竹枝魂影弱，人病以竹枝尋丈禱神，而招其魂。巫角病衾孤。是事俱堪畏，當年恐不虞。想君千首敏，特地百神趨。夢室還家夢，壺公賣藥壺。尊生齊物我，大道一賢愚。社憶花洲在，家君昔結五花洲吟社于邕州，多嶺海詩叟。遞簡也與潘後輩相繼，今聞寥落矣。人多鬼録逋。題封滿懷淚，情境遠荒蕪。

舟中曉避雨

五郡垂雨脚，大夫岡頂雲。山飛舵一寸，天插水三分。挂席防龍挾，低篷入鳥群。蘆灣蒙首睡，萬象外紛紛。

友人二妓佐酒索贈二絶句

采得荷花挑兩筐，兩頭憐子在中央。一肩莫自有偏薏，看見重輕人在旁。

桃花紅照李花白，病始勝嬌酒始醺。人間衹有三分月，杜牧司勳屬二分。

看　雨

天低海竟入，天黑海逾光。遠雨垂陰静，春雲約態狂。罨城渲日凍，過栅帶花香。米老沉酣筆，孤舟稱水鄉。栅頭，廣州花地。

舟中與謝劍持

四月柳花飛滿城，高雲低雨各陰晴。柳絲書館吟聲舊，不改風蟬雨後聲。

日射澄江徹底深，雲移晴嶂走空陰。須臾轉緑回黄裏，澹沱風恬浪軟心。

乙巳四月念一日詩

在日情纏病，他時鬼作去聲人。可能百花岸，一悟再來身。藥鼎蒼苔古，樵夫白髮新。厭生諸妄想，粗了一年春。

乙巳五日舟中

青蘋風裏白沙頭，盡日横波來打舟。梳髻太鬆風太緊，滑肩時接素馨毬。
眼闊江心雨勢圓，四天風挾軸雲奔。人間天海巉巖極，阻絶新魂况古魂。
水吼青鼉浪作煙，萬人迷眩失龍船。飄風驟雨隨龍尾，纔及還離尺五天。
新藕皓如珠女腕，小菱尖似越娘鞖。太常清禁中年弛，稍蕩閑情未破齋。
柳外天低暮倚樓，星河中夜亂江流。即看燈火相偎意，個是郎舟個妾舟。
水香波軟暗來風，潮入西濠有落紅。海珠日日花爲市，明日莫愁雲水空。

不能寐二絶句

柳枝風急生夜潮，曉月彎彎枝上摇。江天風露凍千里，知有誰家魂夢勞。
夏五天時三四更，海雲山月照人明。苦吟竟夜詩何有，有是秋墳桐竹聲。

落　照

天海夕陽多，餘光送晚波。直流明挂練，横楫小飛梭。柳踠雲樓聳，帆欹風鳥頗。幽憂散空闊，浩蕩不能歌。

獨　立

萬象逼獨立，晚愁天海黄。遠陰千里静，濃碧一峰涼。物理從人入，江流切意長。秋風近朝暮，歸夢警松篁。

小女

汝哭能言夢，娘愁到汝邊。鬼知今隔歲，爺尚不成眠。學紡車圓小，勝簪髻重偏。裁衣須倍得，新減藥煎錢。

曉思

墻鳴迴柝聞，柳合早禽分。沙氣收殘月，江光得片雲。經年曾幾睡，此夜自初曛。闊絶勞人眼，天南大海濆。

歸村莊數日感家園荔支兩番不得喫有作

去年別新墳，出門荔支熟。張槎村名，連佛山鎮兩弓地，天水圍獨哭。巨漲接大雨，潦釀雲色濁。顧恐未冷骨，卑地水入木。不暇庇死魂，堤溢海過屋。崩流挾懸霤，前後百飛瀑。土偶坐昏旦，咫尺到骨肉。安能作梗泛，或可命不速。千憂破一歲，九死投兩目。今年歸逾期，已過六月六。老蟬搨葉瘂，飢烏託枝秃。差得遠憂患，不許及口腹。豈敢爲口腹，但慼行跼蹴。憶我長齋人，春晚病已篤。供佛猶及新，繁陰掇珠緑。

度曲聽婁五唱《芙蓉亭》，淒然有詠。

譜曲當時枉有神，招魂今日却無因。翻憐十載邕州客，呼得三生地下人。獨宿畏醒還畏夢，中年傷别過傷春。自言自聽皆吾妄，鬼録何書許認真。

乙巳立秋日寓懷詠雲

秋氣誰先先與雲，明河蕭索櫛泥銀。已漂不語盈盈水，旋化淩波細細塵。天女花枯零玉葉，阿環書斷賸魚鱗。可能待作盂蘭雨，好乞如來灑病身。

七月七日往端州赴袁升父之招

河漢自新秋，天人異別愁。兒啼無母夜，親夢有方遊。山切雲端月，帆吹樹底舟。故人書昨至，兩番慰騃牛。

紫洞村口夜泊寄妻五

他夕衡山月，青天魂夢勞。曲終聞此語，「他夕」十字，余傳奇曲中句。海外屬吾曹。秋水蛟龍闊，新風木葉豪。無人自多警，燈火贅江皋。

南海道中夜雨寄懷邱明府鐵薌并問趙渭川歸予詩本

疾雨船頭掃船尾，雨雲意僅丈尺耳。却令竟夕江上流，盡作萬波趨一舟。身心軒輊睡不得，遠别新知泥胸臆。邱侯别我五月殘，六月已度大庾關。一官去郡三千里，幾夜新秋十八灘。南風吹雨北過嶺，雨急同時接深警。水石秋來勢漸嚴，江湖涼動天俱永。金臺聲價君騏驥，澤國東南予舴艋。也知遠意繫夙昔，何有相思到萍梗。此去倘尋趙渭川，歸我詩卷爲我言。七月七日風雨夜，故人天末有營魂。

西南集

念載西征舊路長，西南那得便殊方。當時水遠山平處，得到西南即故鄉。

西南道中

連岡欲跨海，到海忽斷截。一里五石壁，古跡嘆新血。嵌竇綴蜂房，俗傳竹篙穴。不知波穿岸，或誠石嚙鐵。鐵石兩不讓，人命迭相閱。層標塞西北，雨氣濃墨潑。直似去路盡，江合沙一切。孤帆抱地轉，對嶂劃天裂。故人山城中，相思甚飢渴。我如江心石，浮沉苦捎撇。浮沉，石名。十年不逾郡，茲爲無家別。回頭水鄉晚，白首望天末。

泊背水汛

風驅嚙岸波，百里去不休。有如四山雨，來赴我枕頭。又如聞怒帆，破海駕巨艘。舟人夜中起，披簑聲颼颼。亦如塌病翼，睒瞯鷹薄韝。前路甚鬼國，天海膠漆投。在眼咫尺塞，安知雲水愁。我則如鰥魚，百慮耿兩眸。童眠熟如蠶，九死無一憂。

舟夜

舟臥風水緊，身意飽顛倒。打槳赴江波，何如挂帆好。青山喜畫師，迎送媚我巧。殊狀極陰晴，無言豁懷抱。轉使眼力明，爲得山氣早。已似見故人，閑心足幽討。

與升父論詩

造物者呈露，各自有氣力。文章之根源，厥至窺命脉。廣以納諸有，細以入一息。神明絶欺妄，語言濾精液。狂簡謬小儒，愚賤坐大惑。袁生爾何感，使我露肝膈。聲詩之於人，有甚弈秋弈。無使心有鵠，勿冀名生翼。如將遊名山，且爲言所歷。士生古人後，寧有不踐迹。始則傍門户，終自豎槊戟。裨校轉渠帥，揮叱赴巨敵。一身數生死，百戰資學識。絶境無坦步，高唱有裂笛。彎弓石爲肉，磨刀水先赤。萬仞虚我踵，我射自正直。人方踼而哭，我已游八極。究其所歸理，静破萬物的。要於其發端，真氣貫虹霓。遇之在旦暮，帛長不逃尺。反身弗能誠，可任背負刺。

題畫扇

昨夜江村黄葉飛，二樵居士出門歸。要與江山助秋色，赤藤滇杖蒨紅衣。

題畫贈彭明府

我已清齋過一年，空蒙心緒一緺煙。秋山淡到如秋水，不覺樵夫畫也禪。

端州縣齋作

四天潑翠城郭濕，城頭窺人萬山立。城門朝開塞奔峭，勢欲與人争出入。羫𡸣西極如綫來，至此擘地風濤開。羚羊咽吭不肯一吸盡，呃逆倒蹔屯雲雷。山嚴水猛兩不下，地弱往往蒙厥災。居人不及對面語，脚下沙走長堤摧。盲風顛浪昧道路，非所去處偏擠排。入地塔影直於筆，浮天城堵膠如梧。下視東流峽山口，江水鬱作山崔嵬。我昔尋常此經過，水落山高石頭大。盤渦風雨神靈叫，景福祠下有盤渦，聲如哀彘，俗曰猪子渦。不常作，作則風雨晦冥，舟人畏言之。寒峽戰鬬鼋鼍餓。帆檣疾轉指鳥飛，性命欹危等鳶墮。今來風水赫餘怒，猶恐乘桴到堅坐。縣齋蓮幕多故人，久别遭逢情話親。江光夜亂石頂月，山氣忽生衣上雲。樵夫海上花作屋，出門白袷照青春。

當筵起舞醉沓颯，百縷雲氣千花塵。酒闌袂冷夢江國，萬疊翠屏勞片魂。

楊明府席上作

開徑看山直到門，指看西嶺夕陽痕。白雲紅樹簷端晚，庭竹簾花燭影昏。舊客獨深今雨契，一官纔罷百骸尊。衛公玉饌周郎酒，醉恐肥羊破菜園。

端州書院馬山長中翰俊良席上

萬竹迎風吟翠亭，秋山涼入酒杯青。善來文字昌黎飲，深破蓬蒿仲蔚庭。衣讋莎根移蟋蟀，天陰荷葉亂蜻蜓。季長客帳無紅袖，排闥中堂入受經。

乙巳八月十五日月下

面上兩年草，草根今夕霜。汝魂隨冷月，此淚在他鄉。身事無生樂，江流有夢長。我家惟閉户，桐葉自秋光。

峽山月示升父

十五年前峽山月，客路思家纔幾日。今年月來看客幃，低頭却無家可思。江光箭急射石壁，千嶂玲瓏動金碧。蛟龍乍警迴深沉，風雨即來無咫尺。秋陰壓地山多影，夜氣浮天水摇白。城郭逾時晦明改，爾我盡情哀樂得。離合之間且如夢，生死那能不沾臆。回首家山今夕秋，老親夢短夜長極。梧桐葉響燈火細，兒女夜啼鄰舍寂。爲君語罷續太息，起踏城埤半江黑。過江塔影裊千丈，軒然欲跨烏龍脊，去弄初陽沃焦石。

酬楊明府以詩謝作歸來小影兼示别意戲押元韻

羚羊劈天開兩門，中裊一綫𢇁峒痕。巊崕噫氣風雨急，城郭壓人雲木昏。郡齋畫成照突兀，不覺暗壁聞哀猿。楊侯好奇索我作一幅，行署客我上客尊。城頭一招手，萬岳排闥争飛奔。指點就行列，罔或抗不爲屏籓。煙嵐滃滃上襟帶，腸胃寸寸清囂煩。須臾青天割雲根，橐籥靈怪相吐吞。湫潭深黑倒金碧，蛟螺潛伏如蟲昆。空山窔奥吹萬喧，萬動有一静者存。冰霜年遠髮鬢白，山水氣寒神色温。人言招之即欲出，不出别有情所敦。山中元芝許斧子，天涯秋草歸王孫。童子清極何恂恂，但負圖卷無酒尊。生平淫詩不勝酒，悠忽自非劉伯倫。山高水長自兹别，藻交荇横行復言。一囊雲壑兩石硯，楊候貽兩端硯。此後人間多夢魂。夢魂不畏天海闊，來我海中花裏村。

升父相送便遊鼎湖時方九日一宿出山而别

城中酒杯城外山，山光飣酒青環環。低頭黯淡飲别酒，酒中片雲行自還。落日汀沙水波涌，入城冠蓋雲陰動。峽風窅窈抽帆縮，峽風順逆無度，操帆慎之。山影嵌嶔壓船重。但惜峰迴急背人，安知雨散來旋踵。下院曉備登山輿，兩竹尺板雙脚虚。遠離夢想半生足，行且觀空參鼎湖。初行溪駛岸壁削，五里七里漸崖崿。冷風呼耳窅地深，裂石迎人力藤縛。天地去遠日月冥，雲露來沁肌骨薄。樓殿光炯松柏黑，幽鐘一聲千葉落。龍湫百丈看不得，以袖障面雨漠漠。僧言兩月山雨少，聲勢十過六七約。往時禱龍致雨處，石亭衝去柱折脚。天龍迴合萬雷鬬，艮鼇空洞四山弱。客來夜驚潭水移，臥恐山門無住著。老僧心寂如佛燈，一粒明光定中閣。語殘木樨天散香，俯瞯萬葉霜有光。始驚九日坐齋禁，不見茱萸浮酒觴。凌晨出山顧山色，忽覺別思來蒼茫。佳人好山兩難得，并作一別那可當。不如城闕一揮手，牂牁箭急猶尋常。今朝白水何作惡，荻風吹淚波潸裳。遥知山中老和子，齋罷攤飯扃雲房。出山之水故人夢，自此送人還故鄉。

佛山秋官里寄石帆雲隱

蕭條海日拓寒晴，飢烏倉皇一葉輕。雲黑悮投陰野早，影孤深畏凍江明。高歌十日遺生死，落羽三年切弟兄。霧裏少微煙裏艇，勿言漁父有詩名。

喬寓秋官里月下詠枯樹

敝裘蹭蹬天峥嵘，仰面查牙枯樹撑。空拳白戰北風裹，凛有生氣驕無情。棲烏夜驚打門聲，飛起影墮月地明。何時林吕好畫手，净紙潑墨爲寫生。我方遲徊玩畫本，忽然貌我畫裏形。貫休寒巖古木下，着此面壁千年僧。物近致遠誰解得，解者吾與之夜行。客居始見葉滿庭，春來未歸看汝榮。亦可同踏藻荇横，心遥歲短忽自驚。故園梅樹綴雲英，兩年花底死生闊，今夕夢中天水清。

憶鼎湖示升父

鼎湖冠古端，陗絶萬山裏。泉迸地肺深，樓競石角起。浩蕩樹若海，上沸河漢水。日行松風中，雨洩石雲底。僧面香火色，黝瘠頑鐵死。禮梵洞響風，燒紙鐘叫鬼。龍湫不能名，欲狀氣已痿。魂夢尚用壯，時復入心耳。袁生善筆舌，刻鑿造化理。多聞前阿難，好奇後韓子。樵夫鼎湖詩，寄去三百里。山城展詩卷，可得有歡喜。不如城頭山，落影壓吟几。樹海升父遊鼎湖時語。

追和胡孝廉海壬寅九日詩并序

乙巳十一月十七日三更，偶繙故帙，得胡艮齋兄弟壬寅九日與予登高之作，艮齋落句云「幾得家山作重九」。癸卯春，艮齋歸爲蘭溪廣文，而以甲辰夏卒於官，爲之識也。

壬寅作重九，晚登粵王臺。海氣蒼然高，拍天秋色來。天多地少寒潮大，坦掌直入輕清外。欲鞭島嶼陸蓬壺，盡剪波濤沼衣帶。當時意氣屬天雲，九萬風前六七人。可憐獨愛東南竹，鬼嘯幽篁雨打墳。艮齋有《幽篁琴嘯圖》小影。一官故鄉如作客，海闊山高阻魂魄。病中半百兄眼枯，天邊七十親頭白。今夕哭君聲自低，新人挽髮墮未齊。恐驚淚落不敢問，秖道藁砧懷故妻。

客居行寄懷楊明府袁升父及諸君

今歲八月七星巖，怪辭靈壁磨刀鑱。歸來夢魂不妥帖，動作險仄乘風嵐。心長歲短百不睡，一睡千里馬脱銜。鼉鳴寒峽風雨黑，鶴唳古月江天藍。故人三五冰雪質，赤城招手青螭驂。夢中雲路足一蹶，墮此異縣黄茅庵。乖龍匿箸尺蠖屈，羈鸞集楛群鴉喃。智乖章甫走越市，身竄北枳哀江南。東方漠漠海日凍，照我塵黝青雲衫。仙田暍炙紫玉死，夢室夜寒香草芰。我今忽作負屋蝸，抽思有如絆繭蠶。哀歌叩折碧玉簪，昔時雲膩葱摻摻。故鬼何知守故物，不投井底投深潭。心爲槁木無暖氣，身如飛蓬不可監。故根異土何近遠，舊淚新歡渾苦甘。楊柳楊柳黄毵毵，搖落如此何以堪。南山有豆北山蕨，八口再拜白木欃。

井 秋官里客居井

緑莎垂石髯，游虹裊文綆。後園鵲查查，日嫩桐枝冷。夢急絃聲繁，愁到苔緒靜。我家横門水，花落黏春荇。當年雙鯉魚，親吸驚鴻影。

題鼎湖龍湫

清潭歛秋姿，萬象碧轉静。連山赴東海，氣若千虎猛。小挽西顧勢，一石亦不肯。飛泉裊天來，白虹結長綆。曳之入深黑，乃帖耳引頸。至今千丈底，狰獰靡遺影。乖龍眠查牙，觸撥輒怒警。一噀集風雨，半月羃雲景。還如古甃縫，蚯蚓縮莎井。致祭吏自怯，疲縣民多眚。洪河向身捲，白日搜瘧冷。赫然若天威，咫尺臨爾頂。知爾方寸内，有疚不敢省。於民嘆暍久，有願不敢請。神靈憤其位，激水使横騁。昔時禱雨亭，衝石如斷梗。牲瓮忍慵懦，出入得深迥。號令惟蒼蒼，時若聽天秉。

檢亡友黄仲則手書

古之傷心人，黄生爾爲近。落魄西入秦，秦聲轉幽憤。孤思破豪髮，萬象納虀粉。靡志託酒色，不語示細謹。八座友布衣，知己奏情軫。佐軍幕府下，高坐轉不穩。蒼樹繫翠緣，青天睨秋隼。萬里跼寸畦，意氣奄欲盡。長歌出塞曲，落筆涉憂憫。河聲百篇放，霜色一字緊。寄我入關書，狂簡謬稱引。夫子隔天末，氣通共肝腎。來書有云，可見心氣之通也。與君大塊内，迷路失詹尹。子往獨客死，我縮一蠶蠢。文章爲鬼雄，六氣結遊紖。南望倘見我，乞食受嘲哂。蒿目叫西魂，吾詩廢招隱。

林以善畫鷹

絹素古慘澹，黑若雨竟天。夢夢雲斷崕，浩浩風揭川。蒼鷹眼如鬼，光墮衣帶閒。遠見兩肩下，竦挾秋氣寒。影失凍波底，意已孤雲前。一眴謂其去，再眴驚其還。三眴往復亂，萬里自倒顛。測彼畫師心，静入面壁禪。而使後來人，心目不得閑。

袁睫巢孝廉輓歌

死別中年多，何意哭至汝。病病生友在，心長不能語。紙書黎二樵，眼語葉錫琨。錫琨，睫巢鄉人。來尋予，述睫巢臨終於予切切之意，時已不能言矣，問之猶能點首云。今夕北風寒，樵夫不出門。樵夫夢中事，是我死後魂。豈知汝魂弱，不得入我夢。我病夜不眠，魂來亦何用。知爾垂死意，學詩門户成。目前一寸路，身後千秋名。人間此何時，口碣心冥冥。此事需此人，不能一呼兄。不苦受命短，但苦受病速。亦不恨病速，恨我道路隔。我必傳汝詩，使汝死瞑目。來世爲詩人，汝亦得自讀。再來樵夫老，可作忘年契。試吟樵夫詩，恍惚尚可記。可記不必記，天長人事異。汝之心中血，是我筆下淚。區區文字業，苦習道則壞。長短不足較，造化同一氣。生死久暫間，如數一至二。去矣袁睫巢，一往蝨轉背。

五百四峰堂詩鈔卷十六

丙午年

乙巳十二月臥病丙午正月望日扶起言懷紀夢

已隔花村失好春，更傷旅病昧佳辰。夢中艸閣垂寒袖，竹裏梅花忽故人。似感芳菲歸別日，未知來去坐誰身。東風曲慰羈孤客，桃李辭鄉也自新。

飛燕詞

燕子風中急渡河，柳枝翻覆變春波。柔條捉得難禁得，下見江鷗奈爾何。

聽雨

晴久得雨聲，體涼神氣清。響澈聽欲碎，去急睡還驚。池夢春宜借，江雲夜恐輕。朝來仰簷瓦，碧篆蘚痕生。

題寄封川彭明府翥

雲外戕牁懷好音，美人千里大江深。嶺梅西去花爲縣，嘉樹南來橘滿林。社日俗稱春酒壽，醉鄉壤接古藤陰。賢侯頽臥兒童笑，笑煞風花壓繡襟。

贈鄰人甘好學

書聲在隔花，花落裊繅車。爲善同斯世，比鄰已一家。心危寧不達，詩好得無邪。勉共千秋事，吾生豈有涯。

昨夢漫題

夢中花翳水村冥，波膩雲香醉不醒。自展心經藥煙閣，赤泥金管寫鴉青。予嘗爲亡婦以八分寫《心經》，終時請殉之。

雨

青春天色紅塵裏，但見海雲標屋山。寒暖病軀難整頓，柳絲風力有無間。

小　立

未能白袷不勝裘，二月天南似晚秋。小立柳陰涼耐得，新雷蘊藉曉風柔。

春暖懷升父歸贛

天竄詩人南海濱，較量寒暖占佳辰。梅黄麥熟三江雨，白袷紅棉五嶺春。計月瘦寬家令帶，看雲眠落管寧巾。八方異氣遥同病，百藥何當作此身。

隱几小寐

瓶花怨人如皺眉，爐煙浥浥燥春肌。客窗禪榻夢胡蝶，自見莊周新鬢絲。

憶邨居花艸五絶句

人閒春暖雨茫茫，碧水緑蒲田甲秧。農日虚抛眠裏計，村花不到夢中香。

藥煙小閣無人到，憶得春深坐似醺。竹裏微陽花上雨，暖寒膠漆不能分。

夜聽雙雛説我家，方綃巾髻避桐花。避過桐花避梧子，碧琉璃泡打拈茶。

乞得鄰梅插古瓶，開春十日浸清泠。只今二月村花滿，忍對殘枝攢葉青。

蘇家園中萬花谷，實孕廣州花栅花。有待搆亭名借景，驅人心力媚吾家。

憶郭山人登粤山夜望

天深地虚水月静，摩詰夜登華子岡。萬里雲心八溟外，影垂千尺在寒塘。

萬家塵夢攪空虛，閲世山人鶴不如。木棉打瓦響竹屋，阿母喚燈兒讀書。

寄李恥大兼呈雲隱

春溪脉脉藻蘋香，竹屋熒熒燈火光。隨分祭先并教子，恥翁行跡只尋常。
堂上江猿吟翠屏，苦瓜黄鶴合英靈。欲擘鼎湖成鼎足，病中愁絶道山青。
鼎湖龍湫山地剥，迸石裂入厚坤鳴。自慚病甚手口僊，不能驚坐山風生。
羚羊天水俱一綫，鮮舸西頭天上船。鳥瘖花病今三月，畫境詩情夢半年。予去年九月自端州還。
禪榻茶煙書畫船，白虹貫月任人傳。自疑白髮三千丈，影在江湖秋水邊。
謝客看詩如看畫，恥翁索畫按吾詩。兩君一夜春波夢，來見傷心老畫師。

偶詠

自無畫齕枯萁馬，只有春鳴孕卵雞。喔喔數聲喧病枕，衆雄如沸盡情啼。

一雨數日喜甚同於農夫作詩示二三知己

一雨蒼生百萬家，天南性命及桑麻。懸知煙水江郵裏，花壓低簷雲壓花。

不見今年村裏春，花時看取賣花人。一篙新水差池燕，晴壘香泥五色塵。

雨中憶邱少尹鐵香南來二絕句

東望一雲天下雨，南來中春雲上花。官人馬尾直於箭，火急赤城餐絳霞。謂木棉花也。

一川風雨病開顔，海上仙娥煙霧鬟。遲他邱令東南美，來看樵夫五百山。

馮明經欽鄰斯佐自廣州來問樵夫秋官坊

爾已兩番來，我自一番起。去臘聞爾到，實恐桑户死。我魂送爾還，風雪六十里。今來驚我瘦，我已眼似鬼。語切輒欲哭，身在則又喜。我死雲壑荒，替人屬於爾。汲汲著書叟，侃侃古太史。尊人潛齋先生。森森四喬松，翩翩貴公子。諸郎潤如玉，去官清似水。爲儒爾家學，貧者士常耳。倘非貧若斯，何得交至此。憶我見叟時，實自濠上始。馮彤文濠上精舍。謂我有血性，庶或識道理。同味若艸木，側身亦師弟。爾載呼我兄，亦載恭敬止。春風吹緑波，碧艸芳未已。茸茸帆上雨，鰷鰷潭下鮹。空蒙水煙外，微陽耀桃李。川光遞陰晴，筆興溢素紙。歸時不臨河，來不能倒屣。入門拜堂上，爲我問杖几。我病眠不熟，夢見或寡矣。

雜憶絶句十首寄故鄉諸子

病軀身事得無妄，詩役心聲猶有蓬。心極碧天身白袷，景光駘蕩緑楊風。

鸎花狼藉滿人閒，作麽詩心自苦艱。纔寫暄風又涼雨，勞人有事化工閑。

東風新水縠紋香，橘柚花多村氣涼。昨夜雨晴剛月午，聳肩人影凍春霜。

上下江鄉三十里，都見村頭高木棉。我欲醉來堆繡被，花深三尺尚濃眠。

蜂蝶紛紛情性生，摘花歸去趁人行。收他玫瑰二月蜜，勝絶桃花寒食餳。

吾鄉眠食有仙氣，處處彩雲天漂香。看取樵夫蘭竟體，去年花屑漬衣裳。

藥煙小閣試春望，日隔緋桃開處光。千家蘚瓦緑於水，一雨花風紅有香。木槿後園臨小溪，宫黄疏瘦颭人低。村居深巷無桑樹，時借顛枝叫午雞。花事年年不肯違，自能不飲醉芳菲。難禁病着無人問，證得天香未染衣。諸公被花惱不徹，可似老杜獨顛狂。扶得詩成酒初渴，五雲裘上涴宫湯。

題梅花道人墨竹

梅翁寫生竹，神力静爲主。深窗抱幽夢，何物作風雨。起來寫秋聲，秋聲在何許。慘澹雲霧裏，摵摵戳可數。譬其取筆法，斜雨打粉堵。氣滿鐵鈎鎖，墨鑄金剛杵。鐵鈎瑣，山谷注：李王作鈎勒竹也。近世王原祁論畫，要筆端金剛杵。月中寫秋影，恐畫犬作虎。「月中看竹寫秋影」，元遺山詩。客居無片緑，但有蘚滿廡。對兹懷江天，歸來我籬塢。

病解

憂生苦藥疲，戰病能不食。爲而無其功，有似潭碓石。厥聞醫和理，日日論生尅。陰陽作腐儒，安能特開闢。謂擯其陳言，閉關醞靈液。三日至九日，物我仍禁隔。欲施倏忽計，昔鑿今又塞。妄動乃自焚，習静未獲益。又欲倚方藥，終乞艸木力。腸胃於蔆苓，狎友且舊識。曠遲不蓄艾，恐亦終不得。奈何勉安命，命也至此極。巫陽夢語我，汝自治勿亟。既失苔同岑，又使橘異域。籠中桓山鳥，豈得澤羽翼。我今招汝魂，歸汝衆香國。五雲製衣裳，百和膳朝夕。鶯花取不禁，使汝濫聲色。聲色與衣服，爲汝媚血脉。寥天和其倪，萬物歸厥宅。所不去病者，帝則陽也謫。

二月十三夜夢於邕州江上因友人歸舟作書寄婦梁雪百端集於筆下纔書家貧出門使卿獨居八字以風浪大作觸舟而醒嗚呼夢而不見不如其勿夢也况予多病少眠夢亦不易得耶輒作詩紀之得五絶句云爾

遠離夢想生前足，死後與人猶遠離。竹裹梅花歸便得，故人天外不能追。見前正月十五日紀夢詩。

病苦眠稀夢亦難，我魂勞甚死人閑。如何不作入門媚，花逗笑聲來竹閒。

夢而傷别盍安眠，顛倒病中卿可憐。便力作書長匹紙，不焚誰與到重泉。

安得夢中與卿約，我魂一往汝魂來。來往人天作圓夢，九閽虎豹熟無猜。

一度花時兩夢之，一回無語一相思。相思墳上種紅豆，豆熟打墳知不知。

春郊

水滿碧不動，春郊新雨晴。數行濃柳外，一桁曉山横。日薄滃花氣，風恬軟鳥聲。病纔𩠐六七，虚白已全生。

今日

起居雨霢霂，臥病春晴暄。今日天海闊，更兹花竹繁。詩於物情細，病驗我生尊。柔風漾光景，藹藹不能言。

南海神廟觀龍取師子洋

木棉花如赤城赤，花外元雲鐵爲壁。中有峥嶸雪山白，内洋水立天柱直，黑雲下垂，水兀上如冰山，奇觀也。欲作波濤無暇力。九閽虎豹萬騎隨，二儀虚空一聲塞。羲和漲馭日濡軌，雨師無權水雹石。聖人御天神物馴，安堵萬族噓吸匀。天池不擾北冥翼，龍勢直朝南海神。已飫鴻濛翻覆重，不大聲色陰陽分。雲中猶垂尾百丈，阿那欲上不得上。有如天帝曳麈拂，雨脚如絲出仙掌。忽然竟入雲切平，一雨天下三日晴，百川得之皆倍盈。乃知江海下以益，龍屈神淵蠖一尺，二物相需乃謙德。

寄題竹桐九句

春村昨夜夢雨足，曉花亂飛鳴布穀。幾朝添得墻根竹，骨重神寒數科玉。梧桐濃陰花簇簇，往時晚食石上緑，也長顛枝高過屋。雨打巢烏不能宿，與見新墳叫魂哭。予前作桐詩：「向晚清陰敷晚食，嬌雛襟下走黄雞。」

病可寄雲隱

愁濃夢魂黑，病起天山青。生機萬物作，衡氣九淵渟。藥石無全力，鶯花乞小靈。君喜應還笑，劉伶袛暫醒。

戲札我闉門帖春聯，或夜去之。

扶病帖門春勝書，有人夜半竊而趨。君知瘧侮還相妬，此是醫門逐癘符。

答陳孝廉晟南劍光見贈用其韻

飢鴟嚇鵷雛，不争腐鼠來。惡音豫章語大椿，與子不入荆氏林。或言狂簡不識字，卷我舌於非所欽。客居霖雨飢不死，故人户外聞歌吟。詩心畫興鬱生氣，長康癡絶居易淫。吾郡陳太邱，異苔同一岑。長嗚呼風起病驥，地上騏驎天骨森。真聲振動衆響歇，中衡大叩鏗天琛。群兒道路豈解此，不覺薄俗無鬭心。衣裳臥病久顛倒，一爲起語歎獮襟。白象徹水龍入石，不有大力誰能任。文章門户魔試佛，此自一尺彼直尋。中流未濟何以陣，如己泳淺舟其深。因君着鞭奮雞舞，不爾捐葉枯蟬瘖。深談鄰樹影壓瓦，木棉花外明辰參。驅瘧稱詩有蘇軾，愈風艸檄惟陳琳。摩天巨刃吾豈敢，無乃支離能挫針。嗚呼，文章徒載身後名，如筏喻者隨浮沉。

一雨數日田間高下成水可種有作贈霍鄰翁

大老天上還，一雨滿天下。海面見諸峰，潑翠濃欲瀉。樵夫病喜已，路聞説米價。神明布大信，猾豎不得詐。初見膏田裂，赤日鑽土罅。秧針若焚餘，雲露不一借。乃今平疇涼，風緑光似砑。勢如馳盲騎，垂崖勒飛駕。沄沄清川波，天影入昨夜。今朝浴凫鷖，雨眼明相射。詩心接物遠，氣静語清暇。與君指江水，坐閲舟過垻。南人以水渦沙陡能陷田，竪杙以固之，曰垻。且免藜莧厄，不畏猿鶴化。泥話得日夕，慰愁美鄰舍。濕香落春藤，紅絲引杉架。

四月八日夜夢與故妻别曰自今珍重與卿此别又費幾年矣相視泣下久之作三絶句紀懷

不及梅開逢艸閣，見前正月望日詩。勝如風起在邕州。見前二月十三夜詩。夢中可有魂銷得，已極生前未見愁。

生時冰雪作衣裳，不用沾濡浴佛湯。明年今日能來否，浴佛年年作道場。

壁閒留得長鄉琴，要積床頭賣賦金。布取夢鄉歡喜地，天人功果免傷心。

致師寄楞嚴圓覺數種經答以詩偈

方諸取水已，密注琉璃罌。風匝邊外吹，月入中間明。我身寶琉璃，公心圓滿月。心與我身合，不辨有何説。菩薩問居士，居士病已久。非公數函書，一室空諸有。有是無之累，無爲有之歸。無佛有文字，出機還入機。平生讀諸梵，未得善知識。妄以聰明參，如鶡風作食。機鋒可作佛，我自有才思。畢竟水火風，何處踏實地。

烏蠻灘竹枝歌

有客問是灘者，作三絶句，擬諸竹枝，以貽之。

山飛地轉浮生死，樹老風高嘯鬼神。一簇浪花三十里，醉横三百馬留人。舟下灘必以其村人爲灘師。每舟艄舵二人，必以祭肉飲食之。舟之大者恒飲至二三十人，有飲至二三日者。操舟，則水中暗石分寸可指。

蓬頭歷齒醉渾脱，蟹眼瞠瞠絮伏波。石作肉林江瀉酒，醒人偏許浪花多。

手挽腥餘脚踏煙，回神江步别江船。入門自媚山妻笑，今日囊中足酒錢。灘下江步曰回神步，以生肉少許與之。所謂回神，言回家祭於神也。

四月晦日題

柳霧花風冷暖和，水光如艸緑如波。一川雨氣平低野，十里松陰凍覆河。控地飽飛隨斥鷃，倚天吟興接牂牁。傷心更索誰人會，影落蒼茫古塔坡。塔坡，佛山地。

客居悶雨

憶我庭花入兩旬，主人辭汝汝辭春。藥煙閣外三年雨，秖有慈烏記得親。

青莎細荇魚三寸，矮屋横門水一尋。濠上老翁詩萬首，最傳垂死夢中吟。馮彤文孝廉，垂死夢中得此二句寄予也。

一幅溪光照讀書，微波皴動壁痕虚。流花故滯青蘋末，爲戲狎人紅鯉魚。

大夫峰頂月輪高，水面村春静不勞。一雙白鳥動煙海，千里碧天明雪毛。

羈旅人閒蝨處褌，淵明乞食向誰門。無錢即買扁舟去，去指横江獨樹邨。

憶昨行寄升父戲其逾期不來也。

憶昨纜船黄峽口，去弄神湖入靈壁。衣露爲霜覆古杉，人語如鐘動巖石。秋山日輪萬丈静，直射飛泉散寒白。山容殿瓦艸木葉，盡拭晝光爲月色。諸天月午不見月，但見秋水無聲浮大澤。曇花施食衆香界，鶴背吹笙水精域。别來客病作仙夢，仙峰肯入病魂魄。爲愁一束秋芙蓉，嫌我查牙瘦相逼。窗明雨歇煙瓦曉，已是人閒五月天海赤。傷離我昔警秋瓜，予以去年九月十日别升父于羅隱涌口。有約君來及新麥。蹇誰留之三婦豔，歸吾不得八口食。兩身千里同時夢，曉猿夜鶴曾相識。艸堂英靈勿嘲笑，道山日月無今昔。木棉花落柳踠地，兩番不來荷的皪。知爾床前花滿湖，蓮子同眠待成菂。五月六月花可惜，七月星宿碁子大，入汝池中明似弈。八月枯荷聲摵摵，九月鼎湖西風吹桂花，王孫不來秋艸淒以碧。

柳花

不盡天涯不盡風，水村西外夕陽東。多生離恨諸天上，弱夢情人三月中。魚嚼斷萍吹碧沫，燕私連袂覆香絨。春窗兒女陽春怨，曳雪牽雲送玉驄。

石艸

方尺盆池如鏡明，小雲根囓艸垂生。西堂夢澀循墻蚓，意作青蛙到枕聲。

題弼唐村外石泉佛山百里内，惟此有水。

莽莽視闊野，淙淙隱鳴玉。壘此數升水，斗窳幾尺谷。物以希致貴，逾時不盈掬。擔夫日兩甌，即以果其腹。不易烹乳茶，况得湔垢服。山小一源弱，地庶萬有俗。旁有野客過，見此愴欲哭。嗟汝本澄瑩，多擾則取濁。吾家東樵下，曾不以濯足。

家君子作詩謝霍君贈羅浮古藤杖命簡次韻重謝霍君年亦七十餘

負米虚縻七尺身，扶持兹勝膝前人。一莖霜蘚刳奇骨，二老風流傳去聲比鄰。安步鶴行新雨淺，舊山猿滑古崖春。吾鄉花落深三寸，得得香黏屐齒塵。

雨

雲急不及風，北雲雨南灑。其來不能聽，一去雹萬瓦。蕭蕭沙中樹，偃臥如仆把。奔濤揭江走，何暇作白馬。太空塞氣象，反覆誰掣摿。勢若驅五岳，面受壓而下。夫豈鼓橐籥，萬物勞躍冶。陰陽方大噫，雷霆亦箝啞。中疑九龍怒，争海戰于野。天南石湖風，歲始一陰夏。南方夏至後多暴風雨，舟人患之，名曰西北石湖。石湖，石尤之轉音也。赤日堅透地，滄海忽一瀉。禾黍得汍瀾，螟賊不滋惹。晴光轉闊大，萬頃肥潦赭。見慣農夫情，羈滯憶里社。江上飛青蒼，排闥入吾厦。娟娟青蘿峰，涼翠浮筆寫。

近有贋予書畫鬻於肆者作詩自嘲

虛名望人腹，腹飽笑不止。我笑天何心，同時產樵子。樵乎彼何人，天特厚我耳。我之所好道，下況同溺矢。彼有姓與名，無翼飛萬里。聊以名假我，如畫符治鬼。鬼不畏我符，已被我驅使。昨聞彼樵者，閉户病未起。風雨陰壓旬，寫帖去乞米。朋友遠日疏，妻子飢欲死。欲死且未死，吾何惜乎此。安得以我手，徧贈窮獨士。盡令彼因我，而使其似爾。我則自臥病，亦所大歡喜。東海百尾魚，西海魚百尾。相忘江湖中，誰能識真鯉。

閏月七夕紀雨五十句

夏至無雷聲，三伏田旱裂。粗學課農經，此語不失實。初伏至末伏，日日露天骨。深青熨悍赤，一日緊一日。不見衆物動，但恐大河沸。昨夜江上歸，仰看山上月。陽光假餘怒，凌厲太陰暍。團團作紫暈，芒紫刺眼闊。薄風過海面，波氣潑暗熱。揚葵風交衢，流汗魚呴沫。遥知百萬家，魂魄臥不結。安能有南夢，遠得見北雪。今夕東南雲，窈黑巑積鐵。洶如桔槹水，併力上搰搰。遥聞屋鳴瓦，百里勢一捩。初疑風打雹，着肉即見血。逾時不見雨，但聽雨點密。始悟鬱塞久，未飫漧瓦渴。稍稍簷瀑長上聲，浩浩天河决。琅琅疾還重，脉脉細纔歇。悠悠中病舒，潛潛外炎滅。茫茫天意私，欣欣物情悦。物情喜易悲，天惠予勿奪。十旬杞人憂，今夕忽一洩。安時皋禼在，身外我何説。

即雨感詠江上柳樹

日暇風清欲晚時，極天剩雨片雲遲。江山無物勝秋態，罯與垂楊最弱枝。病婦當時藥煙閣，弱魂軒輊夢如煙。東風盎盎春愁濕，坐見風中雨後綿。

秋夜感詠

柳梢天合大河流，風露初凉闊處浮。淡斂人間諸所有，飽圓江上一輪秋。夢隨細雨通雞塞，氣鬱寒潮隘虎頭。近況昔遊生憶死，三江聲裏萬山樓。

新涼

客裏爲家更出門，花時春夢又秋邨。竹梧舊淚啼烏鳥，君子哀吟化鶴猿。題寄可通燒後字，歸來應識死前魂。亡婦病篤時自言，瞪目或見其魂似其影。新涼風雨無時候，在日裁衣帖肉温。

秋風乍涼得兄邕州書書五十六字寄呈

艀舸灘盛怒流奔，陡束黄江鐵峽門。氣相吞吐山川鬭，聲滿西南天地喧。一紙音書人共命，中年兄弟病勞魂。鄧林日色蒼蒼晚，急收桑榆報曉暾。

甥子往邕州脩亡妹之墳予以不得躬畚一坏爲恨因感秋風哀彼短命乃不知其爲詩也

十四年前生拆群，生離僅以死相聞。猿啼落日烏蠻國，鬼餧殊方青艸墳。海上雨長應是淚，天邊地久自多雲。妹遭短折兄貧病，秖坐根塵不離文。

遠矚

海色入蕭森，鵝潭白日深。峰尖懸玉筍，花影漾楓林。秋士能辭賦，東流問古今。近遊增遠矚，黄落攬蓬心。

返照

返照人間赤，天西落絳河。瓦聲驅積葉，樓影動昏波。風力霜前入，秋心病後多。辭鄉再寒暑，歸夢閟煙蘿。

客樓讀書

抱病散古愁，愛兹江上樓。入懷淡風景，今日讀莊周。天海浩一氣，虚空何處秋。蒼蒼無至極，吾自作虚舟。

自題楚山清曉畫圖

繞衡九折江天碧，水底皴空皺沈璧。三湘彷彿遠遊歸，千里蒼涼一鶴飛。歸來十載病裹足，梅花襆被江上宿。江村一夜聽春雨，洗出萋迷夢中緑。日色盎盎川無風，川光浸竹竹色同。誰將一道炊煙白，定繞兩株初葉紅。何人深柳樓閣中，下視水田雲水空。得非百花村口舊風景，誤置曉猿夜狖之青峰。猿聲窅窈隱屋壁，傷心極目誰曾識。年深事遠猶可憶，藥煙閣上春燈夕，故人食藥看山色。至今黯淡春樹梢，藥氣三年化爲墨。甲辰畫成，丙午題詩，末故云爾。

與邱少尹

使君心瘁入南行，行見秋田幾處榮。勿歎故交猶乞食，重需陳米發常平。尋常離别詩中了，大半人民雨後生。正喜尚書冰鑑遠，道州循吏得陽城。

秋眺

暮色萬物淺，海山秋遂深。蛟寒依石窟，樓迴出村林。歎逝驚生意，觸情費道心。西風汝須惜，疏鬢詎能任。

送友遊泗城

萬里長江破萬山，到收帆處逼銀灣。從知邊瘴黃茅甚，莫判西風白髮還。

獨坐

萬物供獨坐，寸心遊太初。身名幾嚆矢，行止一蘧廬。雲曉看山入，江深得月虛。蘆燈水村夜，涼霧有嘉魚。

江城秋感

江城多夕照，水國易秋風。夢淚死前別，病吟窮後工。巨魚潮噀雨，萬馬葉行空。燈焰將人影，愁時到鏡中。

自怪四絶句

自怪先生太瘦生，秋來偏喜耗心情。風前解按伊涼曲，字字江頭黄葉聲。

自怪經年作底忙，空拋心事憶松篁。先生誤作還鄉夢，却是還家非故鄉。時猶寄家佛山鎮。

自怪先生浪得名，千言筆下稱人情。山妻死日求碑誌，屬草三年尚未成。

自怪能詩更畫師，小來人羨寧馨兒。空教力刮陰陽窟，僅爲先生一救飢。

九日獨坐懷升父

年年九日何年盛，憶五年前登北城。壬寅與胡艮齋兄弟、張、顔、謝、黄、郭、吕諸君登城北，今艮齋亡兩年矣。故鬼秋風憶存者，良時萍梗入浮生。吟邊木葉深蟲語，枕外江天闊雁聲。病數去年知汝健，鼎湖殘月桂枝横。

秋夜感詠

菊花籬外白雲高，黄雀風前病葉號。時物變衰增夢緒，死生悲喜屬兒曹。故關作客貧如遠，凶歲爲儒拙倍勞。即事千秋足知己，畫癡書癖最詩豪。

亡婦生日

死人忘死日，况復記生年。命短續來世，心長同此天。招魂香樹下，成佛藁砧前。今夕還家夢，靈牀餘篆煙。

五百四峰堂詩鈔卷十七

丁未年

客居春懷

風日暢暄晴，春人自有情。花驕競才思，鳥黠故聰明。軟浪新苗漾，融酥昨雨平。望鄉無百里，雲樹濕江城。

春夜諸君過客居情話

兩度春風且異鄉，鶯花饑饉共年光。夢多死別聊堅坐，酒斷生平故自狂。幾點柳芽煙瑟縮，萬家茅脊月蒼涼。與君莫謾矜儒術，誰爲尚書策救荒。

丁未上元夜雜詩

去年歸夢病懵騰，竹裏梅花見佛燈。無病今年無夢了，萬家啼月一枯僧。
閉門煙炬籠圓紗，萬室寧無三兩家。減似沉沉雲覆野，鬼燈螢擾照松花。
米老無心好此奇，透黃拳石似松脂。無方煮作維摩飯，一盌能蘇百萬飢。

寄張廉父伍楚園尚材

我昨二日睡不醒，夢醉風花入鄉井。村口春波可放艇，臨水春山壓人影。赤鯉嚼花穿翠荇，白鷗點水皴光景。隍中覆鹿真足樂，客裏啼鶯忽相警。忍抛身畔春如許，乍使人閒夜逾永。荒年羈旅吾造次，香國苑園誰管領。二子能詩擅長句，幾人汲古得脩綆。刳心勿負東皇意，同眠可夢西堂静。我今是事一俱屏，筆硯真同肘邊瘿。雕蟲久矣悔揚雄，捫蝨惟應似王猛。不意皇天惜固窮，特割青山入鄰境。即有盤胸嶂千仞，得似負郭田二頃。偶然動興君倘來，未能免俗吾一逞。與子遊仙乘渺莽，積水浮空同舴艋。閶風萬里氣清泠，蓬萊三峰削纖泠。

復題亡婦禪病圖

清净蓮花煩惱泥，廿年齋禁太常妻。生爲幻女無身相，夢入禪天接笑啼。水火風災離衆病，去來今佛訊菩提。寒光桂窟私靈藥，題寄人間下月梯。

春詞

濃破春愁醒柳芽，淺停寒意稱梨花。光雲暖送銜簾燕，宿雨涼矇到枕蛙。海天歸夢浮新漲，鶯燕懷人鎖故園。不分春光作無那，客花偏肯照空尊。斷雲無雨不藴藉，解逐風花軒輊飛。釀得夜來沙撒瓦，又匀苗葉冰寒威。

微雨

三日江雲抱暖雷，茫茫水氣覆村來。少增膩粉匀脩竹，深借春陰渲緑苔。簾外薄光渾曉暮，柳梢平望失樓臺。暗桃明李何人辨，南浦煙帆遲我回。

絶句二首

春天多夢與情人，夢止傷心記不真。直似村花盡雲水，沉沉桃李不成春。

娟娟江上露煙鬟，靉靆春愁怨女顔。最憶大烏深作態，竹梢煙烘一痕彎。

金花廟仿李長吉

金花神，相傳南漢時女巫溺死於宫池，今人祀以求子，甚驗云。

鶄潭煙平月如夢，雲車軋波玉顔凍。只宫宴罷夜來歸，神鴉啣火照空幃。緑波映髻迎桃葉，桃葉渡江不用楫。靈衣生煖烘香絲，夫人有心誰得知。紅巾裹讖得好語，春風醉人難自持。妾家南隔碧城中，花深夢妥曲屏風。人閒茫茫夜氣濃，踏雲行雨遥相通。曉來江白天一幅，廟門柳樹含情緑。

春泛詞

不要蘭橈不要帆，直停一葉帖春潭。爲憐净緑春山影，點破江天白袷衫。見柳猶思古朗寧，即今南寧府，唐之邕州。江邊風絮攬離亭。天西昨夜崑崙雨，緑得鮮舸幾點萍。疊疊江光出樹梢，南溟天地小堂坳。虚舟仙去容回首，十郡如煙一芥膠。

春江寄雲隱兼示石帆

民生猶困物皆昌，不暇懷人坐歲荒。好友服儒能乞食，故交繁邑忘齎糧。危檣處處棲雷語，遠樹深深倒水光。天許春工縱花鳥，世容吾輩飯文章。

喜雨二首

三日東風劇，今朝大雨來。纏綿飫瀧瓦，藴藉盪恬雷。生物兼人命，抒心試酒杯。異鄉成自醉，回首憶花開。拂拂復冥冥，春江切岸平。寸心集悲喜，三載客清明。樹氣留晨凍，山光抹午晴。新苗欣緑意，涼漂碧雲輕。

江郊與陳晟南

晴旭陰雲轉大荒，浮天艸色互青黄。雨光浥浥山光静，花細沾沾水細香。詩句隨時成掌故，飢寒行處即殊方。薄遊得汝真吾幸，客困窮經識季長。

三　日

三日微痾擁被眠，不知底是夢中天。今朝暖日晴雲下，一樹燒天紅木棉。

木棉花 家君子命作禁體詩

滄洲開木棉，開處掩春天。粗野何論態，縱横不受憐。極南宜正色，壯觀殿諸妍。碧嶂來仙客，朱衣薄裝綿。

雨

屈强沙樹偃，喧囂江雨横。墻虛萬矢入，天劃一雷驚。號令神行速，東南物氣生。江鷗望雲浴，故故照人明。

獨夜檢故李少尹南澗與前新寧周明府南川手札十八韻

天地入南海，二儀俱蔚藍。波明青雀舫，秋在白鵝潭。往歲同仙吏，中春張去聲錦帆。低昂展雲水，深凍艤松杉。蹴浪雙銜燕，含花語墮衫。交情内淡永，句味外酸鹹。後奔吾三北，先聲此二南。義須糠粃剩，氣并谷坡涵。黜陟殊前軌，李以潮陽宰升桂林分府。侵尋上别驂。死生三處淚，李卒桂林，有書與故人訣周，時已在燕。平昔幾書函。北海歸芳骨，李。西州祝故銜。周。齊名謫邊讓，謂周。懷舊異羊曇。已逝虛存夢，重來細接談。周公詩頌雨，周届落職，猶求雨，雨立沾足，邑士夫爲周公雨詩甚多。楚岳眼明嵐。搔首中原夕，雺愁海氣酣。青光竹屋火，淺絳鯉魚緘。身世迂儒拙，凶荒措大貪。復誰分客米，周君去官後番禺張令月致米，猶分及予。明日荷長鑱。

見燕子感詠

邨煙尚寥寂，燕子自顛狂。謂汝無家樂，銜人作壘忙。羽毛沾土濕，言語襲花香。諒我機心盡，歸來舊客堂。

舊入閨中慣，春心小最靈。翼搜簾外雨，花唾佛前經。拋汝巢窺户，無人草占庭。喃喃應是淚，機素四年停。予前有燕子入閨中詩。

寄鄉里諸子十六韻

天地春同興不同，邨人花盛當年豐。蘧廬夢滯三年雨，蝴蝶香醺十里風。齷齪石家錦步障，神仙杭市白頭翁。數錢細雜沈檀屑，蘊火先私造化功。阿閦鼻參諸佛坐，蓬萊樹色五雲籠。今誰迴句稱詩虎，自笑傭書似墨蟲。雨散海西吟社歇，吾鄉故有海西詩社。歲荒橋外酒泉空。吾村口橋外之水釀如鑑湖，橋外則不云。成都病未歸司馬，吴下人多昧阿蒙。别搆艸堂勞杜甫，遠抛秋室憶揚雄。南湖夢寐懷憐子，昌谷心肝嘔惱公。肅肅幪寒燈火緑，斑斑琴淚漆砂紅。徐生靈藥三山上，惠子虚舟大瓠中。服食虚傳上池術，無何愁阻至人宫。傷春傷别神明哭，感逝憂生道力窮。諸子見書憐獨客，萬花低岸釣孤篷。鯉魚尺半三篙水，買醉江天送去鴻。

贈二霍

負屋出行吾蚌蛤，引人投契汝針磁。始明損益粗談易，兩得申轅老解詩。道有雌雄惟自守，事須暮夜許君知。相邀勿苦東坡飯，悶索三毛杖蹙頤。

看山詠懷

江天碾空光，新漲緑已溽奴救切。諸山落餘青，碧重水不受。蕩漾村瓦閒，虚無潑深秀。又散爲霏煙，冉冉霧襟袖。造物瑩百昌，鞁鞁新錦繡。獨殘澀吟客，病色日趨舊。清時值饑歲，自衛勞已瘦。倘因蒼生起，先着何處救。可得飽餐飯，掩面受誶詬。身窮詡闊志，理屈抱私宥。塞心則自秉，通籍詎能謬。虛名枉君子，南夢見側陋。亦知惜轅駒，跼蹐爲下走。十口懸噭噭，一士行貿貿。畸性違員方，痼疾匪針灸。菑畬我石畝，未似一頃豆。潎廬與雲山，去里尚可僦。餘錢買苓术，足起子輿僂。堂壁忽萬丈，崿落堆衆皺。

開鏡

掩書開鏡入中年，白日黃河急鬢邊。哀樂以來常夢鬼，死生無着轉疑仙。忍飢回首思香國，不飲何心望酒泉。早晚鰣魚學張翰，綠簑風起皺江天。

生涯

天供煙景地供花，筆有溪山生有涯。隨事詩篇作年譜，不知言語屬公家。笑看蠻觸爭蝸角，愁裊羲和走日車。獨立滔滔問江水，爲誰東去積塵沙。

南村老將

南郵老將西津吏，駐防西關汛已近廿年矣。柳似寒雲署似冰。夢斷塞垣談石虎，箭飛江月答風鷹。先人兵法傳心拂，尊人晚年去官，置藤杖、欀拂，行以自隨。愛我詩思苦行僧。事業秖須交令弟，龍門聲望虎門增。令弟少白爲龍門遊擊府，升虎門副總兵官。

牂牁

天上牂牁屬要津，轂絲唇齒互相因。猶聞重譯輸華夏，何至堅關閉晋秦。白虎壇臺勞大吏，青燐風雨待耆民。雲頭幾夜巉巖黑，可洗西南赤地塵。

河橋

日烘雲巒金碧皴，河橋尋畫畫中身。天沙一切開南極，海樹千行入遠春。范冉拂衣成獨行，揚雄知己待何人。病軀倘見東封禪，視艸猶工細作真。

客舍

示疾毘耶乞鉢空，衆香飢歲術須窮。多文世有嘲揚子，三絶吾方笑鄭公。地篆蘚雲隨意雨，衣香花露過情風。梅三近日嫌歐九，故故稱詩乃爾工。

霍徵君相過夜話

仲蔚先生飢下床，不曾閉户艸頻荒。人前謾爾期期吃，夢裏兼君栩栩狂。慧有青瞳因法浄，病無纖影愧燈光。讀書不覺成畸行，世説新鐫字幾行。

夜話後曉致霍君紀夢

君去街西月已斜，夢隨潮落我還家。江天黯黯驚心雨，艸閣垂垂濺淚花。宿昔有根爲蛺蜨，公私無爲任蝦蟆。但須了事還相過，説鬼多方有一車。

四月二日

舊年蒿目到今年，滿地心甦四月天。緩死須臾五十日，早收三倍下中田。唐虞飲食生民性，嶺海東南雨露偏。一自永寧開府後，沙茭無復白波舩。事本李恭毅公。

小損也知當大益，後人端可鑒前車。古云筮短從長吉，王政耕三有一餘。治産我還師我法，無田吾亦讀吾書。淵明乞食收衣鉢，硯畝兼能作酒儲。

憶雙峰草堂

天末何人識此亭，亭中有客昔髫齡。四山叫嘯風吹雨，寸火寒光夜讀經。艸軟野麋衝矮柴，藤陰哀狖裂虚屏。雲泉回首塵襟黑，廿載黄岡竹尚青。

憶萬山樓寄兄

生長天西憶舊游，崑崙之水萬山樓。樓堆殘卷貽諸子，樓吾兄今居之，諸姪讀書其上，猶有災餘之書。山斷三江讓合流。上接三江口合流。膝下小年如信宿，河邊孤塚已松楸。予少時與亡妹讀書於此。歲荒書遠無多語，親不攢眉但白頭。

客寓

秋官久住煙樓黑，夏日初長海岳青。不勝迂疏拋制義，近遭荒歉省農經。詩宜己志看時物，酒爲親年勸歲星。獨行已成宜睡了，道山壺嶠夢東溟。

削跡

生如草木真爲死，士有詩書亦可貧。削跡返心求故我，賣文隨力飯飢人。流行適有皇天祲，安静元知聖主仁。昨見老農途路説，今年風雨正停匀。

寄題藥煙閣

人遠苔青藥煙閣，幾年藥鼎冷無煙。竹暗漸深殘月徑，鳥啼將曙落花天。千號南無身許佛，再來東望海爲田。若識當年衆生苦，爲吾乞飯衆香筵。

江　水

江水滔滔送客愁，愁時不肯急東流。飽聞南盡虚懸磬，本有西來號泛舟。堯舜治教同菽粟，觧舸期不費春秋。腐儒秖有憂家計，肉食真能善遠謀。

在　野

在野吾甘作繫匏，百城南面以書豪。多吟詩律相因細，少事門風轉自高。受命不疑抒橘頌，必傳無意解元嘲。故園尚缺三楹屋，早晚磨鐮歸剪茅。

野　步

病身蒙首三春費，詩藁催人一倍加。已見木棉飛落絮，忽迷江路徙浮沙。山濃樹色團爲霧，雨薄雲光頃變霞。客思蒼茫煞風景，不憂霪旱羡漁家。

曉成

初日東鄰送花影，離離斷雲蒼蘚深。殘燈耿心苦志士，晴天悦性言來禽。朝涼媚病去稍稍，景光曝背行鬖鬖。幽竹藤花藥煙閣，風其吹汝雨淫淫。

矮屋

心事無機物自親，客簷低矮鳥逾馴。宜多聽雨防書卷，無計驅炎鬱病身。徑入優容排闥蘚，苦吟却走促租人。他年地志編流寓，願受秋官比户民。

雷岡渡頭

清川連野色，平望不曾分。隔水招春渡，空亭凍石雲。有石如雲，雜以叢木，名石雲山。西流開大地，南極放斜曛。漁唱時還起，田歌悄未聞。

白雨

南雨入夏急，殺蟲蒸早田。片雲陰走野，千里白黏煙。驟響鏘枯瓦，青空起病眠。海涼風翼翼，一鳥定中天。

中夜

中夜憂而起，中庭行且留。月孤千丈凍，星帖一螢秋。海白兼天轉，沙青括郡浮。鯉魚長尺半，吾亦飯歸牛。

烏烏

明月家家足，慈烏戢戢飢。夜長失侶叫，天闊挾雛飛。於世文章炯，憐君彈弋稀。故巢頭白在，一啄一蟲歸。

行吟

螢光知竹處，露白見蘆林。越國雲汀闊，漁家鐙火深。江虛懸穩月，山寂上驚禽。物性無全静，吾思亦有吟。

寄石帆

閒闊逢飢渴，心驚問死生。交深時有淚，貧極莫言情。不易尊前舞，何難身後名。别來皆尚在，賤客慰離聲。

夜雀

夜雀豈愁思，徹明啼不休。誰家閉明月，與爾照高樓。枝弱風多警，池深影自秋。逾時惟臥病，昔昔到床頭。

祈雨

十月兩祈雨，去年七月至今四月。三城先被荒。天應厭災眚，人亦足粃糠。意切風雷黑，塵高日月黄。腐儒惟涕淚，翹首畏蒼蒼。

四月廿日又題

病眠煩望雨，扶起仰中庭。日炙紅如割，雲枯黑故停。僞真祈有效，雷電聽惟靈。可有閭閻淚，憑誰乞去聲畢星。

西流

南服雖無雨，西流亦慰人。河東與河内，移粟且移民。筋骨時風力，提封國齒唇。臨軒漢武帝，前席盛賢臣。

遷次

遷次窮愁客，形容山澤臞。遺榮嫌漫耳，避謗僅完膚。廣術慚駑馬，私心逐義烏。番禺城下水，吾道足江湖。

四月廿六日

四月廿六暗午晴，萬家巨雨懸河傾。稍杜同心翔米價，更欣今日免雷聲。高田低田穀應實，是日雨而不雷，俗云：「雷則不實。」小暑大暑苗復生。五月早熟之後，有此二節，續收。腐儒豈爲飲河腹，親老年豐不厭精。

衆鳥

衆鳥飢鳴中夜翔，昆蟲深避葉澈黄。爾寧羽類無安族，民亦勞生可小康。昨日黑雲驅白雨，平田水脉照江鄉。于時有得低飛啄，果腹猶餘足聚糧。

聞大總戎謝少白督部曲水師駐潮俟調作詩送之廿六韻

波激鯤鵬背，樓船出水鄉。南交元義守，今日用忠良。即喜田疇實，隨驅虎豹驤。民登考終命，虜漫疾强梁。友愛無人間，甘辛與士嘗。孝于爲政久，誠動以身倡。藻鑒中天正，煙𤍠一葦杭。發徵沿海郡，神武自吾皇。諸路需期會，元戎已啓行。廟籌無再戰，水道有分防。戊午蠲辰吉，旌旗沸海涼。熊渠臂㲉繡，鯨窟血元黄。紫氣東溟曙，丹心子日光。仁風來直北，慈雨溢潮陽。仁者元無敵，慈能勝不祥。一言名將訣，三寶至人方。聞載陳驚坐，非誇我子房。初聞聘陳湘舟幕下。但須明尺寸，不礙好文章。朝食談容易，師行問瞽狂。家渾南贍部，樊處燒去聲當羌。刻日期旋凱，先時慶大穰。令兄行折屐，好友下懸床。百載休征伐，斯須復外荒。不難三組綬，還詠萬倉箱。下邑瞻依切，迂儒頌禱長。私心在安飽，何樂説封狼。

羈棲

空清白雨日將西，萬个鳴蟬翕翕齊。海闊水雲平瀇漭，天遥沙樹疊低迷。山川此後供安步，軀策何知勸突梯。學淺病多容抵塞，年荒親老限羈棲。

白石蓮花效義山寄鼎湖退院致公

白石蓮花古佛燈，水明蓮瓣紫棱層。竹風花影移昏眼，軟語斜行慰病僧。飢餓生涯尋破寺，山川殘夢入枯藤。三年憶話禪扉月，齒冷龍湫百丈冰。

曉起觸目

宿雨雲行澀，涼風鳥語圓。呼群過瓦疾，收熟占人先。物命同天地，吾生愧歲年。南山一頃豆，從此賦耕田。

祭魂

連朝早瞻天，風景去蕭瑟。今辰是何辰，夏五望日吉。自喜入生氣，行亦念故物。屈指已增歲，回首但縮舌。暮爲一盂飯，新粟軟始脱。肅肅天無雲，脉脉影墮月。享諸道餓魂，格我心内血。與君同爲人，共處造化窟。乙秋至丁夏，南溟涸騰沸。東西脣齒國，津梁乃關閉。人心固自計，守望情已絶。遂使失水魚，相呴以涎沫。我亦泥腮鬐，膠首爲强倔。非無救荒政，奈此民命闊。於中我不死，不能使爾活。有愧爲儒生，七尺行兀兀。且爲學維摩，去禮阿閦佛。君憐此栝羹，亦自辛苦乞。不知幾千萬，聊飫兹一盋。但期我心安，不見汝腹實。當諒此貧士，久已厭糠籺。爲爾作佛事，歡喜盡食畢。勿如守錢虜，事後笑我拙。彼於爾飢死，不放升斗出。君其鑒吾誠，我且爲爾説。三年遭凶荒，政教静晝一。生雖受困餒，死亦有宅穴。皇天所流行，災祲豈明罰。皇心之仁慈，浩蕩及枯骨。以兹可自慰，生死誰得越。從今大有年，生生日稠密。我爲飽侏儒，篝車且盈室。死者歸冥莫，祥風散幽鬱。生其如律令，儉德禳旱魃。

我家

窃然九江底，俱是西樵青。舟行惜山色，不覺櫂自停。抽帆信微風，碎浪玻瓈聲。轉折傍沙嘴，諸村來送行。我家而靈嶽，仄掩落日明。西風皺江天，飛翠入柴荆。三年客飢饉，夢餒形神清。昨夜邨口月，千頃海雪平。鰣魚長尺半，媚我老瓦餅。夢中吾自歌，世外無人聽。

清狂

朝暮海光闊，東南日晷長。中原動畹晚，平地氣倉涼。舴艋隨龍户，芙蓉漫水鄉。江天媚暄暖，衣食足清狂。

同楊明府擬作登端州東門浮屠詩

南出福字堂，東赴豐樂隄。馬首立突兀，陰到龜峰西。初若入地窟，將次盤天梯。仰高眼酸黑，忍凍南霧迷。蝸螺漸逼窄，頂踵相攀躋。浩然諸天寬，始見千峰低。牂柯五千里，蠕蠕懸白霓。蒼梧一點煙，崑崙但丸泥。西風中原外，秋色來萋萋。寒峽東百粵，其下巢蛟鯢。何年倚天劍，一劃分溝谿。遂令萬古流，忿怒争排擠。大地莽牢落，半空留笑啼。迢遥後人心，境在感亦齊。

寄雲隱

西潦漲水郡，天赤泥浩浩。衆山膠洪流，黛色照慘燥。水田動箬笠，帖若泛鷗鳥。不見人在水，安識人割稻。波撈收濕穀，天惠與晴昊。倘復羃陰雨，無亦甚旱槁。乃知天災後，曲意爲之保。與君爲儒生，無田坐憂擣。各在南北處，自作儵忽巧。恐盡七日力，未足一日飽。高情抗古人，低眉謝田老。别來一心跡，塵内兩顛倒。詩苦如病呻，形役本吾道。稍稍飢去腹，颯颯風落爪。文章與年進，哀樂隨境了。

送人客邕州

嶺南五月後，遞穫至小雪。君去五月潦，風舟坐高闊。峽江紅渾渾，山畯青潑潑。峰巒濃欲笑，似助人喜悦。回首知廣州，田肥膠泥沫。昔去憂老母，白首朝夕闕。今則慰倚門，屈指熟可割。行見西陲人，須復以義説。脣齒有扶助，轉羅無閉遏。使知堯舜民，本自同日月。地上月漸大，夜静灘應没。遥知火煙角，寸黝出古鐵。兹已邕管近，稍亦畏途脱。煩過萬山樓，樓幾廿年别。爲吾謝諸山，山我夢未歇。

晴眺

風日遞變現，陰晴相往還。雨鯹魚嘯海，雲怪獸積山。早熟憂時緩，回頭得命艱。天邊多水氣，涼眺展厓顔。

鼓腹詩

米價一年上，陡於半月落。垂首九死人，相視一錯愕。不敢開口笑，迴想失聲哭。語爾勿復哭，命在苦亦足。飢後難爲飽，腹薄且啖粥。强起扶杖看，南潦知西熟。報道米船至，一日三百六。又見早稻田，一穗兩岐穀。皇心挾天慈，日月氣清淑。永爲太平民，相誡以儉蓄。考終爾壽命，贖返爾骨肉。小儒能作歌，聽者同受福。

寄周編修書倉

狂簡疏狂也自容，自矜柔翰勁於風。一時脱帽傳張旭，直似横刀揖董公。甘製短衣看射虎，誤操長技事雕蟲。不知骨相南天外，到得瀛洲北夢中。

西潦漲甚即消喜其大助田壤晚豐可知

西潦源高雲脚黄，人煙萬里曉蒼涼。盛暑潦漲，四五更時淒然似秋。泊田吠蛤多浮月，踏水寒禽獨警霜。迷路漁船依港樹，膠杯村舍坐坳堂。昆明春暮天西雨，遠糞天南晚作秧。作音佐，廣州音轉爲造，曰早作晚作。

詠　鶴

萬户笑啼無限夢，千年城郭一長鳴。秋横大澤煙霜闊，月碇寒潮天地清。滄海塵中君昨日，臨皋亭下我前生。也傷落羽今三載，露葦雲沙空復情。

石帆仙城來佛山肯留二日送之詩

經年憂患茫無語，兩日盤飧不諱貧。身續夢魂來道故，命堅磐石得嘗新。鼓聲坎坎師杭葦，旗尾蕭蕭風偃蘋。小艇獨衝官舸去，萬貔貅裏岸儒巾。時以閩臺之警。

廿餘歲予於粵西武緣道中題驛垣詩有句云古戍啄獨鳥終途無一人昨有從西還述和詩者不知名氏前後剥落惟首句見小吏字其下有短句誰先路千峰我後九字後字下意是人字韻云詩甚起予或者彼土守令過此而作因復題二首

斜雨帶斜曛，亂山疑亂雲。墨殘留有淚，詩遠獨空群。前後經蠻驛，躊躇想使君。廿年天末路，誰更感遺文。

存亡非意料，倡和已心通。山鬼煩呵護，猺天多雨風。夢魂同落月，吟詠付寒蟲。君識題詩後，西來少歲豐。

佛山入秋熱甚

杉艇臥軒輊，蘋汀風播掀。夢回身異縣，心到雨翻盆。人氣朦殘月，江光炯別村。書齋舊桐樹，露葉試秋痕。

早起書懷

七月尚餘三伏熱，五更真覺幾分秋。月斜樹隙橫如射，潮滿鐘聲闊似浮。來往誰知隱君子，精嚴心接古詩流。曹墻屈壘書名姓，更晋花村故小侯。

過渡書事

佛山江水如渠溝，行船壅塞成急流。我來三年始一過，赤日灼波横渡頭。中流回首萬瓦頂，塵氣炎炎動光景。誰將一撮柳梢青，意到行人眼中冷。漁罾赤鯉尾血赬，呀口向人憐物情。豈知金紫不自閟，穿荇嚼花增眼明。傾囊買此急放去，放魚不料得魚處。轉慚愛物徑一心，安得仁民盡千慮。傳聞平糶開四廠，踐踏飢人死中路。賢明爲政應不爾，隸胥得事元善怒。生萬死一功已多，魚放旋烹不予惡。渡頭葉飛風雨斜，屋上烏鳥聲呀呀，渡人亦各歸其家。我獨濕衣望江口，江雲覆我村中花。

七月十二日雨

農家課雨忌處暑，昨日處暑今日雨。乃知天惠起飢人，百種生機如自取。靈風習習雨洋洋，片雲千里覆江鄉。屋底秋生古壁窄，人閒氣散金天涼。三年以來兩年長，乙巳秋至今秋。無有一雨不瓊漿。瀟然雨歇瀁漭闊，野碧黏天摇夕陽。

聞呂石帆客香山寄之

荒歲文章肯庇身，不辭閑館稱閑賓。神龍衆怪眼如鬼，仙鶴獨慚飢向人。三載羈棲聽雨夜，一川花月夢江春。與君事事能肩埒，客况詩名病與貧。

初秋寄兄

仰面長星接地高，金天塞葉最先號。南歸家信秋將遠，牂牁江以五六月水盛，舟行三倍之速；秋水漸收，則漸凝滯。西去灘聲夢亦勞。黑水欲消隨急雨，潦將落，或有白雨甚急，名送水雨。赤雲低熱落偏桃。偏桃，狀如密望而小。近邕州者稍可食，太平、泗城等處出者隨其自落。柴門龍眼垂垂熟，故國年荒小足豪。又黑水，非《禹貢》之水。交阯十萬山有水正黑，涉之足亦黑，不可食，流出牂牁。

汪湖壖廣州來佛山相過夜話

十載相知三送別，自君之出又三年。兩人今夕前途夢，一角黄茅黑雨天。藥裹蠹塵多鬼瘧，詩材靈怪雜神絃。歲饑未負文章腹，山澤形容合上仙。

漫作憶堂前竹三絶句

緑玉抽空疾於晝，刺泥幾日已捎雲。一村風雨秋聲細，秖與鄰家織婦聞。

鄰家寡婦深懷舊，藥竈花簷問病過。今宵攪夢過墻竹，風雨笑啼年漸多。

不要長條挂月明，始種竹時有「海月挂在長條明」之句。三年春筍占庭生。夏蟲習苦休須盡，賸取秋風幾片聲。

題奚徵君墨梅爲邱少尹并寄懷奚君 岡

梅花消息天地静，夜氣空寒逼清醒。花光月白地如雪，亦恐同行踏人影。村中花事幾年闊，天涯畫筆何人騁。飽聽奚生致通素，也似梅花絶孤穎。秋雲稜厲日争力，閣雨堅凝土交迸。凄然寘我鐵橋上，皎月正壓飛瀑頂。想當邃古無人處，有此幽光貫骨冷。似恐仙人太寒瘦，轉憐春女媚桃杏。雙槳緑波横水渡，一抹朱霞暮山景。終嫌多麗工世情，不如獨行抱深省。題詩寄遠慰海角，邱君同知南澳。懷人驟雨響天井。是時秋氣動澤國，涼風西湖皺千頃。樵夫未歸花裏屋，先役吟魂度梅嶺。奚生應感露下衫，獨櫂湖陰返荷艇。作詩時七月廿四日，熱甚，二更大雨，蕭蕭秋風，已滿衣袂，故并及之。

竹詩

樵夫初栽竹三竿，逾月誇示張花田。明年已迸堦下石，夕日不到堂東垣。美人倚病觶翠袖，人影竹影瘦可憐。指痕遍捻落籜粉，藥氣重濕啼枝煙。幾年别日均有夢，夢在雨黑燈青閒。萬花圍村竹覆屋，竹隙佛火天女禪。齋心着我故有病，怨緒托物難爲言。秋風蕭蕭零露漙，慈烏夜啼桐樹顛。落月珮聲歸弱魂，僂指去汝今四年。占地爛漫千龍孫，鄰人入來窺鎖門。不慳抉筍與汝飽，菜色可更充清寒。我今曷不歸故園，故園故物猶平安。石鼎夜呼蚯蚓竅，檀像净供琉璃泉。涼風吹衣日車短，落葉過牆鄰女歎。勿云故鬼秪舊跡，新淚暗冰青琅玕。

石詩

憶我溪上石，黄色如松脂。昨夜夢入門，出坐我釣磯。釣竹已加長，我石猶昔時。昔時伯鸞婦，爲郎親搗衣。仰看孤飛雲，秪與風亂吹。俯識雙鯉魚，似知人有思。至今膝踝處，可容水一巵。今日石下泉，昔照驚鴻飛。飛鴻去不返，我石終不移。竹竿何嫋嫋，魚遊亦依依。安得人有心，盡以磐石爲。

昨夢

昔時走天邊，有夢未閒闊。臨終一握手，生死乃隔絶。魂夢同此身，天海共明月。歸路無遠近，心氣殊冷熱。死人謝生人，精爽不兩結。不如生别離，夢境轉親切。茫然昨夜夢，脉脉無可説。

八月一日題

客懷物候逼秋分，遠見秋清臥亦聞。漸漸露痕先病葉，蕭蕭風色與狂雲。長槍緑迸江田米，歸斾涼飄海舶軍。何止腐儒温飽意，平淮端欲擬韓文。

望農

小人有老親，下士無寸田。惻然食望農，切於農望天。北風報秋信，病軀先受寒。夜雲去颯颯，炯見星月瀧。亦知皇天意，無復亢暵患。三年厭糠籺，果腹恒艱難。三日無雨雲，迴首百不安。時時去人境，野望聊自寬。田父有好語，如酒渴夢泉。夢泉未飲泉，到耳涼濺濺。

秋懷三首

萬户閉秋月，家家有魂夢。虚無生笑啼，衆幻作一鬨。我如寒巖僧，身倚枯木凍。潛處諸妄界，抱静不敢動。學道轉迷悶，求悟亦冥洞。孤心自迴薄，千古入收縱。皎月照深井，徹底偶一中。無波久生明，有擾坐鑿空。西風爲誰憾，無乃愁者共。病葉辭茂林，不待風播弄。

抒憂强援道，入理寧及情。西風肅天地，中年感死生。墳頭植桐竹，四年今長成。遂云去者安，又爲來者營。何曾一芟剪，長眠攪秋聲。應惜離鄉客，歲荒猶筆畊。時時海雲黑，歸夢逐流螢。宵來藥煙閣，脩竹幾葉零。饑歲睡不酣，鄰兒啼輒驚。减食半其腹，人我得少寧。卿今死無病，何有飢腸鳴。鄉倘見鄰人，我又勞參苓。

日軌經天短，江水亘地長。此理吾不勝，感逝行自傷。秋風漸逾厲，病軀難自强。宋玉本善悲，與人異肝腸。及兹如靈鐘，自然寒警霜。天地夜嚴寂，崩石淒金商。浩浩筆下賦，氣颯風雲涼。當時一作者，流風溢荆湘。我昔走楚澤，一哭巫山陽。秋色滿千里，屼見高臺荒。

客居所移故園石竹秋花十六韻

西風吹石竹，脉脉作秋花。土氣南來煖，鄉愁觸處加。細難勝重露，光是疊輕紗。香澀知何靳，天涼隱似嗟。靳因時已晚，嗟并我離家。初破含雞舌，相當錯犬牙。碎分籬菊月，穠借石榴霞。葉髀扶還舞，莖纖故自斜。草寒連蟋蟀，人遠比蒹葭。吟詠醒眸狎，殷紅老樹奢。已衰徒好色，能淡即無邪。薄袖憐空谷，幽蘭報短芽。踵來慰負贏，《爾雅注》：蚹蠃，蝸牛也，是能負室而行，易殼而居，故又謂之負蠃。耳不鬧私螟。左女小心黠，麻姑雙髻丫。飽看容一摘，漫戴喜無華。勸且安遲莫，芳情未有涯。

夕望

樹杪寫金碧，遠郊收夕陽。天青爲嶽色，沙白亦湖光。他日蘭臺意，孤風夢澤涼。東南皆水國，揚越一茫茫。

繫龍洲在蒼梧江中，江岸有分界樹。

神龍走水底，水面回其頭。張呀吸西江，江水皆倒流。帝曰東西疆，此物作鴻溝。天吴鑄鐵索，索之永使留。頰頤作山石，鬐鬣爲松楸。隆然厥頷隼，作殿作岑樓。樓標鋭槎枒，畧知厥角脩。口則爲窟巖，許之鳴深幽。牂牁萬里源，可以滋渴喉。老曇大好奇，跨坐奠上游。至今數鐵柱，出没杙河洲。三江動地來，聲塞西南陬。龍謂得借水，可脱天所囚。吼叫集厥類，百處起潭湫。併力囓巨鎖，湧水爲山邱。驚絶蒼梧魂，起爲坤軸憂。反覆但故處，秖與波沈浮。西人數千里，避水忙不休。安知佛定力，垂首冥兩眸。方今艦碧海，苦戰鯤鵬愁。何當迓龍去，漲激平東甌。一夜下鬼神，搗巢極橫搜。封功西河伯，洗兵南海秋。何以甘此虜，不爲貝宫羞。年年奮瘴潦，使不辨馬牛。比來兩載旱，不見三農耰。汝盍徑上訴，駈雲淋萬疇。圓蓋閟點雨，方臣勞寸籌。莫阻脣齒邦，不通秦晋舟。怙無艪攬水，汝得安眠不。岸有分界樹，拏攫森纏轇。千尋老身手，對立羈螭虬。汝雄彼爲雌，水陸離汝儔。往往風雨夜，兩兩聲勢侔。鏜鏜寺鐘闊，浩浩灘水遒。洶洶蒼梧城，知此吟相求。元氣濕四郊，漫漶不可收。

秋半詠懷

身是青蓮不受泥，不辭煩惱出污池。何人毁譽關龍叔，擴我雲煙望虎兒。行坐偶然寧有待，文章千古本無欺。蘋汀花里秋將晚，南臥西風夢故遲。

解熱

秋陽暴大地，十丈鑽餘力。漧泥坼龜背，硌硌如履石。《老子》：硌硌如石。隔街望塵頭，晻昧瘴煙赤。拂塵倦撲蠅，灑屋一展席。因思西蠻路，秋盛毒亦劇。萬山若排焰，蛇霧痛日色。巉巉塞祆雲，淒淒散寒疫。白晝出魈魅，昏沙噀狐蜮。巫咒暗山月，吹角搜魂魄。曰叫生替死，天理豈枉得。病惑鬼滿車，死乃神亂宅。昔歸別朋友，今去失窀穸。我亦病水土，俗擾心境寂。無妄知性命，有恃豈正直。孤寄五千里，趨避課順逆。生還十餘年，夢寐轉乾惕。佛山雖秋熱，未至灼肝膈。思彼以處此，生今續死昔。取涼俯石井，且當千頃碧。

題　窗

幽人似晚菊，遲暮守寒芳。混俗同衣食，冥心宅吉祥。

對　月八月九日

可怪今秋月，孤光畏自看。鄰人生後哭，艸露骨邊寒。近野聞禾氣，高天惜雨漭。重雲須幾夜，三五好團圞。

燈二十句

夢後三年淚，君知異縣情。露叢窗外白，金穗病邊明。憶我花村夜，吟詩竹屋清。竹移風幔瞬，花上紙屏横。忽悟蘭膏盡，真同石火驚。曉煤女拂像，暮帳婢司檠。新故今昔恨，短長羈旅更。鬢絲看小杜，瘦影逼長卿。到處愁風雨，幽輝入死生。幾時將喜事，相報入青睛。

祈雨

東南甚旱後，見雨且驚魂。驟過不終日，恐孤再造恩。何況八月急，其勢何可言。飛騎趨懸崖，一勒分寸間。相視各脉脉，幾日人鬼關。廣州兩年來，祈雨官勞煩。憶從去年秋，百官隨制軍。西郊曠蕭肅，風吹九龍旛。片雲驅急雨，悍日隨之奔。雨去日正赤，氣蒸地上雲。七月牂牁流，鹹甚不可吞。今年春夏交，祈雨天輒昏。霂霂復蕩蕩，喜色滿郊原。郊原餓死骨，亦知天地仁。雖爲餒魂魄，猶有飽子孫。況從海陽縣，東迎雨仙還。謂當擊壤世，長作含哺民。何意民與穀，待命并今晨。民已厭爲鬼，仙爾豈不神。人言雨仙神，不止雨澤匀。且當駕雲車，盡洗東海塵。東南萬餘里，一夜青芸芸。

月

三年有月夜，太肯放光明。地白涼如洗，形銷久不驚。鳥争殘葉落，螢避暗墻行。三日東風起，來宵聽雨聲。祈雨而三日東風作，俗云：「一日東風三日雨。」

望雨二十句

洶湧攪風塵，塵中洶湧人。人皆喜時雨，天定格皇仁。災有流行處，恩如浩蕩春。西郊密雲起，南極庶功匀。讀易知爻變，占田貴俗醇。三年食似玉，八月落如銀。粤中農謡：七月夜落金，八月夜落銀。國計關循吏，家懷切老親。憂何分鉅細，事本爲生民。今夜星蒙暈，來朝水應申。農父之占兆。秋風消肺病，安飽待嘗新。

和温謦斯對月見懷之作廿六韻

月是尋常有，千家閉户眠。西風下霜露，南國縱江天。紀別青楓浦，低垂緑酒邊。乍涼花影薄，耐坐幔陰偏。鶴警淒圓吭，琴寒澀懦絃。離情難一醉，秋色好三年。桂樹應埃壒，銀河幾滴涓。黄茅比屋底，暗淚寸鐙前。不怨交疏闊，因時策萬全。家聲在忠孝，鄉里賴安便。賤士增遥矚，方隅解倒懸。事如幽賞内，書必故人先。温氏連年救荒于其鄉，鄉人甚賴之。憶昔登虚閣，中宵敞密筵。杯深團凍玉，林炯潑明泉。池拭菱波鏡，堦漂菊栅煙。此歡生有數，既往境都遷。寄跡鷹垂翅，歸心馬着鞭。病過三五夜，愁託短長篇。蟲語侵墀窄，蟾光壓井圓。久無十日雨，暫得一囊錢。有賦惟哀逝，防嘲不艸元。夢魂猶竹塢，音信問花船。今夕秋官里，新詩蜀錦箋。題封故鄉鯉，吟和晚風蟬。留滯才思鬱，艱難獨行專。持兹報朋舊，前路慎高堅。

和兄下烏蠻灘二首

死生駒隙忘艱難，轉軌波昏白日寒。轉軌石，最險處。卅里迴頭望江水，高懸銀牓照青山。

四月水漲伏波祠，浮江餘石散凫鷖。知君談笑下灘日，是我風波前夢時。夏時水漲，水道既闊，無復有灘。

秋雨歎五首

雲中颸颸鳴落木，水氣作雲低壓屋。三年不見十日雨，一雨偏當九秋熟。蒼天作意何太酷，不令人喜令人哭。水田要使禾生耳，艸食真無莧充腹。君不見壟頭白骨夜有聲，路傍白骨行無肉。

嗷嗷南雁行路難，江湖水多生闊寒。幾載南來稻粱少，來復何求犯矰繳。遠辭蘆塞一行飛，得與桑弓幾人飽。渡海十郡良家兒，急欲寄書南雁歸。上言軍中身足樂，下恐厨下妻啼飢。何爲汝雁不識苦，辛苦人閒叫風雨。

廣州受旱無旱色，旱甚水田猶一碧。富兒不信山縣田，乃有炎炎千里赤。人曷爲乎至斯極，嗟爾無憂憂轉劇。有田恐汝不得食，粵山雨仙香火熄。昔何烜赫今何寂，神仙有心民不識。昔時無雨天公意，今雨元非雨仙力。

我今三年羈不歸，不歸亦知鄰舍非。屋前修竹咽垂葉，黑雨青燈魂影啼。明日招魂作生日，江路雲深恐迷失。荒年干飯哭兩女，在日清齋禮諸佛。冥漠長眠謝饑饉，死生有事均蕭瑟。四年死别三年饑，西風乍寒燒鬼衣，紙錢濕灰吹不飛。時九月廿六日。

去年九月秋官里，日暍飯鹹無井水。今年西風能揭廬，溢井吹波生細魚。屋低瓦重牆卸土，衣垢厨空床撫鼠。人生須記丁未秋，九月天償八月雨。

硯

樵夫託兹硯，兹硯託樵夫。仁者惟君壽，智乎勞我軀。立方持耿介，受玷在廉隅。磽确慚農父，荒年授一區。

四更

柳梢缺月一痕明，雨後星前欲四更。天色蒼蒼風瑟瑟，誰家有淚凍無聲。昨日已去去何所，來日未來來莫留。日日四更無限恨，四更天能生許愁。

夜雨

夜雨新寒雲沍海，海雲深邃一燈明。苦吟日月青衫得，殘夢人天白髮生。城上濕烏棲病羽，山幽叢桂倦秋聲。物情整頓過遲暮，塞户儲糧愧未成。

五龍潭山水圖歌

潭水溢流爲澗，澗中卧石如巨椽，五觚而五色，波動若鱗甲，之而以此得名。在羅浮二山分界之處。

白虹㚟天三萬尺，中劃層城斷叢碧。罡風挾入滄海聲，古月凝爲冰柱色。聲色滿溢四百峰，乃赴夾壁孤潭中。峰影深青水深黑，水府巉巇陡天壁。即愁吁吸集風霆，下極虛無巖窟宅。幽光潛藏出靈跡，椽仆虹眠五稜石。稜分五文波作鱗，不見首尾惟見身。槎牙淺壑未出骨，轉側尺波如有神。此境昔游同故人，故人臨終求寫真。赤明霜雪鏤須髮，化城風雨濛衣巾。梁公普臨終囑予曰：「五龍潭瀑生平最賞，求君寫小照於此。

懷舊感時復畫此，適遭十日雨不止。非時自笑腕有靈，時九月末乃雨。前月尚憂潭失水。龍乎石乎幻化長短而倏忽，或爲牛首鬼眼出没而蠖屈。北作金臺千里駒，南變樵夫五色筆。筆如水中龍，其鉅如石柱。天門墨雲千疊深，此柱能爲蜿蜒舞。勿訝能爲蜿蜒舞，本爲蒼生起霖雨，不然畫壁何所補。

夜將半南望書所見

乍冷初冬密雲黑，忽驚萬丈曙霞紅。遠知何處中宵火，低拜前頭北海風。五嶺三年千里内，多時十室九家空。已憐淚眼啼飢盡，更使無歸作轉蓬。

對　菊

雲露清深袷衭涼，吟肩孤鶴對孤芳。秋須好月矜幽素，晚綴疏花故静香。冷蝶宿枝如問病，黴君斷酒恐嫌狂。三年舉室嚴齋禁，乞去聲我留侯辟穀方。

佛山秋杪絶句六首

萬瓦低迷暗月明，古牆燈碧乍寒生。不知海外風雲色，已入街西木葉聲。

紅紫雲林山翠屏，揚雄秋室卧揵扃。平生柳樹多才思，忍對盆花病葉青。

老樹西風送淺寒，風廊雲篆蘚痕漧。鶴樵山勢營邱樹，王蒙山如層雲，李成樹多盤屈。畫本天真面壁看。

竹戛秋聲花覆廬，藥煙茶夢閟窗虚。移家未忘梧桐月，時落天櫺照讀書。

阿翅挑書重壓肩，縹題猶黯藥墟煙。日日翻書逢飲子，離鄉新淚續陳編。藥煙閣之書，手不觸將四年矣。昨日從姪挑一擔來，中多婦病數年間所服飲子。

小像清疏慈竹林，六銖衣薄警寒深。詩箋畫絹蒼蒼色，香縷燈煤夜夜心。亡婦《禪病圖》小影。

因友人知汪湖壖自柳州還

云見湖壖汪永年，兩湖塵裏僦居眠。龍城符咒貧驅鬼，羊石秋壇病學仙。乞食汝能言靖節，論詩渠要屈盈川。空名實腹何先後，莫計虛船觸我船。

小庭亦有月賦樂天語一百六十字

小庭亦有月，明水一方塘。黯淡海榴影，依俙菱荇香。近人寒蟋蟀，發興遠滄浪。蘚篆層雲碧，霜絲細艸光。即空居士室，還度美人墻。咫尺分良夜，玲瓏罥緑楊。誰家開翠幙，平地寫去聲銀潢。得失歸無有，盈虛莫較量。是來皆過去，何處占中央。况此鳩巢借，頻驚兔窟忙。秋暉三僂指，宵夢九迴腸。獨樹標江汛，繁花繞水鄉。石泉沸蚯蚓，亭露響篔簹。多取真消受，無争濫獨當。中邊透肝肺，冰雪養清狂。李白如相索，分貽一屋梁。自佛山東下三十里，至獨樹汛，對江即吾鄉也。

左處士石崖雄彈琴詩

卅年和氣養清苦，曼衍天倪爲此聲。師事西山求立志，仙還東海得移情。初非傷別魂須黯，半不知音涕自横。不見却愁聞却怨，起行江月繞襟明。

復寄石崖

飢能鸞嘯病凫伸，歸似鴻飛出犬狺。萬户冷眠琴獨語，東城風雨杳懷人。衆香九十老維摩，花影船頭落釣簑。煩君寫作江門句，更寫癡兒似志和。石崖工寫真。

夜色

海上迥遭夜色團，南來水月抱天寬。他宵一點孤舟影，定膠空光萬丈寒。病輟茶經疏陸羽，食同蓴俗慰張翰。明春十口還鄉艇，柳浪桃波卷幙看。

曉霧

南風生曉霧，萬瓦切氤氳。勻較炊煙盛，低從海氣分。不收常化雨，羞整即爲雲。凝着非無質，叢篁接葉聞。冬日霧重不收，即化爲細雨。或連日得北風則收，而天遂寒。南方之氣也。

街艸

門徑積秋艸，經年滋不圖。照人簾影碧，比我屋山烏。即目思千里，斜陽冷一隅。西堂故池水，春夢遠模糊。

昨夢

秋夢莽寒湖，湖峰秖大烏。天圍千古闊，日盪寸心孤。木脱低還上，鴻飢高重呼。西風客幃雨，歸思結鄉艫。

簷隙

遲曦得先暮，簷隙影無多。轉使天窺井，安知日過河。陰雲呼午檠，驟雨八層波。三載看書字，人前謝擢訛。

小役

賃舂吾本業，小役憫鄰人。爲汝分安飽，何曾任水薪。幾家竈下養，昨日膝前身。爾長儒門内，他時識爾親。

寄致師

鼎湖樹如海，層殿如倚屏。天風蓄谽谺，排摎波濤青。山静忽森肅，萬緑如合萍。是時最高閣，與師俯視聽。梵鐘下窿洞，諸天兀峥嶸。山月凍止水，溟渤浩無聲。孤鶴警淒緊，多露闊清泠。竟夕忘一語，百年無臏情。天曙石橋别，一笑山半亭。我與出山水，人間難少停。時時于人間，各爲嗚咽鳴。前年師寄書，云亦辭山扃。孤雲遂去住，大衆多煩傖。老僧肯説法，如雨懸河傾。奈何所聚石，磽确頑不靈。内無點滴入，外負江河盈。山谷真跡云：昨夜大雨如懸河，水深没槖駝。惟有庭前搗帛石，一點入不得。所以得静室，寄君郙外坰。此村若香國，魂夢漬芳馨。惜哉病維摩，不在毘耶城。何處作道塲，大饒益衆生。予何抵兹譽，實以口腹營。乞食尊儒風，遠公取淵明。斯時花村屋，新竹已占庭。歸來數晨夕，素心方外盟。夜話潮入籬，起踏花影行。萬丈見水月，月中修竹横。

詠艸二百字

淵明乞食還，深巷夕陽寒。艸色年年有，門前黯黯殘。路迂重曲徑，心迴到秋山。昨夜鳴蟲急，虚窗響雨彈。地萠灰見濕，風病葉同漧。已破行芟蘚，先零感護蘭。披絲霜皎皎，潑水月漫漫。尋夢詩情澀，懷人歲序闌。北風低地白，南浦映楓丹。野步思鄉曲，幽陰帶竹關。糢糊碧雲合，璀璨落花斑。習習動青藹，芃芃交軟瀾。十分春意滿，終日道心閑。一自遺香室，從渠過藥欄。蓬蒿僻僦舍，苜蓿曉登盤。屈子志空潔，慈鄉家已殫。堇葵嘲命苦，衿袂照儒酸。萍跡知無定，茅心詎肯安。田蕪歸或易，蹊塞介應難。微物增多慮，離居發浩歎。

志喜

十萬樓船碧海邊，海風旗影奏歌旋。王師一熟崆峒麥，旅穀三穰畏壘年。今日瀕陬要襲遂，敢窺溟渤笑苻堅。聖人天上垂衣坐，宇宙清平九點煙。

五百四峰堂詩鈔卷十八

戊申年

戊申二日寄王平水三絶

殘冬廿九江上船，春心摇漾屬江天。誰家煙水籬根晚，判與梅花自過年。

夾江寒柳未勾牙，河北河南見暮鴉。波心停橈避鴉影，羡汝能歸還是家。

詩家容易有春光，中歲心情不敢狂。料取傷春與傷别，三生公案付王郎。

開春連日暄妍豐年之象欣然有作惘然有憶

花厭舊人哭，新年更平聲故枝。看花感性命，回首默低垂。日色開生氣，天心與盛時。災荒休重説，雨露實無私。

賊散清波戰，巢燒白燕軍。捲旗天際柳，歸夢海東雲。今日平淮頌，誰家北斗文。腐儒遥起舞，花袂攬繽紛。

桃　李

桃李心情苦自知，無言憔悴有花時。肯輸紅豆生南國，要爲寒梅續北枝。香界夢魂天醞釀，春江雲月夜迷離。青山處處登臺好，似暗如明足怨思。

丁未十二月爲李正夫始大**書則經堂堂額開春作詩寄之**正夫别名恥大

平生書極則經堂，虎死龍殭朽骨香。聞爾書空蹺足睡，眼花襟上走雲光。

名堂樵老餘三字，作記張郎有八分。更五百年人載酒，龍門聲價到礽雲。

復題寄正夫二首

渡頭微雨籠斜陽，一个雷峰凝水光。盡漚空青染江色，横波人影緑衣裳。佛山横水渡有雷峰。

花藥洲邊飛鷺明，鵝潭水氣暮山青。碧天一點鏡中雪，點破黑松煙雨亭。羊城西有花藥洲，南有煙雨井，井上有亭。

微雨四絶句

海東晴後片雲飛，應覆花村幾日歸。斷雨零風似相識，故吹香氣濕塵衣。

朝來初雨粉初花，嫩日癡雲釀歲華。天暗川光遠春静，鏡中桃李有人家。

簷邊花雨僅沾衫，樓外蘋風不飽帆。何人人日人間世，不自懷人對此堪。

春風旗帶指西飛，東海歌聲戰士歸。入城一路花争笑，雨薄花明照錦衣。

陳湘舟挽歌七首

陳湘舟，名禎芳，字若蘭，世稱陳三，以丁未十一月某日卒。

腹稿平生萬首强，六旬一字不遺忘。邇來遊鬼詞中景，補入先生夜錦堂。陳三詩不存稿，然自少至老歷歷可誦。嘗作《遊鬼詞》數十首，語皆奇絶。又自名其詩曰《夜錦堂集》。

廣陵真不在人間，一世詩豪只麽閑。學古自矜長慶集，好名翻笑白香山。

三生真是柳屯田，柳外青山下逝川。蟬蜕美人醇酒畔，鵝潭殘月曉風禪。陳三嘗語予，一夕舟中，與妓話至五鼓，見江天茫茫，曉風殘月，因思柳七，恍如前身，不覺泣下，自是内修梵行。

吹燈辭影影辭身，不病維摩病不真。鼻觀有聞無語候，眼前來哭者何人。陳三無病，三更始眠而痰作。時與故妓某處城西别室，兒女居對河，比至猶能視，而無語矣。

鋒稜驚坐貌陳三，左顧掀髯駡不堪。爲數幾人流汗處，一生私喜一時慚。

看棊多到謝公墪，雲雨江山坦掌昏。長此柳絲書館柳，雲旗風旆遠招魂。

暮年風雨叫天人，久未齎糧遽返真。編曲鼓琴新鬼餒，知君窮死笑生貧。

雨

雨斜風細上春臺，不見虛空雨脚來。千里凍雲浮地軟，一川明水互天開。中年景物多情話，回首東南問劫灰。從此歲豐仍乞食，陶潛何用有韓才。

早春盧葉二友人相過

臥起晨餐已似昏，天陰蘚瓦蝕雲痕。力空此室吾無病，夢後西堂客叩門。性命年來交意切，詩歌春浹物情温。爲儒望歲資吟詠，布穀新聲下水邨。

穀日展禪病圖

東鄰落花影，花日照羅敷。粉暗容光老，年深夢境粗。不虛留法體，涉想窅冥途。佳節人間有，離居地下無。

寄謝蓋臣

水未深青柳未絲，先生何物到新詩。暗桃明李誰家樹，浪軟蘋香渡海時。雲去夜墀鈎月竹，謝近工墨竹。衣添春苑覆風旗。陳琳未草軍中檄，安石無心別墅碁。去年令弟赴臺灣，欲偕陳三不果，比此凱師而陳三作古矣。蓋臣與陳三交厚，言之常廢飲食。

讀海雪堂詩

黑水烏鑾念昔時，瘴花紅紫錦囊詩。中年哀樂過人絶，前輩飛騰顧我遲。破塚故墟聊竄命，夢雲靈雨付抽思。曲江風度波千頃，莫愧陽冰接李斯。

正月十六夜散步還客居作

林犬嗔人火散鴉，邨雲思雨月憐花。濃醺酒力開缸面，淺茁春心較艸芽。縑素兩端新已故，兒童差長客爲家。梅邊竹裏無消息，斷夢零雲有怨嗟。

五　更

花氣清於月色清，瑶天歸鶴叫人聲。紛纏苦夢過元夜，要自誰家不五更。向壁檠光沈穗小，入窗梅影壓襟横。希微道息春寒似，迴薄虚無自踵生。

詠柳

三月低雲劃不開，連天踠地護樓臺。看花緩緩春堤遠，迎騎茸茸暮雨來。慘緑正渾年少服，宫黄曾綴壽陽梅。水深波暗迷離月，不許棲烏見影猜。

佳日

五柳先生静自知，春秋佳日并多詩。戊申元正去聲領甲子，雲物壹緼占歲時。好爲齊民編要術，恰當閩海唱還師。五風十雨登臺望，動植熙熙有慕思。

春游寄正夫

桃李窺人出土牆，牆根行袂渲花光。鳥抛軟語丸丸落，雨翼新風泛泛涼。過去災凶餘性命，詩書門户首畊桑。種松已似佳兒否，昨見趨庭似爾長。

讀禊帖有感因寄李正夫乞此帖

兩旬吟夢睡蒙頭，白日花川雙白鷗。今夕古懽遥屈指，青春金縷幾青樓。出迷阿難悲投地，落水王孫慎泛舟。諸妄都空惟有此，他年書墓是相酬。

寄石帆

閱死憂生兀兩年，春來買醉倘餘錢。聖賢酒理持中論，辭賦生涯謝側篇。墻暗薜雲青照雨，野吹苗浪碧黏天。晴須兩槳三山去，十二赤城開木棉。

雨中感作

饑年飽驗風雲色，一東一西狼籍爲。已似江河向身瀉，忽看山嶽作塵吹。社公社母新水節，春夢春寒紅杏枝。膚寸連旬容易有，浤浤田緑軟如絲。

與汪明經竹東昌榮

香山一住淹旬日，九日君過十八回。令客倦遊虛從騎，詩人隨處護新苔。後先暖席停雲合，竹東舊居彭令西席。煙水寒城細雨來。看寫蓬瀛淺三寸，莫辭羈旅百深杯。

鄭庶常文川應元兄弟席上作四月二日

十年同學我兄君，萬里殊途泥憶雲。玉局吾將道雌守，金門誰可薦雄文。浮天煙艇鷗波軟，糝地桐英鳳翼芬。棉樹西山半邊日，晚花餘絳照殘醺。西山有宋時六棉，是日猶餘一花。

彭明府竹林翥席上

隔城山翠動涼氛，時雨吹花益酒薰。東里歌辭傳太史，鄭文川時方爲彭令製屏文。

南邨農事訪徵君。薄遊客館容稱病，如市臣門半課文。飲水已甘相見好，四年西夢峽山雲。予以乙巳識彭侯於端州，時令封川。

彭侯欲以西峰寺館予爲僧所却旋得居停作詩呈彭侯不必示僧

居士毘耶室自空，不妨獅子至天龍。已同槐樹心無火，客舍有槐。莫示蓮花舌有鋒。長者布金祇樹界，侯新修兹寺。何人貽句木蘭鐘。未離地病還吾病，詎以儒宗縛梵宗。

香山縣齋贈汪竹東

水光浮地邑多寒，海氣低沉城裹山。下國朝昏易雲雨，東墻幽怨伺煙鬟。河沙界内吾求食，五百峰頭汝共還。不爾兩樵開亦得，空堂猿叫落孱顔。

香山暇日與諸公登衙内小山晚眺

周遭萬室山光裏，又送諸山入海光。帆影似鴉投艸樹，人煙如霧失青蒼。登臨我邑猶茲邑，昨夢還鄉却異鄉。予時寄家佛山。已去家書風便否，老年懷抱易悲傷。

戊申四月廿六日題

去臘大寒南日暖，今年四月袷衣涼。農謡：「大寒暖多，冷煞早禾。」川光柳暗辭春國，雨暮煙朝況水鄉。首夏正傳苗葉短，餘荒猶見歲時長。慈烏有子斥鷃笑，百里此行無宿糧。

五月一日香山客舍詠懷三十六韻

昨者四月朔，夜黑放巨艘。風雨去夜闊，波濤歸夢浮。百里闃一物，迷悶趨深幽。忽然何處峰，飛翠落枕頭。舟定身意湧，麥涼城郭秋。居停得槐館，清冷宜棉裘。槐樹如柳樹，末枝纖以柔。客心似槐葉，摇摇懸不休。時登城西山，六棉千尺脩。想見落日影，覆城無少留。來時賸孤花，一珠纏六虬。破月始一眺，多雨添衆流。徑使平遠山，出水如覆甌。試問三十日，一日不雨不。且計百廿日，幾日簷滴收。兩年近苦旱，茲溢前所求。香山足食地，餘且濟廣州。舊穀已示盡，新穀望有瘳。米賈于此邑，萬舶無一投。比者米轉貴，内揵勞邑侯彭先生竹林。我來坐而食，一啖集百憂。親老不厭精，無肉且澀喉。寄書語妻子，今朝備甘饈。老人喜時節，骨肉相綢繆。色笑倘不真，飲食翻倍愁。嗟哉士窮賤，有願難自由。多思却無夢，夢亦境不侔。望遠聊自慰，雨色低滄洲。遥知長兄心，高拭千里眸。謂有季也在，不貽鄰舍羞。别路無遠近，舉足成逗遛。豈知弟斯時，復賴有阿彪。識字得梨栗，一解迴腸抽。孤檠照行坐，畢生多悔尤。那堪異地樹，掃瓦風颼颼。奈何竟夜雨，伏枕長悠悠。

雞鳴 香山作三首。

獨警邨雞已五年，四更潮月静江天。香山水闊雞鳴早，不到泉臺人獨眠。

花邨生物歲荒餘，祝祝雌雞始引雛。未趁子潮喧曙枕，老人殘夢滿江湖。家君昨從佛山還邨莊。

掃瓦高槐夜百驚，雨中海内十年情。雞聲遠遠灘聲近，雜與孤篷風雨聲。

香山縣齋雜詩

萬瓦青陰歛夕曛，滿城風雨七山雲。不知城外天低海，浪白山青兩不分。

只聽槐聲是雨聲，古墻燈暈暗寒生。今年坐得愁霖慣，樹杪星光忽報晴。

賢令幽尋挾嘉客，不曾稱病似相如。郎官車騎雲填道，中有淵明軟足輿。時頗患脚氣，浴木瓜湯。

後園叢木小峥嶸，八面雲巒趁此亭。西日東流相背急，對人無語晚山青。衙齋後小山上有亭。

向晚風棉葉似雷，沈山雨脚揭江來。不愁客爨無煙火，吹折當門兩股槐。

逾月應須句有神，蒙頭歸夢故池春。西峰五月哉生月，六木棉梢一岸巾。

香山縣衙後山置酒小亭亭後有宋時陳君墓

山頭有墳古陳公，幾番老死墳頭榕。榕樹何年有棲鶴，飛渡滄江認城郭。西山木棉千丈陰，東影氣合江流深。人閒落照辭今日，筵上新知同古心。北來千山勒海口，欲化波濤向東走。惟兹七阜犄角雄，倔强似掣天吴肘。中阜之墳幾時有，孤城萬室猶墳後。後人思我今日醉，前事酬君一杯酒。君不見墳前城下江滔滔，日夕急去增海濤。海水直下三山高，神仙不來來亦勞。秦橋古血死灰色，瓊田艸黄生野蒿。

不寐

中年愁不寐，前事坌叢心。哀樂何人在，江流去日深。葉辭風病樹，影落露棲禽。照榻思家月，新篁長故陰。

落月香山縣後山亭作貽何三方大在劉二書堂

諸天落月静，殘夢大江浮。林暗山亭夜，城光野水秋。最傳謝客句，何在庾家樓。更否邀狂簡，蒼茫厭獨遊。

香山别方應復天根劉善翱學海還佛山爲挈家歸村莊之計

琴德新堂遺秋瘧，藥煙小閣憶秋風。初當七月深雲露，已破三年别竹桐。謝病君能諒司馬，寄家人漸識梁鴻。花邨仙館芙蓉晚，倘問花船有路通。

泊都寧西去十里即吾鄉也，香山還佛山經過。

十年今夜忽都寧，柳直山横小驛亭。雲脚電明分雨黑，濤頭江壓飽帆艎。潭洲洋魚舶。花農晚渡時相值，漁女歌音近可聽。轉去他鄉問家室，木棉邨口送揚舲。

舟夜懷方應復

低雲如遠樹，高柳似孤峰。水作沙光白，煙爲月質濃。都裁沾雨氣，稍未有秋容。此妙方干解，吟時到筆鋒。

歸　心

四載離鄉三載飢，廿家爲里十家非。樹根父老餘生話，花裏漁人得路歸。燕懶候門秋闊絶，竹重開徑夢依俙。蘼蕪山下遥回首，已是新人弄素機。

魚塘海

空蒙山影互雲汀，一漲湖光十里青。尺半魚游故鄉水，上頭風打斷根萍。花飛蘆荻寒兼月，露下芙蓉夜見星。憶是信舟携酒處，遠天横玉叫秋溟。

横江渡

蒹葭夕日遠，蟋蟀野塘凉。餘夏雲輪赤，立秋禾露香。地寬喬木短，江影暮帆長。誰信故鄉外，扁舟望故鄉。

街西老樹寫別

老樹三年月，南村乞食還。高枝啼露鳥，落影動柴關。去汝街西社，看花海上山。芙蓉繞江屋，三折櫂秋灣。

木棉寫別

他鄉歲時記，當户木棉春。三見花開落，長如樹主人。邨頭似峰影，天外插江濱。昨日看吾過，將迎何太頻。前詩所云樹口木棉。

寄彭香山

七月歸帆出海東，江天白露試青楓。北囪樹底南州榻，剩許淵明六月風。山下小齋，彭君館予處。

寄方應復

槐影離離黏蘚紋，逢逢東西南北雲。舍亭有客此謝病，山澤之癯初見君。他日仙人能忍辱，前生阿難合多聞。不遠衆香須問訊，海涼花静欲秋分。

對山樓歌寄鄭庶常文川應元秀才遥川應翰兄弟

香山城環江水光，城頭衆山如女墻。東風吹雨西落日，雲陰日色參低昂。對山樓出城中央，追索變態窮荒唐。獸雲立海掩日黝，魚涎噀潦灑雨黄。峰巒洶涌海屼嶫，萬岳頃刻攢冰霜。何人自展一粟内，静者迺知四大忙。翰林兄弟雙鳳翔，下十二城窺八荒。立身真不倚家世，好義豈必徵休祥。一昨開筵夏五朔，七年兩度蓮重房。虚當異縣咤異見，如以二難名二方。無詩佞筆焉用佞，便號狂簡元非狂。詩逋登樓爲君償，芙蓉堆皺天青蒼。冰澫應分玉女井，碧筩一吸蓮花洋。元氣氤氲沁君骨，秀句卓絶爲天章。我今别君還衆香，四十二河沙故鄉。兼君一十八人社，開我五百四峰堂。浦風水雲楓葉涼，橫江鶴飛鳴自傷。去時宿舂百里糧，歸來海漲三寸强。故山羽族本同氣，玉樹巢覆金桃殭。低佪寄聲雙鳳凰，飛搶且願於榆枋。鄭君嘗要予作重房蓮花詩，未有以應。歸後却寄此詩也。

雨七月廿七日

晚雨拂空清，秋雲渡水輕。歸飛雙燕濕，涼色一峰明。葉打橫江櫂，風疏獨樹營。幾年漲瓦響，應換竹梧聲。橫江頭、獨樹營皆吾鄉地名也。

期以八月十日還家二日作詩留别佛山交遊

月照一邨花，攜家人到家。水光知木落，竹影轉燈斜。三載經炊玉，今秋得及瓜。吾生半流寓，兹别倍堪嗟。

八月十日挈家還邨莊詩貽諸昆弟故人

見大烏岡眼力明，水風花月足歸情。虚將别日驚朋友，厭數饑年得弟兄。故里喜聞秋社鼓，橫江閑煞戍樓鉦。誰知病客幽篁下，淚作霜枝泣露聲。

夜聽雨曉起行園贈李潛夫龍山村作

瓦碧樵陰重，西樵甚近。堂寒燈影昏。水雲低候雁，江雨響秋邨。宿露莎雞艸，風蘿牡蠣垣。吾家此時物，肯入汝芳園。

別李潛夫歸數日舟中得詩寄之

松陰紆護海，山影遠如雲。葉擁秋帆轉，風銜陣雁分。暮懷寒艸色，離席宿香熏。溪曲芙蓉館，深花夜夢君。

中　庭

柳外天清歸暮鴉，一蜂猶薄夕陽花。關心外物通迷悟，感逝中庭足歎嗟。艸暗屧痕餘蟋蟀，池荒鴻影問蝦蟇。悼亡潘岳慵題賦，久客梁鴻識有家。

秋野

秋雲帶落葉，狼藉攪天飛。迥野荒寒矚，平蕪動夕暉。古愁鬱新句，世路止柴扉。往日遠遊子，西風驗素衣。

村岸感詠

蒼然海上雨，雁背落秋陰。楓葉留殘日，蘆花怯薄襟。文園舊消渴，詩義古傷心。近喜維摩飯，兼能飽野禽。

月下作

水月還鄉闊，他鄉見月時。圓因窺後井，方可滿前墀。夢裏秋官社，街西老樹枝。三年舊烏鳥，啼苦或相思。

細竹

細竹初生瑣碎枝，故穿輭印故當墀。舊揩春粉人何見，小和秋聲汝豈悲。寫影新傳鐵鈎鎖，招魂留製玉參差。纖纖約素亭亭立，却似當時無語時。

落月

蕭蕭葭露白，碎碎水紋黄。落月人閒世，遥天我一方。聽雞因病起，有雁叫群翔。不覺垂私泣，西風結面霜。

暇日與諸公慈度寺致師方丈

松風落霜子，秋寺瞰山光。路静人煙晚，溪深僧影長。衣衿振花屑，村樹觀禪香。國土兹嚴净，憑師作道場。

獨步村口成詠

萬樹澣紅似夕陽，天陰寒浪揭湖光。霜黏雁背菰蒲白，村少禽聲穲稏黄。散木拳攣迴匠石，病駒㦖悷負孫陽。苦心詩卷多何補，不及支離播粃糠。

社樹

老樹空靈似有神，彡彡藤羃歲寒身。三年里巷啼飢鬼，幾个秋成報社人。自我無家一爲别，衆生有病不曾春。今還五穀穰穰熟，來歲長枝日日新。

五羊客舍感詠

海日憔悴光，照我花下廬。扁舟昨夜風，去吹簷外梧。我自行未歸，復此聊僦居。憶我昔還家，病妻親下厨。甘羹奉藜莧，花塵拂襟裾。死别今五年，往事入糢糊。常恐日月遠，漸令魂夢疏。孰知夢增憂，彷彿亦勝無。無使地下人，獨自懷故夫。昔時織縑者，織素已有餘。衣新著成故，人異義不殊。心情一鹵莽，鬼亦鹵莽予。天寒斂燈光，客舍静更虚。唧唧呻餓鼠，鰥鰥勞夜魚。夜長不得曉，歸夢乃須臾。落月在我村，百家啼一烏。

和廣州太守張公道源丁未三日韓廟

廣州太守潮陽道，獻歲三日登韓廟。殘梅香已拂暖波，古橡風猶肅寒嘯。廟前海勢排闔白，瓦上苔陰積年碧。鯨鐘噌吰四壁凍，螭鼎瀸浥孤煙直。春雲沈沈不狼籍，翠旗金支迋青霓。匹練神光落瑶席，虚帷颯颯人脉脉。遥知默禱格神聽，但見憂農形義色。須臾廟外韓山青，蒸蒸喜氣雲開屏。共傳是日五馬歇，亦似昔年南岳靈。船頭逢逢打鼓鳴，使君發船吉日晴。光風泛泛神送行，緑波悠悠摇旆旌。艤舟江路夜吟聲，隔桃李花明夜檠。魂清意誠結幽夢，新詩自與神官評。朝來一字險破膽，昏上五雲光射睛。五雲飛翔散好語，化作千里車後雨。五色仙禾穗兩岐，一騎行騶天尺五。

廣州張太守清蔭園席上作兼呈邱南澳楊崖州是日小除薄宣歸興二十四韻用古通

百姓含哺了，先生飲水甘。政閑并歲暮，下士侍高談。清蔭來農隙，嘉名第筆尖。賞心中十六，凡十六處，皆有詩。儲食外餘三。先路憂彌縫，爲山式具瞻。樹同將母壽，池照約躬廉。狂簡蒭蕘入，園官蒼茫芟。景多難給目，愛重不容謙。老桂吹金粟，寒榕挂古髯。城頭落遠黛，水底皺晴嵐。兩接高軒客，齊停跨海帆。論詩風藴藉，堅坐日清酣。密席開梅舫，疏枝寫月簷。華燈波瑣碎，緑酒竹脩纖。人影雪爲壁，書聲花隔簾。飲緣文字久，群是鷺鷗兼。士覆停雲末，衣妨夕露沾。小除驚日月，舍肉爲慈嚴。越石宜安塞，邱。東坡遠化儋。楊。登龍仰元禮，倦鳥諒陶潛。回首三城晚，歸風一葉恬。別餘殘柳碧，春拂暖江藍。宛轉青蘿嶂山名，暄妍白袷衫。花郵夢蝴蝶，公府夜潭潭。

除夕懷邱鐵香少尹兼似宗明府芥帆聖垣

小别歸帆衆香國，大除回首六街塵。梅低矮屋窺殘醉，夢入寒潮接早春。吟苦定兼詩度歲，署空惟對影懷人。知公愛畫如宗炳，見我圖中示病身。

藝術文獻集成

黎簡集

下

〔清〕黎簡

浙江人民美術出版社

五百四峰堂詩鈔卷十九

己酉年

元 日

幾年作客過元日，有夢隨春入故園。判斷鄉愁會鄰里，寵光花事縱晴暄。詩工世許危言得，身賤人知獨行尊。親老兒歸況殘歲，倍常安飽弄諸孫。

人日絶句二首

竹筍過墻静不禁，桃花隔苑熱生憎。幾年去汝歸還見，不見梅窗明佛燈。

昔年人日禮藥師，七級佛燈燃百枝。藥煙閣上逢人日，不似香清人病時。

與邱少尹約開歲三四日當來廣州今踰三日矣戲作絶句二首

亞枝梅颭暖波香，日色山容澹沱光。十里花鶯湖一曲，酒船須與老知章。邱君，四明人。

桃李着花纔數枝，客程太早春太遲。一分春色四年別，梅花乞人三日期。

贈宗芥颿

江潮春滿花照潭，水風花雲香撲帆。波光皺空漾白袷，一箇鷺鷥明暖藍。入城收鉢洗赤足，呼兒開篋穿青衫。還家半月花下睡，振袖花霧霏滃湴。隔歲題詩憶宗炳，急欲對榻窮幽探。樵夫昨持五丁斧，割取一股浮山嵐。春風吹人静煦盎，虚壁叫狖深䆗谽。緑崖丹梯興突凹，鬱爲迥句爲雄談。君兼令弟才軾轍，琱琢大璞遺鐫鑱。銀灣上游弄明月，天鏡一洗萬古函。餘波珠璣且千斛，我則測海量瓿甔。昔年金篦未刮目，不識載寶填我貪。愚公今猶愚不已，以力角命驅重巖。太行王屋本何物，乃欲一擔東南擔。君能照日見肺腑，病有根柢難鋤芟。且云堅白戰好惡，如就飲食殊酸鹹。煙雲橐籥一氣出，或白似絮元如黲。黔鵠浴烏豈本色，强以粉墨顧兩慚。疾無可換笑扁鵲，心已自醉緣季咸。要知真氣浩莫撓，或爲風積或海涵。五車多方倘非我，空爾黄馬驪牛三。感君饋藥再拜受，八石九轉區仙凡。始知有病佛所憫，我維摩詰君瞿曇。法門不二今自得，不復語言惟默參。詩家入禪此三藐，實地踏脚真二南。是時春空皎秋色，人影墮地瘦巉巉。三城月高萬家夢，世界至静夜氣酣。愛君官舍冷於水，不以家累如僧庵。我亦終歲離眷屬，似秃施髢徒毿毿。六時相過一笑别，不着芥蔕眠春蠶。

古樹歌有序

邱太守鄞江故居有二松一柏，乃宋時故物也。海内巨公士夫多有詩。前年在南澳，書囑予爲作歌。昨日數接讌坐，未有以應之也。今邱君往守廉州，别後爲寫作三樹，係以長句，遠寄焉。先是，爲邱君題奚鐵生畫梅卷作長句，故即以起興。

昨題奚岡畫梅卷，已似西湖初雪晴。寥天皚皚風漠漠，吹我夢落君前庭。庭前在昔君語我，有宋三樹森相撑。兩松一柏五百歲，至是與我遥通靈。鬱芊故國得喬木，摩挲古先遺典型。何來陌上三老叟，再拜里中諸父兄。冰霜久蝕邱壑骨，崛强怒餘龍虎形。萬均神力撓一寸，已屈未伏勢尚横。盡令觀者助兀奡，願作壯士迴生獰。盤空風霆日窅窱，積雨落蘚春迷冥。雲陰近已接廿里，二十里，雲邱君居處。黛碧遠疑連四明。先生昔戴華陽冠，三層高閣翻道經。嗒爾隱几得天籟，泠然小和平聲吹玉笙。君看細鏤皴疊折，似嚙海岸波痕青。蔽牛一賞漆園吏，歸鶴幾見遼東丁。憶君初來度梅嶠，曲江手蹟奇峥嶸。側帽寒吹白日外，長風驅入滄濤聲。古梅月店天半睡，鄉夢吾廬林下行。十年風雨變鬚髮，不減幽興隨官程。官能詩句秀蓊蔚，得勿此樹苞元精。前年伯牙在海上，天水浩浩琴獨鳴。裁書索我詠嘉木，又諒荒歲無詩情。三年别日世路闊，萬物復命吾詩成。詩成寄君向合浦，更寫三樹爲翠屏。屏以充君歲寒操，詩爲太守留清名。他時歸橐愧陸賈，但可不愧還珠亭。

二月五日作

計日晴過百，聞雷忽異常。江波橫捲地，城壁甚垂堂。病鬱中俱解，雲寒低更長。老親藤杖在，扶雨看新秧。

始聞雷寄友

小樓春過日，異地夜聞雷。花節蕭條雨，鄉愁瀲灩杯。離居將夢補，天運與人回。勸且推茲理，暄陽到濕灰。

細　雨

江雲壓城上，城影入春陰。陰重寒霏雨，風迴軟濕襟。社遲容閉蟄，花午褪歸禽。濁酒西堂晚，明當碧水深。

六載

六載桐簹三尺墳，不因寒食始憐君。春如昨夢天多雨，别到今年地有雲。燃紙蝶灰風栩栩，遺衣蟬蜕霧熏熏。刳心禿管看成塚，墮淚碑成未勒文。

己酉四月絶句三首

龍眼花時蜂滿村，溪流濃緑溜堤痕。花光晼晚雲狼藉，故作驕晴故晝昏。龍眼花落水水渾緑，無雨致苦不可飲。

廟瓦璁瓏碧艸煙，西淋山翠漾江天。天光净緑飛晴雪，剩見清明幾陌錢。

壇覆雲根老柏庭，社公袍笏蘚紋青。一從社後無風雨，可乞身邊社母靈。粤社祀以卵石。俗以社日前雨爲社公雨，以後爲社母雨。

重題雨仙壇在斗姥壇側。

天姥壇高日月迴，壇邊云此集風雷。巖寒朽樹無生氣，雲斷香爐膹死灰。到日適當丁未劫，懷歸宜築望思臺。廣州故是仙人窟，自牧牛羊可往來。雨仙，牧牛童子云。

四日詩寄謝蓋臣

昨日珠娘櫂越舲，横波南岸望津亭。雲邊樓閣樓邊樹，獨見將軍柳樹青。

今日江雲滃滃生，風情蘊藉雨聲清。南村老將掀髯笑，北看風吹雨入城。

往日兼君汗漫遊，春江花月作去聲詩鈎。今來見爾如開鏡，一様年華兩白頭。

他日人閒擅畫名，倪迂邱壑懶經營。鐵鈎鎖子金剛杵，輸爾梅翁筆勢横。謝二近工墨竹。

喜雨詩與諸友

昨日同讌遊，我以病獨回。空雲壓扁舟，相逐過海來。百里蘆葦聲，黑潭屯殷雷。已復見西日，灼赭東垣苔。入夜自臥病，瓦響生疑猜。聽微若駐遠，去驟如一摧。虛堂冷蕩漾，著處先病骸。遥知諸君興，艤舟楊柳涯。燭光亂波影，璀璨金銀堆。離合阻半晷，喧寂同懽懷。朝來竟日雨，簷瀑懸崩崖。轉憂滄溟捲，未防西北頽。樵夫急歸夢，看種雲沙隈。人間雖四月，萬物始發荄。迢遞山水間，初似春登臺。迴首歌尊前，酒極歌喉哀。

戲寄謝藎臣

日日雨來南入城，城中不見熱塵生。心知物態安無躁，眼接山光遠益明。水底碧天深鳥影，柳邊白袷試蟬聲。新詩改罷誰閑着，晚飯新涼寄老兵。

漫　題

昨日還家耳目清，不關睇聽屬花鶯。紡車妻似故人爪，織布女同賢母聲。稍謝號寒及僮僕，優能治病費瓢鐺。更須農具教兒輩，量買僻田租税輕。

初夏野矚與謝蕫臣

山田新緑水田黄，高有涼雲下日光。忽地陰晴走中野，一團風雨攪斜陽。詩人南極心情闊，老吏西津日月長。回首十年誰好在，兩番門外好垂楊。

春　酒

樵夫終歲無齋禁，飲者皆云我自然。四十恒河還故國，九旬慈父喜新年。鶯啼柳踠雙甘地，燕啄花熏五戊天。此事少闌農事急，荷鋤歸看暮炊煙。

波

柳外離愁壓飽颿，鳳凰岡下白鵝潭。低斜雨脚青楓浦，摇漾雲絲白袷衫。我欲蓮湖安屋裏，人惟桃葉稱江南。最憐花落空郫月，遶枕溪聲睡不堪。

五月一日庭前桂花

去歲入今日，客花驚客心。今朝坐香樹，嘉節動嘉吟。正席沾茵拜，稱觴糝酒斟。老人宜小苑，晨砌轉去聲清陰。在昔藥煙閣，於時荷葉襟。香都來捲袂，細不礙彈琴。午月攢星玉，微陽結粟金。枝長别日遠，影重夢雲深。喜有團芳蜜，聊無弔夜禽。永懷偷藥去，蟾窟闃沉沉。

雞鳴出步作

蛤吠水田殘月明，閼中涼白静中聲。門開花落人早出，燈轉鳥飛雞亦鳴。詩在故鄉聞好語，學於中歲切深畊。海東兀兀雲千丈，更與東風曉雨成。

玉溪詠柳八韻

映江無限柳，柳外映斜曛。晼晚春迷目，煙中又水濆。遠途從此别，南浦送夫君。浪足船偎岸，風情露漬裙。樓高尖稍出，帆暮入難分。寒重如能雨，青多爲借雲。山容相視笑，天色帶愁醺。莫自驕才思，題詩觸緒紛。

郊　外

五月盛野色，緑蕪郵氣涼。渡河山亂翠，映日雨懸光。游倦詩才約，年豐物澤昌。雲沙此郊外，空闊度吾堂。

江　聲

五月夜潮生，江聲挾雨聲。有餘風浪勢，還殿茨葭鳴。地轉沙移岸，天空月蕩城。寧知孤艇客，安寢夢生平。

移　居新買鄰屋，五月十五日移居。

取容師子座，聊得鵲巢居。地近竹來筍，堂涼蟲避書。雞栽鳴子舍，燕且傳蘧廬。擬築三層閣，吹笙近太虛。

積　水

積水夜逾高，虚空壁挂刀。地深青見底，星冷碧無毛。禪納三天大，形難一物逃。吾心萬丈月，不亂任風濤。昌谷詩：「壁冷挂吴刀。」

白花海榴十韻

故人花作骨，舊種玉爲房。地僻容三尺，根深有十霜。昔時聊散病，此夜未曾央。身畔碧沈重，月梢明對當。少看驚態異，多簇照肌涼。枝軟疑天棘，叢高勝佛桑。圓垂苦李小，寒劈碎冰方。眼净且忘鼻，色空寧著香。惱公傷别遠，如妾可憐長。感物思留子，移栽入内堂。

驟雨篇

炎天石尤起西北，忽到東南波面黑。西樵破碎下九江，片片飛濤有山色。江皋亭子立骨格，編茅吹起軒兩翼。有似黄鵠負大力，忽然斷散收不得。插沙飲海萬矢直，要與雨勢争相射。萬家村瓦一霹靂，雨點星明重如石。仰視嵯峨大鐵圍，太山急作鴻毛擲。我從静中視吹息，帽簷載風身倒側。寥天一角蛟龍氣，斷虹千丈元黄跡。滄江返照扶桑枝，爛銀堆裏三山碧。

就樹堂寄郭山人

愛爾就樹堂，瓦脊俯山木。終年花繞牀，每夜葉打屋。紙窗明短檠，梧雨奏哀玉。古甃春陸離，新花露芬馥。畫成碧山曉，海日照簷竹。

叢蘆

黯偃叢蘆十里長，春山無影水無光。夜漫露重疑花白，睡忘風多但雨涼。昨日青篢理煙艇，故人赤幘下江鄉。去迷住著歸何定，報與纔春百里糧。

種竹十四韻分藥煙閣外小竹。

一角新居地，三竿小閣孫。未分異氣土，曾過別家園。增得當心日，無傷放手根。煙啼上番淚，影削故人魂。晝正泥俱暖，秋前葉可繁。熱宜汗下種，涼待酒醒喧。預想花迷路，寒潮夜入邨。於時舟繫岸，圓月碎侵門。水碧交天色，霜濃冰石痕。晚雲垂地重，夕火隔林昏。夢去風猶住，詩艱袖欲温。物遲高興後，事舉夙心存。屈指人何識，扳枝泣自吞。十年仍五月，永別託長言。

村晚

風雨入空邨，江天空閉門。花浮別夢去，燈付怨蟲昏。前路惟華髮，歸時憶故禪。長鄉何事好，多病道彌尊。

寄蓋臣石帆

日出籬根積水東，船頭花影覆天紅。探春歸課高低雨，惜別頻更離合風。引疾老兵楊左肘，辯才居士宅環中。可於湖口煙波裏，書畫逃名憶釣翁。

多雨

五年一厭今年雨，甲子霆霆犯昔聞。映水送光斜掩冉，隔林懸碧正繽紛。鞖依臥榻蒼圍蘚，花翳香泥濕漚雲。尚喜早禾延晚日，暮邨晴鳥正喧群。

雨歇

塞溪惟樹影，影外漲天光。下見晴空鳥，風恬定不翔。氣清吾病損，詩澀物情荒。雨歇成何事，齊書紛滿堂。

西　潦

西潦入東海，濁潮如卷雲。邨疑浮地去，波欲割山分。斷霓收殘雨，叢蘆展夕曛。田中聊笠屐，未遣故交聞。

張靈峰送葵扇

岡州葵扇俗易得，得自詩人爲可珍。浪説籠篾葉作席，但驚蝴蝶翅如輪。雲隨東山脚下屐，風墊白沙頭上巾。明月江邨宜病肺，摇摇花影夜懷人。

五　月

五月江田熟，江皋集鳥喧。黄泥瓜蔓水，白腹荻牙豚。長日兼餘閏，新詩喜故園。留京張叔子，朝報過柴門。

曉色

村色静復静，天光分未分。湖陰紅展日，竹冷碧垂雲。海雨留魚氣，潮田起鳥群。病多辭晏臥，東面漱氤氲。

望三忠廟風雨

雲起大夫峰，靈潭上黑龍。雨渦郫口岸，海嘯廟門松。士氣寒潮盛，山愁古黛濃。最傳趨百怪，江縣夜聞鐘。

己酉龍眼詩

年年園果誤歸人，龍眼初黄顆顆匀。此别扳枝出手遠，六年時薦飣盤新。辭鄉荔紫梅黄後，去歲秋分白露旬。是日歸舟挈雞犬，過時嘉樹感風塵。予以甲辰五月去家，戊申八月挈家還里，至今己酉閏月始一嘗故園龍目，故云爾。

竹

東墻纔幾个，暮景静蕭蕭。子舍分根邇，爺枝隔歲遥。廣州諸山縣人呼一年竹曰祖竹，二年爲爺竹，三年孫竹則多矣。風情且葡架，畫意已溪橋。深碧秋燈夜，何時稱泬寥。

渡頭

山影隔江横，嵐光入水清。渡頭涼雨過，人面夕陽明。烏下嗛新種，魚迷趁落英。何能忘温飽，慚此外無營。

暝色

暝色天邊樹，深青接海昏。鴉呼獨樹汛，雨挂夕陽郵。松霧濃沾瓦，花流曲到門。何人入遥夜，相望役吟魂。

風夜寄友

風起暮邨喧暮鴉，深無人處有飛花。花判去住從波力，夢苦浮沉驗鬢華。虛壁寸燈摇薜荔，秋江長雨憶葭蒹。人間五月君珍重，也莫羊裘付典家。

今　朝

幾日風雨劇，今朝如好春。燕酣風婉軟，花凍雨精神。漲汩詩心闊，雲膚畫本新。江皋吾白幘，人海汝紅塵。

夜景即目

竹扉風碧隔溪燈，露野濕明黏樹螢。不辨海含何處雨，漸窺雲歛半池星。坐忘眼界吾喪我，吟破豪芒天選形。忽聽曙禽流軟語，山光涼潑滿湖青。

偶出縣城不及見黄虚舟歸舟有作却寄三首

白鳥飛破水雲陰，青蘿嶂下青天深。嫌他一出照人眼，無處使人無處尋。

斷續熱雲撒白雨，東南赤浪漲炎風。天沙一轉三分舵，欲掣西樵入海東。

山裹小城城裹山，風潮入汝小窗閒。寧知有客身如葉，軒輊雲濤苦往還。

諸君載妓邨口避暑請書歌扇

得曾炎熱窄，坐受水雲寬。煙絮穪衫暖，冰釵照鬢寒。天低沙一畫，雨及樹爲團。歌舞中年絶，晴陰百態看。

村舍寒夜寄梁作人

窮冬海氣吹雲黑，虚室燈光對眼青。憶汝詩艱長至夜，繞鑪花罨别愁冥。梅店北看大庾雪，江天南翳少微星。前途他夕懷君處，日日勞勞送客亭。

五百四峰堂詩鈔卷二十

庚戌年

庚戌三日至六日風雨甚寒時俶裝已迫

欲息勞身假暖春，春來風雨更勞神。天南夢夜先愁雪，嶺北花時亦作塵。不厭蹇驢驅賤子，恐虚連騎誤慈親。行藏鏡裏看頭腦，可稱冬烘一解巾。

桃　花

往歲桃花西隔鄰，日斜紅雨送青春。即今春色催行客，却是花閒作主人。新買鄰園，遂得此樹。風攪餘寒猶慘淡，日趨傷别與逡巡。得非青鳥啣來種，細數殘開報老親。予前有詩「藥煙小閣試春望，日隔緋桃開處光」，言此花也。

燕

故宅連新宅，新巢舊燕移。樹涼深避雨，花濕易涎泥。似我沾慈愛，闞人語別離。他宵門口月，歸夢汝先知。

李花十二句

今日暖不雨，此花繁護枝。露叢愁蓊蔚，風處眼迷離。淺白照別酒，無言低怨頤。後園新鑿井，初月亂穿籬。客計南安去，梅開北嶺時。心傷出門急，春豈入關遲。

春波行

春風吹波初燕飛，桃花入船滿我衣。我云行矣出溪曲，萬花憔悴千烏啼。碧波落照近路晚，綠樹接天遥夢歸。我行中途正春仲，水遠山平日相送。未愁行子忘行程，爲恐鄉心忤鄉夢。願將春夢託風潮，上下江波續暮朝。斷腸聽説胥江水，江水東流魂莫招。

雨

邨風煙霧香，花上細雨落。雨色及海色，一去兩漠漠。近没白鳥影，遠浮碧山脚。蒼然動黄昏，晼晚闊無着。潛起高柳外，低壓春亭角。遥知故人意，扁舟出香國。春愁碧雲合，歸夢去帆弱。我行正夷猶，離居已蕭索。花竹翳青檠，雲水亂濕柝。江鄉且信宿，冰天試魂魄。山水待畫師，前路足旁薄。白袷紅木棉，晴日天宇廓。

邨居寄北試同年諸相知

慈烏羽翼瘏，實以哺親飢。何來鸑鷟群，相與憐其私。迢迢上天路，欲挾同奮飛。誓將傍日月，不自慚羽儀。遂聚三月糧，得及千里期。一半留空巢，一半行自隨。老雄送其雛，查查鳴不悲。望巢遲徊去，鼓翼鳴咽嚱。是夕明月高，照見樹南枝。一葉庇病雄，三匝號秃雌。孤雛感精氣，忽自飛南歸。歸及故林外，族類聞喎吱。哀呼入其巢，日夕無休時。日夕呼稍休，性命危且微。巢中母與子，病吟相對棲。減如桓山鳥，所生惟兩兒。大兒去謀食，十年歸路迷。年年訴來雁，寄慰心依依。江湖竟天闊，春秋將語遲。小兒心力竭，無那何所施。呼佛學波若，皈命恒受持。白露一寸身，昊天無極慈。嗟予命輕薄，譬我則若兹。諸公氣衮衮，正似含煙螭。君親理一軌，通塞時有宜。行當縻章綬，勉力答所知。肯念雲海東，尚有大布衣。穎叔爲老母，舍肉饋甘肥。貢公賴知我，岸冠彈垢泥。待艸希有賦，一寄慈烏詩。

護花木於後園作

先人手種花，人逝花欲槁。或言欲生之，須與挂素縞。芸芸萬物性，天人各呈巧。有知自天予，無情乃人造。心氣之所通，理近事冥杳。仰視空蒼蒼，泣血頳碧艸。一艸與一木，苗裔自皇考。政欲佳子弟，愛惜如指爪。明月夜漠漠，白露秋皦皦。恐有詩老魂，覓句此幽討。書味閒燒筍，生涯習嘗蓼。善果出嘉林，嘉林無惡鳥。或言其人死，所植須挂白，不即枯，果然。

來禽 新種花木，佳鳥即來。

雙鳥今日來，疑此遽蒼緑。見人稍去遠，嚶嚶語高竹。主人槁木形，反覺勞汝飛。我方謝機事，汝自入於機。幽林吾客汝，莫學燕啣土。今年王家梁，明年謝家户。

雨漲

風雨西北來，聲勢塞九衢。遥知四海水，立赴東南隅。扶桑沃焦石，吸一而百餘。雨師笑大壑，飲量誠區區。陟高望海島，覆甌疑有無。顧眎所住郁，一葉帖江湖。昨日龍攪水，逆海灌空虚。空中墮船篷，有似投林烏。忽復起旋轉，蒼鶻盤浮圖。邨邨擊神鐘，百怪驚且趨。不知聲洪洞，益助風雨粗。槖籥一振蕩，黍稷迺膏腴。静者雷電中，笠屐提胡盧。板橋水拍潑，人跡苔模糊。白鷗眼炯炯，隔花相叫呼。留客晚飲酒，酒邊西日徂。邨人叩鐘，以禦龍云。

雨一首詠懷寄同年諸公

江縣幾一月，日日西北雨。疑從元冥天，撇捩萬猛弩。勢吹鐵圍頹，氣待海潮鼓。潮光渟諸邨，雲脚塞四堵。行人雨外望，雷叫日卓午。過頂忽一掃，脚熱灼漧土。但見雨與日，散漫無處所。四郊上野氣，浮浮若炊釜。我屋翳林木，層葉蔭廊廡。續續接殘滴，羃羃延陰昈。謝客似仲蔚，披卷如向詡。鬱鬱平生病，清泠襲肺腑。北想中原路，沙磧正夏五。歔歎空低垂，不得試辛苦。忸怩君親閒，所學無小補。忽忽過四十，養疴戀林莽。千秋千叟宴，萬古萬壽主。希有今大禮，匈中浩撐拄。身生聖明世，無由眼親覩。以玆轉悒怏，幽獨慚仰俯。京華多故人，得意不知暑。南望雲霧中，少微近牛女。緑簑濕颸颸，煙艇釣風渚。

小園即目三首

雨後月前行獨來，園西雲外晚輕雷。瓦聲忽過東鄰遠，月下白蓮含雨開。

竹風亞枝雨點重，一點着衣寒斗生。劇愁花晚力憔悴，點點到花花益明。

曲曲空籬未繞花，已令明月井交加。寒薦露朵清秋夕，可愛窗燈掩冉遮。

晚涼

江皋晚涼闊，雲色送人歸。風緊蟬嘶日，花斜燕掠衣。燈兼圜水動，露入嘯篁稀。夜短眠無妥，吟多病悔非。

雨後歸櫂作

江闊雲涼舟正輕，歸雅天外半陰晴。波恬皺縠帆腰弱，雨直懸繩日脚横。傍晚邨煙平樹白，將秋樓閣映山明。花深溪曲人何見，颯颯漁蓑狎鳥驚。

寄邱東河先生

羡説齊州九點煙，羅浮獨賸地行仙。碧環貝闕空觀海，青霓雲樓遠夢天。屈子及門餘宋玉，漢皇徵使附張騫。逢人莫誦當時體，于我無如負郭田。「當時解重盧王體，終古誰憐屈宋心。」先生前年寄贈之句。

寄潘景最三絶

花午暗沈茶竈煙，瓦聲團夢雨迷川。山頭城影城頭樹，水底天光天上船。

一夜南風一斗花，蔳花黄葉雜燒茶。五楞樹底鐫新記，二百年中此故家。潘有三斂子，樹甚大，爲樹作記，蓋數世講學其下也。又名五楞子。

問兒驚别十三年，語已波瀾思涌泉。笑爾閑居窮不得，買書先凖買山錢。與潘君一别十三年，五十以後連舉五子。

夕照歌二首

雨晴野氣匝雲涼，艸軟風低動夕陽。一抹亘天空不見，海東樓角赤光芒。

江口千帆去定迴，江心殘照合還開。鷹捎雲斷歸風急，海白天青秋色來。

西齋夜談作詩示伍楚園尚材

憶昔同學初，我長君一齡。比肩十二三，載呼我爲兄。貧賤三十年，離合風水萍。惟此幾日夕，同被復同行。君身卓玉立，鄉里知陳平。讀書以命脉，實地起聲名。常使我眼內，參立前峥嶸。何爲控黄鵠，蹭蹬凛青冥。我髮已漸白，君衣難一青。古人似子者，今時尤世情。縱横得連騎，憂患成六經。去彼問我舌，取此正吾生。士有死乃貴，道將攖後寧。今日大赤熱，雲密殷雷鳴。入夜竹翛翛，警衣露泠泠。雖無雨一暢，庶幾病亦輕。天道有往復，人事同朒盈。退恬進則順，氣静文自誠。勉哉楚園子，大器庸晚成。廣術懷和珍，歌哭誰爲聽。

苦熱既雨而病病中書短句與楚園廉父

鬱鬱立秋後，甚熱過三伏。嘆風忽尖寒，一雨痛病緑。中園驗花葉，憔悴等炎酷。漸見生理闊，反畏天氣速。况我病夫子，槖籥凛所觸。陰陽動微細，消息切肌肉。外邪善鑽隙，中熱忍煩促。占無勿藥喜，病苦不遠復。今晨起徘徊，行雲廓淒肅。淵渟指鯢桓，天清厲鷙目。蘧蘧臥一醒，颯颯悲已足。重以二子者，相視笑局局。生涯疾干没，勞薪加濕束。多憂道之障，少安身不辱。貧窶君匪病，支離我全德。

抱病

我譏盧照鄰，荒代困多病。後人亦笑我，支離負明聖。昔聞犬子貧，捷得狗監徑。作賦遊天地，致身亦時命。古者喧千秋，我何守獨行。甘心食荼蘗，苦節託歌詠。覃思奏唐虞，堅欲汰衛鄭。風雅斯未能，文質或偏勝。短智誠侏儒，高足轉徑庭。惟皇道蕩坦，多士絶鑽競。冶鎔金無言，霜厲鐘自應。静通進退理，臥識艸木性。夢寐恬風波，言語展比興。茅心但須介，筆舌非敢佞。致遠恐自泥，知止入於定。花竹費日月，豪髪數坼迸。地萌茁心機，天籟集虚聽。示病云何滅，益生幸能正。後途戒突梯，前轍如破甑。

題石床

書展風翻盡，杯空雨過留。蘭泉四角轉，花月曲籬秋。故宅悲桐下，佳人拂石頭。歸魂愛吟弄，新得此林邱。

月下江上

詩思喜秋清，天光入海平。月流行不動，風艦去無聲。我是浮槎客，何當上玉京。廣寒空霧露，十倍水鄉明。

棠棣

扶病又傷離，阿那棠棣枝。故招人有恨，不信汝無知。翠葉涼堪惜，黄英秋可疑。洞庭覊客夢，歸誤菊花籬。吾兄海樵先生客楚南。

秋風

中夜西風勁，疑吹月倒行。海光漫地白，波勢落天聲。屋壁虚浮氣，琴絃燥自鳴。吟詩愛秋好，扶病畏衫輕。

秋晚

吟苦秋風緊，詩人如暮蟬。白雲碧水底，黄葉葛襟前。艸弱無暄氣，鵶寒語澹煙。匠心時物内，供得答流年。

扶竹

高風撼枝葉，竹汝未根深。致遠他年事，相憐今日心。何人將此義，伐杖莫同林。可自支寒得，青青者子衿。

風勁拗我墻頭竹

本以孤難立，非關絶地高。可憐青眼内，相望白雲勞。愛我同烏屋，終朝損鳳毛。溪門緑波影，花月夜蕭騷。

秋園詠物寓懷十首

杜老愁風雨，韓公有屋廬。四朝踐樂土，一物隸安居。謀食操恒産，憂生託著書。衆芳秋漸晚，春菜及冬餘。

宿雨静初暾，西齋開北園。白花孤更冷，紫葉老先暄。稚子籌篚露，先生苜蓿盆。晨餐復何有，魚婢閒龍孫。切筍爲絲，醃而酸之，以佐小魚，俗呼爲魚龍羹也。篣、篚皆平聲。

晚飯剥紅鰕，秋襟鬧落花。天吹白雲盡，日上紫薇斜。净地藻荇水，小窗蘿月紗。病多吟况苦，多謝露嘑鵶。

竹圍黄土墻，墻外大烏岡。寸碧窺人出，寒空落影長。水籬浮鷁首，秋鱠下魚塘。小海名。張翰平生事，區區只故鄉。

初黄一丈菊，碎紫五楞花。苦稱先生饌，酸宜學士家。晚香兹老圃，託跡亦匏瓜。艸木非無爲，林泉即有涯。

吏部有佳句，讀書松桂林。里門今日眼，喬木百年心。錯節畸人性，香醪瘦鉢斟。吹笙層閣坐，邀飲衆仙臨。

中園雜群植，幽意屬寒松。朋友無雙士，朱明割一峰。蟄龍養雲雨，嚆矢報笙鐘。且媚方墀月，秋陰不甚濃。松側石筍。

昔年八桂林，黑石半城陰。林大日月古，城寒雲雪深。故根遷地暖，邊艸倦游心。招隱淮南作，秋風倚暮吟。桂林府城半以黑石。

鳳艸娑娑尾，雞花岸岸冠。藨風絲蔓捷，蘭露蕊珠寒。四美剛柔性，初霜紫翠瘢。秋梨洩春色，月瑩玉珊珊。珠蘭一樹，花盛香絶。

偶工詩遺瘧，不競物疲神。芳節隨時換，才思可日新。東方餘一士，北夢警雙輪。許國時猶遠，微軀繫老親。

寄慰石帆

復有西河哭，仍知東郭貧。兒生憂出骨，心死病勞身。怕夢醒辭枕，驚魂慰避人。千秋姓名在，努力奉嚴親。

夜　雨

風攬輕陰雨欲來，干沙鳴瓦走黄埃。雲邊廓廓餘光日，村角浮浮不定雷。吹笛昨宵猶月艇，沾衣和氣憶春臺。有田雖少成家祭，花入秋槳夜雨催。南方晚造禾，七八月得夜雨，則殺螟而大熟。

野色

遥天合野色，似落海西頭。有岸江光接，無風口氣浮。低鷹斜勢起，孤樹闊寒收。不覺驚衣袂，吟軀病感秋。

獨立

水光摇獨立，橋底見青袍。杖影陂龍化，肩寒渚鶴高。物情秋不俗，詩苦自徒勞。昨夢征塵裏，看雲撫大刀。

李生相訪移舟溪曲飲我四松下作歌贈之

道人門外一灣緑，欲致芙蓉媚深曲。未能花下繫爾舸，且飲松根聽我歌。四松高曾手所植，今朝新雨洗古碧。故延風日恒清冷，遥識兒孫有佳客。壓床春注玫瑰香，洗盞秋開沆瀣白。一時質味失故態，氣作松花青水色。道人平昔不沾唇，況復憂戚纏其身。君交有道飲有量，興爽得秋和得春。知君愛我一曲鑑湖水，清夢與我鷗鳧親。明年君來莫辭遠，芙蓉覆天秋水晚。隱約門前艤釣舟，誰知花裏臨溪館。

慈度寺松障歌有序

慈度寺晚飯訖，與致師觀歎門外巨松，其半已爲榕矣。物之障物，如是也夫。作歌請師去其厄。

飢烏食榕不果腹，飛入空邨啄大屋。屋山横雨海刮風，竄逐風勢飛入松。邨静月寒哀徹骨，尾勞畢逋落口實。胡髯匝匼古毿莎，長帶窈窕山鬼蘿。窾虚輟樂鼠塞竇，根攀迸沫蛇盤窠。年深物化若蒙鞹，攝迷毀體如病魔。之而鱗甲身半露，掙攫風雷氣憑怒。痛箝不放入定身，解縛誰能持咒護。千縷滄波歕囓痕，前朝老衲手爪存。可憐是病非四大，當此直指不二門。吾師慧劍金剛寶，此物根塵葛藤老。漫留不割説法了，此法要使人盡曉。此法既使人盡曉，一聲霹靂笑絶倒。是時冰雪歸故林，吾與居士觀其心。

廉甫楚園坐石床論詩予掌檠入迺見之

不省苔垣夕日移，藤陰香暗動秋籬。蒼涼花影青燈外，凌厲詩心白露時。前輩流風何李遠，悲歌結習鬼神疲。後賢亦自多岐在，轉恐多師失我師。

歐孝廉德桐南歸贈之

前年初送君入關，士氣直争風雪盛。今年遠聞君出京，客心急與秋鴻競。踏雲稍試騏驎蹶，捎日未殺鷳鶚勁。即今塵土聊垂首，懷古經過展游興。君知狂簡溷漁樵，時有畸士問名姓。十年詩句到上國，一往宗門猶下乘。新來簡練立地脚，頗覺真實發天性。長途君先着一鞭，寸珠僕自走兩脛。要令金璞出南鑛，盡作珠璣旋北柄。可憐昔日筆建瓴，半挫中年室懸罄。粗得三湌果腹反，近求一語安心竟。故里弟寒兄寄纊，北堂母瘦兒多病。古言貧乃士之常，身防老者人所敬。亟須畊種還帶經，欲就孝友觀爲政。中園静坐妄自少，外道伎倆戰必勝。喜栽草木達人氣，漸忘日月轉吾命。得君儒流志通素，似我山色身清净。合同摩詰住衆香，况有王筠資十詠。何時過我慰殘懶，先遣將詩相音息馳贈。謾來一水孝廉船，且拂遠山中婦鏡。

都寧山下泛舟作上有三忠廟。

西樵仄日并海光，直亘一道懸蜺黄。都寧半邊得正赤，盡障倒景横相當。古時地久餘氣荒，石砦慘慘風雲涼。白頭神鴉語秋色，朽骨老松淒夕陽。海東大烏出晴霽，水面孤青入天地。看雲仰恐怪石翻，打槳下覺諸峰碎。驚心漢漭煙波晚，懷古幽靈風雨至。山湫盤蛟時一伸，幐魚千尾星呫鱗。火雲眼惔狀奇鬼，彩蠕繆絲行至人。祠堂逼迮容海水，樓閣頃刻驅波旬。斯須過去天人分，昏暮窅窈鍾鼓聞。年深淚蘚斷碣字，山下田畊滄海塵。隔世離憂急雨掃，廿里抽帆緒風飽。露螢漁火碧相續，葭渚蘋汀秋遂老。入門幽恨静轉添，花上隙月遥纖纖。

五百四峰堂詩鈔卷二十一

辛亥年

中園玩雨

曉煙春暖花，花雨碧籠紗。日薄交光亂，風恬作態斜。地文酥日氣，物量稱年華。昨夜西堂睡，初聞半部蛙。

雜詩貽致中上士

過年猶有賣文儲，遍選村花繞敝廬。問法衆香阿閦佛，上乘經典種花書。師善種花。

兩樹木樨香獨園，六時金粟落諸天。請公花下同齋飯，不犯黄龍半字禪。

玉皇觴罷百神回，忘却瑶京瀣露杯。老衲閻浮伸右掌，隔河沙斷雪山來。吾求玉蘭，師言隔江某氏一本花數百，往可得也。

緋桃十韻

天姊隔雲層，自傳無盡燈。思兼春嫗姁，愁壓醉瞢騰。潤筆求精婢，迴波泥老僧。身輕憐欲墮，色重怕難勝。秦客迷容易，劉郎嫁未曾。香吹風可食，「鼳風作食」，《維摩經》語。紅洗露還增。居定金爲屋，看須日繫繩。目成魂自與，名好喚誰譍。悦己君當爾，沾衣我不能。今來伴居士，前此亦摩登。

石友

蠟石，丁未典于佛山，去冬始還我所。蓋昔年歲饑，稍得石友力，作詩謝之。

佛山歲荒後，石我别汝歸。寄汝高明家，惟與鬼瞰之。凶年故多鬼，人鬼相雜啼。不惜煮汝法，能充幾人飢。能爲衆香飯，知汝義不辭。汝亦諒故人，坐視空裳衣。海客入豪門，瘦骨無容儀。至今三年餘，思子誠可思。客居親與鄰，僂指還在是於兩月閒，肌肉君所茲。當時就食者，不知所濟誰。非君此一行，不足兩月支。禰褷花簷日，竹木交清施。痛後日月遠，安復語痛時。非踐君久要，我亦忘爾爲。我有兩石友，紫雲天半暉。雲英暖將化，光彩入須眉。玩物大溺喪，利往小安危。支飛。紫雲硯以獻吾師關學使。飛飛去不返，忍別復傷離。升沈固有定，上下逐無期。離我與汝，同德更相宜。

雨

春夢遠黯黯，雨深花去人。雁遲孤自別，鶯坐濕容身。柳偃雲沙合，波明艸樹新。離情禁晼晚，衣上凍生塵。

雁鶯復興

傷春鶯絮雨，送遠雁歸風。去住吾無那，暄涼日不同。身心相夢覺，雲水失虛空。煙柳煙還柳，將愁一萬重。

寄東河先生時護暹羅貢使北上。

口翻筆受拓方言，賦手揚雄吃舌存。舊路早年徵博士，新書當日照輶軒。先生云，此行可載外國方言也。哀鳴我負空群過，學問人忘五馬尊。剩與鱣堂作都講，惟餘鵠卵在師門。

花　枝

花枝春鳥輕，摇漾足風情。衣凍初陽亂，苔陰落蕊明。出墻别日遠，寫影畫心横。最喜高花外，山痕一抹晴。

寄鄭葵圃家屏大使時爲鹽運批驗，在清水濠。

官閑今鄭老，魚樂古蒙莊。濠濮蘧廬宿，江湖在宥忘。羮嘗吴隱水，家世伯夷鄉。鄭，古孤竹人。豈復因人熱，臣門一味涼。

寄李生潛夫

橘柚花明雨後月，一夜南風積南雪。夜來送爾傷春心，徘徊屐齒花泥深。知君舟夢波滿枕，別我雨香雲繡襟。梧桐沈碧上郖日，三月人間似傷別。飢蜂濕翅露蕊肥，老蝶褪粉春雲熱。清川悠悠風景闌，跳魚潑潑波圜圜。碧雲青天白日暮，美人摇情方執蘭。翩翩白袷少年事，滑滑黄鸝老夫睡。

薄　暮

正晝雲光薄，斜陽雨色深。春增天態度，苔合樹青陰。積水漫離抱，空郖喜足音。吟燈薜蘿晚，花影闃沈沈。

春晚寫興寄其詹

雲色似春池，池春憶謝詩。動花風淖約，去地雨迷離。白髮行將及，青陽出不辭。濠梁莊惠意，合是有魚知。

又寄四絶句

細雨春波夜窈冥，知君時夢衆香亭。夢經煙水青蘿嶂，日日青蘿似夢青。

芭蕉葉破竹竿横，風雨辭春不忍晴。病身將夢虚舟似，更作春波拍拍聲。

詩人生子不虚譽，四歲真能讀父書。待我添丁作昆弟，經生家訓合菑畬。

東西樵五百虚屏，北苑驅山遣五丁。便合南華新注脚，道書閑對道山青。其詹前手寫予《南華辨韻》，序以歸，今書來索此書并索畫。

即景絶句三首

海日蒼茫入雨天，人家洶湧上炊煙。斜欹一道白玉霎，襻斷百株紅木棉。

横江汃汃浪淘沙，南少東多風雨斜。刻意送春春不去，溪流三日入邨花。

土狗蠕蠕動緑莎，青蜓款款點清波。眼前覰化何曾化，拂岸水痕漂蜆蛾。青蜓點水下生蜆，蜆老爲蛾，泊土際，是爲土狗。土狗形如促織，老復爲青蜓。

暮春睡起漫成示門人何深

鳥聲花片襲低風，珠溜簷端雪颺空。夢覺坐忘仍蛺蝶，雲浮淵審愧虬鴻。功名俯仰成陳跡，吟望低垂得病翁。已判湖山與宗炳，悔將詞賦老揚雄。

蘆灣漁笛題其詹小影圖

夜色夢夢月勞勞，蘆花飛高笛聲高。笛聲滲岪秋戍削，蘆葉颼颼如奏刀。蘆花漾月色淡薄，明水風皺琉璃瓢。嘯泉先生不畏冷，愛此夜氣嚴不囂。踏足已知國土净，竄跡不異空虛逃。秋商排雲復拂水，水鏡將逆去聲翻江濤。江濤欲作未遽作，忽見波浪生柳梢。海天新寒一萬里，襲爾七斤大布袍。先生骨重東柴立，稺子肉粟已竪毛。回頭仰面若有問，此有何好之調刁。汝問何好忘我答，使人之意今也消。憶昔十年我生日，長夏正熱西山椒。順德城中西山。君吹一曲爲我壽，曲已花木轉寂寥。

拉我升高踞大石，引吭裂竹悲青霄。嚴城萬家叫歸夢，滄海一鶴横踏潮。自時别日浩蕩闊，人事轉多路轉遥。邇來窒竅欲養氣，齒落鬚白髮彯蕭。自云好樂如好道，已進乎技吾聲銷。無名無義虚則出，始覺雅俗同一條。劃然奇鬼嘯老木，廓如生鶻呼迴飇。鬱熱坐使河漢沍，荒寒亦令土石焦。冬天語翠夏語赤，人坐自附根塵膠。至音至聽則不遠，劍首一吷真咸韶。衆香亭深多鳥巢，花光冥冥日初朝。小絃璁琤大絃嘈，珠璣滑撒瑟瑟跳。春來一百二十日，百二十曲皆新調。知音者稀古歎息，政復以此來相邀。

夜合

夜合胎始破，其聲微可聽。坐幽聞悄悄，香遠去冥冥。却月瑶花白，沾衣露葉青。鰒風堪作食，隱几衆香亭。

孟　夏

孟夏郈已深，炊煙間層緑。中園花葉影，凍若雲覆屋。疏疏雨如竹，琅琅竹如玉。風化蝶有雙，奏媚烏必獨。紛然理無竟，静者意自足。

四月廿一日感詠

骨冷夢魂遠，地荒雲木深。花應老夫淚，竹見故人心。苦雨遥同日，慈烏不去林。墓銘焚搨本，無愧到幽陰。

伐惡樹

碩果須十年，惡樹纔一歲。年來深巷尾，浩集風雨勢。其下有古屋，若敖恐爲祟。此復資鬼庭，彡彡狀魑魅。沾液甚蚩灼，嗅腥中狂醉。課隸手刀斧，仰面足先退。儲藥防有毒，佩符使無忌。鴞嚇口落實，蠡沸瘿焚贅。經營刖疏附，格削髡蔽翳。芟茀斤運風，折洩日寫地。溪水緑以澀，墻桑暖還翠。重惜此餘壤，欲以植芳柱。客子昔寄家，回首得蕪穢。滋蔓自愧怍，去惡自濡滯。天晚雲蕭蕭，庶得暢吾氣。手刃治亂絲，斯志焉可遂。

雨夜懷其詹

颯颯雨響瓦，茫茫江漂雲。樓頭風獨立，天氣夜中分。日月行蒼鬢，泥塗結露筋。山鐘落月迴，應共夢邊聞。

落花

日日蒼藤老樹根，紛紛流水古桃源。看多榮落忘憐惜，誰向風晴私怨恩。時有佳禽愁自語，生來香樹坐無言。深春淺夏關門裏，温伯逾時道已存。

雷四月廿六日作。

去年今日雷，早熟亦有成。今年是日雷，沸騰聞市聲。雲日薦高花，花上行冥冥。村雨萬葉響，雨灼驕陽赬。漠漠平野煙，白氣黏深青。上旬屢夜雨，稍報蟲剪莖。南方早禾，夜雨則生蟲。得此暍一灑，天機合農經。何云穀不實，盗利於雷霆。斯人亦民蠹，其害甚蝨螟。山魈何伎倆，不答物自寧。

大雨

江郉萬樹杪，浩浩捲黄河。炎海立凝雪，雲巒吹作波。翕張勞萬有，方寸約無多。穩睡花迷艇，微風響緑簑。

復雨作寒四月廿六日雷，廿八日雨而寒。農人云：「雷尚可，寒不可。」

昨雷甚雨見晴虹，今日炎霄忽晚風。寒轉初冬入初夏，臥聽江水聒江楓。田花浪浪霜漫白，禾作花，方言曰浪白。山荔青青雲不紅。要識唐堯治平世，神無靈蹟忘天功。

澄江

渟水無去流，一抹一萬頃。崖翻孤樹根，天寫衆峰穎。翔雲空無憑，鷲禽叫其影。寒鋪泮冰薄，清逾厚地永。於中豈不有，此外是何境。惟須目憐心，那許罔問景。兩大將迎虛，一氣今古静。至道不物物，上咒無等等。我猶泥空色，時與綴深迥。白袷如月鷺，青油幔煙艇。

新竹二首

昨夜風雷昨夜春，曉來春去日華新。亭亭新竹矜風格，瘦約煙綃似故人。
一束蕭蕭玉五竿，未勝離立未勝看。花梢今夕初弦月，也惜方墀落影寒。

種榕

嶺海多大榕，大者逾十畝。下疑雲雷屯，上有日月古。菩提得根柯，社櫟資液乳。不祥與其壽，有畏莫予侮。鬼庭黑張幔，叢祠冷燃炬。神鴉暮查查，望雲叫風雨。風雨夜窈冥，以膏此鄉土。往往原上屋，中夕吒田父。浩然山海靈，集以煙霧語。曉來邈無跡，但見青膴膴。南俗好奇怪，曰是神洞府。沈沈羃煙靄，呟呟隱鐘鼓。今年於廟瓦，西指斮一股。村人目瞠瞠，怖畏舌爲吐。明晨猿猴杙，倒插我溪滸。榕以倒插易長大。十日雨霡霂，小甲初破黍。十年水深黑，大庇若縣寓。春村二三月，流花澹容與。垂陰賦樛木，拾翠有游女。清夏宜老夫，肺病枕風渚。調調聽竽籟，潑潑得魴鱮。無由附魑魅，足以障炎暑。忽憶壅腫友，香山老主簿。嗜石昔米黻，愛竹今鄭篁。主簿之衙齋，榕根作門户。香山縣主簿馬君有臨，號月泉，貧而好古，齋頭羅致古物，摩抄忘飢。嘗索予一詩，未有以應，於此偶及之，遂以寄馬君也。世傳鄭谷口好竹，凡玩好多以竹爲之，必銘以八分，復自刻之。

將曉

蘭風香獵獵，竹月静荒荒。户外燈光歛，墀東人影長。星芒依樹碧，海氣隔雲黄。骨瘦兼吟苦，槎枒畏板床。

苦李依甘荔和其詹

感君苦李作，具有風人風。果有不食吉，節豈居貞凶。不以苦累人，幸以苦自容。生是天使獨，見棄命當窮。園丁或惜我，移入甘荔叢。不能分我甘，坐見荔自紅。豈不鑒我苦，天定人無功。陽春二三月，薇帳芍葯房。雄蜂雌蛺蜨，本自不成雙。寄書報苦李，無好亦有同。同心接臭味，我是食蓼蟲。《莊子》：「同則無好也。」

遊仙詞四首

衆仙朝罷玉宸君，袖拂歸風馬踏雲。回憶鈞天正如夢，霓裳纔破酒醺醺。

豔説大羅仙滿天，頭銜誰號大羅仙。木公纔下通明殿，要問羅浮葛稺川。若人蘿帶本仙才，險路幽篁獨後來。與作頑仙作才鬼，三層高閣是蓬萊。鶴引梟申龍虎泥，老君掉頭吾弗知。莊生只受無爲法，願作天河曳尾龜。

巨雨時東河先生住城北憂之有述

懸河聽霤尋常事，僂指銷魂十七年。乙未六月。渦地下鶩山出口，灌城圓似井窺天。也知舊雨非今雨，已破初禪入二禪。浩浩衢波眠得否，騎曹騎馬欲乘船。

九眼井

嶺南多仙井，仙液皆不凡。既以滋地脉，亦得避海鹹。兹井在城北，覆石誰始鑱。錯落九石眼，厥數配極南。或大可提瓮，或小纔容甂。年深積砂泥，堅若口碣銜。模糊堙其六，扃似神所監。沈闇試一窺，陰飈寒不堪。眼明到底碧，耳響衝氣酣。神物内盤屈，凍睡恒眈眈。中夕山月午，萬家夜氣嚴。鰥虬獨迴首，忽見遺珠三。搏攫復擺脱，失爪嗔愈貪。洪濤殷地肺，窟壓受痛箝。直疑黑磐下，攬入滄海帆。仰謂寥天高，三月投一潭。朝來挽綆人，指顧怪立談。石色外慘淡，四匝垂胡鬑。至今爲寒莎，瘦靭碧髟髟。又聞古老説，靈怪理莫諳。三罷占穴汲，得泉異清甘。吾希陸鴻漸，辨水結茶庵。

瓜棚

雨殘邨瓦夕陽中，飯訖藤棚借晚風。動輒歸心遲暮雀，不多秋氣已寒蟲。故居老笥新居地，十歲丫鬟一歲功。竹上斑斑昔人淚，於瓜何事也殷紅。

曉氣

曉氣淒淒似晚秋，今年六月五更頭。虛乘大水還家夢，凍立青山當我樓。枕近蛩聲苔及榻，海吹魚沫雨添流。交州薏苡明珠價，遮莫拘拘濕病僂。傴僂，又上、去二聲。

晝氣

晝氣暄涼驟不同，煙蒸塵沸互西東。輪囷雲勢酣風黑，散漫陽光閒雨紅。懸霤波濤浮枕簟，破蕉琴筑付梧桐。不愁寂寞客窗下，盡態陰晴天井中。

夕入小園有懷

露氣侵燈碧愈光，獨尋幽樹夜來香。迷離竹影循墻走，瑟縮禽聲接葉藏。人意又驚芳草暮，秋心先入白花涼。藥煙閣外桐陰石，魂不歸來夢亦荒。

送東河先生北轉正定府三首

石門靈溜小桑田，一頃雲沙費幾年。吴隱北歸深憶舊，南來猶及酌廉泉。石門水涸久矣。

官行十月到官衙，我亦初冬還我家。南北嶺頭天萬里，共將幽夢赴梅花。

金臺秋夢浩蒼涼，盡日雲沙似夕陽。伯樂早須登要路，過都容有病乘黃。

夜渡江

樓臺燈隔水晶屏，萬道寒鋩有角星。煙語深深舟淺淺，江流浩浩夜冥冥。旗風城上秋涼動，電火雲頭雨黑停。已失詩人柳絲館，謝二故衙齋。不煩桃葉問津亭。

曉　鐘

五更潮大月漫流，海寺晨鐘澒洞浮。獨鶴孤雲杳如夢，煙潭風渚浩然秋。江湖伏枕元多警，今古横胸敢説愁。最憶鐵橋觀日了，下方銅盎出龍湫。廿年時羅浮看日出，出甚久，乃隱隱聞下方鐘。

汪静父席上作兼呈邱先生馬中翰

翁是白皀吾白鷗，偶來園沼話滄州。樓臺風雨晴將晚，楊柳人煙遠欲秋。陶令停雲平陸水，班公朝日上天騶。初筵傷别先辭席，許對新知説舊遊。邱公迫行期，以餞者多，先去，去後馬君始來。馬君端州一别今七年。

詠蜻蜓

冰雕蟬翼學蟬瘖，天與狂飛謝苦吟。殘暑艸暄風雨後，碧池荷老夕陽深。生憎喜子羅爲幕，黏引嬌雛花繞襟。獨有道人常釣在，釣絲無釣汝無心。

蝴蝶

不颭低波不拂雲，警風怯水却依人。香浮一覺遊仙夢，瘦絕三分示病身。别有羅浮蠶繭甕，出乘煙霧翅車輪。始勝六氣編游軔，送我華胥醉幾旬。羅浮蝶翅如車輪云。

村中送客

君愛横江郁渡頭，落花依槳送君舟。娟娟新婦潭心月，狼籍郁眉數寸秋。

熱甚呈東河老人

今年多雨閣暑氣，熱甚始欲歸江鄉。青蘋波皺風渚碧，白鳥翅挾煙水涼。公行嶺上馬嘶月，山入江南楓已霜。莫辭幾日張紅繖，着紫蕉衫衝赤陽。

五羊晤馬中翰還端州後却寄

別夢西懸峽山月，秋帆初轉峽山風。城頭夜角黄江白，竹裏吟燈青雪紅。書院後亭在萬竹中，署曰青雪。占象人誰作都講，必傳君倘信揚雄。馬君曾手鈔予詩一卷欲付梓。著書心力今鉛鈍，愧爾磨刀遣石工。時贈余硯。

韻字韻一首

客堂暮稍涼，木葉氣清潤。花鞸如横波，石拙得高韻。雲平天象澄，秋色詩境進。獨夜心多警，促織潛已近。

因東河老人寄江右同年鄧蓀州時

東河北轍風憐目，異地同心笠語車。嶺月光分兩都講，春風遥賀一蘧廬。舊知獨行門羅雀，今恐先生釜有魚。倘問樵夫故豪侈，萬花圍屋百城書。

今年南熱殊常中夕有作柬李東田士楨

竹梧不肯攪窗鳴，快意風聲當雨聲。愛爾緑天明水地，自云讀書蕉園。讀書青眼碧燈檠。今年七月秋如此，半夜高雲氣未平。安得肌膚獨冰雪，一旬三賦火山行。旬日之閒三警回禄。

七月十三日將曉聽風雨既即散時祈雨

五更南雨過江鳴，一吸西江渴瓦聲。揭海盲風翻曙枕，捎雲病葉湧秋城。諸陽已閉陰須戰，何物相摩火遽生。我似瘖蟬病風露，苦吟垂翅搨枯莖。

十四日喜雨

雲色溶溶欲作霖，雷風藴藉氣沈沈。石能爲火融爲水，天肅至陽行至陰。鶴背空清遠山碧，蘆灣波沸晚河深。紅羊故鬼黑灰下，莫怨寒泉沾楮襟。

復小熱呈東河老人

六月七月交，風日競炎毒。一雨千里涼，稍熱意亦足。天光渟海碧，雲影行野緑。明河夜浩蕩，晞露曉瑟縮。灑然葛衫風，新秋到肌肉。秋心警離思，去鳥帶遠目。已似洞庭晚，波寒葉辭木。昨夜夢煙蘿，西風吹語竹。歸意又汗漫，大水浮獨宿。獨宿雨淫淫，獨去月漉漉。

十八日望雨

水柔苗軟已吹波，日緊風枯又損河。雲漢夕秋陰一片，海山朝爽碧無多。緑章遂動清泠氣，十四日雨。槁木虚聽大小和。安得無田有家祭，衆香厨煮五仙禾。

十九日雨滂沱之餘油油若酥有秋之喜同於農夫

昨夜看雲黑作團，已屯風色釀空寒。中宵海嘯舟如鶩，正旦簷平雨似磐。大火炎炎浄鶉次，九淵肅肅動鯢桓。東南十郡三千里，閭闔涼飈一氣歡。

夜雨懸河寫懷録别呈東河老人

離思滿虚堂，秋既望十九。誰挽天河水，萬瓦海波走。簷溜凝燈色，爍爍火龍吼。衆流直不斷，簇作銀竹藪。翻令夜深黑，光怪搶户牖。海天約真寒，獨坐安可受。萬響不成喧，一静吾自有。人居三城底，雲塞九霄厚。又疑移大壑，倒置傍南斗。東南海山地，一碧蕩氛垢。吾知堦下石，朝來或成臼。吾師道體胖，火宅無雪藕。昌黎汗漫膚，滑叔柳生肘。庶幾快一睡，栩栩漆園叟。夢中恐傷别，别意亦已久。蓬扶十年直，殻散一日剖。中夕秋凄凄，感此念朋友。何如此遥夜，論文共杯酒。簡也三月來，以五月七日謁見先生，泫然話别。不庭頊木偶。倏然方病蘇，瞠乎已塵後。昨讀夷吾傳，生我者父母。知我者鮑子，無告坐疾首。功名過四十，明義痛自負。凌朝江水碧，秋色灑高柳。悲心接浩蕩，佳氣拂壟畝。仙舟白雲帆，可待雨晴不。

贈孫上舍平叔爾準二首

九面湘風八桂林，四方桓鳥七哀音。虞泉西景黄茅裏，越國南枝白露深。宋玉愁多秋送遠，賈生年少古傷心。釣徒豈爲親喪隱，早有煙波漁父吟。

八座年家八拜恭，雖無車騎有雍容。舍亭司馬深稱疾，逆旅梁鴻也賃舂。老我呼牛又呼馬，驚人如虎一如龍。莫傷鶗鴂草萋碧，共采菖蒲花紫茸。粤俗云，七月廿四日安期生生日。

雨廿四日

昨暮朱霞高半天，魚經心法九江傳。早秋澣葉雨清絶，處暑涼風人黯然。蘇肺潛知月勝火，憂農深笑士無田。聚糧三月安慈母，少病孤兒減藥錢。九江人以晚霞高低占雨遲速，甚驗，驗雨以簩魚花也。又農人云，處暑不可雨。

七月廿九日追送東河老人於花地老人囑時地景物不可無詩別後次爲絶句十首

大江秋色白浮涼，去鳥來帆定水光。無際雲沙天一轉，風旗彯動夕陽黃。鵝潭捩柁向大通滘。

岸花颭颭揭青簾，獵獵江風吹白鬵。紅樹碧山官獨笑，畫船詩客入秋蒹。

雲昏風黑望鵝潭，大艑如山浪似帆。花裏杉亭花上雨，斜兼雲日到秋衫。

五湖煙波雙鯉魚，兩漢金石一函書。花雨竹煙昏別眼，別時今日此精廬。公以《兩漢金石記》相貽，覃溪先生所寄。

公言君但宿舂糧，我是長齋周太常。宦情亦似離筵薄，覬得南來一味涼。

南河昨日發官程，北海今朝薦禰衡。開罷重封還北望，花梢一角廣州城。是日作書薦友生。

挹芳園榭此長亭，山色潭光好晝扃。獨遲仲文看江雨，雨餘閑煞數峰青。園爲官吏借以飲餞之所，是日獨扃。公拉錢雪航同北，待一日未來。

裊裊西風拍拍波，江楓初赭帶殘荷。繽紛不似桃花水，爲少汪倫此踏歌。昨與汪竹東約，以事不得來。

臨水登山古別愁，不關風雨滿襟秋。舊例遠行盡一哭，青衫還濕老江州。

打鼓鳴鉦夜窈冥，中流鵜鶘總揚舲。涼風不許遥相望，官燭江雲一點青。

八月八日宿伍氏園林霖川讀書處三首

花影樓陰記昔遊，玉釵聲滑下簾鈎。風廊柿葉池荷雨，十六年中此夜秋。予昔作《城西雜詩》有句「行到小樓花影下，隔簾聞落玉釵聲」，一時稱之。今十六年矣，詩已删。

詩人有病却無閑，傷别傷秋臥掩關。夢寄西風暮送遠，白鵜潭外碧雲閒。東河老人北行，霖川及門也，以病不能出餞。

煙幃冰枕暖雲浮，夢醉春山不覺秋。秖覺客心孤迴絶，晚唐紅袖倚高樓。予是日得洪谷子《春山》一幀，中有美人，長累黍，而韻絶世，後歸平叔。

夜過孫平叔

月午大城秋，潮光一郡浮。此人如此夜，應在庾公樓。地暖忘遲暮，天空有别愁。江南他夕夢，梅月北枝頭。

八月十五日大觀察吴公招飲同林汪孫三君明日詠懷投贈

狂簡釣徒侣，魯公今有之。日思鹿脯帖，風送鱖魚詞。夙昔貧爲士，泓峥氣入詩。浩然來溟涬，幽絶刮馮夷。南食窮搜徧，西歸卅載兹。詹詹小言賦，局局大方嗤。服野雲煙重，官尊禮數卑。花磚梧日轉，松障壁風吹。水凝緑天院，菊深黄葉籬。坐涼彈石瀨，秋緊咽琴絲。林九彈琴。起視霜空色，蕭蕭志士悲。旋親元化句，脉脉遠春移。暖響卿雲溢，光華聖日爲。遺音得平淡，鬱思或嶔嵚。律中邕喈鳳，才欽大小兒。家聲清以迥，樂事儋忘疲。法曲漢陽渡，歌童楊柳枝。是日歌先生自製《漢陽渡口》。三年向東道，此事憶南皮。玉饌庭花晚，金飈桂粟垂。城頭團玉鏡，酒面漾金漪。生幾新知樂，誰能百罰辭。中筵神張王，促節鼓淋漓。作鐃鼓。意浹隨飛動，杯闌入別離。嶺雲眠布被，關月照霜髭。話我邱夫子，傷心老畫師。詎抛愁阿那，亦問夜何其。文字沈酣久，空明藻荇滋。簷停黑竹柏，人墮碧琉璃。有母嘗羹切，沾公愛客私。燭偏花紊跋，衣軟露驚肌。蝴蝶他宵夢，蒹葭一水湄。衆香邨靉靆，孤艇臥欹危。柔翰時還作，良臣誠可思。府中今日語，身後子雲疑。長揖開鈴閣，嚴關啓玉笓。九衢潑明水，初雁叫涼飈。兔窟深深急，銅龍的的遲。回頭想官樹，鴉影落寒墀。

題吴大觀察濯足圖小影

眼中青碧入五嶽，夢裏山川問雙脚。脚跟蓊蔚雲浮浮，洗雲合化萬里流。潭光峥嶸無暇影，山影秖壓竹帽頂。泠泠禿袖松入風，兀坐似石肘似松。冰雪兩骭風雷胸，詩骨瘦立力魄雄。毛孔八萬青芙蓉，一芙蓉一長者子。是時先生洗足已，十地徧滿八德水。

和平叔秋宵見懷

遥識秋城上，秋光月一分。江明出山雪，柳暗入沙雲。室静愁空闊，天清獨見聞。鴉飛帶棉葉，墀影動紛紛。

偶出郭秋色已深感東河公之行日遠平叔之别日近矣於餘閑室寫懷

贈平叔

海碧天青淡日光，雲陰山翠灑秋涼。風浮病葉隨人影，吟泥生衣滿夕陽。代謝知交真共命，短長魂夢亦思鄉。抗風詩社城東在，聯句城南有此堂。

平叔製我衣

已自藐姑勝雪霜，亦非須賈贈衣裳。後先生日憐同命，江嶺孤兒共有喪。金紫他年更哀痛，芰荷送老獨芬芳。兩須深篋徵遊記，東海波塵不可揚。平叔與予先後一日生。

贈别沈見亭廣文奎**還長洲**

我宗昌谷頗能仙，君學東坡不墮禪。珠樹池隍雙翠鳥，梅花江嶺一青氊。門卑霖雨從桑户，樓古風雲待仲宣。他夕松陵看明月，虹光知有米家船。

九日許孝廉周生慶宗**置酒觀音山同韓東老汪竹東林哲侯孫平叔李東田作歌**

張筵勢高萬象出，深杯行雲匝蕭瑟。十年兹山兩重九，秋色蒼蒼此風日。樹梢仄景平案光，人閒卓午塵頭黄。當胸颯爽風雲氣，入眼窈冥滄海涼。海涼何自自扶桑，萬里上洶君衣裳。君衣易警心易傷，七人五人非故鄉。林生感調爲春陽，木葉無言抽暖芒。江南楓樹夢中緑，江水春心愁未央。寧知客裏百里糧，嗣宗出門老更狂。

兩回重九吾畏説，今日此山君勿忘。背人灑淚遺千古，落照悲風起大荒。忽然萬井煙海白，星河瀰漫燈火碧。浮屠離立懸空虛，餘霞大横劃西北。良時旦暮吁可惜，此身哀樂生有極。肩輿仰面月露寒，樓閣沈沈浮夜色。萬井炊煙渺漫如海，人家燈火時出煙中。寺塔雙懸，餘霞千里。

十一日韓大夫東老是升**林上舍哲侯**浚**復置酒以予足軟移讌三元宫與汪孫許李諸公作**

昨日高遠多悲心，花露酒痕并淚襟。江山眼老今古闊，溟渤氣大風雲深。今日開筵接平野，平蕪山陰澮瀟灑。瑶笙石磬静白晝，落葉飛禽亂秋瓦。黑横雙塔壓長影，瘦削兩峰勝一把。昨暮清泠上界鐘，復此因依舊遊者。七人三日兩追陪，七人明年能復來。天青白雲一雁哀，稻粱滿地鴆作媒。飢鴞鬼眼秋更碧，叫風嘯火焚大槐。諸公鴻冥何篡哉，抒憂作達戀餘杯，别後眼前同有懷。他時東西南北夢，共此日月金銀臺。夕陽滿面風滿袖，琳宫宴罷群仙迴，秋崖冷花明不開。

休細談行貽許周生孫平叔

勸君近休深細談，談深情如風飽帆。帆風相待轉相惱，此語别時君始諳。三日藩府深潭潭，高堂多風秋滿衫。我自懷人託江柳，天青葉黄情不堪。我交平叔始兩月，相識明日霜纏篸。西風半夜吾已老，我老得友吾無慚。嘲元久矣逢桓譚，見傳不見心亦甘。千秋語言付一哭，卅載心血殷重函。豈無良朋叔也耽，得味之外遺酸鹹。况君妙年戎與咸，九州浩浩馳雙驂。剩憐嵇康懶且老，柴立已如晞髮耼。何如二子日過我，合我二與一爲三。我餘閑室在城南，病設一榻燈一龕。大穿溟涬細毛髮，巧歷不得况其凡。留叔且住君亦住，慎勿出城秋氣酣。大江日夜不肯息，風雲蕭森鬱鵝潭，别愁江上山差參。

歸夢行贈平叔

菊花滿籬白雲高，樵夫昨夢歸邨皋。柴門夜開秋水白，天地一物無所逃。曉來語君君語我，西風客帳懸波濤。歸心大江五千里，耿與水月相勞勞。楓林見天猿墮影，風露闊遠資夜號。不及三聲客已醒，哀音隱耳淚在袍。夢中哀樂各已杳，獨計別日增鬱陶。逝將放懷拂袖起，君向梅關我花里。嶺梅開花我夢君，君眠花店逢故人。

夜雨平叔佛山送福節相

夜雨金聲鏘瘦竹，雁叫新風寒粟粟。濕螢避寒攢近人，照爾舟夢江南春。斷腸柳惲吟白蘋，暮愁茫茫胡蝶雲。津頭鳴鉦慘將曙，淺水涼煙此何處。近知減帶與鄉愁，腰腹仍大難傴僂。

九日之宴惜侯秀才貞友雲松不與席作詩貽之

城上花臺塔上峰，七人九日五吴儂。登樓八詠須家令，善哭諸賢有嗣宗。山勒地形臨碧海，天開潮勢蕩霜鐘。明年能會惟應笑，癡絶先要陸士龍。

寒鴉

寒鴉畏影避不得，天地并作秋水色。浩浩煙霜千里高，亭亭三點兩點黑。汝自哀鳴夜長極，俯視嚴城深闃寂。我自竦肩鶴一隻，苦吟咢咢雜歎息。勸君雙眼清迥碧，耐此孤月凌厲白。莫宿高樓最高柳，主人已爲路旁客。花房春風吹舞衫，舊燕新人不相識。窮簷凍雀爾所見，一瞬空倉不得食。何如入我香苑樹，盍飯慈烏共朝夕。嗚呼汝鴉無肝膈，昨夜淒涼今不憶。西風刺骨一萬丈，南枝微命幾寸翼。

秋曉左石庢相過奏琴予未起紀夢

至人何人作巧弄，天風石泉洞天洞。美人孔蓋金葳蕤，穿花成雲結飛鞚。蒼玉自鳴褭不波，水凝雜珮春颸凍。珮聲隱壁夢在眼，我琴君曲莊周夢。作此操。茫然心醉披我衣，秋花煙深胡蝶飛。西風四壁若懸水，泠泠虛白吹珠璣。乃知君術過左慈，感我勞魂成我私。懷仙歸風秋正悲，心手在君君不知。罷彈不語庭葉落，兀兀僵松柱冰壑。歲華今夕徂鬢脚，爲我鈞天續廣樂。

月

秋月入重城，分光到我庭。片雲人共影，多露物增明。海氣難爲夢，堂虚易有聲。曉鍾淒緊絶，天地欲峥嶸。

露

重露玉溥溥，煙深竹亞欄。聽蟲知艸淺，無月有花寒。衣袂吟邊濕，江天夢裏看。琴絃感風氣，緩縵不成彈。

風

涼風起西極，吹立八溟山。洶湧秋心苦，雲濤不得閑。吹臺鷹睨日，紫塞馬臨關。是地真蕭瑟，淒然到夢閒。

竹

我心風葉勞，我竹日堅高。開户雲停月，驚禽露滴袍。故人魂一片，今夜水三篙。自照亭亭影，歸看新鳳毛。

松

高絶晚蟬風，四松溪曲東。藤蘿媚秋月，窗户畫江洪。往日維舟飲，深天染酒空。近知村稷早，鴉背日先紅。

艸

曉色秋雲涼，古原初日黄。傷心已千里，何忍更殘陽。病馬嘶空闊，寒鴉影渺茫。無勞感鶗鴂，歸去護蘭塲。

入郫寄平叔并呈許周生

浩蕩草木風，併日作秋色。九月迫上冬，十赭照一碧。孤舟點江天，歸雲翼蒲席。大城塵氣中，黯與煙水夕。青山對白日，去住兩寂寂。三山撇雲波，一堠隱石壁。新寒感緩帶，何必萬里客。入郫斂空闊，始免物態逼。村香晚逾厲，花晦多澹白。紛紅避遲暮，亦覺鬢蕭索。開門竹竿瘦，簇葉涼摵摵。高梢青天遠，遠意接歸翮。虛堂燈光細，無侶來所憶。知爾心不閑，會此夜長極。江頭作歸夢，風水催別席。許君玉琴聲，金奏亂淒激。昨日君送我，壯淚已欲滴。計日君別我，我眼老痛刺。酸風一千里，結面冰縷直。還家此三夜，離趣熟嘗識。他宵大江水，與爾自歎息。歎息嶺頭月，嶺隔月不隔。月下病懷人，吟苦抽肝鬲。惟恐雨雲黑，江城深冪冪。江湖滿大地，遂使汝影隻。還當即出郫，及汝未行役。

自題覓句圖小影持贈平叔

山澤養其外，形容合枯槁。幽貞媚其内，詩句或娟姣。自顧命微細，芳性托弱艸。生來足秋思，寒瘦異郊島。連犿含清風，憀慄感少昊。何必秋始悲，秋悲益微渺。贈子自即目，前後如夢杳。薄袖天青寒，獨立山白曉。波濤涌黄落，離憂鬱浩浩。山川邈深遠，鬢髮潛秃少。他時對相憶，未覺今日老。何况少壯時，而能爲君道。我昔稍似君，相者云騕褭。歷塊風塵内，愧汝聲價早。蹭蹬過四十，半百一潦倒。菁華褰裳竭，哀樂迴首了。年深更衰憊，衰憊庸可保。身名兩隕滅，何用見皇考。至公懸乾坤，致遠豈梨棗。得君若昆弟，國士實俊造。文章歸根源，此事非艸艸。化身遺隨君，願汝少病惱。别後相思顔，何以寫去聲素縞。揚越明月墟，千古照情好。

菊十月朔日作

昔昔歸心到此籬，白雲黃菊夢相思。纔過明日留佳話，持贈秋風臢好辭。竹徑故人虛上番，梅梢寒月落南枝。一年花事侵尋別，汝得先春不道遲。

溪上晚步舍弟將平叔書至有作

一幅水光無有邊，涼風啼雁落深天。青山屋角煙江外，紅樹橋頭夕照前。容易別懷成昨日，尖新寒氣覺今年。側身湖海看君遠，搔首乾坤老我先。

素　馨

瘦葉纖藤自相入聲當，娟娟窺得及肩墻。不勝月露難爲色，要感心魂始與香。春暖銀篦奪孫壽，欲開時，摘而穿之如篦。秋風夢艸寄劉郎。輕軀細骨誰憐得，須問翾風百和床。

村口晚觀潮上寄九日粵秀山諸君

西日蒼蒼海水東，海門橐籥呴潮風。覆甌出没遥岑白，沸火峥嶸夕浪紅。倦客悲心多遠眼，高臺雲木浄霜空。秋山山響樓頭月，獨此花邨照病翁。樓，韓東老所名。

菜畦

天高霧雨涼，畦瘦菜寒芳。翅葉鸚䳇緑，粉花蝴蝶黄。竹根繞籬水，簾色讀書堂。多暇無機事，湖山落晚光。

桂花

桂叢寒有花，勞者暮還家。雨澀香逾緊，窗深風故斜。新方傳楚醑，計日及秋瓜。好自收金粟，新年駐鬢華。近得新方：以小甑盛花，注酒而炊之，復蒸爲酒，開筵而就，芳醇如舊醅。

中夜

潮滿櫓聲圓，花溪出夜船。岸虛波拍拍，襟動月涓涓。安步憐蟲語，微吟穩鳥眠。幽思擬康樂，園樹亦南田。

清曉

人閒好風日，爲是有花枝。我得生南國，春仍入四時。鳥鳴圓撒瓦，魚暖既跳池。十月勝襌袷，無衣物自私。

別平叔十月廿五日。

離懷感風雲，澮澮海水涼。握手波影衣，人面寒夕陽。自從識君還，日日輪轉腸。僂指一百日，悲歡數蒼黃。夜夜作別夢，旦旦同一堂。充日以爲歲，百年未覺長。幾日出郛來，無夢神已荒。魂魄若散木，波濤掀客床。一日百相阻，一語半或忘。吁嗟乎平叔，吾老深可傷。頹齡破四十，齒落視茫茫。聰明戰哀樂，一往難自當。精枯眼出骨，有淚不成行。亦知心血衰，悲極舌轉僵。路長語言短，西景上風檣。後會天地閒，病軀無復强。以約慰目前，有約則有望。時日費山川，何日更何方。孰知此别闊，有别無商量。但以今昔心，共兹明月光。或於時命外，此願得一償。一償豈不喜，悲乃倍尋常。恐汝須與眉，似我今日蒼。各自出小像，共訖誰家郎。勉君千秋事，誠實有文章。才學兩相資，其過或相戕。吾知君必傳，無使心飛搶。浮沉元氣中，此物真金剛。功名旦暮取，汝歸其勿忙。入門語仁兄，嶺海此古狂。願爲梁溪水，日夕繞君傍。

别後呈同餞諸君

客散天寒江雨深，潭雲低合去帆陰。誰家柳樹勝迴首，今夜梅花無限心。試夢風波勞反側，離筵山水泥登臨。英韶迎送多奇石，不許懷人日擁衾。

佛蓮滿月

誕兒纔十日，出門送遠離。是日城南園，餞者半喜悲。故人度大庾，折梅愁且思。忽悟梅有子，南望一舒眉。至今已滿月，安能辭一歸。漸老情漸長，幾夜頻夢之。夢之歸近易，即可及此期。云無兒女情，此語勿自欺。況吾非老陶，膝下多男兒。諒彼呱呱者，恩愛復何知。政以不知故，哀憐心益微。積憐成彼識，從此語孝慈。七日歸入門，和氣溢門楣。八日母抱孫，憶話吾生時。生時何忽忽，四十五年茲。吾知老母心，不敢嫌孫遲。寧知兒在側，潸已傷吾衰。吾衰不敢言，聊穩先生妻。羊子與犬子，愛至賤亦宜。生平不飲酒，主人今少持。微酣復微寒，日黃桑樹枝。隔水望孤墳，年深鬼安依。清風入桐竹，亦作歡聲吹。

白茶花

剪雪層層膩葉盤，月光無色但增寒。朝來小玉開屏立，浴罷昭儀隔帳看。解語授經應般若，非珠明夜定琅玕。仙家品格無柔骨，合詠崋山女道冠。崋字去、平二聲皆可用。

離居行寄許周生

知君南夢臨北關，關外日暄關內寒。古梅瘦花似君骨，吴天峥嶸行路難。故人歸舟大江闊，江風揭浪如吹雪。鄉思争飛東逝波，勞魂迴挂南枝月。江上初寒趨盛寒，人間大别連小别。冷紅静白邨花晚，澀露苦香冬日暖。遲暮懷人聊曝背，長風望遠能酸眼。東藩索莫君何堪，爲寄龍井雲牙尖。知我傷離入長夜，有此清甘無黑甜。府中芙蓉花覆簷，夕陽醉花人意酣，花未覺冷君衣添。披衣相思人已遠，幾時驛騎來江南。江南歸人嶺南客，此時一歌休細談。《休細談行》，予前貽許君及平叔詩。

後離居行從許周生索芙蓉種并寄平叔

我思美人寒涉江，大江水漕無徒杠。美人思我搴木末，髮鬖霜紅暖寒日。藩府芙蓉天下無，一花韡韡如四不。夕日曛嘔琥珀酒，朝雲晻曖琉璃膚。許家公子芙蓉館，花影摇摇鳥聲軟。不知吟望冬景深，但似離居春日短。題書寄我花邨中，花攬别懷中酒同。上言樵子少病惱，下云大江多雪風。書罷城頭浩南望，惟見别時酒邊落葉山上榕。餞平叔處，園中山亭榕甚古。憑君慰我多病翁，爲我種花溪曲東。緑玉丫叉削堪把，江干便有花船農。明年買櫂或過我，深花緑天秋水紅。好須作書報平叔，佛山東下花叢叢。花密不知舟可通，舟行九曲路未終，門外三折皆芙蓉。平叔嘗問予邨居何處，予言在佛山鎮之東，渠來惟知佛山耳。

寒月懷周生

虚白凝寒闊冰眸，中冬圓象厲於秋。簷枝映地花如寫，露瓦霏霜水欲流。雪在嶺南楊子宅，人誰天末庾公樓。謂平叔。知君高下亭臺夜，官樹啼烏曉不休。

得平叔書寄侯貞友

前櫂夷猶信路難，歸期蹭蹬爲新歡。離杯别雨征衣濕，水白山枯瀨月湍。楓戍鼓邊青眼夜，霜燈江上黑貂寒。侵尋又餞江南客，應見梅花在驛鞍。

五百四峰堂詩鈔卷二十二

壬子年

春寒

冉冉松頂雲，浥浥雲脚雨。雨氣與海氣，濛滃上春宇。一合爲空寒，天陰切江渚。遠眼失浩蕩，煙霧塞四堵。獨增江水光，冷白凝暖浦。萬象不入影，雲物無處所。自從人日來，六口堅閉户。鳥飢忍澀縮，花重懸辛苦。詩心醉蹭蹬，夢境寒趄趄。今旦晴未明，躡屐窺吾圃。手插芙蓉枝，的的青可數。

其詹得臺灣蘭寄我

歲晚花船百里中，春颸摇裔送村翁。初矜露甲精神緑，細護霜瘢撅捻紅。對我南邨素心在，分根東越故山空。憐渠早作辭鄉劍，不見苻堅草木風。

寄别侯貞友兼寄平叔

我泥看花不送君，花時多雨坐傷神。却憐黄柳離亭晚，空閉幽風小閣春。梅樹枝南先緑葉，故人行處牓香塵。惟餘冰雪江關路，雁後人歸何太頻。書來云正月下旬成行。

春　水

汀洲白蘋水，蘋葉暖依依。昨夢春山晚，風波遠客歸。阿那濃柳影，澹沱碧雲飛。宜稱桃花岸，棠舟白袷衣。

梨花下作

木蘭太濁桂香濃，鼰得還忘看欲空。晤徧園芳此花静，晚天晴碧澹無風。

風夜

竹影春燈亂，春江湧夜寒。臥聞禽濕縮，夢入雨汗漫。窗紙裂明水，邨花翻暗瀾。三旬晴十日，五日賤軀安。

連日寒雨柬鄉曲諸公上元以來與諸公閒日會飲，多雨阻不齊。

柳絲浥浥夢醺醺，夢雨横江草緑雲。隔日酒杯欣取閒，一村花絮攪離群。苔高粉壁蒼山勢，樹入春潮碧水紋。二月上旬初月破，可須脩禊感斯文。

風雨夜寄許周生

多君冥舉託孤鴻，而我卑棲喻二蟲。蛾子綢繆槐國雨，鷃居蹭蹬魯門風。復吟復飲芙蓉渚，傷别傷春辟歷桐。應與羅敷和趙瑟，高樓西北日南東。

二桃樹各始開一朵嘲之

無言有怨望盈盈，自愛春風自目成。日暮中園又煙雨，相憐憔悴到天明。
天明未明春夢迴，兩樹千花乘夜開。恐君自中春愁醉，煙雨酕醄官不來。桃花答。

復　雨

昨暮林梢夕照來，緋桃火急夜中開。五更風信平明雨，雲外木棉花上雷。沈令瘦腰咨緩帶，公榮燥口負深杯。痛判夢裏吟春草，遮莫床前及緑苔。

春江櫂歌四首

窈嬝緑蘋容裔波，柳風吹面醉春和。白絮白鷗影白袷，青峰青髻鬭青螺。
春江水色蕩人心，花擁春人影不深。飢魚雙出呴花影，不畏隔花人整簪。
北岸垂楊南岸山，江心歌管信青翰。不知兩岸青陰合，特怪漫空煙靄寒。

雲外誰家花上樓，東南初日上簾鉤。遥知獨立樓中女，自怨何人江上舟。

離　思

離思滿春江，枕外波浩浩。天水魂夢浮，風雲蝴蝶小。江南千里春，柳惲五字好。何時見新詩，秋汀白蘋老。

朝望大夫峰賦三忠廟

大鳥峰暗雨迷川，岸抱湖光樹倒懸。山足噌吰隱龍鼓，魚塘海四、五月夜中，鬼龍船從山下起，近百餘年矣。雲根篷勃出鯢淵。鳥喧邨祭巫投肉，馬踏飇風花滿天。奉禮嘔心悲喜盡，要將詞賦託神絃。

春朝詠懷

孿禽啣草濕沾翰，雛竹平簷重亞欄。雲外春山如醉夢，花梢風雨見陰寒。即歸晚食抛長鋏，不出時人憶小冠。遠謝兒童笑拍手，何曾辛苦逐彈丸。彈丸應平聲。

初　葉

初葉帶天碧，瓏璁非曉陽。餘花露酣重，平檻雨浮涼。煙鬟沾髿緑，雲芽寄膩光。故陰忽已改，風軟未琅琅。

新　草

新草泛風柔，汍瀾一寸抽。天光酥雨暖，日氣碧雲浮。詩夢驚長別，春心足倦游。何堪極高望，千里到簾鈎。

晚　花

晚花如美人，遲暮自傷春。品絶難評色，愁多剩許身。纖穠看愈遠，煙雨闊無鄰。緩緩湘東騎，前塵薦綺輪。

林哲侯彈琴詩

半塘蔫花秋鷺明，去年憶同許周生。周生彈琴詩發情，秋入菰蒲寒有聲。周生句。云有林哲侯，與君同鄉土。寄家吴門作吴語，不奏吴聲絶高古。八月望夜觀察堂，秋陰離離花覆廊。石泉璁琤窅屋壁，山風蕭颯掀衣裳。新歡危坐遽掩奏，禮節不使神飛揚。九月九日天氣涼，山響樓頭南雁翔。七人五人齊望鄉。細聞林葉灑窸窣，洞如山石空琅琅。日落黄菊酒杯短，風吹白雲天路長。是時勸君勿終曲，要使盡情同一哭。已似桓伊唤奈何，始敬阮瞻忘雅俗。十月廿五別鵝潭，是日平叔還江南。西樵凍日黯千里，照見汝琴方在函。君言有聲不成曲，亦似別語三其緘。江山去住各寂寞，始放別淚沾衣衫。憑君補作歸風操，當得離居今雨談。別來青春半徂謝，絜風花雨驚吴姹。博山爐煙鄉夢闌，一和吴歈彈子夜。哲侯與婦同還粵，亦能吟詠。

黃淑亭佛山相過三絶句

一帆煙雨滿船花，還過花邨野老家。膩碧如油白蘋水，門前隨意得魚鰕。

憂患安身託六經，壓船煙海道山青。樵夫昨夢搜奇字，到爾巢書天放亭。

秋官坊裏我比鄰，四度春風幾故新。舊雨苔深車馬跡，可無人説賃春人。

春朝鄉里諸公同集致公房議脩慈度寺

村喧海雨聞，松杪上風雲。萬象勞如此，諸天静不棼。花陰香積晚，苔碧佛衣紋。勿使山魈伎，圍墻入夜分。

中園寓目寫懷示友人

青春漸闌花滿枝，春烏上飛花下飛。中年聲色自多感，昨日風光今有違。謝病還家出而作，循環觀化入於機。可教雨雪雲沙路，中有芙蓉薜茘衣。

齋中詠盆石水仙

盈盈春江深，脉脉怨花月。盆池清夜氣，眼凍厲明雪。賞近心已遠，香㬥風一髮。掉頭見吟影，素壁瘦兀兀。幽帷夢蓬瀛，塵霏海娥襪。

早　春

花高臺榭出人驚，春遠雲山入海明。絮緊絲柔酣日氣，東勞西燕逸風情。芳時薄晚天將雨，樂事中年死半生。向秀注莊還作賦，道心蓬卷苦篁聲。李昌谷樂府《苦篁調嘯引》，笛曲也。

春　風

春風情性與誰知，急在花梢緩柳絲。柳密花深小庭晚，有人尋夢碧雲期。宋玉情深語絶工，已判雲雨又分風。年深道勝甘雌守，不辨披襟顧盼雄。

鄺氏艤齋酒闌諸君冒雨歸予與歐退菴如熊先輩待潮不至晴亦步歸已四更殘矣

杯闌燭映雨絲斜，十里春邨一萬家。門外寒潮風壓信，屐痕明水月漂花。板橋拄杖遥嘷犬，竹火穿林曙叫鴉。似夢年光别如雨，後期須問故侯瓜。退菴辭官十餘年矣。

補和平叔九日鎮海樓

壺嶠碧城頭，城頭鎮海樓。樓前九萬里，鵬背清泠秋。寒信驚賓雁，離思近女牛。春還遠相憶，花月越江流。

省平叔去冬蘆巴驛書

他日張燕國，題詩在驛垣。風波送行夕，山月故鄉魂。此客非凡客，西門是别門。我歸過舊浦，煙雨凍黄昏。

雨中有詩

四旬苦坐雨，習苦成近玩。清泠草木氣，澹定空水嫩。茸茸霧無質，裔裔眼生亂。浥浥花抱寒，脉脉人與倦。雞鳴深緑叢，鳥飢得紅片。陰重陂草静，光薄雲日變。炊煙帖漫白，石苔澀峭蒨。映空平若失，隔樹斜稍見。如夢春不惡，微和風屢善。弱蘋靡波流，時芳付雲洴。梟脚墻抽艾，馬齒畦覆莧。已風三年藥，即晚微禄歎。詩屋壓江雲，冥搜夢春甸。

晴陰有詩

飛鳥定恬風，泛泛極雲天。天雲亘水氣，積水陰渺漫。枕衾畏夢寐，超越約籬藩。緑蘚雲鏤牆，青蛙池漲盆。露梢竹濺衣，雨陣花垂闞。竹根繞坡路，花上眺春郝。郝暗落濕翠，湖光浮闊寒。絮煙白切草，夢靄黑懸山。去鴻叫孤影，深天明碧灣。節候坐遂徂，沉重景已闌。雲外西去日，古時東逝川。颼颼送暮色，黯黯動高原。溝瓦飫無聲，茫茫燈火昏。

書十六韻與歐退庵歐上舍書圖維麟

入春五十日，問病兩番來。水繞路旁寺，雨含松上雷。謂慈度寺。竹林雙矍鑠，藥椀獨摧隤。二老誠近切，中年傷樂哀。忘情仍道淺，今歲負花開。正月火爲樹，懸燈星綴梅。天陰自人日，物候翳春臺。近水黃魚頓，啣雲赤酒杯。蓬蒿破泥濘，鄉黨續追陪。昨者衝風出，宵闌著屐回。需輿元軟足，負刺忽咸脢。兀兀倚枯木，炎炎非大槐。身今未老洫，心且不然灰。坐似平安竹，行防汩滑苔。新詩吟起我，故紙懶成堆。筆興時飛動，篇長費溯洄。

春陰

水氣上寒氛，春陰始屬雲。夢多愁自醉，衫膩坐頻薰。厨盎朝禽下，田波晝蛤聞。濕花無意緒，落處不紛紛。

歎落花

條風纔動衣，即已見花飛。草緑連南浦，村晴得夕暉。誰家空苑樹，流水到柴扉。漻泬傷春日，登臨送遠歸。

海樵先生邕州寄芋食餘種之

一頃南山悔落萁，西江九爪得蹲鴟。中園挈水無畦町，遷地抽心甚卷施。遠憶封題嘲困惷，向惟家食不委蛇。僻田早熟君歸早，并與嘗新粉作餈。

後園小竹商裁釣竿戲作

春筍新抽緑玉條，舊曾風雨咽秋宵。槎頭潑潑水五尺，鶴膝稜稜墻半腰。餌犗聰明猶剖粒，狎鷗心跡亦承蜩。却齊得喪還留取，萬丈空潭寫月潮。

得平叔玉山舟次十二月十一日書

層冰明玉山，舟膠玉山閒。歸及小年夜，書云計廿三四可抵家也。書剛大庾關。開時春過半，今日汝安閑。湖上西神緑，吴妝梳曉鬟。

村飲暮歸

春郵雨後苔，雲月暗徘徊。但有燈光處，深從花罅來。蛤鳴板橋屐，露洗竹根杯。獨夜西堂宿，神清形自開。

贈玉溪生絶句

晚天花上碧雲明，雲碧天深春水平。有此人閒二三月，才情雙絶玉溪生。

南　風

海日蒼蒼落，空雲崿崿高。南風平動地，北岸陡崩濤。雨勢蛟龍蟄，村聲木葉勞。弱燈無定力，堅坐息群囂。

溪上即事

松密溪不光，净緑養深秀。下見藻荇葉，容裔雲絲皺。流花明的的，得草時逗遛。浴鷗白泠泠，於我無避就。掠波試燕濕，引子拽藤瘦。久坐春陰多，煙水沍襟袖。入春六十日，此日最晴晝。日色金碎瑣，溶漾不可湊。氣寒壓薄暖，況此濃翠覆。裁句礙景物，和神抱節候。澹心媚幽姿，裹足寡俗謬。寓觀將外揵，適新知内疚。濯清滄浪翻，掬碧神明漱。榜鳴客語聞，花動鳥飛驟。故人買花船，封瓻借書酎。龍山送酒至，因及之。

夜飲桃李花下

桃宜斜日李宜朝，桃李皆宜絳燭燒。夜色瓏璁好無月，花光高下近通潮。今年多雨愁兼夢，二月三旬醉幾宵。有酒看春拌眼纈，無風明日也魂銷。

春晴野望

春晴曖無風，游絮亦離地。日色蒸久陰，浮浮上青氣。三旬靳一出，心目交泥滯。抽思鏤花草，亦覺慧而細。及兹攬空闊，指以極爲至。安知蒙茸外，天合野無際。白袷凝雪明，受此千頃翠。

致上人送碧桃

英英雲葉剪刀殘，無質空疑有霧看。三月春明初月色，十分濃碧二分寒。漫山鄭瑒紛成屑，出谷張梨簇作團。合是禪花此清净，生無邪慮竟心安。

射虎圖歌

猛虎得人秖數尺，將軍昨夜箭入石。山風偃木須豎戟，將軍眼睛如虎緑。目光電交倚一鏃，鏃弗應弦則手搏。後有陡削前絶趨，虎進不已人負嵎。人虎不得少踟蹰，欲急已遲擬即失。將軍氣盛體若橛，肘如枯枝杯不溢。彼何人斯李廣真，誰其寫之曹將軍，不爾安得妙入神。我欲短衣馳匹馬，今人旁觀汗猶瀉，況迺左右匍伏者。

三日行

三月三日行春陽，天高地迥浩春光。昨夜凍雲垂地黑，到曉平湖寫天色。艀舸萬里洩窮陰，滄溟坦掌浮春碧。木棉花城開紫雲，花閒青鳥窺麗人。桑扈雙飛桑葉匀，煙綿之草花氲氤。春風無心波動裹，青蜉翅軟胡蝶醺。羅敷未嫁尤孌孌，萬點落花如一剪。路傍人多歸路遠，春愁海深春怨淺。老夫不笑國人狂，杖藜詠歸衣履香。既多士女少相謔，亦欲祓湔無不祥。柴門迴首暮塵暗，樹杪清風西日黄。

誰家

誰家鐃鼓清不譁，繁音深出幾層花。花邊籬犬臥碧草，屋上木棉飛老鴉。少壯春風吹夢緒，詩篇心跡驗年華。不能與衆天使獨，亦可少安生有涯。

柴門

柴門面秧陂，層波泛雲色。溶溶闊於川，山光落平碧。日絲氣繁散，風花去離即。的歷飛鷺明，静婉春衫白。蒼蒼韶景晚，蘧蘧自喻適。陶潛非達道，謝安無曠識。返性入山水，資生計衣食。昔時同學翁，冠帶何煊赫。長安熱魂夢，無暇到泉石。焉能便相笑，相見不可得。

雜詩絶句十首

積水幾尺將入廬，落花有時吹到書。葉蟲蜷蠕避乳燕，蜆鴨撥刺似跳魚。
一點墻頭青見山，七尺花底矮開關。故人莫誤沿溪路，秖在芙蓉第二灣。
静極翻憐無住心，無絃猶是處囊琴。奇花忽見初胎蕾，絶勝逃虚聞足音。
松風花雨濕晴衣，雲渚煙江冷夕暉。蜂蝶喧顛亦傷别，趁人花艇送將歸。
三月三日三日晴，白雲丹旭水天明。隔江日日來風雨，萬樹芭蕉葉葉聲。

煙水冥冥打槳聲，深深籬犬隔花鳴。遥知人識羅含宅，竹裏青光燈乍明。

三月今朝初七日，輕風細雨又微陽。自從人日希夷子，六十日中眠一場。

衆香亭前新玉蘭，雨中開徧雨中殘。窮簷飢鳥凍不出，到眼雪山明屋山。

桂花屑風金瑣碎，鳥語濺瓦絃璁琤。之折田溝自搰搰，大横窗日隙庚庚。

頗愛淵明飲酒時，辭無詮次德支離。我深酒意氛氲甚，不飲令人見欲癡。

移芙蓉桃花如芙蓉，故名寄周生

芙蓉隔水緑未吐，移桃意在芙蓉渚。諒君昨暮得我書，夢我芙蓉花下廬。我自看花日晼晚，木末英英春意暖。望仙眼内紫雲迴，暮愁花上青天遠。及此東風折貽贈，已是秋江照清淺。入無語言怨無端，紅綃映面宮扇團。畏人新婦眼波直，遺影向隅眉黛攢。石欄修竹光景翳，茅屋青藋煙雨寒。明年君來或迷路，三折深花醉霜露。西風不識芙蓉波，春水長如桃葉渡。

山鷓鴣詞

越王青草漢皇山，今日春風古碧寒。一過城門行不得，鷓鴣城北唱陽關。

黃金彈去聲彈平聲山鷓鴣，誰家哥哥教爾呼。可是留歡行不得，頻行頻問可行無。

采珠詞

老夫白首食珠瓢，使君紅袖出珠娘。珠娘生好弄明月，不喜内屏燈燭光。

掌光如豆白淒淒，潮沸聲光火齊齊。一時有脛行珠母，幾番招魂哭鬼妻。

寄許周生周生書來言王少司寇蘭泉昶近刻江海詩傳欲選拙詩寄刻作短句答之不必呈司寇也得三十二韻

方舟浩中流，風濤不能渡。勞人入中年，悲歌畏日暮。狂簡昔遠行，萬里得窘步。黄鶴樓上雲，碧雞關前樹。虎風裂崖谷，蛟涎洩氛霧。寸命赴百死，鬼窟奪綫路。鴻鵠前逐美，軀策今破誤。裹足恒伏枕，内疚自懷慮。苦心十年膽，酸鼻三斗醋。脱我遠遊衣，謂洗緇出素。宿垢沈溪雲，日浴愧汀鷺。側身事文翰，攢眉就章句。吟詠稍染指，積習遂成痼。漫浪紙遂多，拉雜焚已屢。灰塵風中揚，煙雲眼前去。肅肅青天高，悠悠我生懼。立脚竿有初，安身苗勿助。親切哀樂入，歲月心境寓。鑿竅幽或造，垂足險必赴。多思戒出位，舒肱倘成度。久歷若朝徹，孤詣雜夜作。閉關耐滯跡，登高阻能賦。髮抽花草心，屑碎蟲魚註。麤箭得蝨輪，牛軛慚象輅。古今闊渺莽，乾坤大迴互。名翼空自飛，身井老則淤。焉知我身後，復與我文遇。再來誰子雲，一去吾薤露。千秋亦根塵，半世孰惡趣。臨書謹再拜，題詩謝非譽。大匠金在鎔，小巧瓦爲注。我譬丁有尾，君無乙其處。

寒食

寒食千家送寒具，深春三月大江深。新墳白紙飛鷺眼，粤俗：新墳必於清明前三日挂白。宿草青山碧痛心。西乍暄陽東乍雨，花梢晴煦柳梢陰。中禪表袷時宜稱，竹屋松溪凍不禁。

晴日

游絲合飛絮，容裔媚春風。晴日翻書響，深花酌酒紅。露荷乳白鳥，墐竹祝去聲青蟲。微物資心累，人機昧化工。

江亭有述

花擁江亭鳥溢林，江楓覆水碧湛湛。零風斷雨將春急，蒼鬢青山入鏡深。櫟社自來矜瘇腫，蘭臺蕭瑟稱登臨。竹房紙帳無端夢，馬首雲沙白日陰。

溪草

溪草垂垂棲濕螢，螢光的的抱花冥。船偎夜雨眼俱碧，陂曉春波襟亦青。動不因風行郭索，長還多態立蜻蜓。就中鼻觀猶能辨，軟颭魚苗水氣鯹。

寄邕州雷氏表兄山莊

麋鹿雙峰堂，來仍幾葉孫。破月無近路，廿年成遠親。江湖計水驛，風月夢山郵。歲時自一家，樓臺空四鄰。山鬼語夜雨，峒奴春曉雲。石鯪穴地響，崖蜂過壁聞。吟燈明竹館，琴月映蘿門。疇昔數晨夕，詩書誡弟昆。一褫采芹衿，遂嗾佩蘭人。青雲誤西笑，烏几動南轅。待士開東華，窮途迴北塵。荆釵老姑母，松閣古徵君。素峰母舅。大雷寄書岸，華陽挂壁巾。歿存兄妹闊，山川草露春。哭雲瘴日暮，別雨桂叢昏。休文三載病，應無可瘦身。

玫瑰花

深紫看成暖，醲香静不狂。苦蟲堅避葉，醺蝶軟勾芒。露側垂珠重，釵烘眩鬟光。美人宜早起，不稱月如霜。

墨蘭又名賀正蘭，色正黑者佳。致公所分。

淡韻濃姿秖易尋，墨蘭真賞絶幽深。不留夜月留燈影，先得春風得畫心。空色緇塵忘垢凈，陸離長劍合陰沉。草元更與通元悟，結坐聞香静不禁。

梨花

梅花去後人閒月，秖有梨花得二分。夜色銀屏鎖兒女，曉寒粉蝶落風裘。霧迷甲帳仙無質，雨重春樓夢有雲。無限晚愁飛一片，謝他穠李太紛紛。

新荷

青破苔絲白破煙，柔荑防執女拳然。風摇露定欹還直，天色盆光碧漸圓。水殿卷衣凉怯怯，菱潭初月静娟娟。江南春暮情人夢，若箇灣頭見小憐。

和黃上舍嘯谷奎午夢脩禊見寄之作

日日古時流水新，流觴遥爵古時人。鳥聲花影深窗晚，草暖雲昏何處春。烏帽芙蓉山墊角，青鞋蝴蝶粉沾塵。詩成坐夢還占夢，事往無身泥此身。

流水

流水將花故繞墳，歸魂無影襪無塵。啼鵑樹樹清明夜，幽草茫茫九十春。石葛雨蘿陰窈窕，刺桐風澗碧皺粼。今年麥飯扶兒拜，應接家公笑語親。粵人媳稱翁曰家公，二字出《莊子》。

焚香

茫茫春暖細簾垂，幽絶神明通所思。茶竈酒醒分熟炭，花簷風定互游絲。薰襟隙日霏霏静，浮帳朝雲浥浥疑。隱几仰天兼服氣，佛龕禪榻又齋期。

三月十三日十四韻

三月十三日，踏青青已齊。有心人灼灼，在眼草萋萋。褉罷經旬出，花闌百舌啼。風鶯逐金彈，雨蝶拍銀泥。喚渡春陂水，藏身弱柳蹊。香雲浮幰幔，苗浪皺玻璃。巫髻妝成晚，秦樓歸路迷。言多樛木女，亦有杞梁妻。沃葉驚桑盛，青山畏日低。老夫行藥力，遲暮覓詩題。得句如長吉，投囊付小奚。陳言棄芻狗，知己屬雌霓。茅屋蓉灣折，茶煙竹塢西。清宵淡無夢，月露宥棠梨。

邨中行春

心緒能勝幾日春，晚霞晴意作獰雲。散花一禮黄師塔，僧仰素塔在慈度寺前，明碑云黄氏子。上塚分香六女墳。見邑志。尊足天生如跛鼈，濯纓波暖失洴龜。少年迴首殊風趣，風景何嘗異見聞。

老得

老得煙波作釣翁，壯抛詞賦悞揚雄。無鬚可稱懷中版，燒尾真成爨下桐。裹飯我知貧是病，乞醯前悔直傷躬。姜肱豈是藏深密，自畏人前鬢漸蓬。

過嘯谷花圃

板橋榕社深深巷，過獨木橋花又深。葉卷露光涼到眼，蝶雛風冶緊搏襟。江湖白髮歸甜睡，安樂青春與苦吟。種樹須求橐駝法，灌園均謝桔橰心。

溪花

潮滿碧玲瓏，溪花著似空。有香横送浪，無露濕因風。綴葉萍增緑，穿林日與紅。芙蓉未跗萼，小得媚簑翁。

高松

高松掩山密，寸碧見枝疏。到地日雲闊，浮空雷雨虛。古塵成陸後，寒色渡江餘。南郭時聞籟，天人共一廬。

春夢

春夢不就緒，依俙還窅冥。睡山雲外黑，别草渡頭青。藥動煙迷閣，人歸花覆亭。悼亡潘岳鬢，年遠得星星。

新水六韻

新水照人家，溶溶曳落花。兼春急送雨，浮月淺啣沙。濕覺地無病，遠愁天有涯。清瑶丈人瓮，初蔓故侯瓜。柳碧明通體，雲青瘦一緺。惟應得漁艇，容或到仙槎。

嘯谷又號笑山人以詩賀之并邀之小飲

山人長笑無攢眉，向來哀樂笑遣之。落花暮雨君對酒，春水碧雲吾論詩。百花郫深萬家内，衆香亭晚三月時。誰得苦吟誰痛飲，二難并汝上天私。

細　雨

細雨留春春去遲，光霏空霧細游絲。花明竹碧天仍曙，風澹雲涼鳥未知。不即披衣疑小病，畏尋前夢改新詩。和於昨日知明日，明恐翻盆水漲陂。

前　塵

病甚仙郎憶舊師，山人芳杜對華芝。竄生南國心憐橘，送老西山杖蹙頤。蒼海白鷗元浩蕩，赤明丹鳳日葳蕤。追風瘦馬前塵闊，識路還思帶好兒。

憶華首臺

華首臺松奇似石，雨花橋水怪於雲。一春斷夢虚無到，卅載舊山風雨聞。僧老把茗行掃蟻，虎瘖銜柴夜如麕。何當蘿帶芙蓉衱，妻著麻姑蛺蝶裠。蟻大幾小指，滿路，僧老者職掃之。

射魚曲效李義山題畫

青城石青如死鐵，秦王鞭電電入裂。海天無底塞風雨，神嫗夜啼石根血。箟筟銅牙性蹶張，弩硼壯士身倒僵。連機千矢飲一矢，先湧一山如火光。血波峥嶸赤還碧，八溟鯹風吹海色。仙人却騎紅鯉魚，以袖障面還方壺。白雲帖天帆一幅，驪山清秋望徐福。徐福此去仙不還，祖龍空赭青城山。

傍花行

花邨野老行傍花，雨晴花蔫春日斜。今年多病得多暇，此日獨吟還獨嗟。昨夢騎驢向京國，知友多勸簡北行。沙作雲黄柳雲碧。今朝露渚雙眼明，兼我煙簑兩鷗白。形神勞逸竟誰是，左右存亡豈真識。刳心十年作三賦，唾手千金立四壁。謂坐可得指可至，在苦能攻淡能斅。一飛鸞皇送仙舉，落爪雲霧湧筆力。翻身長塗軌覆人，灑淚短景花笑客。病騮放遠甘牛後，澤雉神衰得雞肋。暖風浩蕩花汍瀾，斷絮攪擾禽閒關。澄天漫白暮江闊，野草擁碧春衣寒。晚心轉悲風轉緊，一歌苦調行路難。引吭欲絶歌正苦，回首過來花盡殘。柴門漠漠雨將到，雲浮大烏江上山。

白絲行

白絲未染白如故，勿云五色凌汝素。美人手爪弄春葱，織成白絲如素空。杏梁三月啄花燕，唾花媚汝機上紅。裁衣稱身宜春風，春風滿懷肌肉同。皚如迴雪花歷落，軟似明水波揺溶。仙人霓裳舞桂宮，真寒冰骨曲未終。可憐賤妾出掌上，宛轉入誰懷抱中。抽心作繭一萬丈，妾蠶亦是可憐蟲。美人愛汝心手巧，玉體瑩瑩衣皎皎。美人團扇亦復好，抱月眠雲不知老。

紈袴兒

少年村中見花時，青鞵緑杖銀鬚眉。村南社飲村北歸，花香酒痕沾布衣。自云此衣忘幾年，老妻針綴媳紡綿。春風吹酒可得三十度，濯垢溪雲三抱孫。當時斗米二十五，村斗當官斗之半。一㒿娶媳犬嫁女。老人黄泉我元鬌，今我蒼蒼事非古。去年製笠今戴之，亭亭碧雲相覆隨。溪東溪西花對飛，秦樓日轉桑樹枝。美人已歸蠶已飢，夕陽照耀紈袴兒。紈袴兒，心無人憐空爾爲。

桐城馬孝廉宗璉稷甫因周生致書索僕書近詩作此送別兼呈周生寄平叔

雲山不去樓，遥閲吾老大。歸來不欲出，哀樂吾已謝。今朝起澣漱，面垢省懶惰。周生書到門，新詩詠吟罷。續有馬君札，聲聞懼情過。春風滿衣袖，遥輝沃桑柘。懸知二君子，青燈接情話。拍拍江響波，離離花映夜。雞鳴已封寄，蟲技得奬借。桐城馬稷甫，扁舟昨南下。考文侍郎幕，相士孫宏舍。池館竹雨静，星宿天石破。精思冥化跡，物象受叢莝。蓴羹感秋士，柳店醉吴姹。緑波夢送遠，花雲壓愁臥。去年泣别處，寒日襟上墮。與君爲神交，氣通則心化。江水六千里，静碧不忍唾。經過見平叔，叔才實凌跨。君須得大嚼，異味迺吾炙。餞車出幾輛，平頭遣一個。從兹天地閒，此别不可奈。小詩入君手，勿强許子和。刻意傷春心，其瘦吾所怕。

頭風

頭風陵厲時，萬物坐震動。床連身軒輊，壁立面洶湧。餤火眼空花，噫氣耳壘空。語蟻甕盎鳴，厥角顙傾腫。呻爲豕入笠，伏作鼉欲蛹。外苦鳥啄啄，内奮雲滃滃。叩鼓天響煩，懸髮石壓重。華刀試一割，琳璬頑屢捧。此身不病病，諸妄何種種。吾生足困頓，身事日闒茸。幽愁或根心，哀樂不旋踵。無人逐二豎，是病實始俑。四禪梵天俗，三患邱井壅。死生外七日，湯火猛一竦。登陟水晶域，擺脱熱鐵籠。淵乎已鯢桓，何煩乞牛湩。

得平叔正月上旬書作寄并似周生

憶汝作書日，吾廬花雨冥。書來八十日，書至天始晴。起覽復臥病，梅雨夢江城。湛湛楚江盡，黯黯楓林青。梅野一半黄，落地爛如蒸。乍怪雨氣酸，亦雜海氣鯹。不辨松與常，安知君户庭。我魂亦勞止，君懷焉得寧。丈夫即特達，逐逐神龍行。閒闊望風雲，輒通雷電靈。君今彪炳文，虎豹變未成。長嘯土囊裂，無乃劍吷聲。區區朋從内，起居須自呈。發書花未繁，報書柳已零。尚喜春懷人，春晚得言情。江南石頭水，下有沉書泓。今無殷洪喬，亦畏蛟龍精。自從别君來，頭痛風彭訇。積思曠筆硯，實非懶懜萌。神明與病憊，欲强不可争。使我坐兀兀，知君眼瞪瞪。眼中吴山晚，西神碧淒清。似我大烏峰，慘澹遥亭亭。勉欲一寫之，寄汝吟猿屏。但是傷離處，即復有猿鳴。近憐許周生，聞見閉重扃。竹煙雜榕雨，芙蓉波絮萍。此景滿君心，夢此太瘦生。人瘦我亦瘦，别淚老縱横。

白鳧行

白沙白鳧如病翁，不驚翡翠嘴爪紅。翻身卓喙泥水中，得魚過翁翁耳聾，煙江漠漠雨茸茸。寸翮受此千里風，兩眼碧入江天空。華亭舊侶去作朱門客，邀翁懶惰飛不得。君不見鴧雛垂翅急入雲，迴頭已受飢鴞嚇。

課耕二首

江邨春已闌，雲水氣猶寒。雪鷺無逃影，風苗得意瀾。直情發色笑，餘力養艱難。勞逸皆同願，將心與爾安。

吾衣凈不氛，笠屐稱夫君。近切示孫子，老蒼漸骨筋。三餐羡黄雀，長揖謝青雲。未得循東海，行田愧右軍。

得海樵先生書

門前三月鮮舸水，水上楊花萬里萍。百紙寄書歸未得，十年浮客苦零丁。瘴隨雨脚新雲黑，石趁船頭古鐵青。弟也病衰兒娶婦，可能無日息勞形。

墻頭麗春

負手看行雲，高花忽動人。小涼愁欲醒，將雨黯辭春。竹近還成幄，風香不到塵。生來合南國，遲暮識西鄰。

清夜

清睡眼長豁，虚齋宵已分。摇窗花月水，擁被石溪雲。化蝶增諸妄，雕蟲減富文。風林無穩鳥，一噪百紛紛。

周生索予詩稿未得以所與唱酬者二十首録寄王蘭泉侍郎作詩笑周生亦不必寄侍郎也

我自履豨如市人，君猶牽犬待方欺。一時哀樂供藏弆，此事蒼茫屬鬼神。絶分馬牛爲下走，不能鴻鵠或前薪。深思淺悟還搔首，地久天長濫側身。

看蒔田畢

田少能供祭，身閑亦課耕。寬於五畝宅，多愧一廛氓。學術迂長策，泥塗答太平。釣船昨夜雨，蘆荻捲江聲。

林良畫獨鶴圖歌

上堂踽踽吾瘦極，何物昂藏睨相逼。主人肅客客隱几，物化天風生羽翼。崑崙雲氣蓬萊波，王母輊引鸞娑娑。赤宵邀我兩羽士，青鳥侍立三翠蛾。嗒然鈞天五日返，道侶委形自此遠。元纁玉帔蜕示人，鼊柱龜臺屼當眼。乃知化工如化人，擺落我跡遊我神。君不見虛墻雪濤浩呼洶，崩雲石菌青嶙峋。朱冠緊腦鍊日色，鐵脚老骭挏銅筋。尚足令君乍却立，三尺喙吭如屈伸。秖應今夜風雨歇，天地三更氣淒絶。無人知有丁令威，滿目山川叫殘月。

樓上

入夏氣飛翻，風雲日不閑。沙虛白徙岸，天險黑移山。樓上寒温急，詩心物我關。峨冠落搔首，盛景接衰顔。

聽雨

病眠驚瓦響，急雨變狂雲。壓夢春愁在，冥心物候分。南天入四月，陰野互斜曛。新水搴簾闊，浮空净不氛。

新鳥

新鳥競飛花，回風故故斜。巧俱沾水起，愁獨望雲賒。弱柳翻身怯，青蟲仰接誇。絲簧吾法曲，謝汝井桐鴉。

江邊

江雨映殘陽，江亭黯衆芳。去春鶯澀澀，傷別草茫茫。病起兼人老，詩成屢舞狂。沈吟日又暮，閑煞物皆昌。

即景

四月鳥飛郙路深，松篁天色碧沾襟。風光漠漠傷情闊，煙水騰騰入眼陰。病懶瘦狂真自棄，露蟬霜鶴託高吟。吹笙舊卜三層閣，東望羅浮歲驟駸。

田家

日落山陰多，山水湅户牖。雨渠引深竹，風蟬静高柳。卅年讀吾書，今始親壟畝。全室喜我至，泥足笑奔走。白酒侑雞豚，在汝亦云厚。蒼然古和氣，乃非世情有。平昔達者筵，屢忝賓從右。但覺筋力憊，轉懼禮數苟。内慚汝真意，欲説還閉口。慮汝聞此言，自疚邨野醜。惟當羡香粳，粒粒出汝手。糞田不鹵莽，宴客再淘滫。客言飯香美，尚能加餐不。揮瓢翁迎面，掇椀孫掣肘。歡顔謝田父，告歸炬枯朽。隟客沿蘆灣，風露浩已久。回首蘆中燈，煙扉吠寒狗。

復入田家

蘆竹交插籬，柳根虚傍蹊。柳枝懸翠禽，籬下走黄雞。迎客犬動花，花上雲日西。汲泉媍燃竹，襭衫翁摘葵。頻來諒我適，不言茅屋低。開心課晴雨，當面行鋤犁。百摺啟笑頤，昨者語老妻。官人肯過此，勞逸願亦齊。我昔躬耕志，望此路轉迷。今茲撫筋骨，豈得辭塗泥。家世花村農，高曾猶可稽。及吾乃穨墮，爲汝盡端倪。同邨亦鄰近，不須連圃畦。

亭皋

葉光含宿雨，初日靜亭皋。水滿浮邨冷，雲澣離樹高。魚嗛苔緒瘦，燕逐柳花勞。物性清晨見，天機獨往遭。

下簾

微痾行藥後，細雨下簾時。草緑還成幅，花香尚可知。燕涎綴膏土，魚沫皺風池。不要西山爽，西山有怨眉。

無聊

細雨花清醒，微風蝶肖翾。香多成霧散，粉嫩覺塵飄。近玩通情性，中年惜暮朝。春光去幾日，心跡有無聊。

四月望日

四月望日日正中，獸雲跑踍翻大風。九關長驅萬虎陣，九江倒吼千鼉鐘。江邊獨行歸病翁，衣帶如波彯髮蓬。仰面勞利平聲六鶂退，并眼南北雙蜺縱。如拳汃汸數點雨，迴首霹靂半死松。須臾聲色外不入，氣象變滅中元同。樓上褰簾碧千里，海東夕陽紅數峰。

辛亥除夕園公送麗春入瓶正月廿日種之今已花

隔歲相望秖隔鄰，故根仍在故園春。未勝波靡溝中斷，復使心陽火盡薪。風穴往還吾禦寇，井泥雨露古依仁。寒餅剩水東西瀉，老葉初花紫翠新。

石帆客貴縣幕邑令紀君於衙齋作石帆亭居之札屬樵夫書額作詩寄懷石帆

賢者竄荒遠，天意與慰藉。所以嶺西道，少人而多石。先生處南海，卓立天骨碧。墻壘砥風靡，溟渤赴筆力。仙舟帆方壺，砢硪一千尺。昨年駕小舸，今日竟遠客。冥冥八桂林，日月深寂寥。慟哭遂古初，盤古有魂魄。墓樹三百里，鬱鬱風雲色。迴舟得賢主，小邑牂牱側。江聲夜浮浮，冰雪巉枕席。神飛赤明洞，夢墮烏蠻國。是邑曠沃野，兩粤資粒食。先生得飽飯，令爲搆所適。作亭名汝亭，媚汝此探賾。能詩美賓主，不必謀野獲。遥知城頭山，到面削天壁。連卷組箬綷，繽紛貫虹霓。一時翬斯飛，是汝爪留跡。龍城有愚者，種種愚絶域。書生志迂遠，動欲媲古昔。是地三百年，此客再難得。樵夫於邕州，風俗在胸肊。思君又懷土，旦暮無羽翼。嬋媛女嬃墳，宰樹瘴雨黑。西向不成笑，南繫惟岸幘。城西萬山樓，樓外山翠積。他時崑崙關，便對庾信宅。久别抱病久，更苦雨不息。想彼山城小，旦旦雲景何極。

羃。言歸灘石縮，勿待江水窄。相知眼終青，勞者髮易白。南雲入猺天，其雨心

雲

負手眄寥廓，雲情我意同。山明殘霓雨，天碧晚蟬風。衣薄涼停影，心微定住空。猖狂自行止，吾已得鴻蒙。

蟬

尋詩山木深，不競暮蟬吟。日短趨長夜，風酸激苦心。化聲生接死，憑弔古成今。我自忘懷極，相師學汝瘖。

詩成

詩成改罷長吟了，蒿目人間屬望長。暫見風雲舒慘澹，後於身世更蒼茫。天私

樗櫟空爲社，水淺蓬萊擬種桑。迴向初年鍊金骨，此生須老白雲鄉。

寄書

人生骨肉親，勿使遠出門。即寄一封書，遂役千里魂。前書續後書，歸人仍去人。終年枕衾内，心如大江翻。低頭謝客子，軟語慰風塵。書人亦語我，君自可少安。我今挾書去，夢懸江月還。勞人顧其家，如見啼飢寒。樵夫昔遠行，千里方寸間。時時無人夜，風露浩江山。還憶作客時，誠如君所云。婦人不識路，機杼夜不眠。不眠安得夢，夢亦迷東西。更憐我猶子，今已十四年。生年别其父，不識父容顔。人言似其叔，面目三四分。昔昔見其父，但見叔也真。掩書背面啼，不敢爲母言。人生骨肉親，勿使遠出門。出門日以遠，聽此深可憐。君今挾書去，書中辭萬千。書辭勸不足，爲我加舌脣。昨日東南風，今日江水新。新波送抽帆，遠天吹片雲。片雲行或停，中有萬重灘。灘上千疊山，山上三聲猿。

寄懷宋孝廉芷灣湘 時辭學使幕，還嘉應。

從容長揖駕短櫂，擺落美遊寧惡歸。竹雨池亭藥洲石，梅關蝴蝶麻姑衣。窗雞星盡汝先起，風鶂天長吾退飛。今日鱣堂南弟子，去年北雪到門稀。謂吾師邱先生。

邨居

閑居病適己，已復思朋來。柴扉對青山，安能不晨開。良苗泛天色，雲光滋緑苔。野碧映遠人，衣服清無埃。邨翁語言拙，何必鄒與枚。優能課晴雨，喜其多好懷。好懷無盡言，佳日有餘杯。

幽居

幽居敞東南，小樓入千里。有愧三十年，詩心極雲水。點青山覆甌，浮白田變海。遠送風雨盡，闊知天地始。昔年走天邊，頗怪造化理。偶俯陡地深，一仰接峰起。兀嵂秋士胸，悲歌動轂市。事遷人亦老，生涯澹如此。

夢東河老人

北極萬里風，君夢南海濱。今年有苦雨，故郡無苦民。復尋餘閑室，續道平生親。虛室不見我，南方招我魂。感我病鰥鰥，有夢得接君。須髮冰天氣，寒光猶襲人。遠來亦斯須，話別重悲辛。宦久當故鄉，情深如友昆。臨老又天末，慘於初出門。行矣勉千秋，名義各自敦。苦著遠遊冠，三彈幽朔塵。還顧絶足馬，再踏元冥雲。風起波浪急，日落煙雨昏。彷彿仍倉卒，人間餘此身。惟應今夕睡，策馬入中原。

陰　晴

簷端展大水，松杪漾輕雷。波亂風交緊，雲平雨闊來。碧山浮郡縣，涼日出樓臺。半百年將半，陰晴到眼催。

早夏泛舟江縣贈潘孝廉漢超黄虚舟

花上朝見山，山光静如水。入舟出江郭，江水山色裏。遠碧眼已涼，深青衣似洗。東西闊陰晴，雲雨晝終始。經春蒙藥煙，卧病究物理。物亦生有涯，藥非命所止。浩蕩接風日，寥廓與心耳。城樓石突兀，江路松邐迤。炯炯鷺畏影，緝緝魚啣尾。獨往匏自繫，久别室自邇。平生少壯懷，貧賤二三子。

晚涼

涼有蟬聲不假風，晚雲淡薄帖晴空。天明一點暮山碧，江白半帆斜照紅。撙節病身强犬子，商量漁具拓龜蒙。今年閏月真長夏，多睡三旬與短篷。

月

好月杯盤執明水，清心吉祥非夜人。舊雨煙雲足過眼，孤舟天海得其真。安得仙公吹鐵笛，爲呼赤魚朝玉晨。泠泠閶風五銖薄，衣帶捲起滄波塵。

答周生見寄

入邨宜朝暮，開關即平逈。雨光映山色，意與碧草静。江帆濕不飽，水鳥獨更永。溪魚漲後亂，波荇風餘整。天涼返物態，慮澹出妙領。故人宥藩府，示疾得真境。有適皆見新，無礙詎知屏。浩然江湖心，元作句。遠接煙水冷。吾當披蘿衣，君指浮瓠艇。

晚　景

孤蟬野風闊，雙燕碧雲秋。慘黛全融水，殘陽半赭樓。微吟晚有意，宜怨澹無愁。五月人間世，蕭然欲試裘。

入　舟

樓居五月破，六月下孤舟。蘆雨江聲入，菱潭天影浮。水邨人外夜，篷夢鷺邊秋。七月荷風冷，還登乞巧樓。

題故人李處士大生乾之一簣山房

老樹落夏葉，悲風哀後人。花酸再來眼，書委古時塵。高士生無辱，清門今厭貧。惟留曲池月，卅載照交親。

六月四日小園夜吟

有懷詎能道，坐此境太幽。佳人遠於天，初月未上樓。池星動水氣，青鉒寒射眸。萬象不在目，迴薄安可收。渺然風露深，花香人亦愁。

柳

柳是勞人樹，勞勞樹下亭。無花落近處，有葉攬青冥。漭漭長河水，風波古不停。至今庾信曲，淒絕路人聽。

避暑

山號小頭痛，雲烘大鐵圍。漫尋陰洞霧，仙者六銖衣。面此長江水，先生五柳扉。晚風生竹塢，初月動蘆碕。

泊舟遊郈中古廟在松林最深處

不見有人行此庭，古燈無熱黯然青。碎胸鬼馬臥啣草，迎客神鴉飢墮翎。雲覆廡簷歸暮雨，風翻宮瓦走滄溟。秖疑六月生衣薄，却忘千松偃蓋停。

閱辛亥九日詩感作寄平叔孫平叔之服，後予服一禫。時亦將闋，而不及秋試。

昨歲登高山上臺，西天秋色入蓬萊。塵浮兩塔平肩立，鷹側孤風落帽來。此地今同刻舟劍，望洋吾起坳堂杯。慈烏宰樹懷三匝，明月高樓減七哀。

晤潘漢超

一別廿年同故鄉，相逢吟鬢漸蒼蒼。貧如往日迂論命，誤坐微名老畏狂。願有後期仍許闊，能來孫輩又成行。病容莫厭還須記，瘦入他時滿面霜。

立秋日泛舟觀漲追昔感懷有述似周生

水鄉如浮簰，波面插萬木。長風灑新涼，動蕩天海緑。雲沙極平遠，坦掌入眼縮。庚庚千里横，一筆意已足。吾鄉無隄防，散水不潴畜。牂牁天上來，割山輥血濁。染以黄茅雲，浮浮雉虵毒。至此氣瀁漭，概付沃焦沃。昔年住南海，南海多隄，甲辰、乙巳居佛山，時水漲，憂之。曲牐遏西瀆。築版猿鶴哀，膠杯壽命速。夜報一寸減，朝寂萬室哭。漲去慘未已，紅羊已潛伏。旱澇較猶愈，得緩鬼伯促。古者重還鄉，豈獨生安俗。先人首邱遂，亦是禍後福。今年廣漁具，不出媚口腹。故人轉相疑，遣信到鄉曲。方且柳貫魴，乃謂蕉覆鹿。小出人争喧，始信吾行獨。前以他故到縣城，許周生聞之以疑，致詰。深感故人意，鑪金操逾篤。生平齊得喪，觀水厭翻覆。波瀾入古井，欲起安可得。風柳露蟬晚，振衣快新浴。清江斂空嵐，澹白天一幅。

立秋明日

夜色曉泠泠，高雲氣漸平。病機抒肺熱，離思動秋清。水闊山光薄，天深鷺影明。蘭臺中歲後，時節渺關情。

佛桑

葉濃如拭花如洗，昨夜涼天露水流。黯淡晝光深有月，清泠吟思白宜秋。色香淨業仍三宿，長短窺墻出一頭。相望分根藥煙閣，美人魂氣暮含愁。

省視平叔辛亥冬道中所寄贈别短句四十韻作長句寄之

梅花嶺上見爾還，單裘大江負悶寒。低篷作詩氣勃鬱，雪吹不到相風竿。平叔不以冬衣來，歸日買一羊裘。是時解衣坐旁薄，迴似嶺南秋始殘。餘閑虛室夜葉響，燈青屋老愁汗漫。畏離刻刻作別語，一別迥如天地寬。閉門索處倘未出，一出霜赭西神山。青楓黑塞夢中路，凄然朅又秋江關。我冬曰歸春苦雨，雨臥離居開木蘭。百勞我夢花送淚，三得汝書雨始闌。傷春夢池草照緑，結夏露盆荷漸乾。去年分根蕃府種，深深已作芙蓉灣。轉愁即花照別眼，爲昔花時同爾看。山響樓前九月九，家家醉日攢簪端。此花繁紅足秋怨，怨色遠映愁人顏。對花我又歎遲暮，有竹君可郵平安。豔秋閣上晚景闊，松陵江頭涼月團。月上徘徊倚牛女，古人此占揚越閒。蒼蒼風露分野色，浩浩江湖行路難。悠悠百年我將老，漠漠此別君加餐。昔昔吟詩續續寄，慰我十年仍一冠。今年換冠髮種種，冠未再換霜鬢鬢。

薇花一株紅白二種

暗桃明李秋風裏，一樹春光繡作團。赤爲施朱白施粉，日熏朝暖露朝寒。何郎粟汗融酥落，紫玉煙綃映肉單。又似中書醉吟老，吟時衰鬢照酡顏。

繡毬花

宋玉家無糞土墻，諸花圍繞葉琅琅。中邊星月銀灣曉，濁澤瓊瑶玉水香。障面裁紈秋怨別，當心挂鏡爛生光。蓬飛白首朱門客，蔓引嫖姚蹴踘塲。

移居錦秋書館乃平叔去歲作寓處棖觸於懷作詩貽主人張明經心如安

錦秋書館豔秋樓，并與歸人貯別愁。汝亦往還萬里客，心如同平叔還吴。豔秋樓，平叔居名。我來吟望兩年秋。行辭響屧蒲萄葉，蒲萄一架，甚盛。出餞横波舴艋舟。正喜夢中君識路，聯床相憶倘相侔。

復得緑薇作

遠似無花近欲空，薄勝朝日弱嫌風。眼明雨色芭蕉外，園翦雲英翡翠叢。米老借評惟皺瘦，柳枝新號占玲瓏。後來入室譏鄰女，傅粉施朱并未工。

心如以裘贈去冬心如與平叔還吴，平叔秪買一羊裘，此裘温厚，平叔嘗衣之也。「玉山風雪」，平叔來書所示，作詩并寄平叔。

過玉山時大雪飛，故人披汝遠遊衣。思親舊淚沾襟在，同體知交以我歸。覩物夢頻來客帳，不寒書已報慈幃。明年大雪梁溪夜，與平叔約明年必取道相訪。應撫孱軀感暖暉。

題正夫獨立圖

傷離感逝歲頻頻，獨立何時不愴神。踽踽殘山剩水晚，遥遥過去未來人。君心豈免千秋想，我輩還同一聚塵。身外已空諸所有，空中聊癢苦吟身。

廣州城下寄平叔

鬢絲蕭颯葉颼飀，艤此西風老樹頭。九月江清千丈玉，三城日落最高樓。王恭尚有當時月，宋玉難勝遠别秋。恨是牂牁亦東逝，不能南合大江流。

送劉明經香谷世馨教諭清遠兼懷何明府數峰青

小樓苦節以詩昌，劉母謝太孺人有《小樓吟稿》。他日分羹有母嘗。士貴及時爲孝子，我今垂老貢鑾鄉。一官齒漱冰壺冷，三峽眠浮雪夢涼。更愛神山藐姑射，仙郎冰雪製衣裳。

正夫貽仁化山中素心蘭

花到吾鄉自有神，未花看葉已懷新。影邊增韻一枝竹，月下寫生無點塵。此物張衡青玉案，如公彭澤素心人。半生我負還山約，渠亦出山三十春。此種出近三十年，甚難得，今仁化山中亦不可復見。

與徐小山論詩作

愛爾詩思徹骨清，小山叢桂作秋聲。古人南國觀風始，今日江西又善鳴。地籟誰知待天籟，昭明須信誤前明。可通身命能歌哭，不貌悲歡入性情。

寒　江

朔風吹昏鴉，查查飛復集。西日東流水，無語各自急。仰面牂牁舟，決眥一鳥入。暮色莽浮浮，人煙静浥浥。四時轉兩鬢，萬感赴獨立。路人見吾老，來者非我及。西山古時青，今朝吾拄頰。

豆花詩

種時引蔓斫叢篁，甲紫過春竹已黄。芋畝上頭瓜架底，月籬低亞露風涼。碧雲暮合褵褷影，紅玉陰懸的皪光。挾瑟和歌楊惲婦，自穿紅翠上高堂。

寫扇贈别李孝廉梁時伍進士有庸同過訪

看盡江南平遠山，雲沙冰雪入燕關。此行三歲我濡滯，一問十年人往還。月店風燈愁獨宿，野亭秋竹憶衰顔。秖防障面塵緇素，化作煙霏水石閒。

連日暖可禪袷

梅花吾爲汝儲裘，花暖香繁出手柔。煙薄鵶恬緒風善，江明雁叫白雲秋。即乘臘盡還家艇，怕上春寒夢雨樓。南土春寒則雨，冬不寒入春必寒。泥我看花期尚可，早禾秧冷萬人憂。粵農謡：「大寒暖多，冷煞早禾。」

虚窗客懷

客夢荒涼趨歲終，裂冰明紙夜燈紅。依人鳥鼠同今雨，去我羲皇邈古風。高竹影深潮漲月，幽蘭香厲露鳴蟲。逾時摇落逾時病，此景中園尚夢中。

題友人垂釣小影五絶句

人言三曲有仙船，船尾一竿横兩舷。天氣秋清眼秋碧，釣絲微過一絲煙。

何年乞得武夷君，脚踏虹橋手緑�。還向溪山作山主，客星何必見天文。
神寒骨重着裘勝，山月溪雲凍欲冰。老子於兹興不淺，山人休擬我嚴陵。
山瘦氣寒梅早開，雲英身畔綴煙苔。披裘便號嚴陵得，秖道江城五月梅。
是非疑似去安排，常釣無魚亦復佳。也似樵夫手無斧，伯陽身世立枯柴。

客舍小池寒月

城窟月高寒止水，淵淵深静又亭亭。飛烏露影明三匝，化鶴心游極八溟。此夜我鄉漫地白，少焉潮勢落天青。誰知近玩猶埃壒，道在無人立窈冥。

十二月十六日省垣作

堪笑詩翁李玉溪，今年初作衮師詩。世情到我憐還譽，命數詢人好却疑。眼裏外孫行已疾，憂來慈母慰非遲。將歸寄語休忘了，百子火麟燈九枝。

梅花一株聞已盛開

客子還家暮，園梅向我殘。催花風候暖，到地月光寒。昨夢頻開徑，高雲一岸冠。歸應兒索抱，折與阿婆看。

寄致上人問我報喜蘭

光風先喜地，幾日泛崇蘭。花有吉人性，佛應微笑看。香園厥土净，長劍此天寒。更問平安竹，心安竹亦安。

憶梅

未歸夢歸煙水涯，亦有先春知歲華。碧波特與灑灑月，夜氣不作冥冥花。好妨籬眼明人眼，澹極誰家似我家。若解勾詩且留待，入窗雲露一枝斜。

廿六日還家度歲舟行有作

野屋江籬悄悄春，低花臨水不驕人。歸飛細艇疾飢鳥，迴首大城高暮塵。衣給淒其緒風暖，吾謀疏耳物情真。香餻饋歲辛盤酒，未得安貧且諱貧。

寄翁少宗伯方綱

公嘗一使九年歸，歸廿年更拔士期。不見二樵圓夙夢，見懷詩有「寄語二樵圓夙夢，蘇門學士待君來」之句。遠來雙鯉訪論詩。先生將刻所著《杜詩附記》，欲徵鄙論。斯文要得天地壯，此事誠非龜策知。也喜將心寄北斗，不然翕舌似南箕。

五百四峰堂詩鈔卷二十三

癸丑年

五日其詹從杏壇邨來問予北上消息肯留二日

客子入門梅已殘，故人相過又春寒。不成良會非天意，小逆風潮已路難。拜母舊知君孝感，抱兒新爲我心安。行期北轍違燕雪，亦似南鴻出庾關。末句是用通韻。

泥滯行其詹歸後却寄

泥滯復泥滯，春雲夢黑雨粉細。瑣窗春夢遠於天，小樓凍雲低帖地。昨日君歸是人日，去時小病寒宜睡。何人得知爾與我，人日懷人夢中事。大烏峰色一縣烏，青螺嶂尖青寸無。酸風酸眼眼力短，但見飽帆氣勢却退飢飛烏。烏啼查查一何好，定是來自衆香亭外堦下梧。慈烏近巢汝叩廬，煙水滃裘冰在鬢。入門晚食開艸閣，山妻呼燈兒課書。君懷作惡還望遠，遠有蔽翳無空虛。是時應憐病樵夫，自君之歸眇愁予。竹枝已高受風緊，蕉葉漸長彈平聲雨纚。抱兒反側自無力，學語一二差可娛。幾日新年舊年內，兩事傷別傷春俱。泥滯行，行泥滯，脚軟泥深出無計。晴須片席挂白雲，吟弄春江破柔翠。

中園晴玩有作

殘冬日歸早春雨，十日始晴春有芳。海棠日映玉肌紫，叢桂月垂金粟黃。碧桃欲輕緋桃重，荷葉稍圓蕉葉方。柚樹多花幔霜白，蜜蜂成陣湧雲香。柚花最多，花時蜂又最多。

經營書櫝

亦既勞生有此廬，固當插架妥吾書。雜耕稍緩牛宮祝，棄妹無爲鼠壤餘。竈北經年惟坐版，劍南他日重行廚。知非盜守扃重鐍，爲厥孫謀充一間。「棄妹」，《莊子》語，予以爲必是「棄隸」之誤，已於《注莊》辯證之。

過李潛夫新築山園歸日留題時二月初旬。

梅夢庵中夢梅老，以吴仲圭畫册名小庵。無花多葉夢深深。庵環植梅。擅場前輩吴生古，尚友多生懶瓚今。月樹雲蘿寫寒影，石蘭山若極幽心。花邨三曲芙蓉水，夜夜春波板屋陰。

後園小屋闢西牖

層葉緐英覆翠紅，光雲遲日晚玲瓏。忽窺竹外新花當，未及瓜期舊架空。西嶺不私今夜月，北窗分許古時風。未妨肺病秋增熱，熱在微塵十丈中。

碧桃初開

百里春林繡落霞，滿帆紅雨昨還家。苦吟傷别茫茫緒，日暮天清澹澹花。居士髪膚香不染，美人綽約媚無邪。從來已得根塵浄，花，致公所貽。煙霧何能法眼遮。

北風

北風翻海雲，雲重雨輪囷。雨盎山泥醉，花顛春赤貧。離懷天外水，怨緒水中蘋。蘋草汀洲緑，江南得句人。

仇匯洲相過作歌

廿年之别夢見之，廿番風花天上吹。花飛萬點絮萬絇九遇切，君行掩映彯銀髭。此來村中正作劇，撞鐘伐鼓鬧叢祠。隔花翠袖出舞榭，照波鴻影翔水嬉。未能内外空所有，人海遂迮毘耶離。中園破屋設君榻，與爾一静應衆宜。細論與君相善時，君有子吾未有妻。君方賦遇希有鳥，人曰殺此大布衣。十年長我者隱矣，我四十七亦何爲。中閒卅載一迴首，咨嗟對面雙涕頤。今未必是昨已非，君則抱孫吾始兒。向來哀樂多自擾，今夕酒杯安足辭。君住海東吾海西，海中山青青欲飛。兩處相思或相望，此山朝暉移夕暉。海風十里吹水月，村瓦一碧塗銀泥。君歸江亭擁衾夜，我病惜君寒詠詩。

客　散 村中祈年賽劇了。

雨從花上來，花落竹根杯。客散鳥歸樹，歌闌雲占臺。孤村二月水，萬艕一聲雷。有樂無荒事，沄沄苗可栽。

桃花下作

花事遲遲二月中，蹇誰留汝釀深紅。軟波膩竹葱曨日，暄重寒輕煦姁風。好鳥飛來無獨語，箇儂粧罷稱相逢。去年煙雨遭嘲謔，壬子有嘲桃花詩。努力今年慰病翁。

邨行幽處見碧桃欹岸照水

臨水登山古別心，頹垣空屋緑蘿陰。阿誰送汝已匡返，獨立逃虚聞足音。人氣温馨寒畏月，春風尖側歎彌襟。官奴消得横波目，江汜空歸下定金。

松栽

再熟膏田熟六回，不如松莳一回栽。三年點子今年賣，點松子以腴田，三年可賣。細雨深花細艇來。陵谷幾時纔尺咫，雲霄何處養風雷。先生三徑盤桓地，松自誰移徑自開。

松風

天青日已西，溪春風自東。東風自吹萬，及我四高松。松高易爲響，百家聞夜鐘。冥冥花竹影，夢墮清寒中。褰帷警山月，笙鶴行虚空。

商榷爲小山

湖上萬花圍小山，周堂激激水三灣。樓檲夜雨高彈瓦，楊柳春波矮設關。騷客薛蘿宜窈窕，畫師心手易孱顔。要施匠意防傷巧，遠割雲根不厭頑。

戲詠殘燭

八面玲瓏萬炬稠，留仙難得避風樓。洞房夢裏春天曙，樂部堂坳纈眼愁。煙霧深蒙五侯宅，珊瑚真可兩炎洲。誰知雪月窮簷客，不厭寒光養炯眸。

贈胡蝶

胡蝶團團金縷衣，群飛如攬萬花飛。茫茫柳絮春雲熱，緩緩車塵新婦歸。二十四番風信雨，恒河沙界化身飢。香魂天鼠難爲肉，飛燕相當太覺肥。

園中小室置酒二首

古巷深深西日偏，西窗漸明花漸煙。桃花低笑勸人飲，送影入杯明欲然。

良會今年此一回，雲光廓廓晚晴雷。今年莫説去年雨，花動衣寒今雨來。

碧桃花下贈友人作

天色雲光爲汝春，春風多欲瘦無身。銷魂去去璇源急，贈句朝朝瓊樹新。寒夜宜偎賣珠婢，獨醒須避涴茵人。主翁與客清齋内，天女精嚴示現真。

雞　鳴

深巷復深花，雞鳴阿那家。松明歇吠蛤，簑響散飢鴉。出作僕誠苦，少安吾有涯。春星碧無角，淡淡歛光華。

伐木作

溪南荔枝數百年，一日伐之吾惻然。年年作花不作果，碩果乃在根下孫。先君昔常臨水邊，白髯赤藤青袷襌。常云此樹生意盡，轉愛厥孫生意繁。元明以還高曾前，樹德倘兆吾清門。囑須度材未忍度，恐有前代摩抄痕。夜風摧枯落水底，水面釁架坳堂船。種年不記記伐日，三月戊申吾吉蠲。是日雲景林光暄，枝葉中外風色寒。仰視清泠雙眼酸，原頭柞人燒紙錢。纔發十尋老鬼庭去聲，忽入萬里倉浪天。孫高二丈徑半尺，子結千顆青漸圓。亭亭已同張翠蓋，鬱鬱又覺黏祥煙。欲强先弱予先奪，此理不反道者言。遂豐我蔀隆我棟，或高辛楣擗蕙櫋。魂靈妥止風雨古，風雨花梢看屋山。屋上慈烏爲誰好，屋底寢處清而便。

和答笑山人感去年夢禊之作

禊事前番有夢吟，新來無夢憶傷心。盎風盎雨春仍醉，流水流年昔勝今。柳似峰尖數峰亂，江呑天白四天陰。晴須并日邀君飲，飲罷落花三寸深。

餞　春

春老得春晴，春風自不平。花翻知有淚，柳重詎勝情。幾日遥傷別，殊天真遠行。蘭臺本愁絶，何獨賦秋清。

和友人寒食

中年寒食倍心悲，少壯心非少壯時。風雨棠梨今故鬼，澧沅蘭芷昔新知。尊前薤露歌如哭，身後揚雲我已誰。還是自愁還作達，行須詹尹決斯疑。

暮　春

雲舊雨風新，闌珊作暮春。睡剛陰送夜，吟輒苦侵晨。去日頻辭我，餘花低怨人。故交還勸駕，未曉角雙輪。是日得友人問北行札。

寄贈萬明府華亭應馨新寧縣二十七韻

指危風轉高，弦淒秋益緊。絶吭不成聲，迴腸爲誰盡。萬侯東南美，嘉箭陳越箘。側身雲霄闊，仰面日月近。先人三都賦，餘波一手引。屈注瀛壖流，沃焦飲虛牝。屢薦須山濤，百里觀海蜃。吏道迫有拘，宦術拙來哂。踊金慕干鏌，卑叢疑鷹隼。瓜田驗君子，豆架訪楊惲。得君兩據梧，比去聲我久不笱。員枘諧刳觚，方流釣深轀。一囊披險膽，萬頃赴燥吻。我憶黃仲則，有死聞無隕。此君萬侯匹，齊名千首敏。出宰美强項，無質悼墾準。神交仲黄泉，心醉公清醞。氣接磁歙針，吟苦蜩憶蚓。瓠落閒去聲有蓬，雲逐走絶臏。海縣晝昏昏，水鄉春泯泯。君去烹小鮮，吾歸酌中隱。離懷積飛動，暄旭感蠉蠕。風逸紛翾肖，疵癘獨蠼蜳。予時病疥。朱愚老南榮，觳觫夢北軔。軼塵既不能，舐犢又不忍。良馬未脱銜，上路請言畛。長短何適從，行歌問詹尹。

慈度寺茶話

踽涼玩芳草，芒芴動旃檀。日爲蟬聲暮，松滋雲色寒。山尖天末出，墻外竹梢看。精舍公須借，吾來護我蘭。以蘭寄寺中。

春盡

岸曲花藏月，門斜水見燈。雨池深閣閣，窗帟外薨薨。春晚如殘夢，心齋已定僧。於何送長夏，修竹架蒼藤。

適野

地僻春雲落，沙平晚日高。歸人有年所，逝者自風濤。苔短飢魚苦，枝柔乳燕勞。無機亦無病，吾與汝相遭。

落日

落日闊蒼蒼，天沙得日長。芙蓉寫江色，蘆葦送村涼。西雨沉綿黑，東流兀岸黃。行吟慚向詡，花占讀書床。

朝詠四月四日作

朝雲暖融洩，晨鳥涼圓滑。露在衆葉明，雨及半江闊。水漫碧嶂深，野平孤樹出。感逝情溢心，觀化理障物。吾從自然性，誰闡造化窟。空光寵池草，煙絮閒魚沬。幽者此足幽，拙焉或無拙。

雨字韻二首

萬葉浥浥涼，氣暖種花土。夜來夢寐静，邨響過江雨。高翼挾恬風，泠泠極空宇。闢門對幽草，有得無可語。

雲姿澹葱曨，葱曨澹亭午。桑下隱鳴雞，葉上映微雨。簷色出蘆灣，湖陰静花嶼。開門即扁舟，有去無處所。

小病已又用雨字韻二首

勿藥守七日，見復光泰宇。垂簾菜畦色，青動簾外雨。天人南郭几，蘧廬東山墅。不有寵辱驚，委形等摶土。

柳風澹不收，寒意行可取。花鶯别青陽，雲日會白雨。東海不死藥，南華養生主。鴻冥詎知高，但覺無腐鼠。

追和沈約湖中雁

稻粱實爲謀，心跡豈能高。但求地不險，自知命亦勞。寒暑一天壤，雲泥此羽毛。歲晏湖田淺，取足顧吾曹。寄言謝鷗鷺，一世幾相遭。長塗懷静侶，霜月夢煙濤。

吕紀畫五鸕鶿圖歌

秋江一角水石清，蘆尾蕭梢風氣鯹。長煙暮色月未出，有五鸕鶿同一汀。其兩齒齒相梳翎，一仰而叫下者膺。麻衣黑肥各深淺，黯與雲水將冥冥。其一夐絶片雪明，雲氣水氣滃而成。灑然日隨衆食飽，静極夢與九淵渟。武英直指吕紀寫，寫出紅塵白鳥之宦情。白還皃翁健還鶴，江映寒碧山映青。粤有林生吴吕生，同官一處同得名。昔年高壁颯風霰，我眼先奪林良鷹。

風雨夜二絶句

無邊半夜雨，萬樹一聲風。草自夢中緑，花沈雲裏紅。

村收四更雨，雲落一聲鐘。有窗容落月，無地受鳴蛩。

芙蓉近已作花蓋周生所乞藩府種

三載東藩分舊枝，斬新花事望逾時。夕陽籬落人招手，秋色林亭水滿陂。沽酒店深帘影合，買花船入艣聲遲。商量點綴溪南岸，一樹垂楊兩鷺鷥。

茶聲歌

不飲苦吟作酒渴，缸清滿貯雨後月。碧雲明露夜迢遥，桐葉蒲葵風汎潑。夜蟲脉脉復歧歧，如囓如行響屏紙。初蟬弱嘒抽絲纖，氣不滿翅涼颸尖。闃然不聞兒女語，忽見箏緊絃繁指如雨。隔花修竹窗户開，拍枕大江風雨來。攝兹諸妄作真聽，起視煙霧行徘徊。煙霧深深立童子，面有紅光照煙裏，靜心勿爲水火争，萬樹無風月如水。

老樹怪石圖吴仲圭所畫向在錢氏入黄氏今聞入吴氏愛而不見憶遣長句

古紙闇若煙空蒙，拂面稜厲霜霰風。老樹見頭不見尾，迴根抱石緊囓齒。藤亦抱樹樹壞壘，樹驕生氣石欲死。老人踞石仰面看，何代仙者衣不冠。潑面飛瀑骨巑岏，一落不動直古寒。十年僂指三入室，休言至正至今日。自今以後天地闊，愛而不見憶仿佛。話費氣力夢蕭瑟，老梅老梅入我腕，我欲面墻咬破筆。

潦漲戲爲長歌

南風吹水巷走波，人家墻脚生髯莎。兒童吃吃攬手足，髮毛沾沾如鴨鵝。方墀正展天一泬，脩竹倒捎雲數科。静懷早得五月釣，涼氣闊入千頃荷。樹腹枵虚宅彭越，蒲梢側墜沿蝸螺。公欲渡河休渡河，側身西望愁牂牁。長雲如海江嵯峨，獨漉獨吟憂思多。一月續增上番水，今年没殺早熟禾。農人泥足走訴苦，詩翁薄福將奈何。知無奈何已安命，亦或一道求其它。後園宜木厥土壤，此鄉之人斫地歌。既非老農非老圃，或聽小和聽大和。結構雖謝海棠巢，安樂已是堯夫窩。我不能蹩躠去學東海鼈，傴僂願爲郭橐駝。

亦甥羅秀才扶大起潛問學詩以此答之

爲歌爲哭凖於情，多讀多吟貫以誠。可但一生扶正氣，不妨千古與嘉名。蘇黄江海有横濫，疏越清和非懦聲。我也病衰生不及，汝今三十學須成。

野步即目寄鄭琴隱方子谷兩秀才

我行于野憺忘歸，熱在空雲涼在衣。白水碧天雙鳥静，竹村松港一橋飛。轉嫌幽絶成孤往，漸減聰明願息機。憶汝深居燈火讀，滿城煙雨七峰微。香山城内有七峰。

無辱

詩少風雲氣，道惟麋鹿親。行藏吾返照，貧病物爲春。屋白青氈舊，山青白髮新。仙人名忍辱，無辱號何人。

夏日飲書圖書館

雲日漏涼天，郵長白雨偏。瓦秋聞病葉，風緊激哀蟬。鵝似能鳴雁，魚勝縮頸鯿。新知續舊好，嘉會答豐年。

四月廿八日旦

朝日翠瓏璁，衣涼葉映空。侵尋五月朔，恬憺碧雲風。鳥狎翻枝滑，花深到眼紅。題詩感時物，時物故難工。

樓上

高處易心悲，樓高更落暉。遠帆破雨入，疾鳥捩江飛。暮色雙蓬鬢，風吹短布衣。滄洲吾道在，未厭鱖魚肥。

詠蓮葉爲禁體

湖面無波十里遮，風前作浪一行斜。天光山影渾如水，雨急江鳴不願花。煙靄曉涼矜白鷺，畫圖秋意折蒼葭。柳塘曲曲菱潭闊，萬箇紅蜓落晚霞。

江上晴泛

魚村飲器古銅斗，花港風漪青幔船。兩箇白鷗千頃緑，滿湖山影一堆煙。沙啣日脚帆陰闊，雲逐天根雨勢圓。我可獨歌君可醉，溪山供得杖頭錢。

夏日

紡竹繅蕉著體空，六時冰雪浹樵風。撥灰婦藴熏書炭，吸露兒搴飲酒筩。花上雨雲香泛泛，山根天水碧溅溅。故人艤櫂長鬚報，葦岸松汀妥病翁。林挺基書來，邀避暑江上。

白薇

昨夢銀灣化碧雲，美人魂弱甚花魂。泠泠殘月曉尤凍，婉婉非煙秋與痕。梁苑池臺皆緑意，謝庭兒女亦清言。豈無才思無根蒂，滿地柳綿吹不翻。

小病

青蟬露下白蓮風，曉有深涼日淺烘。無病無聊如小病，一花憔悴緑煙中。

五更偶占

五更郇雨集風雷，露月江天我夢迴。自有静機人不見，碧桐雲影長青苔。

過黄虚舟城根書屋話舊有作

城頭殘月五山青，城下殘燈雙眼明。漫十六年趨此夜，爲新故鬼話前生。人今郢宋猶存質，詩到霜鍾自感聲。迴首夢中占大覺，驚心身後愧斯名。

翡　翠

紅翠炯驚人，飛搶乍濕身。吾方謝機事，汝易露天真。警急知能中，低棲亦少親。雲泥遠不及，鷹隼豈私仁。

林秀才挺基公環何孝廉鑄顏炎光連日畫舫治具避暑觀漲作歌招諸公同作

村心置酒村頭客，水漲拍橋行不得。買櫂出村還入村，挽臂小船登大船。中川曳旗水枝花，村邊汛。平湖吹波玉帶沙。沙洲昨溯詩老宅，沙洲頭，歐楨伯虞部故址。釣磯今艤漁人家。下釣磯。驚心入座數寒暑，坦掌之間百風雨。軟紅十丈無此夢，遥碧一寸知何所。新知信宿近可攜，何君。故人九年闊有違。林君。三日休醒十日醉，秋風漸涼秋露霏。青尊好續竹葉酒，白水勿忘荷芰衣。樵生向來心易悲，諸子流連歌有思。苦吟一夜蓬滿鬢，樂事明年瓜可期。青蟬聲緊白日急，急觴稍闌成別離。

六月十三日晚飯後從鄺氏艤齋還吾廬作

潮大村氣涼，出門入積雪。絺衣生楚楚，柳浪柔潑潑。主賓故疏朗，溪山妙清切。面壁三日了，已成一山水障。同里半夜別。膠漆成日漸，往還得風穴。燈明樹間扉，犬吠花上月。弓麻母大苦，麻績已弓而絢之。弄影兒小點。老生無所談，蓮窗夢幽絶。

十四日退庵二丈席上紀事示諸故人

出門嚮東邨，東風雜花香。昨夜石路月，尚餘寒水光。昨夕月下潮，或漫路。潮來挾海雨，避雨致公房。蒼頭亦中歇，赤幘因得將。颯颯涷雨去，浥浥秋雲涼。倏爽林水興，素友已滿堂。風俗本香國，飲食皆芬芳。浮浮花蒸煙，皎皎夽捻霜。開筵看風雲，鬱浡元以黃。崋嵩塞虛空，橐籥大歙張。驚雷攫虢虢，巨雨懸硠硠。激水欲浮履，洞地如塌墻。來頻失其威，敬畏而安詳。肅然七筋閒，儼然尊俎旁。以兹驗吾徒，得主故有常。西山晚致佳，垣東微夕陽。下走走相告，赤脚來踉蹌。乍迸地上火，遂刳門外檣。其上小井幹，飛落百尺强。是時母方績，忽起傾盈筐。急趨學語孫，獨在西耳房。方自握碩果，笑口粲欲嘗。癡鬟却走匿，匿我讀書床。笑譚復晚食，安步西歸莊。莊門自仰視，檣杪天蒼蒼。天道有喜怒，吾氣須大剛。書示我君子，此日不可忘。

病起得侯貞友二月廿四日書索作畫畫成寄之并呈馬稷甫

去春送君歸，幾月山水程。今春金陵山，始入君眼明。眼明忽南望，南盡天碧晴。其下木棉花，上爲霞氣赬。遥知老狂簡，獨處衆香亭。煙艇發雲渚，紅衫遊碧城。懷人作書處，老屋青溪清。貞友書室曰青溪老屋。秀色江南春，墨光潑深青。使君歸傷春心，作我悲秋聲。七月池荷老，漸見白露零。病身畏夜氣，颯颯生衣輕。憶君歸半年，伐木感友朋。家食弄狗子，于門逢馬卿。馬卿倦南游，北轍趨上京。京華士夫内，或問賤子名。吟我白絲行，馬君瀕行，吾書《白絲行》貽之。取義竊杜陵。白絲白如雪，恐懼五色凌。以斯示貞友，吾得女子貞。馬君既還吴，進士不速成。則知二月時，無意千佛經。貞友書言頃得桐城馬稷甫書，知樵去秋薦而不售云云。果爾，則馬君北行已早還，不及試禮部也。遠還惜賤子，秋色閉柴荆。兹問萬餘里，迺能達爾聽。又更五千里，而以慰我情。寧知病維摩，「想出郫來，維摩少病」，亦書中語。此病得未曾。于徐混眠覺，耳目皆窈冥。得君罔明指，彈我時一醒。老馬忽慌惧，顧影謬自矜。他時長途中，或登君子庭。先寄尺幅畫，幽絶出雲屏。按圖爲買山，待吾行脚僧。清淮美水石，濁酒呼弟兄。夢魂銘丹崖，飯食儲青精。虞泉照白髮，滇池求赤藤。

七月一日楊繼燮退庵丈介夫鑄顔飲衆香亭外

葱曨紫薇景，反側芙蓉風。園深萬緑氣，如雨涼芃芃。田家易留客，客亦各力農。情真使人醉，酒釅知年豐。晚色横天來，碧杯清若空。幽鳥倦求心，白雲秋有容。蒼然昨暮雨，不覺已鳴蛩。詩人妙言語，佳日潛感通。几席逾信宿，金石留琤瑽。閑居一脱粟，遲暮慰飛蓬。

瓜 架并序

家人晚蒔苦瓜，逾時結實，引蔓而不長大。予觸于苦心，作短句，墨衆香亭之壁。

志士如蓼蟲，賦物得苦葉。藤青晚逾瘦，瓜緑秋更澀。風涼吹澣花，蔓緩抱飢蝶。糞墝報鹵莽，引竹低妥帖。清夜浥多露，停雲映小立。不食匏繫玆，逾期鳩鳴急。

晚涼

萬葉暮色合，葉涼吾眼青。片雲一鳥遠，新月雜花冥。蟲緊清切露，池深寒碧星。病夫舒氣血，宜稱衆香亭。

自題夏山欲雨圖

山作層雲湧，雲爲大海平。虛堂浮雨氣，高枕入江聲。樵子師元化，湖光嗡太清。幽靈空闊得，心目臥遊驚。

江月獨坐懷其詹

江月小樓空，秋邨積水中。葉明涼後露，衣覺灑然風。良夜今何夕，離懷古所同。清溪魚可掇，留飯紫溪翁。

雨

伏中潛動秋，曉氣淒泠泠。驕陽薄高樹，照眼雨點明。疏疏晚山碧，湛湛江水清。江清白雲深，我自江上行。帽仄風故偏，襟沾衣尚輕。默於涼燠機，妙見天地情。小病取有適，獨吟聊寄聲。夕林鳥自噪，不爲幽人鳴。

七月八日雨懷鄉里諸君

清暑午夢深，深深雨鳴竹。竹氣感我琴，絃動緊哀玉。鳥噪林色悦，天光發層綠。灑然搜心魂，無適無不足。起行視新水，水冷清且縮。橋高人影瘦，苔黄漲痕濁。今年西潦漲始落。命舟易乘輿，水月郫溪曲。良夜君且來，來喜不遠復。涼風彯袷衫，秋色映茅屋。屋脊芙蓉花，花間燈火讀。

七月九日即目成詠

滿水低籬雨映蕉，浸陂天影竹蕭蕭。詩人身入迂翁畫，白板扉斜獨木橋。四十七年年七月，去來今日日今朝。碧雲清露新風色，昨夜盈盈河漢遥。

七月十八日其詹桂洲往五羊枉一水相過不留度其中道必泊三山訂云逾日復來作詩須示之

憶別春歸杏壇雨，倘來秋見桂洲船。最多明月三山海，大有西風今夜天。荒戍披衣吟白曉，病身乘夢囈酣眠。入城洗足抽帆急，我遣盟鷗與子還。

偶得寄其詹

日晚竹涼碧，雲明池静深。故人同飯處，病者整風襟。暑氣微銷雨，秋聲欲試林。傳經樂事内，不可苦耽吟。

嘲紫薇花

向晚北窗西，玲瓏見紫薇。日烘無淡影，花赤尚炎威。蘚地吟行惜，簷柯月望非。或宜秋白袷，浮漾一沾衣。

月

秋與詩人月，詩人已自愁。平生闊如夢，昨夜始登樓。草露光逾細，池星碧不收。蘭臺容易老，心本接離憂。

月

漸極玉叉尖，秋河曉尚淹。柳梢天色卵，荷渚水光恬。惜别頻僂平聲指，幽風黯下簾。西樓復西角，迢遰可憐纖。

八月二日作

肺病畏風露，是身如晚林。月應明夜朏，秋見古人心。落日墟煙闊，停雲江水深。澄懷非墜緒，眇莽不能尋。

秋色

秋色澹如水，秋光青極天。往年前日耳，吾鬢汝星然。湖大寒斜照，沙平早暮煙。已曾紛落葉，不可一哀蟬。

驟雨

驟雨飄風急作秋，繁雲殘照忽當樓。涼蘇病肺終成怯，淡得詩心不可收。白雁初來元鳥去，丹楓明夾碧江流。年年宋玉登臨地，水繞山環是别愁。

江行

江圻影直下，下以天爲深。我舟墜空虚，窅然生畏心。沙轉紅樹出，碧映千松林。林中炊煙白，煙外山霦霦。山寒霧水氣，滃染成秋陰。此復足畫理，因之澄病襟。俯仰謬喜懼，時物交侵尋。夙昔入重險，忠信持所欽。安居二十年，魂夢愧孤衾。溯迴以容與，窈窕一窺臨。駕言慰幽側，用以遣長吟。

其詹寄箏

應想草堂夜，燈深花影深。波瀾雲落爪，幽怨月當心。静者妙清供，秋江遥苦吟。興來懶不得，絃我無絃琴。

八月十五夜月下懷蘇孝廉

病秋清切冷蘇蘇，花静星稀不可孤。流水年光遲暮月，飲冰心肺苦吟鬚。犬矜寒吠深如豹，雁亦南飛獨愛烏。海色天風浩怊悵，故人襟袂露華濡。

即　景

碧雲曉亭亭，昨夜雁來聲。沙光露月白，山色水村明。影先倦鳥息，吟切寒蟬清。落葉一何苦，非風汝自輕。

題蘇其詹教子圖小影

葉落窗牖明，我病月入牀。方病氣。低頭床前地，見君庭外光。遥知草堂燈，不及一掬水。年老心切兒，秋老鶴警子。秋邨萬家夢，今夕秋最冷。隱隱藻荇波，風襟漾雲影。又知堂上書，不憂生蠹魚。桐老春在孫，鳳老聲在雛。君我十年長，我衰君健好。吾子勝教時，我亦汝今老。君學首心德，我從文藝科。他時易子教，名與身孰多。與君古人期，多少不足計。蘇黎世世親，門户不可替。「眉山世有蘇黎好，還憶君家遠景樓」，其詹寄予詩。

病起見佛桑花是藥煙閣分種

我心回薄怯秋涼，也似秋叢白佛桑。深謝溪蓉中卯酒，高先籬菊飽初霜。昨宵圓月玲瓏玉，小病離魂黯淡妝。殘夢人閒已天外，哀蟬落葉送寒芳。

九月二日復來艤齋養疴十七日歸衆香亭邨中芙蓉亦鬧作花漫成寄別艤齋主人

溪曲花深屋似舟，芙蓉風露入床頭。低枝壚藥沾煙在，拍枕秋江歸夢浮。修竹人家兼有菊，夕陽池館更當樓。北窗且續南邨睡，床席粗安忘去留。

九月

半年不涉事，九月已防饑。懷安蹔且爾，能竟與世違。秋邨淺籬落，短日澹芳菲。晚飯故人家，涼氣驚我衣。我衣涼漸寬，我花寒不肥。容裔月露下，霜菊壓船歸。侈然忘口體，未覺懶惶非。茲花愛其靜，靜者入於機。

曉起書懷

獵獵曉風吹袷衣，白雲黃葉攪空飛。南鴻海面驚天遠，秋士蓬心接夢稀。早菊送花資蟹舍，晚蓴遷地稱魚磯。也求口實頤多病，不遣身名屬少微。

九月晦日作

北風邨東還邨西，野艇得水不滿溪。林屋葉稀淺吠狗，秋籬竹密深聞雞。波煙漉漉寒漸澌，水底天青飢雁啼。十月農夫刈稻了，蕪田徵君乞食歸。蠨蛸網上小雨綴，芙蓉花梢白雲飛。白雲涼涼碧草晚，年芳一一風物淒。昏燈清睡蟋蟀夜，老鶴苦心霜露棲。

題靖節集

陶公素恬淡，何必晚逾達。先生號淹通，不厭所詣拙。即事無愧辭，語妙得真實。而使天地内，在眼無滯物。一命亦出宰，五斗非屈節。嫌於六十年，齎此八十日。相代忘日夜，豈貴書甲乙。一篇桃花源，天游接莊列。

寄其詹屬其詮次所爲文句

存殁蕭條外，支離得此君。微名同獨行，萬族兩孤雲。歲月前塵妄，菁華後日分。生涯莫自笑，幸者付空文。

隔溪有竹嶼花畝吾將搆别墅焉

山人水北望溪南，幾尺山浮竹外嵐。橋影赤欄春碧水，簷端黄鳥客紅衫。仰天自隱烏皮几，劚地重呼木柄欋。未忍便捻書籍賣，數椽吾課負薪男。

有問簡近不肯作長詩者答五十六字

微吟新愛短歌行，未坐聊爲後緩聲。來日大難當取樂，中年漸過苦多情。天刑猿狖腸須斷，風損江河氣且平。君悟真機猶橐籥，歙張雲雨一虛盈。

扁　舟

爾馨扁舟我敝廬，古青銅斗紫溪魚。大勝惠子浮枵瓠，隘視王尼宿露車。禾熟水田飛蚱蜢，風前海岸止鵁鶄。人間未覺寥天遠，眇莽無糧食有餘。

賦得江田一鷺

褵褷光雪水田寬，闇淡青春煙雨寒。柳岸天低波拍拍，蘆碕沙白月漫漫。吾今鶴氅三層閣，爾似羊裘七里灘。相忘江湖還是主，行逢賓雁報平安。

得句

支藤寒渚晚，詠句白雲高。病體今年逸，秋蛩夙命勞。夢爲萬里客，衾擁大江濤。動静非由外，無營可自操。

五百四峰堂詩鈔卷二十四上

甲寅年

元日作

春陰遠遠來，迢遰映樓臺。風氣暄憐屮，雲光碧暈苔。門偏煙渚静，梅側水籬開。今雨杜陵屋，新醪陶令杯。

首春鄉里諸子過衆香亭與之論詩漫成贈之

三十六旬病在床，病與年破得韶光。春陰重覺茸茸濕，花氣寒收苭苭香。言有榮華争屮木，老頽風格倒衣裳。鱖魚白鳥江天在，拉爾煙波遠放狂。

始見桃花

南臘暄陽雜緒風，桃花數點炙蔫紅。客來鳥散驚心在，天浄枝高入酒空。曉樹綴雲涼瑟縮，夜窗明火小玲瓏。人家籬落春江上，春事誰家爛漫工。

詠懷即景

江上看山溪上扉，絛風澹沱詠忘歸。春陰桃李静如夢，水暖鼅蠙寒有衣。白幘往來畸行獨，青氊家業老心違。乾坤幽側蠻煙遠，天地清寧聖日輝。

開歲倏五日贈諸子

開歲倏五日，藹藹欣有懷。光陰作寒暖，迺是春日佳。中園玩艸木，洩秀茁柔荄。小甲天地壯，大信氣候諧。何用寄和樂，吾亦思吾儕。事適理赴言，日出多不乖。樵夫去年病，顧影如立柴。大哉造化恩，乞此拘拘骸。攘臂生死外，放浪與子偕。百觴罰有限，四序隨無涯。品彙且姚佚，言笑不安排。

獻歲旬日答楚園見贈

齋禁多情自不禁，精廬揵内掉頭吟。浮浮暮雨看成夢，側側春風不醉心。漸老悔知狂是病，載陽寒泥歲猶陰。多君童丱趨蓬髮，憐取區區昔到今。

謝雲隱所摹漢瓦頭圓硯歌有序

雲隱道人十四年前貽予此硯，匣置幾十年矣。今日出之，惘然傷懷。憶故妻梁孺人病篤，以所仿漢瓦文「長毋相忘」小銅印繫臂而終。觸類以感，即以硯作畫寄雲隱，題詩其上云爾。

漢人瓦頭繆秦書，偃仰隆殺盤而紆。比方碑額及私印，意態絶同形絶殊。含貞冰潔壽度刦，相面用背圜刳觚。粤人品硯極清監，洮河太臓龍尾粗。割雲故自貴西洞，弄瓦或亦娱畸儒。謝公同嗜憐我癖，古神仙借今宅軀。石若浄瑶鍇若筆，瓦則古帖書則殳。其文乃長生無極，又銘曰縮本所摹。龍泉紹繞百鍊鐵，蟻封折旋千里駒。瘢翡翠留土花碧，竅澀縮剔沙痕枯。土燒作石質已死，石範於土金不渝。《太玄經》「盧金戒渝」，盧金居堅也。墨儕以類烏玉玦，天光與映青雲膚。大千忽現右掌輪，四角不附奇肱車。道人圓通入有閒，道器混沌方無隅。辛丑六月君自記，行藏三載吾與俱。甲辰我亦憮漢瓦，鑄寫圓印於方鑪。美人黃土印亦殉，長毋相忘去聲心相於。鬼今故鬼物故物，物初凝物吾知吾。以兹十載如棄妹，忽此一瞥傷狂夫。團團之月黝食既，浥浥之淚清澤乎。亦如禾黍没荒殿，經番滄桑尋故墟。素巾細意拂拭再，完璧何異耕鋤餘。久忘將逆固能應，用等埏埴當其無。草元嘲賤野次塊，守黑嘿占環中樞。去年确田報鹵莽，獻歲槁木萌株栒。君今老懶入手爪，我勉旁薄將畫圖。畫成春山意慘淡，硯滌潭水雲糊糢。潭雲作雨釀春夢，風雨孤舟浮兩湖。仙湖、西湖二街，蓋南漢宮中兩湖也。雲隱住西湖。

寄懷吴青門

君從北海入南海，吴，歷下人。拊髀泠然遊善風。志士苦心知擇木，一身雙鬢競飄蓬。白門柳色郵亭客，吴先曾留寓白下。青箬桃花釣艇翁。可怪仲翔屯骨相，每談季札肯淹通。

雨坐懷其詹

天合雲低瓦，雨斜風過江。懷人憶南浦，有酒自東窗。籬竹暖幾箇，波鷗寒一雙。含情向動植，吾喜足音跫。

得其詹報去年九月復舉一子諸友爲製花燈頗精美用以相慶也邀予過其家予先作此寄之情至無文亦焉用文

吾年四十五，得子自恐遲。君今五十八，言得第三兒。竹葉妻所藏，花燈人所貽。燈燭燕春庭，桃李明夜枝。大兒學禮客，二兒誦文詞。小兒花影下，轉側閒笑啼。阿翁覽鏡笑，齒豁鬢如絲。自顧抱樸學，於何爲白眉。慰婦近勉喜，思親遠益悲。悲心雜存歿，平昔兩相知。死痛胡豸浦，身後則已而。生憐二樵子，兄我吾弟之。他年易而教，可爲諸子師。寧知十年長，君老精弗虧。而我數年來，病甚吾久衰。母耄不敢歎，兒孩難力提。請論兒佛蓮，今甫學語時。迺喜弄紙筆，勝於索栗梨。能自書佛字，亦能畫魚雞。木石與人屋，彷彿任意爲。安識渠受命，深與母解頤。耶爲迂經生，人曰老畫師。墮地遽求火，願其騂勿犂。何爾生固然，似我行太畸。我恐爾長大，爾仍我支離。支離不足諱，門户詎云隳。望其後可孝，愛之先已慈。聊用報吾兄，兩心同所私。君必昌且蕃，無以老自疑。春寒閉風雨，緩緩赴燈期。杯酒泥好樂，何有荒不治。我今病良可，相思數披衣。當來同買春，未來先寄兹。兹詩意未足，還看教子詩。去年秋爲題《教子圖》小影。

春寒

幾年冬盡似秋殘，留作春寒結百蠻。到地雨融雲上雪，隔花山擁霧中鬟。無聊淺酌思開甕，有道深衣稱閉關。遥想溪南人買酒，炊煙青失此簷間。

即景寫懷寄示其詹

餘寒未散結陰長，四野天低見水光。初葉墻頭映雨碧，高花樓角過雲香。生平已遠年半百，夜夢多端春渺茫。老覺苦吟思太鬱，不禁言語却頹唐。

微雨村行

落花滿笠復沾衣，斜雨斜風逐逐飛。行樂晴明春有幾，流年心跡病多違。竹新松密深由徑，鷗熟潮生即款扉。跣足入城果腹返，爲飢驅我以情歸。

春寒夜風

夜風摇漾竹窗燈，戛戛明玕寒有稜。霧雨細濺垂葉點，茶煙青亂隔花層。重言詠歎如飢雀，寬褐郎當似凍蠅。曉見園翁詫桃李，夜來春夢太瞢騰。

偶從好事者省予十年前所臨蘇長公嵇康養生論裝潢頗精又多題跋予不覺慚悔欲别書以易之不得欲題此詩於後以誌吾過亦不得也仍存詩集中以謝知己

心破豪芒轉覺粗，坡公元自不工書。「我雖不善書，曉書莫如我」，坡公語。庖丁技悋屠牛坦，伯樂魂銷相狗徐。石墨叩門求水火，神明揮手謝蘧廬。就中已得嵇生訣，土木形骸道有餘。

夜窗偶題

不辨風宵定雨宵，未聞桐葉有芭蕉。春郵燈火江雲底，四壁秋聲鬢影凋。

絶句雜詠六首

松根煙水霏爲雨，花上春陰陗作寒。昨夜夢縈心闊絶，柳綿摇漾轉去聲風團。

花上今朝青鳥來，緋桃枝閒碧桃開。春風自與誰相識，不速還同試酒杯。

未暖猶寒春二月，浮風沈雨夜如年。燈火閉門今隱几，爐香趺坐舊供氈。

水竹娑娑養石盆，一種小竹，不土而生。松肪纍纍結雲根。蠟石。波光寫影深深冷，香篆蒙梢靜靜温。

蕙有墨花冥夜心，春燈光末自沈沈。偶摶芒芴禪香得，我正跏趺道息深。

昔昔鰈鰈至四更，犯寒投暗李花明。閻浮靜極無人見，自見中園夜氣清。

卓上人送漳蘭花莖一朵淡緑奇香作詩謝之

麻姑纖爪小姑心，蕙故有一種名麻姑爪，而素心，此心有朱點。日暮風吹幽且深。同臭不殊千里雨，獨歌宜奏一絃琴。室虛生白香逾靜，石氣皆青秋許陰。云皆生山中石溜間。居士多花盡禪味，忘言而悟未忘吟。

詠正月菊

老至吾忘歲忽周，故矜霜朵白人頭。吟心灞水梅花夜，夢緒淮南木葉秋。春酒露杯香泛泛，月籬寒蟄默幽幽。莫言取後真遲暮，不敢爲先得上游。

看佛蓮弄筆

瞳人翦秋水，筆影迮燈光。有好已根惡，即心仍坐忘。似形迴語姊，來笑側嗔娘。汝自生之性，人譏父不祥。

後園摘蔬作三首

琅琅昨夜雨，媚睡鳴笪屋。曙色天清寒，餘響在風竹。頗亦爲老圃，挈甕筋力足。春雨日時至，生意并酒熟。儵然見山光，覆我畦上綠。

暮有南村客，蕭然心故欣。痀瘻已分志，擷蔬還稱身。酒釃飯粗糲，美惡無忘真。常勞則貴逸，未達寧諱貧。帶經三十年，今且以養親。君飽區區情，此事不屬人。

即此千里蓴，豉之以爲脯。飣盤下齋粥，殆今未陰雨。人生諒惟勤，儒者心更南腐。

苦。知命於往非，止足内自取。方法報山妻，精細訪禪侶。近佐番禺醬，遠得淮

答其詹見懷

春水到門摇碧漪，不勝風雨緑楊枝。瞢騰傷别多吟夢，五十看花忽喜悲。直以病軀縈老友，勉安慈母譬嬌兒。侵尋二月頻三札，傾倒同心似隔籬。

服　藥

未能勿藥喜，頻藥却生疑。有説凡醫數，收功故力疲。鶗啼芳艸晚，風善暮雲遲。近取自然性，尊生良在兹。

和區鮀濱詠稻花

嶺南初夏稻花明，映日行雲白雨横。早禾宜白雨，俗呼白鬮雨。涼合江光分野色，低

濛村岸出柴荆。幽芳甘露茫茫重，静氣祥風裔裔輕。便話晚禾同一致，却宜秋夜雨香清。粤中晚禾貴夜雨，二造之性如此，反是皆致蟲。

偶出見春田未犁望雨有作

屏跡人事疏，憂農天道深。今晨視風景，族雲如有心。扁舟邨東還，野色温沈沈。近水霏爲煙，渡江遥作陰。方帆暢欲飽，條風柔若斟。見我江上屋，佳氣浮青林。

微雨

雨成已無雲，虚視若夢夢。霡霂醉物心，於無以爲用。隔江見林居，山翠數邨共。茫然過沙樹，樹杪青蕩動。泠風拂于野，寒色自播弄。機發灰未濕，氣變衣透縫。滄洲雙白鷗，炯炯不畏凍。

晦日温遂之携古書畫數種來泊舟邨口即事有作

南風落春帆，細雨轉去聲雜花。板橋壓邨溪，遂泊村外沙。行見子雲居，芙蓉出高閣。君知詎須問，門外最寂莫。拉我入爾舟，水莎日氣寒。完善西嶽碑，變滅北苑山。流觀晚飯已，鴉聲隱竹色。蕉林暮濤壯，蘆夾深燈碧。君歸三月朔，我夢百花中。不爾驚沸傳，昨有貫月虹。

燕

花上碧雲飛，雲邊紫燕歸。望天鄉路遠，僦屋客人非。社日新春雨，秋風舊別衣。後園桃柳在，於我莫相違。

江南岸蕉園歌

隔江緑斷山影連，片帆鏡中吹緑煙。飽飯信出芙蓉灣，吟詩坐見芭蕉園。周遭屏風八尺翠，閒插高柳青尖寒。柳陰時見亭角角，蕉下定有蓮田田。春江色净極千里，鷺鷥漾飛如柳綿。此園始成無幾年，初我乍逢疑一郵。其人富壓千樹橘，而我願止二頃田。安得今日從兹役，竟與比屋還連阡。不能小隱愧雲水，且恣大嚼於屠門。聊從江岸對結搆，臥受枕席摇風漣。炎輪照人赤兀兀，病肺蘇我涼涓涓。謬當江湖夜見月，忽有風雨晴攪天。遠勝吾廬小窗底，獨感桐竹秋聲翻。霜寒破苞碧玉重，露香登盤沉水斑。市甞子敬渡江楫，需種戴老買山錢。如今且共南浦艸，映我十丈紅木棉。木棉花開絳霄熱，天清雲白翔紫鸞。水西赤欄瘦窈裊，江館白袷輕翩翩。誰能平遠寫江景，寫作樵客丹青閒。

昨夜

茫茫昨夜雷，撒瓦雨東來。涼未浮新水，青聊闊舊苔。蓼風清岸月，竹露洗山杯。唤起籌終歲，田工着鳥催。

賦得游絲

僅有仍無百丈飄，一何姚佚又何勞。關心冶蝶低斜去，颺眼飛花接湊牢。風定裊風煙滅影，夢闌尋夢雨如毛。藕絲裊衩梨梢月，暗引秋千出院高。

春望

旦氣清如水，春光澹欲秋。煙綿細雨内，滉漾薄寒浮。望遠鳥將目，傷心花擁樓。一杯勸白日，散髮下扁舟。

客至

沙岸長桑桑外帆，只看桑葉識風酣。迴船茭荻剛村口，問路芙蓉向水南。深巷叩扉紆折屐，陽阿晞髮撮遺簪。不知時務知時節，苦楝花根捫蝨談。

寄李徵君正夫三十四韻

去臘與君語，甲乙是豐年。相視計日笑，自喜士無田。入春泥看花，花光晴轉蔫。忽復警良苗，望雲時已愆。昨日赤陽下，艸色暍平原。野風撒白雨，秧地蒸蒼煙。粵人呼秧田曰秧地。雨去氣顦顇，有似魚濡涎。水岸踏桔槔，百龍同吸川。搰搰哀彘鳴，支決抽神淵。雖不河也損，夫豈天之偏。我有觀水術，而爲君試言。東流混混紅，新潦潮到門。怪來半月間，西北黑如磐。東人西托命，萬命膏其根。遥知牂牁上，萬頃青浮天。比者聞府君，求雨西樵山。是山多靈脉，處處皆廉泉。屈指今六年，不曾勞職官。紅羊畏迴首，時異不可論。吾問李徵士，六男今幾孫。心力共髮短，食指以族繁。爲農亦云苦，爲儒仍大難。安得六男兒，均使受一廛。一夫一百畝，茅屋各自編。吾知陶淵明，樂死於酒樽。可念我樵子，守拙老空邨。與君匪同病，乃肯倍相憐。交親壯至老，元鬢兹漸髡。卅載走風塵，恩義私自敦。人謂我役役，我則愚而芚。寧知無人夜，不怍神明尊。淺詩寫近憂，有懷徵所存。兩年退裏足，少欲還小安。雲山留臥遊，不以當藥錢。

製笠

舊雨憐鋤幾莖竹，新晴評撿廿番花。細如織席粗編葦，深住春郊少在家。湖上魚舠兼載鶴，田頭牛背共歸鴉。半生一笠行藏在，老畏秋風識孟嘉。

寄懷李東田李君之先，江右人。

望門懷刺此何人，人故猖狂命故貧。弟妹飢寒共一處，萍蓬家世早無親。學於實地聊投足，士覺虛名未立身。今爾生來已憂患，古賢傳者半風塵。

四月一日作

衾枕春都盡，風雲氣不深。鳥聞天弔水，粵有此鳥聲，俗以爲雨徵。池見日當心。睡美增勞夢，聲危癈苦吟。羸軀宜買夏，桐竹未繁陰。

友人相過扁舟邀同詣沙橋問卜至清溪灣大風雨迴舟入赤花叩巖齋主人不值歸而作歌紀之

大烏峰黑歕渾渾，一歙張頃滿縣雲。望雲欲止止復出，旱遇雨吉良足欣。去年數開避暑席，鳧鷖久狎今相識。君何形勢自蒼黄，我見湖山舊青碧。清灣田氣陰芃芃，碧江雨失八九峰。千峰黯澹半峰赭，疑誤船尾斜陽紅。迺是崩岡照江水，碧江村口有崩岡，色正赤。映帶沙橋石色紫。沙橋去崩岡二三里，雨中望之若相屬。秖應賣卜肆下簾，自恐虛舟谷無底。我決急歸歸不疑，欲去風輒吹還之。迴舟北入赤花滘，赤花村人猶未歸。遥知上冢衣亦濕，不見叩門人正飢。忍寒相背窄促膝，五里花陰一篙疾。蓼岸清光暮潮滿，桑簷夜色炊煙出。艸堂燈影七尺身，松杪天涼一痕月。雨晴悲喜互成虧，四十餘年味道機。少安君且觀無妄，寡悔吾今念在兹。有懷勸盡杯中物，未了須交膝下兒。君不見今年樹上鵲，作巢不占最高枝。

雨晴得雲隱恥大兩故人問

海上日日雨，雨好不厭多。川原泛清淑，物理已畢羅。芸芸動植闊，窈窈風雲和。野人謝俗務，骨筋宜笠簑。溪光浄泰宇，田緑吹雲波。故人念久别，何遠不我過。一日得兩書，二年成獨歌。獨歌意不足，相思空奈何。夜泉鳴琅玕，吟燈懸薜蘿。懷人夢寐深，幽絶清無吪。

初夏泛舟

碧水紅雲相照明，不曾蕭瑟亦泓峥。鯇桓心抱幽姿媚，皀渚吾兼太瘦生。苗拂軟風光渺漫，山含宿雨氣深清。夏初正預卿何事，破許閑情計物情。

首夏見芙蓉花

芙蓉花葉兩輕明，青紫葱曨碧水冥。倚杖露光沾袖凍，過橋吟影入溪停。夷猶南浦春波後，髣髴秋風卯酒醒。翠蓋青翰越人有，爲君時有櫂歌聽。

寄顧皓秀年兼懷韓是升樂餘東老

樂餘粵城北，誌爾妻也墳。題石墨未漧，旋喪其恭人。恭人與君婦，如樂餘與君。昔從故鄉別，中外皆弟昆。一落東甌官，十閲嶺外春。春風叫妖鳥，羈臣迷墓門。側聞太恭人，露櫬於番禺。遠淚濕別土，鄉音招客魂。紙錢在馬鬣，桐棺出魚軒。君送樂餘老，爾留渠自還。惜別或收涕，知命復何云。新故各有鬼，去住同相捐。君妻有魂魄，豈不思故園。殢骨憶歸骨，其精爲杜鵑。鵑啼關前月，月照海上山。我初交樂餘，以君四年前。我之初識君，僂指以十年。乙巳秋七月，接君於古端。詠我悼亡詩，爲我聲悲酸。旅次兩畸人，峽山增夜猿。傷心我多病，贈句君弗諼。予病於端州，顧君方藥後贈詩有「此事直須生死託，兩情初已弟兄真」之句。此事生死託，兩情弟兄真。判袂闊日月，乞食溷風塵。無益均破甑，有懷聞鼓盆。孑孑咽斷歌，艸艸聊續婚。前年君舉子，吾亦抱一豚。已是四十餘，相視脱帽髠。去年出村來，三日謝客眠。藥我病不死，笑我家合貧。一片磽确石，諒非參术田。新淚哭故妻，舊淚思阿干。與君桓山鳥，四散委羽翰。令兄徵君儔，詩品清而尊。時時寄君詩，其義稱其言。君望江以南，我望嶺以西。别離殊風雨，骨肉久單寒。遠傷手足分，近阻朋友歡。樂餘當南歸，老得燕玉溫。姬姜袖蠻花，樂餘買瓊州女爲妾。鹽豉羹吳蓴。生澀風味乖，且用慰不鰥。樂餘未損樂，與爾正憂患。孤雛尚膝下，五旬徂鬢邊。過去未來心，宦況俱澹然。窮士貴作達，不等平等觀。我今但一榻，妥此養疴身。眠食受真香，千花沁氤氳。想君居大城，涼臥仙湖濱。臥醒城頭山，兀兀峥赤雲。可復夢江南，菱潭照水郁。是時樂餘老，散髮弄青蘋。我亦芙蓉灣，濯足鷗鷺馴。蟬鳴荔支熟，期爾一破閑。

樹下與諸子論詩詠懷贈之

風柳溪花坐劇談，神明小極體清酣。羸知衛玠勞終日，病勝維摩伴一龕。君不狂酲吾社櫟，今殊車笠昔朋簪。黄塵大道休翹足，事在嵇生七不堪。

慈度寺已落數過致師始以一詩賀之

往日松風浩浩聲，蒺藜支徑走貍鼪。去來劫遠今殊昔，二百年中虧復成。禪病榻容居士借，語香堂以木樨名。夙根誰可當頭棒，糙飯吾同折足鐺。

買舟出村口與諸君看競渡

寧得江鄉不愛閑，芙蓉灣外芰荷灣。溪雲曲曲三篙水，浦樹沈沈一桁山。湧楫雪波舟鵃舠，罨篷風荻雨潺湲。晚春白袷今猶薄，勉竦涼肩倚醉顔。

同梁生村口藕塘作

葉上花如水上紅，緑迷山影失沖瀜。吟心好静時驚雨，病肺宜涼亦畏風。楊柳高幢青罩罩，鷺鷥明雪凈空空。操舟不學吾能識，深刺杉舟下釣筩。

寄懷平叔

衺葛三更別四年，遠途趨夢病趨眠。離心盎雨盲風夜，一角蟬鳴荔熟天。永憶重陽動琴酌，暮愁横海鬱人煙。辛亥九月粤山。於時一哭悲秋後，秋在黄門白髮邊。當時七人，平叔各有所擬，擬韓東老白香山，許周生沈休文，予潘黄門，餘不復憶。

絶句二首

門前樹根横石臺，隔水芙蓉明眼開。昨宵月坐歸聞雨，石氣曉青寒有落。

橋頭爲社社前榕，橋下蓼根聞碧淙。村晚過橋人買酒，酒缸花影落芙蓉。

偶記

自怪先生屏跡深，病中猶耗看花心。白雲碧水芙蓉晚，平叔江南忽好音。

答知交

江湖歎浩刦，笠釣屬夫君。水闊朝浮雨，邨深晝落雲。青蟬涼不急，白鳥炯無群。身世忘吾事，知交詎得聞。

予不能飲作酒徒語以快意

便耽杯酒亦何傷，好樂鶯花已太康。少滑聰明與聲色，深判眠起倒衣裳。堯封鶉鷇無三患，帝世陰陽叶百昌。直許老生迷不返，糟邱臺上勸飛光。

甲寅生日寄海樵先生

今生兄弟同生日，少壯相隨後五年。兩地髮膚趨老大，在天弦望各風煙。何時富貴歸無辱，攬夢存亡遠獨眠。昨日坐兼兒輩哭，抱新孫去拜新阡。淳、彪、齡生母歸柩已葬。去年淳生子，名爲玉。

朱花和影颭清波，碧艸漲陂鳴白鵝。竹色斜行銀箭雨，天光低漚水雲莎。

寫　景

讀翁學士所輯黄景仁仲則詩集

平世最高名，通籍極卑官。然且不可兼，使汝歲易殫。寧知東方士，岸絶十年冠。搔首天西北，佳人渺雲端。手剪雲作花，風翻花作瀾。偶隨絮沾泥，遊戲下人間。忽然亦爲人，卅年如弄丸。不知我生死，安憶我憂患。獨往以獨來，誰待將誰歡。或言君厄才，僅得樵與班。君才撻萬象，樵也小黠頑。類感倘雲龍，天授殊易艱。心氣可遥通，期我乎道山。小技何足道，大化方就閑。騎控朱方鶴，帔披丹穴鸞。

村口偶泛觀漲

絳雲滚滚雨冥冥，倏忽晴陰迭不停。半珪山照大水赤，一寸柁飛千里青。沙田拽艇早撈穀，漲而穫曰撈割。郋路吹波低見亭。兩負詞翁邀我飲，空幔碧油開翠舲。前日退庵兩度治具，不果往。

寄周侍郎興岱

南箕吾已不能揚，南橘生宜竄此鄉。抱病告誰車有角，上天迴首鼠拖腸。雲泥知己今韓孟，揚馬高才古益梁。先生蜀人。惟是戴盆西向笑，美人冰雪隔銀潢。

阻潦得許周生書詠懷奉寄二首

東藩故府窅潭潭，池上樓看海外帆。竹院雨風青窈窕，漲天雲水赤嶃巖。交如異域滋頻夢，學不狗人守至誠。來書與予論詩之意。問我別來何所憶，休文身上憶羅衫。

孫郎許我以詩昌，思以幽通志不傷。睇笑女蘿山鬼態，波流公子美人鄉。風雲氣少防諧體，紙墨錢儲與藥囊。俯仰千秋成一哭，蘭臺秋色賸悲涼。問予詩集何久不付刻。

觀水知西張必盛作一首

西潦將盛時，水氣涼朝晚。諸山泛寸碧，散若齒初齔。雲染黃泥平，海攢赤岳坌。我懷邕州居，飛簷俯江楯。江中砥巨石，團此千里岔。聲驕溢地賸，勢橫去聲浮天轉。夜夜西北極，羃羃雷雨奮。雲歕黑磐車，電掣陰火靷。方增眼浩浩，何處淚泯泯。兒時所習見，往往亟三板。江樓歙張動，下若戰蛟蜃。崖崩駭剥膚，舍避走絶臏。牛馬安可辨，渚涘無有畛。長蝮作霧遊，高鳶折風抎。郡國坐眨瞬，鄉路無遠近。轉愁水角壯，牂牁漲時諸灘皆失，而水角險甚。誰喜灘面盡。大象迴懸河，哀毚激壞堰。峥嵘黔滇巓，濫觴始誰引。端州搤東吭，倒吸西勢緊。石門束相雄，峽山岌欲偃。并力趨峽外，始殺得平遠。有如萬里行，開襟解勞軫。廿年廣州住，住久神魄穩。他時遠遊歸，牀席水石殷。險夢入險坎，虛舟擲虛牝。今無滑吾和，亦不嘉我遯。懶非媚川虬，飽類飲河鼴。去年畬早田，求益反以損。播種既數畝，撈穀不盈稛。今年稛也無，眠食學蠶蠢。澆没母訓數，濕灰妻爨謹。佐飯魚龍羹，白小煮醯筍。門前水籬傍，竹靭罾可幰。遥知蘆邨闊，自見茅屋隱。漁歌深未出，剡櫂行屢返。斯人不沈浮，窮年因曼衍。且將鳬翁盟，恐被達者哂。

因許周生寄王蘭樹侍郎

久知大冶鑄祥金，先生選江海詩。謬擬洪爐試水銀。能辨雄風疑宋玉，謂周生。爲持雌霓似王筠。梅花舊諾虛圓夢，翁侍郎寄簡詩有「人與梅花成舊諾」，又有「寄語二樵圓夙夢」之句。漁父新詞實寫真。馮魚山、黄仲則二君皆囑予以小影寄之。望斷高樓在西北，樓頭南望有佳人。

復寄周生

閉關二年來，靜極忘其味。佳禽語高花，天機合和氣。沖襟病亦適，無病體逾貴。念我同心子，不遠莫可致。南藩東西圃，竹石託清閟。跫然山水音，幽情入離思。窈邃君子亭，亭亭蔟寒意。簷墮冰雪聲，日澹風雨勢。兹焉豈州府，安得畸友至。相思兩相許，其樂可易地。日入月滿樓，佳人渺心事。

聞石帆將歸

牂牁箭急放船歸，見似投林一鳥飛。今汝山川迴首老，古人車笠痛心違。幾年夏屋聽蠻雨，近縣秋江濯客衣。永淳城下水名秋風江。鱸鱠嗛嗛故鄉食，可如東井野魚肥。貴縣有山池曰東井，魚之美冠一郡。

服　藥

生人何樂樂粗安，奢與瓢鐺減食簞。大嚼我真蟲習苦，一枝天假鳥號寒。人知平叔當行散，妻故雲英善搗丸。昨日謬邀鄉老喜，共迎笠屐笑相看。病氣不可行，昨雨後笠屐而出，故老相慶，聊記之。

題惲壽平枯木竹石尺幅

南田高逸出精嚴，不着王翬一筆甜。石角林腰兩竿竹，江天都與晚風尖。

餞夏篇

感去年郵中朋酒之樂，遂過九夏。今年偶一治具，江上已夏杪矣，且不見昔時一人。用是傷懷，作餞夏。

西堂夢斷如離人，只有詩句留青春。南風吹煙靜江水，入地涼天山影新。去年林水飲避暑，一幅川雲送風雨。猶憐淒暖含情態，却歎凫鷖無處所。今日我來逾昔期，今年人各樂新知。清溪老樹見瘢葉，落日蟬風吹鬢絲。花邊葵扇高雲遠，竹下山杯空露滋。花竹翛翛暮色動，雲露皎皎寒光弄。人閒宋玉絶代愁，秋滿荒心浩無夢。

注莊

無病猶歆示病牀，病終生始發天光。聰明性本空諸有，日夜心萌止吉祥。秋水橋頭扶杖立，晚風花外問人香。行藏幽獨忘吾適，不爲言詮讀老莊。

即事

野涼青動浮，山映雨明樓。蟬急日趨短，雲飛天欲秋。菁華極物態，河漢濫觴流。閱理隨時運，淵明即事休。

江上有得答周生意

逝者人間世，悠哉江上心。青山涼雨淺，白鳥碧天深。釣石衣生蘚，秋雲髮墮簪。勞君爲踊躍，吾豈鏌邪金。

落日

夕日薄河橋，白雲天自寥。水荷衣拂拂，風柳鬟蕭蕭。一架葡萄熟，比鄰烏鼠驕。柴門漲痕落，吾亦見吾苗。

晚雲

村涼晚看雲，天遠意相親。夕氣清於水，神光迴照人。將秋先淖約，昨日小嶙峋。仰面吾何擬，陶詩得此真。

寄李潛夫重索交桂十韻

昔傳清化桂，南徼孕真陽。苔蘚收瀓碧，龍蛇避古香。守純導氣母，求得歎雲將。朋璧頒雙琥，仙松割密肪。七年遥抱病，三月似春糧。漸老成中冷，勞心采衆芳。重修下元訣，一佐上池方。爲德期終惠，安生近勝常。發械霏霧露，潤筆報文章。時囑予爲李氏祠記。日夕需君切，秋風試肺涼。

偶過吴友人歸舟遇雨作寄

汎湃横波走岸田，風雲争逐渡江船。逢逢南北分龍雨，脉脉元黄斷霓天。滿志梟鷩闊生計，同鄉皮陸傳詩篇。遲君碧酒芙蓉下，螃蟹如花秋可憐。

此　水

江路失西東，炎雲接漲紅。出山有此水，入户可孤篷。柳外看吹浪，蘆梢不韻風。溪深稱漁具，思煞陸龜蒙。

寄白魚潭漁者

鶯脰銀魚初月痕，白魚潭亦足銀鱗。秋風遠寄一竿竹，鄉味都宜千里蒓。何日隨君歸放艇，兩年今我坐垂綸。直須鷗鷺成畸友，不避風波號此民。

感甲辰六月之漲

水哉吾憶甲辰年，海上伯牙彈斷絃。孤島異鄉圍獨哭，浮漚歸夢看新阡。故人十載長無忘，見《墓志》及《圓硯詩序》。六月三旬昔已然。宿宿休須續風雨，翻盆衝瓦似防川。

六月廿七日周生侍尊人方伯歸里書來告别漲甚道阻旬日作詩追餞之并呈平叔八十二句

識君三年前，見君無幾時。六月三得書，忽已自言歸。是時漲浮天，水周我籓籬。入門千里心，汗漫夢見之。汗漫不見君，見君舟上旗。浩浩東南風，阿那檣杪吹。江干出瓦簷，裊裊楊柳垂。楊柳昨夜雨，颯然秋已淒。秋色遠脉脉，離心空自悲。夜短天下旦，有情誰得知。憶昔九日飲，七人君甚羸。酒冷葉索索，玉削衫飔飔。虞泉萬里風，東陽幾寸圍。林君彈春陽，君接彈抽思。此曲各有聲，此日情勿違。下山一握手，祖帳相續爲。别酒續復續，離人齊不齊。星零以雨散，約惟君在茲。君既深窅居，我亦遠如遺。三年共傷别，已嗟少見期。一漲即失所，風波安可追。迢遰江上山，浮沈昂以低。指顧不識路，青壁沾黄泥。去去莫復問，但去無有岐。人世雖萬途，而不歸者迷。喜君隨親還，家尊仍作兒。一解方岳組，實以老病嬰。願君早置身，早遂此孝慈。君已足文史，於學無不窺。榮華茁其言，誠實爲之基。似君妙年者，今日復見誰。平叔文豹變，周生祥鳳儀。此後吴越閒，夜氣光陸離。恐有干莫精，化爲雄與雌。南方有病翮，短翼養差池。君昔愛此鳥，愛其惜毛衣。今君雙翱翔，我則奮欲隨。豈對不筍竹，能救迴腸飢。相去日以遠，操心日以危。不悼江嶺遥，實憂聞譽卑。期君傍日月，無翼聲名飛。

五百四峰堂詩鈔卷二十四下

甲寅年

七夕夜潮滿庭俯見星宿寄懷周生驛次漲泊

荷葉聲圓急雨香，大潮似月凍如霜。籬根漠漠凫鷖静，簷下深深河漢光。常釣坐驕龍伯國，浮家行指女牛鄉。金風玉露隨天有，莫遣秋衣報夜涼。

仙湖客舍贈石帆八月廿日作，予癸卯亦僦居此。

城頭高樹作秋聲，秋氣蒼涼萬户醒。舊雨故窗蟲唧唧，十年今夜鬢星星。仙湖賸水濕灰死，風穴歸人濎葉泠。與話桂林山最好，山光猶入眼中青。

鄉試滿石帆相過與何蘅圃泥醉而歸已陰雨數日復有作呈石帆并寄何君

秋風江吹霜滿篸，柳絲書館柳沾衿。老應天爵得人爵，別驗故交誰故心。千里山川詩卷受，滿城風雨酒杯深。商量振雅名堂處，蘅圃蓮塘老樹陰。昔與菂房、石帆語，欲就蓮塘街石帆所買地作振雅堂，何君蘅圃適近其處。

題吴竹緣西湖話別圖

南憶東河邱大尹，北行傷別話西湖。因君風雨西湖夜，遠記西湖訪舊圖。東河先生有此圖。

友人送西樵無葉井泉

璇源不湯湯，静貯岳色緑。君汲一尺天，範此滿盎玉。清碧凝堅光，瑩若不可匊。以指試一染，寒稜屬相觸。頗疑邢州砂，礪之未滑熟。我憶山上井，井上翳喬木。木葉到井口，水氣鼓井腹。水力重浮蕩，葉勢輕蹙縮。此以得異名，生是天使獨。猿狖顧其影，秋凈月肅肅。一聲哀入雲，衆樹凍盡禿。惟彼外不入，浩然者内足。使之出山流，至海不肯濁。樵夫嗜茗飲，瘠氣伐我肉。兹泉格兹理，踵息不遠復。吾當揮参苓，就此課僮僕。養親盡吾年，歸矣結茅屋。

和答譚秀才康侯敬昭

爲愛詩家龍象乘，南宗正始訪傳燈。來参會撮支離疏，已似寒巖老病僧。風火輪須收足穩，曹劉墻可及肩凌。看君緊腦鋒稜翮，崋岳秋尖一角鷹。

贈僧澄波

我亦多生識字僧，記曾兼爾以詩鳴。苦吟落月竹房白，迴句後山松雪清。海幢寺即楊孚宅，寺後相傳爲萬松山，孚種松致雪處。野艇秋江浮隻鷺，曉鍾殘夢滿三城。爲師細畫河沙國，得似陶輪入掌輕。時爲寫山水一紙，澄能説《維摩詰所説經》，即用經語爲贈。

小病寄閨人

塵中養疴迫無閑，客去西風亦拓關。窗瞰夕陽城上樹，意浮秋水枕前山。霜寒蟛蟹傾筐得，潦退芙蓉出手慳。今年漲甚久，書云所種芙蓉多淤死。歸計即當看玉玦，別期何事卜刀環。

客舍玩月復寄

城中看月井底闊，亦如三更窺井誇得月。遥知今夕小樓外，花上秋容渺幽絶。遠沙平展幾抹煙，獨鶴飛入萬頃雪。星稀螢淡碧凝眼，飲露吸風清換骨。小兒仰面必會意，要貌團圞一旋筆。問兒好月究何似，似娘手上玉條脱。與話阿耶應記着，芙蓉花梢兩圓缺。病窗天色青一幅，似剪江光挂空闊。我今不眠眠有夢，丹槳青翰興飛越。入門速使添我衣，灌頂冰壺驅肺熱。

偶還村莊見張後芙蓉已復作花而鄰里居人頻驚徂謝感而有詩

折折清江曲入村，芙蓉幽怨欲爲言。開當雲露驚心日，遠憶風波失所根。山木有枝歌擁枻，古祠呵壁寫招魂。一秋人物相摇落，花汝應知天地恩。

客窗見城上艸

坐看城上艸，病緑以芸黄。閑館閉秋色，涼風吹夕陽。高宜清露切，上有白雲翔。昨日王孫意，凄然出故鄉。

鳳凰岡歌

鳳凰岡名義則那，上不爲巢下不能營窠。頭低尾轍噀風雨，風雨幽靈連白鵝。新風三日江刮波，浪幅如帆鵝巨艖。幾疑水師營下之戰艦，大象徹底行砢硪。謂之爲鳳何至此，曾不如皃翁江上風蓑蓑。昔時祖龍騎虎馳八極，或咤其下定有乖龍磻。

鞭之泐泐不肯起，今且血赭淋陂陀。或云鯤魚未風化，僅露其背圓番番。不然鯉苔涎甲負山立，直是神物可渡鄱湖鼉。昨者捩舵一墮此，盲風軋石船旋渦。蘋汀蒹港苦梢檝，一葉掀舞如渾脱。是能障水不障風，浪飛欲吹松杪過。元冥吁噏卷千里，山乃不敢與水争巍峨。須臾風水兩無作，碧天揭江清鏡磨。三山夕陽一抹下，東海山水正赤平不頗。浮屠屼屼卓我筆，上吐紫雲濡絳河。

憶村中芙蓉

一度芙蓉五日歸，多情天氣與晴暉。水雲夕照依依静，籬落寒江眇眇稀。佳節幾時秋遂老，勞人有夢病相違。驚心秖在城頭樹，紅葉如花萬點飛。

紅樹起興

紅樹天青映碧城，瑲琅吹葉瓦波鳴。縫裳十載攕攕手，促織虚堂在在聲。故竹嘯風幽鳥夜，小鷹垂月晚花清。道心自倚寒巖樹，病不歸家苦有情。

客病小庭暮立仰面得句

暮庭雲急帶高禽，城外秋江碧玉深。乍可寄兹千里翼，泠然將我八溟心。蒹葭故有盟鷗夢，跰蹮行爲鑑井吟。便卷詩書歸亦得，汀花煙水片帆陰。

贈丁仙植時爲予治病，在觀音禪院。

滿院秋光人淡然，菊明蝶净欲寒天。病談心本團圞月，瘦約衣痕瀲灩煙。屈伏我成剛百鍊，老蒼君是艾三年。相將藥鼎茶鐺側，錯莫寒山拾得禪。

題畫秋亭夕照

秋亭受夕照，喬木老不雙。蒼蒹致精恬，數筆風滿江。昨夢脩竹下，斜籬闢南窗。自覺境過幽，愛此吠月厖。

五山煙漲圖六月偶至縣城，漲甚失路，從黎村出。望縣城諸山致佳，追畫之。

孤篷漲迷路，問津出黎村。白是碧鑑天，黑是松嶺雲。浮屠兀高巖，離立雲中君。何人山上亭，外指煙江昏。見我幾寸帆，仄如鴉影翻。我枕寒忽動，潑青山一痕。

長歌行贈虚舟

我忽不樂呼虚舟，一哭未破十日愁。苶然疲役過半百，汗下底事能千秋。我昔詩歌騁雄溢，逸馬煙蹄氣横出。風騷未解相激昂，何李徒然受鞭撻。中年迴首了高興，四體投地向真實。真實聊從初地起，安排豈到寥天一。冀能水措枯樹肘，或可功成璅子骨。事今破甑知無補，老喜運斤還有質。虚舟少於吾十年，眉宇遂覺道氣尊。平生所學金無礦，萬物歸根河恃源。嚴城秋寺對榻眠，花竹影繁燈火昏。話多今昔極哀樂，醒後人天空夢魂。城西書屋兩版門，藥房版門書屋。海上樵子百花村。十年生別三年死，逝者心憐病者存。衰謝傷心口銜碣，文章取喻身如筏。向來甘苦成嗅風，安得中邊同食蜜。何者爲崔嵬，身後萬古名。何用兀兀屈首老明經。故人已作鼠肝化，我輩亦等鴻毛輕。爲誰悲歌爲誰弔，氣動愈出無由平。秋風浩浩城頭樹，吹作翻江揭海聲。

齒落

不求大嚼朵吾頤，諸苦深嘗樂遠離。漸漸不容如瓠落，嗛嗛之食學牛呞。幸無白髮安慈母，慧有青睛與小兒。齒汝棄吾吾棄汝，蒼蒼天闊片雲遲。

客舍李秀才見訪欲爲其平章婚媾

獨臥西風葉到床，苦吟高樹競清商。團圓好月波煙玉，綽約佳人冰雪裳。桐井淺絃勞蒨綆，洛川微步薦吴璫。故知司馬求凰病，早囑雲英竊兔霜。

夢中歸櫂

風旗汃潑滿城涼，夢緒飄颻一葦杭。穲稏黄雲水田月，蒹葭清露薜橋霜。食如牢犪分妻爨，别計莎雞俟我堂。萬户侯秖千樹橘，無名人有五垂楊。

贈李徵士遜芳情

卅載知交首重迴，壯時蠖屈老虺穨。九淵壺子全生理，三籟南綦獨死灰。吾道委形堪陋巷，詩心和氣上春臺。紛紛門外翻雲雨，閉户先生笑舉杯。

和前輩登五層樓寫懷示諸公之作

煙光九點五層樓，地盡天開大虎頭。西景飛騰今日暮，東溟來去古時流。滿江花月真香市，卅萬城門此廣州。重得景純來望氣，衣冠蕭索海山秋。

甘道淵運源見訪既而岡州人送香橙至遣送一籃并係以詩

六年上考一彈冠，頭地才名歇後官。風葉破扉今雨掩，秋雲清句暮天寒。書成奉橘霜初降，君亦爲儒味馨酸。急爲作詩宗武誦，與拋三寸逐金丸。甘君正藍旗人，七十始生子，始就官。

道淵老人以自寫空巖宴坐圖索詩贈以長句

青藤紅樹合兩崖，忽有猿狖吟崔嵬。吟猿隱耳去未已，麇鹿呺呺來于思。六年以前于思來，此山此人伊可懷。乃如長白不易見，三韓雲海心無涯。六年一昨交臂才，咤欲墮舌收不回。薜蘿垂膺鬚匝髮，邱壑滿面顴窊頣。藐姑綽約但飲霧，老子中央如立柴。黝石渾渾壁削鐵，青雨漠漠衣及苔。招之不轉呵不背，其影入石心如灰。寒巖枯木暖氣迴，忽生爾稊度爾材。或言壅腫稱櫟社，或言郁烈勝柏臺。濠上畸人得莊惠，梁園老客空鄒枚。君嘗侍禮邸。五仙客舍門不開，門前落葉迴風堆。我真有病此虛室，心亦無火守大槐。自惟憂患得生者，君今酒濯真熟哉。問君昔者林巒隈，可挈竹杖雙芒鞋。何年了事又撒手，撇捩猛火辟歷雷。入于南海風穴盡，賸恐北山雲壑哀。不然羅浮與子偕，上可東面呼蓬萊。鐵橋萬仞與垂足，海水一泓看瀉梧。

君前見懷有「羅浮看扶桑」句。

桐心竹詩四首并序

竹之生，貫乎桐之心，有君子投契之象焉，亦異矣。然以平等觀之，桐自空也，竹自迸也，如水之赴渠，渠未成，水亦東西南北流耳，何異焉？爲之詩歌以詠之，畧其異，玩其象意者，其有祥徵歟？首爲道其來由，中寓言爲問答，而終以瞿曇無分別之旨，蓋希風乎靖節形影問答而决於神釋云。

石氏植桐竹，自媚幽人廬。桐老空其中，新竹傳舍居。異物而合體，巧入環中樞。不知造物者，何爲此拘拘。既喻楔出楔，元以虛集虛。雍雍文鳳來，宜有覆翼雛。遂喜棲有託，不憂食無餘。西風昨夜至，落葉空前除。仰面不見月，月影仍扶疏。颼飀動秋陰，益見材爾殊。童子誤聽秋，謂聲在樓櫩。不者纖纖葉，附此亭亭株。

竹君語桐君，道者懷若谷。子今虛其心，我爲實其腹。與子其地同，附著異棫樸。相親漸相摩，氣類成一族。人謂我無角，我竟穿爾屋。秋陽髠爾顛，我則衞爾足。崿崿百尺枝，何遽看爾秃。君免鼠墐户，我似箭在箙。既入出而陽，有與生使獨。古人重臭味，絲蘿且喬木。同心齊所願，霜天厲寒緑。

桐君謂竹君，與子膠漆交。相好毋相尤，物我均與胞。我固不可遷，子來不待招。我節今在外，如與子同袍。汝節今在内，使我精不摇。是非無成心，死生爲一條。不使内落籜，吾寧外早凋。汝榮不我衰，我本得爾標。同聲共腸胃，而成此調刁。庶乎樂出虚，勿類土實瓠。他時我爲琴，以子爲比簫。違問絲不如，與子諧英韶。

一知在忘言，桐竹毋熒聽。一與言爲二，即非自然性。我無分别法，與爾安心竟。于以正彼生，由此生者正。兩體子母爲，銅山洛鍾應。孕如佛指腹，縛似僧入定。下有苔同岑，上有鳥共命。吾知名園主，寓物幽賞併。不類相爲類，何復有争競。吉祥止所止，知止得殊勝。地萌桐竹孫，穎脱冰玉映。右詩爲城西石懷瑜作也。石氏園林有此異産，爲詩社以徵題詠，一時作者數千人。予不獵兔于詩社者幾三十年，偶一爲之，遂拔其前矛。乃撫軍大中丞朱、學使大狀戴兩先生所録，謂賦物而有名理，此雖遊戲之作，聊復存之。

漫書六絶句寄家人

滿城風葉一燈闌，筆影摇摇古壁寒。許是書生真樂境，病情吟趣夜漫漫。
嬌兒上番月圓時，囑寫玉盤差中規。今夕樓頭月又滿，與娘新受阿耶詩。
阿娘嘗有嘲我辭，無病無夢君無詩。諸病百年圓一夢，輸他飢食困眠時。
城根得月一㧙方，㧙下哀蛩亦得霜。并處苦吟如井底，不知天海作何光。
香霧雲鬟我有吟，北風裊帶汝無心。倘看憔悴東籬菊，月到花根蚓竅深。
幾年明月小樓前，俯拗芙蓉弄紫煙。看過拒霜遲暮了，滿村紅葉展江天。

薄暮走筆柬道淵老人僦寓阿婆塘二首

高樹葉丹黄，坐疑延夕陽。遥知暮烏影，下墮炊煙蒼。静者愛秋水，懷人兹一方。登樓老子興，得月阿婆塘。

他時此賸水，得姓可甘泉。上有蒹葭露，下爲鴻雁天。池塘夢昔昔，濠濮話淵淵。知爾心如月，分光病榻前。

四　更

風起蘆花高，滿城如夢飄。月樓看漠漠，雲渚想迢迢。歸鶴是何世，聞雞知候潮。微寒醒奈得，無爲但無聊。

夜半歌

北風卷地雲奔馳，高作波浪銀灣吹，低或掠過城樹枝。上有明定之月看如飛，下有萬家夢中笑泣無人知。城南病客當是時，静心與月交員輝，披襟起來夜何其。樹杪一兩葉，葉底烏夜啼，葉上出没斗柄窺人欹。天象嚴嚴正氣肅，志士履霜毋自欺。不知大城中，幾人同此無邪思。魚橐橐，雞膊膊。智慧出，萬物作。車輪硠硠蹄确确，先生客帳懸水薄。塊然而臥復大朴，乘眇莽鳥遊廣莫，大千世界吾守約。

贈別石帆兼寄紀明府文溪曾藻

興至而來興盡還，他山今好作家山。惟吾與汝非材罪，千里投公作語蠻。身亦短衣歸杜曲，心隨明月落蘇灣。貴縣對江汛地。東風遥寄神明宰，西笑長懷綽約顔。

讀趙明府渭川詩集有文琴絶句三首感懷書寄渭川鄴中

慧絶文琴十五年，侍兒的的小名傳。珠跳白傳徵歌地，「度曲徵歌白傳同」，詩中語也。花落維摩解語天。《所説經》譯天女云爲天日。夢蝶抱漨烏足葉，戲魚泣謝屋湖蓮。自嗟與物同衰暮，撥盡心灰獨不燃。

萬明府華亭相訪甘分司道淵亦在座

莫怪樵夫骨相屯，支離糊口遂勞身。坐無禮數三人笑，病復心陽十月春。金石隱留詩後響，藥煙濃拂塵邊塵。久要不忘何妨别，古處相交豈厭新。

中夜起行徘徊得句明日訂蘅圃聖田白雲寺探梅

風響空庭落露巢，月明白地寫霜梢。鵲飛鶴唳三城曙，鍾緊雲繁十月交。明日籃輿買桑落，北門蒲澗上梅坳。羅浮春事無先後，寒瘦詩心稱島郊。

十月十五夜步月欲往訪何蘅圃聞其圃中亦有梅花故自欣然以病後不良於行亦自中止作長句寄題其壁

北風吹雲掃重䨴，中天見月如寒潭。自爲畫人抱冰雪，愛此夜氣凝清酣。萬人海上波既静，官樹藻荇空明涵。廣衢潑汞人墮鏡，波浪攬作吾衣衫。幽寒不阻老子興，別墨欲與畸人談。北門詩翁作老圃，十畝桑者休長欃。熒熒吟燈出竹屋，一點定光如佛龕。故人已類退院衲，獨處又似抽繭蠶。中園大樹拾枯朽，亦可茶竈供清甘。霜籬晚綴九月菊，十月早有梅苞含。滿城塵夢萬苦樂，獨此吹破花二三。長衣籠袖影極瘦，青眼刮膜天微藍。城南八月留飲處，有客病髮霜絲毿。君今迴首秋雨下，可憶石鼎并石帆。石帆詩氣槖籥壯，乃可鼓動花巉巉。吾詩有得或一句，嚴凈亦復神明勘。如斯消息天地內，不許軟足行一探。出門百武去何適，街西落穆敲僧庵。懷人不能一賈勇，司夜又吒籃輿擔。行行負手咢仰面，落葉鏘如巾墮簪。四維虛空不可見，心與烏雁飛向南。南方水雲一萬頃，歸趣浩蕩無人監。御風泠然換道骨，清夢曉浴西山嵐。

月　夜

明月嚴城獨岸巾，中庭扶病影相親。烏鴉警醒偏辭樹，風露高寒漸中人。幾夜夢多嫌斷續，晚籬花少益精神。山妻可似梅妻瘦，瑟縮煙梢黯淡春。

暗記人家墻頭竹

水月仙湖一角冥，高雲陰處小亭亭。立聞笑語鬟沾緑，步驗流連燈閃青。誰共空庭如白水，翛然霏露似涼汀。傷秋宋玉無春思，夢隔重山六扇屏。

明夜與友人重經墻頭竹已而竹下啟扉嫣然一顧友感於微波而無所託也戲以贈之

高有空雲下緑蕪，愔愔歌管竹風呼。梁閒可要雙雙燕，城上深妨夜夜烏。生澀柳枝窺少叔，迷離桑葉見羅敷。仙湖秖隔盈盈水，興詠勾留是此湖。

友人欲拉予訪墻頭有竹人家予爲賦家園竹亦申禮防使之自持也

憶我門前水天緑，病軀竭問平安竹。高空泓峥月皎皎，暗鵲驚飛霜簌簌。此時水涸溪魚瘦，任與風天戛哀玉。藥煙閣外傷心地，舊夢荒荒空古屋。衆香亭亦竹一東，翠袖天寒在空谷。攜子閑行忽眼明，竹外梅花媚幽獨。

落　日

夕氣起蓬蒿，塵光息衆勞。碧雲照人合，烏鳥極天高。過去成今古，將來寄鬢毛。青燈閉門夜，壁影立長袍。

獨　夜

獨夜正懷人，虛聲葉打門。城深見月小，星澹倚螢温。雨似風旗潑，蟲偏古屋喧。封侯已無夢，睡息静存存。

正夫以葯房遺照屬予補景太息成詠

十年夢不此分明，又恨無言夢有情。今日置之邱壑好，此人猶似玉山行。餘生孝友需來世，千刦文章豈大名。俊健獨亡衰病在，逾時無夢疚娉娉。

鴞羹并序

病氣，多勸予食鴞，而炙其骨以和藥，且可已頭風。既得，果惡鳥也，畜之夜中，嚨嚨作怪聲，羹之甚美，是多殺不爲虐，作詩云爾。

倦乞醫門艸木靈，聊依掌故試鴞羹。殘形見首神明恐，旦氣萌心日夜生。達觀笑論哀鵩賦，惡陰聽射訓狐聲。連朝冪冪南風霧，招得虞人擊柝行。鴞目晝盲，弋者擊小柝尋之，鴞聞柝似類呼之音，亦自呼，因尾之而網取焉。搏之，則傷人也。

古意贈友

海水枯桑各自知，勞遲燕疾不能齊。長卿白首懷琴畔，小杜青春付竹西。傍地雄雌迷顧兔，懷人風雨有鳴雞。癡雲蕭索窗開曉，冷月尖纖柳外低。

作寒

烏叫兒哺雁叫群，窗中城上浩風雲。掠簷雨點關門早，入夜江聲拍枕聞。病意未寒陰肅肅，物情需復静芸芸。威嚴再乞松山雪，一蕩炎方大澤焚。

聞雁

不過鄉關聞雁聲，低雲如墨壓寒城。幾人風雨青燈宿，而我江湖白髮生。南出虎頭驚地盡，俯窺鴉背見霜明。稻粱去去秖容飽，族類啾啾空訴情。

觀碁并序

僕不解碁，直大不解，非不能而已也。平叔往嘗習無錫風尚，以金爲注，而邀工弈者弈，已則旁坐而竊其國能以爲樂。予謂嗜此，凋弊同於聲色，而反得苦趣。坡老以勝敗欣喜爲達其理，僕未達，自有可欣以喜者，不以倚人也。偶見弈，憶往言，作詩寄平叔和。

静中泰宇不天光，牛鬬翻成蟻撼床。曲肘我方完一局，險心凡已告三亡。試令相士窺憂樂，忽爾觀空現火湯。至竟回頭兩何有，不知風力到枯桑。

憶梅五首

今宵衆香亭，花影晰可數。孤邨夜寂寂，風月太清苦。老梅數點煙，一笑出籬塢。風情盎而韻，寒意驕欲語。

一枝俯溪水，照耀天倉浪。灼灼鮫人珠，不要明月光。林白鳥避影，氣嚴人不狂。亭亭萬丈下，時有孤雲翔。

樵夫喜閉關，獨處存夜氣。三五墻頭花，洩我古春閟。我臥寒未起，好事外已至。先生静芚芚，行獨花亦厲。

晚坐我亭上，慮淡天自清。離離暮竹外，楚楚老眼明。蒼茫昔年夢，黯慘故人情。自哦詠懷詩，亦未稱達生。見丙午詩。

去年眼力盡，寥落不成花。今年報花開，臥病且離家。風恬城樹静，夢冷江月斜。門内参欲横，門外官上衙。

聞笛

月出當心城上烏，爲誰吹笛盡情呼。聲塵二者何哀樂，心跡中年驗鬢須。驟使漫雲激波浪，静繰游氣匝虚無。君知向秀傷懷極，不向虞淵促日晡。

落葉 城上管樹一株，甚大。

八月初驚澣葉鳴，中冬并日接宵零。愁眠伏枕真成雨，秋氣終年颯滿庭。陳跡供詩題數數，歸風聞道想泠泠。飛烏影外空枝白，寒蚓吟邊病草青。

予以古意詩贈友有沃面之酲而和予詩復作一首重美之且以勖之

蕩子歸家自可貞，詩人賦物乃多情。蘼蕪艸色新猶故，迷迭香煙死後生。忍説攘蓬桃李面，傷心弔月蟪蛄聲。鴛飛錦水烏銀浦，癡絶牛郎病馬卿。

送謝孝廉佩士蘭生北試

漸老年來漸畏人，修名遲暮始憐君。青氈晚歲還陰雨，黄菌朝陽蒸慶雲。力命不争歸白業，嘲疑交獻悔元文。中原立馬應迴首，惜我河沙後日分。

羅浮陳道士别二十八年今約可百歲道流時或見之作詩遥贈而已

昔看羅浮雨，平吹滄海雲。誰知雨上月，獨照雲中君。老桂古壇墮，白猿青壁聞。舊逢惟落漠，今遠話幽芬。艸艸將歸路，纍纍直視墳。鶴聲知訪道，霞色想殘醺。我有南華注，師函五岳文。他年瓊笈合，一榻石樓分。樽泛虚乘瓠，風生直運斤。無爲吾自試，先不亂鷗群。

贈同年黄舟山其勤廣文

峭骨寒松自有柯，苦心秋士亦能歌。生平今世斯爲盛，學至中年唤奈何。鮫室詎勝珠海月，璿源須灌玉山禾。官尊擊柝君干禄，舟訪論詩我在阿。

甲寅長至

時序已長至，病軀隨小康。寒門遥乞雨，時屢祈雨。典庫緩儲囊。老稺縈魂夢，鄉關有阻長。稍聞米價落，歡喜視蒼蒼。

甲寅冬屢作寒不成長至日亥子之交忽天風乍寒而南方樹木半已舒萌矣

城樹勾萌緑漸深，秋聲忽似到春林。今年長至猶奇暖，半夜微陽肅至陰。洩發不時元地氣，芴芒有象是天心。虚窗未辨風雲色，一粒寒檠静擁襟。

長至節有作

静候沈潛入地春，悲風蕭瑟過枝雲。樹留暖氣趨長至，灰應心陽動夜分。慈母望兒歸昨夢，薄田供祭失秋耘。今年秋漲失種。嬌孩自解隨娘拜，家禮何嫌大布裠。

腐儒

老馬不識路，達人成腐儒。昔時北宮黝，老作南榮趎。白髮江湖迥，青雲學術迂。論詩還中肯，其義竊康衢。

獨吟

不寐息深深，羊裘擁獨吟。城烏飢叫曙，海水凍成陰。樹葉地雷復，梅花過去心。感時聊見道，觀化不離今。

寄致師問所種新分諸蘭本

殊方習同氣，深根遂寧極。幾日天乍寒，泠然瘦逾碧。香苞土膏煦，踵發道機寂。雲臥僧于于，月徑蟲脈脈。可念病居士，四大虛室迮。俯仰昧節候，藥物費心力。時於城樹杪，一驗風雲色。花時漸已近，客子歸亦得。艸木有和樂，庶與靜者識。

復作憶梅絶句六首

日暮天寒閉大城，碧雲纔合月纔明。知君獨倚梅花立，不必吟詩品已清。

纖纖初月送殘年，漠漠江邨月更寒。梅花竹葉玲瓏影，指與嬌兒作畫看。

南天還有作寒時，留得梅花向北枝。幾朵花梢一年月，可憐遲暮與佳期。

昨日披裘暮獨行，墻頭官樹一枝横。無情笑客有情怨，怨斷貴人歌管聲。

十月梅坳費病吟，前有約何、李二君看梅詩。煙苞花蕊月成林。推煙唾月抛千里，義山句。流水空山住此心。

曾澆玉水灌璇源，香國諸香歸我妍。居士檀金歡喜地，化人笙鶴始青天。

輓郭山人適

古蹟今朝就樹堂，年年相見見蒼蒼。昨來乍怪神明泣，此去真無巖壑光。法物病胠藤笈盡，山杯風賸竹根香。樵夫半百論交淚，服藥題詩倚客床。

其詹北試且謁選贈之

老馬長途更着鞭，素衣聊復入長安。徑須白首皈千佛，粗亦青氈寄一官。蘋艸春汀江氣暖，雲沙晝景柳陰寒。知君擊碎銅花鐙，爲我遥歌行路難。今年曾與約同北行，以貧病不果。

亡友張孝廉玉階世泰**能詩今聞都散失作詩哀其人**

絶怪台州博士虔，高才不以一詩傳。蒼黄垂老無家別，骨肉東西瀉地泉。直是枯珠還合浦，誰將哀笛叫虞淵。歸魂識路防飛墮，風浪無時闊似天。張君教諭合浦，既滿而歸，纔四十許，而衰顔苶然。隨以家事急還廉州，疾作而死。未幾時，其妻亦死。兄弟各散一處。

仙湖客舍七月時其詹書促予來同居旬有餘日而歸歸約予同北行至是其詹與楊孝廉衡灃澄同舟予竟亦不果行爲作畫贈別係之詩并贈楊孝廉有複韻有古韻

此屋今年秋，君住待我來。暮冬君北征，却來送吾歸。我歸君遠行，脉脉悵有違。青山將白雲，去住相因依。請陳歸者心，度臘春熙熙。上有鮐背母，下有鴉角兒。今年雖無田，苟亦不寒飢。春酒衆香亭，忽憶君年時。舟楫犯風濤，雨雪結鬚眉。至今拂不去，其白猶絲絲。登堂拜我母，轉身抱我兒。春寒閉閤飲，問我北行期。蹉跎逾兩年，諒惟君得知。不自應廷試，送君赴禮闈。請申君必行，特達非常規。神堯未倦勤，爲國儲英材。今日南士中，屈指非子誰。亭亭楩楠老，烈烈風霜姿。平生所學問，三策陳天人音而。中霄叩鯨鍾，大聲充兩儀。庶知蘇司業，可爲多士師。善進光有孚，善退道莫違。贈行兩雲山，各以古意爲。胡馬依北風，越鳥巢南枝。一以貽楊衡，一君以自隨。衡也補生員，與我同一時。當時二十人，此君年最卑。青衿十七載，今始一鳴飛。交親亦既久，學行能勿欺。同舟得李郭，作劍爲雄雌。丹崖與緑壑，臨行留誓辭。名山有實業，勿忘當念之。茅屋何深深，我獨中棲遲。著書傳何人，二子信不疑。贈言慎舟車，勉力爲皋夔。已和卿雲歌，復賡幽谷詩。

趙明府渭川以漢瓦當一枚及朱搨瓦當文三十款裝十軸益以錢氏題識二軸見寄爲作歌

關輔漢畿之六鄉，埏土爲屋燒赭岡。秋帆尚書畢先生沅督甘陝，曉月轣轆瓦礫塲。聊從野人得一凷，形逼盤洗聲璆琅。員界四隅凸繆篆，亦殳書義縱斜行。始驚世有西漢蹟，斟酌斯法圜向方。錢坫獻之好奇古，續得卅當矜最詳。初錢得當便試搨，搨不妥帖椎妨傷。當臍輒皁若鏡鈕，泉肉四薄郭四昂。遂模於土鑄以錫，殺虧虧亦柔其剛。自時瓦當喜得代，而以範當勝椎創。故人趙君曰希璜，痂嗜亦與錢頡頏。山西興縣改鄴縣，鄴故銅雀臨清漳。立河沙界浩歎息，但誦魏賦神彷徨。欲就老瞞乞一片，願似生妓分餘香。不可驟得作去聲官去，官好弄瓦如弄璋。南憶病樵寄一當，得自長安非許昌。其文昔年已習見，雲隱摹以元雲肪。雲隱摹作硯者，即與此文無異。長生無極土較石，一勢鸞尾娑娑翔。外兹十軸懸我墻，合三十當金玉相。洶乎素壁碧海水，卅日幻出熊熊光。又如群帝雲霞裳，作天人語皆吉祥。「與天無極」「億年無疆」「永受嘉福」「長生無極」等文。製之益鉅辭益莊，其斯天子之明堂。餘文約畧可實指，甘泉上林并未央。「甘林」，又「甘泉上林」及「長樂未央」等。有爲便當僅一字，得勿便殿如芝房。當時夜半召賈傅，恐亦鵠立於巖廊。有爲宫當亦一字，蘭林蕙草連昭陽。秦時明月漢宫怨，月下簷隙窺王嬙。有爲禄甲天下者，或丞相府諸侯王。司空農官及右將，「都司空瓦」四字，「上林農官」四字，「右將」二字。要亦府寺名得將。有爲金當與衛當，吁嗟不乃逢霍張。功臣第宅製差小，可概聲勢之焜煌。人間一字足涕泗，儼見石馬眠北邙。揜依中庭曁東樂，「揜依中庭」四字，「東」一字，「樂」一字等。未敢附會夸枯腸。足知西京全盛時，氣象百二開砶碭。六書佐吏小道耳，萬力千氣文文章。今徒手腕乃疲茶，詎可數寫去聲猶迴强。流觀朱本復玩瓦，漢火已滅冰去聲手涼。負天絶地會雲雨，沐日浴月纏冰霜。二千年中入地底，不知地上滄爲桑。六朝趙唐五代宋，龍虎戰血侵元黄。入深已作劫灰黑，得水又發苔斑蒼。我今琢瓦復作石，與石琢瓦遥相望。好事初皆故人意，不飲絶勝攜酒漿。畸人詩心闊渺莽，方寸萬古横迂荒。昔昔殘月曉風下，踽踽破塚遺墟傍。我初見瓦陰有識，或鄭侯何留侯良。今之種種不及此，此特贋埴徵故常。屢疑得信意淒遠，淚入涇渭流湯湯。瓦今大覺吾大夢，夢走秦塞畊其疆。揮鋤不覺仰天笑，俯收滿月中懷藏。北傖持麫誚南獠，何如我麫飢可糧。

五百四峰堂詩鈔卷二十五

乙卯年

獻歲甚寒意其詹必於二三日發船有憶行役得五絶句

動地顛風掀海鳴，枯篷急雨定還驚。還家六日勞人夢，夢作城樓管樹聲。

沖沖波響鑿冰然，風雨江干坐過年。看取翾翻檣上字，小旗鴉陣孝廉船。今年閏二月，可緩程。諸舉人船胥以正月初旬啓行。

水氣雲陰沍作團，壓帆風雨黑如磐。蘇君往歲裼裘至，酒暖春亭花罨寒。癸丑正月五日。

今年却住内江船，可有離懷入往年。人日隨人上三峽，二禺寒翠一堆煙。

笑泣仙湖夜浹晨，遠行人作送歸人。江邊南指還鄉路，心泥衆香亭上春。十二月廿六，其詹來廣州，與話別至曉，廿七日送予上船。

去冬譚康侯見寄鵬鶴篇擬僕非其倫甚自慚還鄉無事作長句答之且廣其意

君所比予予不安，我乃得過且過之號寒。君不見一身蹭蹬林莽下，無力飛搶蓬艾閒。風栖覆背僅兩葉，野食果腹無三餐。此鳥羽毛昔斑斕，人疑幺鳳來丹山。天今雨雪蠕蝡盡，予所拮据衣褐殘。去年鵲巢不占高樹顛，多雨以風水浸田。田無滯穗艸不稗，空倉之雀過我而長歎。鴟鶚覆巢小枝折，鬼車灑血平蕪殷。飄風斷蓬似墮羽，隕星墜石驚彈丸。自知微肉遠鼎俎，鴟鴞掉頭以我爲鼠肝。北冥有魚名曰鯤，化爲大鵬古所聞。左翼覆木公，右翼覆金母，北徙冥海南至天池濱。吾知此鳥不世出，一出天地相掀翻。中天之衢遇希有，始肯各自相爲言。立談斯須一食頃，龜臺鼇柱三千年。吾族可聞不可見，見亦謂是陰陽昏。當其末風者，顛蹶銷精魂。我今道之猶怯然，乃君遠貽鵬鶴篇。鵬則吾弗能，鶴則與君同輦軒。我或華亭老仙骨，愛爾霜吭始發聲清圓。何時待君羽翼滿，與翔寥廓遊汗漫。朱方赤壁并青田，乘彼白雲歸矣乎仙仙。

邨居早春見梅花

梅花枝上天寒昏，索索未覺風雲春。艸堂昨夜襆被温，曉禽軟語來唤人。泠然一枝静晨色，明水凝爲泠光碧。羅浮合有三分月，一分許是吾家得。邨醪不惜瀲灎杯，玉花僅能三五開。却嫌花少不承月，空放月明寒緑苔。

鄉人送墨蘭

老至看花不遣愁，餉花風俗亦風流。時宜嶺外早梅信，位置淮南叢桂幽。守黑惟應愛其静，草元聊以寫吾憂。不相近狎慚相逼，江總還家漸白頭。

黄虚舟吕隐岚约早春相过

舊酒甕儲醅，新春臘有梅。碧山小雨過，紅樹一帆來。日冷萬松嶺，波明九眼臺。蹇誰此留汝，勞我徑頻開。

佳辰

日氣寒威後，詩心物候新。敝裘春得力，吟夢病逾神。黄鳥君卭友，青山誰古人。年芳在花艸，芳艸送佳辰。

松溪

溪松帶緑蘿，其下有寒莎。洴絖西家女，驚鴻東逝波。華年芳艸短，春日碧雲多。便復聞長笛，翻成無奈何。

春　光

春光屬早寒，雲暖亦開山。綠滿應蘋渚，青來已竹關。有情欣減病，無事幸成閑。不復隨裙屐，煙波獨往還。

即景有懷書寄虚舟

黤黯春寒欲雨時，東風三日盡情吹。落花流水光陰似，白髮青山主客誰。世少愚公多智叟，吾師老子復嬰兒。用長君却長於拙，轉怪藍田晚不癡。

笑山人送茶花

山人踏曉遣花農，香送一肩明庶風。遷地或爲烏屋好，早花猶未燕泥紅。滿園春事爾豪侈，虚室藥煙吾老翁。正欲題詩漫乘興，稍能排調不能工。

江堤桃花四絶

江上青山江緑波，碧瑶新瑩鏡新磨。鏡中一簇桃花影，照水燃山成絳河。

朝陽西射夕陽東，偃月規堤冠赤虹。漠漠春陰欲成雨，尚疑雲漏日光紅。

舟旋山觜忽春邨，屋角黄茅抹白煙。千段深紅一團緑，轉增楊柳盡情妍。

社前去燕未曾歸，静極春光想動機。鷺鷥一兩明於雪，特掠暗紅深處飛。

小　橋

古木平沙想伐檀，横陳猶是臥河干。不須細雨苔元滑，似有微霜月甚寒。野老秋邨行買酒，清溪紅樹望扶欄。花時揵户謝來鞅，外聽馬嘶知路難。

流　水

古時山影眼前春，逝者長爲日日新。殘月荒涼吟白曉，良苗容裔學清淪。惟知極飲河盈腹，終入無窮海又塵。最擬石根瀦數畝，自然魚鳥會親人。

老樹

亦有寒巖暖氣回，寒黏霜霰暖莓苔。我今柴立爲槁木，君豈熱心焚大槐。秋葉空庭詩老得，薜衣蘿帶若人來。故山五百年春夢，月落參横在此梅。

柴門

隔水青山青有餘，芙蓉灣口雨晴初。溪流之折路斜出，林竹翳然亭四虚。吠月狗聲燈火細，綴花磨眼荳籬疏。望衡接宇連村岸，好好先生何處居。

短籬

墻下見桑垂架瓜，及肩窺得野人家。倪迂畫意蕭蕭竹，陶令詩心淡淡花。客暮到門聞蟋蟀，奴晨伐木過礱礪。清秋水遠山平極，小致依沙抱石斜。

曲徑

初見荆扉闢土墻，旋於竹塢出茅堂。微吟自愛紆徐引，新術人須再四忘。石縫冰紋生舊蘚，莎根露氣激寒螿。頗思送客前邨晚，臨水登山有許長。

細艸

昨夜西堂春水平，池光天影碧泠泠。行行汝爲苦吟瘦，剪剪吾慚衰鬢青。徑絮如煙浮蕩漾，簷花隨雨綴丁星。眼明仲蔚關門内，菜色苔痕共一庭。

幽花

點綴寒藤帶石蘿，似矜如怯避陽阿。星前月下還宜白，日暮風吹不可多。空谷補茅偎侍婢，中洲啼竹倚湘娥。鳥飛自動南山静，動静之閒奈汝何。

香月山房梅花歌寄梁秀才韶後順德城中西山。

石壁琉璆瑩古鐵，南方古來無此雪。冷眩忽生銀海花，香光凝作瑶天月。香月山房吾所名，他山之月固不勝。以香烘月眼無障，似夢漫天人有情。西山月斜萬瓦脊，非霧非煙有誰識。我正雲帆張夜色，鬱鬱芊芊望鄉國。抱廓松雲宛轉寒，浮天海氣峥嶸白。知君半嶺結明水，見我孤舟比仙客。春城詩人醇酒中，香釃自醉清泠風。通幽之夢莫須有，閑情之賦將無同。嗅之作食灌毛髮，摶之不得元虚空。洛城破屋玉川子，詩品喧囂少真理。便詡乘雲朝紫清，不過有月耀穠李。樵夫愛花入骨髓，去年十月憂至此。細驗南枝漸北枝，濫得春頭到月尾。今年正月梅乃開。春寒勒花衆香亭，如行且止歌緩聲。既開亦謝景遲暮，别緒遠愁春窅冥。想君艸色晚池碧，花落山空石氣青。

衆香亭餞梅歌

空山無人置古琴，泠風七絃吹玉音。更誰知此静者妙，而我竊見天之心。天心道心并詩心，歸日梅花初照林。土墻闃處白漠漠，酒杯天象青深深。老樵於此不飲醉，幙天席地一月睡。大光明出正法眼，極嚴厲通古和氣。炯然亦自見吾真，吾方喪我能語人。鳥啼夢斷人間世，月地雲階天上春。迢遥明月别千里，送遠登山又臨水。陰寒風雨生莓苔，慘淡菁華寄桃李。

與諸子同作禁體梅花詩

老傍梅開覺眼酸，年芳物態勸凴欄。簷高枝亂紆難畫，天净花稀暮益寒。籬角忽臨溪曲彈，詩心宜起月中看。青山碧水誰邨落，静静春陰黯黯殘。

雨

悠悠隔月雨，漠漠千里寒。水釀湖上雲，花隱湖中山。八月徂中春，不雨亦半年。未違農工時，已滋民食患。亢陽繼淫潦，人慮百不安。慫慂沸市聲，狡獪推舌瀾。上官操危心，而聽民自便。弱之從先强，静者爲躁根。亦如此甘雨，脉沐霏神淵。民如桃李花，在下自無言。

溪船

江邨一夜雨，春碧已滿溪。臥聞摇櫓聲，咿嚶入花來。确确擊石火，泊我蘆東碕。蘆葉燈光青，射我溪上扉。汝勞亦時息，似我鷗鷺機。聞其説米價，兩日漸向低。風雨動溪酌，濕花垂酒巵。我但願爾飲，此醉式庶幾。我自不能飲，爲君題小詩。明夜拍銅斗，春風歌竹枝。

題寄何上舍璧書勒竹邨居

門前碧玉江，墻角蒼玉山。終年足煙雨，以媚君憑欄。君心喜文藻，山水對壺餐。詩品復精嚴，妙得一字難。昔者興夜至，櫂下東南灣。秋邨吠厖高，哀激山石寒。家家見江月，月墮茅簷端。拍枕江響濕，積葉山聲潺。虛堂燈火深，客瘦詩珊珊。而君發秀句，幽泉鳴石蘭。此事昨日耳，半世駒隙閒。君年自長我，我已得衰顏。頃者春雨晴，我病君倘閑。扁舟并行田，一叩樵者關。樵者花閒窗，窺見東海巒。娟娟大烏峰，花擁煙中鬟。

青蘿嶂下作寄梁徵士拱之樞黃博士虛舟

樹杪青石大，石上細廟古。廟門春江潮，帆陰送風雨。我獨不帆槳，信舟溯迴渚。山色朝抱煙，氣暖若炊釜。空碧高自寒，緑意到南浦。芳艸春水波，離心渺何許。昔時與梁大，最少者黃五。紅樹繞三匝，炊煙白一縷。圖成遠如夢，樹老生益苦。故人亦非故，衰謝獨愁予。青山汝閲人，以爾爲逆旅。朝暮萬客來，今古惟爾主。又作青螺嶂，又云青羅帳，則形勢家之言也。

玉蝶梅

第幾番風屬此梅，宜教桃李相君開。紅冰濁澤玲瓏水，白露雕鎪沆瀣杯。東閣二分歌市月，西崑一斗玉溪才。老奴處士清寒格，也要凝脂入鏡臺。

雨

窗燈夜雨聲，燈冷碧逾明。静者夢魂逸，鏗然桐竹清。詩書無繼粟，煙水有深畊。旦且披簑笠，扁舟播種行。

溪行柏樹下二首

春寒地自暖，烏柏青曨葱。此樹造化師，不遺屬春工。秋清江天上，第一斜陽紅。去年九月歸，村色在芙蓉。樹外瞯瞯葉，衣邊蕭蕭風。今來亦不俗，不色而以聲。忽愛陸劍南，側帽聽新鶯。不知此何鳥，亦自嚶其鳴。暄妍午光下，瑣碎涼天青。枝滑簧舌軟，妙得春風情。

南華菌 積禾稈於陰屋，夏月僧以米瀋朝夕頻頻沃之，出蕈。

粳米瀋蒸禾稈熏，崇墉陰屋漚氤氳。有根亦幻饒青李，南華寺青李，傳亦六祖遺種。無種還生摘紫雲。可雜官厨沾肉味，年來官吏取之甚頻。差同春茗作韡紋。山中蒼石朝陽氣，香飯齋期食不貧。

上撫軍大中丞朱石君先生

忠信行能起積疲，豚魚生亦受良知。公《鎮海樓詠志詩》有「忠信直可豚魚求」之句。心源摩詰空諸有，學術荀卿請布基。靈嶽降神天下老，卿雲復旦聖之時。東溟一灑揚塵雨，邀路龍斿海導師。

月夕桃李花下憶梅花作歌

春空有月與桃李，那有梅花月如水。巡簷籠袖猶自矜，天色雲光不相似。昨日登臺邈懷望，萬物熙熙各生理。微陽薄雨江上郵，雲艸煙波水中沚。於焉桃李亦一時，極吾心目傷千里。憶從前月無月夜，已使寒光透窗戺。窔然乃得易之復，静極如窺天所始。雖無雨雪供獨悟，不有梅花詎勝此。此别經旬尚未遠，含情有怨何能已。爾能作花瞠乎後，自分無言不如彼。達人耳目取時適，太生分别吾泥耳。勿從桃李歌此詩，且放天地猶一指。

理畦

其雨淫淫非破塊，春泥沐沐已成酥。灌園無落先生事，聚室來嗤智叟愚。誰議螌蚰嘶混沌，我希山澤列仙儒。難令物性忘畦畛，野莧嘉蔬不并區。

寄黄舟山同年

己酉同門八十人，綦誰捷走軼人群。瞠乎昔已趨塵後，嗒爾今如示地文。莫往莫來懷舊雨，非煙非霧際卿雲。漢庭博士需才極，帝邁堯年未倦勤。

夢謝蓋臣誦詩得柳絲一句足成寄懷

柳絲翠泣千條露，花里鶯啼一半春。比者體中雖小惡，悠然天際自真人。何來入夢垂垂老，趨復聞詩戛戛新。君但畊田元將種，我秖無酒負儒巾。

作前詩之明夜重夢謝二來道故仿佛平生懽憾迷離醒不復寐伏枕有述

夢斷他年艸滿池，令弟又文早卒。風流一往鬢皆絲。江楓瑟瑟琵琶語，泥絮沾沾楊柳枝。可得勞生趨樂死，今爲澤雉侶塗龜。情親排闥搴帷入，昔昔斯人故在斯。

僕盛年能作鐃鼓頗應節久不爲此偶從諸少年試撾之氣力既憊時宜又乖不可復會感而有詩

自覺淵淵金石聲，聲塵如在耳根鳴。少時爽氣容阿黑，故態狂奴襲正平。猶撫羯皮論朋上聲肯，空憐漆桶脹彭亨。廿年俄頃楊生肘，手指懸槌作賦傖。

泛舟江上望邑中山水得詩寄虚舟

海東霧雨上，遞邐拖槍岡。浮屠驚絶人，正赤至夕陽。急景指不至，但指昏鴉翔。鴉背雨欲濛，天色如水涼。下知縣城中，萬瓦青有光。炊煙又如海，五山浮晚蒼。遥憐城根屋，虚舟城根書屋。暮上城頭望。蓬蓬千里春，畫本得未嘗。天沙一兩抹，意已入大荒。詩心極遠冥，迴薄於無方。嗟我囿耳目，自歸多在床。一邱寄窮村，五岳隱空房。朝昏藥壚煙，泉石歸雲香。久臥始一出，興欲收滄浪。散漫掇風景，獨吟愁未央。

古風

花柳於春風，似我於花柳。天光觸處浹，成美不在久。萬物正性命，熙熙各自厚。息機得我便，沖襟足自取。遂知芳艸心，報天以不苟。一一成文章，真和灌枯朽。有如欲得飲，即已醉醇酒。一醉啓百態，亦復忘所受。道樞中柴立，天門闔雌守。蠕蝡翹肖閒，偶物嗒喪偶。

物致不可極，我情寧得任。清雲暢光風，幽花韻朝禽。日華湛葉碧，雨影滋苔陰。理超自言詮，神勝非慮尋。僻地庶澄跡，寥天難住心。溪雲染地冷，池水寫去聲天深。約躬謝煩牽，著象歸冥吟。佳辰不待我，晚芬猶戀襟。良期夕張乖，來事歲功駸。夢魂寄往古，悲歌勞我琴。

詠懷

不飲何知麴米春，景風柔淑自醺人。干誰日月堂堂急，媚我花鶯剪剪新。前事蒼涼如作夢，東流洶聳豈爲塵。詩家料檢多生業，夙慧傷心非道身。

戲作飲酒詩五首

山光潑晴嵐，重碧無處受。受之窈然深，九淵一杯酒。一杯滿吾量，玩之不離手。我能以目醉，德在酒人右。澄天厲泓崢，秋水養清瀏。醉黛五岳横，君知幾嶒嶁。

飲酒輒和陶，流習雅亦俗。詩如清尊傍，葷臭堆敗肉。僕前有學陶四言《飲酒詩》。我愛文湖州，與婦入深竹。燒筍罨香飯，不負此儉腹。詩固庚口言，酒亦稱情足。遂覺千畝雲，是我醉後墨。君不知我飲，看我衣上緑。

老生故自狂，天趣不酒醉。此座自勝罵，不罵吾有罪。任真豈口過，雖然亦吾累。人自無是非，我本不夷惠。淒然以春温，暖然以秋厲。見之令人癡，思之令人畏。二者一反覯，柝一以爲二。神瀵灌天倪，萬古飲和氣。

今朝風側側，春寒雨霧霧。堂下青滿畦，滉瀁簾光動。故人素心子，煮菜一尊共。論詩取真境，耳目非近弄。邇室自此遠，約之以爲縱。君知古之人，體虚致實用。所學不我欺，恥躬先自訟。酒釃人以暖，雨晚花益凍。詩家角門户，屈伸若蠻觸。告退者阮亭，方滋又山谷。揚波必至泥，末流受其濁。未始非偶人，而以土笑木。谷拙實競巧，阮鮮乃趨俗。予惟勸君飲，飲量取自足。酒中有真氣，粹然見眉目。

曉　邨

林日娟娟宿露溥，垂垂花影碧雲漙。秧田波軟青光淺，松溜天深俯仰寒。得與失齊吾不釣，病於貧甚體須安。兩年自減行春興，老眼榮華已厭觀。

寫懷戲柬萬華亭

閏月傷春春倍長，遲遲吾老又何傷。攀枝欲絮雲光熱，楊柳成絲雨氣蒼。貰酒取歡生怕醉，舞琴能樂道宜狂。馳詩一問新寧宰，農事妨詩也不妨。

雨

養疴吉祥宅，深春風雨天。岸花低野水，邨樹切炊煙。投足防膠屐，呼兒問種田。秧苗雲拂拂，塍溜玉涓涓。

曙日

曙日催殘夜，勞心媾逸軀。古今乘傳馬，行止泛江瓠。花暖春愁破，雲興懶病蘇。東風解相媚，苒苒拂吟鬚。

夢城根書屋不見黄五

零魂斷夢夜無數，賸雨殘風眠一醒。風雨夢魂春擾擾，水邨山郭闊冥冥。水浮天色澶漫白，山出城頭綽約青。舊識城根老書屋，西堂蛙鼓漲池萍。

閏月初旬寄懷象岡道淵老人

今年公入七十七，閏月春遲三月三。誰與此翁脩稧事，我將中宿借風帆。弄石癖知山滿袖，不冠狂任髮遺簪。寫取虬髯象岡長，作去聲官猶似坐空巖。道翁自寫《空巖宴坐圖》小影，題什至多。

和劉薌谷去年秋羚羊峽見懷

暮山空翠寒，塔勢寒於山。對出黃峽口，倒縣秋水閒。帆陰雲澹沱，楓色日爛殷。知爾懷人極，聽猿入故關。

江　雨

過江江不鳴，亦無風葉聲。雨元春静穆，物遂化醇生。雲重地氣上，田光天色清。沙邊著亭子，煙水看深明。

寄邕州表兄雷上舍濟邦

何處松杉是隱君，亂峰如沸海汾沄。軥輈聲合一邨雨，達磉獞言大石也，村名。瀑春無底雲。世德翁孫遥好武，母舅素峰先生、今表姪某皆以武舉於鄉。少年魑魅侮論文。昔年讀書山莊，山鬼現於壁鏡，如小兒，囅然而笑。予前有句「午移山鬼看銅鏡」，蓋謂此。尋君亦是還山計，那得兒童便不聞。

雜詠五絕句

緋桃合與日暄妍，暖紫酣紅報答天。爲對分根故人竹，雨窗朝暝學啼煙。

晴少陰多亦復佳，一枝淡碧照簷牙。鵓鳩聲急天三月，不那梨花是雨花。

柳絮顛狂春便深，光雲白雨共浮沈。蘆花得與同時出，倍損傷春千里心。

青梅青李碧雲停，葉覆苔陰子荳青。奇絕花時幽絕我，花光如月夜冥冥。

社鼓沈沈桑柘煙，今年祈穀勝先年。農家酒薄無肥肉，費盡先年買蒔錢。去年漲，凡數買蒔，有費十千不得石穀者。

春夢

苦楝紛紛懶舉梧，歸鴻去去不登臺。江湖滿地平生闊，風雨送人春夢來。哀樂相攖與心鬭，然疑交作促形開。深幃伏枕曾誰見，欲語蒼茫首屢迴。

聽雨小樓雨中示別虛舟

五羊城樹半天秋，落葉仙湖風雨遒。隔歲故人宵共被，晚春初月暮低樓。齊簷啤艸摇燈濕，到枕山雲與夢浮。一月深談百年意，菰蒲聲好下扁舟。

題畫寄別陳秀才晟熾暘谷

老木孤亭千里秋，猶聞樵響出山幽。於中濬入非非想，此外看應眇眇愁。幾得忘言木犀院，一時聽雨杏花樓。東門別浦春波急，忍爲銷魂漫不流。黄虚舟聽雨小樓在順德東門内，陳君館其中。

夜讀平叔詩

有客南來歌有思，市門傾側實知希。能爲裂笛幾人和，去尚繞梁三日飛。別路驊騮渠齒長，春燈蛜蝛我心微。常州天下稱詩國，山谷詩孫命獨違。黄仲則印云「山谷詩孫」。

邨南

東風吹雨漲春江，三月田溝咽碧淙。菱塘柳陌霏霏静，燕子梟翁的的雙。寒浮山氣全融水，陰際天根不動幢。遠收畫境資吟境，敞闢南窗較北窗。粵中農謠：「二八東風是旱天，三七東風水浸田。」

寫意

門外香溪繞萬家，可勝流目送年華。東風拍拍春江水，一夜沈沈十里花。趨入聲使深居如蚼蠃，善能辭客屬蒹葭。時平不要潛夫論，鄉里無名底相入聲誇。

一笑

一笑犂來共鼠肝，十年車笠幾雞壇。風前枝葉丹心暮，日下江河白水寒。東郭爪泥行雪履，南蠻人士切雲冠。舊知相狗徐無鬼，何取狺狺向佩蘭。

落花

萬點花先一點飛，觀空成色亦空歸。三千沙界塵吹影，廿四風輪物入機。日者銷魂如送别，夜來無夢得希微。如如自作木居士，天女從他香繞圍。

夜來歎

夜來雷雨風拔木，海聲塞空天壓屋。嘯巢碧火老鴞瞋，入户青燐野人哭。飢眸無淚枯斷續，青蒿黄泥坐濁水。海碧山光上祥旭，芃芃苗氣吹天緑。軟如春波暖如玉，今年閏月遲早熟。嗚呼，年長有願壽命促。

昔年二首

昔年管處士晏，郢市下簾鈎。養目衡霍碧，談天江漢浮。飢寒泥鴻爪，今古幾龍頭。君去盧耽鶴，吾歸海客鷗。

儒門有乞食，賣卜不猶過。頭雪關山月，衣塵瀚海波。得還識路馬，不鬬閉門蝸。壯别吾今老，相思去日多。

杜鵑六首

春雲似海樹如煙，風雨欲晴聞杜鵑。人間三月偏勞汝，不放雛鶯珠撒絃。

杜鵑飛去嶺南西，勸得人歸爲我啼。啼傍病夫增惡夢，西天青壁斷無梯。

昔遊幾欲偏西蠻，杜宇三年苦勸還。日色着人死灰冷，碧雞關滅鬼門關。

牂牁江水挂天寒，千里杜鵑三百灘。西日東流無語急，此聲還爲有情酸。

清明未闌穀雨前，墓紙低飛如柳綿。杜鵑花暖風淒骨，爲有花間啼杜鵑。

一日人間十二時，一林春樹萬千枝。崦嵫未晚東方作，叫斷陰柯不肯移。

哭黄秀才玉繩漢徵并序

秀才天性孝友，專漢隸之學，初予見秀才隸書，曰：「樵夫喜得代，吾讓子出一頭地，吾不復作隸書，而君亦名翼高騫矣。」今春予主黄氏城根書屋，喜其新補弟子員，嘗隅坐聽予與虚舟論文藝。秀才，虚舟猶子、上舍廷矩三子也。先是，秀才兩兄皆敦篤有文藝而早夭，年亦皆廿左右，故秀才恒有憂生之嗟，予既重秀才隸法，嘗語之云：「君爲後死，他日樵夫墓前石，非君書而誰？」秀才笑頷之。三月初旬，病作，夜聞鴞鳴，惡之，遷居以祓之。予嘗以無生理爲秀才解説。惜乎其憂慮發於天性，非言喻所能解也，遂以十九日卒。卒時予歸家旬有餘日，爲詩寄哭之。

東門我適止鶢鶋，月黑西山叫鬼車。遂使賈生遷故宅，重煩莊叟譬蘧廬。雲天折翼驚弦雁，泮水文鱗在藻魚。何處名山遲伐石，首邱吾失替人書。

風雨夜坐至旦三首

風雨夜堂清，幽人共影行。遥知對溪屋，深見隔花檠。鼠作循墻走，蛙如入甕鳴。添衣識寒意，林密復潮平。

寒氣動無旁，吟思遠益荒。冥冥送春了，浥浥閒花香。鬢髮從心短，江湖去日長。幽蛩逼人甚，天性汝悲涼。

殘月雲角墮，一星林表青。川原百巒静，空水九淵渟。旦氣平生在，天倪方寸冥。春臺上皞皞，吉日照亭亭。

放鴿引

九萬天清氣蕭爽，銀鈴嗡風噧矢響。摟身乍似鷹臂翻，絶地獨爲羊角上。團團柳絮攪青冥，白雲離離霜翮明。眼收海水一泓碧，杯膠去聲煙光九點青。果然飽謝空倉雀，皎然誤是遼東鶴。去時拊躍遇鴻蒙，歸處蒼茫認城郭。俯念雕籠顧主人，主人仰面空漠漠。我聞放鴿大庾關，一決搶已西樵山。相傳康熙閒人多登此山教鴿。聚糧三月人千里，繫帛斯須爾兩閒。或言此事誠可歎，賈人利綱極雲端。世閒靶韃非常物，十度湞陽九失還。幽朔陰風積三峽，義鶻惡人非惡鴿。湞陽峽多隼，非殊絶之鴿，多中傷云。鴿乎擇主勿自勞，畫簷碧樹身已高。

惷蟆

惷蟆説苗酋，披猖相爾矛。從天壓雲陣，墮地割蚩尤。烽燧横祥霓，牂牁役泛舟。老生聞屢捷，歡喜望田疇。

觀潮

南人元狎水，畏水忽今年。迴首秋多雨，重呼海變田。觀潮問龍户，拍岸是魚眠。每月必有一二日，潮半落即長，蜑謂之魚眠水。百處禾穲拔，東風莫放顛。廣州田不畏漲而畏東風，東風則漲不落而水益增，則壞稼。去年坐此患也。農謡：「四月八，禾穲拔。」

江鄉懷人歌

江鄉積水如碧天，江鄉蝦魚不值錢。買魚留客客不醉，惜哉酒薄遭無年。不然蓼岸月正圓，芙蓉菡萏繞我船。風亭哀笛叫天遠，天際碧山橫醉眠。碧山如波相輕軒，我枕不動安如山。我身泠風信一葉，我心明月碇九淵。夜鴉西飛獨樹汎，白鳧拍水下雁田。香風如泉潑酒醒，十里吹浄花田煙。二樵山人花作邨，生已沐浴於芳妍。三百六十平聲日分內，八萬四千毛孔湔。偶吟詩卷寫畫卷，冰雪雲波供染翰。蒼涼得句塵垢外，眇莽灑墨洪荒前。竹洲山人霜壓顛，江亭詠月花滿川。東樵山人腹笥便，漫膚多汗攜詩篇。兩君東西十里耳，我適半道中其閒。蘆灣蕭蕭蓮田田，艸堂大江開竹門。深宵燈火隔水碧，亂以流螢空水寒。此中可濯亦可沿，沙上有鶴床有絃。何時米賤八口飽，不用裹飯吾粗安。賡歌雅同紫溪翁，空有可續白社賢。舵濱山人清行堅，借我道書鈔自箋。授徒過午始喫飯，飯後鼓腹高吟肩。嗟予憊臥蠶欲蛹，愛爾卓犖夔憐蚿。邇來行坐藥物屏，又歎索莫朋從慳。人生失意十七八，時地得幾天晴暄。作歌無悰且寄似，數子苦吟天使然。苦吟和我各一處，有似三峽三青猿。

月夕飲藤花下作歌贈友

月轉屋角來花梢，花影入酒相加交。樵夫堅坐亂雲底，與静者飲深酒理。月光映葉燈光青，葉氣似水衣泠泠。青光着酒酒愈碧，泠碧入脣脣亦驚。遂令酒腸冰雪明，滿身習習香風生。不爲耳熱拔劍起，頗厭飲者多豪情。生平豪舉昔所有，故是狂生不因酒。月寒日暖煎迫餘，物我交倦水火無。稱心之語意易足，沖氣以和聲出虛。請爲詩人頌酒德，絶稱藤花韻幽寂。請爲酒人立詩品，碧山人來月堪飲。不見朱門歌舞昨留賓，今朝飢作路旁人。蝸廬抱膝我坐嘯，鼠穴乘車公莫嗔。

憂漲三十四韻

去年東南漲，粤國有飢色。桑榆失暮歲，東作補亦得。開春早濕種，萬望同一亟。嶺海數千里，沃畯照雲碧。四月禾作槍，謂可救朝夕。蓮洋幾萬頃，濁浪拍天赤。半年足無毛，忽復濫潮汐。南人西向拜，願殺陽侯力。三日倘小洩，萬室無大瘠。況聞西南苗，烏合爲鬼蜮。嗟爾生性惷，動我王怒赫。徑煩大經略，七省下霹靂。畊者雖不變，戰者勞未息。官程重軍興，師行首糧食。遂有山縣民，内揵自遏糴。今茲愆淫雨，安足累大德。聖人好生心，暘雨皆蘊藉。殺伐庸有光，疆理豈虛晝。水乎恣方割，浩浩無愛惜。飢寒受漂轉，死徙甚鋒鏑。今暮日西落，虞淵天不黑。崑崙發雨覆，牂牁斷漲脉。浮浮積泡至，漸知水勢極。觀漲者見積泡累至，則漲將盡云。縱之入溟渤，未有增涓滴。急使潦歸海，乃是民受益。泥糜糞其田，廣人呼濁泥曰泥糜。晚作更滋植。足知漲於人，利導而惡積。南人兩年來，見水頗悽惻。南方百年來，無兵久蕃殖。安得萍翳風，大盪沃焦石。入溟靜無煙，天鏡劃開闢。猛刮龍蛇窟，返住安樂國。老生所讀書，南華性之適。時至愛秋水，達觀刪盜跖。

與廉甫

水聲喧井廬，雲氣塞空虛。潮候天仍雨，鷗波田有魚。與君同土偶，操技止黔驢。飢餓書生事，枵腸尚著書。

今日

今日減潮痕，鄰翁相爲言。身殘免溝壑，心苦屬兒孫。瘴雨洗凶器，湘風吹禮魂。力田兼孝弟，租吏不敲門。

夜雨

病葉湧荆扉，清天映葛衣。江風掀雨斷，山月掠雲飛。啼粉倚窗竹，語蟲鄰婦機。白蓮明側側，香霧暗菲菲。

中夜

江上浮沈半夜雷，江亭拍枕雨南來。無多吟卷吹從濕，更番風窗闔又開。鷗鳥自明煙水去，釣船中破荻葭迴。山川黯淡蒼涼月，似夢如醺浩費猜。

聞其詹以教諭用喜而有作并柬舟山虚舟兩廣文

憶同蘇大别江浦，静者自言宜冷官。客夢尋鷗東海闊，臣心如水夕冰寒。兩舟博士風流甚，八座中丞朱石君先生禮數寬。喜爾疏狂末階立，倘稱詞賦激雲端。

和友人峽山見猴四首

藤老直於千尺繩，老猴偃仰挂崚嶒。居然玩世不恭甚，不畏危檣拂斷藤。

綏綏雲滃白髯脩，影下碧潭風日秋。一聲三峽浩霜雪，楓葉如花江水流。

山中曾憶有人無，失侣登塲不敢呼。暮四朝三得何物，彩絲千尺作都盧。

我故忘情亦有言，憑君説法與青猿。一千年後循環劫，莫下人間問子孫。

詠　懷

天山净暮空，入水碧俱融。松港雲濃雨，蘆灣日澹風。一竿得失外，多病笑言中。阮老狂何礙，詩窮路不窮。

入郫泊溪曲即目

溪榕覆歸舸，深黑似停雲。水際紫薇發，花光殘日曛。晴陰物有態，涼燠我何分。潑面吹田緑，遠風交水紋。

聞虚舟值中丞府校對

中丞長者子，博士高才生。柏府旌旗晚，菜畦煙雨清。城嚴窺萬户，人遠得孤檠。屈指論詩内，誰當老更成。

日前泊舟縣城下夜中吟望風煙浩然因懷虚舟在五羊時正中伏作詩四首

山月隱城墻，城陰野水光。潮依郫路轉，松極宿雲長。葭菼秋將闊，江湖夢太荒。流連得衰老，有愧問行藏。鬑鬑纔四十，姓字已專城。僻縣將求懶，微官好避名。藤花佛火碧，江雨竹房清。夢我乘飄葉，泠風挹袖行。樹老秋意多，中年悲奈何。淚隨雙管落，隙閱幾人過。啼鴂芳菲艸，謂令姪秀才。空山窈窕蘿。張孺人先亡。先生且行樂，傷歎付詩歌。文章性命根，身轉與名親。此事爲斯世，他時亦古人。劫須風火度，精入窈冥真。懷望江天外，高歌有鬼神。

熱甚社亭得風雨與諸子戲爲諧體

歸燕摇摇持柳枝，高花側側颭溪籬。松上千尺湧雲雨，坐中幾人彯鬢髭。江濤白剪天光落，堤樹黑停帆影遲。社壇異木芘頑石，再拜此君南伯綦。嶺外率以石爲社，李南澗所云「供奉雲根尺半强」，此也。

暑雨後有述寄梁石癡時梁君方作畫五山間斐然之作興託畫理

斷霓元黄雲陸離，青螺返照紫琉璃。觀空種種晴陰狀，正色蒼蒼造化師。樓閣玲瓏金碧畫入聲，乾坤清淑鷺鷗知。簾波簟玉肌冰雪，莫擾成虧看弈碁。

立秋日風雨寄懷梁東麓鄉先輩

六十辭官未是歸，廿年安置又巴西。殊恩忽起攓蓬骨，舊跡聊同踏雪泥。堂下苣萵空馬齒，郫深風雨欲雞栖。何當曲渚扁舟夜，秋滿蒹葭月滿隄。

立秋二日雨後歸舟

船頭山忽掠南飛，沙觜舟迴正北歸。帆飽東風收舵疾，郫銜西日涌煙霏。鳥捎樹葉袂濺水，犬迎人聲花動扉。溪老詎知秋氣早，徵君門外柳依依。

微風

窈窈復瀜瀜，溪光皺碧空。落花催落景，微雨泛微風。信步停雲下，秋心片葉中。暮蟬吟致好，軒翼漱疏桐。

日曛

林光減日曛，花影澹芸芸。植杖到秋水，遥天高碧雲。亂蟬吟不競，歸鶴立無群。羸質時消息，衣波怯縠紋。

秋氣寄虚舟

夢醒江雨來，雨急去如摧。中判懷人夜，聊揮動影桮。傷離況遲暮，堅坐日崔隤。曉見風前葉，青紅絢緑苔。

暮吟

天光開水色，夕氣合林霏。雨薄虚迎鳥，風纖實滿衣。候蟲莎下露，詩夢竹陰扉。静者知毛髮，秋根入細微。

霧夜

今夕秋邨夜，絪緼似晚春。霧濃差澀眼，月淡欲藏人。碧暈侵燈出，幽香覰去聲樹真。艸詩書細字，未覺有微塵。

邨口憶癸丑送别蘇博士

霞光黏鳥翼，沙氣混漁煙。落日此千里，涼風猶去年。人醺論詩酒，山送買花船。自後蘇司業，花閒乞去聲酒錢。

晚晴

江邨晚晴色，絺袂襲涼芬。潮送竹扉月，雨留花畝雲。泠泠孤鳥外，落落一鍾聞。暮意盈幽艸，蒼黄染夕曛。

曉晴

昨夜熱冥冥，璁琤竹塢聲。江雲含雨闊，林鳥翼風鳴。朝爽浮平楚，秋光廓太清。新涼滿衣帶，自覺往來輕。

寄懷平叔

叔也功名好及時，固憐一物太遲遲。抽心病且眠蠶似，問路材猶老馬爲。去歲遥聞趨上路，先春曾未報南枝。今年風雪期相見，爲汝攄懷爲我悲。

殘暑

殘暑猶將日滿湖，湖光無際際黃蘆。雄虹天色雲狼藉，烏鳥墻頭尾畢逋。七月寒蟬是涼友，百花潭水且狂夫。清江昨驀驚時物，月影蘋絲動雪鱸。

詩成

人遠郫深秋早生，涼天在水繞郫明。銀雲領月娟娟弱，玉露滋蟬楚楚清。寒暑驚心非老大，山川入句得泓峥。詩成苦被人藏弆，范蔚能書愧此名。

述秋

雲平迭長陂，宇凈縣碧海。秋漫一夕風，物遽諸有改。天氣清入骨，肅肅見真宰。歸鴉幾寸翼，千里挾爽塏。戍削江上峰，鑱天石磊磊。雙明眼醒然，孤青鍔厲乃。九夏默云謝，一往庸可賄。外物以内馳，昔志坐今悔。遥夜伏枕得，殘夢省躬每。昏心不洒醉，獵學臨食餒。津迷見人喜，指至有涯殆。修名我不立，古人誰復在。既此多露漸，防彼陰雨迨。風日損大河，吁吸積千載。獻疑詎能智，信芳何所給。遲暮有天命，幽性予蘭茝。佳人山之阿，顧景俯而采。生微自愛惜，情深倚精彩。迴首白日晚，藉路小艸痗。元蟬瘖涼風，化蝶抱澣蕾。所託不自貞，百昌同一待。

借住僧寺種竹名之曰竹平安館九月八日月下作二首

兩番種秋竹，竹瘦已覺冷。海月漾素壁，寫得幾片影。翛然動詩意，跬步約天井。江天浩風露，落此墻角静。亭亭摇夜涼，送我秋思迴。遥惜城上月，忽墮海西嶺。歸夢藥煙閣，落葉候蟲警。平生故人處，織燈竹閒炯。脉脉寓物心，枯井曳長綆。對兹搔短髮，霜氣如灌頂。

竹汝猶客土，日夕幾竿紅。伶俜此餘葉，病緑不可風。涼颸早逾厲，秋聲無弱叢。與我幽吟聲，槩付砌下蛩。老母昨有書，今汝亦客中。問汝竹平安，汝當無病容。明年竹加長，我齒加龍鍾。願爾生意繁，與竹争青葱。今年過甘過，且與竹也同。深根以寧極，待竹抽寒空。

答内人問

芙蓉花盡碧雲殘，水闊天高漠漠寒。昨夜城樓秋月好，大江風露我衣單。萬松山名浩蕩平吹海，三浪噌吰立作灘。江中三浪石恒湧三浪，故名。種竹初成已霜降，聊同身世報平安。

哭方秀才天根

使我同斯世，得君誠古人。小時聞孝友，一往不淄磷。命短休讐藥，心長未庇身。郭田歸不得，空剩故家貧。

客懷詩二首

隔墻有官樹，樹下鳴哀絲。上懸九枝燈，夜雀無安棲。高梢見明月，中外乃同輝。涼風吹木葉，影墮旅人衣。俯首視吾影，烱倏交陸離。志人激暮節，寒禽思穩枝。白雲不可攀，碧艸亦云萎。亭亭孤生竹，與爾說心期。

仙湖去年病，牖下置我床。臥窺城頭樹，樹杪落日黃。昏鴉下人煙，萬井鬱蒼蒼。海風送明月，忽入床前光。起行視斗柄，面冷驚霏霜。居城耳目約，仰羨南雁翔。寄我萬里心，廓然遊大荒。今年坐忽忽，忽忽坐若忘。簷角一尺天，削面數仞墻。惟有孤生竹，獨立語夜涼。

贈蘇君

終歲幾開口，一月兩得之。自非素心人，君亦不肯來。幾年君來者，以我病且羸。幾年泥土中，亦不沾雙扉。今日攜佳人，廣術步遲遲。孟冬吹涼風，官樹芸黃飛。洶洶人馬汗，暖如煙霧霏。人海湧軟塵，十丈紅琉璃。中有雙白鷗，浩蕩滄洲期。萬里荒寒心，欲訴無人知。歸來還閉門，日色黃竹枝。感君倦行役，又復感花時。仙湖年時病，臥賦梅花詩。

早寒二首

昨夜廣衢葉，瓦鳴風雨澣。城頭想空闊，海色立高寒。燈火將人影，秋毫到竹竿。問君何太瘦，吾亦帶圍寬。

今日起梳沐，忽憐天氣佳。碧雲照怨别，幽意屬梅花。犬吠竹門掩，鵲飛邨月斜。題詩秪自媚，詩罷夢還家。

寒　夜

夕日上城墻，畢逋烏尾黄。潮光助新月，鐘緊激南霜。一物今衣褐，孤鴻且稻粱。漫漫坐無事，嘶此夜何長。

雨中隔墻見梅高枝始花感我所種竹二首

官梅初已花，花上雨如屑。誰知百蠻地，此是半天雪。花光映空遠，相資轉清切。袖手晚雲高，冰眼明水纈。暮寒耐仰面，似有枝頭月。稍驚棉裘薄，濕重欲凍折。遥知花下人，酒氣煙霧熱。寧憐立天風，仙者瑣子骨。

我此一竿竹，離立未我長。與彼同清標，恐不同風霜。風霜豈不同，地勢有炎涼。梅汝暖花白，我竹寒葉黄。吾知艸木性，各自信其芳。世情重分别，期期生較量。遂謂春與秋，偏此閒尺墻。萬物自占時，代謝成百昌。竹汝致高大，亦爲人所望。

寒花

夕日下方墀，寒花矜暮枝。地偏春入早，視止步行遲。天意憐幽側，吟情只怨思。故園亭外月，香影自迷離。

感竹

新月下西垣，墻腰竹一竿。佳人難再得，翠袖易生寒。近草碧已老，鄰梅香故酸。幽心一日内，三撫此明玕。

十一月十六日暮泊舟海幢月上飯訖書松雪堂額明日還邨莊作詩紀事贈覺周海光澄波三上人

炊煙起萬井，合作行雲蒼。不能變朱霞，僅滃日氣黄。日色在鵶翎，集集下大檣。俯視語其儔，城廓何茫茫。淒然又朝暮，浩然欲風霜。顧彼鬱暖塵，漸上爲寒光。天半已果腹，人間方聚糧。中流我迴首，知還鳥歸翔。吾知煙中人，夢冷蟋蟀床。誰憐江上客，夜書松雪堂。禪天若止水，萬象透底徹。我影如高枝，交墮碧海月。忽驚千年來，復得松上雪。劃然横江鶴，皎皎照榕樾。清飈骨灑然，真色眼厲絶。一聲人間世，沍合萬古熱。大師澄波伸右掌，扶我久肺疾。堦圯瑩瑶石，須眉刮精鐵。光宣九層臺，人壽六年别。光宣臺，予六年一再至耳。邨寒梅已花，花外客歸來。晴雲照行袂，暮天多别懷。迴憶江上寺，煙霧生香臺。城遥月亭亭，江闊天皚皚。風前一夜鍾，世人醒者哀。問師廣長舌，可得此辯才。言語文字門，此復何有哉。病樵亦枯僧，委形如朧胲。夙昔懭悷性，返作兒未孩。從師取筏喻，相與爲無涯。

十二月廿六日别竹平安館還家園見竹外梅花有作

還家物已殘，我竹自平安。迴首春城暮，無人月砌看。此君矜道氣，主者亦儒酸。不有梅花在，先生太苦寒。

甲寅十二月廿六日其詹來廣州别予北上兼送予還鄉度歲乙卯十二月是日又從杏壇邨來廣州客館一晤即各自還邨莊其詹屬爲詩記之詩成却寄

此日青蘿嶂，歸帆轉風色。遥知兩人眼，均到兹山碧。去年白雲山，煙雨入城黑。開歲一點明，送汝萬里客。今來不移晷，昔别得竟夕。緩急那及料，所欲非意逆。事長日夜代，時遞衰老積。天地與眨眴，巨細一今昔。明年有聚散，當亦有欣慽。寧知化者樞，未來皆往跡。迴念今日頃，去若殊天隔。然終未嘗往，逝者無變易。與君破兹理，來往任消息。但付相視笑，無以垂踵惑。波流戲萬象，立足費道力。今晨亭前花，天清見寒白。泠泠有好語，上有雙翠翼。君來飲酒處，再飲來亦得。

乙卯除夕恭題

流風號除夕，何夕不乘除。今夜人間世，小臣花下廬。椒盤雙獻頌，蓂朔壹頒書。盛事生親覿，爲詩邁古初。

五百四峰堂續集

五百四峰堂續集卷首

謹按，黎二樵先生《五百四峰堂詩鈔》編刻至乾隆六十年止，先生卒於嘉慶五年。曩在友人許見其手稿。嘉慶元年、二年詩凡二卷，篇首有「二樵山人手存」六字。遂録一過，置篋衍中。恐日久散佚，兹付剞劂，以續前編。歲次丙寅九月，番禺汪兆鏞識。

五百四峰堂續集卷上

嘉慶丙辰

丙辰元日恭題

卿雲昭復旦，聖日赫重光。帝道承文德，皇心順物昌。介眉臣有母，挾瑟婦升堂。樂事逢元朔，兹辰冠百王。

梅花下作

去歲南寒不蟄雷，元正留得臘前梅。碧雲落日句幽絶，春水横波君始來。雪後暖禽嗛凍蘚，山中清酒滿深杯。詩心未暇闗桃李，亦各商量媚我開。

遥次韻范石湖詩今年五十矣

生無有是詎知非，老僅添年多已違。尺箠取將一半去，三飧聊得果然歸。霜前鸛鶴元知鷩，風後爰鶋故懶飛。自壽自歌狂自舞，翩翻衫影暮花稀。

復種梅一株頗高古

樂此新知得老蒼，不同園樹亦同鄉。清晨猶閉先生户，花農移此樹種訖，予尚未起。初月已横鄰女墻。并入山幽侶叢桂，一番風信謝枯桑。繞亭舊種皆兒輩，前後薪芻可兩忘。

元日至人日皆陰率爾有詩

今年紀歲不尋常，天正雙三地百昌。七日族雲趨雨水，十一日雨水。千花如火報春光。大言弓劍虛能賦，小隱羅浮實滿囊。聊倚寒梅學風格，老樵風格已頹唐。

春寒月下

北風三日破春陰，初月棱棱霜滿襟。夢艸池塘新雨足，吟燈桃李小樓深。鵝雛有酒時開甕，鶴氅何人夜入林。昨種梅花賸三五，自明昏眼不須尋。

卮言誹諧調

詩真能窮人，作者不避窮。不避窮固然，詩亦未必工。徒令我年壽，概付幽憂中。知四十九非，已復五十翁。斷手太瘦生，折腰陶朱公。面垢一寸黑，塵光十丈紅。又悔不作詩，久如仍未通。二事謂有命，老生聊取容。不者萬變化，誰能出其宗。詩窮以詩遺，與楔出楔同。詩人自怖畏，無病作病攻。我則真窮人，人曰真詩翁。詩翁有何得，鬢影飄西風。口哦五言詩，目送千里鴻。

再次韻范石湖五十

現在將來并覺非，畸人平世兩相違。鬢邊落日堂堂急，陌上看花緩緩歸。老鶴長鳴教子和，清蟬高唱不雄飛。近惟一睡幾于道，火滅心灰惡夢稀。

梅花落盡寄蘇博士

落盡東園幾樹梅，竹根苔篆蝕山杯。春愁似霧如煙闊，晝雨無情有夢來。碧草緑波供别路，暗桃明李不仙才。故人肯到題詩否，好是梨花爲爾開。

中夜睡起偶成

宕宕春宵遠夢迴，不聞細雨止輕雷。幾希花事如華髮，黯淡年光付緑苔。南伯自今成槁木，公榮能勿强深杯。詩人心性真無謂，底爲傷春又費才。

江上見人發船鳴鑼甚夥頗憶昔游下灘時補作一詩

一舟擊鉦作別行，衆舟送行同擊鉦。彭彭息響煙雨闊，呹呹中流鵝鸛鳴。人寒石立鬭水立，耳風灘聲無艣聲。舟行例于灘上發艣取勢，入灘即閣之。廟前三老散福酒，福酒，灘上飲。衫濕酒醒船漸平。

鄉老邀飲

兩年西漲迷牛馬，今日東風見酒杯。祈穀秋郊民有歲，望雲春國我登臺。天河雨洗鑾氛凈，碧海龍盤聖日來。如此清寧四天下，未曾耰種且傾醅。

詠懷

苦吟幾作一詩囚，帝下巫陽許放休。蠻觸閉關無勝敗，蟪蛄開口不春秋。自來委命非知命，公但呼牛且應牛。五十年中無一事，歸山心亦愧羅浮。

食芹戲作

城中十月芹可葅，白抽銀蒜截肪腴。新年壓艇叫邨落，老節入鼎垂髯胡。一錢合抱喜溪女，中歲脱牙慚腐儒。喚兒踏餐識此味，朝食日出東南隅。

春夕絶句七首

春月沈沈花影多，静如止水漚雲莎。才情雙豔境幽絶，可但少年無奈何。

晝暄風物自爲雙，紫蝶黄蘧意滿腔。獨鶴夜歸城上月，自嫌有影落春江。

中年已軟先生足，兩月未梳中散頭。不曾斷臂驅雲壑，安得支床漫卧游。

桃花一枝宜曙煙，李花滿林宜夜天。詩家翫物致清切，花小花多非偶然。

鑪煙詩思兩希微，夜氣通幽入一絲。亦有花香風露冷，動人知覺已逾時。

往歲中園冷倍常，木蘭圍繞雪山光。老僧目病不來看，花亦不熏知見香。木蘭一株，致中上人所移。去秋上人病目，樹亦漸枯槁。

醒鵲查查夜未央，北窗花影落書床。搴幃側臥送落月，禁得半衾如抱霜。

留客小飲未暮而别

春天作寒易爲暖，一日晴陰幾回轉。裝緜衣薄病不驚，談詩客來晝苦短。山眉婉婉花上碧，酒面鱗鱗風外軟。主人不勸客亦醉，路曲花深歸忘遠。去不作别來不招，老樵送客不過橋。橋頭倚杖碧雲暮，胡蜨暖飛雙肖翹。

梨花開蘇其詹果至仍酌衆香亭北窗下

我許梨花爲爾開，花應神助得君來。鬢絲千丈南方雪，風雨三年北牖杯。福命合須五斗米，古今分却幾升才。粗官不礙精詩律，苦要詩名亦可哀。

村中别其詹二月六日

七日淹留細雨天，勿嫌多雨破三年。竹間燈白早同飯，水外星澌晴放船。送客海峰青面面，入門花月暮娟娟。天池滃翠君珍重，爲作畫圖。中有猿聲到夢邊。

春陰

春陰多態不頑冥，一段餘寒幾日停。薄葉輕煙寫空碧，舊苔新雨廓雲青。帆如樹黑移江岸，柳似山濃掩畫屏。萬物熙熙思婉婉，鶯花不放客愁醒。

其詹入舟時已晴頃復微雨别後作此寄之

花壓歸舟水没艫，舟重邨深枉洲渚。曖曖花間雲外日，霏霏帆上潭心雨。雨薄煙清山有光，江水瑩鏡堆青蒼。天池窈裊衆峰影，持對我畫自相當。《天池滃翠圖》。君帆面面轉濕翠，我息深深寄春睡。自非無夢與故人，夢有迷離不能記。

贈内人歸寧四絶句

歸櫂仍過新婦潭，潭心眉黛曉山藍。故人舊照驚鴻影，愛爾江明白袷衫。

佛山江柳昔齊肩，不到青睛漫五年。周歲抱兒今總角，生兒初還外家，廣州人謂之捉抱。指娘高柳半青天。

我自紅羊劫後歸，秋官坊裏舊人非。聞説前年秋大水，新來鄰舍亦啼飢。

街西老樹不生枝，或作幽花動爾思。穉子今來花糁髮，狂夫前倚樹題詩。

詠蓼花

水國花時自一方，詩情柳惲白蘋鄉。田溝曉豔涓涓月，洲渚秋嫣拂拂霜。穲稏紅邊風雨軟，蒹葭蒼後溯洄香。漁翁酒面頳相映，老瓦盆中蘸影長。

病氣天風稍寒病輒知覺

病似南榮曝背翁，畏寒又似向陽鴻。肺肝幻士魚龍戲，朝暮樵夫南北風。黄霧吹沙迷馬首，弱魂無夢入燕中。長欃託命羅浮去，自識人葠養氣功。

此　夜

此夜人間二月中，非煙非霧静無風。月如夢裏人如醉，觸處花香覺處空。□别掠簷明日雁，吟聲繞屐去年蟲。幽憂祇是詩家語，不放春愁入病翁。

醉歌行

雲冥冥，雨滿川，天光一幅深在淵。東風□□□□煙，松棕影深停畫船。乍風乍雨送君醉，不□春山亦酣睡。新鶯新燕黠相識，紅草江花好誰寄。眼前景物不成春，老去壺觴亦愴神。不須起舞珍珠衾，□□鬢影吹暮雲。明燈照□□□曲，暗城嘶馬採桑津。□年好會一時散，不遣琵琶更□□。主人去盡客過船，宿雨忽晴月離岸。杏花桑葉夜低迷，還上江隄自詠詩。遠愁淼淼付江水，短髮蕭蕭供别離。向來酒暖衣香□，半夜寒沙宿鷺知。

緩步

晴雲暮天急，倒影弱橋飛。水静無驚鳥，花陰□□衣。逢人欣減病，愛我欲扶歸。緩緩春風内，孤芳恐有違。

孤花

空郵已孤往，幽處□孤花。流水春相急，卑枝風故斜。人間正日暮，吾意忽天涯。悵望爲三歎，芳菲能幾家。

行止

短髮香風裏，鬅鬙不受簪。古人流水續，今日落花深。黄鳥求吾友，青山笑此襟。徐行還久立，行止謝春陰。

甘巡司道淵老人輓詩四首甘君以乙卯冬卒於英德象岡司署，至是月得凶問。

膏肓除去聲幽絶，簿尉菈煙蘿。袖石攫逾少，囊詩傳已多。兒孤且瘴海，甘君七十，妾始生子。妻老先山阿。孺人先卒。三峽清猿切，知予薤露歌。

韶石山青眼，梁園雪白頭。前年扶病日，落葉打門秋。甲寅九月，君來訂交。此會行趨死，吾生莽若浮。滕王最知己，當序義城侯。君言其詩前集侍禮邸時已刻於京師。

景純疏爾雅，揚子屬方言。字過心留血，年長汲有源。書成吾事在，棺闔爾名尊。風雨修髯客，翻然下水邨。君著《方俗字訓》，既訂交之明日，以一卷授予，曰君爲我序之，且言尚有數卷行當相付。今無由搜其遺稿，亦未便歸其弱息，行當序而梓之，以俟其全書，或可求耳。

悲風代馬驕，炎火楚魂招。寡妾青春謝，昏沙白日昭。歸旛帶蠻雨，灝氣付寒潮。南北襄平路，征途死更遥。

流　花

清溪抱樹蔭，流水出花陰。此去歸無極，殘春傷别心。浴鷗惟冷眼，啼鳥憶同林。郫口長河急，風波不可任。

浮　生

老眼愁無寐，春江夜有風。餘寒仍老境，逆浪蹴春空。世有功名士，吾今懶惰翁。浮生一高枕，卧送百川東。

春　水

碧水浸春灣，深天積曉寒。雨煙晴暗牖，風日掣光瀾。比屋亂鵝鴨，此人常釣竿。商量激危石，持作富春灘。

寄其詹

還鄉逾日夕，兩處念飢寒。貧甚憐同病，年來可得官。何人輸甑石，塞屋且林巒。最有天池好，枵腸勉飽看。

鷗鷺

衣裳存道氣，鷗鷺共春磯。爲答行人揖，迴驚狎友飛。地偏疏接待，水定即來歸。懶出幾忘汝，吾真靜者機。

苦吟

巷廬都逼仄，雲日代晴陰。雨過青春暝，庭涼緑意深。病從移帶眼，老迫著書心。燈火籬花影，玲瓏照苦吟。

春日懷石帆

天末峨峨頭上巾，洲邊裔裔水中蘋。歌吟飽暖申知己，名字荒涼屈路人。獞酒送行兼送老，雞壇前事半前塵。惟餘卧病傷摇落，秋苑梨花不當春。

四月二十一日作

是日漫欲忘，不忘還斷腸。外孫來禮拜，鄰媪話淒涼。暝色天仍雨，酸風竹過墻。十年潘岳鬢，搔首落秋霜。

檀邨邨舍作贈其詹杏壇故名檀邨。

病身風雨送餘寒，更住桑陰十晦間。竈北藥煙宵候□，床頭花影晝堅關。舊知問字嫌多事，急欲之官爲早還。不用盡捻書籍賣，歸囊應可買青山。

同其詹過龍潭邨吴秀才璧石幢兄弟書畫畢復歸檀邨有詩寄秀才并示其詹二首

低迷櫂紆曲，汃湃響蒹葭。是日大雨。雨滿浮邨路，天光帖岸花。蠶眠桑者屋，吾邑此方蠶桑最盛。玉立竹人家。二老風流極，多君禮數加。

七日來言復，雙凫老放閒。入舟仍野水，回首兀雲山。柳下鶯留客，花陰犬闖關。已聞二子語，耶與叔俱還。裘、箕二子。

見螢火倒用工部韻

雨歇扁舟穩不歸，水邨沙岸濕相輝。露溥艸際寒逾碧，風定蘆中閴却稀。不動如如遺食飲，臨人冥冥倒裳衣。看同流火須昏見，勿訝奔星照雨飛。

食荔同嘯泉作四首得寒字韻

日須三百顆，君是荔枝仙。渴病天生獨，畸名爾已傳。其奮荔癖名於時。異時譚舊雨，三月未鳴蟬。逝者嘗新去，攀枝廿許年。其奮故人胡孝廉亦常亦嗜此，臨終索荔甚急。時正三月，得青青者數丸，食已而歿。

廿年吾見汝，念追荔枝時。對此匆匆物，相看拂拂絲。甘心宜大嚼，酸齒或攢眉。花外涼颸遠，行雲照朵頤。

南食足道氣，泠泠仙者餐。中邊惟見蜜，内外已成丹。内衣赤則熟極。他日圓甜夢，新州乞泠官。荔以新興縣爲最，君屢云得此教諭足矣。不須愁肺熱，先已飲冰寒。

披香紅滿襟，坐擁落花深。飽食能終日，論詩且沁心。何人早買夏，歸鳥暮空林。口腹兼存歿，悲歡自昔今。

和二樵食荔四首　蘇賡瑞

荔枝如勝友，一見即忻懽。況以平生契，而爲知己餐。氣投堪愈病，時瘧疾方愈。品重豈嫌酸。大嚼不相讓，旁人齒亦寒。

一籃三百顆，竟日恰相宜。量狹稱心早，年衰得味遲。無多矜節核，粤俗呼肉多而核小者爲節核。上選愛疏枝。荔宜疏綴，碩大味勝。畢竟憐標格，青青不忍遺。

嶺南來長公，蔡大出閩中。嗜好寧殊絶，襟懷自不同。野塘蓮葉雨，高樹午蟬風。短睡隨時醒，摩挲又一籠。

憶昔初交日，城根五月間。一囊寄黑葉，百里到西山。二樵嘗使一力負荔枝至邑中西山，今二十餘年。今日情猶昨，多年鬢已斑。君羸吾亦老，聊以潤衰顔。

荔枝曲

與其詹作《食荔》詩已，因言昔年畫船紅袖，逐廣州裙屐訪荔之樂，彼一時也。其聲蓋採之《西洲》，發乎情，有所止焉。

嘤咿復嘤咿，早蟬催荔枝。光雲撒白雨，急煞荔枝時。一解。

五月荔枝熟，十里陂塘風。左手摘荔子，右手扨蓮蓬。二解。

帖肉紅綃衫，外有著手刺。不是羅敷壻，但許見顔色。三解。

阿歡愛儂好，一日三摩挲。昌華故宫女，誰不貌如花。四解。

荔枝不知老，情人長見好。不道荔枝蟬，叫得秋風早。五解。

當折直須折，過時空折枝。人歌金縷曲，儂唱荔枝詞。六解。

當折好生折，折多傷荔枝。明年攀樹泣，不似荔枝時。七解。

高樹吹秋風，涼風起秋水。荔子打秋波，相親就蓮子。八解。

脱取荔娘衣，裹將蓮子歸。歡知甜入骨，亦有苦心時。九解。

生朝示其詹二首

自斷孤兒負此身，五十音岑家有八十親。高年心事悲時節，生日觴詞互主賓。四月予爲其詹作壽文，五月還爲予作壽文。今雨酒邊評舊雨，何人天際有真人。後先二老同樗散，一例青氊仕亦貧。

五月羊裘避絺綌，盤飧喜得典春衣。兒童禮重擎杯拜，霖雨年來裹飯稀。語雜悲歡均是老，昨儲瓶甑且忘歸。裘箕彪驥佛蓮名汝驥通家在，屬與茲辰兩莫違。

題蘇博士南窗二首

雲月往來交映遮，雨疏如密雜繁花。犬雞聲裏三更柝，天海光中幾點鴉。詩境深深窺見命，病身昔昔卧忘家。秋風不要蓴千里，且住濃蒸七月瓜。

五月西山吹笛時，廿年迴首不能吹。風花過眼空皮骨，哀樂無心屏竹絲。摩詰詩中三畝宅，子久欲遷居。劉侯畫裏兩男兒。許君十載干微禄，七十歸休老學師。廿年前與蘇君住邑城西山，置酒吹笛，爲予壽。今齒落盡，不能作矣。

短句重贈蘇博士

四十爲郎官，古人挂冠去。六十授廣文，君乃旦暮遇。蘇君屬挑用。身老爲人父，亦復一喜懼。微禄冀望腹，兼得教兒處。冷署凈如水，仍知讀書趣。即恐囊有錢，未能買山住。薄俗移後生，聲華逐紈袴。淡泊百年内，勿俾中改路。聰明兩兒郎，衣履壹韋布。觀其露清妙，可以保儉足。間關挈家室，因依慰遲暮。行矣乎嘯泉，猶勝學執御。七尺直諒躬，至老操此度。折腰亦何有，自笑無此具。晚近弟子員，積習守章句。器滿一斗粟，識墜三里霧。弓繳弈秋弈，喜怒狙公狙七遇切。攘攘六鑿交，昏昏黄金注。實踐軌厥由，虚白牖其痼。先生進學解，解之以驚寤。詩家有六義，書藏有四庫。要令不河漢，乃可介徑路。區區報國心，兹責在教諭。簡也論資格，差肩爾高下。病軀懶便睡，畸行性多忤。同學有少年，頻年已師傅。當時稱毛君，囊錐不肯露。高蹈非平生，内顧多謬誤。苦吟若窮猿，負米增外騖。淫書不明道，知新障温故。飛騰地猶微，林壑天所付。高堂照突兀，好事時見顧。殊慚此清課，藉以屏家務。徒爲達者哂，還遭市兒妬。此來兩閱月，緒墨日間作。宿舂事粗得，松石恣箕踞。嗤君坐有待，轉使窮愈固。有如聞鳴泉，驟未滋渴味。家人百餘指，朝夕困蔬芋。不覺嗟以歎，聊能沫相呴。閨中十年力，機上一匹素。掣我皎皎衣，恐我滴滴汗。蘇君閨人十年績繭，乃成一匹。與君共命鳥，而我無容瓠。年光過五十，生涯就園圃。湖山行處有，結構何所寓。憂爲路旁人，老死愧狐兔。勉君早之官，爲我力諛墓。古來有掺臂，今者一借箸。爲籌菟裘地，預種十年樹。他時兩簑笠，重以畢嫁娶。命也夫如何，尺寸局廣步。

六月朔日與其詹至桂洲

潮闊鳴雞送夜涼，雲明宿鳥話朝光。橈聲拍拍三篙水，露氣淒淒數里桑。鷗鷺我今猶合社，鶥鳩天與不舂糧。南邨陶令門生在，一借籃輿到學堂。

七夕寄閨人

藥煙閣下木樨前，古屋題詩藥染煙。玉臂雲鬟虛七夕，蛛絲螢火十三年。女牛別日人間世，星月秋江水底天。珍重引兒乞大巧，清狂慧業我生偏。

桂洲胡氏別業留別

裏邨外邨臨水莊，邨分裏外，外邨皆胡氏，無他姓。芰荷菱芡鱸魚香。萬家杵臼徹秋夜，一半樓臺叢夕陽。未可忘憂萱草晚，何難臥對菊花黃。憑高指與賢東主，西顧西淋色正蒼。

穉子報白髮

從入中年畏鏡明，汝無情緒轉關情。今朝的的青睛内，報我絲絲白髮生。苦病過來初得驗，鄉人先酌老何驚。相看母子操心切，歸去羅浮採藥行。

十一月十六日石帆由青蘿嶂來邨莊予以病後不能夜談既睡潮生石帆亦去却寄

船頭花影松梢月，記取今宵吕石帆。中夜雞鳴并狗吠，先生村北破村南。忘言去染諸香樹，得句來從滴水巖。我病早眠君亦醉，夢中離緒續深談。

五百四峰堂續集卷下

嘉慶丁巳

散病

日雲山翠暖，煙海柳陰涼。病起詩心豁，花繁物態狂。壁苔滋竹色，畦菜養簾光。曼衍容吾老，年忘坐亦忘。

五月下旬

憂農自笑我無田，倍喜人談大有年。五月良苗青動地，下旬新潦赤浮天。吹波郙岸深撈穀，垂釣柴門淺艤船。江縣又聞紛荷鍤，萬夫同命屼防川。

去年得侯貞友書言讀書潤州書院即海岳庵故址

第一江山第一樓，夫君吟詠坐樓頭。春江花月何人夜，煙雨金焦兩點秋。北固成虧蠻觸戰，南朝憑弔古今浮。肌膚冰雪神仙窟，還憶牂牁五月裘。

聞孫孝廉平叔落第匆匆出都

阿平回首薊城春，萬草千花倚市門。南望君知淹卧病，北書吾怪闊寒温。曉風殘月詞人夜，明月清風野店昏。可憶論文笑相視，秋堂燈火坐忘言。

寄邑丞陳侯念本寄園并柬萬明府

寄園先生大隱流，今之古人陳太邱。功名不謝五斗米，意氣直卧百尺樓。冷官偶攝江縣佐，佐縣破署山之幽。吏來白事俯屈膝，官正詠句仰掉頭。怪官何事坐兀兀，官亦怪爾相咻咻。何如官吏不聞問，兩作無事過即休。壓簷露光動桑葉，隔江山翠來桂洲。去年桂洲山下住，見侯高什知有侯。約而不來以病返，黄菊卧對懷人秋。冬十一月疾小瘳，門報有客起披裘。肩輿入郵不喝道，恐驚籬犬溪上鷗。論詩中的水澆背，使我忘答舌入喉。相隨雲龍子自道，謬擬坡谷吾何修。深譚寒景上高木，淺水枉渚登孤舟。相思遲暮伏枕過，乘興獻歲春波柔。馬江檥船問津吏，已移新寧山海陬。新寧萬侯老詩伯，得君爲丞膠漆投。相將濯筆劃海水，氣力爲我迴鯨鰍。煩君有作併寫寄，乃可起我拘拘僂。

酬宋廣文葆淳芝山見寄

跣足松溪不裹頭，忽呼巾屨對書郵。早聞鄭老忘形飲，今見雲將埘髀游。宿宿江湖一漁艇，茫茫天地兩沙鷗。竹西煙月尋常得，君愛揚州定廣州。君屢下揚州，今年到廣州，遂納姬人焉。君山西人。

又答宋芝山生朝見懷之作

八十慈親五十兒，君情方動我心悲。終年久病忘今日，萬里勞人有此詩。迴首雞壇多故鬼，是身櫻社占生枝。漫矜宋玉新知樂，臨水登山又遠離。書來言秋間歸里。

酬毛徵君琛壽君見寄

黃門蕭索鬢如絲，眷屬逾時樂遠離。「稺子孺人無別離」，來詩語。病欲得生存夜氣，貧能爲樂忍朝飢。頻來十五年中夢，詎是尋常別後詩。訪舊南園尋酒伴，招魂風颭水邨旗。君有《珠江感舊》絕句二十首。

城西魚藻精舍種竹

竹下生暗潮，竹外語煙艇。艣摇水中月，動我墻上影。樵夫種竹處，於此又一境。前年平安館，孫枝已修整。嚴城月深深，戛戛僧語静。今年此養痾，離立對清迴。及時得物性，生意已抽穎。到眼疏雨明，洽耳六月冷。

石帆二月時夢中與虛舟論詩屬馮明經斯佐爲續其夢以爲圖作詩寄虛舟并及樵夫因和之

此夜此人何所云，人無見者又何聞。風螢坐壁燈不滅，雨蛤吠池春欲分。碧草渡頭迷別路，紅棉枝上有停雲。因之我夢開門笑，花罨船窗深見君。石帆以畫屬作詩，是夕亦夢石帆求郇莊訪我，如去冬然。

讀漁洋山人集遂仿其體二絕句

風流自賞南朝客，不要粗豪北地詩。白下垂楊足情態，江南紅豆與相思。

春水魚鰕未谷音，撚須側帽過沈吟。相思古寨狂生在，猶是離騷屈宋心。

芳草街訪毛壽君

芳草秋街草尚青，先生芳草又盈庭。平安故竹違今雨，毛君十五年前來海陽，邱先生以平安館居之。遲暮涼天數曙星。黄菊白衣他日事，毛君有《菊尊清話圖》，與吴下諸子爲吟社。儒冠紈袴丈人聽。與君相視還相笑，老大文章注道經。注，一作主。

題客舍壁

昨夜今朝有微雨，竹梢桐葉語西風。天清似水孤雲遠，屋古先秋四壁空。今我病來如跛鼈，昔誰歸去賸寒蟲。菊花氣候梅花近，回首荒邨歲又終。

集外詩文輯佚

集外詩文輯佚卷上 詩

戊戌年

三　月

故鄉二月三月時，水碧於草寒滿陂。朱花映波白鵝叫，鄉人壓船喧渡歸。一時青天春雨淺，紙錢冷白東風吹。我獨清明作旅夢，夢中自抱墓樹啼。昔年他鄉今故國，七十里程何憚爲。西淋山陰對廣州，墳在山頂非山陲。山間魂魄亦見之，是兒泥塵生兩眉。不能讀書去奔走，三載尚未解寒飢。去年上墳大歎息，古磚失散殘有碑。守工山奴跪相告，夥醜竊去强莫持。吁嗟□人作遠客，遂令零落當責誰。薜荔幽深白日白，黑穴晝有鼠狖棲。鳴聲啾啾若鬼哭，長眠地下何安依。今年料理事就畢，日日南望雲低垂。

客舍張廉甫來對雨一旬

夙昔住鄉井，君長來問寒。江城破月雨，一臥似袁安。落莫見人喜，棲遲得汝難。故園米貴賤，吾道愧求餐。

呈周新寧肅齋士孝

藥房昨相過，示我春朝詩。詩成五七首，當爲公誦之。恫瘝仁者言，斯民實寒飢。其言及西粵，粵西余洞知。前年秋不雨，去年大難爲。惟我桂林郡，有谷通湘漓。其地赤千里，黄茅憂俱萎。傜苗走城中，紛鬻其女兒。黄髮蓬垢面，處處生别離。昨日攜兒來，今日負米歸。途□垂首人，淚續不能揮。裂地爲之合，輕塵爲不飛。夏來倘登熟，小豐亦可支。家家食指少，死亡鄰里稀。少者適異國，老人填故蹊。生聚十五年，始聞嬰弱啼。小子有老親，販米東復西。舍妹□新土，墓草早未齊。魂魄千里外，戀母長依依。甥子與甥女，遺孽相扶持。今年挈家還，棄此一抔泥。哀哉骨肉恩，孤墳無歲時。得歸荒年後，不餓皇天慈。遥念彼土人，生存息如絲。□腹飽有日，斷腸續無期。小子生長此，寧無故鄉悲。寂寂無可語，隱憂復相思。寄詩感作衷，貧士無達辭。

官放倉

朝朝曙鴉啼，啼上城四門。朝朝糴米人，腰牌來近村。倉吏居上頭，飢人畏如虎。民歸未足樂，民來已愁苦。健者早上堂，得米已及午。檐下有衰翁，廊間有貧婦。日落城垣凍，還家汗如雨。可憐數萬人，出門顧兒女。謂當朝有飧，已暮火未舉。安知遠村民，不及食官米。鄉米倍於官，土豪狡如鬼。客居似窮村，長歌懷杜陵。得錢不沽酒，欲糴米五升。人從故鄉來，攜我家書至。妻孥索擔石，擔米從何寄。寄書與家人，幸無寒與飢。不見竈下□，乃是西人兒。

圍市橋

四郊幾年來，雞狗不得寧。賊窮賊入城，賊遠賊殺兵。官軍圍市橋，里正日點兵。里正跪大官，玉石誠不分。里中所編户，耕□□常人。常人但在家，惡少四散奔。捕盜于市橋，市橋固云多。□田有鼠子，去食他鄉禾。父老拜大官，官曰汝無苦。父老但來首，與父老酒脯。殺盜數百人，人各懸姓名。昨日大暗霧，□地三尺平。數武不可見，但聞刀斧聲。俗言有怨氣，天意不可知。又言□□□，□地亦安歸。我有書數簏，三年不可讀。持此爲長物，莫易升斗粟。願官早歸衙，春田試肥犢。

東石飄

今日晴陰乍有風，舊寒猶壓黑雲重。明朝肯向長棉下，走馬城埤數落紅。

卜宅南村近有詩，素心何處可相期。只須粗了幽人事，新筍争長占竹籬。

睥睨牆高柳氣清，花時不出畏嚴城。豔君一卷潮州集，半夜紅燈照碧城。潮州城中人夜出鳳凰洲狎宴。石騆詩：「紅燈遮莫將軍令，十丈金繩墜玉郎。」夜不能眠晝黑甜，主人蒙首客嗔嫌。城中處處花飛處，若個閒愁與病兼。

郭樂郊隱君

郭君瓦脊樹，一月濕雲棲。雨漲碧石井，花飛紅菜畦。吴山歸病骨，越井□□妻。生子名居易，知君物慮齊。

過肅齋四首

相見萬里外，我貧君去官。年饑城轉沸，雨久日兼寒。戀闕生猶報，還鄉夢畏難。東風木棉樹，榮落酒中看。

瑶草植滄岸，自傷風浪多。勞人惜短晷，廉吏付悲歌。論命將窮智，瀓衷入養疴。杜陵曾賣藥，苓朮遺相過。

大石蓮塘里，大石、蓮塘二街之交，爲介卿所居地。樵夫近卜居。自邀新贈地，來借未觀書。習苦飢寒内，存詩耕鑿餘。多君勸吾□，回首愧吾廬。地落嶺南深，天高抽玉簪。山川人有路，波浪古非今。望遠自爲慰，玩占當報音。肅齋時就陳生卜。何時餞郊館，海色動離衿。

四月二日

四月二日日向西，官差如牛市中走。是時樵夫始糴米，米市倉皇告無有。回身問裏正，但言官捉人。旁人問他正，但道莫須問，行同官差捉人頻。歸來驚怪不得坐，出門已見郎當鎖。短衣赤拳衆健少，沮色脅間持米裹。重城内外負郭村，屬縣大市齊争傳。同時空盡市中米，法以示靖止沸然。最後有一翁，糴米夜行路。官差問米從何來，納米官差放之去。道左不敢言，言之即是掠米人。吁嗟爾小民，還家不飽從皇天。湖南米船接續至，米價尚自不肯平。鄉中大户藏舊穀，不出穀，賄吏目。大吏安知小吏奸，小吏不及裏正頑。譬如私囊自固閉，伸手還借他人錢。君不見低田水上高田水，東人奴是西人子。去年貧作今年鬼，粤國遥待楚國米。

返里

荒年念妻孥，空村坐飢色。風塵黑瘦顔，相持兩歎息。故人爲冷官，深憂我朝夕。近能致客米，其惠及僕役。臨餐輒南望，恐汝不得食。阿瓊八九歲，常憂其作劇。紡車稍能挑，憐其餒無力。阿芸學笑語，索乳嗄其嗌。汝瘦孩不飽，何況減啖吃。自寄一書來，十日無儋石。後遂不寄書，知我貧在客。昨日過官廨，燈火黯别席。題詩贈我還，中語雜感激。新波送歸舟，東北雨氣積。四時好風帆，夾港蘇秧碧。入門喜見汝，治爨急罷織。量米甕有聲，生柴竈垂滴。粗糲勝精鑿，加餐慰憐惜。冷焰懸空房，村舂夜寥寂。安能免飢民，尚幸無盜賊。朝來問鄰里，父老氣蕭索。近聞放官倉，絡繹報米舶。垂白望老眼，當得見平糴。兒輩稍有錢，死不至溝脊。斯言不忍述，當前淚沾臆。三日坐愁默，勸我强自適。新香垂藤花，老翠出苦柏。明當别兹去，摩挲莫能釋。更堪同衾人，終年數離隔。行行三回顧，慚囑手頻握。

典衣詩答藥房

故人所遺衣，厚暖勝裘襖。自從五年來，屈指最鮮好。去歲歸度嶺，典質盡紵縞。中念此新製，守篋著永寶。與我數卷詩，愛護壯至老。今年廣州居，計拙營一飽。有如破家兒，意奢而恃少。鄰逼屋漸窄，食急膽旋小。有待私自寬，孤注勢難保。暫亨困之始，僅有無已兆。張君特知我，題詩慰憂懊。窘窶傳頗溢，借貸辭不巧。典家如尊官，荒年仰求討。貫用子母錢，習苦蟲食蓼。

後典衣詩贈介卿并呈藥房肅齋

二樵先生貧徹骨，猶欲諱貧如諱疾。典衣一事非一時，其始尚畏婦子知。年來蠶食及婦子，金釵去後無還期。彼能慷慨罄所有，我亦竊窺其喜悲。至今簪行裙大布，樸拙真乃山人妻。石颿先生過語我，我輩心豈金石爲。一年割愛凡幾許，此物可耐刀斧施。每當愛盡無可割，亦既無事遂有詩。不見蜀山之鸚鵡，以鎖繫足能言辭。藥房先生大解事，却食念我朝來飢。有如陀羅擬字函，以大寂滅知情癡。方今四郊臥菜色，安得有力相扶持。有衣可食爲我幸，豈彼飢者初無衣。嗟予三人境雖别，心則一轍憂瘡痍。肅齋先生冷如水，日食兩頓不展眉。先生真愛兼我輩，直道感動皇天慈。去年人歌周公雨，雨時鞶革剛褫之。藿赤芑白不可得，細嚼粗糲甘如飴。今朝覽我典衣什，遂欲萬鍾相餉貽。假如便有萬鍾粟，原憲不敢鄉鄰私。昔賢當窮禄弗及，綿田不封生介推。

紀肅齋談華嶽之勝

天削造化斧，以是爲别宫。石落五千仞，中立青芙蓉。三峰自尊位，氣嚴非争雄。一徑行深凹，耳響騎蒼龍。天路垂鐵鎖，上窺黯雷風。石虚納衆音，地肺延青鐘。山門看横雲，練漂江天空。須臾暮雲重，雲入墻汗濃。出世物類異，入山人意恭。肅齋語昔游，兹奇難再逢。昔讀華嶽詩，約略相符同。生無長安夢，安得有我蹤。題詩寄玉女，爲索青蓮蓬。

己亥年

己亥正月五日江上有詩寄吴蜀兩故人

雲光山曉兩清高，高映大江無細濤。赭衣丹槳百里碧，鳥急花輕相對勞。蜀客新年仍舊夢，周肅齋明府。吴儂春酒託征袍。周書倉編修。別後題詩又終卷，可能詮次在揮毫。二君皆曾手書余詩。

寄黄五廷受

行藏自撫雙龍劍，才力君開五鳳樓。貧賤詠歌疑過信，江天花鳥可仍愁。故人入夢新年淚，謂李南澗之歿，去臘黄五爲余言。公府論詩隔歲秋。李雨村先生督學廣州，黄與余屢辱知遇。也得盧王前後列，當時風格動諸侯。「張黄黎吕各雲樹」，李南澗句。粤俗遂以爲品次焉。

酬友人邕州見寄

春風落花病居士，有客西來睡方起。陳君書下昆侖高，開書尚自聞波濤。憶昔十齡送君别，二十餘年音問歇。遥憐老興續舊游，白髮邊城看秋月。山川滿目望仙亭，平疇兩年無寸晴。天涯身命存饑饉，吟社存亡半弟兄。蒼然平湖落日明，草堂開門大江横。沙雲海雨勢起伏，别意遠愁春窅冥。

順德城中

度歲分張各入門，江城花落出花村。中原歸去驚新鬼，幾處哀歌且故園。東郭春舟趨雨入，西山崖日背人昏。雞洲摶摶聽雞起，斷夢蒼茫星露繁。

寄周肅齋明府

又是堆盤擘荔支，頻來頻往憶前期。驚惶四月初二日，聞見一生無兩奇。去年是日，廣州數處皆以西刻掠市上米，須臾而定。不餓幸分賢令俸，番禺許君月致米。開顔加點嗣君詩。相思恐有經年别，江上風吹楊柳枝。

和李督韓廟

皇華來大使，丹悃拜昌黎。忠義神人合，文章前後師。仙才動幽壁，靈氣送征旗。想見滄洲夜，寒燈夢説詩。

雙劍行

雙劍模糊若枯鐵，螭頭無齒蛟背裂。但餘昔日一行字，曾蝕中原幾人血。風塵沉霾昏古寒，破我四百青銅錢。儒生失志坐槁木，得此意氣如波瀾。磨治刷剔光紅斑，礪石觸處星火繁。盲風黑雨懸夜壁，暗若有物虚無間，使我夢寐不得閑。

英　石

黑割濃雲色，陰含碧水寒。石神諳五法，天巧極層巒。我瘦坐相逼，汝危能自安。遥思蓬島下，倒影入晶盤。

和人廣州城樓見憶之作

一行江雨過山明，日漏雲頭陰壓晴。天暗水□渟五郡，晝寒旗影直三城。春風詞客愁蒼莽，臥病勞人數變更。廿載登樓半寰宇，異時哀樂足生平。

熱

雨氣薄散瓦，日光堅透泥。雲高萬物静，露渴一蟬嘶。吼瀑夢不到，倦風葵尚攜。何能畫松雪，黦紫晚山西。

園翁致芙蓉一本

芙蓉憐瘦小，潔似不勝泥。遂有秋江態，盆陰魚假棲。相當花葉錯，宜受水風低。直得居香國，茅堂愧浣溪。

飲酒贈周大令

一官貧吏達，萬里酒同傾。舊俗遺歌泣，深杯有死生。謂李南澗。瘴銷秋減藥，歲歉夢歸耕。四十非高臥，蒼生待爾□。

馮庶常魚山攜武進黃仲則詩卷南歸出示爲題一詩

遥憐吾與子，失意向人間。詩好得天巧，「詞賦得天巧，讀之人不驚」，仲則自許語。道尊嚴義閑。粗疏愁我長，時命坐君閒。悵惘身名事，無由出百蠻。

癸卯年

聽　雨

雨聲瓦西撒瑟瑟，地下寒氣漸上膝。今夜闈燈勞夜魂，籬花凍臥竹戛門。

夜省所著詩稿戲作

著書恒欲多，作者心自爾。不知身後名，所及能幾里。意遠動思哭，妄切欲知死。已哭却還笑，坐妄遽難止。得失了方寸，終竟疑命理。前生子雲書，焉知我今是。如彼衆籟作，當即滿人耳。究於此聲緣，强名不可指。而況返虛寂，無聞又何似。自今作詩心，未必冰似水。倘諸獲詩名，何異石漱齒。

客館即事

張三海内故人少，第五橋頭鄉夢多。五橋，海珠妓，其名，張君改贈也。已無戴老談天手，奚落王郎斫地歌。張藥房上番北行，與戴君東原同歸江左。戴博極群書，尤善星學。舟中取鐵錢爲天象星位以授之，今歿久矣。此番北行，約與王竹坪同往，不果。可庵行載六君圖，余嘗摹雲林《六君子圖》。圖裏同時同夢無。我今守株斷垣月，地白獨行明宿烏。兒女遲君五嶽游，行藏兼我兩人愁。早訂他年耦耕處，江鄉春色唤歸舟。雲隱近令其中子摹《江鄉春色圖》，好事者傳余得意之作。此圖余昔時贈雲隱，并系以詩。

偶題寄内子

寒柝格格星勞勞，桂花枝上夜天高。可是課經忘病得，藥煙來篆鬢蟬梢。懷張粲夫揚州

百年樓閣十年秋，「半空樓閣出秋光」，張瑞夫揚州詩句。未見三生續昔游。不止二分無賴月，花田三度到揚州。

甲辰年

水仙花

屑金塗作額，雕雪冰爲肌。微步寒波定，無言春領垂。離魂巖畔石，幽夢水邊祠。地古多靈雨，楚風啼竹枝。

寄馮魚山編修

夢我滄江煙水漬，江天占月貫虹文。螭頭前殿賡三賦，鸞尾西山掃五雲。揚子吃才知有定，虞翻屯骨不如聞。魚山書來，言都下神交多欲相識，乞寄小影。去年張藥房以余《蒲團枯坐圖》寄之。桃花肥鱖春詞好，未必流傳得到君。

斑竹臂閣二絶句

淚痕千繞古迴腸，楚水沄沄落照黄。何人截取湘陰尺，合與離騷寫九章。

鏗鏗伐竹楚山寒，湘水雌龍警不安。古有飄風靈雨跡，動時蕭颯到毫端。

庭中雜花口占

種花底事有美報，只是早起并遲眠。何似水籬數竿竹，亭亭深影月娟娟。

寄雲隱答其問續婚龐氏消息

三得君書九逝魂，出門一哭漲增痕。身元瘦骨加愁病，命敢扁舟競輊軒。故鬼積年趨死別，新人生日迫初婚。於中代謝還勝泣，欲就瞿曇問業根。龐以戊子八月生，余以戊子十月新婚。

寄丘鐵香明府

廉吏前曾識南澗，神明今復見東河。十年魂夢浮天海，兩縣心期到薜蘿。陶令晚秋猶乞食，蒙莊中歲動悲歌。何當門外看碧水，日射鯉魚明緑波。

丙午年

余前嗜建安茶日可四五十碗今年春以病涓滴不入口戲爲二絶句

花來夜氣清沁骨，纔得魂交形又開。忽憶西樵無葉井，喙長三尺薦消梅。

緑沉銚子淡青瓷，解化精靈夢別離。願作秋風深篋扇，勿爲峴首古潭碑。

庚戌年

縣城得黄五家問寄黄五燕邸并示陳静齋

前年君北征，遂無人倚門。今年君北征，又無人鼓盆。自君之出矣，妻病亦離魂。爲塵爲日景，浮沉隨□轅。一身三百日，日日昧朝昏。但能伏嗆嚶，一路説中□。□□□日黄，雪凍天地渾。長途變寒暑，短命辭本根。留語陳静齋，爲妾達郎言。静齋女學士館黄五塾内。妾氣懸一絲，尚可待郎還。庸醫甚鬼伯，摧墮不可攀。使我百體僵，而無星火温。生別成死別，此恨何能填。聞兹轉自慰，已復爲汝歎。今我喪嚴考，斂厝差小安。昔時訣亡婦，握臂留爪痕。亦於咫尺地，少盡骨肉恩。知汝亦報恩，遂悊心所敦。奈何八十翁，長病已三年。哀傷亦云多，富貴且勿論。西風吹金臺，駿馬嘶夜寒。南歸夜夜夢，天闊夢易殘。知汝與新鬼，兩嗟行路難。近者張叔子，痛哭涕汍瀾。以彼脊令孤，對汝鴛鴦單。榮華閒枯瘁，人理難苟完。何如孟德曜，永隨梁伯鸞。艱苦兩兒長，貧賤獨行尊。昨日傍雞栅，大雨趨雁田。遥指雌雄霓，其下橘柚村。何勤良與静齋偕隱羊額村，村以柚名。

舟中柬静齋

山靄霏霏青拂眉，將秋天氣立秋時。溪花濕抱黄蝴蝶，煙水乾飛白鷺鷥。夕浪吟燈虹貫月，暮雲疏髻雨登陴。漫翁漫出人何識，清照清才我所思。

寄伍霖川伍君貽我本文《杜工部集》。

詩人困於詩，謬妄注春草。我觀權德輿，一笑大絶倒。伍君惠杜集，訓詁庯一掃。力廓塵土障，清眺仙海島。出離摩登舍，慟哭悔不早。杜公運帝斧，鑿空窺九昊。偶然拾蘅蓀，何嘗費纖巧。風騷陣堂堂，忠愛胸浩浩。讀書視所養，氣盛語自飽。洪爐投礦錫，碧海納潢潦。始悟不二門，以辯入者少。别來讀吾書，如睹汝懷抱。坦坦無路歧，旦暮遇斯道。

因園公覓鬣松便得一根可丈許云俟寒節乃可種

山間鬣松水村少，試遣求之無意得。灑然魂夢夜泬寥，便有雲雷晝深黑。不然兩耳且絲簧，復恨六月無雪霜。故根就爾日三匝，新知懷人水一方。造次莫致心則忙，日月易徂行自傷。去年種竹正揑汗，今日抽梢紛過墻。泠泠白露河漢光，烏飛呀呀夜已涼。牽牛織女此河夕，蓐收玄冥相遞將。老拳拆骨門石虎，横戈指日回魯陽。蒼枝倔强遽入眼，生意婆娑遥斷腸。園公解我君勿爾，種松非與他樹比。他年吹笙接仙子，高閣風濤浩如水。

寄塵師與王平水游西樵因過百花村莊并將岑璞齋山中札歸後却寄二君

登樵東指樵者村，花氣香蔚雲團團。抽帆向曉入雲海，西景雲山猶一竿。溪門涼掃花雨靜，眉宇秀刷空翠寒。舊知峰巒七十二，新辟名勝二十四。岑參好奇作奇事，名士詩僧遠相至。寄師少年身許佛，到處煙嵐復冢筆。大通古寺起墨龍，挂錫大通寺。紫蓋秋峰卓天臂。師楚南人。王郎胸中赤城霞，弱冠早以詩名家。浩然一覽大科日，吐出千種深源花。「桃源深處」，山中廿四景新辟之一。二公高興梁懸水，百首新詩雲滿紙。三湖洞口辭主人，三湖書院，岑君創築，最勝處。叢桂山阿報樵子。深樹低花竹送君，村渚綠波風動蘋。君歸夢迷香國路，舟行上有樵陰雲。白鵝秋潭振衣嘯，花霧浥浥霏香塵。

寄王平水 蒸

蓮社新參謝康樂，花源近訪陶淵明。更欲湯休一破戒，碧雲秋色晚含情。

夜　雨

欲速看花眼，萌芽分寸心。入秋幾夜雨，初景落長陰。頤病逾親藥，爲農抵布金。農謡：「七月夜落金，八月夜落銀。」日消明滅帶，風過暗驚襟。「風之過河也，有損焉。」《莊子·外篇》。

石牀新成

苔緒蓮鬚粘垢衣，藤花久待作香幃。片雲雨急眠涼冷，白鳥青天絶隱微。《莊子》：「絶雲氣，負青天。」妥帖寒梅與鄰舍，商量風柳俯漁磯。故人鞍馬誰相憶，店月村燈夢故違。

寄蕭儀亭

今年二月將北行，蕭君館僕數日，爲續計資斧，以故廿七日得歸及先子易簀。越月而蕭君得聞報，太翁亦以是日終，乃不知哀之所至，而有是寄。

昔我踉蹌歸上船，見君顏色驟茫然。自云七十高堂老，身且東南一角天。理有親親心氣動，別殊草草水雲偏。秋深病淺堪書字，志墓仍須訪阿堅。介卿已爲亡婦作墓志，又爲先子作行實。

寄岑壯忠參軍西樵山莊

達者岑夫子，還山奉母心。午橋通緑野，初服愛青衿。泣血春秋别，雲蘿日月深。三湖都講席，曾未得蛩音。

雨後用樊宗師□□□□

雲風霜露不無詩，詩興□□收斂時。晚造看成大禾□，秋杯儲與菊花枝。民何知識帝何力，南有佳山東有籬。既飽含哺還既醉，小臣蟣虱只如斯。

有感寄石驅

大石蓮塘只隔街，中間前擬共茅齋。最難得地中園寫，不肯借人惟草鞋。鱠鯉空群星在罶，風雲心熱火焚愧。南園五子悲回首，來往風流二老偕。

有述示二三知我

中年詩有益，夙志力圖難。□□爲心化，生涯立命安。蜮□君子見，遺墨血無乾。雲嶺□□白，平明取自看。

寄八九山人山人兩入第七洞天。

樵夫能爲酒顛狂，在昔狂搜桂酒方。秋雨鳴山石展轉，東坡遺刻鬼呵藏。憑君净眼平坑谷，試我寒脾醒辣香。「搗香篩辣入瓶盂。」東坡詩語。釀法已知知字法，書禪味較醉禪長。

題惲正叔壽平松鼠嚙筍圖

惲生慈竹林，下有嚙筍鼠。得匆感所見，正士受横侮。牙響得寒脆，眼炯兼黠怒上聲。我書薄滋味，汝莫作乾脯。吾惟怪此君，何乃不自苦。

溪山即景寄王平水

秋潮光拭銅鏡青，秋日淡垂花影冥。長風片雲撒急雨，一點一波浮一星。投閒察察物理細，懷舊遥遥春夢醒。知君吟望傷心處，柳盡天低煙雨亭。廣州城南岸大通寺有此亭。

江上偶憶十年前構茅亭於此今蕪矣

芭蕉萬樹隔江鳴，直作過江風雨聲。昔曾一枕真風雨，臥看諸山相晦明。勞生往跡空回首，他日行人倘記名。追號子雲今亦得，吾家先世老經生。

圓硯

青花團團繡古鏡，不玷廉隅物無競，黝如日有食之竟。玄雲羃池穆深寒，稱以烏玦合彎環，屏插水底三神山。先生俯首忽自照，二毛毵毵白乃耀，鵠不可黔語自笑。無極之中道芒芴，雲何圓通入漆室，大光明藏於此生。先生以之出應世，車不出角何所滯，取陶家輪右拿置。盎然古月墮石潭，中有伏龍誰所監，先生腹望龍亦酣。

辛亥年

貽致中上士

指墨蘭無色是色，開禪花極玄又玄。得公栽活潑潑地，使我坐非非想天。時最尚墨蘭而貴黑，師有佳種。

寄其詹

東海甜妍北海生，河南風骨出輕盈。西京銅甬追心法，并與東坡入老成。其詹學褚書甚工。「甜妍生疏」，前人評徐、李二公書。又董廣川評褚書，謂得西京銅甬意。東坡自言：「吾書學徐季海，予不謂然。或謂出李北海，則信有之。」

寄石飊四月廿八日作

水冰去聲齒風棱眼酸，未衰多病夏仍寒。生無黄縹題三絶，老怕青衿效一官。獨我窮檐思舊雨，嘉君久竹得明玕。廿年柴立如雞肋，在處蝸行愧豕肝。

同李恥大過德山大師房恥大，字未能。

狂者未裁狷未能，兼公昔爲行脚僧。海塵熱沸六月雨，火宅泠懸三佛燈。時六月六日，大雨。中歲鷗凫盟白水，南朝龍虎證蒼藤。一庵萬里去來妄，今日安心心得曾。師挂錫吴中甚久。

壽東河先生六月廿八日放船，七月一日生日。

秋之初月月之初，今歲生朝往歲無。銀雲玉露仍南極，碧海青山照白鬚。鶵唱何時冀北野，鶴飛今近惠西湖。明年來獻海外藥，丹竈遺丹蒲澗蒲。

廣州餘閑室詠燈呈東河先生

玉蘭葉大似梧桐，先集秋前幾夜風。風緊耳鳴蝙蝠翼，燈摇眼亂薜蘿叢。衆香小苑閒今夕，密竹碧紗深冷紅。他日懷君洞庭晚，江雲明滅水連空。

癸丑年

省平叔壬子八月所寄詩

樵夫病無濟勝具，出門欲去去何處。坐令草木與雲沙，爲我年光送詩句。吾弟孫郎才浩然，兩眼青入萬里天。白狼河把飛將臂，黄鶴樓拍游仙肩。碧雞關求漢神廟，大虎門叫秦人船。二山波濤渺難渡，兩樵風雨遥相連。我目方迷東岱雲，君耳忽到梁溪泉。判風别雨何造次，遠望長吟移歲年。吴江秋風擾楓木，葉飛寒城霜打屋。平生游興倦馬卿，此夜詩魂泣昌谷。知君降心訪樵子，樵子得詩三四讀。一梳短髮花前素，半畝春池夢中緑。夢中人遠大江南，江南春傷汝春心。傷心不離楓樹林，楓林江水青湛湛。中有日夕青猿吟，我夢魂弱江水深。

初夏書懷

天色作青青，夕涼生碧雲。水喧蛙脱尾，林動鳥諧群。蛩雨釣頻過，樵風歌續聞。得兼斯二柄，何以號夫君。

——以上輯自汪宗衍《五百四峰堂集外詩鈔本》，轉録自梁守中《五百四峰草堂詩鈔》

初秋坳園六言二首

桐葉無風自落，紫薇殢雨猶開。亭倚池秋獨坐，門關野色誰來。

疏雨涼風待月，竹屋蕉窗揮桐。雁度雲林畫裏，蟬吟摩詰詩中。

夜聽搗衣追步曹昆韻

高風木葉脱，露滴凝清襟。幽懷結萬里，落月冷庭陰。佳人疊絹素，和淚搗寒砧。回飆送繁節，斷續來哀吟。征夫勉王事，不敢懷歸心。誰無傷別情，忍聽塞外音。

門　銘

王道有止法，人欲固難量。青葱思比竹，勢難如竹長。洪濤欲滔天，勢難逾海疆。貧賤我所惡，富貴命有常。貪榮自取辱，知足勝不祥。君子法天道，禮義以爲防。

春日閒居

養拙蓬門日正長，葛衣蒲履自相將。行當徑筍留心過，釀就春醪撇面嘗。雨長綠苔休拂砌，日蒸紅蕊罷焚香。明窗静展烏絲卷，小録閑居賦數行。

秋夜吟

竹户掩秋風，蕉窗響夜蟲。病多驚短鬢，吟少怪長窮。誤我還書卷，全身感醉翁。從來招物議，未必盡疏慵。

遠　别

三月北風强，行人正斷腸。可憐楊柳色，憔悴過河梁。生死憑誰報，艱難捱命長。聖恩多念老，終許汝還鄉。

人　鏡

鏡竟以人名，神機一片清。不隨形象裏，而得是非呈。彼我固殊相，鑒觀無遁情。照心與寒膽，得似此分明。

寒　谷

萬古此寒谷，峰迴世路移。琴書誰韞秘，風雨日迷離。鳥出山逾静，蘭芳客未知。幾人招隱士，不負白雲期。

寒山書院懷古

鳥雀凌晨踏落枝，昔時臺榭盡離披。半厓野菊霜猶泫，滿院寒松風自吹。雲勢半空原易散，山名千古竟難移。詞人莫漫悲寥落，苔蘚當年已没碑。

詩家曾此重登臨，月榭風亭不廢吟。如陳獨漉、梁佩蘭、任渭漣、高望公、許綬諸名公多詠於此。短壁已無懷古句，寒厓空見落秋陰。煙霞寂寞誰爲主，石磴荒涼客獨尋。閒倚蒼松憶歲月，著書人往到如今。院側即張象山先生讀書處。

答表兄李仍上枉贈之作

把臂還同骨肉來，青蓮千古擅雄才。春風楊柳青絲騎，夜月梧桐白玉杯。一本賴君正月會，少孤憐我百年哀。清詞忽枉來茅屋，三復懸生日幾回。

寒　夜

寒夜漫漫漏正遥，忽聞蟲語助無聊。唾壺未擊歌先發，古劍重看酒欲消。海水枯來誰復記，寒雲孤雁自應飄。丈夫熱血愁難盡，白首青燈費詠謡。

藏　書

十二龍賓綵匣開，御題耕織見雄才。細研不啻如金惜，曾是先臣受賜來。

夏日午睡起

午睡初醒汗濕衣，起來倚竹受風吹。欲尋解渴冰難得，忽聽家人買荔枝。

疏　鐘

已足發深省，一聲破夢殘。月斜孤鳥隱，雲定四山寬。霜葉遲遲下，溪流咽咽寒。世情争聒耳，瓦釜聽來歡。

——以上輯自佚名《五百四峰草堂集外詩》，見傅静庵主編之《嶺雅》週刊

題贈温譽斯畫詩丙子年

佛滘花村仙洞裏，萬樹虬松照溪水。花間樵客出門歸，舟背西淋村名入村裏。就中端坐深紅衣，恐是還鄉二樵子。故園飄飄尚爲客，昔時較遠今近耳。以兹别日計行路，今昔遠近齊一理。北風昨夜翻江波，夏衣冬客將奈何。只應别後小園竹，風葉蕭蕭添數科。

題江鄉春色圖贈謝雲隱辛丑年

草草還鄉漫五旬，南天無雪暖宜人。濛濛江樹連天緑，争得殘年作早春。天明呼飯上江船，風軟蒲帆正曉懸。容與看山三十里，水村初得見炊煙。蜿蜒江面繞青松，松斷山連見客篷。舟行泥煞江村景，絳樹煙光貫白虹。

題溪山秋色圖贈香谷壬寅年

扁舟歸去百花村，黄葉丹楓深閉門。更愛天然金碧畫，山青雲白絢斜暄。

題深山幽境圖贈謝雲隱甲辰年

不殊長被丘壑出，樵夫夜半風生筆。書成呵欠上牀眠，夢踏飛雲叫初日。

按，詩末款識：「此紙作於甲辰八月廿二夜。連夕與雲隱兄宵眠共被，盈年憂患，未覺此夕爲快耳。黎簡。」

題仿古山水册贈葉花谿甲辰年

水亭山閣恣優游，柳岸依依泛小舟。偶值小晴閒共話，溪風吹動碧松楸。

白雲本無心，靉靉出巖岫。冥然霄漢間，虚光盪清晝。春山一片青，屹屹立宇宙。江閣幽且深，蓬廬豈爲陋。靄色含清和，林外溪光透。相對此泉石，足以資枕漱。

境僻情更幽，山清水彌遠。村舍傍疏林，危橋度長阪。湖光覺岑寂，幽人猶未返。天然送虛籟，瘦竹亦清婉。雲林與一峰，昔已留畫本。考兹二老筆，實各師北苑。寄興輒臨摹，令我增繾綣。

山花開遍色嫣然，驅犢西疇自著鞭。煙樹半江閑放鶴，孤高還欲學逋仙。

層巒聳翠碧天秋，滿耳松風透畫樓。釣舫乍停潮已落，荻蘆花放即汀洲。

幾經秋盡又冬殘，景物由來各改顔。高詠欲尋驢背句，雅游常愛雪中山。灞橋冷逼行猶滯，野屋寒侵臥亦閒。遥睹空濛深壑裏，頓開銀界失青鬟。

寄郭樂郊乙巳年

山人所居廬，老樹横壓瓦。吟詩脱秋葉，每愛仰面打。山人所種植，意到天亦假。人間莳田熟，月下折竹寫。雲壑身已安，兒女腹亦果。檐端俯飛埃，不能辨牛馬。風雪蔽村墟，行影有樵者。日月入斧柯，識我柯者寡。惟此手中物，如影之與我。我初對山人，無語日對坐。坐久我起去，我嘯汝曰可。回首林木高，鸞叫風葉下。

題江天秋意圖贈良玉乙巳年

何處溪山有静緣，臥□倪老意翛然。秋山淡到如秋水，不覺樵夫畫是禪。筆下應無一點塵，便操陳調入生新。尋常蹊徑矜奇筆，畫了高低竊古人。不矜一字得風流，論畫論詩到頂頭。此意何人最參得，倪迂前者李營丘。

七星巖銘乙巳年

南服隕石，北斗降精。日入璧耀，霞標赤城。人寒無語，山秋有聲。雲崖争力，已割未傾。地深天高，心奇語平。闔騎五羊，斟酌七星。

以寄謝雲隱詩書贈顯廷丁未年

已喜尚平昏嫁畢，猶嫌郭大往來頻。從兒筆舉龍文鼎，憶我家徒犢鼻褌。誰識莊周能化蝶，醒來天姥悄聞猿。十年沽酒邀狂簡，滿耳清談聽子孫。

題秋隴騎牛圖丁未年

水風葭渚碧如油，遠遠平田萬頃秋。好須賣却龍泉劍，歸買田家穩步牛。

題江邨候渡圖丁未年

石筍干天萬竹修，遠江平漫緑於油。就中頗似花村外，西對横江古渡頭。

題揚帆破浪圖丁未年

冉冉西風起皺藍，蘆花蕭瑟照秋潭。水光一道隨船尾，問此誰家得意帆。

題勸農圖丁未年

丁未四月，偶出村外，所見春田未犂，久旱不雨，江水欲渤，爲士雖無田，但望雨更切也。歸家因作是詩并圖，以紀歲月，使後來好事者知吾之爲人也。

遲遲未雨四月天，農勞事事丁未年。丁未時年春獨早，豐歉情形夏提前。我有硯田雖不歉，他人粒食□關心。國計素稱農落後，民生猶見□相連。

續題勸農圖丁未年

作成蓋印，二叔到談旱事，見之□取并令再題。

非農非士亦非仙，小子狂簡非偶然。自命詩書畫三絶，毋怪人家争奪先。

題□臺疊嶂圖丁未年

山境聊將畫境摹，松陰獨立喜秋高。也知鄉國千年後，添得樵人疊嶂圖。

題芙蓉灣圖戊申年

苦瓜和尚有《芙蓉灣》一紙，予甚愛之，嘗臨十餘本。戊申八月十七日慈度寺訪致和尚，又作一紙。

我在花村藥煙閣，可於溪畔種芙蓉。秋風白露江鄉晚，花發船頭水落紅。

題竹石圖贈鳴高戊申年

我自三年客不歸，故園風景想依稀。今秋料理前時徑，竹露蘭風静掩扉。

題絹本山水四屏戊申年

山深不見雲，空濛但雲氣。萬嶂夕陽時，寺鐘敲濕翠。夏景。

秋雲如絮攪天飛，絳樹黄花更夕暉。誰與山川助秋色，赤藤滇杖茜紅衣。秋景。

題春山圖贈德常己酉年

予始學爲畫時，恒居村舍，德常大兄即時相過看揮毫矣。今回首幾三十年，此道始成。而相視各髭髯鑷白，歲月如流，可勝慨想。然猶幸幸各無恙，是則造物之厚意也。爲作此圖奉贈，以示二家子孫。

春雨初晴山色妍，山村林麓碧含煙。草堂有客眠剛起，香鼎瓶花對古篇。

題古靈松嶽圖贈熙和己酉年

絳樹清林日日新，仙山秋色勝如春。樵夫贈爾三層閣，過嶺松風是羽人。

題春溪讀書圖贈仰齋庚戌年

樵子花邨有敝廬，門前春水長芙蕖。今年事事忙樵子，□□明年此讀書。

題鼎湖飛泉巖圖贈廷瑞辛亥年

半山臺上補山亭，峭壁飛泉似建瓴。截斷紅塵溪一曲，畫圖煙雨瀉簾屏。

題扇面詩壬子年

桃花紅，李花白，兩峰清風如送客。此來不是米家船，袖中擬買玲瓏石。海嶽仙人遺像在，仙姿瀟灑如親炙。脱似當時無此來，含涯那得留題跡。

題没骨山水畫癸丑年

自愛今年病得閒，扁舟隨往復隨還。赤花錦野深秋色，寫入青春没骨山。

擬　古甲寅年

以下數首，管處士、諸葛丞相二首不能擬其體，以二公傳詩或有或無，即有亦僅見一首，故不能學。

陳思王宴歌

高臺千里風，暮從西北來。起調最高超，又最沈著，方是陳思。起手二句似否？浮雲東南馳，白日急以頹。謝靈運謂陳思多憂生之嗟，此蓋得其意。張筵俯大江，今古一氣窺。良會易爲散，亂樂易爲悲。鴻雁回且翔，鳴聲一何哀。不畏冰雪苦，恐觸弋者威。喻兄弟失所，權臣可畏。牽牛與織女，微波不通辭。河漢無橋梁，亦知兩相思。此喻我固思君，君亦思我，但爲權臣所阻，使骨肉間隔耳。如此立言，所謂言之者無罪也。卓卓二三子，鳳皇群來儀。謂諸文酒朋友也。鳳皇有同德，毋爲妄孤飛。有招致文士之意，且喻持身免禍。

諸葛丞相躬耕

稊稗亂我稼，我自殳除之。喻言有廓清天下、僉絶小人意。舉鋤長太息，天歉我當飢。不能則隱居而已。掘地以爲山，補彼而傷兹。喻用兵。周公重來德，上。尚父已用機。中。蘇管實包疽，智至民皆疲。下。五字寫盡黷武。捐讓與征伐，聖人審其時。撫時諒固真，量力吾誰欺。有自希周尚之意。

蔡中郎彈琴

時哀傷我心，心傷勞我音。寧折我手爪，毋毀我素琴。有毀身存德意。徘徊中庭階，有鳥來自南叶奴南切。明月照白露，北風吹高林。當此時。中曲正淒轉，哀亂不可尋。鸛鶴鳴陽皋，其子和於陰。隱比文姬。感至情亦齊，用玆慰憂吟。

管處士絶交

竊脂豈云昧，竊脂，小鳥。見脂則竊，竊之則死。愛捨取畏人。相士在頃刻，不掩平生真。振衣陟崇阿，高唱遺白雲。頗自慎飢渴，深愛夷齊貧。夷齊不念惡，人固不能新。非我固絶人。守己以終老，何爲受緇塵。尚冀顧芳度，在道昔者親。不終於絶人，亦不屑屑教誨也。

阮步兵飲酒

鴻鵠從東來，六合納一顧。下見滄海波，上恐白日暮。自比鴻鵠，有「茫茫天涯，此身無歸」意。「來」字伏下「去」字。驚風蕩百鳥，悲鳴無歸路。世亂民愁。感彼微命折，翻然自飛去。不忍坐視。東臨太山頂，回首鳴且慕。不忍遽去，有「遲遲我行」之意。言世事尚可爲也。倏忽逾萬里，遺聲落塵霧。既不遇時，決於去矣。達人抱憂致，蒙上意。困跡取超步。於困跡中取超步，言長去也。沈醉謝形影，略點滴。情遺理滋悟。救世之情既遺，達生之理自語。

陶徵君乞食

日出萬物作，吾亦念吾勤。所勤既不遂，終以及固貧。予命當飢寒，曷敢優望人。本分。辱骸營一飽，操心期昔聞。辱身則可，不可辱德，故操心以期於昔之所聞之道。夷齊亦何冀，不覺愧彌真。夷齊連食也不乞，今日思之，得毋愧心耶？陶公晋遺老，故時時寄意西山。

謝太守游山靈運也，若安則太傅矣。

高步縱遐思，長嘯振清音。棲春愛陽阿，延秋入幽林。寒燠不繫節，在其地有冷暖耳。解上二句。變易非在心。地自變寒燠耳，心坦然也。又解上句。倏篁奏天竽，是聲是聞。續泉滴風琴。朝軒美霞舉，暮景通雲陰。是色是見。聲色惑已滋，惑於聲色，固自異於人也。聞見紛遂侵。紛於見聞，又自異於人也。事異道與勝，境迴理俱深。隨處是道理，逾進愈深，謝公必有此等理語。羊公乃殊勢，非因長歎峴山。誰王願同吟。俱是招隱士之意。洲渚芳草歇，桂樹期遠尋。「春草芳兮萋萋，王孫游兮不歸」與「桂樹生兮山之幽」，皆招隱詞也。

自題山水册頁甲寅年

水漫山平入遠春，江鄉佳景又佳辰。樵夫病着不曾出，怪道墅亭無野人。

秋山相與載琴行，琴處囊中不必鳴。但是高深幽遠處，泠泠寒聲溜有琴。

萬木巃嵸山蜿蜒，洶湧雲海泬寥天。秋山野客寒立骨，落葉撲衫風颯然。

山深深，雲陰陰，若有人兮隔山陰。蘿門竹屋遥古琴，招之不出勞人心。庚庚荒途橫古今，冥冥嶄壑聞猿吟。

老木幽亭坐翠微，寒雲流水澹清輝。溪山如此無人會，趺坐空陰濕荔衣。

爾許林巒出我機，我生何處送將歸。孤雲無族神明泣，濁水思源去住違。豈有青猿驚曉夢，謬當瑤草訴朝飢。棕鞋竹杖誰家子，山澤雖癯遁亦肥。

題秋林山色圖甲寅年

老木幽亭夕照間，簡民歸去水雲閒。秋心遠遠幾無着，□□寥天一抹山。
樵夫病後道心和，意與西風淡不過。剩水賸山似無墨，才人一筆已嫌多。
秋來病起苦耽吟，欲遣諸空證道心。自笑經年不□筆，十分迂處似雲林。

和葉花谿新柳詩甲寅年

何人春服最先成，趁得黄鸝第一聲。昨夜高樓横笛曲，遠如春夢不分明。
纔點煙芽綴玉條，帶痕猶是沈郎腰。也同上髻佳公子，傳道張郎始早朝。
鶯未啼時烏夜啼，暖煙寒月畫樓西。鞭梢賣串黄金粟，陌上青驄碧玉蹄。

題花缺露春山圖贈陳暘谷乙卯年

乙卯閏二月廿六日，暘谷課諸生以花缺露春山作八韻詩，諸生請予作一首，以爲楷式。予亦邀暘谷、虛舟同作，獨虛舟苦吟未成。因思往年曾諸暘谷作山水，即於燭下寫，虛舟詩成而畫亦蕆事，以贈暘谷。此中可有詩味否？

聽雨樓空病客閒，偶然瀟灑出林巒。小亭側畔疏疏竹，可當花梢看遠山。

題山水立軸贈橘園居士乙卯年

水淺山光天欲秋，風鳴疏葉入邊愁。故人對語心同寂，又得浮生半日幽。

按，詩末款識：「此畫持與之橘園居士，可爲世世通家故物，畫中人惟我與汝也。二椎黎簡漫題并志。」

夢石颿三十韻用古韻寄贈乙卯年

西極天正黑，君來踏風雨。君言衣上濕，老淚哭脩阻。受命於南國，竄我蒼梧野。蒼蒼者天乎，與我此室處。石老奚心悲，新知好賓主。貴縣且沃壤，可得終身飽。一飽自足佳，才事各已老。我少生長此，歸而與我偶。乞食同大城，孤雲兩無所。厠名何足樂，袴辱何足迕。乃有惡木巢，叢塵丹穴羽。鳳去林亦焚，播蕩覆雛母。今者餘鵾鴞，特與下民侮。我憶厥類傷，歎息心獨苦。出門一西望，欲哭淚先墮。念君吾所畏，詩力乃虓虎。今豈欲養己，無敵失其武。與君莊惠交，非我亦非汝。郢鼻憶宋斤，灰死骨未朽。以君浮此家，使我懷彼土。賤子有友兄，客此亦既久。去日兒始生，前年兒十五。西去見其父，見父已白首。問其年幾何，則與君左右。吾今欲行邁，抽帆率西滸。孤弟得兩兄，千里快一舉。君兒倘能讀，我子纔學語。悠悠百年心，至此不可數。行當遠把臂，即得笑開口。日日東風吹，門外有高柳。

題山水畫贈草亭乙卯年

病後詩心澹亦秋，闊於煙海靜如鷗。依稀昨夢芙蓉岸，晚拗霜花上小樓。

按，詩末款識：「乙卯八月中旬，頗傷風熱，臥病竹平安館。七日小康，夜坐亦適，因草亭囑余作山水二年矣，欣然遂成此紙。黃五謂此中欲辨已忘言，不覺相視而笑。草亭寶之。一年如此夜，此夜如此畫，畫成有如此解人，不可必得也。二樵山人黎簡并記。」

題天池滃翠圖贈蘇其詹乙卯年

奇哉何處得此亭，呑吐衆巘之菁英。亭前掠面下飛雪，積雪一頃深渟泓。山風下硤天影皺，窈裊蹴碎芙蓉青。草堂昨夜山月明，天池一碧秋清泠。虛墻隱耳奏水樂，翠旗金枝行窅冥。一時魚鳥肅不動，群帝張宴下洞庭。曉來春雨滴新葉，猶似敲石玻璃聲。嘯泉子，與爾舊有鷗鷺盟。此中結茅致亦遠，遠似海客談滄溟。玉池碧藕仙者藥，我病愈矣君長生。君不見丹崖幽深有仙路，與子撒手凌風行。山溪之間且勿塞，留與兩家子孫尋茯苓。

按，詩後跋文：「其詹大兄游長安，得一冷官，將南歸矣。客有持古紙二番來售者，囊橐蕭然，不可驟得。又亟念歸無以矜示二樵山人者，即典裘得數金買之。乙卯十月於五羊出贈樵夫，樵夫摩挲愛惜，甚於十五女，轉有不欲污以點墨之意。此非嘯泉典衣意也。丙辰正月廿八日，嘯泉話我百花郵舍，天氣若寒若暖，身心頗適，遂破四日功夫成此紙。頗變一峰老人《天池石壁》之意。其翁珍藏之，此畫不易得也。時二月四日夜半畫成，既題長句，復記於其右。簡。」

題自作山水册丙辰年

題溪山春曉圖

楊柳如煙山似黛，遥有樓臺出雲外。應許樓頭絶世人，紅袖青春媚晴靄。老漁結此數尺寮，獨自舉罾當早潮。那知少婦豔陽怨，陌上緑雲春夢遥。

題雲山釣艇圖

滃滃雲外峰，寂寂溪上釣。還爲宰官身，洞知静者妙。何必不朱衣，胡爲脱紗帽。居然得大隱，煙波到廊廟。達哉梅道人，仕隱合冥照。奇哉戴錢唐，乃受外道誚。樵夫戲爲此，倘亦有人笑。

題山村風雨圖

樵生家近魚塘海，詞客春耕狗髀沙。自戴煙簑江上去，河豚春暖食蘆芽。大烏岡頂氣芸芸，散作江城一縣雲。黤黯柴門深處裏，不知何處是徵君。

題江天覽勝圖

何人樓閣據崔嵬，有客從容把臂來。浩蕩海天無盡處，幾重山外是蓬萊。一拳蒼石氣森嚴，幾個青山刺骨尖。便使割愁真割得，片硎新發劍鋒銛。

題蜀江圖

側出山崔隤，對此岸平衍。一夷與一險，帆從此中轉。豈惟盡地道，人道亦可見。何必蜀道難，難易平等踐。當年杜工部，輕身凌絕棧。心魂託魑魅，皮肉皺冰霰。策杖何人斯，願識少陵面。江濤洶湧來，中有黿鼉戰。如馬駕舟航，古人已驚眩。畫師顏色間，慘與石狀變。

題松山高逸圖

山深本無暑，六月猶袷衣。山人亦清寒，山木交涼暉。兩松送風雨，泉響相助攀追。

之。玄譚藐姑仙，拂麈冰雪飛。況資老莊妙，一卷陶謝詩。何時七洞天，與爾相

題碧桐清署圖

夕嵐生遠岫，落日有餘清。蒼蘚桐陰合，碧雲庭下明。野人倚杖立，高柳聽蟬鳴。秋意襲絺裌，何知塵滿纓。

題山城吟望圖

碧城青障兩嵯峨，亦足資君此放歌。吟到暮天生爽籟，颯然霜氣散青螺。何人曳杖此行行，下俯蒼茫一氣橫。頗憶崑崙關外路，揖青樓背古邕城。

題秋林古調圖

太白山人幽澗泉，千秋惟有醉翁弦。滁州亭破無人跡，只付寒淙落葉邊。流水古潺湲，空林夕照寒。自然成雅調，琴亦不須彈。彈亦忘何曲，古人知此心。長歌招隱士，山水有清音。

題秋山平遠圖

倪迂致高潔，下筆多秋山。江南平遠景，千里咫尺間。山殘水亦賸，骨重神自寒。神存於富貴，乃得通畫禪。我欲師其人，夐絶不可攀。恐有元規塵，隨風來筆端。寄言含毫客，清濁無相渾。

題夕照秋林圖

樵夫喜獨往，幽處自行吟。吟苦與誰和，暮蟬聲轉清。一行烏桕外，千里夕陽明。寫此溪山妙，知予畸者情。

題冰壑古春圖

溪山正嚴寂，散我歲寒志。老樹千點花，洩我古春閟。風檐展書讀，字句有香氣。奚奴不畏冷，前村買酒至。開尊飲天和，頽然村花醉。醉中得何好，亦復淡無味。無味乃玄酒，誰與論此事。

按，詩末款識：「丙辰夏六月，桂洲村莊，爲□□大兄作山水畫册已畢，復囑題詩，漫題十二幅，因其義而已，詩不足道也。黎簡記。」

柬葉花谿三絶句丁巳年

竹簟藤床角枕方，翛然宴寢有清香。先生肺熱全消未，新種芭蕉取午涼。

得句欣欣起獨行，矍如無病夜神清。豆花籬落幽篁外，石縫寒花蟋蟀鳴。

有客濠梁臥病中，驚心六月雨飄風。自嘲身似菩提樹，但有生機是佛功。

按，詩末款識：「丁巳六月，予自村中來，養疴西濠客館。花谿大兄亦養疴家園，久不相見。偶得三絶句，奉柬起居，并祈郢正。」

題疏林茅舍小幅己未年

我結斯亭老樹頭，時移吟步此荒丘。自慚老大詩真率，愧甚抱山之折流。

山氣高寒已半秋，病來不甚出溪頭。空亭怪底無人管，不爲西風亦過幽。

近年書畫兩疏慵，詩似香山畫一峰。自覺秋寒入山骨，更禁蕭爽有寒松。

按，詩末款識：「己未中秋月下題，二樵山人。」

題山水四屏

橋邊緑水斜，春井隔雲霞。隱處誰云淺，千峰共一家。夏景。

寒飄雪色餘千嶂，凍合溪流接兩崖。何處行人迷去路，入村恰好見梅花。冬景。

村中寄雲隱大兄吕石騳

柳色留鶯緑，蟬聲逼荔紅。夏消荔子雨，春駐柳絲風。節序孤村暇，交游獨行窮。自非吾與子，生事寂寥中。

按，詩末款識：「予十餘年來，與雲隱兄贈答詩不始自此首，前有作亦多失去。稿帙中先得此詩，即爲書之，時己亥交初作也。」

與佩士二兄世講

今我詩爲寒雀鳴，當時人比鳳雛清。此君名下雙飛翼，是鳥年來一發聲。夢續西堂元謝客，飢驅東海只淵明。篇章也自憐枯槁，愛爾芙蓉曉日生。

寄雲隱兄戲爲諧體

畏爾書來謫故人，無書我有硯生塵。相如病濟嵇康懶，乙巳秋違丙午春。痼疾不隨時序去，畫圖先讓海山新。何堪蠻觸更相戰，負屋出行殊苦辛。

雲隱兄爲予作六面銅章既持歸村莊作此奉寄時已歲殘矣故有末句

重勞君款識，潤色我林泉。别日吟增夢，霜威海沍天。避寒兼寡過，無豫敢高眠。來歲驚心事，誰儲買賦錢。

雲隱大兄得予畫十餘幀予得雲隱佳硯四五方各有喜色因而作此題於畫後

所愛既不惜，遂無人我存。物情終變化，吾道信乾坤。有命無相忘，傳家各自尊。石交雲水約，持向此中論。

村中奉寄雲隱兄前年世兄佩士補弟子員故有第五句也

謝安高才尚高臥，讀書先讀鼎彝銘。山爐水火須奇字，汗簡蟲魚借石經。令子錦衿新柳緑，春江晴嶂古銅青。與君出入娱心目，倘爲離君坐未寧。

此行得書數種端硯四方小研一方倬士世兄爲予刻銘曰藥煙閣畫眉硯殊韻事也

來日惟辭藥，歸時可閉門。袖籠佳石重，書倚健軀翻。小閣涼開鏡，勞人軟接言。閒情試螺黛，病損遠山痕。

望遠之作寄二三同懷

十載昔游殘夢了，一身南望大江開。似於水盡天低處，厭見死生離合來。耳目一新詩得句，風波如故我登臺。遥憐杜甫飢寒老，四壁呻吟賦八哀。

偶來廣州五日别雲隱兄石颿文淵書堂靈峰始大諸君子還村莊予時以婦病來省買藥并問文淵方法已而還家今夕書十載句因傷文淵書堂相繼亡去而内子亦已死别二年人生聚别之期真不足恃也思之嗚咽不勝時戊申三月十八日記

相見茫然無奈何，歸帆别浦奏長波。同心夢裏生涯闊，十載人間死友多。病婦傷離過徐淑，孱軀粗健愧維摩。細論參朮并方法，今夜煙痕出薜蘿。

歸舟寄麥文池兄弟雲隱兄父子

縣西北角郡東南，水漭人村花照潭。風便舟漂軒浪赤，雨移城出切天藍。萬里亭前耦耕得，小金山下課兒堪。却來州府閲時事，歸作太平田野談。

奉寄雲隱居士西湖客舍

短歌俱磊落，長揖隔寒温。子往蝸馳屋，吾歸虱處褌。夜中頻劍舞，日出漫卮言。也足梅生隱，支離且市門。

元日寄省中諸友

物情洶似海，春態静抽絲。日照臨溪屋，梅低入水枝。村花烘暖樹，風袂漾晴漪。吾友夔龍彦，衣冠此盛時。

方硯歌

雲隱好石衆妙收，以圓硯摹漢瓦頭。一時南士好事者，驚咤精絶舌入喉。樵夫嗜石米老癖，急欲攫之争不得。少焉别有填我貪，方琢玄冰水花碧。周回矩度中漸科，皆冰玉水折流波。夜光酒得秦鏡照，類聚不宜烏玦磨。嗟君似我我似石，受命皇天本廉直。他時別君見石友，相對無言亦三益。無言三復座右銘，子也與石吾師承。體方用圓人我平，不夷不惠完身名，賤士不可徒硜硜。

按，詩末款識：「右《方硯歌》。雲隱兄以方硯贈予，予銘之曰：『體方而用圓，石乎吾之師。』蓋三十年矣。是硯甚適於用，不去左右，洵佳物也。」

雲隱兄省中寄友人潤筆泉來作此寄贈

君能百里内，生事重相憐。續問居家病，先供買藥錢。舌存防制命，心安悔譚玄。稍妥飢寒了，同君習氣捐。

寄懷雲隱藥房問黄仲則南來消息先年予爲雲隱作江鄉春色圖今年藥房從燕還致黄仲則書言欲來廣州時予方作羅浮洗衲石圖故有六句

海上雨深雲帖泥，雨中村静手懸椎。江鄉春色殘年畫，茅屋炊煙十日飢。肯信歸來艱會面，坐思泉壑到無期。何當快睹黃山谷，江左詩孫度嶺詩。

詩與雲道人時雲道人方作聽泉小照

自倚諸生老，名心膜外捐。教人驚鶴髮，許爾得松泉。身遜還山早，誰當作佛先。龍潭千尺雪，茶夢約君圓。

按，詩末款識：「右書十餘年以來所與雲隱大兄之詩爲一册。予於雲隱交爲厚，詩亦頗多，雲隱恐將來有删去不留者，無以記一時之情，故悉爲書之，永以爲好。其中詩如干首，無非各相憂愛勸勉之語，所以與雲隱者，豈虚詞泛設所得比哉！詩自訂交以來，至戊申三月止。後復有作，當續書爲第二册，以貽諸後昆。時十九日，二樵弟黎簡記。」）

——以上輯自蘇文擢《黎簡先生年譜》，校補以梁守中《五百四峰堂詩鈔》本，并將系年注於題末

沖虛觀五律

青獅與白象，門瞰兩奇岡。煉液水餘井，步虛風滿堂。道人似麋鹿，雲葉緝衣裳。同入朱明洞，攀藤瘦且狂。

題山水册贈謝雲隱

幽人正午睡初覺，十畝緑荷風水清。夢時却度此江水，飛入廣州城内城。

按，詩末款識：「何以故？我輩朋友之思，無日忘之。畫所不出者，亦須以言語補之。語言猶不足也，直須會面。會面不足，惟是相思。思之不足，無可如何也。」

一度花時廿度風，朱亭紫檻一時空。惟有攀枝耐風力，年年驕恣燒天紅。

四百峰中瑶石臺，滄溟東盡是蓬萊。雲山雲海從荒了，黄葛青藤何日來。

叢葦風時暮照黄，江波蕭瑟逼人涼。巖前若個衣仍赭，河水無梁鬢易蒼。

按，詩末款識：「予爲李正夫作畫册，又爲雲隱作，語多一快。秋階之蟲，以怨吟爲命者耶? 黎簡。」

采罷菖蒲悵不言,未能同醉正陽天。林泉何處留醒眼,白浪青鼉看競船。

按,詩末款識:「辛丑五月早起,言來廣州,急命筆墨作此,攜訪雲隱大兄。佳節草草,猶涉風浪,家人粽子蒲酒不復一樂。寫此寄意。時一省之,爲之惘惘。二樵弟黎簡記。」

一入病城幾兩月,故山雲水夢魂邊。昨宵飽作聽泉夢,夢醒耳風猶泠然。

按,詩末款識:「前五月已作八頁,奉寄雲隱兄。今夜并踏月,圖得兩紙,爲度前規,庶先後廣狹如出一時也。弟簡記,辛丑七月中元。」

題山水册贈顔菊湖

翡翠珊瑚作一堆,銀泥爲障玉爲臺。青衿墨緣何方客,莫是天慳窮秀才。

按,詩末款識:「畫時意殊不爾,題時有此妄想,可一大笑。黎簡。」

天各佳山與水村,花時吟步坐雲根。清光一道田塍水,自抱陰坡背日喧。

按，詩末款識：「予爲李正夫作畫册，已有此題。今年畫此圖，邨花正開。憶舊如昨日，故□□之，與大方家兩正焉。黎簡。」

不負溪山有此琴，溪山亦自有元音。請君默坐一千載，不使彈琴人有心。

恐是空山面壁人，身贅溪山琴贅身。前生與爾爲琴友，呼不回頭方子春。

楊柳沉沉風榭涼，菰蘆脈脈水花香。佳人空谷青蘿帶，徙倚相思煙水長。

竹石蕭疏無點塵，湖光山氣見清真。畫成恐有倪高士，不肯出來知畏人。

石似方巾竹似櫚，畫來争品是倪迂。不知燥墨并枯筆，誤認雲林山澤癯。

二樵山人水鄉住，釣舟一艤沙邊樹。江天漠漠蘆葦長，身在煙波不知處。

波寒石瘦霜滿林，釣罷忽驚紅紫深。作畫偶然作没骨，作人久矣成無心。

按，詩末款識：「壬寅正月二日，始作畫册，册十二頁，月之廿六日竟。雖粗野無復可觀，然始終自省尚猶有士夫氣。菊湖以爲如何？」

題仿倪雲林山水圖贈澧洲

漠漠秋江淡淡山，山光水色有無間。樵夫意内知音子，横膝孤琴海上彈。畫思詩情澹不言，要於作畫一通禪。松聲山色清如此，耳目何曾到外邊。近時人愛圖金碧，也似胭支寫牡丹。解得雲林天趣在，樵夫真處在中間。

按，詩末款識：「丙午十二月寫此於暄妍閣，與澧洲大兄珍賞。此等畫在樵夫亦屬稱意之筆，不知五百年後，識者其謂我何？黎簡題記。」

題溪橋秋興圖贈璞園老人

爲寫溪山幽興真，秋思付與葛懷民。不能高蹈倪高士，不學當時不寫人。

按，詩末款識：「予此畫出景蕭疏，入墨沈着，古人斷臂之語，信不虚耳。三百年後，尚有知余用心者。如今且問璞園老人，得一點頭不？璞園先生，予丈人行，知予得意必發狂言也。丈人笑曰：『君不易狂，狂如君，故必狂，乃能狂。』予慚愧，用志之。戊申六月八日，黎簡。」

題秋山疏林圖

平生雅愛雲林子，能寫江南雨後山。我亦秋深閒點染，疏林落葉有無間。

題嘯傲煙霞山水人物册

芙蓉花時秋色妍，映水叢叢紫玉煙。何人隔水聽吟詠，花裏歌聲樓上仙。

按，詩末款識：「苦瓜老秃有《芙蓉灣》，以其意變作此紙。二樵山人。」

爲愛春山獨拄笻，春衫消受好春風。先生自得無幽寂，五六七人春興同。

樵也生平野性情，似何人者陶通明。耳根除却松風外，只有空山流水聲。

按，詩末款識：「樵道人并題絶句，時己酉夏四月十四日。是時不雨，頗熱，故有此想。」

樵徑空蒙淡淡山，山人自出自言還。刁調風葉蕭疏柳，可入先生詩句間。

昨日歸帆大通滘，船窗煙水望三山。草如垂薙山如筍，意在南宫北苑間。

按，詩末款識：「己酉四月六日二樵作，時方以四日還村莊，詩云爾。」

明日歸帆下水鄉，蕭蕭蘆荻戰風涼。三山海上一回首，不見故人惟緑楊。

按，詩末款識：「予以四月廿九日還村莊，最殿題此畫，以留别我翠喬，吟詩玩畫時，當相思耳。黎簡。」

題設色山水圖

二樵居士天與閑，終歲弄筆鐫雲嵐。江邨薄暮動紫翠，波上遠山如亂帆。霧汀煙渚百之折，時放扁舟深出没。江心夜半萬丈天，世外胸中一輪月。平岡如切陡壁紅，得無裴迪隨詰翁。波瀾翻覆入衣帶，溟渤摇漾招天風。長堤行吟者誰子，夕露沾衣影寒水。意中似唤山上人，晼晚林光可歸矣。

按，詩末款識：「己酉閏月生日，天氣微涼，坐竹影中，摇弄光景，木莉花開，繁白如雪，濃香如雲，作此政自欣然，題志之，懸諸五百四峰之堂，以爲長物。」

題雨後江雲圖贈文長

雨後江雲抱山脚，山翠濛濛漸空廓。野人巾服出江郊，東風吹衣覺微薄。樵夫畫興今日作，郁花覆檐坐磅礴。自從前夕雨霪霪，日睡樓頭情太惡。吾家阿咸好奇性，好山好水如好藥。一劑林泉起沈痼，病與癡叔同邱壑。睡餘磨墨寫此紙，子子孫孫勿輕薄。

按，詩末款識：「二樵并題，付文長侄。己酉□□七日。」

題擬石濤山水圖

雲移碧落盡青山，畫静清涼溪國間。此欲勝情宜領略，幽人瀟灑寄滄灣。

按，詩末款識：「擬石濤老人筆法。甲寅初夏，黎簡。」

題扇畫松芝圖

一節松枝一握芝，寫來聊以療吾飢。休將畫餅輕相笑，此是樵夫入道時。

按，詩末款識：「甲寅四月，寫於巇齋，黎簡。」

題水村風雨圖

水郵風雨夜迢迢，海似雲飛雲海漂。誰見小樓燈火讀，山翁清極轉無聊。

按，詩末款識：「時甲寅十二月，寫米老墨意并題。二樵山人。」

題擬雲林小景圖贈謝倬士

喬柯脩竹蕭疏筆，我覺雲林懶應酬。自喜樵夫未爲懶，遠山添出小蘆洲。

按，詩末款識：「甲寅七月，倬士大兄以此紙屬作畫，至十二月廿日，漫卷詩書欲歸矣，迺爲了此。不知年年來往人間，忙個不了，是何事業。不覺畫成失笑，亦與倬士一笑。黎簡。」

題扇面長提落日圖贈袁升甫

落日長堤客步遲，秋山逶迤仄讀如委墮插江湄。依稀置我西淋外，隔道田塍夕照時。

按，詩末款識：「迂翁畫不寫人，僕不敢不寫。或曰此是渠學作人也。升甫弟囑，狂簡。」

題山水册贈葉耘菊

千頃雲沙一抹煙，野亭秋色括山川。何當便向清江岸，結構依山傍石泉。

煙重山如醉，樹老亭欲秋。詩人骨珊珊，不畏境太幽。

題仿雲林秋山溪亭圖贈真源長老

真源大長老善咐囑其弟子敬林大師來求二樵居士作一紙畫。長老諸有皆空，居士亦不以諸色作供養，作此澹澹生活。長老此中真有不澹處否？

秋山澹到不能增，一紙河沙寄老僧。畫亦清空有僧氣，畫禪吾欲勘南能。

按，詩末題款：「乙卯十二月廿二日，作於廣州城中觀音院之竹平安館，黎簡。」

題曉雪尋梅圖贈品亭

昨夜吾忘襆被温，曉來積雪耀寒昏。高人亦有心頭事，要訪梅花何處邨。

按，詩末款識：「丁巳秋九月，偶得可意舊紙，遂作此四幅屏。以氣疾小發，不事筆硯。至十一月廿五日，始題記之，奉贈品亭七兄先生清鑒，黎簡。」

題扇面秋風小亭圖

樵夫老去筆頽唐，林木雲山腕力荒。便寫秋風小亭晚，病身仍覺不勝涼。

按，詩末款識：「戊午八月寫此寄上遂之九兄，黎簡。」

題挹秀堂圖贈醴泉

庋堂遠吞山光，構亭平挹江賴。不知身入畫中，但覺思超塵外。

按，詩末款識：「己未秋七月，二樵山人。八月三日書以付醴泉，掌爲挹香堂世物。」

題古木秋亭圖

古木秋亭竹數科，林邱雖少野情多。蘆花淡淡江天静，欲勸幽人試緑蓑。

按，詩末款識：「己未中秋夜月題，二樵山人。」

——以上輯自廣東省博物院等編《黎簡謝蘭生書畫》，并校補以蘇文擢編《黎簡先生年譜》

爲退谷畫巫山圖并題

作此巫山十二圖，與君相對足清娱。山頭獨坐誰家客，賦手蘭臺宋大夫。

題墨梅扇面

居士湛然如鏡明，梅花映家如水清。就中非一亦非二，無以琉璃同水晶。

廣州僦居小病已呈袁升父并示吕石飄

病軀動静機最微，寒暄潛换先警肌。入春出門未十日，花氣藥煙猶滿衣。揭來僦居極交奥，侵語甘受强鄰欺。覓蟲大雞穴墻脚，翻爨餓犬狺齋期。物各有主吁可畏，婦可出走疾而馳。辭家抱病此生有，到處避人吾道非。石飄吾兄升甫弟，病境未見如此奇。夜來人起我始睡，夢有不赴夫何追。桐陰滿地茅屋小，水光動檐春日曦。就中石鼎曉葉火，正對繡佛勞荆妻。坐思村舍若萬里，幸此良友誠一時。虞翻骨屯豈倒置，靖節娥腰非任吹。白雲曉行碧草晚，俯仰若有棖觸之。身如拯溺救木偶，目不轉睛慚偃師。昨嘲吕生食羊肉，體忽加瘦妄誇肥。兹煩袁子致藥物，君素多病良知醫。仲叔不貪已爲累，馬卿久渴誰能治。艱難性命託友愛，如此古道寧失依。支床扶病三太息，再拜需杖無容儀。

——以上輯自潘飛聲《在山泉詩話》卷一，見何藻編《古今文藝叢書》

和藥房瀧中詞

風人底事苦題詩，昂着船頭船尾低。官愛瀧謡莫寫字，長聲一□□篙齊。

瀧□逢人歡□歸，指官前路早加衣。莫□□嶺梅花發，十丈南樓北雪飛。

上水瀧船分寸遲，早呼晚飯挈氈椎。荒山□後風塵黑，何處樓船七字碑。

長句五十六字

石門居士家多竹，特遣平頭來一束。炎天過雨新有聲，午夢深深響凄玉。昨夜東湖月淥淥，乍見衫襟幾個綠。明年邀君煮新筍，儒門清苦樵慣熟。

按，詩末題款：「當筆長句五十六字，謝石門長兄惠竹，書請示正，二樵黎簡。」

村中奉寄文瀾七兄并呈青州何君四十字

草綠三春暮，花殘二妙歸。蘭須晴日曬，夜逐涷波飛。愁坐還逢雨，東風月掩扉。動擬書使至，時展病妻幃。

——以上輯自《黎二樵詩集》，見馬以君主編《順德文獻叢書》

田中

田中之蒔何漪漪，民生在子子何知。今年努力補去歲，一穗當心生四岐。驅龍東海近潭窟，燒虎西郊空法施。清世自無孝婦獄，黎黔須溺死僧屍。大通寺有通岸和尚及新興有六祖漆身遺骨，謂祈雨必至。

秋熟

屋脊橫留一抹紅，萬家平望夕陽中。近思夢裏花間雨，遠羨街西樹尾風。早晚玉門涼送雁，東南金甲濕生蟲。漢皇劇惜從軍苦，速遣樓船捷獻功。

春曉

南天三月日色紅，西雲東日走雷風。雲奇意欲變虎豹，雨急勢已藏蛟龍。中年藥物疲小補，二儀朝昏萬不同。撫逝傷懷有何得，得於相見頗稱翁。

和陳晟南順德城中之作之二

獰色虬須君不知，木刀屠伯挾屠兒。官差近有木大刀者最□□。熏通船下能生否，入甕公初自作之。楊僕南來曾改過，周紆歸里豈無資。飢民等是無家死，得見樊君笑未遲。木大刀以小舟入村，捕人輒置艙下，死則報中風者屢矣。

遺　名

自有同文世，非無獨行民。坐寬家令帶，行墊郭生巾。素業看充棟，滄流問聚塵。遺名入東海，先墍一□□。

詠玉蘭花爲黄寧度

崑玉之潔幽蘭香，誰錫爾名兼兩長。仙家沆瀣春宜酒，近有玉蘭酒，佳品也。木末芙蓉朝有霜。天放亭前衆芳歇，亭亭一樹凍欲折。東風吹夢與梅花，吹落人間一握月。

課童灌瓦上花□

藥煙淡花影，移作别鄉愁。仰面嗟紅瓣，低吟憶白頭。物存桑梓意，水不東西流。觸事繫今昔，萍根吾去留。

春晚步歸

經年不敢支離醉，醉倒歸無人拂塵。今宵痛要沈酣死，死避新墳照眼新。花上月光月下水，照見獨行人過橋。橋心見我檐端樹，中有慈烏九子巢。

社日歎

社公雨，打社鼓。去年春社打鼓人，半作今年雨中土。今年有雨望雨好，去年無雨爲雨苦。雨脈脈，雲油油。犁硬土，鞭瘦牛，騎牛歸來飲社酒。酒味薄，天意厚，汝曹努力泥脚手。直到秋社禾熟時，一人一日飲三斗。莫説去年無，但願年年有。飲社酒，祝社公，先治腹飢後耳聾。

亭午

日氣滃水氣，雨來花上迷。小池萍下黽，隔巷桑顛雞。亭午眼欲暮，薄光雲未西。清和四月有，春艸夢萋萋。

月

月好杯盤執明水，清心吉祥爲夜人。舊雨雲煙足過眼，孤舟天海得其真。安得仙公吹鐵笛，呼起赤魚朝玉晨。泠泠閶風五銖薄，衣帶捲起滄波塵。

蕭元成製我裘

蕭君與簡同日丁外艱，服闋後亦爲我製裘。

服闋開緘各淚痕，舊袍棖觸不如新。南山短布剛長夜，老樹酸風及故人。雨雪江關攜手夢，時予欲北上。歸時京洛遠游塵。善交久久期想見，見我蒙茸卅度春。

重和陳晟南

馮唐白首逆施爲，天道循環理可推。引病剥床君憶子，生民如艸孰無兒。故擠胡令馨香主，胡侯友信祠撤其主，以發亡兒喪。誰弔終童英妙姿。百里望塵惟痛哭，哭公清世負恩私。

十一月初八日題續婚龐氏女，是日滿月，示之。

前相捐踵後相憐，生死乘除入兩年。夢倚新人防有淚，禮仍吾婦可無緣。驚弦畏看初親藥，一月之中已三市藥。識字從知復墮禪。亡婦好禪，嘗請作《禪病圖》小影。應笑兒夫懶耽睡，獨聽蟋蟀月同眠。古歌：「蟋蟀鳴，懶婦驚。」

望遠

望遠三春障，憑高萬井卑。塵頭滃日動，兩脚傍天移。跡異周南史，歌諧郢里兒。和光容自晦，莊老爾吾師。

一春

一春愁壓一村花，花裏維摩枉住家。猛解行春惜三月，過橋風雨檐帽斜。

連日讀劍南詩集題後

不必皆奇已絶奇，淵明不必更工詩。醉醒甲子是何世，虚白吉祥無愧辭。白傅頗矜能任達，放翁相似閒狂馳。古人大處都千古，我所資非我所師。

安樂國

皂隸如牛流汗□，我侯下車清以癯。父母賢勞甚矣憊，官至此極民其蘇。□□鄉，吏莫嗔，里正織足傳鄉紳。嗟爾順德本是安樂國，□始爲之啟其隙。十餘年來困盜□，使汝民乎亦斯極。今順德，昔番禺，前後藪盜之萑苻。今大司馬總督朱，昔之巡□恭毅李公湖。□賊入城誅復誅，宄豪在鄉鉏復□。□來風雨北門外，樹上□□懸梟顱。樹頭熒熒鬼火出，鬼車隆隆城上呼。大司馬怒掀髯鬚，謂□□魁搜其縶有徒。亦如昔年酷吏唊順德，羅網不肯遺錙銖。不然且考試，安得詣爾廬。小子狂簡再拜長跪□言，（中略）但得直心父母官，不畏横□風波民。（中略）秧田百里吹青雲。從今□□來打門。官民相愛不相識，還爾比屋可封之順德。

其詹書堂夜中作柬蘇丈介

蠶人夜起繞魚塘，尖帽長梢響密桑。蠶家多養魚，塘上周樹桑。曲巷狗聲深轉静，連郵露葉遠浮光。此來一月纔一出，誰道兩家猶兩鄉。更喜東鄰孟東野，年逾七十也詩狂。

——以上輯自《五百四峰草堂詩稿》，加拿大英屬哥倫比亞大學亞洲圖書館藏

寄族兄富庚姪文長兄

誰解談遷屬姓黎，吾家族古德星齊。楊彪已老私懷犢，高鳳初年拙護雞。岡畔陂田思謝病，里門橋柱觸前題。他時何事驚宗黨，須詫梁鴻載黑妻。

按，詩末題云：「右寄族兄富庚姪文長。兄近有西河之痛，故有三句。姪讀書極專精，而於岐軒之書尤爲淹通，凡古人方法，無一字遺者，故有四句。予以乙巳客居佛山，宗人多勸歸里，故有七八二句也。樵道人記。」

——輯自《黎二樵未刻稿》，上海圖書館藏

獨唫圖聯句

橐籥鼓群生，傀儡約方軌。呂堅。檐牙既龍馴，海角息鵬徙。黎簡。高言排衆心，大聲格里耳。杳乎真人想，進乃樵者技。黄丹書。芰落金碧山，挽斷銀潢水。堅。敻轍絶蹭蹬，虚舟渺涯涘。簡。雕談懸河寂，玉立過雨洗。堅。偶覺嗒然喪，静得諸有始。仰面漫應錯，去遠見似喜。避名炊閭眥，出險履虎尾。文豹春蔚澤，蒼隼秋睥睨。峥霄矗奇雲，轟潮上橫海。簡。幽憂懷杜蘅，恭敬緬桑梓。堅。新詩破一粟，舊緒八萬里。冥冥蟲搨莖，墨墨蜂抱蘂。簡。鰥鰥魚目愷，瘖瘖蟬蜕委。乙乙蚕抽絲，涎涎燕葺壘。丹書。飛一一鶴聲，鳴雍雍鳳峙。堅。蟻封規規旋，牛刃恢恢解。簡。集枯何吾吾，免俗乃爾爾。堅。烏然然乎然，惟止止衆止。神力斡溟涬，鬼膽破骪骳。簡。輒疑孫登嘯，差類子輿唯。堅。交奥謝醋甕，驚詫失鬯匕。簡。我聞聞人生，高歌入燕市。攬轡辭金臺，彈鋏趿珠履。曩遊七鯤社，兹僦五羊邸。堅。初攓朝臺雲，薄擷南園卉。車笠尋古盟，帬屐萃有美。款門犯風雨，聯床等兄弟。丹書。蠻觸靡有争，蛩駏直相倚。王樸。彼或形支離，此亦雜諆詆。堅。共勉穎脱囊，一笑肉生髀。丹書。還能醉卯酉，未免呼庚癸。偶持鈔易餅，閒出帖乞米。第求步兵酒，爰設穆生醴。堅。唾壺缺中聲，樺燭移暗晷。長宵疇樂甚，小别儂傷已。江湖溯韓孟，河梁悵蘇李。丹書。素交數千人，青眼二三子。季心疾在亡，仲翔慨知己。簡。鬚眉恥面首，骨肉許生死。少作尚颷舉，今望竟旗靡。勁敵靖交綏，寡和激流徵。大鈞轉泥範，良璩滅創痏。縑素念蘼蕪，金玉飭籚簹。閩人採。但存松柏性，遮長犬馬齒。願與圖中人，長吟衍繁祉。堅。

——輯自劉彬華《嶺南群雅》，嘉慶間刊本

集外詩文輯佚卷下 詞 文

詞

海天秋 題畫

南浦風煙，五湖寫就，六橋荒跡。范蠡扁舟何處覓？只見是、蒼蒼山色。古渡頭，秋苔衰柳情無極。陳隋故事何人識？一幀圖畫，寒雲澄漢空凝碧。白蘋水動雁初飛，相思無限遥相憶。好趁江潮挂帆席。閑雲野鶴難相值。湍瀨月明時，剩水殘山，夢中歷歷。

——輯自《全清詞鈔》，中華書局版

鷓鴣天題畫

秋色蒼蒼更夕暉，初看紅葉落漁磯。野崖寂歷何人過，煙渚空濛有雁飛。風景好，不如歸，秋江回屈路如之。江鄉吟詠多佳句，藤杖芒鞋荷葉衣。

東風第一枝詠梅花

鐵嶂苞雲，瑶天破月，人間未識春到。倩它一段春光，烘成四山白曉。竹樓茅屋，是誰個、停雲一笑。是窮庵、出定禪和，翠袖幽居佳妙。風峭絶、湧香如海，人瘦絶、寫花爲照。無詩可贈休吟，有琴不彈也好。二樵居士，昨夜還山去了。見他是、怎樣裝排，鶴氅裘兒貂帽。

——以上輯自蘇文擢編《黎簡先生年譜》，香港中文大學版

臨江仙 自題《擬雲林松石圖》。

夢裏空山孤負了，平臺一枕松風。好生消受付山翁。尋詩芳樹晚，展席碧湖空。萬事眼前成畫餅，春窗夢雨濛濛。苦茶清水教村童。相邀意中友，來對意中松。

——輯自李調元《雨村詩話》，道光間刊本

文

羅浮賦

戊子之春，予與梁子公普有羅浮之游。由五羊泛舟，至於石灘。時鹹潮夜照，海月未出，見星宿彌漫，跳擲於暗風□浪間者，亦奇壯也。其明日，清江白石，寒沙翠洲，百里平山，數間茆屋。由是復移舟以進。清酒既開，春草已緑，棹歌夷曲，隨遇欣賞，固不必心在乎羅浮也。已而，船頭水光，下歸無極，則羅浮之影在，可望而不可即也。二樵子臨風啜茗而向之，若前世故人，今見形狀喜心。俞漂，則不覺增城之在望也。已而登岸，迴首蒼茫，如不見故人，唯山城之夕陽。有馮君國瑶同鄉土也，客於是，因而主之。其明日，又得吾鄉梁子廷柱，與黎子二樵、梁子公普别主人而臨途。主人備僕夫，具盤壺，以供吾之需焉。由是涉清江，履平地，日已及暮，憩息乎資福之寺，亂山交横，間以林樹，心往之息，不知羅浮在何處也。其明日，由花手寺入羅浮之徑矣。洞天初開，花鳥皆異，有令人倏然以樂、危然以敬者。此二樵子曰：「山川者，古時也。而游此山者，不知幾代謝，□移□，則吾今日之游，不知曾見於前世乎，復見於後世乎？唯紀其興於今兹耳。」於是脱然高步，渺然心悲，遂歷指其所歷，爲詩文而誌之。

華首臺小記

華首臺之路，四五里不見天日。覩雨花橋之水，若翻山怪雲。至臺，臺平。至堂，堂折。自香積沿覓得徑，爲合掌巖。巖南側，落爲洗衲石。石固坦坦，飛泉照人。

於是與二同游卧石上，時青天空寥，白雲未急，幽鳥一聲，山翠已落。

朱明洞小記

仙人已遠，山川如何。興至慨深，信疑交立。自青獅崗過沖虚觀，地深天交，石危人小，萬樹負勢，泉隱林中，蓋太古以來日色未展也。力厭藤葛，乃至於此。見其巨石横下，上有古屋，於是登之。既丹竈之可窺，何羽毧之莫繼。山中古泉，兹可汲引。松杪白雲，有時去留。

——以上輯自廣東省博物院等編《黎簡謝蘭生書畫》，香港中文大學文物館等聯合出版

弼教元君古廟碑

吾鄉有天妃古廟，蓋始於趙宋咸淳六年。是時帝昺入閩粤，始封神爲天妃。（縣志脱「天」字。）或曰元世祖所封也。鄉有廟既三百年，始從西約遷於此地。蓋前明

萬曆之八年時，此地號爲東約云。我朝聖人兼以神道設教，「百靈奔趨，銜命就位，以輔二氣，使民不疵癘，五穀蕃熟。惟神坤德載物，柔順利貞，博厚悠久，保民無疆。乾隆五年，敕命封神爲「護國庇民昭靈顯著宏仁普濟群生教主太后元君」。五十三年，林爽文叛於臺灣，節制公相以天兵渡海討平之。時維我皇仁壽，聖敬日躋，益封神爲「贊順顯神妙靈護國庇民英烈聖母太后元君」。職方春秋致祭，載在祀典。簡嘗聞從征大總戎謝君云：「官舸渡河，嘗見怪物，牛馬汩没，蹂躪陰焰，雷車炮於海底，大旂曳於波末，海天巉巖，若架大壑，蒙衝攏捩，不得逕渡。節相牽官吏，朝衣冠而禱之，則乃天光瑩發，八溟若鏡，旌旂飛揚，帆席静正，習習渾渾，靈雨祥風。乃有大鳥，其光熊熊，其氣魂魂，集於危檣，厥翅隱庇，舟馴以從。獲醜若執，獻俘明堂。自是數年，嘉禾櫓穀，生乎郊野，吉日所照，遠行不勞。吾鄉之人，咸知元君之力，護國庇民，不問遠邇，以廟古將壞，圖鼎新之。簡嘗與嶺海士夫，論南徼神祠，靈跡昭著，吾鄉此廟，亦屈一指。時嘗（縣志作「當」）入謁，雖在市井，而其風竀然，其響谷然，徘徊傍徨，立則鵠然，以内自省，心則肅然矣。是則元君不言之教，能令人順其懿德，方寸之内弗萌不祥，蓋不知其然而已然者。廟之東，有不筍之竹，年復叢生，兹廟將新，咸以爲兆。故老區式（縣志作「適」）侯年九十八，嘗云此竹有異，勝國之末，草昧之世，海寇劫掠，邨岸以柵自衛，吾鄉獨否。將肆荼毒，則見萬竹挺竦，千神莊嚴，隨風影摇。躡此竹杪（縣志作「末」），各執兵刅，光如虹蜺，交指賊船，江岸壁立，賊乃逃遁。厥竹之筍，或迸道路，折不可食，食輒得疾，此其驗者。然（縣志脱「然」字）簡以爲元君之神，固生而神者矣。莆田林氏志稱，元君以宋太祖建隆元年三月二十三日生。幼而聰慧，悉悟典要。年十六，照井得符，屢顯神異。常駕雲霧飛渡大海，衆號曰通聖靈女。越二十三年，以肉身白日登遐。徽宗時始封夫人。歷四朝凡膺二十八命，累至今號。又聞元君既昇，心乎親親，嘗以季春下旬，遣飄風靈雨，往迎先神。故至今三月二十三日，必有風雨，瀰漫天地。是則元君之靈，合前觀之，其忠孝之感，彌於六合。凡有血氣，莫不尊親，固其宜哉。是廟欲新久矣，數作數止，斯不克就，則竟圮矣。爰集鄉士人與視事者，矢力新之。經始癸丑冬，落成乙卯夏。柱石結構，窔窴宏深，金碧换日，天監下臨。視昔有加，益以尊嚴。此鄉之人，萬喜一心。（縣志脱「一心」二字。）額曰元君古廟，崇今號也。（縣志此二語倒置篇末。）於是咸以簡爲鄉之文人，屬爲之記。是役斂金不出於鄉，復勒將助名氏於他石。乾隆乙卯科舉人、邑人黄丹書篆額。乾隆己酉科選拔貢士、里人黎簡撰文并書丹。龍飛嘉慶元年，歲次丙辰，正月既望丁卯吉旦立石。

——以上輯自蘇文擢編《黎簡先生年譜》，香港中文大學版

批點李長吉集題辭

余幼好長吉，非長吉詩不讀，且學爲之，甚肖也。向有手記一本，朱、藍、墨三通矣，燬於災。今於兹刻，復以己意稍論之。長吉詩似小古董，不足貢明堂清廟，然使人摩挲憑弔不能已。其體未純，情有餘也。吾後人讀此，知所採擇，亦知作詩須從難處落手，不嫌酷肖，到此時生出面目來。見今人朝學古人，暮欲立一格。動畏優孟之譏，必致濩落無成，入於野體而已。癸卯，二樵山人生朝記。

——輯自《李長吉集》，光緒間刊本

勺園詩鈔題辭

戊申之春，予應竹林彭明府聘，薄遊鐵城。菊水方掇芹歸里，邂逅舟中，談詩達旦，歎曰：「此今日南金東箭也。」遂訂忘年交。洎因菊水識方子谷、鄭季遥，旦晚過從，真有觸目琳瑯之樂。他日，菊水問詩於予，答曰：「年來惟得老實二字訣耳。」此即太白不珍綺麗而貴清真之旨也。菊水首肯，録其所作視予，一洗近人囂浮織俗習氣，字字皆本性情而出，適與鄙言相契。爲題二語曰「洶湧風塵那有此，清真詩句盡堪傳」，書楹帖貽之，蓋深喜青蓮一燈，於兹未墜云。乾隆甲寅七月，二樵居士黎簡。

——輯自《勺園詩抄》，嘉慶間刊本

致邱鐵香太守書

九月廿六日，黎簡頓首頓首，白言鐵香先生足下。去冬徂夏，翳在愁苦，昏跡田野，乖魂水鄉。比者惠風南來，閲暑仙石，則又紅潦沿天，白浪漂瓦，中間舟楫，實可怖畏。邇時袁少君升父弟枉札屢邀，未及一面，出門滯跡，應俗蝟集。升父且言，公假休行署，下接名士，涉語畸行，欲致樵夫。蓬中之螢，不競光於靈曜；石隙之火，詎比照於陸渾。即欲投刺受教，命舟抽帆。又迫侍藥，老親八十有一；致齋亡婦，七旬告終。零淚彌襟，營魂渡海。行止之際，不能決判；哀樂之端，未可遷就。即謂猛擯家園，一赴情素。然以嚴君倚杖稍差，弱女牽衣輒啼，既不得已，又將奈何。乃者八月下旬，孑身上郡，始見雲隱，且悉霞軒。續捧重陽後一日來翰，有不得見僕及藥房爲恨之語。藥房佳士，境如□□困極，孝篤固足屈指。至如僕者，鄉里賤子，風波臢人，甫脱草屨，遽登蓮幕。不獨荒怪可駭，又且學問未嘗，省中輿論，公不聞耶？常遭白眼，忽注青睛，此僕所不敢戴盆而望者也。去年廣文陳公到省，宣示鈞諭，囑書八分，并問藥房法書。比時藥房北去，賤子南羈，輒搜行篚，得其春暮書僕古詩及吕堅和章一紙，副以僕憶藥房揚州一詩，即獻分書，殊慚合璧。茲聞陳公已攫袖中之石，乃不計雜以頑塊者乎？雲隱又言，公瀕歸職海陽，屢囑以僕鄙技寄獻。今者寄食朋友之間，抱寒秋冬之際，客衣怯薄，夜不能眠，加以生死顛連之思，抑之沈鬱偃蹇之境，作山水册十二紙，彙以奉塵。於其蔽翳蓊蔚，或爲瀏湸頓挫，足徵幽憂之况，小供退食之玩。又奉上分書一紙，均無足録，少伸遐想耳。又聞公已除缺南澳，今且署篆揭陽，歲晚開春，或當到省。僕日坐無悰，時將有限，家貧親老，幼稚盈膝。今者促以擇吉之命，尚須續絃之膠。此腼腆之言，簡要之事，深諒公所樂聞肯爲，則又僕之欲言難言者也。仲冬之月，彼女歸南阮之家；，旦夕之思，有力決西江之水。拙詩鄙意，幸少留神。不遐千里之惠，先致八拜之請。貧士依人，自古然矣。伏祈冰照，諒不石沈。黎簡頓首鐵香先生大人足下。

倘獲來示，雲隱信人，不負交託，贅贅。

致袁升父札其一

近有一翁，自以爲才士，無骨氣，人而從而諛之。看其詩與人品，皆卑鄙不堪。至其詩話，則有似所謂對夫淫妻、對父淫女者。師生之道，在此翁無人相矣。即畧行而觀文，亦不足取，是真欲以韻語爲宣淫之具矣。彼在省中曾相訪，愚昧未出村，正以不相見爲幸。何也？彼此固不相下，而思以年齒壓我。我立行，自信與彼大逕庭。我自有可信，自有可樂也者。其來也，污我東樵。彼只知以門生爲弄兒耳，惡足以知名岳也。升父以爲何如？簡白。

致袁升父札其二

立天下之名易，立千秋之名難。昨札所論此老，吾弟肯以千秋之名與之否？愚凡一再觀其詩，至竟無一好處，所關風化者大矣。頭巾氣、道學腔不可作，直頭不檢點倫常上亦不可作，二者寧有頭巾道學樣也。更有無知之輩護其短者，曰此君詩講性情。此直是丈二帽子語。但凡詩人未曾捉筆時，即知持此二字作榜樣。究其所歸，不知此二字爲何物。彼所云性情者，無過是淺率二字之脱影耳，何曾知所云性情也。（中略）今此老則惟以淫靡宣著於天下，則以爲才子風流之所不諱者，不復知天下有羞媿之事。以此爲性情，可以爲天下好惡之本心耶？愚謂此老直以書生爲□□，以文章爲宣淫之具。嗟夫，（中略）才子固如是乎？愚屢以此老爲饒舌，不是争門户起見，誠以賢弟公子家風，恐墜此習。昔阿難爲摩登伽女攝入淫室，尚有將毁戒體之事。若非如來令文殊急往護之，阿難休矣。（下略。）

致海潮兄書

嗚呼，慈父於二月廿七日棄不孝等而去矣。今年正月初二日，□食糖粉□□病十日方起身。自此之後，便覺精神大困，行路須杖，頭低腰軟了。弟意欲長在左右，四五次告訴，不欲北上公車。而父堅意不許，加之怒駡。無可如何，只得於二月廿一日祭江起行。出省尚未開船，所以未即行者，因一蕭姓友人，尚可贈數十兩，故在蕭友處住下。到廿六夜，夢見弟婦披髮。廿七日未時，阿修（世德三子）來催回家。即時用錢一千文，急急趕回，半更入屋，哭聲震天矣。詢之老母，云二月廿一日微覺冷，弟出省拜别，不起身，到晚纔起身，無甚病也。廿三日唤燦民及諸孫諸姪西淋拜山，尚能出市三次。到夜甚倦，遂不食飯，亦無甚病。廿六日，燦民□□，尚屬燦民莫要説有病，但説「我本欲來省看你開身，恐□□行動不便耳」。廿七早，甚覺精神不好，遂移床出大廳。富庚兄來看脈，勸父吸粥，不肯食。富庚兄云「不肯食便去叫錦兒回矣」。父乃曰「如此我便食」，食了半盅粥而止。至午時唤□六□揸頭，云覺頭痛。又唤弟婦烹好茶，扶起飲一杯，親手放好茶杯，便睡下瞑目而逝。絶無一語遺囑，又無甚苦楚。但於早飯時問有人到梧州否，母問云：「你想世浩耶？」即又轉口曰：「不是，我偶然問及耳。」鄉人皆以爲升仙不過如此。所用棺木，是舊日帶回之桳木，世上難得，人人稱羨，以爲慈父之福也。其地字號之楠木，亦即運回，木太鬆，不及十之二云。此楠木長生不甚妙看，有人能出重價，即賣之。轉買富川杉，爲□留與□母百年用也。自廿七日至初旬後，用去二百一十餘員，三旬又費數十兩，五旬建齋醮，追薦先母亡妻及諸親戚，至七旬滿，大約二百兩之間，多少有限。此非望兄他日分派，不過報知兄心安耳。父之福分，真是難得。若早十餘日、遲十餘日而逝，皆難措手也。早則廣府張公程儀未到，遲則弟行至半途，又多費一番。今慈父之銜曰「皇清恩疊錫例贈登仕郎恭毅慈孝積閏享壽九十有一號晴山又號鬛翁公府君」，先母及先弟婦曰「皇清例贈孺人」。但見字到，不可過哀，宜早日打點回家，弟尚有好多事與兄商議。如今暫停潮澗祖學堂後地。俟尋山，然後與先母先弟婦擇吉葬也。世浩二兄尊前，弟簡奉。

致偉人弟札

行述不拘何人填諱，請通知馮四兄請其大人銜，諒亦無不可也。道成可帶來，至緊。十七日吾弟可來，來不必過費用，以儉爲感。吾弟可一訪蕭君，能得多少，合存尊處之項，可得八十員，乃足用。蓋省至無可省處，亦無不行其□□□□□，此後斷不放縱，不敢負知己耳。孤子黎簡稽顙偉人弟足下。請老母萬福。十三日。

跋曹地山宗伯所作袁春舫行畧

甲辰夏，升甫弟從贛州來札順德，以尊人春舫先生墓表，委書八分如漢人碑碣者。時僕以悼亡傷心，又西潦横溢，阻不得見。逾時，升甫悵悵歸矣。歸而寄地山宗伯書行畧後石刻一帖來，僕因知所以傳春舫先生，有其人也。然僕猶恨不及書墓表，得附驥尾以留姓名，而徒役於丹青筆札，以投人之好以果吾腹，不能作一垂及千百年事，春舫先生將爲僕惜也。然僕聞之北人云，宗伯當作禮部時，齒將八十，猶時鬻書以養其廉，則僕也落魄風塵，得役力於有德有位者，以博俗譽，固所願矣。僕既觀石刻，今年升甫又從故鄉挈其真本來相示，其書致無媚骨，取法在《宣示》間，用筆確乎不可拔，此老其猶龍乎？以此老書書春舫先生行畧，骨鯁之氣，故與相稱。僕蓋深知春舫先生十餘年也，然終惜僕不及書墓表。表書直盤拏屈强，快戟長劍，落落崿崿，與狂簡人技絶相似，庶乎可書春舫先生之德之行以無恨無慚也，庶幾地山老人不厭夫照映於前後也。是耶非耶？升甫升甫，得勿以爲狂言耶？乾隆乙巳夏四月五日二鼓，嶺海二樵黎簡跋。

題自作捕夢圖

丁未夏四月，夢中有以水仙圖相示者，曰：「此吴道子筆也。」嗟稱良久，亦已持去。醒時方四更，即研墨爲捕其筆勢章法，復就寢。至家人炊飯熟乃起，遂彷彿夢中圖著色而青赭之。覩此如見昨夢。然豈特此圖夢哉，其捕之亦夢也。青之赭之，已而觀之記之，無一而非夢也。知其夢也者，亦夢也。二樵山人自記。

題沈周赤壁圖卷

沈石田翁繪事爲明代畫家領袖。自唐宋元名流，上下千載，先生兼綜條貫，以意變化出之，無不維肖。尤醉心者黄大癡、梅道人，每有所仿，幾莫能辨。此《赤壁圖卷》，寥寥數筆，以簡取勝，非先生老筆妙思不能也。乾隆丁未十月二十七日，題於羊城，二樵黎簡。

題自作鼎湖龍湫圖

胸中無奇氣峠屼，筆下無墨瀋淋漓，不可以作畫。然矜奇便是使氣，惜墨便是暴殄天物。予别鼎湖龍湫四年，時時夢見之，然寫之不出，其氣盛而景幽也。氣盛則滿紙火煙，景幽更恐筆墨淺露。此紙恍忽其景，不知能免煙火淺露四字否？此意也，却不可與煙火淺露人道得。戊申三月五日，二樵狂簡。

題自作夏山欲雨圖

夏山欲雨，用一峰老人筆法。予前學一峰，不得其門，及觀董北苑長卷，乃知諸君皆脱胎於此。黄子久獨以厚重之氣闢一法門，而又恬淡有士夫意味。若仲圭，不無縱横氣矣。致公和上以爲如何。庚戌首春，二樵黎簡記。

——以上輯自蘇文擢編《黎二樵先生年譜》，香港中文大學版

附録

附録一　芙蓉亭樂府梗概

其書乃叙錢芳、沈玉二人愛戀事。錢以諸生游學荆州，春夜泛舟與沈遇於南湖，遂相訂交。其後沈易弁而釵，假稱沈玉之妹，名飛鸞，約錢相會於芙蓉亭上，遂訂鴛盟。未幾，錢芳以赴秋闈，思戀飛鸞成疾死。訴於閻王，卒判錢芳還生，而變沈玉爲女，畀成婚焉。全書分二十出，撮其本事如下。

《芙蓉亭曲本》内分泛舟、荷亭、賣扇、巧會、情楫、伏謊、猜豔、詛盟、生别、前判、病訣、尋婚、冥訴、幻攝、後判、生還、咤女、討婚、閨訣、情悟，共二十齣。

本　事

泛舟　荆州沈玉，字玉郎，多才美貌，擅絲竹。以春夜携笛游湖，遇浙江錢芳，字楚佩，一吹一送，遂訂交而别。

荷亭　楚佩慕玉郎，遂於仲夏携衆妓游湖，冀舟遇之。時玉郎喬女裝，抱琴泛舟，真有一朵芙蓉，萬花慚赧之概。楚佩見之癡慕，而玉郎舟已逝矣。

賣扇　玉郎訪妓女杜素琴，約賣扇人明日持扇來售，藉以看詩看畫，適扇畫爲金華錢芳所寫。錢寫《南湖泛舟圖》，畫意詩心，都成絶詣。玉郎驚其才調，乃四出倩人尋訪。

巧會　錢以昨日所賣之扇，適落妓女杜素琴手中，乃約明日至杜處。時沈玉郎已先至，乃與素琴相約，换裝以待錢，素琴喬男，而玉郎喬女。及錢至，三人或吹或唱，各盡其歡。院媽告楚佩，喬女之玉郎爲玉郎之妹，而楚佩終不知喬女者爲玉郎也。

情揖、伏謊、猜豔、謔盟　後楚佩往南湖訪玉，因導至芙蓉亭，風景清麗，玉郎留其在此讀書。玉郎之妹倩婢與佩傳書，密約兩人見面，指天證盟，而女終以禮自守。

生别　楚佩因父迫赴秋闈，遂與玉郎、素琴相别。

前判　十殿總制召申生、屈原、荆軻、王嬙四魂來判。冥官贊申生爲孝，賜以金笏，着其打世上不孝之人。判屈原爲忠，賜以金如意，着打世上不忠之人。以荆軻爲義，賜以龍泉劍，着打天下負心之人。賜王嬙姻緣簿，着管領人間恩怨。

病訣、尋婚　楚佩因思飛鸞患病，乃修書與之。書僮以情告翁媪，錢翁遂往爲其子求婚。

冥訴、幻攝、後判、還生、咤女、討婚、閨訣、情悟　楚佩既以情死，遂從冥府控訴，謂沈玉恃丰姿，弄揶揄，致令錢楚佩枉死。冥判生攝玉郎來，責其風流罪過，乃宫其男體，變爲女體，以嫁楚佩。楚佩既還魂，娶沈玉。杜素琴乃歸沈家爲媳婦，以事舅姑。

——録自蘇文擢《黎簡先生年譜》，香港中文大學版

附録二　傳記資料彙編

黄丹書《明經二樵黎君行狀》

君諱簡，字簡民，一字未裁，號二樵。世居順德之弼教村。曾祖秉忠，國子監生。祖超然，國子監生。考晴山，處士。妣葉氏，生妣雷氏。晴山公客游粤西，僦居南寧，娶雷孺人而生君。君少慧悟，十齡能賦詩屬文，稍長博綜群書，常操紙筆，獨游巒洞間，遇勝處輒留題。晴山公亦耽吟詠，每回東省，必攜君侍行，遍覽桂林山水，舟中命君稱詩於前，相顧以爲樂。歲辛卯，君奉雷孺人歸里，不復西行。棲小屋中，益肆力於詩古文辭，人鮮知之者。顧貧甚。丙申，授徒於廣州之西郭。時張葯房以詩名里中，得君以爲勁敵。一時詩人，皆喜與之游。番禺吕石騆，兀岸自異，少所許可，見君詩，輒歎服。予來郡城，過葯房板門書屋，葯房指壁上詩，謂予曰：「此吾邑異才，君識之乎？」因攜詣君，遂與之定交。山左李公文藻，以名宿來令潮陽，耳君名，即命駕訪君，許其詩必傳，勸出應試，而君於功名淡如也。丁酉來邑城，留予齋者累月，予爲繕寫《西征集》；并檢舊所作詞，屬予抄撮成帙。戊戌，西川李雨村先生視學吾粤，以古學試士，得《擬昌黎石鼎聯句》詩，驚爲奇絶，取置第一，補弟子員。自是，君詩名益振。己酉，選拔之期，關晋軒督學以君名貢太學，將赴應試，適丁外艱。服闋後，得氣虛疾，而君益淡然於仕進矣。君足跡不逾嶺，海内名士想望風采，咸以不獲一見爲恨。鉅公來粤者，皆折節下君。北平翁覃溪學士，嘗夢與君游處，以書索南雄太守丘公學勄，録其集寄都中，手爲點定。學士送太守詩有云：「寄語二樵圓夙夢，蘇門學士待君來。」蓋深望君之出也。君才思最敏，所爲詩援筆立就，而語皆深警，寫物言情，時發前人所未發。兼工書畫印章。篆隸真草，得漢晋人之髓。山水直造元四家堂奥。每至郡城，以金幣求書畫者坌集。然君顧自矜重，意不合，或揮斥不顧，以是人稍目爲狂。然得君片紙者，無不珍爲奇寶。君晚益好學，所得潤筆資，奉親外，悉以蓄書。筆墨之餘，手一卷不置。邇年氣病時作，苦於應酬，藥錢恒不給。原新寧令萬公應馨病留羊城，亦貧甚，偶得金一鋌，即以贈君，君却之不可，相對而泣。其爲名輩輸心如此。今年十月，予自都下回，訪君邨中，君已卧病彌月，云尚能飯，予悵悵别去。逾月而訃至。遺命囑予述其事狀，而囑蘇君其詹銘其墓，以予二人交最密，知君爲尤悉也。君生於乾隆丁卯五月二十三日，卒於嘉慶己未十一月七日。昆弟三人：伯兄世揚，早卒；仲兄世浩，葉孺人出。原配梁孺人，繼室龐孺人。子二：長以仲兄子爲嗣，名汝彪；次名佛蓮，幼，龐出。女二，梁出，皆適士族。君所撰，已刻者《五百四峰堂詩鈔》廿五卷。未刻者《五百四峰堂文鈔》《藥煙閣詞鈔》《芙蓉亭樂府》《注莊韻學》等書。嗚呼，以君之才，縱横馳騁，若明代臨清謝榛、山陰徐渭、南海鄺露，非其倫歟？竊意君雖未仕，他時國史傳文苑宜及焉。故書其生平大概以爲狀，俾後之君子有所考。愚弟黄丹書謹狀并書。

趙爾巽等《清史稿·文苑·黎簡》

黎簡，字簡民，順德人。十歲能詩。益都李文藻令朝陽，見簡詩，曰必傳之作也，勸令就試。學使李調元得其《擬昌黎石鼎聯句》，奇賞之，補弟子員，人號之曰黎石鼎。久之，膺選拔，尋丁外艱，遂終於家。足不踰嶺，海内名流欽其高節。袁枚負盛名，游羅浮，邀與相見，謝不往也。著《五百四峰草堂詩文鈔》。所與交，同邑張錦芳、黄丹書，番禺吕堅，皆以詩名。

佚名《清史列傳·文苑傳·黎簡》

黎簡，字簡民，廣東順德人。十歲能詩，歸里益肆力於古。與同邑張錦芳、黄丹書，番禺吕堅交，名日起。益都李文藻令潮陽，見其詩曰：「必傳之作也。」造訪之，勸令出試。學使李調元得其《擬昌黎石鼎聯句詩》，大詫異，拔補弟子員，因又號石鼎。逾十載，膺選拔。尋丁外艱，得氣虚疾，故足不逾嶺。所居曰百花村，有亭曰衆香，閣曰藥煙。簡徘徊其間，視花鳥若友朋，以筆墨爲耒耜。海内詞人，想望丰采，名流來粤者，咸折節下之。簡故自慎，不輕作應酬。浙人袁枚，負盛名，探羅浮至粤，介所素習者爲招，簡答書却之。性好山水，屢入朱明洞天，窮其幽勝。朋儕罕當意者，惟與德清許宗彦、無錫孫爾準最契。其詩由山谷入杜，而取煉於大謝，取勁於昌黎，取幽於長吉，取豔於玉溪，取僻於閬仙，取瘦於東野，錘鑿鍛煉，自成一家。似非經營慘淡不能成一語者，顧才思絶敏，無論長篇短什，援筆立就。爲文雜《莊》《騷》，不屑八家軌範。嘉慶四年卒，年五十三。所著有《五百四峰堂詩文鈔》二十五卷、《藥煙閣詞鈔》一卷、《芙蓉亭樂府》二册。

郭汝誠等《順德縣志·黎簡傳》

黎簡，字簡民，又字未裁。嘗往來東、西兩樵間，自號曰「二樵」。弼教人。父居肆南寧，妾生簡。少慧悟，十歲能爲詩，工繆篆摹印。每取肆具範銅，父禁之不與，則獨游蠻峒，得其起伏勢，便能潑墨作山水煙雲。年二十五，奉母歸，始博綜群籍，肆力學問。貧未知名。偶爲會城富商構園林，使疊石作假山，見者知其能畫。時同縣張錦芳方家省郭，見簡詩，訂交焉。由是識番禺吕堅，堅故兀岸無所許可，得簡乃心折。既以黄丹書勸歸試，以《擬石鼎聯句》受知督學李調元，拔首名，籍甚。越十年，選拔萃科。當北行，會丁外艱。生平足不逾嶺，海内人士想望丰裁者恨不獲見。縉紳來粵，無不深相結納。李文藻令潮陽，决以必傳。簡故自慎，不輕投縞紵，亦不輕作酬應詩。武弁謝南村有軒濱珠海，延賦新柳，有「入簾黄葉病將軍」句，請易之，不許。浙人某，負當代盛名，以探羅浮至粵，介所素習者招於鄉。簡遽答書，摘其平日詩傷忠厚語，力却之。簡既淡於進取，中年又多病，攝生之資，與衣食等。村人多業賣花，佳種輒盤饋之。築藥煙閣，旦夕與其婦梁相依於藥鼎茶鐺中。棱棱瘦骨，弱不勝衣。暇即吮毫申紙，爲遠近作山水屏障，恃所潤筆爲活。其畫由倪、吴直窺董、巨，生意盎然，氣韻古厚。膠山轡海，日以爲常，所造益邃。間攜客入東樵，盤桓飛雲峰下，望華首，領略活泉奇脈。或當煙波縹緲，桃柳參差，挈琴笛酒榼泊村溪，終日危坐繙卷，故下筆每見自然遠致。蓋江山助人，不必窮極萬里也。書筆本天授，更寢饋晋唐善刻，成家在蘇、黄間；，隸體則全宗《石經》，不參他法。一時求書畫者趾相接，意稍不合，雖巨金必揮去，緣是有狂名，因亦自識曰「狂簡」。初就縣試，即奇蘇賡瑞，握手定心交。賡瑞司鐸歸，窘況頗相近，然猶時有資給。每冬殘，簡亦屏人事，預作數幀致之，俾賣以度歲。與石飄傲骨各具，往往反脣相稽，繼以筆札，過亦彼此相忘。頗不喜人以張、黄、黎、吕并稱，蓋大有盧後意也。所爲詩境幽意峭，句搜字琢，見者疑出自經營慘淡。簡顧援筆立就，出手便能縋幽鑿險。亦往往有屢改尤妙者。嘗自謂作元、白詩，不愁作不及，只愁寫不及，惟久與唱和，始信其言非夸大也。爲文每雜入《莊》《騷》，不屑屑八家規範，而四書文實非所長。以餘事爲填詞。晚有所感，忽杜門旬月，撰《芙蓉亭院本》，意頗矜重，然南北宫調，猶未窺元賢門徑。論詩心服二李，手評義山集，具有見地。居恒講求韻學，嘗取《莊子》語有韻可尋者叶之，别録爲書。以嘉慶己未卒，年五十三。卒後其友孫爾準總制兩湖，力購其遺翰，聲價一時頓增，較生時翔且十倍，到今尺縑可易餅金。時史多假其名以糊口。著有《五百四峰草堂詩》二十五卷。卒越十有四年，國史館徵遺集，下郡縣取以獻：《藥煙閣詞鈔》一卷、《芙蓉亭曲》二册。

阮元《道光廣東通志·列傳·黎簡》

黎簡，字簡民，一字未裁，順德人。世稱二樵先生者也。生粤西。十歲能詩。歸里，益肆力於古。乾隆己酉拔貢生。《嶺南四家詩鈔》小傳。其詩峻拔清峭，刻意新穎，言人所不能言。性好山水，屢入朱明洞天，窮其幽勝。王昶《湖海詩文傳》。足跡不踰嶺，海内詞人想望風采，名流來粤者咸折節下交。簡才思敏妙，爲詩援筆立就。兼工書畫，書得漢晋人意，畫直造元四家堂奥。著《五百四峰堂詩鈔》《文鈔》《藥煙閣詞鈔》《芙蓉亭樂府》《注莊韻學》。《虚舟文集》。

李元度《國朝先正事略·文苑·黎二樵先生事略》

嶺南自三家後，風雅寥寥。繼起者爲張太史錦芳、馮户部敏昌、温侍郎汝适、趙大令希璜，而必以黎二樵先生爲冠。先生名簡，字簡民，號二樵，順德人。十歲能詩，峻拔新峭。李南澗令潮陽，一見奇之，曰必傳之作也。乾隆己酉充選貢生，父憂未赴廷試。足跡不逾嶺海，詩名日起，鉅公來粤者，咸折節下之。性好山水，屢入朱明洞天，窮其幽勝。朋儕罕當意者，惟與德清許周生、無錫孫平叔友。所居曰百花村，亭曰衆香，閣曰藥煙。生平擅詩書畫三絶，其詩由山谷入杜，而取鍊於大謝，取勁於昌黎，取幽於長吉，取豔於玉溪，取僻於閬仙，取瘦於東野，錘鑿鍛鍊，自成一家言。書得晋人意。畫直造元四家堂奥。著有《五百四峰草堂詩鈔》《藥煙閣詞鈔》《芙蓉亭樂府》《注莊》等書。

史澄《光緒廣州府志·列傳·黎簡》

黎簡，字簡民，弱教人。父居肆南寧，娶妾生簡。少慧悟，十歲能爲詩及繆篆摹印。年二十五，奉母歸。益肆力于古。貧未知名，既交同縣張錦芳、黄丹書，番禺吕堅。丹書勸就試，以《擬石鼎聯句》受知督學李調元，名遂起。乾隆己酉拔貢，丁外艱不赴廷試。生平足不踰嶺，海内人士想望丰裁。益都李文藻令潮陽，決以必傳。簡故自慎，不輕作應酬。浙人袁枚負盛名，探羅浮至粤，介所素習者爲招，簡答書却之。中年多病，攝生之資與衣食等。築藥煙閣，與婦梁相依于茶鐺藥鼎中，暇即吮毫伸紙，爲人作山水屏幛，恃潤筆爲活。畫由倪、吴直窺董、巨，生意盎然。間攜客至羅浮，望飛雲峰，穿林入華首，領畧活泉奇脈；或當煙波縹緲，桃柳參差，扁舟載酒，泊村溪，危坐繙卷，故下筆自見遠致。蓋江山助人，不必窮極萬里也。書筆出入唐晋，成一家，隸體則全宗《石經》，不參他法。一時求書畫者趾相接，意稍不合即揮去，緣是遂有狂名，因自識曰「狂簡」。頗不喜人以張、黄、黎、吕并稱，蓋大有王後意也。詩境幽峭，援筆便成，縋幽鑿險，亦有屢改尤妙者。嘗自謂作元白詩，不愁作不及，只愁寫不及。惟久與唱和，始信其言非夸也。文雜《莊》《騷》，不屑八家軌範。所著《五百四峰草堂詩文鈔》二十五卷。嘉慶己未卒，年五十三卒。後十四年，國史館徵遺集，取以獻。此外尚有《藥煙閣詞鈔》一卷、《芙蓉亭》曲二册。

吕堅《黎二樵梁氏墓志銘》

君諱雪，字飛素。廣東順德人。處士梁若谷先生長女。年二十，適同郡生黎簡，海内所稱二樵山人也。君生而穎異，角犀秀整，麗外慧中。然善病，伉儷雖篤，見生若不勝情者。性疾煩喧，惡尼佞佛。所居閣曰藥煙閣。問寢作羹，暇則嘿然終日坐，閣外爲花藥欄，喜手植枯枝斷藤，蒔之無弗生者。生嘗戲引《漢疏》春種於地之説，君笑曰：「妾蚤見其自具生意，君弗知也。」誦《金剛經》《維摩説經》，得理解。甫學爲詩，出語玄妙，病中輟。自解曰：「嫁才子何用詩爲，其謂我牀頭有捉刀人也，無寧以紡織助君乎？」生故貧，初作畫賣文爲活，盡日相對，如趙明誠、易安居士讀相國寺碑文也。生好幽思，讀恒以夜。漏盡雞號，申欠依依然侍生，却之再，則覸然曰：「病怯人畏獨宿。」巷有古屋，屋多無祀鬼，忽傾，君謀之諸母曰：「無主游魂，托此不爲厲，今失所，祟由近始。」乃鬻釵飾搆之。召貧媪居之，食之。君性柔體削，樂施乞，與物無忤，而節概稜厲。嘗歸省，自新婦潭還，夥醜欲劫之，脱，將赴水，厲色曰：「黎二樵婦豈畏賊，汝輩自求死耳。」賊亦知生名，輒解去，自是不復出里門。生邕州出也，小姑殁於西，招魂而哭之哀，則昔昔夢之，而道其神態意致，宛如平生。姑慟之，幾病，乃止，叩其夢亦不復道。生久出，言夢見生，則三五日返，時亦夢協，時自出其魂，人入門則自閨知之。一日擥其象曰：「個儂不欲過四十。」問其故，黯然而已。生曾爲君作《禪病圖》，今猶奕奕，似罔明彈指時也。生用日者言，結壇列星燈而禱之，亟請毋禱，禱且速死，既而風滅燈如剪。生嘗謂予曰，君癖潔耽寂，厭塵事，而用情深摯。予在客村中，見疾風急雨，以爲此必至郎所，中朗肌膚者，輒幽憶怨斷，壹鬱無憀，減眠食而病作。病將革，曰：「葬勿遠，我魂弱不能歸，歸不宜數。葬隔水，高其墳，列之桐竹蔽風日，使我得時時望家門，或一見郎與子女。」語多不述。生爲《述哀詩》百韻。予悲其意，每讀不能竟。鐫銅印，繫臂而殉，文曰「長毋相忘」。是年六月六日，瘞於門外隔水之地。先年生以明經選拔，今年春北上，不重其新昏燕爾之别，而懇懇然完此志，是有所不得已，才人之情如是哉。君以丁卯九月廿七日生，甲辰四月廿一日握生手而絶。卒年三十八。舉女子二，胥有母風。長解書畫，適陳文孝。次許字梁氏。子嗣子汝彪，聘甘氏女。生恒爲人作志書石，而不志此。以予有狂直名，文之工拙所不論也。君奇質妙悟，静極生明，無足怪者。其逸事里媪所見，或問焉，言之有端緒。恐兒女子口訛傳失真，好事者傳會爲之説，故志之，且爲之銘。銘曰：動事舅姑，静事浮圖。病輟中饋，牀前辨味。黄髮皤皤，歎食茹淚。理足於情，情足於經。相爾夫子，以妥山靈。

史澄《光緒廣州府志·列女·梁雪》

梁雪，字飛素，佛滘拔貢生黎簡妻。麗外慧中，樂施與，節概特陵厲。嘗歸省，途遇賊欲劫之，脱將赴水，厲聲曰：「黎二樵婦畏賊耶？汝輩自求死耳。」賊聞遽解去。巷有古屋，中皆無祀鬼，忽傾圮，鬻釵飾講復之。性惡尼佞佛，自誦《金剛》《維摩經》，得理解。爲詩出語元妙。與黎伉儷甚篤。

附録三　相關評論選輯

總　評

二樵道人小影贊

獨歌獨弦，空谷誰應。緊彼樵子，蠖屈鼬徑。秋蟬蜕聲，春蠶繭命。巇鸞玉碎，鯢桓淵静。鈞天夢回，石壁僧定。古人傷心，志士託詠。思抽若沸，情入無賸。虱輪來眎，師吼塞聽。俯得地文，仰接天浄。物攖無已，心鬬不競。千秋此懷，百年一病。悲矣樵子，心苦名令。寸珠已胎，尺玉不脛。天下有道，危爾言行。嘯泉蘇膺瑞。

膚寸之雲，是其無翼之名。一勺之水，是其如海之情。忽而困蠢，笑龍頭之縮石鼎。忽而懸舉，控鶴背而吹玉笙。故其思也，或大而不可圍，或細而不容聲。弟黄其勤。

嗒焉無偶，卓爾不倚。藏精潛淵，高眄太始。拙於用而莫知其所與同，工於言亦不知其所爲使。如攝氣然，初嘔輪而吐萌，乃推類而結字。如撥汞然，既六居而八歸，遂騰霄而燭地。人曰入山深入林密者，二樵先生。予曰其旨遠其辭文者，石鼎道士。二樵先生畫像贊，澧浦謝蘭生題并書。

氣突兀兮，爲空中樓。心眇莽兮，爲不繫舟。其鑄物兮，祥金之作干莫。其迴筆兮，精鐵之連羅浮。細而巧兮，貫虱之氂。大而拙兮，執鼠之牛。二樵子乎，可以一日可以千秋者乎。虛舟黄丹書。

陵虛而行，郭景純之游仙。懷古而歌，左太沖之詠史。毗耶丈室，維摩詰以病生。瑯琊大道，王伯輿以情死。淒然似秋，其霜鶴之鳴乎？暖然似春，抑雲將之喜也？藏之名山，置之丘壑，所以成我二樵子也。藥洲張曰瑶。

——衆香亭刊本《五百四峰堂詩鈔》卷首

西郭有高士，讀書常閉關。昨攜笻竹去，獨上羅浮山。我愛坡谷作，因懷冰雪顔。何當訪丹竈，共踏苔斑斑。

——清李文藻《嶺南詩集·潮陽集》卷三《贈黎簡》

長夏不夕食，曉覺腸肚攪。何況屑榆人，采掇空芹茅。皙皙遍百室，冗士恥素飽。中餐屢廢箸，愁坐酉至卯。黎君亦朝飢，清爨闕竹筊。室寂聲名喧，計拙言語巧。典衣搜欲盡，發興浩難撓。時時掃丘壑，雲動風落爪。何心問薦雄，得友幾如鮑。憂時易騷屑，獨立困煎炒。冷雨夢茅茨，流黃急機絞。

——清張錦芳《逃虛閣詩鈔·典衣一首贈石鼎》

順德黎二樵簡工詩畫，余試古學，始拔出黌宮爲諸生。二樵與益都李髯南澗文藻善，南澗官粵東令時，與二樵往來唱和。二樵爲余擬雲林《松石圖》，添一趺坐道人，于思彡彡，細視之儼然南澗小影也。自題《臨江仙》詞云：「夢裏空山孤負了，平臺一枕松風。好生消受付山翁。尋詩芳樹晚，展席碧湖空。萬事眼前成畫餅，春窗夢雨濛濛。苦茶清水教村童。相邀意中友，來對意中松。」

（簡）爲人清狂，徵歌狹邪，日與酒徒醉飲於市，聞今亦得明經矣。屢躓科闈，而習氣如故，嘗自刻圖章曰「小子狂簡」。

——李調元《雨村詩話》

寸珠尺玉不脛走，樵夫聲名滿人口。或言襆被來金臺，一夕歸鞭又南斗。或言宿昔夢見之，山肩雙竦衣穿肘。怪君杜門居瘴鄉，傳來水墨皆擅場。井西道人得筆法，一樹一石無披猖。墨痕頗近大滌子，雲霾雨蝕收遐荒。得非江邨來往飽煙景，亦如荒山亂石窮蒼茫。臥游四壁古亦有，宇內名山待君久。黃河萬里寫胸懷，五嶽真形倩誰剖。即今東閣奇士多，遨游輦轂肩相摩。結交僑札盛意氣，譚詩沈范相經過。匠斤成風待一斵，連城價重須切磋。星芒虹采不可以久閉，期君不來愁奈何。我今射策慚決科，蹇驢席帽行蹉跎。君應招隱我勸駕，矛盾或被旁人訶。鳥還雲出事一致，泉清泉濁理則那。歸來茆屋共商略，秖恐拔劍斫地煩悲歌。

——清張錦芳《逃虚閣詩鈔·將出都門寄石鼎》

突兀西樵山，緑浸珠江水。小子曰狂簡，二樵名簡，其圖章有曰「小子狂簡」。襟期稱奇詭。囊盈詩萬首，論闢臧三耳。似得畫中禪，煙嵐生滿紙。黎二樵明經。

——清趙希璜《四百三十二峰草堂詩鈔》卷十一《懷人三十首》

南漢風流盡，花開江上村。山光連雨斷，海氣挾潮昏。閲世桐孫老，論交石丈存。黎侯杳終古，瓜蔓隱柴門。

——清伊秉綬《留春草堂詩鈔》卷三《過友石齋懷詩人黎二樵》

廣東拔貢黎簡民簡，才情駿發，狂率不羈。入鄉闈時，以搜檢太嚴，慨然曰：「未試以文，而先以不肖之心待之，吾不願也！」遂擲筆籃而去，從此不復應試。工於繪事，片紙尺幅，重於拱璧。有大腹賈以紙索畫，簡民爲畫洋錢數十元。或問之，簡民曰：「若輩之所識者此耳！」其圭角類如此。詩峻拔清峭，言人所不能言。

——清袁潔《蠡莊詩話》

評詩文

昔見二樵以古錦袱裹所作詩，塗逭不啻再四，終不愜意，輒削去不録。撿其初稿，實佳作也。後刻《五百四峰堂集》，多與原藁不同，意甚惜之。頃荷屋方伯出示二册，中多未經改削之作，可寶也。

女蘿爲帶載蓉旂，奇服山阿世所希。火繭冰蠶都不御，仙人只著六銖衣。

嘔出心肝太好奇，良材半向爨中遺。誰知古錦囊中句，初寫黄庭恰好時。

蟬韻桐陰十八篇，玉谿擬罷更樊川。零珠斷璧皆瓌寶，遺集誰收沈下賢。

——清孫爾準《泰雲堂集·詩集》卷十六《題黎二樵詩集》

海天花月入窮愁，萬象微茫一字搜。并世幾人容濶步，平生此老合低頭。

——清屠倬《是程堂二集》卷四《題黎簡民集》

江村花氣香一江，褰衣欲涉寒無杠。故人歸去渺天末，誰與可惜娱此日。花村夫子畫法近所無，上視唐宋花同柎。荆關往往揔底出，妙在神似非皮膚。曷不來就我乎館，爲我畫筆起疲軟。折麻日夕苦懷人，不念月窮星歲短。與君相岠百里中，不見亦與千里同。君緣苦吟被花惱，一棹快趁朝來風。攜詩過我日未午，空齋晝静圍蒼榕。芙蓉作色傲老翁，啖啖吐豔牆西東。花村百花此花少，徑欲移種呼花農。杲杲寒日照顏色，愛爾性耐霜天紅。請君放筆爲巨幅，高張對此蜀錦叢，卧遊夢與江南通。待君丹青設色終，報君一束紅芙蓉。

——清許宗彦《鑒止水齋集》卷一《次韻二樵見懷索芙蓉花種兼寄平叔》

百年論風雅，俎豆王與朱。邕和清廟瑟，明靚傾城姝。俗士忌自立，好學邯鄲趨。粉黛飾村媪，靡曼誇吴歈。何人善變闢風格，近數禾中少宗伯。海内賞音誰最親，獨有嶺南黎簡民。二樵論詩，最膺服錢少宗伯。簡民爲詩苦用心，虚空欲著斧鑿痕。眼前常景入句裹，百思不到一字新。頗訝肝脾與衆異，中有萬古騷人魂。幽蘭泣露荒山寂，翠袖啼寒修竹昏。空潭千尺碇月影，危崖一綫牽雲根。仙才鬼才兩不讓，島瘦郊寒未足論。憶昨天南共歡燕，一杯九日交酬勸。迴腸中酒念離别，翻畏細談增繾綣。别來今已幾何時，欲往從之阻且遠。一紙書憑萬里傳，報章又隔三年見。見來喜極開緘籯，巨編突兀照眼明。挑燈細讀字欲活，仿佛對面聞哦聲。卷終掩卷起太息，太息故人頭已白。側身天地一儒巾，憔悴花村病掩門。兩肩寒聳眼如鶻，苦吟還被旁人瞋。文章工拙自有真，可憐毫髮窮精神。起家詞賦非無人，朝爲儒生暮要津。楊雄寂寞不自惜，更思後世生子雲。

——清許宗彦《鑒止水齋集》卷三《題黎二樵五百四峰艸堂詩却寄》

東樵西樵樵所居，石溪一水吾所漁。漁樵并時不相見，各以新詩闢生面。樵詩鑿險山爲穿，怒龍出峽風湧泉。雷雨忽收衆峰静，月華皎皎雲娟娟。漁詩擲筆青天外，騏驥踏空九州隘。有時造意入深微，滄海浮杯舟一芥。以正出奇奇愈妙，詩境不同皆獨造。江山靈秀萃兩生，卅年曾締蘇齋盟。翁覃溪師題邱東河太守所藏奚鐵生畫卷云：「此卷得蘭雪、二樵詩，江山靈秀，萃此几上矣。」樵乎翩然采芝去，新句如花開古樹。漁也孤吟持釣竿，鰲背跂脚天風寒。吾輩千秋貴知己，契合何須論生死。黎齋今見瓣香人，私淑居然稱弟子。嶺南名士多於鯽，太息難逢此狂客。魚山馮芷灣宋吾舊交，恨不從君看潑墨。草堂五百四奇峰，詩骨瘦削青芙蓉。漁樵身後定同社，醉踏仙山雲萬重。

——清吴嵩梁《香蘇山館詩集·古體詩鈔》卷十《黎齋》

簡民詩戛戛獨造，書畫亦然。丘鐵香太守嘗以奚鐵生畫梅長卷屬題，予亦同作。覃溪師題二絶於後，且云：「此卷得簡民與蘭雪兩詩，江山靈秀皆在几上矣。」予因此與君神交，每從君鄉人宋芷灣編修誦君佳句，未嘗不擊節稱賞。

——清吴嵩梁《石溪舫詩話》

黎侯遺此一卷詩，令我十日讀不止。雨龍入海鱗甲青，風雀搜天翅翎紫。平心似嫌今古速，快意復恐塵寰促。狂思三萬六千歲，歲歲鶯花不重複。又欲身代東王公，妻代西王母。君有贈婦詩，極工。雙成采鸞指使不得休，一侍臨書一温酒。筆下似有千條蛟，一百萬匠爲鐫雕。樓臺窗牖無一世人式，更就四瀆駕起五嶽爲長橋。茫茫昧昧信手題，落筆時瘦時仍肥，肥若鼇足瘦鹿蹄。冠苔衣蘚襪葜藜，立志不用雲霞衣。黎侯四十南海頭，五十我返西南陬。馮敏昌張錦芳趙希璜李符清皆素識，獨汝一面終無由。昨來入我夢，對面識不得。眼如落月黄，面若春雨黑。鬼光人光離一尺，人光欲前鬼光匿。我不畏鬼爾畏人，或者我尚饒精神。若論萬劫名不改，我即爲神亦慚鬼。黎侯黎侯爾何在，乃使東海奇人畏南海。

——清洪亮吉《更生齋集·續集》卷三《舟中讀黎明經簡詩跋後》

黎明經簡詩，如怒猊飲澗，激電搜林。

近青浦王侍郎昶有《湖海詩傳》之選，刊成寄余。余于近日詩人獨取嶺南黎簡及雲閒姚椿，以其能拔戟自成一家耳。

作詩造句難，造字更難。若造境造意，則非大家不能。近日順德黎明經簡頗擅此長，惜年甫四十而卒，然所存諸詩，尚足以睥睨一世。

——清洪亮吉《北江詩話》卷一

催命判官沙斗初維杓。長洲人。布衣。有《耕道堂集》。一作黎簡民簡。字二樵。順德人。有《五百四峰草堂詩鈔》。

——清舒位《乾嘉詩壇點將録》

論詩三十家，歷數缺其一。屈指更何人，異才不世出。昔讀黎侯詩，紀在靈芬室。天風吹行雲，一卷誦未畢。字字出華嚴，心折此才逸。念念恒在兹，忽忽若有失。偶過萬子居，意外見此帙。借書亦一癡，終夕燭花茁。清越太華鐘，静穆清廟瑟。險語鬼神駭，奇氣風雲叱。所見勝所聞，生氣殊拂拂。近世論詩品，吾意重百粵。天上謫仙人，第一翁山屈。冰雪爲心胸，雲霞爲體質。離騷與變雅，於古亦鮮匹。海雪老羇人，抱琴吹緑髮。赤雅譜詭異，銅柱弔突兀。一唱洞庭霞，秋聲響林樾。全豹吾未窺，一斑心已怵。豈知百年後，世復有此筆。得毋五百峰，間氣鍾衡泌。羅浮萬梅花，香氣共鬱勃。想見苦吟處，秋燈支瘦骨。奇境出内心，傳世定可必。學詩吾頗久，源流亦少悉。博大杜陵聖，精嚴賈島佛。近頗樂白蘇，仙藥譬芝术。别有會心在，迷津得寶筏。醖釀造平澹，毛髓經洗伐。學至乃自知，未許悟倉卒。縱論有名理，不在詞華溢。惜未識君面，往復抒七發。仰視天無雲，秋空澹華月。

——清陳文述《頤道堂集·從浣筠假黎簡民五百四峰草堂詩集翦燭讀之因題一首》

五百四峰頂，峰峰詩擅名。才高粤三子，品重魯諸生。湖海銷來氣，風騷變後聲。何時約孫楚，重主酒樓盟。

——清劉嗣綰《尚絅堂集·孫平叔見贈黎二樵詩集即題其後兼答平叔黎粵東人名簡》

美人有重封，畸士而高官。千百偶一遂，已使天力殫。所以絶代人，風鬟切雲冠。孤悲兼獨笑，世人詫無端。黎生産海隅，胸郁大海瀾。冥心入百怪，老氣横兩間。寧爲歷口欃，不作脱手丸。遂爲數子知，不知非所患。羈窮走荒徼，百罵得一歡。生平服黄童仲則，意不若是班。淳情吐澀語，庶幾錢老頑。謂籜石先生。珠香象犀外，生是良亦艱。舟行三日雨，掩篷不見山。豈知入巉峭，登頓了不閑。敷詞效其體，哀玉參和鸞。

——清郭麐《靈芬館詩三集·舟中讀黎簡民簡五百四峰堂詩竟用其讀黄仲則集韻題之》

軒天負地才不世，能自樹立亦其次。柳開穆修本尋常，特爲卑冗掃餘氣。男兒可憐一墮地，自愛此生得無意。功名偃蹇富貴難，滴一寸血畢吾事。前人已遠後不來，萬古旁皇入肝肺。摧陷廓清或未暇，磔卓開張那容易。藥之偏疢性之近，簡之自序了無愧。近人軟熟于言詞，聞此生語笑且詈。或云于古匹杜韓，徒驚形諜非真契。我爲反覆尋其源，士也非常良有志。或毁或譽皆失之，笑且詈者彼早計。嗚呼身後誰子雲，他日鄙人勞位置。

——清郭麐《靈芬館詩三集·再題黎簡民集》

嶺外忽傳詩廿卷，長吟快似蚌搔杷。顔魯公《麻姑仙壇記》癢作蚌，爬作杷。雪車冰拄撐腸腹，海雨江風入齒牙。想見襟懷清似月，故應詞藻爛如花。老夫墓木垂垂拱，萬里何由訪子嗟。

——清王昶《春融堂集》卷二十三《黎貢生簡民簡以詩集見示有寄》

生早四十年，與君定爲友。我有心中言，君心先我有。俗眼迷五色，棄之同破缶。當如岣嶁文，衹許萬靈守。我心靈遜君，未肯讓君手。强挽百石弓，不顧柳生肘。以矢赴的心，中亦有時偶。前身我或君，君授我如受。群障紛煙塵，揮之不值帚。一海東南通，遥遥奠君酒。

奠酒君不知，讀詩君不聞。安得廣漠風，吹醒天南魂。叢雲莽無極，中有芙蓉村。芙蓉縱飄落，老幹千年存。老幹瘦如鐵，下爲君葬墳。罔兩自慚醜，未敢窺黄昏。黄昏淒淒雲，君吟哀如猿。尋君我以夢，通我君以神。誓爲對壘交，面目何陳新。當噓萬物枯，在在生陽春。此意與君私，匪君吾誰論。

西樵爲地樞，東樵對之碧。造化以二山，交凝作君魄。積詩如恒沙，雲水互闔闢。每緣流變多，轉使眼界窄。君生萬古後，能出萬古隙。衆星孤月奪，兩界一河畫。靈均與少陵，抗君不君阨。大抵樂減哀，君窮與才極。命脈窺自天，世人那能測。畏君如畏霜，寒芒静相逼。幸我心如冰，稜稜尚能敵。

夜氣聞山腥，坐我萬丈潭。手握驪龍珠，百怪供窮探。若君臨我側，風髯飄以髟。兩目睆日月，氣和神則嚴。君爲我魂魄，我爲君史監。根株固糾結，鎌刃無能芟。讀之竟一燭，風力來助酣。起視蒼莽中，天釡雲如黬。但露孤星光，炯炯南斗南。擲我手中珠，高下芒相參。萬事有犄角，誰來鼎之三。君知或我笑，笑我情亦甘。

——清姚燮《復莊詩問》卷三十二《燈下讀黎簡民詩得四章》

黎生詩筆健，蒼頭張異軍。獨於韓孟外，矯變龍與雲。三年訪粵材，默抽桐中薪。何不學大雅，不肯楦麒麟。吕堅亦勍者，劍光隱延津。我歸不及薦，愧爾卧海濱。

——清朱珪《知足齋集》卷十二《題黎生簡詩稿》

國初粵東詩學，盛稱三大家，陳元孝恭尹也，屈翁山大均也，梁藥亭佩蘭也。繼之者順德黎二樵簡、欽州馮魚山敏昌、嘉應宋芷灣湘、番禺張南山維屏、香山黃香石培芳、陽春譚康侯敬昭、番禺馮子良詢，二百餘年，風雅不墜。嘉道間，張、黄、譚亦稱三子，與陳、屈、梁後先輝映焉。梁之詩誠不如陳、屈，黄、譚之作亦不如張，生前之標榜，蓋有待於身後之論定矣。

乾隆間，順德黎明經二樵先生簡，以詩書畫三絶著名。顧性落落，與人難合，自刊私印曰「小子狂簡」。詩人李南澗令粵中，亟加稱引。他日遺命，必欲得張、黄、黎、吕四子輓詩，世以是服其眼力。要黎之學，尤在張、黄、吕之上耳。袁隨園方負天下重望，後起英多，如黄仲則、郭頻伽輩，亦不能不爲之屈。粵游時，欲黎一見，竟不可得。愛佳山水，縋幽鑿險，探奇索隱，逈非尋常屐齒所到。境内名勝，年時數至，輿復愈健。然其平生足跡，不離嶺海，晚乃一至粵西而已。嘗得拔萃科，例赴成均，亦以憂病侵尋，不果往京師也。殁後人益重其手蹟，同郡潘氏有以黎名齋，專藏其作，以寄欣慕。及經兵燹，多付一炬，真迹猝不易得。余於去年見香港英大會堂華人所陳書畫博覽會名作，充牣旁厠，黎氏一尺縑，聞有欲以尺璧相易，主者尚不願也。詩名《五百四峰堂詩鈔》。

二樵字簡民，以粵東山水數二樵，西樵在南海、順德之間，東樵在增城、博羅之間，即羅浮洞天也，因號曰二樵。二樵之山，凡五百四峰，因號其堂曰五百四峰堂，而因以名其詩集。全集余未之見，惟嘗於諸家選本得見其詩之一二。有婦曰梁雪，婉孌而多病，爲作《禪病圖》，手自題之。歸十八年歿，逾歲不能忘情，復成《述哀》一百韻，以悼其亡，辭極娓娓，令人起伉儷之思。在日慰護備至，經卷藥爐，小閣相對，如并命鳥也。故又顏别院曰藥煙閣。著有《藥煙閣詞鈔》，今此種已佚。

曩見查初白「新詩著罷從人笑，善病同時得婦憐」句，以爲恰合余辛卯壬辰光景，思之不覺腹痛。乃讀黎二樵《去家》一律，情意更有委婉者，詩云：「去家無百里，入夢有千端。身并妻兒瘦，秋先疾病寒。行踪持道在，詩艸遲人彈。未有忘情得，憂心愧達觀。」又《春暮寄示閨人病中起》四語：「寄書頻艸率，同病兩支離。情語防人笑，微痾阻汝知。」亦頗耐想。

二樵詩心刻意苦鍊，與其所游境界，同具有古洞層陰、懸厓飛瀑之觀。然所得亦僅止此，正唯其無長江大河一豁襟抱也。《水簾洞》一首，極膾炙人口，蓋集中五古之最警者，因録之云：「千百石疊迸匯此，一簾水清寒先迎人。去此尚一里，懸雪薄不破，奮雷伏難起。静極入山客，雲水勞未已。想見洪荒來，坌湧遂至此。崖藤老盡力，石樹凍半死。棉裘凛稜鐵，骨戰及吾齒。投暄出陽阿，回顔有生理。」説者謂老樵詩如其畫，畫如其書，皆由能品而造妙品，讀此信然。

二樵七古《寄黄藥樵》云：「牆頭暮鴉飛不起，鴉背松聲冷如水。如山北風壓破屋，拍枕大江浮兩耳。窗竹偃蹇欲折檽，急雨落瓦寒有稜。飢鶻嗃嗃狀嘯鬼，紙窓琅琅如裂冰。風頭愈大雨點重，松子蹦時尚跳動。燈危在壁寒不明，心戰如波静還湧。我憶滇山西遠征，冰天苦月寒峥嶸。兩奴争被静一鬨，獨馬戀人悲自鳴。身勞歸惜妻孥苦，裘敝倏驚年歲更。煌煌肥馬從朋友，站站飛鳶閲死生。生還喜爾情過絶，以病示人無病骨。明日梳頭視青鏡，今夕苦吟得白髮。莫思廣厦庇衆寒，少陵詩翁古迂拙。」通體總不肯出一易語，篇首飄忽而入，突兀可喜，錯落有神，如巉巖皴法，如雨山點法，想見興酣落筆之致，要爲篇後蓄勢。寄所懷人，覺前半妙文，只是用得一个烘託訣耳。若夫奇警，至不可思議，令人目遇而眩，耳遇而悦，又盡在平日鍊字鍊句之功，非咄嗟可辦。其餘他作，亦復稱是。

論二樵詩功，取徑在昌黎、山谷，而尋源于大謝、老杜，自不待言。要其刻劃物情，幽思奇語，幾疑前無古人，當不知嘔出幾副心肝矣。王蘭泉尚書《湖海詩傳》稱其苦心孤詣，竟以是終，其有讓出一頭之意乎？張南山太守《詩人徵略》稱其力避平熟，斧鑿太過，遂有初稿極佳之詩，經屢改而致壞者，亦重惜之也。余觀《嶺南四家詩鈔》，獨稱二樵詩意境幽峭、吐屬深警，戛戛獨造，劌目怵心，似非經營慘淡不能成一語者，顧才思絶敏，無論長篇短什，援筆立就，蓋其天姿既高，而又深造自得，雖縋幽鑿險，如出天成云云。其果負長吉之鬼才，而又兼太白之仙才者耶？胡既馬工而能枚速若是，殆傳之者故作此英雄欺人語耶，抑「成如容易却艱辛」者耶？

——清邱煒萲《五百石洞天揮麈》

賸有才名海内傳，清時窮老赤明天。嘔心恐落三唐後，放手能争五子先。兒女悲歡成絶調，丹青邱壑送殘年。於今市井争珍璧，在日尋常負酒錢。

——清蘇廷魁《守柔齋詩鈔·初集》卷二《題黎二樵集後》

二樵先生詩本天聲，巧非人力，自《蓮鬚閣》《嶠雅》後，生是使獨也。及暮年定《五百四峰堂詩鈔》，欲自辟門徑，以奇險爲孤高，以艱深爲玄妙，節節爲之，豈復有竹乎？憶甲寅秋，余與先生爲忘年交，嘗見其自訂詩集，塗乙補綴，《蘭亭》初本，幾不復辨。時微諷之，先生不以爲然，然相知之深，亦不以予言爲盡非也。今先生逝矣，樵山面目，滅没雲煙，無從訪其遺草。使知二樵可傳，在彼不在此，因效遺山論詩，得四絶句附卷末，俟識者采焉。

百尺飛流下碧山，隨風珠玉響琅環。誰教天上銀河水，轉入幽崖亂石間。
春風春日在花枝，花態花香人自知。辛苦杜鵑啼躑躅，費他心血費人思。
歈欽一曲海山蒼，令我神移意已忘。目送手揮鴻影絶，莫憑蕉尾辨宫商。
老態妖嬈奈若何，捧心休更效顰多。樵山明月如明鏡，曾照佳人出苧蘿。

——清譚敬昭《聽雲樓詩抄》卷五《書黎二樵五百四峰堂詩鈔後并序》

馮唐老氣似奔川，水石泥沙自轉旋。別有樵夫軋新響，二樵詩云「簡也於爲詩，刻意軋新響」。惜多斧鑿少天然。馮魚山、黎二樵。

——清張維屏《花甲閑談》卷六《論詩絶句二十四首》

（黎簡）字簡民，號二樵，廣東順德人。貢生。有《五百四峰堂詩鈔》。

簡生粤西，十歲能詩。歸里，益肆力於古。其詩峻拔清峭，刻意新穎。足跡不踰嶺，海内詞人想望風采，名流來粤者，咸折節下交。簡才思敏妙，兼工書畫，書得晋人意，畫直造元四家堂奥。著有《五百四峰堂詩鈔》《藥煙閣詞鈔》《芙蓉亭樂府》《注莊韻學》。《廣東通志》

嶺南自三家後，風雅寥寥。比來余所知者，張庶常錦芳、馮户部敏昌、温編修汝适、潘舍人有爲、趙大令希璜，而簡民爲之冠。性好山水，屢入朱明洞天，窮其幽勝。朋儕罕有當意，惟與德清許宗彦、無錫孫爾準爲詩文交。其詩峻拔清峭，刻意新穎，

言人所不能言。《湖海詩傳》

時張葯房以詩名里中，得二樵爲勍敵。李南澗令潮陽，見其詩，曰：「必傳之作也。」造廬訪之，於是二樵之名，傾動一時。己酉，以選拔貢太學，旋丁外艱。繼得疾，未赴廷試。足跡不踰嶺，海内名士想望風采，恨不獲一見。鉅公來粤者，咸折節下之。其詩意境幽峭，吐屬深警，戛戛獨造，劌目怵心，似非經營慘淡，不能成一語者。顧才思絶敏，無論長篇短什，援筆立就，蓋其天姿既高，而又深造自得，故雖緼幽鑿險，如出天成。方之葯房，一奇一正，旗鼓相當，未可以意爲軒輊也。《嶺南四家詩鈔》

二樵山人所居曰百花村，有亭曰衆香，有閣曰藥煙，以婦善病而名之也。山人襟情脱灑，意趣蕭閒，視花鳥若友朋，以筆墨爲耒耜，時往來仙城、佛山之間。既登拔萃科，當貢入成均，將北行，以事不果。生平擅詩書畫三絶。其詩由山谷入杜，而取鍊於大謝，取勁於昌黎，取幽於長吉，取豔於玉溪，取瘦於東野，取僻於閬仙，錘焉鑿焉，雕焉琢焉，於是成其爲二樵之詩。其書意態欲追晋人，中年兼學李北海，晚年寫蘇、黄兩家之體居多。其畫一種蕭疏澹遠，倣倪高士；一種淋漓蒼潤，蓋欲由梅花道人，而問津於北苑也。山人所寓，求詩書畫者日填于門，硯田所入頗豐，足以自給。既殁，人得其手蹟，珍逾球璧焉。山人自稱樵夫，又號石鼎道士。《聽松廬文鈔》

二樵先生詩，甘苦得失，自知之，自言之。其答同學云：「簡也於爲詩，刻意軋新響。當其跨步時，語亦頗倜儻。」又與人論詩云：「士生古人後，詎有不踐迹。始則傍門户，終自豎棨戟。裨校轉渠帥，揮叱赴巨敵。一身數生死，百戰資學識。絶境無坦步，高唱有裂笛。彎弓石爲肉，磨刀水先赤。要於其發端，真氣貫虹霓。」誦此數言，可以知先生之詩矣。《聽松廬詩話》

二樵喜讀《莊子》，詩亦多用《莊子》。有句云：「老生所讀書，南華性之適。同上「世人望我，我方閉門，薜蘿幽深外有白雲。」「此二樵山人詩也。余每於塵勞中誦此，如一服清涼散。又有句云：「清宵悠悠，撫我鳴琴。孰聽其曲，自惜其心。」「自惜其心」四字，道盡千古文人心事。同上

二樵詩好奇，以七古論之，有清奇者，如「湖上秋光澗無著，約束結成明月團」；有雄奇者，如「刀色抱人不見人，人乃聲出刀中央」；有瑰奇者，如「黄昏碧火行木客，

陰洞雄狐拜金馬」，有幽奇者，如「長狐嘯血成碧苔，一絲冷夢尋不回」，語皆匪夷所思。同上

二樵詩多單句可味者，五言如「情真使人醉」，又「積愛成至愚」，又「孤心入萬象」，又「天氣夜中分」；七言如「秋氣誰先先與雲」，又「吟詠氣平心有悔」，又「一官纔罷百骸尊」，又「漸減聰明願息機」，又「賣文隨力飯飢人」，若此者，皆耐尋繹。同上

粵東黄梅天氣，牆壁多出水。二樵句云「南風古牆汗」，又云「南霧萬物濕」，語樸而鍊。同上

粵東最怕旱，二樵詩云「廣州受旱無旱色，旱甚水田猶一碧。富兒不信山縣田，乃有炎炎千里赤」。同上

二樵惟恐身後不傳，其詩有云「身前之名尚按劍，身後之名同立錐」。二樵自知身後必傳，其詩有云「文章死則貴」，又云「絶技原非死前賣」，絶技蓋兼書畫言之。同上

二樵七律多幽新僻雋之作，然亦有沉著者。如《牂牁》一首云：「天上牂牁屬要

津，縠絲唇齒互相因。猶聞重譯輸華夏，何至堅關閉晋秦。白虎壇臺勞大吏，青燐風雨待耆民。雲頭幾夜巉巖黑，可洗西南赤地塵。」此憂旱詩也。起二句言水本通津，粤東資粤西之縠，粤西資粤東之貨。三、四言海外尚來洋米，何至鄰省不放縠船。第五句言督撫求雨，第六句言老羸多斃。結二句言密雲不雨，望愈切矣。提筆寫來，筆頭甚重，樵夫固無所不能。同上

二樵力避平熟，斧鑿太過，遂石初稿極佳之詩，經屢改而致壞者。同上

張、黄、黎、吕之稱，由於李南澗司馬。南澗將死，郵書至粤東，云願乞張、黄、黎、吕各製輓詩一篇，於此可見司馬與諸君交誼之篤。《松軒隨筆》

——清張維屏《國朝詩人徵略》卷四十六

去年來廣州，踰嶺入舟，道韶陽，見瀕江之山突兀恣肆，倏忽變現，或不緣尺土，拗怒特出，或掩映竹木，清超自奇。蓋氣盛力大，不主故常，不畏世俗驚駭，可喜可愕而不可名狀，私歎造物者之偉，乃有此奇蹤也。歸舟遇雨，船篷盡閉，僅啟一竇如碗

大，就實讀二樵詩，則恍然如見山時，一推篷對山而笑，飽看詩如飽看山，不以盲雨妬游爲恨矣。二樵詩，余十年前始見于吾友錢魯思處而好之。來廣求之書肆，無有。吴石華有此本，因索得之。

——清李兆洛《養一齋集·文集續編》卷二《題黎二樵詩集後》

二樵有佳士，天馥吐奇葩。之子足千古，伊人渺一涯。鶯花嗤競病，月露矯淫哇。欲溯昆侖脈，須窮博望槎。

孫志媕群力，教誰張一軍。體争名嶽峻，派衍大河分。洗髓吾何敢，吹毛世所聞。廓清須願力，延佇待夫君。

——清凌揚藻《海雅堂集》卷三《書五百四峰堂集寄黎簡民》

馮魚山謂其詩要以奇勝。伊汀洲謂其清澈窈峭，新響軋軋。劉樸石謂其劌目怵心，似非慘澹經營不能成一語者。惟《詩海》謂其微妙精深，巉巖峭削，無筆不到，無韻不穩，無聲不諧，格雖奇而實平正，如桃源洞天，桑麻雞犬，無以異于外人，但其取徑稍曲，世兒惘惘，自迷其津，遂疑流水桃花爲人間天上耳。識者以爲知言。

——清凌揚藻《國朝嶺海詩鈔》卷十四

田家風景推儲祝，山水登臨擅謝公。吟到二樵歎雙絶，嶕嶢萬古寂人蹤。黎二樵山水田家詩尤推獨絶。

——清黄培芳《香石詩鈔》卷九《論粤詩絶句十首》

益都李南磵文藻，稱吾粤詩人有四君之目：張葯房太史錦芳、家虚舟廣文丹書、黎二樵明經簡、吕石颿明經堅也。張、黄、黎、吕一時號齊名，張、黎、吕三君俱刻集，近歲虚舟已歸道山，而遺集尚未梓。

粤秀山多産木棉，延連北郭，花時紅照天表。黎二樵簡稱爲海外第一花。其産於水際者尤奇，余嘗展墓肇郡，有《金溪即目》絶句云：「有客輕舟雲水邊，空濛載入蔚藍天。珊瑚影逐春流亂，十里清溪放木棉。」

順德黎二樵簡羅浮詩，能獨開生面。《水簾洞》句云：「千百石疊迸，匯此一簾水。清寒先迎人，去此尚一里。」又：「靜極入山客，雲水勞未已。」善寫難狀之景，《華首臺後至洗衲石小記》云：「華首臺之路，四五里不見天日，葉翠滿衣，拂之不去。觀雨花橋之水，若積山怪雲。至臺臺平，至堂堂折。自香積厨沿筧得逕，爲合掌巖。巖左側落爲洗衲石，石故坦坦，飛泉照人。於是與同游二子臥石上，時青天空寥，白雲未急，幽鳥一聲，山翠已落。」序次幽絶，未至其境者不知其妙。七言句如「短長道路供離別，少壯交游半死生」，一句數層，極頓挫之致，方竹孫最賞之。

——清黃培芳《香石詩話》

樵夫情韻特纏綿，小閣何因署藥煙。少作芙蓉亭樂府，中年哀樂總齏然。《藥煙閣詞鈔》，二樵著。閣緣婦病得名。二樵少客邕州，著《芙蓉亭樂府》。

——清譚瑩《樂志堂詩集》卷六《論詞絶句》

閲順德黎二樵簡《五百四峰堂詩鈔》。其詩幽折瘦秀，迥不猶人。二樵以繢事名，詩中皆畫境也。三十六册八十七頁，光緒七年十月二十七日。

——清李慈銘《越縵堂詩話》卷下之上

黎二樵簡，廣東順德人。乾隆己酉拔貢生。養痾家居，足未踰嶺。著有《五百四峰堂詩鈔》。其詩戛戛獨造，昌黎所謂「横空盤硬語，妥帖力排奡」，庶幾近之。洪稚存評其詩如怒蜺飲澗，激電搜林。生平頗不滿新城，戲作飲酒詩曰「谷拙實競巧，阮鮮乃趨俗」，又寄黄仲則云「吁惟百年來，新城賸粃糠。遂使竈下姬，競爲時世粧」。古體各詩，劌目怵心，奇横恣肆。今録其與升父論詩一首，乃自道甘苦之言，詩云：「造物者呈露，各自有氣力。文章之根源，厥至窺命脉。廣以納諸有，細以入一息。神明絶欺妄，詩言濾精液。狂簡謬小儒，愚賤坐大惑。袁生爾何感，使我露肝膈。聲詩之於人，有甚弈秋弈。無使心有鵠，勿冀名生翼。如將游名山，且爲言所歷。士生古人後，寧有不踐迹。始則傍門户，終自豎桀戟。裨校轉渠帥，揮叱赴巨敵。一身數死生，百戰資學識。絶境無坦步，高唱有裂笛。彎弓石爲肉，磨刀水先赤。萬仞虚我踵，我射自正直。人方踻而哭，我已游八極。究其所歸理，静破萬物的。要於其發端，真氣貫虹霓。遇之在旦暮，帛長不逃尺。反身不能誠，可任背負刺。

——清吴仰賢《小匏庵詩話》卷五

順德黎二樵明經簡，詩書畫各臻其妙。乾隆己酉拔貢其於詩天姿既超，又益以孤往之力，成其獨造之能。《玉壺山房詩話》謂其詩窈峭深警，新響軋軋，見者咸歎爲苦吟。而不知其詩才絶敏，縋幽鑿險之語，援筆立成，蓋神乎技矣。其《入羚羊峽寄閨人》云：「清江連白沙，秋晝如月色。蒼然暮帆影，涼風轉秋碧。舟行入青山，山青立天石。峽雨去却來，山飈順還逆。哀狖遮雲屏，清切不可極。違峽已十里，隱耳淒不息。端州萬家夢，上有孤月白。是時水月夜，知復當窗織。星露江上草，草根蟲唧唧。唧唧復唧唧，吾聞汝歎息。歎息不能夢，有身無羽翼。」《寄黄藥樵》云：「牆頭暮鴉飛不起，鴉背松聲冷於水。如山北風壓破屋，拍枕大江浮兩耳。窗竹偃蹇欲折穤，急雨落瓦寒有稜。飢鶻嘀嘀狀嘯鬼，紙窗琅琅如裂冰。風頭愈大雨點重，松子踰時尚跳動。燈危在壁寒不明，心戰如波靜還湧。我憶滇山西遠征，冰天苦月寒峥嶸。兩奴争被静一鬩，獨馬戀人悲自鳴。身勞歸惜妻孥苦，裘敝倏驚年歲更。煌煌肥馬從朋友，跕跕飛鳶閲死生。生還喜爾情過絶，以病示人無病骨。明日梳頭視青鏡，今夕苦吟生白髮。莫思廣廈庇衆寒，少陵詩翁古迂拙。」《曉出村舟中作》云：「懸山覆水不到水，水雲似海不似雲。一身自作海上客，此山離立雲中君。江雲漸高山漸小，初日平鋪萬波曉。須臾山在金碧中，全見山腰失山杪。八風忽展東南溟，天水光白山光青。張帆看山勢争轉，瘦約一束室亭亭。煙螺似我病婦態，相送遠近同含情。我於山水矜畫手，如此深隋畫未成。山阿片雲釀水氣，欲出未出遲不輕。祇因風夜客獨宿，始肯入城爲雨聲。」《北風篇》云：「北風欲使南海翻，萬怒一洩雙洞門。客居近雙門樓。簷端木葉鳥鼠走，巷口朔漠雲沙昏。樵夫客帳夢水村，水面一點浮人煙。海勢呑沙浩無地，風力揭波聲塞天。萬物簸揚一室静，古佛跏趺居士病。龕火不摇凍似冰，霜筠自戛清於磬。夜來知爾夢亦勞，魂弱不競江波高。嬌雛惡睡自呼被，游子病軀誰贈袍。故人別盡滄江晚，但坐不歸傷別遠。南飛一聽鴻雁啼，北寒闊與江湖滿。明日空天秋照水，八尺蒲帆盡情展。尚有寒花村屋深，未覺疏籬酒杯淺。」《邕州》云：「屼屼荒城畫角哀，滔滔急水白沙頹。不勝今昔親垂老，如此風煙我再來。幾個游人非斷梗，是何名岳入邊垓。故鄉尚有羅浮月，可許幽輝滿鏡臺。」《春寒》云：「盲風伏雨罨邊城，城下波濤氣不平。一枕春寒閣鄉夢，千家人語入江聲。沾衾摇落關楊柳，破被尋常得弟兄。仰愧營巢老烏鵲，拮据身爲護雛輕。」

王蘭泉先生所選《湖海詩傳》至五百餘家，不爲不多，皆平平無奇。凡諸家集中佳篇可採，概不選入，豈見地有未到、眼界有未明耶，烏足以示天下？集中所選諸家，惟滿洲夢文子麟及粤東黎二樵簡二家詩，如天風浪浪，銀鐄屈曲，在諸家中，可稱壓卷矣。

順德黎二樵明經簡，著有《五百四峰堂詩藁》。五古如《羚羊峽寄閨人》、羅浮諸篇、粤西各灘諸作；七古如《徐天池怪石松樹歌》《苦熱行》《刀歌》等作，筆力巉絕，雄視萬古。吾鄉陳恭甫先生以爲昌谷、山谷之後，自成一家，信然。五言律直逼少陵。《西征草》云：「草長蕩春愁，春江水急流。桃花兩岸雨，天末一歸舟。同日遠爲客，當筵難重酬。崑崙池夜月，相望各回頭。」《北郭》云：「北郭風花遠，野香空處飛。偶然入小雨，不覺入春衣。久客足遥望，古臺横落暉。樓高一峰頂，人立四山圍。」《客樓》云：「天地兹樓迥，風波客子心。瘴江千里黑，邊角五更深。身穩幾無夢，年荒欲廢吟。家山與窮塞，遼絶少傳音。」《邕州城樓》云：「歸心東與急流争，又見飛帆西去程。知有年華在前路，可堪人事但長征。雲移日影流山色，風挾江濤入雨聲。此是吾鄉好時節，水村茅屋罷春耕。」又名句如「獨花如有怨，止水不增寒」「水影動深樹，山光窺短牆」「短長道路供離别，少壯交游半死生」「細雨人歸芳草晚，東風牛藉落花眠」，皆傳作也。袁簡齋游嶺南，欲求一見，二樵不喜其人，謂立品未純，詩文亦無足取，却不見。長樂温伊初先生，謂二樵詩如三神山草木，總與他方不同，所論甚確。余謂嶺南三家，當桃梁葯亭配以二樵，較叶公論。

唐子西最愛浣花翁《石櫃閣》詩「暝色帶遠客」句，謂能寫出神髓。余謂此句佳處如畫，畫亦難到。浣花天分别有所得，非鮑、謝所能及。近代惟黎二樵「獨花如有怨」句，足以追步，他詩少能有此神妙也。

粤東嶺南三家以後，其詩之卓然大家者，順德黎二樵簡也，欽州馮魚山敏昌也，嘉應宋芷灣湘也、李秋田光昭也，番禺張南山維屏也，嘉應温伊初訓也。二樵以幽峭勝，魚山以雄浩勝，芷灣以豪邁勝，秋田以雄奇勝，南山以清麗勝，伊初以渾樸勝。

——清林昌彝《射鷹樓詩話》

國朝詩家林立，施、宋、王、朱、趙、查諸公，兩大而未能獨步，迄今猶聚訟焉。李西漚宫贊《邛郃詩稿》卷二有《二百年來詩人無出黄仲則之右者頃得陳元孝詩讀之因題卷末一絶》云：「詩家要與古爲新，胎息深時氣味醇。後有兩當前獨漉，中間參立更何人。」味先生句，似國朝衹此二家，無參之者。瀟雪大不平之，予謂元孝同時與屈翁山、梁藥亭稱嶺南三大家。而後人少之，欲以黎二樵易梁。仲則同時與張船山齊名，幾如宋之坡、谷。而或以船山詩天才勝而人功淺，不及兩當之深詣。北江謂，船山劍氣七分，珠光三分；仲則珠光七分，劍氣三分然，則西漚以陳、黄爲兩大，豈一人之私言乎！

——清平步青《霞外攟屑》

黎二樵《讀翁學士所輯黄仲則詩集》云：「平生最高名，通籍極卑官。然且不可兼，使汝歲易殫。寧知東方士，岸絶十年冠。搔首天西北，佳人渺雲端。手翦雲作花，風翻花作瀾。偶隨絮沾泥，游戲下人間。忽爾亦爲人，卅年如弄丸。不知我生死，安憶我憂患。獨往以獨來，誰待將誰歡。或言君庀才，僅得樵與班。君才撻萬象，樵也小黠頑。類感儻雲龍，天授殊易艱。心氣可遥通，期我乎道山。小技何足道，大化方就閑。騎控朱方鶴，帔披丹穴鸞。」洪稚存謂劉松嵐所刊《悔存齋詩》，爲翁學士所删，凡稍涉綺語及飲酒諸詩，皆不録存。有「檢點溪山餘笠屐，删除花月少精神」之句。其持論不同如此。二樵字簡民，自稱樵夫，又號石鼎道士。擅詩書畫三絶。同時有張、黄、黎、吕之稱，張謂順德張葯房，吕謂番禺吕石颿，黄謂順德黄舟書。

李南磵生之夕，其尊人夢鍾馗入室，長而厥狀肖焉。張商言《南磵遺像詩》：「東原病誤石膏涼，可惜通儒信漢方。那道傷心李南磵，荔支三百中膏肓。」南磵官桂林司馬，至柳州會審，嘗以救荒策陳於上官，不得行其志，疽發於背而卒。病中書與張藥房、吕石颿、黎二樵，各求輓詩。繼又與二樵書，僅辨三字，餘燥滲斷續，不復識矣。是年有《移居詩》云「歸飛有夢似盧耽」，遂成語讖。二樵詩：「苦云今年饑，餓殍四𧹞列。病軀衝死氣，檢葬日不歇。干錢致斗米，官亦啖麫麧。上書策救荒，所學期一洩。方員有趄趞，肝腸坐幽鬱。淫毒積愷懷，疽背見肺窟。伏枕荒山中，待命幸痂結。右脇復生楊，臂肉潰至骨。民痍病未蘇，吾瘻痛可割。」皆述其書中語。時戊戌秋九月也，年四十八。

——楊鍾羲《雪橋詩話·三集》卷七

二樵生長南寧，弱冠歸里。李南澗勸之出試，以擬昌黎《石鼎聯句》，見知學使李雨村。後膺選拔，未赴廷試。生平足跡不踰嶺，詩名滿海内。嶺南作者，屈、陳之後，允爲大家。其論詩進秋谷而退漁洋，於同時惟稱黄仲則，題其集云：「或言君厄才，僅得樵與班。君才撻萬象，樵也小黠頑。類感儻雲龍，天授殊易艱。」蓋皆獨往獨來，不屑依傍門户。若溯其得力所在，於杜陵、昌谷兩家爲多。

——徐世昌《晚晴簃詩話》

前清一代學風，與歐洲文藝復興時代相類甚多。其最相異之一點，則美術文學不發達也。清之美術（畫），雖不能謂甚劣於前代，然絶未嘗向新方面有所發展，今不深論。其文學，以言夫詩，真可謂衰落已極。吴偉業之靡曼，王士禛之脆薄，號爲開國宗匠。乾隆全盛時，所謂袁（枚）、蔣（士銓）、趙（翼）三大家者，臭腐殆不可向邇。諸經師及諸古文家，集中多亦有詩，則極拙劣之砌韻文耳。嘉道間，龔自珍、王曇、舒位，號稱新體，則粗獷淺薄。咸、同後，競宗宋詩，只益生硬，更無餘味。其稍可觀者，反在生長僻壤之黎簡、鄭珍輩，而中原更無聞焉。

——梁啟超《清代學術概論》

有清中葉後之詩家，吾友梁任公盛稱鄭子尹（珍）、金亞匏（和）及順德黎簡。簡字二樵，所著有《五百四峰堂詩鈔》。李越縵日記謂其詩「幽折瘦秀，迥不猶人」，又云「二樵以繪事名，詩中皆畫境也」，可以想見其詩矣。顧其集世不多見，詩名遂爲繪事所掩。老友辛葦園聞余輯詩話，録君詩若干首示余，嘗鼎一臠，已知全味。《古意贈友》云：「海水枯桑各自知，勞遲燕疾不能齊。長卿白首懷琴畔，小杜青春付竹西。傍地雄雌迷顧兔，懷人風雨有鳴雞。癡雲蕭索窗間曉，冷月尖纖柳外低。」《夜色獨步》云：「四更天海静，月露闊難看。獨立人如夢，孤心影未安。岸陰魚板白，潮大水村寒。不寐吾無謂，徘徊輒夜闌。」《絶句》云：「春潮春草緑滿野，桃花李花明壓簷。高樓遠色冷于水，細雨斜風人下簾。」皆能不愧「幽折瘦秀」四字者。

詩之甘苦，惟作者自道，始能真實。二樵有《答同學問僕詩》云：「簡也於爲詩，刻意輒新響。當其跨闊步，語亦頗倜儻。試复虚自舉，得失如指掌。霜警鐘候明。悲壯秋清爽。草暖蟲細吟，幽咽春駘蕩。勞我蠶抽心，輟食入羅網。静或女懷春，有怨言惝怳。以兹攖其生，作苦時技癢。一世取自畢，千秋敢延想。方寸抱冰雪，萬里在俯仰。吾希御風返，誰與恃源往。自非駿馬骨，焉得蒙上賞。倘誠虓虎姿，老死氣騰上。」竟體無一淺語，佳構也。

二樵文亦奧折，如其爲詩。集中自序云：「簡自齠齔，先君子即教之爲詩，既得其意而喜爲之。其間存而慚、慚而焚者屢矣。既又復存，存又復慚，于二十餘年中，若有未可盡焚者。自乾隆辛卯，至於乙卯，所得詩分廿五卷梓之。少而壯其漸以老，可概其心力之利鈍也，體格之仍變也。詩人之殊途，醫門之多病也，藥之雖偏，疢乎近之者，又其性也。且彼風氣者，方置吾於其樞，吾不能撓其柄也。昔所非而今是，今所是而後非，吾烏乎知其鵠之正也哉。」其時適當嘉慶初元，士夫治詩學，率爲宗派所囿，無能自開户牖者。二樵崛起嶺南，清言見骨，若論轉移風氣，又在子尹、亞匏之先矣。

——王揖唐《今傳是樓詩話》

評書畫

豈必禪生魔，豈必禪云枯。花自天上墮，寄身欣清癯。清合匹狂士，人天無二趨。藥師琉璃鐙，光明照中厨。得句試呈佛，佛不爲盧胡。是時毛孔内，生出青芙蕖。轉憐大弟子，一塵隔衣裾。金閨貴静整，色相窮真如。受想非非際，苦寂原虚無。病即證與果，什百其殊途。惟有二樵知，作兹禪病圖。歸以遺細君，雅與朔也殊。朔也東方誕，君較西樵姝。五百四峰萃，草堂葺吾廬。有此狂主人，孟光志與俱。尚嫌舉案事，後世争懽娱。曷若逃于禪，塵事不我拘。前身定王維，維也禪病軀。愧無内子賢，似君心意孚。養疴繪輞川，彼婦或揶揄。更傲東坡子，玉局偏齟齬。還播豊湖麓，金剛偈欷歔。始識朝雲慧，仰天呼烏烏。羡子有清福，茶煙起深闍。「茶煙伴佛缸」，二樵寄虚舟句也。我亦重好合，警曰俗態除。繪事假君手，尚非同女媆。時挽二樵作内子小照。爲不識禪病，無以返太初。

——清趙希璜《四百三十二峰草堂詩鈔》卷六《題二樵山人禪病圖》

馮魚山張葯房黎趙渭川四詩才，山石同岑豈異苔。他日蘇齋詩話裏，二禺風雨送潮來。

曾見黎生畫李髯南磵，如何丹緑忽濃添。此中鬱勃淋漓氣，壓倒經生十萬籤。

費盡平生感遇心，二樵更比瘦樵深。憑君畫我蘇齋夢，淡到聲希是賞音。憶乙巳冬東河出都日，爲題上官瘦樵畫也。黎君與予初未嘗通問故有結句。

——清翁方綱《復初齋詩集》卷四十一《爲東河題二樵畫三首》

二樵筆如鐵裹綿，愛畫獨柳秋灘邊。枝枝葉葉帶風色，坐令山水生清妍。一琴一鶴一童子，使君宦況清如此。呼童放鶴挐舟行，淡淡斜陽天拍水。其人與畫皆千秋，令我悄然思舊游。梅花夜舫孤山寺，芳草春江鄂渚樓。

——清黄景仁《兩當軒全集·放鶴圖黎二樵爲周肅齋明府作屬題》

余識二樵山人，在丙辰、丁巳間。時從山人索筆墨者，户屨常滿。余所得，亦不下十數種。迨庚午，余得請歸里，山人歸道山已十餘年，余所得詩若畫盡散佚。蓋山人身後遺墨，鄉人餅金購者甚衆，余所得不復收拾，往往爲人竊售也。是歲九月，從雲谷農部丐得所臨北苑小幅藏之。山人詩從工部、長吉、義山、東坡變化出入，實爲平生第一，而世顧寶其畫與字。雖然，畫固足寶矣。畫如此弓，尤足寶矣。因雲谷屬爲題記，爲誦山人「榮名只覺飢後貴，絶技原非眼前寶」兩言爲山人珍惜。後之論山人者，悉心於《五百四峰草堂集》求之，當肯余言。

——清吴榮光《石雲山人集・黎二樵簡山水卷跋》

煙樹雲巒淡欲無，一竿佳興寄江湖。曠懷不問修齡米，仙骨珊珊老釣徒。二樵自題，有「世人終日柴米横在胸中，那得無煙火氣」之語。

——清劉彬華《楚庭耆舊遺詩・題二樵仿大滌子畫》

我生非畫家，畫理我曾究。能品學所至，逸氣天所授。山樵一枝筆，潛奪造化秀。拂素師古人，神與白陽邁。何以寫幽襟，葵心與蘭臭。邈然雲上姿，晴窗出遥岫。

——清劉彬華《楚庭耆舊遺詩·題二樵仿白陽山人花卉》

西樵山水天下稀，我游未遂空聞之。東樵昔游曾五日，萬千巖壑争清奇。二樵山人獨來往，一步不出青山蹊。當時邱壑寫胸臆，金碧爛漫珊瑚枝。即今流落偶吾手，潦倒尺幅神尤危。孤亭突兀罕人迹，層巒疊巘森厜㕒。寒松百尺凌倒景，絶壑疑有生蛟螭。蕭然斫拂屏濡漬，慘淡却已幽冥追。荆關遺法惜榛莽，看君徑欲并黄倪。香山詩句一峰畫，自題句。矧有斜墨書新詩。吁嗟乎，神仙中人不易得，百年清晏能幾時。舊游越女猶在眼，但見横祲落日天南陲。雲煙寥落恐俱盡，挂壁通靈焉得知。

——清王拯《龍壁山房詩草》卷五《二樵山人黎簡山水小幀歌》

黎二樵工畫山水，生時未甚見重。二樵每畫畢輒狂呼曰：「五百年後必有識者！」歿後不二十年，寸縑尺素，海内珍若拱璧矣。南海謝澧甫太史題贛州袁氏所藏二樵扇面册子云：「妙手人推老鄭虔，關心猶慮死無傳。於今碎錦争收拾，何必遥遥五百年。」

——清梁九圖《十二石山齋詩話》卷九

黎　簡逸品

黎二樵簡畫法宋元，極有名譽。余初至粤，徧覓其手蹟不可得，後於楊海琴年丈寓見一小幀，筆墨簡淡，皴擦鬆秀，純乎文人逸致，想由其人品高潔，故筆墨推崇如此也。

簡民，順德人。乾隆五十四年已酉拔貢。工詩，善六法。爲人清狂，徵歌狹邪，日與酒徒醉飲於市，自刻圖章曰「小子狂簡」。人品高潔，卓然成家。所居名百花村莊。工書法，詩筆幽峭奇警，爲海内推重。

——清秦祖永《桐陰論畫三編》下卷

評篆刻

山樵胸有造化爐，鐫鐫萬象無精麤。煙霏風氣人詩畫，餘力尚兼摹印書。早年印材斫山骨，稷下里産求休俱。王元章後數作者，好尚異體皆同途。近嫌文何趁姿媚，遠溯符璽探精腴。燈明花乳有時泐，惟金三品傳古初。兩京渾渾噩噩爾，神完要未傷模糊。翻沙撥蠟有遺法，箔金合土夫豈誣。百花村中石鼎屋，纖塵不動風舒舒。火雲燭天走鄰里，夜虹貫月窺綺疏。黄白青氣遁變現，瓦壇獸紐成須臾。諦觀模棱去圭角，疑有鏽澀侵肌膚。閑施劖鑿亦天巧，無異切玉操昆吾。深藏篋衍自秘惜，出示朋輩增嗟籲。陰陽萬物一銅炭，商彝夏鼎均形模。微茫意匠今視昔，知創巧述無差殊。好事流傳有舊譜，價重何減百碑礫。官私適用事則小，精能詎遂慚壯夫。多君持贈許見及，知我篆籀耽臨摹。我生録録百不就，姓字微末誰收乎。百年不朽事有在，壽世要與金石如。性靈陶冶質變易，鑄人有訓真良謨。相看勿作金踴躍，樵乎樵乎能起予。

——清張錦芳《逃虚閣詩鈔·銅印歌贈石鼎》

吾粤老輩中，黎二樵善刻印，謝雲隱尤爲專門。二樵專用古法，雲隱兼元人法。

——清陳澧《東塾集》卷三《何昆玉印譜序》

大謝欣髯絶技稱，龍山老尹一聾丞。青門寂寞樵夫死，可許傳來無盡燈。順德尹右能刻印。年老耳聾。余師謝里甫先生，嘗稱其鑄銅爲絶技，異時恐不可复得，余乃倩鑄二印。尹頗得法于黎二樵，二樵得法于吴青門，然尹視吴、黎則不及矣。

——清陳澧《東塾遺詩·論印五首》

黎簡，字二樵，號簡民，順德人。乾隆五十四年己酉拔貢。工詩，善六法，爲人清狂，徵歌狹邪，日與酒徒醉飲於市。自刻圖章曰：「小子狂簡。」人品高潔，卓然成家，所居名百花村莊。工書法，詩筆幽誚奇警，爲海内推重。

——葉銘《再續印人小傳》

黎簡，字二樵，號簡民，順德人。乾隆己酉拔貢。工詩，善六法。爲人清狂，日與酒徒醉飲於市。自刻印章曰「小子狂簡」，刀法峻儻如其人。著有《五百四峰堂詩鈔》。

——葉銘《廣印人傳》卷四

馬國權《廣東印人傳·黎簡傳》

黎簡（一七四七—一七九九），字簡民，又字未裁，號二樵、狂簡、石鼎道士，齋號竹平安館、藥煙閣。順德縣弼教鄉人。十歲能賦詩屬文；見峰巒幽致，便潑墨作山水；稍長，又能範銅爲印。少年穎悟，早著藝術天才，而力學不倦，故雖足不踰嶺，而馳譽海内。其詩學李長吉、黄山谷，故琢削瘦勁，往往神似。錢塘詩人袁枚，素負盛名，來粤時欲與訂詩文交，二樵鄙其行，峻拒之。年五十，所作《五百四峰堂詩鈔》二十五卷刻成，洪亮吉等稱讚備至。書法寢饋晋人，兼學李北海，晚年亦效蘇黄之體，隸書則意擬《熹平石經》，均面目獨具，生前已有僞其書跡而鬻於市者，書札之已刻帖者有《五百四峰堂墨妙》《鄺齋藏帖》等。畫法吴鎮而善變化，蒼潤高古。其治印趨步秦漢，少年篤好，至長不移，年三十三，曾以一月之力仿古銅印三十紐。詩人張葯房爲賦《銅印歌》以贈之。玉、銅、瓷、石，著手便成妙品。其書畫用印，皆出手製。聞其妻梁雪死，二樵以所作「長毋相忘」印繫其臂殉葬，用志哀念之深。葉銘《廣印人傳》卷四有傳。附刊諸印，「黎簡私印」擬漢鑄印，厚樸古拙，最得神味。「其狂不可及」「黎簡之印」「小子狂簡」「簡民」，爲一銅質六面印之三側及頂，鑄後復加補刀，或莊重，或古秀，各具其妙。「長毋相忘」擬漢瓦當，亦佳。